Sergio Ramírez

天谴

〔尼加拉瓜〕塞尔希奥·拉米雷斯 著

刘习良 笋季英 译

Castigo Divino

上海译文出版社

目录

第三章

第四章

尾　声

一部成功的“反类型小说”

（代前言）

刘习良

塞尔希奥·拉米雷斯说，他这部《天谴》是“反类型小说”。

乍听起来，真是弄不明白。“反类型小说”？这又是什么新玩意儿？

我们先听听作者是怎么说的。1988年10月，当时担任尼加拉瓜副总统的塞尔希奥·拉米雷斯专程赴墨西哥，参加《天谴》在墨西哥城出版发行仪式。墨西哥《日报》的女记者恩莉盖塔·卡夫蕾对他进行了专访。当记者问及《天谴》属于哪种类型的小说时，作者回答说：

> 我是反对类型小说的，虽然在类型小说中不无杰出的文学作品，但是这种划分法过于细碎……我要说，在某种意义上，我这部小说是“反类型小说”，因为它发挥了各种类型小说的特点。①

请注意，这不是文学评论家的概括、归纳，而是作者自己的表白。关心当代拉美文学的读者都知道，在60—70年代“拉美文学爆炸”过程中，曾经涌现出许许多多的文学流派。魔幻现实主义、结构现实主义、心理现实主义、社会现实主义……都曾风靡一时，拥有著名的作家和成熟的作品。这些“主义”多是国内外文学评论家在分析许多作品后概括出来的，而被划归为这一流派或那一流派的作家有时并不认可。“反类型小说”是塞尔希奥·拉米雷斯亲口说出来的，似乎可以视作他对小说创作的一种有意识的追求。

记者的提问，作者的表白，自然都不是无缘无故的。

《天谴》最早是通过“连载小说”形式和读者见面的。尼加拉瓜

《新日报》自1988年4月8日起开始在“周末文化增刊”上刊载这部长达40万字的小说。小说发表后，读者竞相阅读。30年代初的“拥护卡斯塔涅达派”和“反对卡斯塔涅达派”之争竟又重现于80年代末。与此同时，对这部小说的归类界定也开始了。有人说它是“侦探小说”，有人说它是“政治小说”，有人说它是“实证小说”，也有人说它是“爱情小说”、“风俗小说”。作者的上述说法正是针对这众说纷纭的现象有感而发的。

《天谴》是侦探小说吗?

19世纪中叶，侦探小说在世界文坛上初展风采；20世纪30年代，出现了侦探小说创作的“黄金时期”。相比之下，拉美侦探小说较为滞后一些。不过，像阿根廷的路易斯·博尔赫斯这样的世界级大作家也创作过风格独特的侦探小说，如《六难巴罗迪》。70年代以来，拉美侦探小说创作日益繁荣。墨西哥、古巴、阿根廷、乌拉圭都拥有侦探小说的大作家，出版了不少在畅销书目上位居榜首的侦探小说。1981年，诺贝尔文学奖获得者、哥伦比亚著名作家加夫列尔·加西亚·马尔克斯推出了《一件事先张扬的凶杀案》；1986年，秘鲁当代最有名的小说家巴尔加斯·略萨发表了《谁是杀人犯？》。这两位大手笔都采用了广大读者喜爱的侦探小说的表现形式。他们的高明之处就在于借助这种通俗文学形式反映深层的社会问题，因此作品的认识价值和审美价值就超过了一般供读者消遣的侦探小说。塞尔希奥·拉米雷斯走的也是这条路子吗?

《天谴》的基本情节是调查、审理三起凶杀案。这确实是侦探小说的合适的题材。据作者说，在开始酝酿的时候，他本来打算写成一本100页到150页的中篇小说，大体上和美国侦探小说家R·钱德勒（1888年—1959年）和D·哈米特（1894年—1961年）的惊险小说相

---

① 《答记者问》载墨西哥《日报》，1988年10月23日。

类似。在两年多的写作过程中，构思不断变化，内容不断扩大，到1987年8月终于五易其稿，完成了这部鸿篇巨制。在作品中，作者的确运用了设置悬念、故布疑阵、层层剥笋这类侦探小说惯用的手法，而且运用得相当圆熟。以至在1989年10月7日召开的、有几十位作家参加的第一届世界侦探文学作家代表大会上，一致决定把最佳侦探小说奖“哈米特奖”授予塞尔希奥·拉米雷斯，褒奖他以《天谴》为侦探文学的发展做出的贡献。这简直是铁板钉钉了！

一般侦探小说都有个揭开谜底、水落石出的结局。恰恰在这一点上，《天谴》不同于一般的侦探小说。三名暴卒者究竟是怎么死的？谁是凶手？卡斯塔涅达是何等人物？他和孔特雷拉斯家母女三人的关系究竟如何？对此，作者没有求助于“万能的第三者”的叙述，而是通过许许多多的证言、书证、物证以及诸多人物私下谈话逐渐披露的。但是，对同一件事，被告和证人各执一词；不同证人提供的证词大相径庭；同一个证人在不同日期的说法前后矛盾，出庭作证和私下谈论互相牴牾。审来审去，还是一笔糊涂账。包括全书结局在内，全是一片模糊，一团迷雾。作者这样安排，用意何在？

墨西哥当代著名作家卡洛斯·富恩特斯对此有个说法。他在一篇评论《天谴》的长文里写道：“结局的模糊性同政治的不确定性、滥用职权的可能性以及‘对法律要服从，但不必遵守’这种难以避免的可耻行径密切相关。因此，丝毫没有减弱《天谴》的结局的悲剧力量，反而增加了其悲剧力量，使这种力量表现为多种形式；掩卷后，无论我们对被怀疑为投毒犯的奥利·卡斯塔涅达的结局作出何种判断，每一种可能性都具有悲剧的力量。”①换句话说，作者是依据他对当时、当地的政治法律制度的总体认识为小说定下了矛盾百出的模糊性的基调。读者从阅读中得到的不是“紧张后的轻松”，而是“思考后的悲怆”。这

① 西班牙《国家报》，1988年4月21日。

恐怕可以说是对侦探小说审美情趣的一种突破吧。

《天谴》是“政治小说”吗?

“政治小说”在拉美文学中具有特定的含义，不是指一般涉及政治内容的小说。众所周知，在拉丁美洲大陆上，社会矛盾、政治斗争一直非常激烈。帝国主义、大庄园主支持下的独裁者对人民实行残酷统治，是拉美历史上的一个突出的政治现象。许多具有强烈社会责任感的作家敢于直面人生，大胆揭露社会黑暗，以某些实际生活中的独裁者为原型，塑造了一个个独裁者的典型形象。这类作品被称为“反独裁小说”，也就是“政治小说”的主干。危地马拉作家米盖尔·安赫尔·阿斯图里亚斯的《总统先生》、巴拉圭作家罗亚·巴斯托斯的《我，至高无上者》都是这种类型小说中的佳作。

把《天谴》归为“政治小说”的，不外乎依据以下三点：作品的时代背景、小说的主要情节以及作者的人生经历和创作倾向。

先看作品的时代背景。小说着重描写的是 1933 年的尼加拉瓜。30 年代初正是中美洲社会激烈变动，社会斗争空前尖锐的时代。一方面，在美国政府的支持下，一些军事独裁者上台执政，血腥镇压国内人民；另一方面，具有浓厚的爱国主义思想的民族主义领袖人物领导民众开展了包括武装斗争在内的各种形式的斗争。具体到尼加拉瓜，1933 年是一个十分重要的年头。1 月 1 日，武装占领尼加拉瓜达 9 年之久的美国海军陆战队被迫撤走。2 月 1 日，胡安·包蒂斯塔·萨卡沙担任总统，安纳斯塔西奥·索摩查将军担任国民警卫队司令，独揽了全国军政大权。自 1926 年起发动武装斗争的桑地诺在萨卡沙总统上任后放下了武器，翌年 2 月遭国民警卫队杀害。索摩查家族随即开始了对尼加拉瓜多年的独裁统治。

再看小说的情节。接连三人暴卒，卡斯塔涅达被怀疑为杀人凶手，法院对此案进行审理，是情节的主线。随着审理案情的发展，读者才逐渐知道，原来奥利韦里奥·卡斯塔涅达是危地马拉的进步律师。

他曾在国内散发过号召举行反政府示威游行的传单，组织过反对党，甚至偷运武器，企图掀起一场武装起义。因此，成为危地马拉独裁者豪尔赫·乌维科的眼中钉。在卡斯塔涅达被迫迁居尼加拉瓜以后，乌维科仍不肯放过他，遂传信给安纳斯塔西奥·索摩查，提出要卡斯塔涅达的脑袋。费亚约斯法官主持的近三个月的审理，其实全是表面文章，独裁者及其爪牙只想借此给他们谋杀卡斯塔涅达披上一件合法外衣。在审讯毫无结果的情况下，国民警卫队奥蒂斯上尉导演了一场“假越狱”，卡斯塔涅达在这出丑剧中惨遭杀害。所以，这是一起由两个独裁统治者共同策划的地道的“政治谋杀案”。

最后，再看看作者的人生经历和创作倾向。塞尔希奥·拉米雷斯生于1942年，出身于一个小农家庭。1960年，他发起“幸运”文学运动，并主持出版《幸运》杂志，提倡文学为人民的事业服务。1964年，毕业于尼加拉瓜国立自治大学法律系。此后，长期从事学生运动。70年代，拉米雷斯参加了尼加拉瓜桑地诺民族解放战线的活动，成为“12人集团”的重要成员，负责为尼加拉瓜革命争取国际声援工作。1979年，尼加拉瓜人民经过长期的武装斗争，推翻了索摩查独裁统治。在1984年举行的大选中，拉米雷斯当选为尼加拉瓜共和国副总统，直至1989年年底。在繁忙的革命工作中，他仍然写出了两部长篇小说，即《光辉的时代》（1970年）和《你害怕流血吗？》（1976年）。由此可见，塞尔希奥·拉米雷斯主要是一位民族主义革命家和国务活动家。

作者是长期坚持反独裁斗争的政治人物；小说取材于独裁与反独裁斗争空前激烈的30年代；而作品又是描写两个独裁统治者对反对派人物的迫害。读者不难看出，那种把《天谴》视为“政治小说”的看法不是毫无道理的。

不过，对小说类型的界定还是要抓住作品的基本特征。“政治小说”（“反独裁小说”）一般特征是以某个独裁者为主要人物，作者的笔触集中于刻画独裁者的性格特征。而《天谴》并不具备这个特点。在

《天谴》中没有出现独裁者或高层政要人物的形象，政治斗争是以“暗场”的形式处理的。作者是通过故事情节、人物行动、心理描写烘托出“黑云压城”的政治气氛，通过对话透露出从危地马拉城和马那瓜伸到莱昂的两只黑手操纵了整个案件的审理，最后将反对派人物置于死地。因此，还不能说它是一部典型的“政治小说”。

《天谴》是“实证小说”吗？

“实证小说”是近年来拉丁美洲文学评论界议论颇多的一个品种。它是以真人真事为基础的叙事性文学体裁，也是通过塑造人物、叙述情节、描写环境、表现心理状态反映现实生活。在近十年里，出版了不少轰动一时的优秀作品。不久前笔者和笋季英同志合译的《王子行动》（发表在《当代外国文学》1993年第2期）就是一部典型的“实证小说”。《王子行动》的三位作者采访了许多当事人，实地考察了事件发生的地点，查阅了报刊和档案材料，以中篇小说的形式再现了发生在1987年绑架智利卡洛斯·卡雷尼奥·巴雷拉中校的事件。事实、人物、时间、地点都是真实的，作者未加入任何虚构成分。

《天谴》中讲述的“卡斯塔涅达案”是发生在30年代尼加拉瓜的一桩曲折离奇的案件。早在1959年作者在攻读法律的时候，就对这个充满矛盾的案件产生了兴趣，而且把档案材料作为一部小说来读。1980年，一位朋友把案子的全部材料（总共有2 000页）寄给了他。他重新阅读了材料，研究了案情，查阅了当时出版的报刊，为小说创作做了充分准备。从1985年9月起开始写作。在作品中使用了一些真实的人名地名，引用了大量审讯记录、证人证言、验尸报告、书信密札、剪报材料……以及作者本人在60年代至80年代对当事人的采访材料。这一切都让读者觉得书中讲的都是真人真事，仿佛一切言论都有出处，一切情节都有据可查，俨然是一部地道的“实证小说”。

然而，这只是塞尔希奥·拉米雷斯借用了“实证小说”的某些写作方法，达到借真实以感人的目的。《天谴》中确有真人真事，但只是创作的原材料。作者本人在谈到创作过程时，曾经明确说过，他先对现实进行“伪造”，再把加工过的现实作为似乎是真正的现实奉献在读者面前。熟悉当年情况的尼加拉瓜老诗人埃内斯托·卡德纳尔一方面指出《天谴》中叙述的某些故事、描绘的某些人物是真实存在的，同时也表示，从总体来说，在这部小说里，“现实和虚构混杂在一起”①。

至于有人说《天谴》是“风俗小说”、“爱情小说”，大抵都是强调了这部小说的某一侧面——相当有分量的侧面。这部作品对尼加拉瓜30年代的市井风情、民风民俗、司法程序、宗教仪式、婚丧典礼以及小城市居民的待人接物、言谈举止、生活习惯，等等，都有比较细致的描写。富恩特斯甚至称赞这部小说是“真正的中美洲微型万花筒”。书中对男主人公和几名女性之间的复杂关系没做正面描写，只是通过人们的言谈透露出其中的微妙之处。但是，那几封缠绵悱恻、感情真挚的情书却把男女之间的细腻情感（喜悦、伤感、猜疑、赌气）表现得淋漓尽致，不由使人想起哥伦比亚作家豪尔赫·伊萨克斯（1837年—1895年）的名著《玛丽亚》。

据笔者所知，“反类型小说”是塞尔希奥·拉米雷斯提出的一个新概念。作为“反类型小说”的试验品，《天谴》受到讲西班牙语的读者的喜爱，在文学评论界引起一阵热烈的讨论。这说明，这次试验是成功的。至于能否成为一个创作方向，还有待于耐心观察。

前面简单介绍了塞尔希奥·拉米雷斯的创作思想。很显然，他是把文学反映现实生活作为一条基本准则，这一点和拉丁美洲小说的现实主义传统是一脉相承的。另外一点也不可忽略，那就是作者对文学自身的观照，而恰恰在这里显现出作者的创造才能。

从小说的复杂结构（4部分48章，外加一个尾声）上，我们不难看出作者在创作伊始，心目中就有一幅巨大而清晰的总体构思的蓝

① 尼加拉瓜《新日报》，1988年10月1日。

图。在叙述形式上，他大胆舍弃了平铺直叙的“线性”叙述方式，采用了“多点切入”的手法。有意打乱时间的自然顺序和空间的截然分割。在各章之间以及每一章的内部运用了跳跃式的大幅度的“时空交叉”的写作技巧，用“闪回”、倒叙、插叙等办法重新剪辑安排素材，造成“一波未平，一波又起”的艺术效果。同时，又不厌其烦地标明事件发生的年代、月份、日期，甚至钟点，使人读起来头绪分明，条理清楚，前后连贯。（顺带说一句，小说中也有一些时间错乱之处，原因或许是作者的疏漏，或许是印刷的错误，不得而知。笔者只改动了几处明显的错误，不知是否有“蛇足”之嫌。）在剖析案件时，作者把事件的客观进程、不同人物相同或相悖的看法以及作者本人的见解糅合在一起，营造出一片扑朔迷离的氛围，使人觉得真假难分，虚实莫辨，让读者参与进来，自己去琢磨，去分析，得出各自的结论。

巧妙地运用电影语言，也是《天谴》的一大特色。例如，作者反复强调，在写对话的时候，他很少在引号外面使用“某某说”的字样，而是描写说话者当时的动作、当时的神态以及与周围人物的呼应。其目的在于使读者如同观赏电影一样，边听人物谈话，边看人物动作，用听觉和视觉同时完成一个审美过程。这类例子确实俯拾即是。

据笔者读到的评介《天谴》的文章，无不称赞作者驾驭语言的功力。有人说，作者“把各种不同的语言结成一个丰富多彩的整体”；有人说，《天谴》“是语言的杰作”。拿书面语言来说，作者最熟悉的莫过于法律语言，这自然和他的学历有关。如果说审讯记录、辩护词中使用的语言还算比较常见的话，那么动物试验报告、验尸报告的用语就很特别了。新闻报道、答辩文章、情书以至讣告、电文、拍卖广告，都写得十分得体。再拿口头语言来说，书中出现的人物不下百人，文化水平、职业、年龄、性格各不相同，语言自然就大有差异。这里既有律师、法官、记者、大夫、牧师、诗人（其中还有“先锋派”诗人一类文人雅士）的谈话，又有军人、商人、用人、乡民一类下层人物的谈话，或高雅，或粗俗，或委婉，或俏皮，都写得惟妙惟肖。在翻译过程中，我们虽尽力而为，但实感力不从心。如果我国读者感受不到原作语言多样化的魅力，那只能怪译者语言功底不深了。

据报载，小说在《新日报》上发表后，在读者中引起了浓厚的阅读兴趣。西班牙蒙达多里出版社原定当年10月出书，为应读者要求，改为提前出版。小说面世后，立即销售一空，三个月内连出三版，仍然供不应求。西班牙电视台迅速动手，买下将小说改编为电视连续剧的拍摄权。9月间，尼加拉瓜首次出版《天谴》，印数达12 000册（尼加拉瓜人口仅有300万）。10月，墨西哥也出版发行了这部小说。据报道，美国、英国、法国，还有其他一些国家准备出版各种语言的译本。作者向报界正式宣布，《天谴》的全部收入均将捐赠给“援助尼加拉瓜战争受害者基金会”。

《天谴》发表后，受到文学评论界一致好评，称它是“中美洲最佳小说之一”，它的出版是“近年来中美文坛的一件盛事”。墨西哥作家卡洛斯·富恩特斯专门写了长篇评论，称赞这部小说继承了司汤达的《红与黑》、福楼拜的《包法利夫人》和陀思妥耶夫斯基的《罪与罚》的写作方法，而且有所发展，有所创新。尼加拉瓜诗人埃内斯托·卡德纳尔认为，塞尔希奥·拉米雷斯才华横溢，是一位可与加西亚·马尔克斯、胡利奥·科塔萨尔、卡洛斯·富恩特斯、巴尔加斯·略萨比肩而立的大手笔。

不管这些评论是否有溢美之辞，我们还是欣喜地看到80年代拉美“爆炸后文学”仍以强劲的势头冲击着世界文坛。

1993年9月30日

献给为写成本书出过力的
各条战线的战士们

献给为我腾出写作时间的
赫特鲁迪丝

我在这儿，
闻到了人肉的香味，
你不肯把肉给我，
我只好把你吞进腹内。

费德里科·加西亚·洛尔卡
(《卡奇波拉的傀儡》)

第一章

既然条件具备，就立案审理

谁要忘掉你，你就忘掉谁，
谁要不爱你，你也别爱谁；
谁不这样做，
性命垂危无作为。
身患大病不医治啊，
我的心肝儿，
命赴黄泉难挽回。

歌谣
胡安·德·塔皮亚
（《斯图涅加歌谣集》）

1. 夤夜群犬狂吠

1932年6月18日晚上9点来钟，米高梅影片公司拍摄的、由查尔斯·劳顿和莫瑞恩·奥沙利文主演的影片《天谴》首映式在冈萨雷斯剧院结束了。罗萨利奥·乌苏卢特兰离开了池座的扶手椅。这个42岁的男人和妻子离了婚，专门从事新闻工作，眼下在《记事报》担任主任编辑。

乌苏卢特兰随着人流朝剧院门厅走去。悬挂在出口处的红色长毛绒门帘上积了很多尘土，越发显得沉甸甸的。走到门帘底下，他觉得有人开玩笑似地拍了拍他的肩膀。扭头一看，原来是科斯梅·曼索。这位朋友50岁了，还是个光棍汉，经营杂货生意。曼索冲他一笑，在抹着发蜡的浓密的掩口胡须下露出满口牙齿，镶在牙齿上的金套闪闪发光。

曼索一手搂住乌苏卢特兰的肩膀，一手拿着红色大羊皮帽子，边朝外走，边邀他到普里奥酒家一起喝点儿索洛特兰牌啤酒。普里奥酒家和冈萨雷斯剧院相隔一条街，也是面冲着赫雷斯广场。索洛特兰啤酒是全国首创国产啤酒，刚刚上市。曼索在莱昂市独家代销这种啤酒。他还是斯科特乳化剂厂在莱昂市的独家代销商。乌苏卢特兰戴上帽子，愉快地接受了邀请。

每天一到这个钟点，普里奥酒家都要接待看完电影前来光顾的常客。两位朋友来到酒家后，朝那张摆放在靠近柜台的角落里的桌子走去。老板阿古斯丁·普里奥亲自过来招呼客人。老板还年轻，刚29岁，街坊们亲切地管他叫"班头儿"。要说这桌子，确实不简单。在莱昂市，它是主要的聚会场所，人称"长舌桌"。由阿塔纳西奥·萨尔梅龙大夫领导的社团定期在这儿开会，两位刚到的客人都是该社团的成员。萨尔梅龙大夫是外科医生，当晚没有在场。不过，下面我们会有机会详细了解其为人。

在“长舌桌”上，聚会者专门研究关于风流韵事的传闻，证实是真是假，例如：通奸、逃婚、堕胎、非法同居以及用手枪逼着女人怀孕。他们能够准确地说出谁是私生子，哪家寡妇半夜打开房门，同女人姘居的牧师会什么房中术。还仔仔细细地查对市内名门望族卷入的其他丑闻，例如，剥夺遗产继承人的继承权、诈骗、赖账、假造文书、隐瞒税情和伪造破产。

“班头儿”普里奥从老式开耳维纳托冰箱取出几瓶索洛特兰啤酒，走到柜台旁边，掏出随身携带拴在钥匙链上的起子，使劲打开瓶盖。唇边叼着一支香烟，熏得他眯缝着眼睛。普里奥身材矮小，为了拔拔高儿，他踮起脚走过来，把酒瓶端到桌上。

“班头儿”普里奥坐下来，两只脚随便蹬在椅子掌儿上，对罗萨利奥·乌苏卢特兰表示祝贺，祝贺他在下午出版的《记事报》上发表了几则谈及当前热门话题的短讯。

第一篇短讯发表在 8 开 4 版的头版显要位置上，谈的是围绕着是否同市自来水公司签订新合同市府内部展开的争论。这家公司负责供应全市饮水，老板强烈要求重订合同，目的无非是要提高用户水价。这样一来，对很多人来说水价偏高，最穷的人家干脆用不起自来水。以市长奥内希菲罗·里索博士为首的一批市府成员拒绝批准抬高水价，认为这是不公平的，而且是不合时宜，恣意妄为。罗萨利奥以极大的热忱支持这派意见，同时猛烈抨击其他市府成员，他们不顾公众利益，采取了莫明其妙的犹豫态度。

另外两则短讯也刊登在头版。第二则短讯谈的是今冬雨水格外多，在多雨季节疟蚊大量孳生。短讯揭露说卫生部门玩忽职守，致使蚊虫随意繁殖。厨房和洗衣店的脏水径直流到行人众多的大街上，疟蚊在脏水沟、臭水坑里自在逍遥。假如这些蚊虫都是母鸡，鸡蛋就不会缺了；假如都是母牛，牛奶也不会少了。这种不正常情况对市民造成极大威胁。疟蚊叮咬引起了疟疾，进而造成恶性热病流行，在市民中，尤其是青年人中，已有数人发病死亡。

最后一则短讯谈的是野狗太多。在大街上和其他人群聚集的场所，例如市场、广场和教堂的门厅里，野狗自由自在地东跑西跑。在药店和商店门口儿，搅扰顾客。在太平洋铁路车站的站台上，跟火车乘客瞎捣乱。尤其给车夫和汽车司机带来麻烦。阿尔古埃约药店进口的“巴耶”黄色药面儿经试用，证明无效。尽管如此，市民们还是把药面儿撒在大门口儿和边道上。要说赶野狗嘛，没有多大用处，反倒把街面弄得脏兮兮的。

这还不算，野狗咬了人，业已发现几起确凿无疑的狂犬病例。因此，人们要求美国海军陆战队上尉、现任警察局局长爱德华·韦恩下令批准那些有责任心的市民到药店里购买毒药。在致命的生物碱中，杀野狗数马钱子碱最为有效。过去几任美国海军陆战队的头头儿采取过这类措施，深受市民赞扬。

礼拜堂的晚钟敲过 10 下，几位朋友握手道别。报纸编辑罗萨利奥·乌苏卢特兰朝皇家大街方向走去。他的家在拉博里奥区埃斯帕尼奥利塔街上。乌苏卢特兰穿了一身白，上身是一件白衬衣，他认为外套这种衣服既不实用，又惹人讨厌。衬衣领口上系着一个铜纽扣儿。他在阒无一人的人行道上边走边低声吹着口哨儿，又想起了《天谴》这部影片。

明天，罗萨利奥·乌苏卢特兰要写一则短评，题目是《必须禁止明显不宜上映的影片》。他打算提醒读者认清这部影片情节中包含的危险。某些肆无忌惮的人看了影片，会从制造道德毒品的艺术中受到启示。那个由查尔斯·劳顿成功扮演的纨绔子弟施展种种精心策划的计谋，毒死了波士顿上层社会的一个又一个标致的姑娘，还把无辜受害者的名单记在一本秘密日记上。后来，名单落到警察局手里。但为时已晚，氰化物已经干下了杀人勾当。影片提供的就是这么个例子。乌苏卢特兰还要表明他对影片结尾的反感。杀人犯查尔斯·劳顿伏法前坐在电椅上，拒绝接受监狱牧师对他的精神救助，反而阴鸷地大笑一阵，嘲弄牧师。

天边布满乌云，闪电不时照亮夜空。沿皇家大街有两排电线杆，黄铜灯罩下的灯泡散发出昏黄的光线，远不足以驱赶笼罩着宽阔大街的浓重阴影。这条街从普里奥酒家延伸到圣弗朗西斯科教堂，沿街尽是大铁门、门厅和封闭式阳台。昏暗的路灯在城市的主要街道上尚不能保证老实的市民免遭歹徒的欺凌。市府成员先生们，请问：纳税人的钱跑到什么地方去了？

他的思路被一阵犬吠声打断。皇家大街上闹成一片。大门和门厅里面也响起了狗叫声，仿佛所有关在家里的狗都同时醒来，受到同样的惊吓。又朝前走几步，乌苏卢特兰看见一只狗躺在便道上，边抽搐边呕吐，正在垂死挣扎。再往前，又发现一条狗，两条后腿直僵僵的，把身体贴在一扇大门的门槛上，艰难地往前爬动。

快走到圣弗朗西斯科教堂拐角的地方，他望见在胡安·德·迪奥斯·达比希雷大夫的诊所前有两条黑影在打架。他把身体贴在弗朗西斯科·华雷斯·阿雍博士家的外墙上。阿雍博士的家和达比希雷大夫的诊所正好形成一个拐角，对面就是教堂的大门。在两个打架的人当中，乌苏卢特兰认出一个人，就是达比希雷大夫。一个小时前他还看见大夫在电影散场后从剧院出来。大夫那件带红飘带的黑斗篷在后背上来回飘舞，只听他气喘吁吁地破口大骂。这位上年纪的大夫素来待人和蔼可亲，彬彬有礼。罗萨利奥·乌苏卢特兰第一次从他嘴里听到那些脏话，不由得大吃一惊。

那个胖子嬉皮笑脸地要从老大夫手里夺下手杖，没留神脚下一滑，跪倒在地上。他两手扶地打算站起来，达比希雷大夫乘机抡起手杖，下死劲地猛砸他的后背，打得他鬼哭狼嚎。就在这工夫儿，乌苏卢特兰分明听到从暗影里传来一阵嘲笑声。他惊讶地转过身来，瞥见在教堂门口儿的一棵柏树旁边站着一个身穿黑衣服的人。只见他两手拄着手杖观看大夫打人，脸上露出又不安又开心的神色。

达比希雷大夫气呼呼地用手杖指了指门口儿那条狗。狗正顺着台阶，吃力地朝诊所大门爬。胖子趁这个机会连忙逃走。他身体肥胖，可爬起来那股灵巧劲儿真是令人赞叹。他从地上拣起窄边儿草帽，直起腰来，朝一辆马车飞快跑去。马车正朝普里奥酒家方向飞奔而下。

胖子追上马车，勒住驾车的牲口，急急忙忙爬上车去。坐到车座儿上以后，从远处朝那个穿着一身黑的人打了个手势。那个人不慌不忙地离开刚才看打架的地方，迈着四方步朝马车走去。走过达比希雷大夫跟前，十分潇洒地挥了挥手杖，向大夫打了个招呼。

上面提到胡安·德·迪奥斯·达比希雷大夫年逾73岁，以行医为业，两次丧偶。1933年10月19日，此人向刑事法庭首席法官表示，他没有看见被调查的人从眼前经过，也没有留意他向自己打过招呼，因为当时他正猫着腰照拂那条名叫“医神”的狗。后来，他用斗篷把狗包好，抱进诊所，进行紧急救护，控制它吞下的毒药药性发作。结果救治无效，那只狗终于死亡。

证人罗萨利奥·乌苏卢特兰，年龄、职业及一般特点前已述及。在1933年10月17日的证词中，他详细地讲述了那天夜里发生的事情。在回答法官的提问时，他肯定地说：据他所知，那个在街上挨打的身体肥胖的人是奥克塔维奥·奥维埃多·伊·雷耶斯博士，系莱昂市人，当时是见习律师，现在是律师、公证人；他认识此人，并与其有交往。在回答法官的提问时，他表示：那个在教堂门口观看打架、后来向达比希雷打招呼的人是奥利韦里奥·卡斯塔涅达·帕拉西奥斯博士，系危地马拉人，当时也是见习律师，现在是律师、公证人；他也认识此人，并与其有交往。

为了增加证词的分量，证人说，当天晚上他曾把事情的全部经过告诉给阿利·瓦内加斯学士。当时瓦内加斯正在皇家大街自己的寓所里敞着门学习。瓦内加斯的家在下一条街上，和鲁文·达里奥[1]的故居相邻，目前那里正关着疯子诗人阿尔丰索·科尔特斯。证人说，可以向阿利·瓦内加斯学士询问证人是否在当天晚上确实向他讲述过这件事，告诉他毒死狗的是上面提到的奥维埃多和卡斯塔涅达。

阿利·瓦内加斯学士在法庭上担任法官秘书，对当时不准他发言未置一词，只是将证词记录在法庭专用的公文纸上，然后装订好，装入卷宗。1933 年 10 月 18 日，轮到他作为证人接受质询时，他全面肯定了罗萨利奥·乌苏卢特兰的证词。

法官要求证人罗萨利奥·乌苏卢特兰进一步说明那个在教堂门口观看打架、身穿黑衣的人有什么特征。证人认定，毫无疑问那个人是奥利韦里奥·卡斯塔涅达。当时的确一片漆黑，路灯昏暗；不过，当天晚上，大雨将至，不停地打闪，在闪电的亮光中，他看清了对方的面容。后来，证人看见他离开皇家大街，顺便向达比希雷大夫打了个招呼。身材、相貌都不会错，打招呼时用的那柄带蚌壳把儿的手杖也是他随身携带的物件。

---

① 鲁文·达里奥（1867—1916），尼加拉瓜杰出诗人，拉美现代主义诗歌的创始人。

2. 寻找致命的毒药

从1932年6月18日下午起，奥利韦里奥·卡斯塔涅达和奥克塔维奥·奥维埃多·伊·雷耶斯开始捕杀野狗。胡安·德·迪奥斯·达比希雷大夫那条名叫“医神”的狗就成为最后一个牺牲品。这两个人把熟肉切成块儿，沾上马钱子碱，给野狗下毒。这件事在几位证人向莱昂区刑事法庭首席法官提供的证词中得到充分证明。

第一份证词是由阿莱汉德罗·佩雷拉先生提供的。此人62岁，已婚，系退役军人，时任莱昂警察局局长、美国海军陆战队爱德华·韦恩上尉的秘书。佩雷拉因患半身不遂，身体虚弱，只能在病榻上作证。1933年10月14日，他说：

我记得大概是在1932年6月的一天，上午10点钟左右，见习律师奥利韦里奥·卡斯塔涅达·帕拉西奥斯和奥克塔维奥·奥维埃多·伊·雷耶斯来到韦恩上尉的办公室。我知道，这两个人好逗弄人，爱开玩笑，到处惹事。不过，涉及到法律和警务方面的事，他们还是懂得规矩的，时不时地到警察局来。

当时韦恩上尉不在办公室，他们一边等上尉一边和证人聊天儿。除了其他问题，他们谈及民用自来水涨价问题，这件事惹得居民情绪激动；还有到处都是野狗的问题。证人认为《记事报》呼吁准许有责任心的市民使用毒药是很有道理的。谈到这里，他们乘机表明此次来访的目的就是请求韦恩上尉下令让本市一家药店卖给他们一瓶马钱子碱，让他们去消灭野狗。

这两个人素来诚实可靠，为人们一致公认。证人认为可以做主，同意了他们的要求，不必等韦恩上尉回来，于是就把局长存放在写字台抽屉里的一个几乎装满马钱子碱的小瓶子交给了他们。瓶子的大小和样子与药铺里卖的一模一样。因此，没有发给他们准用证。

大卫·阿尔古埃约大夫，职业是药学家，已婚，52岁，系在商业大街上开业的阿尔古埃约药店的业主和经理，家住该药店内院。他在1933年10月19日的证词中说：根据警察局长签署的准许证——他把准许证保留在档案中，随时可以出示——卖给奥维埃多和卡斯塔涅达八分之一盎司瓶装马钱子碱。瓶子是满的，外有戳记，内装30克马钱子碱，足够配制20份儿毒饵，每份儿1.5克，能毒死20条狗。他说，那只小瓶儿和罗斯大夫用来装粉红色通便药丸的玻璃瓶一样。

听到这两种不同说法，本案法官感到迷惑不解，于是决定调查一下这两个给狗下毒的人是否在两个不同的日期弄到马钱子碱的。法官就此传讯了奥克塔维奥·奥维埃多·伊·雷耶斯。奥克塔维奥，已婚，27岁，职业是律师，住在市中心圣胡安区。

证人——大家都管他叫“圆球”奥维埃多——在1933年10月17日向法官提供的长篇证词中说：就在1932年6月18日，韦恩上尉回到办公室后，签署了准用证，佩雷拉让他们拿着准用证前往阿尔古埃约药店。他们从警方拿到马钱子碱只有这么一次。从来没有从写字台抽屉里直接拿到过毒药。因此，他认为目前正在对证的佩雷拉的说法是该证人记忆有误。另外，大卫·阿尔古埃约大夫后来把这项书面命令交给了法官，并列入档案，上面的日期确实是1932年6月18日。

1933年9月26日夜晚，也就是说本案审理——“圆球”奥维埃多将要在审理中出庭作证——尚未开始，“圆球”奥维埃多被科斯梅·曼索叫去，先在“长舌桌”聚会者面前出了一次庭。那天，冈萨雷斯剧院的电影刚一散场（一般地说，不管放映什么片子，他总要去看一看，除非有更要紧的事），他就来到普里奥酒家。

前面已经说过，主持“长舌桌”的是阿塔纳西奥·萨尔梅龙大夫。他打算仔细认真地向“圆球”奥维埃多询问一下有关那天在大街上捕杀野狗的经过，准备把听到的情况记录在斯奎布社馈赠的笔记本上。至于为什么这样做，以后自会明白。“圆球”奥维埃多喝了一气“冠军牌”甘蔗酒加上沙勒可乐（一种康复期滋补饮料）后，把这次冒险行动的细节大肆炫耀了一番，根本没去想提问者有什么意图。

1932 年 6 月 18 日早晨，“圆球”奥维埃多只穿着背心裤衩，靠在桌子上阅读头一天下午的《记事报》（按照该报领导的规定，报纸上标明第二天的日期）。桌子上没铺桌布，吃剩下的丰盛早餐摞在一旁。他妻子叶尔芭和每天早晨一样，站在远处，一边给院子里的花木浇水，一边埋怨他吃得太多。

“圆球”奥维埃多也和每天早晨一样喝下一杯“皮科特”加盐葡萄汁，缓解一下胃部的不舒服，近日来他一直闹胃病。放下杯子后，又看了一遍有关野狗的短讯。他一门心思只想着达比希雷大夫养的那群狗。这位老医生毕业于索邦大学。自从第二个妻子去世之后，他就在皇家大街的诊所里和几只阿尔萨斯狗相依为命。毒死这些狗的想法像一根顽皮的芒刺扎在奥维埃多的脑海里。

上午 9 点，“圆球”奥维埃多身穿浅咖啡色麻布上衣，系着一条带花点的领带，涂着发蜡的浓密卷发上斜扣一顶窄边草帽。他从圣胡安区的家里出来，前往大都旅馆去找奥利韦里奥 · 卡斯塔涅达。这一天，他俩要开始复习功课，准备期末考试。

大都旅馆和他家相隔几条街。这天上午，他情绪不错，决定一路走过去。在路上，他惊奇地发现没有多少野狗，并不像《记事报》那条耸人听闻的消息宣扬的那样。但是，他还是没有放弃对达比希雷大夫豢养的狗族大开杀戒的计划。

奥利韦里奥 · 卡斯塔涅达穿了一身黑衣服，拿着手杖，正在房门口儿等他。自从妻子来到莱昂后，他就住在大都旅馆的这间房子里。他们俩一起穿过马路，准备走过一条街前往大学，到图书馆找些法典和必要的参考书开始复习。去大学的路上，正好从孔特雷拉斯家门前经过。

这时候，堂·卡门·孔特雷拉斯手拿着《记事报》正从和客厅相连的角门里走出来。他们朝堂·卡门招了招手，并没想停下来。可堂·卡门扬了扬报纸，叫住了他们。

两个人穿过马路，在“拉法玛”商店门前的便道上等着堂·卡门走过来。三个人聚在一起就在维希-塞莱斯廷矿泉水的巨大的瓶子下面交谈起来。瓶子是用木头做的，用两根链子吊在屋檐下。

“瞧这些药面儿，”奥利韦里奥·卡斯塔涅达用手杖指了指沾满黄药面的鞋底，“管用吗？”

“一点儿也不管用，朋友。”堂·卡门难过地摇了摇头。

“起不了毒药的作用，不像那上面说的啊。”“圆球”奥维埃多急匆匆地冲着堂·卡门手里拿着的报纸努了努嘴。

“这份报纸？净说瞎话。”堂·卡门把报纸指给他们看，无可奈何地叹了口气，“这不，又冲着我来了。难道说他们希望自来水公司破产，让大伙儿都渴死？水价太不合理了。”

“甭担心，我会帮您的。”奥利韦里奥·卡斯塔涅达把手杖交到另一只手里，搂住堂·卡门的肩膀，“我不是答应过您吗，我去和罗萨利奥谈一谈。罗萨利奥是个好人。”

“圆球”奥维埃多没看过有关反对自来水公司提高水价的消息，没有发表意见。他一心只想着野狗的事，琢磨着用什么办法才能最有效地除掉那些野狗。这些狗时时搅扰手无寸铁的市民。在人来人往的大街上，人们居然遇到野狗挡道，随时都有被狗咬伤的危险。

“这些药面儿不能用，堂·卡门。”“圆球”奥维埃多在水沟边上蹭了蹭鞋底，“您是位受人尊敬的人，应该提出申请，让他们同意您使用毒药。这么一来，野狗就不会跟商店的顾客瞎捣乱了。”

“说得对，朋友。”堂·卡门舒了口气，“我和工程师坐车到自来水厂检查水泵的时候，也看见了，真够猖狂的。”

"比《记事报》的查利奥[1]·乌苏卢特兰还猖狂。"卡斯塔涅达把手杖夹在腋下，高兴得一边拍手一边哈哈大笑。

堂·卡门也笑了，只是不那么起劲。手里那张报纸似乎搅得他心烦意乱。

"水厂里的狗可以由我们来对付。""圆球"奥维埃多用草帽扇着脸，"当然啦，只要能搞到药。"

堂·卡门饶有兴趣地瞅着他。"圆球"奥维埃多还记得在堂·卡门凌乱的眉毛下那对金鱼眼里闪烁着讥讽的虚情假意的目光，鹰钩鼻子的鼻翼胡乱地一张一合，好像在找到一句挖苦话之前先要嗅一嗅，那双薄薄的嘴唇似乎要吐出一句文雅的话语，可是仓促间说出来的却是几句粗言恶语。"圆球"奥维埃多会对"长舌桌"聚会的人说，虽然堂·卡门有钱，可他是一个下贱的小气鬼。奥维埃多嘴角上挂着一副轻蔑的表情，好像含了满嘴"冠军牌"甘蔗酒。

"你们要是搞到毒药，肉归我拿。"堂·卡门不好意思地垂下目光，"可以在我家里煮熟了，分成份儿。"

"用不着煮熟。"看样子，奥利韦里奥·卡斯塔涅达有点儿厌烦了，从口袋里掏出怀表，弄得"圆球"奥维埃多心里不大痛快，"在危地马拉，我们管狗吃的肉叫'饵'。用的都是生肉。"

"这儿的习惯是喂熟肉。"堂·卡门很难解释清楚为什么两地的习惯会有如此巨大的差异，只能结结巴巴地说。

"生的也罢，熟的也罢，肉总还是肉。"奥利韦里奥·卡斯塔涅达压低了声音，叫他们俩凑近点儿，用调皮的语调说，"堂·卡门，您喜欢什么样的肉？像鲁文·达里奥说的天蓝色的肉？"

"你们还是快去找美国佬儿吧，让他们下令准许你们买毒药。这儿有，这儿有。"堂·卡门假装没听见，找出钱包，哆里哆嗦地拿出一张

---

① 此处的"查利奥"应为"罗萨利奥"的昵称。

5 个科尔多瓦的票子，“告诉韦恩，就说你们是从我这儿去的。”

“圆球”奥维埃多毫不迟疑地抓过那张钞票，几乎是劈手夺过去的。一想起当时奥利韦里奥·卡斯塔涅达看见他拿了钱满脸不高兴的样子，他笑得下巴颏上的肉直颤颤。

“等你们弄到马钱子碱，我想跟你们一块儿去自来水厂，毒死那些野狗。”堂·卡门收起了钱包。

奥利韦里奥·卡斯塔涅达朝他敬了个礼，用手碰了碰帽檐儿，表示告辞。他们俩继续往前走，谁也没说话。“圆球”奥维埃多担心卡斯塔涅达不想再介入买毒药的事。但是，走到拐弯的地方，卡斯塔涅达却用手杖指了指去赫雷斯广场的方向。于是，他们朝警察局走去。

我们已经知道，1933 年 10 月 17 日，“圆球”奥维埃多要到刑事法庭出庭作证，下面我们将读到他的证词中包含的各方面的事实。眼下，我们只想介绍一下 1932 年 6 月 18 日捕杀野狗的事。大厅里挤满了看热闹的人。“圆球”奥维埃多坐在法官台子对面的小椅子上。人群在椅子后面你推我搡。那些挤不进去留在走廊上的人听不见证词的细节，里面的人就把话传出去。“圆球”奥维埃多满身大汗，好像刚刚穿着衣服洗过澡似的。他精神极度紧张，几星期前在“长舌桌”上大吹特吹自己遇事镇定时的那股高兴劲儿消逝得无影无踪。

他不住气地喝水，那些看热闹的人专管给他往水杯里倒水。对法官的提问，他的回答是：

证人说，他们在阿尔古埃约药店弄到毒药后，没像原先计划的那样复习功课准备期末考试，而是回到他在圣胡安区的家，准备毒饵。卡斯塔涅达离开了一阵子，到孔特雷拉斯家找堂·卡门要他原先答应给的肉。证人从客厅的镜框上取下一块玻璃，把小瓶儿里的毒药倒在玻璃上，用小刀把药分成 20 份儿。然后，用同一把小刀把毒药涂在一块块肉上。这个活儿是在院子尽头处干的，离开厨房远远的，免得食物沾上毒药。他们把一块块肉用线扎好，用起来毒药就不会沾到手上。线是从他妻子的缝纫机抽屉里找到的一个线轴上揪下来的。他可以确切无误地肯定说，20份儿毒饵准备完毕后，瓶子里绝对没剩下一点儿马钱子碱。他还亲手把空药瓶扔进厕所里，免得让淘气的孩子们拿走。

他希望尽早开始捕杀野狗，可是卡斯塔涅达拦住了他。卡斯塔涅达说，最好别让人家看见他们光天化日之下毒野狗。不然的话，人家会说他们游手好闲，虽说《记事报》一直在说给野狗下毒是有责任心的人才能干的事。他妻子也同意这种意见。证人在准备毒饵的时候，他妻子不住地跟他开玩笑，只是不想帮任何忙。

他又说，卡斯塔涅达还提出一条理由：堂·卡门一定要跟他们一起去。听到这个消息，证人感到吃惊，心里很不痛快，他根本没把堂·卡门上午说的话当回事。要是堂·卡门和他们一起去，准得打乱他们的计划。

他说，卡斯塔涅达保证说，正像堂·卡门上午说的那样，他只是跟他们一起去杀死水厂附近的狗。这样一来，证人也就放心了。另外，卡斯塔涅达还开玩笑地说，既然《记事报》呼吁让德高望重的人使用毒药，那么，在第一阶段有堂·卡门陪着就再好不过了，恰好证明杀狗是一桩义举。说到这儿，他妻子再次插话说，如果考官发现他们在大街上胡闹，不好好学习，延期毕业的可不是堂·卡门。

证人继续说：大约在下午6点钟，堂·卡门乘坐那辆黑色帕卡德汽车来了，他们三个人一起到水厂周围下毒药。堂·卡门亲自操纵方向盘，当时显得特别高兴，谈笑风生。每当看到有只狗用尖牙去咬他们扔下的带毒的小块肉，他就松开方向盘，搓搓双手，美滋滋地偷偷一笑。

水厂的事儿办完以后，堂·卡门在把他们送到证人家门口之前，要求他们别忘了给堂·马卡里奥·卡里略的狗喂一份儿肉。卡里略是个音乐爱好者，家住在堂·卡门家东边第四个门。他养的那条狗常在

“拉法玛”商店的便道上拉屎，堂·卡门老得往狗屎上撒锯末。大约晚上8点15分，他们从门洞里把狗引到走廊尽头。那只狗安安静静地坐在那儿，他们给了它一大块毒饵。

大约在晚上8点钟，他们乘坐证人父亲那辆马车出来进行最后一次捕杀。他们在棚里套上牲口，带上剩下的毒饵。当时还有15份。毒饵放在装“星牌”香皂的松木盒子里。他们跑过几条街，仿佛是出来溜溜。沿路上，遇见狗就偷偷地扔出一块沾了毒药的肉。毒死的狗数皇家大街最多，最后只剩下一份儿了。

他们把达比希雷大夫的诊所放在最后。估计是在晚上10点钟，他们走到圣弗朗西斯科教堂附近。到这个钟点，达比希雷大夫该上床睡觉了。这工夫儿，只剩下一份儿狗饵了。他们把毒饵给了在诊所门前碰见的唯一一只阿尔萨斯狗。达比希雷大夫养了好多狗，通常放出几只狗整夜守在门口儿。

证人手提着拴毒肉的线下了车，小心翼翼地朝便道走过来。那只狗是凶猛的种儿，根本不想咬那块肉。他千哄着万哄着，总算把那只狗叫了过来。狗捡起那块要命的肉，静静地吃了下去。

他们正要回到车上，达比希雷大夫突然出现在大街上。他们本以为大夫早在卧室里睡着了呐。达比希雷大夫一看见证人那副鬼鬼祟祟的样子，又发现他的狗正在吃肉，马上猜到准是毒饵。所以他才一反常态，暴跳如雷。

“我滑倒了，那个婊子养的狠狠地用手杖打我。”“圆球”奥维埃多在空中挥着手，好似用手杖打人。后来，他倒在地上，十分夸张地用手护住脑袋。

“奥利韦里奥·卡斯塔涅达呢，他没过来保护你？”萨尔梅龙大夫用两只手慢慢打着榧子。

“他飞快地从车上下来，躲到教堂前庭的一棵柏树后面，太不够朋友了。”“圆球”奥维埃多仍然蜷缩在地上，好像还在强忍着手杖的敲打。

“你说中毒死去的狗一共是20只。”萨尔梅龙大夫用手指沾了沾唾沫，翻动着斯奎布笔记本。

“20只，单子已经交给您了。”“圆球”奥维埃多连连呼气，好似为了逃脱挨打快步跑到车上，正在恢复体力，“到诊所前，我们把毒饵乱扔一气。不过，好在那儿只有一只狗。它把剩下的最后一份儿肉吃下去了。”

“这么说，毒药一点儿也没剩下。”萨尔梅龙大夫把铅笔丢在一边儿，拧开自来水笔，急匆匆地写了些什么，仿佛在开药方。

“一丁点儿也没剩。20份儿药，20条狗。”“圆球”奥维埃多吼叫了一声。他模仿狗中毒后“嗷嗷”乱叫，弄得椅子乒乓直响。

3. 他从监狱里大声疾呼：我是无辜的！

奥利韦里奥·卡斯塔涅达博士
专门会见本报记者
罗萨利奥·乌苏卢特兰

※ 第 21 监狱向《记事报》慷慨敞开大门
※ 外貌和简历
※ 犯人对自己处境的看法
※ 那个名叫拉法埃尔·乌维科的青年人暴死在哥斯达黎加的情况
※ 犯人肯定其妻一直身染重病
※ 犯人和孔特雷拉斯一家人的关系
※ “我压根儿没给过堂·卡门食物或药物，也没给过玛蒂尔德”
※ 在大学实验室里进行的化验是靠不住的
※ 犯人对可能进行的开棺验尸的看法
※ 他回到尼加拉瓜的原因
※ 犯人谈忌妒和政治迫害
※ 犯人将进行自我辩护

日落西山。1933 年 10 月 15 日下午 6 点。高贵的市民们还跪在地上做“奉告祈祷”，显得颇为激动。大教堂的钟轻轻地敲击了 6 下。随着钟声，我登上监狱的台阶。阿纳斯塔西奥·奥蒂斯上尉慨然前头引路，带着我往里走。来到阴暗潮湿的石头走廊东头儿，他说：“这儿就是牢房。”四下里一片死寂，令人不寒而栗，只有置身于空无一人的寺庙或公墓中才会产生类似的感觉。我停住脚步，站了几秒钟。举目一望，只见走廊尽头处有一扇窗户。残阳透过窗棂射进几道四方形光线。

牢房里有一张简陋的床铺。一名囚犯坐在床上，双臂交叉，支在一张粗糙的小松木桌上，低头沉思。这张桌子既用来吃饭，又用来写字。桌上放着几本书、几份报纸，还有一只搪瓷杯、一瓶水。此外，一无所有。

犯人蓦地扫过来一眼。此人中等身材，皮肤白皙，嘴唇和下巴上的胡须剃得溜光。一张鹅蛋脸，下巴朝外努着。头发漆黑，直溜溜的。眼镜后面，目光显得又温和又迷茫。嘴巴不大，嘴唇薄薄的。胸部凹陷，前额不宽不窄。鼻子挺直，鼻端扁平。整个外表显得刚毅、狡黠而又谨慎。犯罪学家可以根据测量头盖骨以及准确确定形态比例和特征在此人身上试验一下关于遗传和"天生犯罪"的响当当的学说。然而，除了这些科学考虑外，我们不能不承认他是个颇具吸引力的男性标本。莱昂市上层社会的女性几乎一致认为他的魅力是不可抗拒的。是不可抗拒，还是嗜杀成性？是不是一种特征掩盖着另一种特征？

他身穿一件黑开司米上衣，扎一条黑领带。即使独自一人待在牢房里，仍然没有脱掉常年穿戴的丧服。熟人也好，生人也好，在他们眼里，丧服给这个外国青年的为人蒙上了一层神秘的色彩。有消息说，他是为母亲的仙逝终身服丧的。当时他还是个少年，亲眼看见母亲在难以名状的痛苦中撒手而去。这幕惨剧不仅决定了他常年身着丧服，而且随着时间的流逝还深深地影响到他的行为，使其行动变幻无常。

他看见我站在牢房门口，耸了一下眉毛——这个动作十分独特——把我上下打量一番，然后轻声请我进去。我寒暄了一句，他感动得一个劲儿向我道谢。那位在莱昂市上流社会各家的客厅里使俊俏妇女一见倾心的光彩夺目的绅士，难道说是眼前这个愁云满面的孤独的囚犯吗？毫无疑问，正是此人，只是今天他被噩运的闪电击得灰心丧气。

采访开始了。

"卡斯塔涅达博士，国内外报纸对发生在莱昂市的轰动一时的悲剧众说纷纭，而您正是热烈议论的对象，对您提出了种种揣测。您是否愿意为渴望了解事实真相的《记事报》的读者回答几个问题？"

他思索了几秒钟，头部缓缓动了几下，回答说：

“我愿意，乌苏卢特兰先生。”（停顿）

他双手捧住前额，俯身在桌子上，又瞟了我一眼。看得出，他很悲伤，眼睛里充满疲惫和绝望的神情。接着，他摘掉眼镜。

“您多大岁数？家庭情况如何？”

“1908 年 1 月 18 日，我出生在危地马拉共和国萨卡帕市（他的额头上出现一道浅浅的皱纹）。父亲名叫里卡多 · 卡斯塔涅达 · 帕斯，是退休军人，六个月前得了风湿病。弟弟叫古斯塔沃，是个 19 岁的青年人，在危地马拉医学院和外科学院三年级学习，目前正在准备考试。还有个弟弟，也叫里卡多 · 卡斯塔涅达的在德国慕尼黑大学攻读外科，快毕业了。”

“您的学历呢？”

“我在危地马拉育英学校读过小学。在奇基木拉市的东方国立学校中学毕业。后来在圣 · 卡洛斯 · 博罗梅奥大学开始学习法学，在这儿，在莱昂完成了学业。1933 年，也就是今年 2 月 21 日毕业，专业是律师。”

“您担任过什么公职？”

“1926 年，我在危地马拉公共教育部担任办公室主任。随后，也就是同一年，任公共教育部副部长。”

“您是说，18 岁那年您就成为危地马拉最高政府的内阁成员？”

他用惊讶的目光瞥了我一眼，似乎我提出了一个愚蠢的问题。不过，紧接着他又莞尔一笑，回答说：

“是的，是这样。几年后，我进入外交界。1929 年，我被委派为危地马拉驻哥斯达黎加使团的随员。那年年底，我担任了驻尼加拉瓜使团的秘书。打那时起，我对这个国家产生了特殊的好感。”

“您是在哥斯达黎加认识那个名叫拉法埃尔 · 乌维科的青年人的？”

他的面部表情顿时变得又严厉又充满疑惑。他用手指连连敲击粗糙的桌面。

“完全正确。1929 年 11 月 22 日他死在圣何塞。当时他是使团秘书，我刚才说过，我是随员。我们是亲密无间的朋友。”

“死因呢？”

他的眼神越发显得杌陧不安，表情更加激愤，更加烦躁。

“给他瞧过病的大夫一致认为是‘酒精中毒引起的肾昏迷’。我的年轻的朋友乌维科住在德意志膳宿公寓，离炮兵广场的中央邮政局很近。我住在另外一个地方，叫尼萨膳宿公寓，在金属大楼东侧，离莫拉桑公园不远。

“乌维科去世前夕，Lilly Rohrmoser 小姐（卡斯塔涅达博士慨然相助，帮我把这个姓写在笔记本上）和堂·吉列莫·巴尔加斯·法西奥在圣何塞举行了婚礼，喜事办得很讲排场，成为圣何塞前所未有的社会要事。”

“您参加婚礼了吗？”

“没有。乌维科倒是参加了。很遗憾，他和往常一样开怀畅饮一番。朋友们先让他在新娘家中举行婚礼的一间客厅里休息了一个小时，在将近凌晨 3 点钟的时候，送他回到德意志膳宿公寓，在他自己的房间里睡觉。在住所里，给他服了一些药，为他解酒。”

“后来您去服侍过他吗？”

犯人眼睛闪过一道阴影。他用手抹了抹脸，仿佛赶走一只讨厌的大麻蝇。

“上午 9 点钟左右，我作为朋友赶去看望他。乌维科要我到他那儿去，德意志膳宿公寓的一个女用人替他给我挂了个电话。看到他身体十分虚弱，我给危地马拉医生佩德罗·乌尔塔多·佩尼亚去了电话。然后，我到使团住处去找阿尔弗雷多·斯金纳·克利硕士。他到了住所，大夫当着他的面儿说病人身体虚弱，病情极其严重。公寓的女房东又叫来一位医生，他是马里亚诺·菲格雷斯大夫，他也是这个看法。”

“请允许我提个问题。您给他吃过什么药吗？”

“乌维科每次喝酒喝伤了，都要喝一种叫‘泽勒酒’的特殊药，那是一种盐类。喝下去以后不见效，乌尔塔多·佩尼亚大夫又迟迟不来。他要我到药房去买小苏打。根据药剂师的意见，我给他买了一瓶布洛姆矿泉水。喝了，也不见效。大夫给他打了针，灌了肠。结果都无济于事。”

“乌维科死了以后呢？”

“斯金纳·克利大使先生安排了尸体解剖，检查肠胃里的液体，还检查了给死者服用过的药物。”

“为什么要做这些安排？难道说是怀疑有人害死了他？”

年轻的律师慢慢腾腾地把眼镜戴上，仿佛要仔细地看看我。他的悲哀的眼神里带有一些怜悯的神情。

“是严格按照《危地马拉外交条例》办事。《条例》规定，在这类情况下一定要这样处理。”

“科学调查的结果怎么样呢？”

“哥斯达黎加国家化验所所长加斯东·米肖先生提出了一份正式报告，已列入调查案卷。其中说，经过一丝不苟的分析，证明内脏和体液中不含有任何毒物。关于药品的结论也是一样。”

夜幕降临了。一只悬挂在电线上的孤零零的灯泡在牢房的天花板下散发着亮光。几分钟前，犯人站起来拉亮了电灯。

“这是您第一次会见报界吗？”

“是的。直到现在我才能说话。一周来我和外界完全隔绝。报上爱说什么就说什么，毫无根据。我很感激您，乌苏卢特兰先生，您给了我发表谈话的机会。我的谈话可以让许多朋友稍稍放点儿心，他们应该知道我的心灵像玻璃一样透明。”

“您知道您为什么坐牢吗？”

犯人在窄小的牢房里慢腾腾地来回走动，显得十分气忿。

“是国民警卫队司令安纳斯塔西奥·索摩查将军[①]下令逮捕我的。可是，直到今天，有关司法当局才给我看了逮捕证。这只能说明他们在程序上是非法的。”

我的采访对象没有直接回答问题。我也不打算强使他回答。不过，记者的责任感占了上风，我又提出下面的问题。

“关于您妻子玛尔塔之死传闻甚多，您听到了吗？”

他不再走动了，回到了座位前，似乎巨大的悲痛使他颓然跌坐下来。

“是啊，很遗憾，我听说啦。我妻子身体十分虚弱，时不时地月经不止。在这儿还不幸染上严重的疟疾。我曾向刑事法庭法官提出要求，请他对我妻子的尸体开棺检验，虽说这对我是非常痛苦的事，目的无非是要彻底证明一下她不是死于中毒，而是像为她治疗过的医生们当时诊断的那样死于恶性热病。那些流言蜚语深深刺痛了我的感情，对此您是很难想象的。对玛蒂尔德·孔特雷拉斯小姐的去世，我感到万分悲痛，可有的人还是残酷地、恶意地散布了许多谣言，这也深深刺痛了我的感情。对孔特雷拉斯小姐也应该开棺验尸。”

说罢，犯人把双臂交叉在胸前，昂起下巴，仿佛不仅在向我挑战，而且向全社会——过去对他百般赞扬、如今转而反对他的社会——挑战。

“您本人提到了玛蒂尔德·孔特雷拉斯小姐的死。司法当局根据她暴死的情况也在研究她是不是中毒身亡。对此您有什么要说的吗？”

犯人的眼睛里噙满泪水。手边没有手帕，他用手指节揩干眼泪。

“您可以相信，要是我能自由行动，我早就挺身而出，批驳那些无

① 安纳斯塔西奥·索摩查（1896—1956），尼加拉瓜军人，在该国实行家族统治达20年之久的独裁者。

耻的谰言，保护自己了。对我来说，玛蒂尔德是高贵品德的熔炉，是善良和魅力的源泉。她和我妻子一样正值豆蔻年华，不幸夭亡，两个人得的是同一种病，都是恶性热病。她对我有好感，敬重我。现在，那些卑鄙的风言风语、造谣中伤使我落到这步田地。她从另一个世界看到我的处境，一定要难过死了。”

他又停了下来。看样子，回忆往事搅得他心烦意乱，仿佛昔日生活的阴影环绕着孤独的囚犯，在凄清的牢房里徘徊。他预感到下面我要提出什么问题，用沮丧的目光望着我。

“由于堂·卡门·孔特雷拉斯的暴卒，您被捕入狱，而您又曾经作为这个苦难的家庭的客人借住在他家里。就此，您有什么话要对我们的读者说一说吗？”

“对堂·卡门的意外去世，我从心底里深感悲痛。他是我的好朋友。生前，他择友的标准十分严格，本人能忝在相知之列，甚为荣幸。”

“在堂·卡门去世那天，您给过他食物或药物吗？”

“压根儿没有。可以请先生的家属们说一说，他们对我的行为正直是否有一丝一毫的怀疑。我可以提出堂娜·芙洛拉，死者的悲痛万分的妻子，请她来证明一下我的话是真是假。在饭厅里，是家属和用人端菜上饭。堂·卡门自己服药，自己保管药品。我干吗要费那个事给他药吃？我也没给玛蒂尔德吃过任何东西，可那些凭空捏造事实的指控者偏说我给她吃过东西。请您想一想，他们说我给她吃了一只用马钱子碱炮制过的鸡腿。我想问一问，他们敢不敢用恶毒的舌头舔一舔如法炮制的鸡腿，看看是他们无知还是信口胡说。”

“大学药学系试验室对堂·卡门的内脏做过化验，证明他是因中毒而死亡。从死者的器官和体液里抽出的物质注射到动物身上，动物立刻剧烈地抽搐，最后也死了。您认为化验的结果是否有效？”

犯人苍白的嘴唇上闪过一丝笑意，内中包含着讥讽的意味。

“对这类化验加加工，办法多的是。虽然我不是科学家，其中的漏洞实在太显眼了。即使对任何一个外行来说，这些证据也够滑稽可笑的了。在药学系试验室里，学生可以在老师的指导下制造糖浆和带香味儿的发蜡。那里的科学水准仅此而已。杀死一条野狗、一只家猫、一只可怜的蛤蟆，在实验室里也算得上一件值得大吹大擂的事。您怎么能指望我把这些玩意儿当成法律凭证呢？即使不是于我不利的凭证，也不行。”

“您刚才提到对您的妻子、对玛蒂尔德·孔特雷拉斯开棺验尸，而且表示赞成这样做。一旦把尸体弄出来，进行解剖，您认为是否宜于在莱昂进行科学检验？或者您也许会建议把内脏送到首都的化验室去？”

“这项决定不能由我来做；应该是负责审理本案的法官来决定。不过，记者先生，请您记下来，这个想法不容忽视。很明显，在首都拥有更合适、更有效的手段，至少可怜的小动物可以免于一死。用从腐烂的尸体上抽出的东西注射到小动物身上去，那会定死无疑。”

虽然他言辞尖刻，看来他已经精疲力竭了。但是，还有几个问题要谈一谈。我提出来，他同意了。

“请您原谅，您的妻子玛尔塔去世后，您曾经离开了尼加拉瓜，显然不打算再回来了。这儿没有什么可留恋的，为什么您又返回来了呢？”

他凄然一笑。

“我回来是要为《尼加拉瓜：1934年》这本书搜集材料的。这本书是我和米格尔·巴内特先生合写的，他是古巴人，出版业专家。这是一本年鉴，包括经济和社会资料、各种统计数字和照片。为了收集必不可少的材料，我们打算跑遍尼加拉瓜各个市镇。在我那些被没收的物件中有合同草案、相应的社会公证文件和商业性信函。”

“为什么您又住在孔特雷拉斯家里呢？”

“承蒙孔特雷拉斯一家人厚爱，我是盛情难却。堂娜·芙洛拉和她女儿玛丽娅·德尔·碧拉尔在今年9月底从哥斯达黎加回国的时候，我们正好搭乘同一条船，我有幸陪伴堂娜·芙洛拉，她要求我在她家里落脚。”

“您在哥斯达黎加有何贵干？在那儿停留是不是有什么特殊的原因？”

年轻的犯人浑身一震，似乎内心掀起一阵轻微的波澜，就要发作出来。但是，他还是控制住了激动的情绪。

“干脆把事情挑明了吧。我告诉您，我到那儿去是因为我在危地马拉被驱逐了，是出于政治原因。当局发给我的护照只限于去哥斯达黎加。堂娜·芙洛拉和她女儿正在圣何塞度假，我和她们完全是偶然相遇，当然，是十分令人愉快的邂逅。因此，我完全可以批驳那些故意把事情往歪处引的随心所欲的说法。飞短流长，荒唐以极。”

“到了莱昂以后，您没去走访各个市镇，是什么原因使您不能按计划行事呢？”

“堂·卡门要我留下来。他非常希望市自来水公司的新合同能够签成。很久以来这件事弄得他很头疼。他知道我和市政府成员关系不错，通过新合同又得靠他们。所以当着家人的面儿，他要求我先别离开莱昂，帮他交涉这件事。

“莱昂市政府和市民可以看到，为了争取签订这样一个并非人人同意的合同，作为律师和孔特雷拉斯的朋友，我的行为是老实可靠的。后来，堂·卡门的女儿玛蒂尔德不幸身亡，他又要求我不要离开，因为他很伤心，很悲痛，越发无力处理自来水公司的事了。和过去相比，他更有理由把这件事完全交给我去处置。这样，我就没能离开莱昂。”

时间飞速前进。愿为读者效劳的本报记者快要完成这项艰难的采访任务了，但我认为还应该提出最后几个问题。

“您认为您眼下的不幸处境是如何造成的？您在本市一向很受人敬重嘛。”

“我认为是有些人用心险恶，巧设机关。他们出于忌妒，一门心思要把我搞臭，为统治我的祖国——危地马拉——的暴君的恶毒的阴谋诡计效劳。暴君的手伸得很长，我在和他作对。对那些为他的卑鄙行径出过力的人，他是不惜大把儿花钱的。我作为一个外国人在尼加拉瓜超群出众，比他们光彩得多，这引起了他们的忌恨。我不是出生在本市，他们不能容忍我在这座高贵的城市的上流社会圈子里得到这样广泛的推崇和好感。他们乐于帮助独裁者把刀子磨得快快的。”

下面我要提出的问题很难回答，十分棘手，但是，我还是毫不迟疑，单刀直入地提了出来：

“您是否意识到，在这个案子里，在拿您的性命开玩笑？”

犯人用傲慢的眼光瞟了我一眼。然后扶了扶眼镜，显得神色坚定，信心十足。

“不光是拿我的性命当儿戏。而且有人用一个一个的丑恶行径拿法律开玩笑。他们没有任何法律依据先把我囚起来，直到很晚才给我看逮捕证。然后，又剥夺了我的不可侵犯的自我辩护权。审理在进行，我是犯人，本该在现场。他们背着我听取证词。至今还没有任何人就强加给我的所谓罪行正式提出控告。

“您要知道，想到这种通同作弊可能会把我送上断头台，我并没有发抖，一点儿也没有。果真如此，我的心灵是安详的，我要为堂娜·芙洛拉及其家庭祝福，对她们我没有别的，只怀有感激之情。她和玛丽娅·德尔·碧拉尔为了减轻我坐牢之苦，对我百般照料。只是由于监狱管理人员的阻挠，她们才不得不停止给我送吃的东西、换洗的衣物以及其他保证生活舒适的必备物品。请您相信，真正令我伤心的是我竟成了谣言中伤的对象，特别是这些污蔑和恶意行动居然来自我过去的老朋友和同窗。”

“在目前采取这类行动的老朋友当中，您是否把负责审理本案的法官也列进去了呢？”

“提到法官先生，也就是马里亚诺·费亚约斯博士，他是我在法学院的同学。不过，请您原谅我不能回答这个涉及他的问题。或者说，这个问题应该由法官自己凭良心做出回答。”

“您要怎么样进行自我辩护？”

听到“辩护”一词，卡斯塔涅达博士不禁露出个苦笑。

“我对您说过了，迄今为止他们一直不准许我享有辩护权。可我还在盼着能有人正式对我提出控告。如果有人愿意这样做的话。到那时，我将十分强烈地要求认可我来充当自己的辩护人。在牢房里我收到许多享有盛誉的律师，包括马那瓜的律师的承诺，他们表示愿意帮我打官司。但是，如果我终于得到辩护的机会，我还是要自己为自己辩护。”

从走廊的阴影里，奥蒂斯上尉向我频频示意，告诉我给我的时间已经大大超过了。采访只好到此结束。我把这个意思告诉给身遭不幸的对话人，同时准备道别。

“您还想补充几句吗，卡斯塔涅达博士？”

“我想通过您，乌苏卢特兰先生，向全国报界提个建议，希望他们以尽可能冷静和慎重的态度处理此事，希望他们考虑到犯人的神圣身份。”

“我会这样做的。再见，卡斯塔涅达博士。”

我走出笼罩在沉沉的夜幕中的阴森森的第 21 监狱。亲爱的读者，您也好，我也好，谁也不愿意幽禁在它的大墙后面。

4. 人生只有一次爱

1933年10月11日上午11点，根据莱昂刑事法庭首席法官的决定，查抄了奥利韦里奥·卡斯塔涅达放在堂·卡门·孔特雷拉斯家里的行李。把行李送往法庭库房前，当场记录下物品清单，包括下列各件：

1. 大号铁皮旅行箱一只。箱子打开后，发现内装危地马拉、哥斯达黎加和尼加拉瓜不同日期的报纸；律师用书、几扎私人信件、合同、收据、结清的证券以及各种账目；用打字机抄写的诗作，题材不一，由犯人署名；一篇尚未写完的文章，也是打字稿，题目是《中美洲的经济病及其治疗方法》，作者还是这个犯人；还有一个文件夹，里面有一份即可送印的打字稿，标题为《痛悼玛蒂尔德·孔特雷拉斯小姐——哀悼者敬赠》，系用哥特字体手书而成。

2. 大号压缩硬纸板手提箱一只，内装个人使用的衣物：英国开司米长裤、上衣和坎肩，均为黑色；黑色无尾男礼服，配有丝饰带。

3. 中号藤编手提箱一只，内装个人使用的内衣、衬衣以及衬衣上的电木假领子和假袖口；蝴蝶领结及吊裤松紧带。

4. 雷明顿牌手提打字机一架，配有打字机盒，盒盖已破损，装有铁锁。

5. 维克托牌手摇留声机一台，也配有盒子。

6. 大木箱一只。箱盖上有手绘的火山和湖泊图案，内装几顶黑色毡帽；还有手杖、鞋子以及化妆品，包括几盒粉、几瓶发蜡和花露水。

最后，在这只箱子里，还有一个铁筒，里边放着犯人的律师和公证人的职业证书；有一本《外交礼仪手册》，无作者署名，1912年在马德里印刷；一本刑法，上面盖着莱昂大学中央图书馆的印章，检查后即交还给该图书馆。

在木箱里还发现两张珍珠牌唱片。一张唱片上的乐曲是《人生只有一次爱》（华尔兹）和《月亮山》（布鲁斯）；另一张唱片上的乐曲是《甜蜜的詹尼·李》（布鲁斯）和《歌唱你，罪人》（狐步舞曲）。

在刑法那本书里夹着一封信，既没有署名，也没有收信人的姓名。信是用铅笔写在普通包东西纸上的，共两页，第一页上半部已被虫蛀。检查完行李后，法官指示把信放进本案档案。在档案里，我们可以看到这封信：

……那个来这儿的女人十分骄傲。坦率地说，两个月前我以为您感兴趣的是M.P.。看见她对您那副样子，我真害怕（我说"害怕"，是因为凭感觉，我知道她很爱您）你们之间已经发生了什么事。她在所有人面前都是那么目中无人，自命不凡，唯独您是例外。亲爱的，别生气，我想知道的事情，都告诉我吧。您喜欢M.P.吗？如果您喜欢她，为什么又改变了主意？告诉我，是什么东西使您改变了主意？亲爱的，您不知道，有时我满腹狐疑，内心十分痛苦。我不得不跟您说这些，因为有时候我感到非常孤独，我想拥抱你，感觉到你在我身边。您是从什么时候起喜欢上我的？为什么？每当我想到也许您考虑不周，很快会感到后悔，我就非常难过。我反复琢磨过这件事，我最大的幻想就是咱们能永远生活在一起。我对你了解得不多，亲爱的，不过那是因为你不愿意人了解你。我觉得，能给你的，我都给你了，你不会对我心存什么幻想。请原谅，我必须让你知道我的感受、我的担心以及我对你深深的爱。你爱的是我吗？我知道，男人总是喜欢许多女人。如果有朝一日你能肯定你对我不像对另外那个女人爱得那么深，那么请告诉我。虽说那是很痛苦的事，但我宁愿如此，也不愿受骗。亲爱的，我爱你，我希望你能感受到我对你的全部的爱。亲爱的，我害怕（此处有4个字看不懂）。有很多事情使我痛苦，希望你能真诚地告诉我。有时候，我脑子里出现一些想法，折磨得我好苦呀，好苦。我深深地爱着你，超过了对所有人的爱，我还从来没有过这种感觉。你为什么到我身边来？为什么出现在这里？而你，又信不过我。我一直不知道你有什么感受，你出了什么事。我不能安慰你，也不（此处有一字看不懂）。是不是我太傻了，太丑了，配不上你？请记住，直到（此处有5个字看不懂）。我喜欢你那张唱片，我已经能用钢琴弹奏了，人生只有一次爱。是这样吗？或许这个爱是对M.P.的？我愁死了，亲爱的。

根据1933年11月28日的拘捕令，奥利韦里奥·卡斯塔涅达正式成为一名犯有杀害近亲罪和残酷杀人罪的嫌疑犯。12月1日，他出庭交代罪行。这次审问拖得很长，几乎用了一天的时间，法官和被告之间的对话如下：

法官：您的行李中有只木箱子，里面有一本书，书里夹着一封信。信是用铅笔写的，用的是劣质包装纸，上面既没有署名，也没写地址。箱子是您的行李的一部分，因此我推测信是写给您的。在这封信里，一个女人对缩写字头为M.P.的第三者表现出忌妒心理。

这封信的最后一段提到《人生只有一次爱》这支华尔兹乐曲。在您被查抄的物品中有一张唱片，上边有这支乐曲。玛蒂尔德·孔特雷拉斯小姐会弹钢琴。由此，我推测这封无名信是她写的，您收到这封信的日期肯定不会很远，是在您妻子玛尔塔·赫雷斯·德·卡斯塔涅达死了以后，因为信中没有一句话提到她。

另外，从审理本案过程中听到的一些证词，可以看出您追求过孔特雷拉斯两姐妹。1933年11月12日，玛丽娅·德尔·碧拉尔·孔特雷拉斯小姐在证词中亲口说：您对她给予“特殊照顾”；尤其是1933年10月17日，您的好友——我可以把他视为您的知己——奥克塔维奥·奥维埃多·伊·雷耶斯博士说，大约在1933年1月，您妻子去世前，您肯定给他看过另外一封信，是玛丽娅·德尔·碧拉尔·孔特雷拉斯写给您的，信中的词句只有在恋人之间才会使用。

鉴于上述种种情况，本法官得出如下结论：本法官出示给您的这封信是玛蒂尔德·孔特雷拉斯写给您的，请您检验一下信件，确认本法官所言不假；她用M.P.缩写字头暗指的那个女人不是别人，正是使她产生忌妒心的妹妹玛丽娅·德尔·碧拉尔。两个女人都给您写过情书，而您则为了达到个人目的从中挑拨。您应该同意这个结论。

犯人：首先，正如您所指出的，这是封既没有地址，也没有署名的信，其内容又含混不清。M.P.的字头不能说明任何问题，用这两个字母可以组成无数个名字。为什么一定是指玛丽娅·德尔·碧拉尔·孔特雷拉斯小姐呢？这封信写在包装纸上，既不知道写信人是谁，也不知道是写给谁的，是一封非正式信件，完全缺乏可靠性，根本不能作为物证，您凭什么说写这封信的人是我怀着崇敬心情永志不忘的雍容娴静的玛蒂尔德·孔特雷拉斯小姐呢？

的确，玛蒂尔德小姐多才多艺，钢琴弹得十分出色。但是，我一生中，在此地以及其他许多地方，结识过无数位具有同样教养的女子。如果有人在某个时候听到过她弹奏《人生只有一次爱》这支华尔兹乐曲，那么，用不着那些一心想迫害我的人说三道四，我可以告诉您，法官先生，她大约是跟着电台学会的，因为《法兰西电台》经常播放这支曲子的录音。

至于我的朋友、忠实的同窗奥克塔维奥·奥维埃多·伊·雷耶斯博士说的那件事，我猜想是他记错了，他不想伤害我，也不想败坏玛丽娅·德尔·碧拉尔的名誉。

法官：根据本法官在审理本案中收集到的全部证据，您有一个精心策划的犯罪计划，您不把孔特雷拉斯·瓜迪亚夫妇的小女儿玛丽娅·德尔·碧拉尔弄到手，是不会善罢甘休的。您企图扫除一切障碍，娶她为妻，从而可以霸占堂·卡门的财产，您贪图的就是这个。为此，您首先在1933年2月13日害死了您的妻子玛尔塔·赫雷斯，以便自由自在地重新结婚；然后，在1933年10月2日，害死玛蒂尔德·孔特雷拉斯，因为她是您实现计划的感情上的障碍。1933年10月9日，堂·卡门去世，您这一系列罪行才被司法当局制止。您必须除掉堂·卡门，因为正如您自己说的，这个人不肯把生意托给任何人。您借此可以尽快继承下他的产业。下一个牺牲者无疑将是堂娜·芙洛拉。这家的男孩子卡门·孔特雷拉斯·瓜迪亚早被您耍弄阴谋诡计送到哥斯达黎加去了。

犯人：这个所谓的“计划”，在事实面前是经不住冷静和公正的分析的。您指责我贪图钱财，我可以告诉大家，我妻子正值青春年华，不幸早丧，我们没有子嗣，仅仅她一个人的遗产就超过孔特雷拉斯整个家族的全部财产的5倍，包括堂·卡门父亲的财产、他几个兄弟以及其他亲属的财产在内。我岳母、赫雷斯的遗孀堂娜·克丽斯蒂娜在危地马拉拥有以下几处咖啡园：乔霍哈、萨拉哈切、拉特里尼达、阿亨迪纳，这些咖啡园都在马萨特南戈省。我是凭记忆说的，肯定说不齐全，这些庄园总共生产6000多法内加①咖啡。她在马萨特南戈市中心拥有4幢最好的房子。她的宅第位于危地马拉城第三条南大街上。此外，还有大量银行存款以及其他证券、股票。如果说我贪图钱财，那么我已经和一位家私巨万、善良无私而且颇有魅力的女人结了婚，我为什么要杀害她？

除此之外，假如像有人千方百计捏造出来的那样我是个强盗，他们当中没有一个人认真地想一想我的社会地位、我的家庭教养、我作为一个正直的人的情感以及我的文化素养；假如像你们推测的那样我是个拿人命做交易的罪犯，那么司法当局至少应该承认我具有足够的聪明才智，可以做一笔不担任何风险的买卖，比如说为我妻子做大笔美元的生命保险，比如说犯下野蛮的罪行后，退隐到中美洲随便什么

① 1法内加在不同地区等于22.5或55.5升。

地方，那里只有上帝才能成为我的残忍的卑鄙行为的见证。

法官：奥克塔维奥·奥维埃多·伊·雷耶斯博士在我刚才提到的那次作证时说，根据他的回忆，玛丽娅·德尔·碧拉尔签字的那张纸条上，有一段是这样说的：

“我亲爱的：人生只有一次爱。当你感到孤独的时候，请记住我，把我们俩的这支歌放进唱机里。即使另外一个女人在场，也请记住我，她会用钢琴为你弹奏这支曲子，而我不会。”

尽管您给最亲密的朋友奥维埃多博士看纸条的那天您的妻子玛尔塔·赫雷斯还活着，但我想这“另外一个”会弹琴的“女人”就是玛蒂尔德·孔特雷拉斯。难道玛丽娅·德尔·碧拉尔指的是您妻子吗？

犯人：如果在目前情况下我必须提起两位已经命丧黄泉的纯真无邪的人，一个是我妻子，一个是玛蒂尔德·孔特雷拉斯小姐，那我只好勉为其难了，为的是作为一个男子汉我要尽全力批驳这些蠢话。

那张根本不存在的纸条儿上的谎言，我再说一遍，是奥维埃多·伊·雷耶斯博士的记忆背叛了他，因为我不敢设想他会有意背叛我们的友谊。

至于那两位受人爱戴的孔特雷拉斯小姐，我应该告诉您，在我的心目中，她们是一样的光明磊落，一样的神圣。如今我身受不公正的审判，出于万不得已，我只好提出一点看法，提出一点我感到厌恶的看法，供您做出判断。你们既然认为我善于玩弄花招，那么至少应该认为我具有做出合乎实情的选择的能力，这不是很自然吗？如果像您和其他人想象的那样我是个罪犯，如果我同时追求她们姐妹俩，而且又病态地选择其中之一，那么害死不足15岁的玛丽娅·德尔·碧拉尔，和玛蒂尔德一起生活，不是于我更合适吗？玛蒂尔德是尼加拉瓜文化修养最高、知识最渊博的一位小姐，她在美国受过教育，能讲流利的英语，论弹钢琴，堪称杰出的艺术家。和一位年龄比我略小的、端庄、持重的女孩子结成良缘，我会有更大的把握通过犯罪满足发财的欲望，而不必和一个小姑娘结婚，尽管她的肉体很有魅力。

仅仅过了几天，1933 年 12 月 6 日，奥利韦里奥 · 卡斯塔涅达突然提交了一份长篇书面材料，其中对他在法庭审讯中的答辩，也就是说一再否认他与孔特雷拉斯姐妹的恋情，来了个 180 度的大转弯。在这份对审讯进程、对他自己的命运都具有决定性意义的书面材料中，他承认在那本刑法书中夹着的既无日期又无署名的信是玛蒂尔德 · 孔特雷拉斯写给他的，而且要求笔迹专家对此进行鉴定。

法官只好履行这道手续。12 月 12 日，笔迹专家佩德罗 · 阿尔瓦拉多和拉法埃尔 · 伊卡萨证明经过对笔迹的研究，认真对照了玛蒂尔德 · 孔特雷拉斯的其他笔迹，可以断定写信人即是玛蒂尔德 · 孔特雷拉斯。

犯人在同一份材料中还承认确实存在"圆球"奥维埃多在证词中提到的玛丽娅 · 德尔 · 碧拉尔 · 孔特雷拉斯写的那张纸条儿。

下面我们还有机会谈及这些情意缠绵的信函以及其他许多类似的书信。

在结束本章前，我们提前交代一下，1933 年 10 月 25 日对埋葬在瓜达卢佩公墓中的玛尔塔 · 卡斯塔涅达和玛蒂尔德 · 孔特雷拉斯的尸体进行了开棺检验。关于这件事，我们也放在后面谈。这里只说明一点，胡安 · 德 · 迪奥斯 · 达比希雷大夫以私人医生的身份来到公墓，要亲眼看一看解剖玛蒂尔德 · 孔特雷拉斯的遗体。他主动要求对暴死者的生殖器官进行医学检查，并要求在报告中写明她的生殖器官未经触动的字样。这件事也照办了。

5. 跳狐步舞的戴孝青年

1931 年 3 月 27 日黄昏，孔特雷拉斯姐妹和平时一样把藤椅搬到自家角门外面。虽说只是在边道上坐一会儿，等着天黑吃晚饭，她们俩还是和往常一样花了好长时间对着镜子梳妆打扮一番。邻居家的姑娘们也一样懒洋洋地坐在椅子上摇来摇去，观看过往的行人。夏日，暑气逼人。微风不时吹起街角处的碎屑和尘土，一群咕咕叫的鹌鹑飞到邻居家院子的树梢上。

不过，这一天，一个意外的事件搅乱了边道上的例行聚会。两个姑娘头靠着头，假装阅读妈妈刚从首都带来的《巴黎的理想》和其他时装画报，眼睛却好奇地盯着大街对面的动静。一对新来的房客住进了大都旅馆的一间客房。

在旅馆的边道上，几个身强力壮的小伙子正从马车上往下卸行李，有大木箱、手提箱、纸箱，还有一只装在盒子里的“维克托牌”留声机。一位身着丧服、风流倜傥、欢快的年轻人从装卸工手中轻轻接过留声机盒，小心翼翼地放在角桌上。

两位坐在摇椅上的姑娘看着他开盒盖儿，安上摇把。音乐还没响起，他就按着节拍踏起舞步，随后放上一张唱片，那是狐步舞曲《歌唱你，罪人》。这支曲子她们听过。年轻人一边跳舞一边走到房间里面。他的女伴——一位矮矮胖胖的年轻女人——正忙着从箱子里往外拿衣服。

那个戴孝青年高举着一只手，像剑客一样把另一只手向那个女人伸过去，催她一起跳舞。这时候，两姐妹不知道为什么一下子脸红了。房间里的女人穿的还是乘火车时穿的衣服。一顶毡帽盖住了头发，脚下一双半高跟鞋，身穿一套“贝克林”宽松服。一开始，她不想跳舞，后来经不住那个男人的舞步和表情的引逗，放下手中的衣物，笑嘻嘻地和他一起跳起来。姐妹俩听到她清脆的笑声。

这就是奥利韦里奥·卡斯塔涅达和他妻子玛尔塔·赫雷斯来到莱昂的那天下午的情况。几天后，3月31日，一场大地震摧毁了马那瓜城，全国处于美国海军陆战队占领之下。3月26日，他们搭乘泛美航空公司的飞机从危地马拉来到肖洛特兰机场。《消息报》按照惯例在《往来旅客》栏中公布了他们的名字。

1930年3月5日晚上8点钟，他们在危地马拉城梅尔塞德教堂举行的宗教仪式上结为夫妻。玛尔塔，1913年12月1日出生于马萨特南戈，结婚那天还不满17岁。

1933年10月11日，奥利韦里奥·卡斯塔涅达在向法官提供的证词中说，从1929年12月到1930年2月，他第一次在尼加拉瓜停留期间结识了各界朋友。出于对旧友的怀念之情，决定回尼加拉瓜继续攻读法律。但是正如后来阿塔纳西奥·萨尔梅龙大夫在"长舌桌"上指出的，这条理由不能令人信服，因为无论如何他的朋友大概都是在马那瓜认识的，而不是在莱昂，他以前从来没有在莱昂待过。

卡斯塔涅达被迫离开危地马拉的真正原因似乎与一次流血事件有关。1930年12月25日晚上，人们正在马萨特南戈社交俱乐部里欢庆圣诞节，他用手枪打伤了一个名叫阿尔丰索·里奇的人。此人是圣弗朗西斯科·萨波蒂特兰的庄园主。当时喝得酩酊大醉，正当"危地马拉幻想"木琴乐团演奏丹松舞曲《明亮的小眼睛》的时候，他竟然在舞厅里撒起尿来。

玛尔塔十分恼火，大喊了一声。卡斯塔涅达提出强烈抗议。作为回答，里奇干脆冲着恼羞成怒的卡斯塔涅达的裤子撒开了尿。庄园主砰然倒在舞厅中央，裤子的襟门都没来得及系上。卡斯塔涅达没有逃跑。他手拿着武器，冷静地等着在场的马萨特南戈的警察局长走过来，向他自首。卡斯塔涅达在监狱里待的时间不长，当时的危地马拉总统拉萨罗·查孔将军①出面干涉，把他救了出来。总统是萨卡帕人，和他

① 拉萨罗·查孔（1873—1931），危地马拉总统（1926—1930）。

是熟人。但是和里奇结下的怨恨对他仍是一种威胁。

孔特雷拉斯俩姐妹坐在自家门前，看着那对夫妇在打开的盒子和半空的箱子之间翩翩起舞，不由得脸上一红一白的。她们不知道这两位租用旅馆房间的新房客是谁，也不知道他们为什么来到莱昂。只知道这对夫妇是坐下午 4 点钟的火车从首都来的。他们和妈妈坐的都是头等车厢，这是听妈妈说的。听到音乐声，妈妈也来到门口儿，站了一会儿。从远处认出了他们，露出了微微一笑。

记者罗萨利奥 · 乌苏卢特兰在第 21 监狱的牢房里采访卡斯塔涅达的报道发表在 1933 年 10 月 15 日的《记事报》上。从报道中得知，奥利韦里奥 · 卡斯塔涅达于 1908 年 1 月 18 日出生在萨卡帕，他还有两个弟弟。但是，在接受记者采访时，他没有提到他是私生子。罗萨利奥没敢问他母亲露丝 · 帕拉西奥斯的情况。卡斯塔涅达 14 岁时，失去了母亲。临终前，她垂死挣扎了好长时间，那副痛苦的模样一直在梦中折磨着他。

母亲死后，父亲娶了另外一个女人。奥利韦里奥和他两个弟弟离开了父亲的家，被寄养在外婆——帕拉西奥斯的遗孀堂娜 · 露丝 · 乌尔苏亚的家里。有一次，他对“圆球”奥维埃多说，中午放学后，他经常去看望父亲。父亲总是在一家餐馆吃午饭。餐馆关着窗户。中午，外面阳光灿烂，餐馆里却是暗幽幽的。进门后，他战战兢兢地拖着靴子，生怕父亲知道他来了。可是，那个老军人把脑袋俯在汤盘上，不屑抬起头来看一看。他只能站在桌子旁边，不敢坐下来。

父亲拿着长把勺从热气腾腾的汤盘里舀汤喝，不停地同妻子说话，时不时地用手指甲从牙缝里往外剔肉丝，然后对着光亮瞅一瞅。最后，吃完饭，往台布上丢下一枚钱币，看也不看他一眼。他拿起钱，就走了。

但是，1933 年 10 月 11 日，卡斯塔涅达在证词中却说：他在莱昂学习期间，父亲十分慷慨，每月从危地马拉给他寄来 100 美元，他就是靠这些钱维持婚后简朴的生活。妻子死后，父亲寄的钱减少到每月 30 美元。我们看到一封信，那是他在 1933 年 10 月 21 日在狱中写的求援信。上面的地址是危地马拉城第三条东大街 46 号。信上说：

亲爱的爸爸：

他们指控我毒死了我们的玛尔塔（真是无耻透顶！），害死了我的房东堂·卡门·孔特雷拉斯和他的女儿玛蒂尔德，已经把我关押了 13 天，完全与世隔绝。今天，原告为此上书要求处我以死刑。在该死的政治上，我遭到不计其数的诬陷，如今总算通过一位古巴朋友（他同我合伙准备在这里开办一家公司）把信从哥斯达黎加寄给您，他要永远离开这个国家，我一点儿也不怪他。

是的，爸爸，我说的是该死的政治。我被驱逐出危地马拉之后，心中非常气愤。应侨民的请求，我在哥斯达黎加写了一篇反对乌维科[1]的文章，刊登在《共和国报》上，题目是《小歌剧中的拿破仑》。我干吗要卷进去呢？如今后悔莫及。刚到这里，我就看到了乌维科派来的科雷亚将军。他提出要为莱昂贫苦老人建一所慈善性质的养老院，条件是养老院要以“大恩人”命名。我在《记事报》上发表了一篇文章，反对这种做法，题目是《慈善还是敲诈？》。您现在看到，后果出来了。乌维科使我陷入了一场居心险恶的官司，让人指控我是投毒犯。他干得漂亮，我却身陷泥潭，只好承认，他手下的人遍布中美洲，个个狡猾透顶，到处迫害他的宿敌。

我有生命的危险，爸爸。请您想一想，我能够害死我的守护神玛尔塔吗？她常犯经血病，在她突然发作恶性热病，一命身亡后，为她看病的家庭医生在灵床边写下的诊断是：致死原因是热带特有的一种恶

① 豪尔赫·乌维科·卡斯塔涅达（1878—1946），危地马拉军人和独裁者，1931 年作为自由进步党候选人当选总统，任职到 1944 年。

性疟疾——laverania malariae——这种病是由疟蚊在血浆中生下的原生动物而引起的。这里地势低洼，多雨，适于蚊虫孳生，常闹这种病。孔特雷拉斯小姐也是死于这种疾病。致死原因是医生的判断，而且写在死亡证明上。我本想把死亡证明寄给您。可我无法拿到任何东西，能搞到张纸给您写封信已经是很难得了。

原告在诉状上说，上午8点，我给孔特雷拉斯小姐吃了一只有马钱子碱的鸡腿，下午1点她就死了。您看这有多么荒谬，马钱子碱怎么能在胃里停留这么长时间，她吃下去以后居然还能平心静气地和我谈话。最不合逻辑的是，第一口就能尝出特有的苦味儿，她怎么能津津有味地咬那只撒上马钱子碱的鸡腿，而且大嚼特嚼吞咽下去呢。

堂·卡门的情况也是一样。您寄来的钱是他给我换成科尔多瓦的。他也是死于恶性热病。我亲眼看着他死去，他就死在我的怀抱里。当时根本没有马钱子碱中毒的主要征兆，比如心绪不宁、躁动、憋闷、肌肉抽搐、对光线过敏、对噪音和触摸有类似触电的反应。不幸的是当时没有找到一位态度认真的大夫给他治疗，来的是一个姓萨尔梅龙的医生，这家伙只会夸夸其谈，单凭抽出点儿胃液，就贸然断定是中毒。如果他真是这样认为，那么，在这种情况下，他并没有采取医学科学的起码措施加以处理，诸如使用催吐剂（热水、吐根、阿扑吗啡）或其他药物，诸如碳、乙醚、三氯甲烷或油剂樟脑针剂。现在这家伙倒成了最凶恶的原告之一，您瞧，这场阴谋多么拙劣，而我又是多么冤枉！

说来说去，他们想抓住一件巧合的事，即恶性热病和马钱子碱中毒有一个共同的症状，都会出现强直性抽搐。只有这么一点是共同的，尿毒症中毒也会引起抽搐，对此他们却闭口不谈。您瞧，我落到哪一步田地了，连毒药学也非学不可啦。

您得为我做点牺牲，爸爸。请您、切马叔叔、露丝妈妈和德尔加迪略·伊·潘乔博士筹集1 000美元，这是著名刑法学家拉蒙·罗梅罗博士为我辩护的要价。您可以让我弟弟古斯塔沃亲自把钱送来。如果用我的名义汇钱，钱会被没收。法官是我的同学，可他一直不喜欢我，他会拆阅我的信件。请给住在马那瓜的罗梅罗博士发个电报，告诉他我接受他的辩护，钱随后就到。如果筹集不到，我只好自己为自己辩护，一切只能听天由命了。唉，怎么能让我死在异国他乡呢？救救我，爸爸。请照我说的办，尽快，尽快。再见。

阿塔纳西奥·萨尔梅龙大夫调查事件时韧性十足，这一点以后再仔细介绍。他要对奥利韦里奥·卡斯塔涅达的历史进行一番详细的调查。为此，在危地马拉城找到了一位大记者，即卡洛斯·恩里克·拉腊维硕士。此人是豪尔赫·乌维科将军所在党的机关报《进步自由报》的主编。他提供了大量材料。在第一封信里，就介绍了里奇的流血事件。

萨尔梅龙大夫把信件认真整理好，放进他为本案建立的档案里。这些信证实了卡斯塔涅达确实在奇基木拉市的东方国立学校读过高中。这和他接受罗萨利奥·乌苏卢特兰采访时讲的一样，采访记录就发表在《记事报》上。不过，这里有一个材料是新的，那就是 1925 年他被开除过学籍。

当时，卡斯塔涅达曾和其他同学一起准备组织一个“乌维科秘密俱乐部”，支持正在奇基木拉策划的一次政变，企图让豪尔赫·乌维科将军上台执政。不久后，他背叛了这个运动，揭发了他的同学，但是，还是不免被学校开除了。

拉腊维说，当时他本人在那所学校里教三角课，是“乌维科俱乐部”的导师。但是，几年后，卡斯塔涅达在尼加拉瓜受审期间，拉腊维办的报纸在危地马拉对卡斯塔涅达进行了猛烈的抨击。在写给萨尔梅龙大夫的信中，对卡斯塔涅达还是那样恨之入骨。从信中我们可以看出为什么发生这样的变化，下面是一封信中的几段：

卡斯塔涅达从少年时起就表现出一种品质：出尔反尔，好捉弄人。他把聪明劲儿全用在和人开些粗野的玩笑上了，目的无非是设些圈套，害人取乐。我记得有这样一件事。奇基木拉学校的教师办公室设在二楼。按规定，每天上课前和课间休息的时候，我们必须到那里集中，上课铃声响起前，就得去到各自的教室。

教室设在一楼，我们要从一道楼梯下来，楼梯的扶手漆成黑色。教几何和透视法的女教师玛尔加丽塔·卡雷拉下楼的时候习惯用手扶着楼梯扶手，直走到最后一级才松开手。卡斯塔涅达注意到女教师的习惯，就想出一个恶作剧。他把大粪涂在扶手上，涂得很巧妙，让人乍一看瞧不出来。

由于他的恶作剧，玛尔加丽塔的手上总有一股恶臭，连她自己也不知道是怎么回事。她不住地洗手，可臭味儿老是去不掉。在课堂上课时，她常把手放在鼻子上嗅，脸上露出绝望的神情。后来她病倒了，心灵真的发狂了。最后，不得不离开学校。

如今，这家伙动用毒药这种杀人不闻声的武器犯下狡猾的罪行，我丝毫不觉得奇怪。在投毒者身上我们看到集中了背信弃义者、掌刑人以及顽固不化的惯吹牛皮的人的全部特征。而且这家伙从懂事起就是这样。只有掌刑人才会拿别人的痛苦取乐。从我刚才讲过的那件事里您可以看到这一点。在政治上他是个可怜虫，可是，他却以受到制度的迫害而到处炫耀自己。在豪尔赫·乌维科将军的英明持重的领导下，危地马拉才建立起和平和有秩序的新制度。卡斯塔涅达在这里建立了一个“党”，大吹大擂地称之为“民主救国党”，在建党宣言中提出要“自觉地吸收农民、工人、青年、妇女……”，我说，大概连吃奶的孩子也要吸收吧。其实，这个党只有两名党员，一个是投毒者卡斯塔涅达，另一个煽动者是“记者”克莱门特·马罗金·罗哈斯，和他是一路货色。他们要拯救谁？看起来，这个“党”只会害人，第一个受害者就是堂·拉法埃尔·乌维科·塞瓦杜阿先生，卡斯塔涅达用同样的东西——马钱子碱——在哥斯达黎加将他害死。

毫无疑问，卡斯塔涅达转过来反对乌维科，这就足以使拉腊维现在成为他的仇敌。他在写给父亲的信中提到的文章确实发表过。根据他本人在1933年10月18日提供的进一步调查的证词中说，妻子死后，1933年3月他从尼加拉瓜回到危地马拉，专门从事谋反活动，包括贩卖武器。在他去彭塔雷纳斯的火车上曾向堂·费尔南多·瓜迪亚·奥雷亚穆诺透露过此事，对方答应保守秘密。这件事我们后面还要讲到。

他在证词中还说，为此他被驱逐出危地马拉，大家记得，在接受记者采访时他提到过这一点。6月，他接到了紧急命令，限他在10天内离开危地马拉，后来又缩短为48小时。是否谋反还没有证据，但他确实同《时报》主编克莱门特·马罗金·罗哈斯建立了反独裁的民主救国党。

拉腊维那封信的最后一段也有助于说明为什么他对自己的旧日学生和共同谋反的伙伴改变了态度。年轻的拉法埃尔·乌维科·塞瓦杜阿于1929年11月22日突然死在哥斯达黎加，而他正是几年后成为危地马拉独裁者的豪尔赫·乌维科的亲侄子。关于他暴死的情况，从哥斯达黎加寄来一些材料。在这之前，罗萨利奥·乌苏卢特兰在狱中采访时已经提出了这个问题，而且采用了“奥利韦里奥·卡斯塔涅达把他毒死”的说法。为什么要提出这个问题，我们下面自会知道。由于种种原因，这个案子又被提了出来。

卡斯塔涅达被奇基木拉学校开除后第二年又复学了。1926年12月，他在那儿通过了毕业考试，同一个月搬到危地马拉城，很快就被任命为公共教育部办公室主任。当时，乌维科的政敌堂·何塞·马里亚·奥雷利亚纳①还是危地马拉的总统。据拉腊维说，奥雷利亚纳亲自

① 堂·何塞·马里亚·奥雷利亚纳（1872—1926）将军，危地马拉总统（1921—1926）。

下令解散了“乌维科俱乐部”。

当时担任公共教育部副部长的是雨果·塞雷索·达尔东硕士。在他突然去世后，卡斯塔涅达接替了他的职位，当时他只有18岁，这一点我们在采访录中已经知道了。拉腊维在写给萨尔梅龙大夫的另一封信中断定说：匆忙授予他硕士学位、任命他当办公室主任以及迅速把他提升为副部长，都是奥雷利亚纳对他的叛变行为给予的奖赏。

在审讯过程中，提供了诸多证词，我们总得相信其中一个是真的。卡斯塔涅达在谈到他的上司塞雷索·达尔东部长猝然死亡一事，总喜欢油嘴滑舌地把事情说得神乎其神。1933年，孔特雷拉斯一家人安排到波内罗亚海滨浴场休假。当时，卡斯塔涅达的妻子已经去世，他在疗养所和住在格拉纳达城的堂·卡门的兄弟路易斯·冈萨加·孔特雷拉斯住在同一个房间。

1933年10月21日，格拉纳达刑事法庭按照莱昂法院法官的委托书的要求，向路易斯·冈萨加·孔特雷拉斯取证。证人在证词中讲述了晚上卡斯塔涅达在波内罗亚和他谈起塞雷索死得不明不白。

证人说，在上面提到的那次休假期间，奥利韦里奥·卡斯塔涅达和他促膝谈心，说到几年前一位姓塞雷索的先生死在危地马拉，是他在公共教育部的上司。据他透露，塞雷索是一位有条有理、忠心耿耿的工作人员。每天早上，很早就吃早饭，然后一个人去上班。6点钟准到办公室，那时候，单位里还没有一个职员在，连门房也没上班。他用自己的钥匙打开大门，坐在写字台前，关好门开始办公，一小时后，再打开房门。下属官员从他手里接过当天的备忘录，开始处理公务。

有一天，他没有按时打开房门，大家都知道他在里面，因为他的手杖、帽子和平时一样挂在接待室的衣架上。大家动手打开门锁，发现他已经死了。脑袋压在公文纸上，墨水瓶子倒在他的太阳穴旁边，墨水像鲜血一样浸透了文件夹和文件。可他身上没有任何伤痕，大家都不知道塞雷索得了什么病，身边一个人也没有……“他是怎么死的？您说这是怎么回事？”卡斯塔涅达一再提问，证人觉得他眼里闪烁着嘲讽的目光。证人没兴趣猜测这个秘密，而且非常厌烦，一句话也没说。可是，卡斯塔涅达纠缠不休，还给故事添枝加叶，又提出新的问题，等等，等等。

证人继续提供证词，他说，休完假回到莱昂，从哥哥嘴里听到围绕着几个星期前卡斯塔涅达的妻子去世的各种说法。因此，证人对这家伙愈加反感，尽管对他妻子去世的情况谁都不感到奇怪，只有证人除外。而且谁也不像证人那样对卡斯塔涅达有什么反感。出于这种不信任感，证人不愿意陪他到奇奇加尔帕看望堂·恩里克·希尔。堂·恩里克·希尔是孔特雷拉斯家的朋友。看望他，还是堂·卡门提出来的。堂·卡门根本不相信卡斯塔涅达身上具有骗子或恶棍的品质。他常往格拉纳达写信，提到他的时候，口气总是那么温和、亲切。

看起来，这位顽皮地跳狐步舞的黑衣青年——他使得孔特雷拉斯姐妹钦佩不已，连脸都红了——很爱搞些神秘的事情。这一点在法庭档案收集的其他材料中也得到证实。当他作为外交人员开始在哥斯达黎加居住的时候，还在他年轻的朋友拉法埃尔·乌维科·塞瓦杜阿去世之前，圣何塞各家报纸就在大肆宣扬“危地马拉使团的闹鬼事件”。

根据1929年7月18日到27日，在《共和国报》上发表的有关报道（这些报道也收进了档案），每天晚上，人们都听到从位于阿蒙区的一幢维多利亚式木结构别墅的二层楼里传出的声音，报上还配合报道发表了别墅的照片。许多石子落到邻居家屋顶上，水龙头自动打开，厕所里没有人，可抽水马桶自动出水，灯光忽而熄灭，忽而又亮了。这件事闹得四邻不安，国家警察局接下了案子。1929年8月2日，全国调查局局长阿尔贝托·卡尼亚斯·埃斯卡兰特上校在提交给内务部的报告中说，搞这个阴谋的正是奥利韦里奥·卡斯塔涅达。

根据您的指示，我派出几个手下人到指定地点，确实观察到、感觉到有人投石子。得知这一情况，我来到使团驻地亲自指挥调查。第一步，先把全体外交人员和职工集中在一楼。

这样，我就有机会仔细观察奥利韦里奥·卡斯塔涅达这个年轻人。他面色阴沉，表情奇怪，目光深沉而又飘忽不定。看人时，经常低下额头，给我印象极深。坦白地说，印象坏透了。尽管他受过良好的教育，表面上彬彬有礼，但却不能抹杀他给我的坏印象。我和他本人以及使团一秘乌维科先生谈起“闹鬼”的事，向他们表明了我的怀疑，让他们知道这些活动肯定是某些变态人搞的鬼。

我把几个人布置在房子周围进行观察，过了一会儿，有人抛出许多石子，像下雨一样。我去找卡斯塔涅达，发现他不在。过了一会儿，听见二楼上有打斗声。我正要上楼，他非常紧张地从楼梯上下来，头发散乱，衬衣被撕，周身尽是抓痕，眼睛睁得大大的，简直像个疯子。他说，有个身材高大的人袭击了他，他奋力自卫，总算把他赶跑了。对我提出的问题，他回答得犹犹疑疑，而且矛盾百出。可是，又显得出奇的冷静、镇定，借以掩饰他的虚伪。不用说了，使团驻地的吵闹声和投石子的事没再发生。本案可以就此了结，我可以肯定，肇事者就是这位卡斯塔涅达先生。

卡斯塔涅达的朋友拉法埃尔·乌维科死后，他被调到马那瓜，在危地马拉使团当了几个月的随员。前面已经说过，他在 1930 年 2 月回到危地马拉。

由于他有重大嫌疑，这次短期任命不过是为了避避风头。但是卡斯塔涅达在进一步调查取证时说，他离开尼加拉瓜，是因为婚事一直没办，他该成家了。

1929 年 12 月他到达马那瓜后，住在坎德拉里亚大街“佩蒂特·特里阿农”公寓，房东是罗克莎娜·拉卡约夫人。住在这所公寓里的还有洪都拉斯大使罗贝托·苏亚索·托梅硕士、《新闻报》年轻的编辑路易斯·阿曼多·罗查·乌特乔和魔术师雷希纳尔多·蒙克里菲。下面是1933年11月7日房东向马那瓜刑事法庭首席法官提供的证词的一部分：

卡斯塔涅达非常喜欢和住在一起的人开玩笑，比如说，把他们的衣服、鞋子藏起来。一天晚上，苏亚索大使刚刚准备好的长礼服突然找不到了，弄得他没法参加在马那瓜俱乐部举行的一次正式节日活动。卡斯塔涅达坚持说，只有蒙克里菲才有本事找回那件衣服。几天后，几个清扫天花板的工人发现了这件长礼服，衣领上用别针别着一张纸条，大意是"断手人向您致敬"，那是指马那瓜电影院正在上映的一部神秘片中的断手人。

我想劝劝他，让他知道这种行为太不严肃。可他却回答说："我年轻，夫人，年轻人总爱干些淘气的事儿，乐和乐和嘛。待到时光染白双鬓，我才知道如何做人。"最后这句话是用《归来》这首探戈调唱出来的。

他常把蒙克里菲会说话的娃娃和其他用来谋生的魔术道具藏起来，对这种事我已经失去兴趣。有一天，苏亚索硕士的皮夹丢了，里面装着美元。后来，空皮夹在蒙克里菲的床底下发现了。当时，蒙克里菲正带着道具娃娃在堂娜·切碧塔·托雷多·德·阿格里开办的学校里演出。我不得不去叫美国警察，占领军的军官当然归罪于蒙克里菲了，于是就出去找他。在学校里，当着寄宿女生和女教师的面儿逮捕了蒙克里菲。但是，从他身上没搜出一个美元。虽然后来把他释放了，可是这次被捕损坏了他靠口技和手彩从事诚实劳动的声誉。我觉得非常遗憾。后来，他拿着一个叫堂·罗克的娃娃，坐在床上十分伤心地问那个娃娃："咱们不是小偷，伙计，对不对？"娃娃回答说："当然不是，伙计，咱们穷，可穷得有骨气。"

在发生这件令人痛心的事那几天，卡斯塔涅达和罗查关系疏远了，连话也不说。罗查怪卡斯塔涅达偷了钱，我也认为他说的有道理，只是没有证据。我看见他花了很多钱给首都的小姐们送鲜花，这么大把儿花钱和他在危地马拉使团挣的那点儿工资很不相称。房租和饭钱每半月付一次，可他总是拖欠。

1933年11月8日，罗查·乌特乔在向马那瓜刑事法庭首席法官提供的证词中，承认他对卡斯塔涅达抱有敌意并乘此机会发表了其他一些不利于卡斯塔涅达的看法：

证人本来不想回答法官提出的问题，但是，既然必须服从法律规定，那只好承认，在卡斯塔涅达回到危地马拉几个星期之后，证人就和他断绝了友谊关系。这次断绝关系倒不是因为他把偷钱的事栽赃给魔术师蒙克里菲，这件事足以证明这家伙的道德嘴脸，证人丝毫不怀疑是他拿走了钱，然后把空皮夹放在蒙克里菲的床底下。他对一些女仆也采取过类似的态度。有一次，他诬赖一个叫奥丽丝特拉·贝纳维德斯的女用人在吃午饭的时候，给他端来一碗带跳蚤的汤。拉卡约夫人立刻把她辞退了，可是跳蚤是卡斯塔涅达本人放进汤盘里的。那个可怜的女人丢掉工作，他却丝毫不在乎。

证人之所以和卡斯塔涅达疏远是因为他发现卡斯塔涅达善于耍阴谋，散布流言蜚语。他不止一次对一些真心实意钦佩他（先不说崇拜他吧）的女性说些不三不四的话，而他们两个人和这些女人都有社交往来。尽管证人当时还同他维持着表面的友谊，也受到他恶意中伤。他诽谤一个刚刚结婚的女青年（这里不能指名道姓），把证人也卷了进去。

证人还受过他一次更加恶意的中伤。他想作为一个例子谈一谈。一天晚上，他们两个人在“弗洛里多咖啡馆”（当时在首都是一家很时髦的咖啡馆）吃晚饭。卡斯塔涅达突然用双手捂住脸，请求证人和他一起离开桌子，把证人拉到一个墙角，用惶恐不安的口吻提出赶快离开这里。来到大街上以后，他对证人坦白说：一位同他关系暧昧的贵夫人在她丈夫的陪同下刚刚走进咖啡馆。她丈夫知道这件事，曾经写信威胁要杀死他。

第二天，听到苏亚索大使提到卡斯塔涅达对这件事的说法，证人不由得大吃一惊。根据卡斯塔涅达虚构的说法，他突然离开“弗洛里多咖啡馆”，不是因为害怕某个爱吃醋的丈夫，而是因为证人是美国海军陆战队的间谍，代号22，任务是汇报他以记者身份私下会晤的一些政治家提供的情况。当时进来几个知道证人身份的人，卡斯塔涅达很害羞，怕他们看见自己跟间谍在一起。

证人看到自己的荣誉受到深深的伤害，立即来到危地马拉使团驻地，准备当着大使何塞·路易斯·巴尔卡塞尔博士的面儿向卡斯塔涅达提出正式的强烈抗议。但是，到了使团驻地之后，出来接待他的竟是卡斯塔涅达本人。他对证人说：“可怜的巴尔卡塞尔没在这个世界上，到另一个世界去了。”大使服了大量的可卡因，药性正在发作。如果证人一定要坚持闯进去，只会看见大使赤身露体在地上打滚儿，就像个可怜的傻瓜。他说，要是有急事，晚上可以再来，到时候药劲儿也就过去了。

证人吓了一跳，心里乱糟糟的，把抗议卡斯塔涅达诬蔑的事也给忘了。证人走到大街上，走了不到50巴拉①远，就看见巴尔卡塞尔大使开着车子过来了，神情十分正常。这件事说明，谁也逃不过那家伙一再布下的恶毒的天罗地网。证人毫不怀疑，他是个十足的坏蛋。

下面这件事可以证明上述看法。证人有几次听到卡斯塔涅达编造些耸人听闻的故事，还装出一副怪样子，似乎他心灵受到过重大创伤，其中时常提到他已故的母亲。其实，只是为了博得听话人的同情，尤其

---

① 1巴拉=0.8359米。

是年轻妇女的同情。

留声机放完了《歌唱你，罪人》，戴孝青年走到大门口儿，用毡帽不住地扇着风，笑眯眯地把目光落在孔特雷拉斯姐妹身上。姐妹俩脸上更红了，假装没看见他，眼睛紧紧盯住时装杂志。他继续用毡帽扇着风，突然穿过马路，走到两姐妹放藤摇椅的边道上，准备进行自我介绍。

妹妹玛丽娅·德尔·碧拉尔当时还不到 14 岁。她犯了一个社交中的大忌，没有坐着不动，而是站起身来，向客人伸出了右手。等到全家聚在餐厅吃晚饭的时候，大家议论起新到旅馆的客人，玛蒂尔德肯定责怪过妹妹不该站起来。

玛蒂尔德告诉大家，来访的客人刚跳完激烈的狐步舞，满脸通红，一身大汗。不过，她没说她们慌里慌张地和他寒暄了几句。也没说他那位年轻的妻子走到门口儿，远远地看着这个场面，神情严肃，面无笑容。

玛尔塔·赫雷斯神情严肃，面无笑容，把挂在脖子上的一枚小小的埃斯基普拉斯基督圣牌放在牙上咬着，目光紧盯着大街的另一边。

6. 布拉格圣婴像不见了

在莱昂市，除了私人经营的膳宿公寓外，只有个别几家像样儿的旅馆。住在公寓里的是来自国内其他城镇的学生；另外，过往客商一般也都住在那儿。有两三家旅馆坐落在太平洋火车站附近，对于等火车北上科林托港和南下首都马那瓜的过往旅客十分方便。还有少数客商乘支线火车到绍塞牧区去。牧区是 1932 年开放的，也是何塞 · 马里亚 · 蒙卡达总统[①]执政时的最后一项活动。胡安 · 巴勃罗 · 乌曼索尔将军指挥的一支桑地诺部队到来之后，这个地区就很难进去了。

普里奥酒家的阳台面朝大教堂前面的赫雷斯广场，二楼保留了少数几个房间，偶尔出租，特别是租给到莱昂看病的外国客人。莱昂的医生数量大，名声好。应该说，这个酒家作为旅馆曾有过辉煌时刻。1907 年，鲁文 · 达里奥荣归尼加拉瓜时曾在那个通风最好的上等房间住过。人们在阳台下整夜整夜地为他演奏欢快的小夜曲，弄得诗人没法睡觉，只好请他们赶快停下来。

"班头儿" 普里奥从父亲那儿继承下这份产业，实际上放弃了二楼的生意，集中力量经营一楼。在一楼营业的有冷饮、酒馆、台球室，还有餐馆，餐馆还送饭上门。"班头儿" 的教父胡安 · 德 · 迪奥斯 · 达比希雷大夫经常光顾这里，是餐馆最显要的主顾。

1932 年 6 月 18 日晚上，我们看到记者罗萨利奥 · 乌苏卢特兰看完电影之后在商人科斯梅 · 曼索的陪同下来到普里奥酒家。我们还知道以阿塔纳西奥 · 萨尔梅龙大夫为首的 "长舌桌" 上的朋友们经常在这里聚会。

大都旅馆是全市唯一一家真正的旅馆。位于一街和北三街之间，距离大学只有一个街区。这家旅馆是本世纪初建造的两层 "塔克萨尔" 式建筑。拐角处是餐厅兼酒馆，从那儿起分两翼展开，一翼朝北，一翼朝东。在值得纪念的1907年，莱昂文学协会曾在这里为鲁文·达里奥举行过一次盛大宴会。在记载这位“西班牙语文学之王”在莱昂停留的纪念册上，大都旅馆与普里奥酒家平分秋色，分享荣誉。只是我们需要忘记一个不愉快的细节，那就是由于过分贪杯，诗人始终没有出席宴会。

在一层面朝大院的内廊里有用网绳围起来的为贵宾准备的餐厅。会客厅也在内廊，不同样式的摇椅和扶手椅围成几个圈儿。厨房、浴室和厕所在第二重院子的尽头。临街一面有几个宽敞的房间，木制屏风把卧室和客厅分开，内有专用卫生设备。这些房间出租给常住客人。我们已经知道，1931年3月，奥利韦里奥·卡斯塔涅达和他妻子租下了其中的一间。

二楼是给临时客人住的房间。一道木板楼梯直通上去，楼梯的栏杆上雕着百合花。客房总共是12间，从双扇窗户可以看见大街。从外面看，窗子顶端是镶在墙里的尖顶拱形装饰，上面还有一个更大的尖顶拱形装饰。三个拱形顶都涂成红色，构成外墙的主要特征。

大都旅馆斜对面是孔特雷拉斯家。那是一幢砖瓦平房。我们看到，1931年3月的一个下午孔特雷拉斯姐妹坐在通向客厅的角门外面。毒死狗的那天，我们还看到堂·卡门手里拿着报纸从那个角门儿出来。

拐角处的院墙削去一角儿，开了这座角门。角门有两扇门板，上端有个三角形柱顶，下面用两根带条纹的柱子支着，柱子底部用水泥固定在粉墙上。从角门起，西、南两侧的墙上开了几道门，都和角门一样有两扇门板，门框外立着门柱，顶着漆成普鲁士蓝的柱头。这幢房子有个特点，在墙上没有开出窗户。

西面一拉溜是全家的卧室，房门半腰以上是绿色木头百叶格。从

---

① 何塞·马里亚·蒙卡达（1871—1945），尼加拉瓜总统（1929—1932）。自由党人。

拐角开始依次是堂·卡门和他妻子堂娜·芙洛拉的居室。接着是玛蒂尔德和玛丽娅·德尔·碧拉尔两姐妹合住的卧室。再下面是儿子卡门的房间。但是，过了不久，住房做了调整。

客厅里有一架马歇尔-文德尔牌三角钢琴、一套路易十五式的大椅子，上面铺着红色织锦椅套，还有一面金黄色镜框的穿衣镜、一架菲尔科牌收音机，收音机木盒顶端呈椭圆形，好似哥特式教堂的大门。全部家具清单于1933年11月3日公布在当地的报纸上。当时家里人要出远门，减价处理这批家具，在清单上签字的是孔特雷拉斯的遗孀堂娜·芙洛拉。

往里走，所有住室的门都装有百叶护门，面向通往花园的走廊。花园里树木茂密，整幢房子显得暗幽幽的。走廊上有一套涂了黑漆的维也纳式陈设，还有几把藤摇椅，这我们已经知道了。在通往客厅的门旁，可以看见一座神龛，用锁锁着，里面存放一尊“布拉格圣婴像”，神像头上戴着一顶闪闪发光的黄铜冠，上面镶着假宝石。本章就从圣婴像失踪说起。

离开那儿几步远，在走廊上放了一张餐桌，上面铺着蓝花油布。一个带玻璃门的碗柜靠墙放着。剩下要说的是，尽头处有烧柴的厨房和卫生间；隐在花丛后面的是女用人住的茅屋、浴室和洗衣间。

南面一溜，我们已经看到，顾客可以从临街的大门走进“拉法玛”商店，店主是堂·卡门，由他妻子亲自照管。在本市，这家商店经营的布匹生意最为红火，出售男用的开司米、粗斜纹呢、亚麻布、华达呢和女用的雪纺绸、细棉布、塔夫绸和丝绸。还以优惠的价格、分期付款的方式出售香水、化妆品、陶瓷和玻璃器皿以及麝香葡萄酒、补酒和茴芹酒。这家商店独家经销维希-塞莱斯廷矿泉水，瓶状广告招牌用两条链子挂在屋檐下，来回摆动。

店铺后面的走廊里是孔特雷拉斯股份有限公司的写字间，从那儿发出各种单据，包括进口大宗商品、出口皮革、糖蜜、囊巴木和美国红树木材。公司的职员在这里也为市自来水公司算账、收款。

一道栅栏把住宅和办公室分开。栅栏门用弹子锁锁住。只有堂·卡门才能进出。如果工作需要，他的兄弟、会计部主任埃维诺尔也可以走这道门。办事员和会计不得进入住宅区。有时候，他们隔着栅栏也能隐约看到里面发生的事。下面就可以看到。

从建筑和布局来看，这幢房子和莱昂其他有钱人家的房子没什么大的差异。住宅和营业部分大体上平均分配。在 1932 年 11 月 18 日奥利韦里奥·卡斯塔涅达和他妻子搬进来住以前，这家人没出过什么特别的事。

堂·卡门既是孔特雷拉斯股份有限公司的大股东，也是市自来水公司的大股东。他的几个兄弟以及他父亲堂·卡门·孔特雷拉斯·拉赫斯帕达都是他的合伙人，父亲还是莱昂最大的印刷商。除了这幢房子和“拉法玛”商店之外，他个人还在波内罗亚海滨有一幢度假别墅，在通向海滨浴场的碎石路旁还有一座名叫“我家主人”的奶牛场，占地 200 曼萨纳①。

奶牛场里有一座简朴的两层木结构别墅，过去是娱乐场，现在已然完全荒废。原因是堂·卡门的姐姐玛蒂尔德·孔特雷拉斯·雷耶斯因患结核病，长期疗养无效，于 1929 年死在那里。这座别墅只有一个面朝大海的阳台。站在阳台上，可以透过牧场、山峦和林莽隐隐约约看到像一条淡淡的光亮似的大海。这幢别墅在故事的结尾处有不小的作用。

堂·卡门在莱昂虽属富户，但是在“长舌桌”上他的生意欠佳却成了一个话题。他欠下好朋友堂·埃斯特万·杜克斯特拉达一大笔债务。由于无力付款，和国外供货商也遇到麻烦，“我家主人”奶牛场已经抵押给国家银行。“长舌桌”上的人们还议论说，也许出于这个原

---

① 1 曼萨纳=8 359 平方米。

因，他才不惜一切代价力争以有利得多的条件为自来水公司签订一项新合同。出于同样的原因，他在账目上隐瞒了某些东西。在审讯后期这些事将会公之于众。

上面说过，1932 年 11 月 18 日，奥利韦里奥 · 卡斯塔涅达和他妻子玛尔塔 · 赫雷斯离开了大都旅馆的房间，带着大箱子、手提箱和纸板箱以及那架维克托牌留声机穿过大街。他们为什么要离开旅馆？是谁先提出来的？1933 年 10 月 11 日，卡斯塔涅达在证词中说：

在大都旅馆的客房里住了不久，由于他们偶然和孔特雷拉斯家住对门，和这家人结下了真挚和坦诚的友谊。每逢星期天，就应他们的邀请过去吃午饭，一来二去成了习惯。赶上命名日或生日的时候，证人和他妻子经常参加他们的家宴。还应邀到他家的亲朋好友家里参加社交聚会。

每次聚会，堂娜 · 芙洛拉总是把他们放在显要的位置。有一次，她表示，像他们这样社会地位的人，需要更加经常地开展社交活动。两个人住在旅馆的房间里，不便于同别人交往，因此，她愿意在自己家里为他们腾出一个房间，而且已经征得全家人的同意。房租呢，只相当于旅馆费的一半。证人一再推辞，只是看到孔特雷拉斯一家人如此慷慨，又很有教养，才接受了他们的盛情邀请。

堂 · 卡门的兄弟埃维诺尔 · 孔特雷拉斯 · 雷耶斯，45 岁，系孔特雷拉斯股份有限公司职员、会计部主任。1933 年 10 月 16 日，在法官面前作证时说：

证人认为，有人说，卡斯塔涅达夫妇搬进证人哥哥家没有受到全家的欢迎，这是在说谎。新客人受到盛情款待，孔特雷拉斯一家人待他们十分热情，就像一家人，而且是他哥哥带头这样做的。尽管哥哥性情孤僻，不善于交际，但对卡斯塔涅达却给予了异乎寻常的信任，甚至连生意中的机密都对他讲了。哥哥一向十分警惕，从来不在任何人面前打开铁皮柜，包括证人在内。但他却毫不犹疑地对卡斯塔涅达另眼相看，甚至允许他查看账簿。有一次，证人对哥哥说这样做不够慎重，结果被哥哥狠狠地训斥了一顿。

证人还说，哥哥喜欢饭后与卡斯塔涅达坐在客厅里或走廊上聊天。请他一起去社交俱乐部。卡斯塔涅达也邀请哥哥到大都旅馆的酒馆或普里奥酒家去喝啤酒，有时候还请他去学生们常去的不大体面的地方。哥哥很乐于接受他的邀请，这就令人奇怪了，因为他一向不大爱下酒馆。有几次，堂娜·芙洛拉指责哥哥不该去那些地方，也指责过卡斯塔涅达，警告他说，带她丈夫去那种地方，她很不高兴。卡斯塔涅达呢，总是油嘴滑舌地开些玩笑，搪塞过去，结果堂娜·芙洛拉不但火气消了，而且露出笑脸。

证人看到哥哥态度有变化，颇受鼓舞。一天中午，下班以后，仗着胆子邀请哥哥到米卡埃拉·佩卢达酒馆去喝午餐酒。可是，哥哥硬邦邦地回答说他头疼，其实不是那么回事。证人从办公室看见卡斯塔涅达正在餐厅里等他哥哥，还亲自下厨房炒了几个菜，准备下冰镇啤酒。两个人坐下来又吃又喝。尽管哥哥看见证人还待在那里，却不肯请他过去。

年轻人卡门·孔特雷拉斯·瓜迪亚，未婚，学生，20 岁。关于全家人是否一致同意接待那对夫妇到家里去住，1933 年 12 月 1 日他提供的证词与他叔叔的说法大相径庭。

法官：奥利韦里奥·卡斯塔涅达住在你父亲家里是受到全家人的欢迎吗？

证人：我一直不同意卡斯塔涅达和他妻子住在我们家里。我不止一次向父母表示过我心里不痛快。我说，让一个生人住在家里，我很不以为然。尽管他妻子招人喜爱，可是当他们决定更换住处的时候，我和我们全家人都很高兴。

法官：您不喜欢卡斯塔涅达，有什么根据吗？

证人：因为我一直觉得他是个危险人物，不值得信任。他善于耍手腕儿，欺骗别人，引诱别人，让大家听他的。现在我明白了，为什么当初他一定要我到哥斯达黎加去学习，让我远远离开家里人是他的阴谋的一部分。卡斯塔涅达一到我们家就唆使我父母把我送到圣何塞去，可以肯定，他的目的就是在实行罪恶计划的时候先排除掉我这个障碍。

法官：奥利韦里奥·卡斯塔涅达是在什么情况下住进你们家的？

证人：在搬到我们家里住的前几天。卡斯塔涅达和他妻子跑过来非常激动地告诉我、我姐姐和我妹妹，说住在大都旅馆的国民警卫队军官丰塞卡中尉怀疑他们是共产党或桑地诺分子，威胁说要搜查他们。卡斯塔涅达和他妻子请求我们为他们保存几本危险读物，包括书籍和小册子。我们接受了他们的请求，没有告诉我们父母。

过了几天，卡斯塔涅达又说，国民警卫队的军官乘他不在的时候，可能会对他妻子采取非礼行动，一个劲儿地要求妈妈让他们住进我们家里来。妈妈回答说，我们这儿条件很不好，本来就有难处，你们来也会觉得不好过。还说，家里没有富余的房间能让你们多少过得舒服点儿。可他还是纠缠不休，最后妈妈只好同意了。

法官：客人在你们家里居住期间，你发现奥利韦里奥·卡斯塔涅达有些什么可以称之为异常的行为吗？

证人：是的，我注意到了。在他们和我们住在一起的时候，他越来越让我对他信不过。有些事，当时看起来微不足道，可现在看来却很重要的。比如，我记得，他们住到我们家不久，放在走廊神龛里的一尊布拉格圣婴像在光天化日之下竟然不见了。大家都觉得神像丢得很蹊跷，神龛是锁着的，只有妈妈手里有钥匙。不过，单凭预感，我就当面责怪卡斯塔涅达，说是他干的。不料，第二天，布拉格圣婴像又出现在原来的神龛里，而且还上了锁。毫无疑问，他原想偷走神像，发现我怀疑他，才把神像放回原处。

法官：既然卡斯塔涅达搬走的时候大家都很高兴，后来为什么又让他住进来了呢？

证人：因为他妻子死的当天，他又来磨我妈妈。那天我们大家都在为死者守灵，他假惺惺地说，他心里十分痛苦，在那间空荡荡的房子里，连一个晚上也睡不下去了。他在那里一再暗示，妈妈只好又让他搬到我家了。

我敢说，他不喜欢他妻子，所以把她毒死了。为了给她放马钱子碱，就必须单独和她在一起，所以才另租了房子。按照预定计划，他又立即返回我们家，继续犯罪，杀死所有的人，除掉一切障碍，好与玛丽娅·德尔·碧拉尔结婚，继而霸占我家的财产。到那时候，谁也不能把他赶出家门了。

法官：卡斯塔涅达与您妹妹玛丽娅·德尔·碧拉尔有恋爱关系，您对这件事有所了解吗？

证人：我不敢肯定。但是，我知道，在他妻子玛尔塔活着的时候，他当着妻子的面对玛丽娅·德尔·碧拉尔的那副态度，那种关心劲儿，我看了很不舒服。

法官：您可以介绍一下情况吗？

证人：吃饭的时候，他们眉来眼去。他把自己盘子里的肉拨给玛丽娅·德尔·碧拉尔。要是她来晚了，就把最好的菜留给她，如此等等。

法官：您是否发现过卡斯塔涅达献殷勤惹得您姐姐玛蒂尔德不高兴？

证人：玛蒂尔德老是那么忸忸怩怩的，总摆出一副忧伤的样子，所以我不敢说她看见卡斯塔涅达献殷勤是否感到不舒服。现在我知道了，这个无赖还在他妻子活着的时候就企图玩弄我的姐姐和妹妹。我跟您说，玛蒂尔德为他的过错感到难过，我一点儿也不觉得奇怪。

法官：您是否知道，您姐姐玛蒂尔德经常陪奥利韦里奥·卡斯塔涅达到瓜达卢佩公墓去祭奠他妻子玛尔塔？

证人：法官先生，我可以证明她确实陪他去过，那是他求玛蒂尔德去的。他们乘坐我父亲的车去，还带着从我家花园里采下的鲜花。

这些说法是年轻人孔特雷拉斯当着犯人奥利韦里奥·卡斯塔涅达的面提供的长篇证词中的一部分，其余部分以后还要引用。当时审讯已经正式开始，奥利韦里奥·卡斯塔涅达正在法庭等候交代罪行。

当时，两个人发生了一场冲突。由马那瓜《新新闻报》派到莱昂报道这次审讯事件的记者、诗人马诺洛·夸德拉在1933年12月3日发表了关于这次冲突的报道，题目是：《法庭上的唇枪舌剑》：

在年轻人孔特雷拉斯开始作证的时候，犯人没被带出法庭。在此，我们十分客气地向我们的朋友马里亚诺·费亚约斯指出，这是不慎重的，由此引发了一场争执。被告和证人之间关系本来就很紧张，争执本是意料中的事。年轻人孔特雷拉斯讲到嫌疑犯行为中的阴暗面时，卡斯塔涅达企图打断他的作证，予以反驳。费亚约斯法官提请他注意遵守秩序，说，根据刑法，他无权插话。然而，当年轻人说到有一次卡斯塔涅达曾经唆使他使用可卡因作为勾引妇女的手段，让她们顺从自己的时候，犯人哈哈大笑，闹得证人从座位上站起来，要揍他一顿。

最后，卡斯塔涅达被带了出去，法官命令他在走廊里等候，直到作证完毕。在他退场时，费亚约斯法官未能阻止他大声喊叫："如果我是那么心术不正，凶狠恶毒，专会教唆别人，你为什么还要给索摩查将军发电报要求释放我？"这句话在同情犯人的观众当中引起了雷鸣般的掌声，他们每天都聚在法庭上。

卡斯塔涅达在走廊里被同情者包围起来。他们向他祝贺，其中一个人兴冲冲地说他把年轻人孔特雷拉斯“噎了一溜跟头”。吃午饭的时间快到了，他们和平时一样给卡斯塔涅达送来饮料和食物。

马诺洛·夸德拉在报道中提到的奥利韦里奥·卡斯塔涅达被赶出去的时候针对证人说的那句话，还真有其事。卡门·孔特雷拉斯·瓜迪亚在哥斯达黎加大学法律专业读一年级的时候，父亲去世了。1933年10月11日，他在舅舅堂·费尔南多·瓜迪亚陪伴下乘飞机回到尼加拉瓜。在这之前，他从圣何塞给国民警卫队司令安纳斯塔西奥·索摩查将军发去一份电报，电报说：

敝友奥利韦里奥·卡斯塔涅达年轻无知其被捕依敝人所见有欠公允特请依家母所求即下令将其释放畀使全家得以安宁顺致敬礼

卡门·孔特雷拉斯·瓜迪亚

1933年10月13日晚，“长舌桌”上的人在普里奥酒家聚会，对在《新新闻报》上发表的这封电报大加议论。顺带提一下，在这次聚会上，萨尔梅龙大夫为罗萨利奥·乌苏卢特兰办妥了到狱中采访奥利韦里奥·卡斯塔涅达的手续，乌苏卢特兰欣然接受了。采访记我们已然知道，至于这次进行采访的原因，我们曾答应容后再加以说明。

“看啊，这位大舅子真够疼妹夫的。”科斯梅·曼索把登载那封电报的报纸递给萨尔梅龙大夫，“马诺洛·夸德拉真有搞新闻的机灵劲儿，罗萨利奥可是望尘莫及啊。”

“像有人施了催眠术，”萨尔梅龙大夫把一支红蓝铅笔放在耳后，“集体催眠，男女都在内。妈妈的电报，儿子的电报。”

“阿利·瓦内加斯向马诺洛通风报信，他们俩都是诗人。谁还能赶得上他？”罗萨利奥·乌苏卢特兰满脸愁云，把手放在领子的铜扣上，“不过，搞完采访，我能赶到他前面去。”

“堂娜·芙洛拉的电报也要求释放这个小崽子，这可不是催眠术能办得到的。”科斯梅·曼索冲着罗萨利奥·乌苏卢特兰张开五指，装作施催眠术的样子，“给他往监狱里送鲜花。还送香水。小心诗人会走在你前头，先去采访卡斯塔涅达。多留神，保不定你还没到，先把他放进去啦。”

“公平地说，玛丽娅·德尔·碧拉尔也给他送鲜花，送香水。”罗萨利奥假装闭上眼睛打瞌睡，好像真的中了催眠术似的，“她们俩打成平局。这次采访，你们倒不必担心。奥蒂斯上尉答应我进行独家采访。”

“所以我说是集体催眠。”萨尔梅龙大夫很开心，继续跟那两个参加聚会的人玩催眠术，“这个霍迪尼[①]一准是诡计多端，把那家人杀死了一半，剩下的人居然还醒不过劲儿来。我看这次采访一定有鬼，罗萨利奥。他们绝不会痛痛快快地白给你个机会的。”

“什么催眠术啊，什么7枚铜钱啊。全是男人的那个玩意儿。”科斯梅·曼索使劲拍了罗萨利奥一下，让他苏醒过来，“管他是不是陷阱，我们明星记者的机会来了。也是大夫您的机会，给他提几个有意思的问题。”

“见你娘的鬼吧。非把这儿弄得炮火连天不可。”“班头儿”普里奥从柜台那儿抱怨说。

---

① 哈里·霍迪尼（1874—1926），魔术师。生于匈牙利。以耸人听闻的遁术而闻名。

7. 一月的醋海波澜

1933年1月10日早晨，奥利韦里奥·卡斯塔涅达痛苦万分。吃早饭时，孔特雷拉斯全家人看到他手不住发抖，把咖啡精洒到牛奶杯子外面，大家都很吃惊。待到看见他低声啜泣着离开桌子，躲到走廊尽头处，就更加惊慌不安了。堂娜·芙洛拉走过去，问他为什么这么伤心，想安慰他两句。

他告诉堂娜·芙洛拉说，结婚以后，玛尔塔经常犯月经病。这一次，从天亮起就出血不止，从来没出过这么多血。堂娜·芙洛拉用坚定的口气劝得他平静下来，随即派她的小儿子卡门去请家庭医生胡安·德·迪奥斯·达比希雷大夫，同时让厨娘烧开水准备煎药。随后，朝卡斯塔涅达夫妇住的房间走去，她要亲自照看病人。

在大家等候达比希雷大夫的时候，卡斯塔涅达端着一盘剥好的橘子、面包和黄油回到房间。他情绪平静了一些，还端去了堂娜·芙洛拉让人熬好的橘子汤。他和堂娜·芙洛拉劝说玛尔塔吃点儿东西，劝来劝去没劝动。

早晨8点钟刚过，达比希雷大夫披着绸披风来了。堂·卡门在客厅门口迎接大夫，把他带到卧室门前，然后小心地退了回来。医生问明病人的病情，给她听了听。当时，堂娜·芙洛拉和奥利韦里奥都在场。奥利韦里奥神经又紧张起来，忧虑重重地提了些不合时宜的问题。

1933年10月17日，达比希雷大夫就这次出诊在法庭上作证说：

检查完毕，我把她丈夫叫到一边，告诉他没什么值得担心的问题。有些妇女在经期会出现紊乱现象，这是很自然的。我让她彻底静卧几天，用温硼酸水坐浴，还给她开了几瓶芹菜脑水剂。不过，在量体温的时候，我发现她的体温偏高，比一般经期紊乱要高出几度。因此，我建议她丈夫为病人查一查血。我怀疑她可能染上了本市常见的疟疾。经化验，证实了我的怀疑，于是，我让病人接受常规治疗。

法官问：病人的态度有没有特别引人注目的地方。证人回答说：记不得有什么明显的地方，只是她趁卡斯塔涅达和堂娜·芙洛拉不在卧室的时候，问我是否知道什么地方有空房出租。我们萍水相逢，没有什么交情，她骤然提出这个问题，确实让我吃了一惊。但是，我强压住惊讶心情，回答说：堂娜·埃希莉娅·冈萨莱斯（也是我的病人）在大学附近有一幢房子，老房客刚搬走，正好空着。

这天早晨，达比希雷大夫和第一次见面的病人告别后，又披上那件绸披风走了，沉重的皮药箱坠得他身子朝一边儿歪斜着。当时，根本没想过为什么玛尔塔·赫雷斯要等到只剩下一个人的时候才问他有没有空房。出来时，他挺放心，以为病人不过是患有月经失调，还有疟疾症状，得这种病的人本来就很多嘛。然而，出庭作证那天，他终于明白了，只是没说出口，至于是什么原因，以后再说。对法官提出的有关卡斯塔涅达夫妇的其他问题，他同样不肯回答。

为了弄清这一点，我们引用一个13岁女孩儿雷蒂西娅·奥索里奥的证词。1933年10月19日，和往常一样法庭上挤满了看热闹的人、记者和诉讼人。大家都为证人的清晰记忆感到惊讶，都注意听她陈述：

1932年11月间，玛蒂尔德姑娘雇用证人为女仆，月工资1科尔多瓦，要她帮助其他女用人打扫卫生、擦洗地板、倒便盆，据说有几个外国人很快要搬进来住。

外国人就是堂·奥利韦里奥和他妻子堂娜·玛尔塔，两个人都是危地马拉人，住在堂·小卡门的卧室里。家里没有其他地方，小卡门只好搬到客厅去睡，到晚上给他支起一张帆布床。

每天早晨，女仆们还在厨房里点火的时候，堂·奥利韦里奥第一个起床，拿着剪刀在庭院的花园里剪茉莉花、玉兰花和黄菖蒲，扎成大把鲜花等玛丽娅·德尔·碧拉尔头上裹着毛巾从浴室出来的时候送给她。

证人还说，堂·奥利韦里奥非常喜欢给玛丽娅·德尔·碧拉尔小姐写诗。写在一本绸封面的册子上，外面有把小锁，只有姑娘能够打开。她有把小钥匙，用带子坠在胸间。每天晚上，一吃完晚饭，玛丽娅·德尔·碧拉尔小姐就把那本册子交给堂·奥利韦里奥，他在上面写诗，小姐把册子拿回房间，一个人躺在床上阅读，不给任何人看。就因为这个，她常常和玛蒂尔德小姐吵嘴，因为玛蒂尔德小姐也想看看那些诗。

在堂·奥利韦里奥过生日那天，玛丽娅·德尔·碧拉尔小姐从“拉法玛”商店的玻璃柜里拿出一瓶香水送给他。下午，堂娜·芙洛拉准备了葡萄酒和糕饼为他庆贺生日。堂·奥利韦里奥闭上眼睛，把洒上香水的手帕放在鼻子前闻了又闻，堂娜·玛尔塔气得直掉眼泪，后来怒气冲冲地从他手里夺走手帕，一边哭着一边走回自己的房间，关上房门。

法官打断她的话，问她是否记得玛尔塔·赫雷斯犯病那天发生的事。小姑娘说她记得很清楚，那天她从房间里端出几个带血的便盆。早晨堂·奥利韦里奥和往常一样起得很早，不过，没到花园去采花送给玛丽娅·德尔·碧拉尔小姐，而是满脸忧伤地在走廊里走来走去，像是困在笼子里的小兽。

小姑娘在证词中叙述的事情（关于玛尔塔出血的日期已经弄清楚了）发生在1932年11月到1933年2月之间，正是卡斯塔涅达夫妇住在孔特雷拉斯家的时期。最后一件事，即为送香水而惹起事端，应该发生在1933年1月18日奥利韦里奥·卡斯塔涅达过生日那天。

“圆球”奥维埃多近来成为“长舌桌”聚会的常客，尽管那里比在任何地方都更能轻而易举地把他的朋友送上断头台。1933 年 10 月 20 日晚，他坦白了一件事，萨尔梅龙大夫把它记在了笔记本上。1932 年 1 月间，期末考试临近，他们在大学的廊道里复习功课。这时候，卡斯塔涅达从一本书里拿出一封有玛丽娅·德尔·碧拉尔签字的情书给他看。其实，萨尔梅龙大夫早就记下了这个材料，那是从“圆球”奥维埃多在 1933 年 10 月 17 日向法官提供的证词中抄录下来的。

“他给我看那张纸条儿的时候，我提醒他说：‘当心，你在玩火呀。’”“圆球”奥维埃多像上次一样正经八百地竖起一个手指头。

“魔鬼不怕火，烈焰腾腾，玩兴正浓。”科斯梅·曼索眼睛中闪烁着狡诈的光芒，驳了“圆球”奥维埃多一句。

“他回答说：‘火会烧人的。’说完，把纸条儿放在舌头上舔了舔，好像舔一块棒棒糖。”“圆球”奥维埃多也用狡诈的目光扫了曼索一眼，“奥利韦里奥怕什么呀。”

“玛蒂尔德那封信呢？说是卡斯塔涅达被捕以后在他衣物中发现了那封信。”萨尔梅龙大夫有点儿不耐烦了。他不想知道什么火呀鬼的，只想知道奥利韦里奥·卡斯塔涅达的风流韵事。

“那封信我没见过。”“圆球”奥维埃多晃了晃胖脸蛋，一口否认了，“不过，那封信是在我们准备期末考试的时候用过的一本刑法书里发现的，估计大概就是那些日子的事。”

“看起来，每本书里都有孔特雷拉斯姐妹的信。”科斯梅·曼索瞅着萨尔梅龙大夫的笔记本，好像嫌他没把这个材料记下来。

“明天，法官想问你关于那些信的事。”罗萨利奥·乌苏卢特兰推了推科斯梅·曼索的椅子，“他想知道你跟你那位卖花的朋友罗德米罗都说过些什么。”

“您心里明白，什么都不能说，一概予以否认。”萨尔梅龙大夫推了一下桌子上的那支红蓝铅笔，把它转到科斯梅·曼索那儿去，“法官想听什么，还是由我去说。”

“除非您夙了，大夫。”科斯梅·曼索用两手比比划划地挤出了这么一句，“罗德米罗·埃多西亚是个二尾子，我能把鲜花插进他屁股眼儿里，真不要脸。”

“还是说说玛蒂尔德那封信吧。”萨尔梅龙大夫捡起铅笔，放在耳朵后面，“卡斯塔涅达把信放在一本刑法书里。书呢，放在箱子里，他提着那只箱子去过危地马拉。是不是说他提着箱子经过了哥斯达黎加，又把箱子带回来了？”

“那只箱子他没带。”“圆球”奥维埃多天真地笑了笑，“他让我给他保管。回来的时候，我把箱子交给他了，还有别的东西，留声机啊，打字机啊。这些我已经说过了。罗德米罗说了些什么呀？”

“就是曼索跟他讲过的关于信的事，还有一些我们都知道的秘密。”萨尔梅龙大夫从耳朵上取下铅笔，从笔记本上找出一页，“不要脸的是您，曼索，我的朋友，不是罗德米罗。”

“扒着门缝儿探听人家的私事，您可算是老手了。”罗萨利奥知道曼索听到这句话准会从椅子上跳起来，他连忙从桌子旁站起来，躲开曼索。

“噢，他把箱子留给你，还打算回来。”萨尔梅龙大夫在“圆球”奥维埃多过去谈过的、今天又重复的那几句话下面划上一条线，“别说门缝不门缝的吧。就这么动手干吧。”

13岁的女用人雷蒂西娅·奥索里奥在作证时还说：晚上，当玛尔塔遵照达比希雷大夫的嘱咐卧床休息的时候，玛蒂尔德就代替她为卡斯塔涅达高声朗读法典和法律书籍，因为医生不让卡斯塔涅达过分使用眼睛。

他们两个人坐在走廊里的藤摇椅上一直待到黎明。走廊上寂静无声，从庭院飘来阵阵茉莉花香。那两张藤摇椅就是孔特雷拉斯姐妹在莱昂炎热的下午时常搬到门外去的椅子。玛蒂尔德在挂着流苏的灯下朗读，奥利韦里奥注意倾听，用脚慢慢地蹬着地，推着摇椅，摇来摇去。小姑娘雷蒂西娅·奥索里奥给他们送去一壶咖啡和两只杯子。然后走过厨房，到走廊尽头处的下房去睡觉，背后留下玛蒂尔德读法典的声音，那副腔调听上去像是朗读一部爱情小说。

小姑娘对法官说：一天晚上，她送完咖啡准备回去睡觉，路过玛尔塔卧室，看见她躲在百叶门后，焦急地向走廊窥视。她一发现有人，很快就回到床上，拖着白府绸睡衣，好似个孤鬼游魂。

“据我们在场的大记者说，”萨尔梅龙大夫心里直发笑，他们为罗萨利奥设下个圈套，“那些天，堂·卡门一直在调查是谁编造流言糟蹋他女儿的名声。那故事是怎么说来着？”

“故事说，有好几次，玛蒂尔德夜里不等大家睡熟，就离开家。”罗萨利奥摸了摸领子上的铜扣，看着是不是扣在扣眼儿里，“诺埃尔·罗维洛陪她到瓜达卢佩公墓，要是坟墓会说话，那该告诉你多少事啊……”

应萨尔梅龙大夫的要求，罗萨利奥·乌苏卢特兰兴致勃勃地又讲了一遍堂·卡门调查的情况，其实以前已经说过好几次了：

1933年1月的一天早晨，他正从字盘边上捡出几张校样，猛然发现堂·卡门·孔特雷拉斯在他的好友堂·埃斯特万·杜克斯特拉达陪伴下，出现在大门口。他很害怕，以为是堂·卡门为传单的事找他算账的。

几天前，他派人印了一些传单，用了个假名字，叫“普莱森塔西翁·阿马斯”，传单还在克里斯蒂亚诺兄弟印刷厂里，没取回来。传单猛烈抨击自来水公司提出的新合同，指控公司老板准备行贿，以便在市政会议的不负责任的成员中拉票。《记事报》的老板，不许他在报纸上再谈论这件事，他只好采取这种办法。

乌苏卢特兰发现堂·卡门是带着枪来的，心里就更害怕了。堂·卡门走过来，要跟他单独谈谈，堂·埃斯特万守住大门。乌苏卢特兰发现他外衣下摆动了一下，知道皮带里别着枪。

他心慌意乱，几乎说不出话来。可是，那个秃头顶、衣领上装饰着箔片、平时在大街上见了面很少打招呼的趾高气扬的男人，却低声下气地求他说清楚破坏他女儿名声的谣言是从哪儿来的。

一开始，他矢口否认，说压根儿不知道有什么谣言。禁不住对方一再恳求，他只好承认在法院的走廊里确实听到了点儿什么。不过他诚心诚意地向他保证，的确不知道是谁造的谣，还说他可以发誓。全部情况就是这样。堂·卡门和进来时一样垂头丧气地离开了报社。

萨尔梅龙大夫又开心又不耐烦地等他说完。然后问他是不是说完了。接着就念起了堂·埃斯特万·杜克斯特拉达的证词。埃斯特万，农民，已婚，47岁。两天前，1933年10月18日，向法官提供了如下的证词。

证人说，今年1月中旬，一个可怕的诽谤话传到堂·卡门的耳朵里。这种谣言在大学生当中、在法院人员的圈子里以及在莱昂市的社交俱乐部的成员当中流传。他们两个人都是社交俱乐部的成员，经常到那儿去。至于谣言的内容，证人认为不宜泄露，因为它有损于玛蒂尔德·孔特雷拉斯小姐的声誉。（一段完）

证人又说，堂·卡门认为这个骇人听闻的谣言十分严重，就请证人帮他进行调查。他一直要查出是谁造的谣。一连几天，他们一起到大学里去，问了几个学生。还到了法院和其他公共场所，没有查出任何具体结果。后来，有人劝他们去找记者罗萨利奥·乌苏卢特兰，说他是《记事报》主任编辑，肯定知道。于是，他们又去了报社，请他讲明实情。

一开始，记者不肯透露谣言是从哪儿出来的。后来，没办法了，只好把造谣者的名字说了出来。通过这次私下谈话，才得知，原来造谣者是奥利韦里奥·卡斯塔涅达。他曾经十分详尽地向上面提到的乌苏卢特兰和诗人、法院秘书阿利·瓦内加斯讲过。时间是1933年1月的一个中午，就在大都旅馆的酒店的一张餐桌上讲的。

对法官提出的问题，证人回答说，堂·卡门的举动确实令人感到奇怪。查出造谣者之后，他并没有采取任何行动对付那个住在他家里的卑鄙的家伙。更有甚者，第二天他竟然要求证人到法律系主任委员会去证明那个家伙品行端正，这是参加博士考试的先决条件。证人没有别的办法，只好照办了。

为了排除一切怀疑，萨尔梅龙大夫又向罗萨利奥宣读了阿利·瓦内加斯学士的部分证词。阿利·瓦内加斯，未婚，25岁，法律系见习生。1933年10月18日，在担任“特别”秘书前曾作证说：

读了罗萨利奥·乌苏卢特兰的证词，证人承认对方讲的属实。1932年6月18日晚上，乌苏卢特兰曾经到证人家里，告诉证人他已经认出奥利韦里奥·卡斯塔涅达和奥克塔维奥·奥维埃多·伊·雷耶斯就是在皇家大街上毒死野狗的人，其中一条狗是达比希雷大夫的。为此，达比希雷大夫曾用手杖打了奥维埃多。从上述事实中，证人推测出这两个人正是不久前他曾经隐约看到的那两个驾着马车飞快地沿着大街逃走的人。

法官在另一处地方问他是否知道不久前有人散布谣言破坏玛蒂尔德·孔特雷拉斯小姐的名声，证人承认的确知道这件事。法官要求他讲出那个人是谁，在什么地方、什么情况下散布这些谣言的。证人回答说：

谣言是奥利韦里奥·卡斯塔涅达当着上面提到的罗萨利奥·乌苏卢特兰的面私下里对证人讲的。一天下午，大家闲着没事儿，聚在大都旅馆的酒店里，卡斯塔涅达讲完以后，他们两个人说好不向任何人透露。因为卡斯塔涅达和他妻子就住在孔特雷拉斯家里，透露出去对他个人是个严重的威胁。

证人说，既然国家司法部门提出要求，他觉得可以放弃保持沉默的诺言。因此，证人毫不犹疑地说，1933 年 1 月的一天下午，奥利韦里奥·卡斯塔涅达告诉他们，玛蒂尔德·孔特雷拉斯小姐习惯离开家里，在外面过夜，在夜深人静的时候，偷偷地溜出去。在夜幕的掩护下悄悄地走出房门。房门正对着大街，她出去后不上锁，好在天亮前再从这个门进来。

出门后，她走过一个街区，诺埃尔·罗维洛坐在汽车上等她。然后两个人一起去瓜达卢佩公墓。一到墓地，坟墓就变成了洞房。

“你简直成了个骗子啊。”萨尔梅龙大夫假装用责备的目光瞄了罗萨利奥·乌苏卢特兰一眼，旋即控制不住自己，放声大笑，“作为记者，你本来应该第一个知道法庭里出了什么事。所以马诺洛·夸德拉才赢了你。”

“你是害怕了。”科斯梅·曼索兴高采烈地跳了起来，“妈的，你为什么要跟我们说瞎话？”

“我是骗了你们。”罗萨利奥不停地用拳头捶打着胸膛，就像望弥撒到了捧圣体的时候，“我没有别的办法，只好把实情告诉给堂·卡门。我还能怎么办？不过，这可不是出于害怕，而是出于怜悯。看到那个心高气傲的男人伤心得几乎垮了台，我心里过意不去。”

“你对他讲了实话之后，他怎么说？”“圆球”奥维埃多头朝后一仰，眯缝起眼睛仔细打量着罗萨利奥。至今他还不能完全相信这个谣言。

“他只是摇了摇头，没说话。”罗萨利奥把拳头紧紧地按在胸前，心中悔恨不已，“他舔了舔嘴唇，看了看站在门口等他的堂·埃斯特万。两个人一句话没说，就走了。”

“这恐怕是奥利韦里奥开的玩笑，他特别爱开玩笑。”“圆球”奥维埃多笑了笑，从远处都可以看出是强挤出来的。

"什么开玩笑，别坑人了。"科斯梅·曼索也笑了，不过口气里带着冷嘲热讽。

"他们刚一走，我就拿起一张纸。"罗萨利奥·乌苏卢特兰急忙说，巴不得他们不要再为他说谎不住气地折磨他，"我给卡斯塔涅达写了几句话，让他有所准备，还派了一名排字工人带上纸条去找他。"

"他大概拿那张纸条擦屁股了。"科斯梅·曼索又嘲讽地哈哈大笑起来。

"他一丁点儿也不在乎。"罗萨利奥站起来，似乎要走，其实他只想强调一下不管怎么提醒卡斯塔涅达，也是白费力气，"大概过了两天，我偶然在大街上碰见他，向他提起这件事，他笑了笑说：'您瞧，堂·查利奥，把公墓的故事忘掉吧。那不过是我开了个玩笑，我常跟孔特雷拉斯家的人开玩笑。他们也喜欢闹着玩。咱们还是处理一下攻击自来水公司的传单的事吧。'"

"瞧见了吧？""圆球"奥维埃多以胜利者的姿态瞅着他们，"我不是说了吗？开个玩笑而已。"

"贵友那些玩笑都把人玩进坟地里去了。"科斯梅·曼索拥抱住"圆球"奥维埃多，仿佛向他表示沉痛哀悼。

"噢，敢情卡斯塔涅达早就知道传单的事啦。所以，堂·卡门也知道了。"萨尔梅龙大夫要科斯梅·曼索少说两句，好把事情记下来。

"至少卡斯塔涅达知道。"罗萨利奥用手捂着屁股，围着桌子转了个圈儿，"他跟我说，'新水费看起来是高了点儿，用不着为这个着急，我会想办法让水费慢慢降下来的。条款不公平，我也不愿意。但是，涉及到钱的问题，谁能劝得住堂·卡门啊？别去散发传单啦。'"

"堂·卡门当然知道传单的事啦。"科斯梅·曼索用嘲弄的目光紧追着罗萨利奥的脚步，罗萨利奥好像在丈量砖与砖之间的距离，"他也知道卡斯塔涅达会怎么对付你。"

"我们有交情，我才同意的。"罗萨利奥离开桌子远远地停住脚步，不敢靠近科斯梅·曼索，“他要求我说，‘要是散发传单，我就完了。签下合同，本来能赚几个钱，也赚不成了。把传单交给我吧。’”

“过来，傻瓜，走近点儿。”科斯梅·曼索伸出食指招呼他，“你干脆明说了吧，你拿了他的钱。”

“当然啦，是拿了。我们取传单的时候，让他付了印刷费。”罗萨利奥·乌苏卢特兰假装走过来，可又退回去了，“我不能干赔钱呀。”

“不，先生。传单只值 20 比索。他给了你 80 比索。”科斯梅·曼索露出金牙，好像要咬罗萨利奥一口，“那不是卡斯塔涅达的钱，是堂·卡门的，正赶上你在报纸上攻击他。”

“算了吧，伙计，”“圆球”奥维埃多举起双臂，好像拳击裁判宣布停止比赛，“你们干吗为这件蠢事争吵啊？”

“对你来讲，一切都是玩笑，都是蠢事。”科斯梅·曼索气呼呼地不言语了，罗萨利奥·乌苏卢特兰小心翼翼地回到桌前。

让我们再听听 13 岁的女用人雷蒂西娅·奥索里奥在上面引用过的证词中说过的话，以此结束 1933 年初那些动荡的日子里发生的事。

证人说，2 月初的一天早晨，她很早就到卡斯塔涅达夫妇住的房间去端便盆，听见堂娜·玛尔塔的哭泣声。她要求丈夫马上离开这个缺德的家。堂·奥利韦里奥打算安慰她几句。求她赶快住口，别让人家听见，还用手捂住她的嘴，可她哭得更厉害了，一再说：“让他们听吧，让他们听吧，听见了，和我有什么相干。”最后他只好说，那好吧，你既然高兴，咱们就搬吧。证人走到床边拿便盆的时候，看见她开心地笑了，似乎压根儿就没哭过。

就这样，这对年轻夫妇于 1933 年 2 月 8 日离开了孔特雷拉斯家，搬进达比希雷大夫向玛尔塔提起过的大学附近的那间简陋的住房。厨娘萨尔瓦多拉·卡瓦哈尔，未婚，60 岁，她为全家做饭，因此对她实行预防性监禁。1933年10月14日，她在21监狱的牢房里作证时说，他们搬走了，大家都很难过，包括主人和用人。

证人认为，卡斯塔涅达夫妇离开孔特雷拉斯家的那天，大家的确都很难过，家里静悄悄的，谁也不说话，甚至在厨房里做饭也不出声，仿佛在办丧事。早饭时，只有堂·卡门来到餐桌前，玛蒂尔德和玛丽娅·德尔·碧拉尔待在房间里，一口饭也不想吃。厨房里也没人吃饭。

直到上午，堂娜·芙洛拉还用爱抚的口吻劝他们留下来，至少等堂·奥利韦里奥通过博士考试。但是，堂娜·玛尔塔坚持非走不可。从一大早起她就收拾箱子，把房间腾空，还亲自打扫房间，不让仆人碰一下扫帚。

堂娜·芙洛拉眼见得劝不住他们，就哭哭啼啼地为他们从店里拿来床单和毛巾，还有盘子、碗、杯子、炒菜锅以及许多其他东西，准备他们到新地方安家，那边儿是所空房子。堂娜·芙洛拉还从"我家主人"庄园里抽出一个名叫多洛雷斯·洛伦特的女用人。

过了5天，1933年2月13日下午1点，玛尔塔·赫雷斯经过一阵剧烈的抽搐后去世了，死在他们在尼加拉瓜唯一的新家里。

8. 愿大家同样光彩照人

在21号监狱的牢房里，法官问起萨尔瓦多拉·卡瓦哈尔的年龄，她不愿意说出来，或者是不知道。不过，档案上写的是60岁，这是阿利·瓦内加斯随便估摸出来的。萨尔瓦多拉·卡瓦哈尔身强力壮，成天往灶前搬大抱大抱的柴火，每天一大早就从苏布蒂亚瓦步行来上工，赶在大家起床前走进厨房。她的头发又黑又亮，没有一根银丝，每次洗完澡都往头上插上一束木犀草。

18岁前，她跟过几个男人。有的是酒鬼，有的爱吵架，毫无责任心，她实在受不了了，打定主意再也不听信任何男人。最后一次离婚，她已经生了4个孩子。从那时候起开始伺候堂·卡门的妈妈堂娜·米格达丽娅·雷耶斯·德·孔特雷拉斯。

堂娜·芙洛拉婚后来到莱昂，厨娘作为婆婆借给儿媳的用人，正在尚未安置停当的家里等她。婆婆不赞成这桩婚事，从一开始就不相信儿子的家能够过得美满，于是就把自己最好的物件送给这位外国儿媳妇。过了一段时间，又想把萨尔瓦多拉·卡瓦哈尔叫回来，可她却不想离开堂娜·芙洛拉了，由此引起一场家庭不和。

10月10日上午，几名士兵到家里来抓人，萨尔瓦多拉·卡瓦哈尔手持燃着的柴棒挡住士兵，不得到女主人的同意，她就不离灶火。她盼着女主人快步走过来，自己也好免遭凌辱。前一天，在逮捕奥利韦里奥·卡斯塔涅达的时候，堂娜·芙洛拉就曾经两次出面拦阻。但是，这一次她没到厨房来，只是从卧室里传出话来说，官面儿上认为怎么办就怎么办吧。萨尔瓦多拉·卡瓦哈尔用围裙边儿擦干了眼泪。士兵本想让她乘坐省军区司令部的小卡车，她一口回绝了，昂首阔步一直走到第21监狱。她心里气愤，倒不光是因为被人随随便便地关进监狱，脸上无光，更因为堂娜·芙洛拉竟然如此忘恩负义。她从此永远离开了这个家。

1933年10月17日，她在狱中作证时讲到了那对外国夫妇离去使全家人感到悲伤，这些读者已经知道了。现在再听一听她在证词中对奥利韦里奥·卡斯塔涅达发表的看法吧。

据证人看，奥利韦里奥·卡斯塔涅达是她这辈子遇到的最快活、最风趣的人。每次他经过厨房上厕所，女用人们只要看见他走过来，不用他开口说话，一想起他那些一语双关的俏皮话，都禁不住哈哈大笑。他的话荤的多，素的少，特别逗乐。他总爱嘴里说着玩笑话，手上比比划划，交换声调模仿家里人，主要是模仿堂·卡门，学他讲话那副结结巴巴的样子。

她还说，晚上，他还裹着披风从后面蹿上来，吓着她。有时候，她正在切肉，奥利韦里奥一把抓住她，拉过她跳起他们国家的欢乐舞蹈。要么想尽办法从她手里夺过菜刀，教给她怎样做危地马拉菜，特别是炒辣子肉丁。赶上这种时候，他让她坐下来，给她讲在危地马拉发生的神秘的犯罪故事。她吓得直画十字，卡斯塔涅达就会笑她胆子小，边笑边用刀子把西红柿削成各种花朵，用煮熟的鸡蛋做成小兔子，拿胡椒做眼睛，拿小辣椒做嘴巴。

她补充说，有时候他又非常伤感，特别是谈到他母亲的时候。他14岁那年，母亲去世。死前，一连好几个星期浑身上下疼痛难忍，受尽折磨，最后死在一家医院的病床上，直到临死前疼痛也没有消失。卡斯塔涅达说，每逢在梦中和母亲相会，就好像亲身经受病痛的折磨。醒来时一身冷汗，痛苦得蜷曲在床上。有几次，他眼含泪水问证人："约伊塔，您能眼看着亲生母亲受这份罪吗？"

证人还说，卡斯塔涅达对家里年岁最小的女仆雷蒂西娅·奥索里奥特别亲热，给她跳令人眼花缭乱的踢踏舞，那是他从朋友那儿学来的，其中包括会让娃娃说话的魔术大师蒙克里菲。记得有一次他对那个女孩儿说：你的月钱才一个科尔多瓦连吃饭也不够，他们家专门剥削童工。可是，那个女孩儿听不懂，他只好捧住她的头，伤心地瞅着她。

这样看来，在餐桌上女用人总是先给他上菜，就不足为奇了。吃早饭的时候，给他榨上等橘汁，仔仔细细地为他烫平衬衣，还耐心地往袖口和衣领上上浆，他在这方面要求很严。然而，堂·卡门却老是抱怨他那杯牛奶太凉了。

1933年10月18日，法官下令释放萨尔瓦多拉·卡瓦哈尔。那正是奥利韦里奥·卡斯塔涅达出庭提供进一步调查证词的同一天。过了不久，罗萨利奥·乌苏卢特兰去到苏布蒂亚瓦区的贫民窟寻找萨尔瓦多拉·卡瓦哈尔。受阿塔纳西奥·萨尔梅龙大夫的委托，他去搜集某些必不可少的材料，以便在1933年10月25日的《记事报》上发表一篇由他署名的采访录。

这篇采访录引起极大的轰动，我们下面再谈。这一章里，主要是介绍奥利韦里奥·卡斯塔涅达在莱昂唤起的人们的情感，在用人中博得的明显的好感，这和他的社会关系是相当矛盾的。让我们看一看那位厨娘对记者谈的一些印象，下面是萨尔梅龙大夫在斯奎布笔记本上亲手记下的材料。

她根本不相信对奥利韦里奥提出的指控。她一口咬定逮捕奥利韦里奥是出于忌妒，有些人一向忌妒他，眼下他趴下了，别人就能随心所欲地敲打他。那些死去的人全因为发高烧，她有一个小女儿，几年前就是这么死的，也抽搐得很厉害。把她抓起来，她觉得很可笑，法官净向她提些又蠢又笨的问题。谁要是相信她照卡斯塔涅达的要求或是她自己起意往饭里放马钱子碱，谁就是疯子。大夫们都说，马钱子碱是苦的。谁能吃得下放了毒的饭呢？连狗都不吃。

自从她获释以后，天天跑到监狱的大门口儿，要求把衣服交给奥利韦里奥。她本想自己进去，可门卫根本不答理她。等到明天他能出监狱，她就自愿跟着他，给他当厨娘。要是他想把她带到危地马拉去，她也会跟着走。就因为这个，好多家请她，她就是不想给别人当差。

孔特雷拉斯家，她再也不会回去了，因为他们不讲信义。她在那儿累弯了腰。为照拂一个出生的孩子，夜里不得安睡，给她的工钱还是那么少，没人为她的事动过一个手指头。他们对奥利韦里奥也不讲信义。她从报纸上知道了，堂娜·芙洛拉撤回了从前的请求，给索摩查又发去一份电报，要求别放了他，让他彻底完蛋。过去，她鼓掌欢迎他，如今只想看见他的尸体。有钱人就是这样对待穷人，对待倒了霉的人。家里所有的女人都盛情款待过他，为他打架吵嘴。她看见过那些不堪入目的场面，看见过他们接吻，听到过他们做爱时的气喘吁吁，也听到过为争风吃醋而哭哭啼啼，知道女人之间不和。但是，她什么也不会说出去。只有奥利韦里奥提出要求，她才会全部抖落出来。请大家准备好吧。

这些材料都记在萨尔梅龙大夫的笔记本上，日期是1933年10月20日，正是采访那天。从笔记本上还可以看到她向罗萨利奥透露的有关布拉格圣婴像被盗的事。我们知道，后来在1933年12月1日，卡门·孔特雷拉斯·瓜迪亚在证词中谈到这件事。

她想举个例子说明奥利韦里奥为人善良，乐于助人。她信奉圣婴，每年都要为圣婴举行九日祭。在她自己的神龛上从来没摆放过圣婴像，只有一张梅霍拉尔公司出的日历上的画像，根本说不上是张圣像。去年12月，九日祭祈祷开始了。奥利韦里奥得知这一情况，就说："甭着急，约伊塔，多准备点烟火，分成几份儿，我去请一位真正的圣婴来，把九日祭最后一天过得热热闹闹的。"

她觉得好奇怪。是怎么回事呀？12月23日上午神秘的事就揭开了。他来到厨房，把所有女仆叫到一起，跟她们谈了自己的计划。他们要把孔特雷拉斯家走廊神龛里的布拉格圣婴像劫持一天。大家照办了。一个女用人大扫除，弄得尘土飞扬，谁也不能靠近，其他女用人帮着监视周围。奥利韦里奥用魔术师蒙克里菲教给他的魔术，不用钥匙就打开了神龛的门。他用毛巾裹好神像，放进堂·卡门的汽车后备厢里，然后运到苏布蒂亚瓦。这件事干得不费吹灰之力，坐上堂·卡门那辆破车一天打个来回。

她从来没有像这次那样庆祝圣婴九日祭最后一天。一尊身着绣袍、头戴宝石花冠的神像第一次进入贫民的陋室。他们把神像庄严地供奉在饰有野草莓花和用宣纸剪成的彩环的神坛上。爆竹的炸裂声十分悦耳。奥利韦里奥也在场。第二天，布拉格圣婴像又被放回神龛，还是不用开锁。他会用咒语开门，也是魔术大师蒙克里菲教给他的。

奥利韦里奥的魅力还不仅局限于那家没有窗户的住宅主人当中。他是2月的一天中午离开那幢住宅的，主人和用人都很难过。几个星期前，在莱昂的社交俱乐部举行过一次豪华舞会。欢迎胡安·包蒂斯塔·萨卡沙博士①。博士于1月1日就任共和国总统，就在同一天美国占领军撤出了尼加拉瓜。

1933年1月12日，《中美洲人报》发表了长篇社会纪实报道，署名是平皮内拉·埃斯卡拉塔，据说背后有一个女人插手，其中重要的一段是这么说的：

在来宾当中，有一位来自危地马拉上层社会的青年，特别光彩照

① 胡安·包蒂斯塔·萨卡沙（1874—1946），尼加拉瓜国务活动家。1924年作为自由党领袖当选为联合政府副总统。次年发生政变，被迫流亡。1932年，他当选为总统，但大权旁落在索摩查将军手中。

人。他就是奥利韦里奥·卡斯塔涅达博士，不久前定居在尼加拉瓜。他彬彬有礼，谈吐文雅，和蔼可亲，天生绅士风度。他一个人吸引住全场最俊俏的少妇，她们争先恐后向他大献殷勤。他年轻漂亮，富有魅力，挨个儿满足所有少妇的要求。菲利贝托·努涅斯大师的乐队开始演奏《晚会舞曲》中的第一支舞曲《阿布拉罕的爱情》华尔兹舞曲。这是我们早逝的音乐天才何塞·德·拉·克鲁斯·梅纳的灵感的产物。年轻的卡斯塔涅达与总统先生宠爱的女儿玛丽娅·萨卡沙小姐跳了第一个舞，周围的人发出轻轻的赞叹声。玛丽娅小姐是我们这次上等社交集会的女子花丛中一支芬芳无比的玫瑰。但愿所有来到这块慷慨的土地的外国人都能在我们的大厅里同样光彩照人。莱昂社交俱乐部的成员在这个辉煌的夜晚被映照得“宛如白昼”。但是，他们当中……哎！没有一位能与这位极其亲切的青年相媲美。

这篇纪实报道根本没有提到玛尔塔·赫雷斯。兴许她遵照达比希雷大夫的吩咐还躺在床上，未能参加这次盛会。但是，本市两家报纸的社会版在报道她丈夫参加各种生日聚会、到海边游玩以及出席其他宴会、舞会时也没有提到她。

卡门·孔特雷拉斯·瓜迪亚在 1933 年 12 月 1 日谈到布拉格圣婴像失窃的那篇证词中讲到了一次出游，对卡斯塔涅达来说却不大有利。证人讲到这一段的时候，犯人与证人之间发生了冲突，马诺洛·夸德拉在《新新闻报》中提到了这件事。

在玛尔塔还活着的时候，我妈妈组织了一次到波内罗亚的远足，卡斯塔涅达夫妇，还有我们家的其他几位朋友都参加了。这次远足当中，我们两个单独在一起的时候他对我讲，使用兴奋药，比如吗啡、可卡因，一个男人可以控制住任何一个女人，让她心甘情愿地听从你的摆布。这种事很好办，只要把药抹在她的嘴唇上或者抹在手上，或者放进酒杯或其他饮料杯里，就行啦，他想唆使我干坏事，讲得十分精确。我估计他准是干过这种勾当，谁知道干过多少次？每次到乡下或者到海滨去游玩，他老是不管人家是不是邀请，总爱挤进来，不知道有多少缺乏防人之心的女孩子身受其害。

堂娜·芙洛拉的大哥费尔南多·瓜迪亚·奥雷亚穆诺，45岁，已婚，系经销外国酒的商人，家住哥斯达黎加的圣何塞。在他妹夫猝死后曾来过莱昂。这次路过这里，他发誓要讲真话。尽管他与受害方有亲属关系，在1933年10月20日作证时，他还是提供了一些情况。据他说，奥利韦里奥·卡斯塔涅达对他讲过这类外出游玩的事：

今年9月，我妹妹和她女儿玛丽娅·德尔·碧拉尔在我家住了一段时间以后要回尼加拉瓜，一路上陪同她们的就是奥利韦里奥·卡斯塔涅达。我要把他们送到彭塔雷纳斯港，她们准备从那儿乘坐“阿卡胡特拉号”轮船前往科林托。在火车上，卡斯塔涅达走到我的座位旁，跟我交谈起来。交谈中，他向我讲了这么个意思。他说，我根本无法想象莱昂的社会风气能有多么腐败。一些被认为是品德高尚、完美无缺的男男女女行为放荡，净干些见不得人的勾当。例如，奥克塔维奥·奥维埃多·伊·雷耶斯博士的老婆，结婚前在纽约居住的时候，常去青楼。鲁文·达里奥在《马加丽塔，大海多美啊！》那首诗里歌颂的堂娜·马加丽塔·德瓦伊莱·德·巴利亚伊斯，在美军占领期间，深夜里与海军陆战队的军官聚会，她丈夫诺埃尔·埃内斯托·巴利亚伊斯也参加。大家先是喝一通酒，然后诺埃尔向军官们借美元，借了钱就撤身出来，把他老婆单独留给美国大兵。行啦，这件事本身就说明问题了。

有些青年男女成帮搭伙到海边或附近的农庄去游玩，表面上有老成持重的妇女监护他们，可她们都是睁一眼，闭一眼，让孩子们毫无约束地四散开来，跑到草原上、树丛里或者海滩上去。到那儿以后，这些青年男女在夜幕的遮掩下，仿照罗马帝国衰亡时期的格调，演出一幕幕纵欲狂欢的场面。

他还告诉我说，在波内罗亚的拉卡约旅馆有一间屋子，名叫“献身房”，许多首都上等家庭的童女一进去就失去童贞。她们如饥似渴地要找男人，我宣过誓要讲真话，如果法官允许我使用这个词儿的话，他用的词儿是她们急不可待地寻求男性生殖器。任何一位外国男人花上5美元，就能从她们那儿得到抚爱和快感。他有一个姓雷伊纳的洪都拉斯朋友，是旅行社老板，有几次他把一个姓德松的女青年关进他在大都旅馆租下的房间。这是他亲眼看见的，因为他也住在那家旅馆。

听了这些话，我很惊讶，马上站起来去找我妹妹。她和玛丽娅·德尔·碧拉尔都在这节车厢里。我急匆匆地提请她注意，没有父母陪伴，千万别让自己的女儿参加这类远足或聚会。我妹妹对卡斯塔涅达说的这些话感到十分奇怪。

12月1日，卡门·孔特雷拉斯·瓜迪亚在作证时，把1932年11月奥利韦里奥·卡斯塔涅达求他和妹妹藏起来的书籍交给了法官。这些书存放在一个盛特里科费罗·德·巴里牌罐头的硬纸箱里。都是些简装书和小册子，其中有斯大林的五年计划、法兰克福反帝大会纪念册、埃米格迪奥·马拉博托写的《桑地诺，在巨人面前》、华金·特林卡多写的《通神论基础》，还有一本要求占领军从尼加拉瓜撤走的小册子，是由设在墨西哥的“不许干涉尼加拉瓜委员会”编写的。

他的名字还出现在一份措词激烈的学生宣言的签名者当中。这份宣言我们看见过，它号召莱昂居民参加1931年7月19日举行的抗议美国干涉的游行。据《中美洲人报》报道，学生们戴着黑箍儿和口罩，抬着棺材穿过大街，队伍前面打着一幅标语，上面写着“这里躺着被美国刺刀屠杀的尼加拉瓜”。

游行队伍走到大学礼堂前面才陆续散去。游行者焚烧了一个代表何塞·马里亚·蒙卡达总统的模拟人像。法律系学生会主席马里亚诺·费亚约斯（后来成为审理卡斯塔涅达案的法官）正要发表讲话，一排海军陆战队突然出现，用枪托驱赶参加聚会的人群。许多人被打伤，有些人被捕，其中就有诗人阿利·瓦内加斯。

海军陆战队撤离后，国民警卫队的阿纳斯塔西奥·奥蒂斯上尉被任命为莱昂警察局局长。堂·卡门去世的那天，就是他在孔特雷拉斯家逮捕了卡斯塔涅达。1933 年 10 月 21 日，他出庭作证。关于他的证词，后面还会介绍，同样，对本案关键人物奥蒂斯上尉，后面也会详谈。证词的部分内容如下：

一年多以前，有人以十分简慢的口吻要求美军撤离，为了煽起学潮，卡斯塔涅达专门到大学去教唆学生闹事。报告中已经提出是他编写了那份杀气腾腾的宣言并印成传单，是他出主意从罗萨莱斯殡仪馆租下一口棺材，抬着棺材上街游行；被烧毁的玷辱蒙卡达将军的模拟像是在大都旅馆他的房间里制作的。他妻子缝制了一件丑角衣服，穿在模拟像上。她还想给模拟像戴上个发套，可是卡斯塔涅达说："别给这个老卖国贼装头发，他本来就是个秃头。他是个大屁股，最好把屁股那块儿填得满满的。"

游行队伍胡作非为，蛮横不讲理。队伍解散后，没能抓住卡斯塔涅达。他跳过梅尔塞德教堂的围墙溜掉了。他又是个外国人，我坚持一定要惩罚他一下。但是莱昂的海军陆战队情报处处长华莱士·史蒂文斯中尉对我说："冷静点。就是在这么个小地方，大家还是你不认识我，我不认识你。这个卡斯塔涅达先生倒是我们在这儿的情报来源，他能提供有关学生和土匪活动的情报。不信，你就看着吧。"他给我看了一份秘密档案，上面有卡斯塔涅达属于什么组织、他的照片，还有一份按日期排列的他提供的机密情报。

1933年10月28日夜晚，也就是阿塔纳西奥·萨尔梅龙大夫在法官面前出庭作证那天，“圆球”奥维埃多乍着胆子，偷偷摸摸地来到科斯梅·曼索开的埃斯福埃索商店的后店，科斯梅正躲藏在那儿。自从《记事报》发表了罗萨利奥·乌苏卢特兰的采访录之后，直闹得满城风雨。当天下午，举行了一次庄严的圣体游行，向孔特雷拉斯家赔礼道歉。“长舌桌”上的人头顶上压着一块乌云，生怕被关进监狱。

“你那位牧师哥哥怎么知道要抓咱们？”躲在麻包苫布后面的科斯梅·曼索探出头来。他头戴一顶有红色宽带儿的帽子，随时准备逃跑，“八成他是想吓唬吓唬你吧。”

“准是奥蒂斯上尉本人说过这个话。我哥哥不会拿这种事闹着玩。”“圆球”奥维埃多坐在一条鸡爪凳上，尽量让屁股坐稳些，“昨儿晚上，他在电影院门口绷着脸提醒我。所以我才派人来告诉你们。”

“女教徒在大街上大吵大闹，您心里明白，报道里说的全是真话。”科斯梅·曼索试着打开随身携带的手电筒，朝墙上照了一圈，照亮了硬纸板做的鳕鱼尾巴。那是摆在路边儿为斯科特乳化剂厂做广告用的，“你不会说你哥哥也认为玛蒂尔德是个处女吧，就像达比希雷大夫查出来的那样。”

“哪个倒霉蛋儿肯去说服他呀。他不管三七二十一把我的名字也签在道歉信上了。”“圆球”奥维埃多把凳子朝屁股底下拉了拉。他身子太重，凳子撑不住，直往后滑。“你们也闷得太过分了，报道一出来，在莱昂大伙儿饶不了你们。就是这样。”

“你跟法官说了玛丽娅·德尔·碧拉尔的信的事，你闹得不过分啊？那可不是兄弟之间的信啊。”科斯梅·曼索关上手电筒，又藏到麻包后面，在阴影里他的声音显得嘶哑，好像从破喇叭里发出来的，“你那么喜欢他，又要毁了他。他一口否认和孔特雷拉斯姐妹有恋情，总是有点儿原因吧。”

“他是吓坏了。信确实有嘛，他给我看过。”“圆球”奥维埃多一屁股跌坐在地上，板凳叽里咕噜地滚到一边去了，“可他认为他是正人君子。就是枪毙他，他也要否认。”

“好风流的正人君子。你没有读过哥斯达黎加那位瓜迪亚的证词吗？连你老婆都到那儿去跳舞了。”科斯梅·曼索离开藏身之处，走了几步，又小心谨慎地退到麻包苫布前面。

“那是他信口胡诌。谁都能一眼看出他们想毁了他，把他说成是造谣分子。”“圆球”奥维埃多用手掌撑住地，想站起来，“他不会这么说小叶尔芭的。”

“奥蒂斯上尉说他给美国海军陆战队送情报，你是不是说这也不是真的？”科斯梅·曼索听到有人敲门，赶紧又躲了起来。其实敲的不是商店的门，是旁边那家的门。

“那离题更远了。像他那样的人不可能当特务。现在只差有人说他拦路抢劫了。”“圆球”奥维埃多总算站了起来，拍了拍手上的土。

“玛丽娅·德尔·碧拉尔给他送到监狱里的信上说了些什么？她觉得难过啦？”科斯梅·曼索把手电筒插进裤带里，爬了过来，“女用人雷蒂西娅·奥索里奥在证词里说，随信寄去的还有鲜花和香水。”

“他没告诉我。”“圆球”奥维埃多弯下腰掸了掸膝盖那块儿的土，“我去探监的时候，他只说了辩护的事，说他没钱请律师。”

“他把箱子留给你，全部情书一定都在里边吧。现在这些信都不见了。”科斯梅·曼索爬到“圆球”奥维埃多脚边，拉了一下他的裤角儿，“我用你的赌债买下这些信。”

“什么信？你眼瞅着快进监狱了，真是本性难改。”“圆球”奥维埃多肚子太大，只好伸了伸脖子，看看科斯梅·曼索，“即便有信，我也绝不会出卖。瞧你出的这叫什么点子。”

“到此为止吧。”科斯梅·曼索抽出手电筒，用玻璃壳拂了拂嘴巴子，“堂娜·芙洛拉的信，我愿意出双倍的价钱。”

9. 几张被人遗忘的照片

罗萨利奥·乌苏卢特兰在1933年10月15日《记事报》上发表的采访录中，一开头对奥利韦里奥·卡斯塔涅达的外貌特征做了简短的介绍。如果读者肯费点儿事往前翻几页，就可以看到：虽然记者乌苏卢特兰承认犯人具有男性魅力，但是，显然他是按照隆布罗索[①]的形态模式描述犯人外貌的。这些天经他的导师和朋友萨尔梅龙大夫的指点，他喜爱上了意大利犯罪学派的理论，隆布罗索的理论认为，根据一个人头颅的大小、脑门的宽窄、上颌骨的长短，等等，可以把天生的罪犯划分成若干类型。

记者乌苏卢特兰还想证实另一种理论，虽然他研究得并不深入。萨尔梅龙大夫也主张这种理论，但是在当时的报纸上却颇有争议。根据这种理论，人们试图从犯人身上找到一种神秘的两面性，即“反社会罪犯”特有的两面性。此次出庭作证的人当中，不少人一致认为，在被告卡斯塔涅达的那副诱人的风度——他永远身穿那身奇怪的丧服，尤其引人注目——的背后一定隐藏着一个恶人，他用来引诱、欺骗别人的工具正是他的交际才能，能说会道，总而言之，他全部与生俱来的魅力。在这一章里，我们将引用马诺洛·夸德拉就这件事发表的看法。

1933年11月28日，正式开始审理奥利韦里奥·卡斯塔涅达的案子，他用毒药犯下杀害近亲罪和残酷杀人罪。当天在档案上记录的登记表也提供了一些有关他的外貌的基本材料：

犯人奥利韦里奥·卡斯塔涅达·帕拉西奥斯的登记表

身高：6英尺4.5西班牙寸。

① 隆布罗索（1835—1909），意大利犯罪学家。

体质：一般。

肤色：白色。

头发：黑色、平直、浓密。

眉毛：浓密。

鼻子：一般。

嘴：小。

胡须：浓密，刮得很干净。

前额：窄。

眼睛：棕褐色（因严重散光戴一副玳瑁边眼镜）。

服装：黑色衣服，包括上衣和坎肩；蝴蝶结领带；使用拐杖和礼帽。

特点：面颊和下巴上有浅白麻子。

指纹：犯人左手拇指和右手拇指用不褪色印油留下指纹。犯人的档案中还有从不同角度拍摄的3张照片。

3张照片用浆糊贴在相关的纸页背面。自1933年10月9日堂·卡门去世后，日复一日地积累起的厚厚的档案里面存放着无数证人的证词、法医的检查报告、开棺验尸记录、化验室的化验结果、技术鉴定、剪报、信件，还有其他许多法官认为应该列入的证据和文件。1933年12月24日审讯突然中断，档案已经厚达1 892页。

但是，没有一张照片可以让我们看出他是个神话般的美男子。1931年3月27日下午孔特雷拉斯姐妹看见他出现在大都旅馆的房间门口儿，刚跳完舞，直累得气喘吁吁。从那儿以后，他就以无法抵挡的诱人手段博得众人的欢心。

圆形玳瑁架眼镜给他那张洋溢着青春光彩的脸上平添了一股老成劲儿，不要忘记当时他还不满26周岁。眼镜架下面，鼻子显得又宽又扁。鼻子底下的那张嘴，按照法院存档的登记表上说，应该是很小。但是，从照片上看，他那张紧紧闭住的嘴却显得鼓鼓的。

阴沉沉的目光透过眼镜片盯住警察局摄影师的照相机。浓密的眉毛拢在一起，遮住那双黯然神伤的眼睛。许多人都说他剃过前面的头发，因此额头显得不那么窄。额头上，浓密的黑发朝后梳着。

马诺洛·夸德拉发表在1933年10月20日的《新新闻报》上的那篇题为《身遭不幸的面首》的文章，有助于我们更加全面地了解这帧照片。

奥利韦里奥·卡斯塔涅达被带往法庭准备作进一步调查证词。他走在边道上，一直昂着像平日一样刮得光溜溜的下巴。中午，烈日当空，他还是极力不眨眼睛。他每天都要在监狱的院子里洗一次澡，所以显得面色滋润。他以军人的矫健步伐走在几名手持来复枪、威风凛凛、目光炯炯的警卫前面。要是不知道他是一名犯人，我们一定会把他当成手中紧握文件包去呈递国书的全权大使。

街上有记者问了句话，他撇撇嘴，露出轻蔑的一笑，算作回答。路上碰见个小孩儿，他用手轻轻地抚摸孩子的头，很有礼貌地让他走开。有的记者被警卫粗暴地赶开，从远处向他提问，他眼睛里倏地闪过一道亲切的光亮，显出心态沉稳，毫无倦意。许多人挤在门口，想看他一眼，他轻轻地点着头，向大家致意。人们感到惊讶，都在窃窃私语，有人还跟着他走出一段路。一种表情凝结在女人们的脸上，是惊奇？是无奈？还是幸福？“真是个美男子！”一个女人说。但是，这个昔日的面首已经无法听到了。“要不，我准会和他结婚。”另一个女人说，话音里不带任何嘲笑的口气，说得挺认真，还眯缝起眼睛，满脸如梦似幻的神情。

谁能解开奥利韦里奥·卡斯塔涅达的如此错综复杂的品格呢？至今还有许多人想一试身手。有人对他心怀敬意；有人对他感到陌生，心怀恐惧；有人脱口而出，骂得他狗血淋头；也有人吹牛拍马。总而言之，平时谈起他来，众说纷纭。人们企图根据最流行的精神病学理论把他列入这类或那类罪犯病理类型。为此，人们求教于外国学者；病理遗传啊，环境影响啊……主张“先天说”的相信遗传基因注定如此；主张“后天说”的相信环境的影响万能，不管是积极影响还是消极影响。

从首都出版的《面孔和面具》杂志上，笔者选取了智利大学杰出的精神病学家阿里埃尔·多夫曼教授描述“反社会分子”的一段文字。许多人认为，这段描述中提到的先天因素和后天因素共生于杀人犯一身，恰好为奥利韦里奥·卡斯塔涅达勾勒出一幅画像：

“喜欢使用毒药这种无声武器的杀人凶手，总是对生活琐事表现出拳拳爱心，待人温文尔雅，衣着整齐干净，让人一看就喜欢。他的行为具有两面性，不知什么时候会变得十分粗暴；挖苦起人来，毫不留情；背后议论时，用语恶毒。因此，他喜欢采取令人作呕的狂热行径，热衷于造谣中伤，喜欢胡思乱想，不着边际，涉及桃色事件，尤其如此。他个人的性生活非常肤浅，乌七八糟。

“他头脑健全清楚，机智聪敏，具有敏锐的分辨力，但必须是理智不受奇思怪想的左右，而他偏偏常把幻想当成现实。他不会胡言乱语，也没有常发性思维紊乱，更没有发现他有神经机能病症。反复无常、言不由衷、不知廉耻、不知内疚，是其性格特征。他的社会行为动机不当，缺乏自我节制，不会利用经验。以自我为中心，感情冷漠浸透其全身心。他说他爱所有的人，其实他谁都不爱。他经过周密思考不动声色地暗中仇恨周围的人。他不想看到流血，因此我们从来未见过他手执匕首或火器面对面地进行暴力活动。需要杀人时，他使用伪装起来的毒药。在处理人际关系中，他毫无责任感，还使用多种伪装手段以掩饰其反复无常，而投毒就是他最妙的手段。”

他是戴着约翰·巴里穆尔、莫里斯·谢瓦利埃、查尔斯·劳顿的假面具的社会精神病患者？由仓库改成的梦幻工厂——好莱坞的巴比伦王国——里，这几位银屏明星在摄影棚里的高强度灯光照射下滴汗不出；我们这位外交使节、黑衣绅士、电影演员在放映影片的旺季——炽热的盛夏，也是滴汗不出。笔者向他提出的最后一个问题是：你看过《天谴》吗？有什么看法？他微微一笑，只说了一句话：“我压根儿不去电影院。想看丑剧，这一出就够看的了。”大街中央还响着人们的脚步声、惊叹声，记者把这句话记在了笔记本上。在这个服刑的面首发出简单的回答之前，记者手上的汗迹留在了纸上。

他妻子玛尔塔·赫雷斯怎么样呢？她出生于1913年，我们知道在1930年3月的一天晚上在危地马拉城梅尔塞德教堂侧厅神坛前举行婚礼的时候，她还很年轻。当时，主厅的半圆顶被1917年的地震破坏了，屋顶还没有盖上。我们知道，她在莱昂猝死时也很年轻。

1933年11月23日，奥利韦里奥·卡斯塔涅达从狱中给他的危地马拉朋友费德里科·埃尔南德斯·德·莱昂写了一封信，信中追忆了那天晚上婚礼的情景：

我孤身一人困在牢房里，费德里科，陪伴我的是对家乡的思念、悔恨和遥远的幸福，就好似我忠实的朋友……您，我婚礼上的伴郎，是否还记得那天晚上有多么匆忙？至今我还怪您，是您和梅尔塞德教堂的教区神父负责把“一切”安排停当……婚礼上的宾客都是亲朋至友，玛尔塔不愿意大事铺张，露丝妈妈染病在床，不知道是否已经离去。关上大门，玛尔塔在阴暗的前厅等候。神父终于来了，是您亲自到牧师之家把他找来的，他已经睡下了。晚上7点钟念玫瑰经的时候，保险丝断了。没有电灯，真蠢啊，好像我们早就应该知道似的。就差再来一次地震，害得教堂坍塌，把我们都压在下面了……最后，我们磕磕碰碰地来到圣器室。到处都是泥瓦匠的工具箱、水桶、沙子、杂物，玛尔塔直担心把衣服弄坏了。您大概不会说，选择这座教堂的时候不知道主神坛还在翻修吧。大家去找蜡烛，点起烛光……最后，我们在黑暗中举行了婚礼。神父困得要命，他每打一个哈欠，我都真想给他一拳。我厌烦透了，玛尔塔直笑话我，她就是这样，有天大的不幸，她也不会难过。费德里科，您还有什么话说吗？我对您的回忆准确吗？

我确信一切都会查清的，待到这场灾难过去，不带上玛尔塔，我是不会离开尼加拉瓜的，我要将她刨出来，就是用手也要把她刨出来，让她高高兴兴地安息在故土上，而不是在这里，这里的人已经不爱我们了。等我在克查尔鸟的桀骜不驯的天空下将她安放在故国的墓穴时，希望您，费德里科，能和我在一起。

我们手头上掌握的唯一一张玛尔塔·赫雷斯的照片就是婚后一个月她在危地马拉城穆耶尔照相馆拍摄的结婚照。当时，她又穿上新娘的礼服，背景是用硬纸板搭起的，上面画着春意盎然、五彩缤纷的神奇花园。

不知是什么人一时冲动，剪掉了照片上的新郎，只在相纸上留下一块黑衣服、一只耳朵和一部分肩膀。玛尔塔把头倚在那只残缺的肩膀上，头发塞进一顶珠花绣帽里，帽子上面罩着婚纱。

在这幅照片上，玛尔塔·赫雷斯最大的魅力就是她的青春，也许时间永远不能使她青春凋谢。一对活泼的黑眼睛在丰满的苍白的脸上炯炯放光，脸上略带天真文静的微笑，橙花芳香消散，而她仍然沉醉在花香中。我们看见她把翘鼻子天真地贴近新娘捧花，花束的丝带在她手中有些凌乱，背后布景上花团锦簇的花园反而显得色调灰暗。

孔特雷拉斯姐妹的照片也在这里，凭眼睛看一看，我们的确不敢贸然肯定她们是出众的美人儿。

根据附在本案档案中的出生证，玛蒂尔德·孔特雷拉斯出生于1911年12月28日，1933年10月2日去世时还不到22岁。

她曾经在加利福尼亚州旧金山为本笃会修女开办的天主教教会中学学习了两年，参加会计和打字班。根据《中美洲人报》关于庆祝她回国的报道，她于1930年12月乘船回到尼加拉瓜。

1930年12月31日，她正式参加社交活动，出席了莱昂社交俱乐部传统的新年舞会。这一天，她和首次露面的其他少女合拍的照片刊登在报道此次社交活动的那期《中美洲人报》上。这张由西斯内罗斯照相馆拍摄的椭圆形照片，边沿已然模糊不清。后来，这张照片在审理本案的过程中又配合许多报道刊登过。在她逝世一周年的时候，她祖父的印刷厂又将照片刊印在《痛悼集》的封面上。集子里还有流浪诗人利诺·德·卢纳撰写的挽歌。出殡那天下午，天上下雨，诗人未能在公墓朗读。下面是挽歌的开头几句：

玛蒂尔德啊，十月悄然离去，
是油，是漆，是海港的气息，
悄然飘进墓地……
芳香是你平生所爱，
松节油的淡淡气味却突然袭来。
暴雨啊，抽打着墓穴，声声不断，
可怜的姑娘，你可曾听见？
也许是残酷的手按住白色棺材，
将铁钉钉进死气沉沉的棺盖？

玛蒂尔德最具魅力之处可能是浓眉下那副忧郁的目光。她那张脸不大谐调，尤其是颧骨偏窄，嘴偏小，嘴角往下撇着，缺乏性感。她头发挽成一个高发髻，两侧梳成两个大发卷，这种过时的发式使她显得有些老气。衬衣领口别了一块宝石，那副样子更像一位幼儿园的老师。双颊没有修饰，没有涂胭脂，在那么多头戴奇形怪状的发箍、风度翩翩、满面含春、初次露面的姑娘当中，她显得神色惊惶，一副怯生生的模样。

我们看到的玛丽娅·德尔·碧拉尔的照片是1933年9月在哥斯达黎加的圣何塞皇宫剧院附近的查乌塞乌尔照相馆拍摄的，当时她在妈妈的陪同下出外旅行，不久后就回到了尼加拉瓜。

她于1918年8月18日出生，当时刚满15岁。在哥斯达黎加停留期间，她过得很愉快，又很不幸。1933年10月22日，她舅舅堂·费尔南多·瓜迪亚·奥雷亚穆诺在出庭作证时谈到了这件事。后面，我们还会听到玛丽娅·德尔·碧拉尔以及奥利韦里奥·卡斯塔涅达对这件事的说法。

照片上，她把一只手悄悄地伸向一根画着大理石条纹的木柱，似乎害怕打破柱顶上那只插着白色马蹄莲的花瓶。一只饰有箔片的小手提包挂在另一只手腕上，她正用手扣上皮大衣的领扣儿，大衣下面露着一双精巧的缎鞋，仿佛马上要跳舞似的。她背后的幕布上画着一道栏杆，再后面是五颜六色的灯光照射下的宫殿的高大窗户。

她的头发梳成密密的发卷，肉嘟嘟的丰满的嘴唇充满性感，这正是玛蒂尔德缺少的。她还是个孩子，却扮装成市井少妇，似乎穿上姑娘的衣裳只是为了玩一玩。一双金鱼眼里闪烁着惊奇、开心的目光。黑色的眼影使她本来就是圆鼓鼓的眼睛更加突出，谁都忍不住要看看她的眼睛。或许正因为这个原因，她虽然极力用淘气的眼神掩饰内心的惊慌，可仍然流露出惊慌的神情。

最后是堂娜·芙洛拉·瓜迪亚·德·孔特雷拉斯的照片，那是1929年在莱昂市西斯内罗斯照相馆拍摄的。她于1889年出生于哥斯达黎加的圣何塞，当时正好40岁。到1933年，她仍然完完全全保持着照片上的姣丽的相貌。罗萨利奥·乌苏卢特兰对她赞美不已，说她比两个女儿加起来还俊俏。萨尔梅龙大夫和“长舌桌”上的其他人都有同感，我们只能相信罗萨利奥的说法。

她全身弥漫着现代气息。发型是现代的，头发用剃刀削得短短的，贴在头顶上。衣服随随便便，一件钩针编织的衣服长仅及膝，十分宽松，大领口处别着一支天鹅绒的玫瑰花。她坐在一把没有扶手的椅子上，跷起二郎腿，手指交叉，抱住膝盖，脸上一副瞧不起人的样子，嘴唇半张半闭，露出几颗不整齐的牙齿，倒也招人喜欢。

1909 年，莱昂最大的印刷厂商堂·卡门·孔特雷拉斯·拉赫斯帕达，派他儿子卡门到哥斯达黎加考察一种钱德勒牌新式电动印刷机，也就是勒曼印刷公司新近从美国进口的那种机器。在那儿，他结识了堂娜·芙洛拉。这位游子很快就宣布马上举行婚礼，他妈妈非常不高兴，气得卧床达一个月之久。

堂娜·米格达丽娅是她丈夫的表妹，她不允许有人破坏世代相传的家规。据《光辉时代》的记载，孔特雷拉斯家族是勇士熙德与圣母马利亚的后代。据孔特雷拉斯家族第一个从西班牙到达美洲大陆的贝利萨里奥·孔特雷拉斯·马里奥定下的规矩，只能在其家族内部通婚。虽然堂娜·米格达丽娅明知自己有权干涉儿子的家务，可以决定买什么家具、安排哪些仆人，可她到死也没再进这个家门。

1909 年年底，堂娜·芙洛拉到莱昂与丈夫住在一起。婆婆余怒未消，以胜利者的口吻公开宣布她反对儿子和一个素不相识的外国人结婚，而且说这样做绝没有错。从堂娜·芙洛拉一进家门起，人们就认为她举止过于随便，莱昂的上等家庭很看不惯。她毫无顾忌地用烟嘴吸烟。虽然已经有了人家，在丈夫不愿陪伴的时候和其他男人在节日聚会上跳舞，或者独自一人观看演出，而且认为这没什么不可以。人们开始轻蔑地叫她“拉蒂卡”①。这些年来，尽管她姓氏高贵，人们还是把她当成外国人看待。

1933 年 10 月 25 日的《记事报》上发表了罗萨利奥·乌苏卢特兰那篇轰动一时的采访录之后，这种不道德的看法再次变本加厉，只是以道歉的形式掩饰而已，说到底，她是个外国人，她是向另一个外国男

---

① 尼加拉瓜人对哥斯达黎加人的蔑称。

人打开房门的。

“她比两个女儿加起来还要俊俏得多。”就在10月25日这天晚上。阿塔纳西奥·萨尔梅龙大夫眼看着照片在“长舌桌”上而赞叹不已。为了把照片保存在档案里，他从《记事报》第一版上剪下这张照片——配合那轰动一时的报道发表的唯一一张照片。对那篇文章，他倒没多操心，打字原稿交到印厂以前，他就拿到了用复写纸打出的复印件了。

再说一遍，有关那位夫人美貌的话是罗萨利奥的创造。1933年9月26日晚上，萨尔梅龙大夫第一次听到这句话就喜欢上它了。当时，《记事报》为欢迎堂娜·芙洛拉在哥斯达黎加经过长时间的游山玩水做生意后回到莱昂，在第一版上刊登了这幅照片。那次，罗萨利奥还说，看见那张照片，他想起一位电影演员，不过没具体说是谁。

在公众的注意力集中在案件进展情况的那几个月里，玛丽娅·德尔·碧拉尔的照片一直未出现在当时的报刊上。从马那瓜来的记者和莱昂的记者不同，他们都带着照相机，可是没有一个人能够拍下她的照片。事情出来以后，特别是那篇闹得满城风雨的报道发表以后，她把自己关在家里，谁也进不去。家里的近亲和用人可以看见她，“拉法玛”商店的店员有时能见到她，除了他们以外，谁也见不到她。谣言开始流行，说她感到十分内疚，痛苦不堪，过早地衰老了；还说圣诞节前她要去哥斯达黎加，进一座修道院。在那里，她将为错误地爱上一个杀人犯向上帝赎罪，了此一生。后面，马诺洛·夸德拉还会讲到这件事。

因此，1933年11月12日她向法庭提供的证词（下面还要谈到）是应她家人的请求关上大门在家里记录的。地点就是玛蒂尔德为奥利韦里奥·卡斯塔涅达朗读法典直到凌晨的那条走廊。这样，可以避开吵吵闹闹的看热闹的人、记者和诉讼人。这些人常到法庭去，焦急地希望直接听到证人披露的情况。

10. 奥利，奥利，你给了我什么呀？

昨日午后二时，尊敬的堂娜·玛努埃利塔·玛丽娅·卡斯塔涅达因恶性热病急剧发作，在莱昂市与世长辞。夫人系危地马拉人氏，前危地马拉驻尼加拉瓜使团秘书、尊敬的堂·奥利韦里奥·卡斯塔涅达博士之妻室。昨日前，夫人身体健康。病情突发，未逾3时，猝然弃世。绮年早逝，呜呼哀哉！谨向博得本市人人爱戴的悲痛欲绝的丈夫致以深切的慰问。

（《中美洲人报》1933年2月14日）

玛尔塔——上面引述的悼文把她的名字误写为“玛丽娅”——死于1933年2月13日星期三午后一点，第二天一大早就匆匆忙忙地举行了葬礼。接下来几天，没人再说起她。只有市宗教事务所的《事实》周刊（1933年2月份第四周出版的第七期）发表了一篇短文。署名的是伊希德罗·奥古斯托·奥维埃多·伊·雷耶斯牧师，即“圆球”奥维埃多的哥哥。

在那篇题为《好好查一查你的债务》的文章中，牧师赞扬那位年轻女性临终前表现出来的坚不可摧的精神，号召天主教信徒学习她的榜样。

你，愚蠢的信徒，企图昧着良心逃离尘世的泪谷吗？或许，哪怕是在封斋节，你对自己的行为有所忏悔？在最后反省的时刻你要详尽地讲述自己的所作所为，难道你忘记了吗？倘若你不懂得从现在起就要准备好自己的账簿，那就太不幸了，万分的不幸！在上帝面前清偿债务的时刻终将到来。

假如你和我一样有幸站在小玛尔塔的床前，听她向“至高无上的审计”讲述自己的债务，你一定会获益匪浅。她远离家庭，远离家园，远离看见她出生的土地，却镇定自若地手捧着全部账册：现金出纳账、分类总账、账目全部结清，该付的项目誊写得一清二楚。“伟大的收款人”没有告诉她何时收款，而她却把一切准备停当……认真负责的付款人总是信守约言。当她的年轻生命的守护天使鼓动双翼，带着她的肉身飞向永不干枯的天上草原时，她已分文不欠，脸上绽出幸福的微笑。

她给我们留下多少教益啊！让我们为她祈祷。假如你怀着卑劣的侥幸心理，认为可以蒙骗上帝，让我们为你祈祷吧！上帝会拒绝你的花账、你伪造的单据、你在账目上做的手脚。上帝要把你作为卑鄙的窃贼和拙劣的骗子直接送入地狱的牢房。

安息吧。阿门。

在莱昂，人们喜欢把丧葬仪式拖得很长。因此，天刚亮就举行葬礼，的确不大合乎常情。在 1933 年 10 月 14 日第一次出庭作证的时候，堂娜·芙洛拉说，这件事是她的主意。据她说，奥利韦里奥需要尽快搬回她家，好好休息休息。几天前，奥利韦里奥·卡斯塔涅达夫妻占用的房间一直空在那儿。

在第一次出庭作证的时候，堂娜·芙洛拉亲口对我们说，在参加葬礼回来后，而不是在安葬之前，他们收到赫雷斯家发来的一封无线电报，签署者是死者的弟弟贝里萨里奥·赫雷斯。电报要求奥利韦里奥尽早把尸体空运到危地马拉，以便安葬在马萨特南戈。

证人说，有人把没有按照赫雷斯家的合情合理的愿望办事归罪于奥利韦里奥，这显然是不公正的，因为电报传过来的时候，葬礼已经结束。奥利韦里奥绝对没有违拗亲友的打算；相反的，他连忙向在场的人打听能否在第二天将棺木起出来。大家都劝他不要自找麻烦，手续太复杂了。就奥利韦里奥本意来说，他绝对没有匆忙下葬、草草了事的意思。正如证人亲口说的，是她拍板定案的，无论过去还是现在，她都愿意承担责任。当时，奥利韦里奥十分悲伤，根本无法料理任何事情。

证词有好几份。尽管证词是过了几个月才提供的，但是通过这些证词还是可以重现当天发生的事情。当时，除了阿塔纳西奥·萨尔梅龙大夫外，谁也没有对实事多加注意。在一些证人的记忆中，事情和时间相当混乱，这是可以理解的。还有些证人显得失去客观性，他们预先对犯人有一股敌对情绪。证人之一，即女仆多洛雷斯·洛伦特，在1933年10月17日出庭作证的时候，回避了一些基本事实，这一点我们可以在另一章中看到。

在所有证词当中，奥利韦里奥·卡斯塔涅达的证词最为完整；然而，对法官来说，可信度不高，理由当然是不言自明了。那么，我们可以听一听堂娜·芙洛拉的证词，几乎从一开始她就待在玛尔塔的身边。但是，在她1933年10月14日提供的第一次证词和当月31日提供的第二次证词（是她本人提出再次作证的，她说比第一次作证时她头脑更清楚，心情更镇静）之间，却有着天渊之别：前一次，她极力要解脱奥利韦里奥，现在又想使他陷入泥潭。

应法官的传唤，出庭作证的还有医生、邻居、奥利韦里奥夫妇的挚友，还有一名女仆。虽然在诸证词之间存在着不少矛盾，我们还是打算依据证词理出个头绪。

1. 根据“圆球”奥维埃多的妻子叶尔芭·德·奥维埃多在1933年10月16日提供的证词，我们知道了玛尔塔在去世的头天晚上还去看过电影，当时她感觉良好，只有轻微的偏头疼。

下午，我们商量好一块去冈萨雷斯剧院，我们特想看看罗伯特·蒙哥马利和诺尔玛·希勒主演的《亲密的伴侣》。好几位朋友对我们说过这部片子。博士生考试快到了，我丈夫正在做准备，可最后还是陪我们一起去了。他也挺喜欢看电影的。奥利韦里奥不想去，因为离考试还只差两天。

临出门前，玛尔塔说觉得偏头疼，疼得挺厉害的。我从装在皮包里的一个小瓶里给她拿出一片"拜耳牌"阿司匹林。一路上，我们边走边谈，她说要为奥利韦里奥获得博士学位举行一次晚会。她对小小的晚会想得特别多。家里地方太小，她打算把卧室的家具搬出来，把卧室也当作客厅用，把床铺什么的存放在乌利塞斯·特朗博士家里。

我们谈起请哪些人，她提出一大串名单。主考人、奥利韦里奥的老师、同学都不能落下。我答应她在家里做几大盘俄式沙拉。我们还要到科斯梅·曼索那儿买肉和维也纳灌肠，可以省不少事。我丈夫说，堂娜·芙洛拉肯定会送来好酒，其他朋友也会送东西来。玛尔塔打算做几个危地马拉菜，让客人吃一惊。桌子的摆法也照危地马拉的习惯，把吃的喝的都摆在桌上，每个人自己动手。她还说，不想上太多的烈酒，怕客人喝得醉醺醺的，又没人往外抬他们。

电影看得挺开心的。玛尔塔头也不疼了。不过，片子讲的是离婚的事，她不大喜欢。出来的时候，我丈夫请我们到普里奥酒家吃点儿蜜饯水果冰淇淋，她同意了。然后，我们把她送到家门口儿，我们没瞅见奥利韦里奥，他在屋里学习呐。

2. 据奥利韦里奥·卡斯塔涅达在1933年10月11日提供的证词，当天夜里过得很平静，没发生什么意外。玛尔塔醒来的时候，一个劲儿叫唤月经疼，阴道又是血流如注，把睡衣、被单、床罩全弄脏了。她还嚷嚷着肠胃不舒服。奥利韦里奥走到卧室门口，叫女仆把放在饭厅架子上的装小苏打的瓶子拿来。玛尔塔自己动手，用一杯水把小苏打化开，用勺子搅拌了一阵。那大约是上午8点钟。

堂娜·芙洛拉在10月14日证词中肯定说，她看见在挂着圣心像的卧室里的小桌子上有一只空杯子，杯里有把小勺儿。

女仆多洛雷斯·洛伦特（未婚，32岁，不在主人家中过夜，每天一大早赶到主人家里干活儿）在1933年10月17日的证词中提出了另一种说法。

法官：请您说一说，您是否把小苏打送到卧室，还有一只盛水的杯子和小勺儿，好把药化开。

证人：我没送小苏打，我不知道卧室里有没有。堂·奥利韦里奥跟我要的是装药丸的小瓶子，堂娜·玛尔塔每天都要服用。他从卧室门口儿吩咐完，我就从饭厅架子上拿来小瓶子。我把瓶子和一只装水的杯子交给他，上面盖着一个碗。不过，没有小勺儿，他没要我拿勺子。

法官：您是否记得瓶子里有多少药丸。

证人：只剩下3粒儿，够一次吃的。堂·奥利韦里奥取出药丸，把空瓶子交给我。我把瓶子放回厨房了，要么扔掉了。想不起来了。

法官：把药丸交给卡斯塔涅达的时候是几点钟，您记得吗？

证人：我估摸着在8点钟以前。我每天7点钟开始干活儿，干了有一个钟头了。

3. 根据卡斯塔涅达那天的证词，他趁女仆多洛雷斯·洛伦特准备早餐的时候出去了一会儿，去找他的同学埃德加多·布宜特拉戈，对方答应过借给他几本书，让他复习第二天考试的科目。他说，他在边道上等了好大一会儿，女仆又出来告诉他布宜特拉戈没在家。他回到家的时候，已经快9点了。

回来以后，他得知玛尔塔把带血的衣物收起来，自己动手洗干净，然后挂在院子里的绳子上。为这件事他大为恼火。他觉得玛尔塔身体虚弱，干这种事实在太冒失。他叫了声玛尔塔，她从浴室里应了一声，这下子他更火了。当时，他认为——现在仍然认为——洗完衣物又去洗澡简直太不慎重了。谁都知道，在子宫出血的情况下，剧烈活动也好，沾凉水也好，都会引起致命的后果。

女仆多洛雷斯·洛伦特在叙述这件事的时候，又和卡斯塔涅达发生了矛盾。

法官：您看见堂娜·玛尔塔从卧室里拿出沾了血迹的东西，比如被单啦、床单啦，自己去洗吗?

证人：她要是洗东西，我很容易发现。可她没洗。洗衣池在院子里，就在厨房旁边。当时我正在厨房里给他们准备早点。再说，床单是笨玩意儿，特别还有血，洗起来可耽误工夫儿啦。我没看见绳子上挂着被单一类的东西。

法官：那天早上，堂娜·玛尔塔确实洗澡了吗?

证人：是的，她倒是洗了个澡。浴室也紧挨着厨房，我听见了水声。后来，堂·奥利韦里奥回来了，敲了敲门儿，催她快点洗，该坐下来吃早点了。他还得集中精神看书学习呐。

法官：您走进卧室打扫房间的时候，看没看见床上或者便盆里有血迹?

证人：便盆里只有尿，我倒在厕所里了。床铺嘛，我没管，平时都是堂娜·玛尔塔自己收拾，可我没看见有什么血迹。我进去的时候，床铺已经收拾好了。3天前我倒是从卧室里收走几条内裤，让月经弄脏了。我拿去洗了洗。

4. 奥利韦里奥·卡斯塔涅达向法官表示，他走到浴室门口儿，催玛尔塔马上出来。她在墙里边嘟嘟囔囔地说自己感觉非常好。可他知道玛尔塔历来不注意身体，又明知道这事很危险，只好坚持要她出来，最后还是没洗下去。他给她围上毛巾被，把她送回卧室，看见她脸上红扑扑的。那是洗了那么多衣服，累得脸发红。

证人说，玛尔塔穿衣服的时候，他坐在饭厅里等她一起吃早饭。为她的莽撞心里还很不痛快。玛尔塔走到桌旁，他仍然火气未消。边吃早饭，边谈起她阴道出血。证人对她说，这样月复一月地折腾下去，他很担心。又说，他要出去一会儿，把堂娜·芙洛拉和小叶尔芭·德·奥维埃多找来陪陪她。可她不同意。证人只好动硬的了。尽管玛尔塔一个劲儿地说她没事儿，感觉十分良好，他根本不理。刚一吃完早饭，就去叫上面提到的那两位太太了。

对多洛雷斯·洛伦特关于是否出血的证词，堂娜·芙洛拉提出了相反的说法。在10月14日的证词中，她说，她应卡斯塔涅达的紧急呼唤，和两个女儿一起来到他家。玛尔塔亲口说，她又闹大出血了，另外还嚷嚷说神经太紧张了。堂娜·芙洛拉给她喝了一点儿帕克-戴维公司出产的镇静药酒，名叫“夸德拉利纳”。瓶子是加封的，是证人亲手打开的瓶盖。

5. 1933年10月18日，在接受法官的询问时，正在学习律师专业的埃德加多·布宜特拉戈学士说：卡斯塔涅达的确到家里找过他，向他借一本书。他没在家。卡斯塔涅达对他妈妈说，那本书他有急用，是尤金·帕蒂写的一本关于《罗马法》的书。不过，据证人讲，那次来访不是在2月13日早晨，而是在3天前的一个星期日。当时，他正好去望弥撒，所以能说出准确的日期。

假如奥利韦里奥·卡斯塔涅达在早上8点到9点之间离开家以后没去借书，女仆多洛雷斯·洛伦特是知道他的真正去处的。但是，她没向法官透露。不过，还在事情发生之前，商人科斯梅·曼索就开始了调查。他揭露事实真相以后，我们才弄清个中奥秘。

6. 将近上午9点钟的时候，奥利韦里奥·卡斯塔涅达刚吃完早饭，确实出门去找过他的至交，请他们到家里去。多洛雷斯·洛伦特说，这一点她记得。

法官：请您说一说，早饭后，奥利韦里奥·卡斯塔涅达是不是又到街上去了？如果是这样，堂娜·玛尔塔是不是躺在床上？

证人：他是出去了，他说要到堂娜·芙洛拉那儿去。不过，堂娜·玛尔塔没再回卧室。她从厨房拿走一只喷壶，在院子的水龙头底下灌满水，然后到走廊上去浇花。一边往花盆里浇水，一边哼一首她家乡的歌，她挺喜欢这首歌的，过去我听她唱过。歌词好像是“月亮啊！银色的栀子花，在我的小夜曲里，你化为一支歌……”嘴里还学着木琴的声音，为歌伴奏。

乌利塞斯·特朗博士——律师，已婚，43岁，火炬印刷厂老板，是卡斯塔涅达的邻居，和他家仅一墙之隔——在1933年10月14日的证词中说：

大约是上午9点半过一点儿，我正在门口把几包电影票交给冈萨雷斯公司跑外的伙计，看见卡斯塔涅达神情激动，急急忙忙地走过去。我拦住他，问他出了什么事。他回答说，他妻子情况很严重，早晨醒来子宫大出血。

我想劝他安静安静，就说女人出现这种生理混乱现象是正常的，子宫出血死不了人。可他急赤白脸地一个劲摇头，说是生死攸关的问题，说完就慌里慌张地走了。

卡斯塔涅达说得那么凶，我也慌了神儿了。过了一会儿，斯科特乳化剂厂的广告宣传队朝我们住的那条街走过来。我拦住领头儿的，说这儿有个危重病人，求他们别在这条街上大嚷大叫。领头儿的高高兴兴地接受了我的请求，不声不响地带着那支常跟他在一起的乐队走远了。一群孩子跟在后边，走出几个街区才又吹打起来。

7. 在10月14日的证词中，堂娜·芙洛拉肯定说，上午10点钟左右，卡斯塔涅达来的时候，她正在商店的柜台前面。卡斯塔涅达跑过来求她快到玛尔塔身边儿去，说玛尔塔又觉着不好了，大出血，还不想躺下。还说，病人听她的话，只有她才能劝住病人别再干活儿，好好休息。这样，他才能静下心来，全力以赴地准备即将到来的考试。证人又说，她觉得两家人关系密切，没觉出这个要求有什么值得大惊小怪的，也没有看出卡斯塔涅达的声音或表情有什么反常的地方。

但是，在10月31日提供的第二份证词中，她的说法完全变了。

现在证人可以回忆起，卡斯塔涅达是故意四处散布他妻子身染重病的消息。证人想把上次说的再补充一下：卡斯塔涅达从商店出来，又去找小叶尔芭·德·奥维埃多。这时候，证人回到家里，想准备准备，顺带把事情告诉给自己的女儿。来到卧室的时候，她丈夫神色慌张地回来了。卡斯塔涅达在边道上碰见他，对他说这回玛尔塔没救儿了，当天准死没跑儿。后来，她才知道卡斯塔涅达把这些话说给好几位朋友听。他挨家挨户地跑，预先通知玛尔塔的死讯。

当时，她没想到后来会发生的事，对这些话也没当真，只把它看成是卡斯塔涅达神经紧张的反映。碰见类似的事情，他总是那么紧张。她把这个想法告诉了丈夫，劝他静下心来。

另外，证人还表示，过了20几分钟，她和女儿一起来到卡斯塔涅达家中，也没看到什么值得惶惶不安的事。她们看见玛尔塔静悄悄地坐在走廊上，吩咐女仆准备午饭。玛尔塔挺过意不去的。卡斯塔涅达走进家门后，她劈头第一句话就是："唉，奥利，你干吗去麻烦堂娜·芙洛拉？我不是说过了吗？没事儿。”证人好说歹说，最后总算劝得她躺下休息。

8. 还是在 1933 年 10 月 14 日作证的时候，在法官提问当中，堂娜 · 芙洛拉矢口否认死者当着她的面儿曾经责备过卡斯塔涅达半句话，绝不像外面广为流传的谣言说的那样。据传言，玛尔塔躺在灵床上曾经高喊了几次：“奥利，奥利，你给了我什么呀？”

但是，堂娜 · 芙洛拉的哥哥费尔南多 · 瓜迪亚 · 奥雷亚穆诺在 1933 年 10 月 22 日出庭作证时说，那不是谣言。堂娜 · 芙洛拉曾经告诉他，在将近下午 1 点钟的时候，玛尔塔又抽了 3 次风，在最后一次抽风前，她亲耳听到玛尔塔说过这句话。

堂娜 · 芙洛拉在第二次作证的时候，没再涉及这件事，法官也没再查问。不过，1933 年 10 月 14 日，乌利塞斯 · 特朗博士在证词中说，在最后一次犯病前，玛尔塔只对她丈夫说了几句话，原话是：“奥利，奥利，我的心肝儿，我的宝贝儿，为了你，我把什么都丢下了，我的母亲，我的家，我的祖国……”

接着，她又抽起风来，这次来得特别厉害，时间又长。最后，她咽气了。

11. 在朋友的怀抱里哭了一场

1933年2月13日上午，“圆球”奥维埃多进行了一场自我考试。他穿着裤衩儿，在5把摆在走廊上的空摇椅之间踱来踱去，每把摇椅代表法庭的一名成员。叶尔芭一边踩着缝纫机，一边按照放在身边儿的那本打开的书向他提问题。“圆球”奥维埃多每说错一个字，她就停下来，毫不客气地加以纠正。“圆球”奥维埃多不高兴了，停下发表演讲的姿势，说他回答的正确无误。于是，两个人唇枪舌剑地争吵起来。

叶尔芭在1933年10月16日作证时说，有一次他们正在争吵，奥利韦里奥·卡斯塔涅达走进来，说是玛尔塔得重病了。他十分着急，不想多等他们。过了一会儿，他们俩才穿好衣服，走到街角想找辆车。可是，一辆车也没过来，叶尔芭说还是走着去吧，“圆球”奥维埃多只好气喘吁吁地在后面紧跟着。那时候快到上午10点半了。

我们穿过马路来到雷科莱克西翁教堂的门厅前，还差半条街就要到了。这工夫，在寂静的上午，我听到一声撕心裂肺的喊叫，像是随风吹过来的。我马上听出那是玛尔塔的尖叫声。一开始，我以为是自己听差了音儿，可我的丈夫赶上来，告诉我他也听到了喊叫声。于是，我加快脚步，简直是跑了起来。我闯进他家，直奔卧室，只见玛尔塔在床上蜷曲着身体，抽搐得很厉害。

这声喊叫肯定会惊动左邻右舍。但是，当时乌利塞斯·特朗博士正在办公室里修改印刷品清样，与玛尔塔的卧室只有一墙之隔，却什么也没听到：

上午，一直很平静，我几乎完全忘记了和卡斯塔涅达的谈话。我正在办公室里修改胡安·德·迪奥斯·瓦内加斯的散文诗集《莱昂的圣周》的清样。我妻子送来冷饮，我甚至忘了跟她提起这件事。隔壁没有什么声音，也没有异乎寻常的迹象。10点半以后，我又出去活动活动腿脚，这才发现卡斯塔涅达家门口拥着很多人，还看见达比希雷大夫的马车系在墙壁的铁环上。我决定过去打听一下出了什么事。

我看见客厅里乱哄哄的，还没等别人告诉我出了什么事，只见堂娜·芙洛拉·德·孔特雷拉斯焦急地从卧室里走过来，给我看一瓶叫作"夸德拉利纳"的糖浆，还对我说："玛尔塔吃了这种药，像是中毒了。"她既没说病人是几点钟吃的药，也没说谁给她吃的。

胡安·德·迪奥斯·达比希雷大夫在1933年10月17日的证词中说，应堂娜·芙洛拉的请求，大约在12点15分他来到玛尔塔家。那天，他的学生和同事阿塔纳西奥·萨尔梅龙大夫偶然来到诊所，也陪他一起过来了。因此，10点半以后乌利塞斯·特朗博士不可能看见达比希雷大夫的马车，他看见的是菲利贝托·埃多希亚·阿当斯大夫的母马。大夫是"圆球"奥维埃多叫来看护病人的。

埃多希亚·阿当斯大夫——已婚，36岁——在1933年10月15日作证时说：

我骑着自己那匹母马从我家门洞出来，到几个老病号家里去巡诊。当时，听见街角上有人大声叫我。奥克塔维奥·奥维埃多·伊·雷耶斯博士走过来，原来是他在叫我，催我陪他去看一位危重病人。他只告诉我说病人是卡斯塔涅达夫人，正在抽风，没提到更多的情况。他在前面步行，我骑着马跟在后面。就这样，我们来到卡斯塔涅达家。

我看见病人躺在床上，说起话来十分正常，只是有点儿头疼，下肢无力。我对她丈夫和在场的堂娜·芙洛拉说，很可能是神经性疾病发作。为了让堂娜·芙洛拉放心，我还对她说，她给我看的那个小瓶子里装的是帕克-戴维公司推出的一种镇静性药酒，专利商标是“夸德拉利纳”，不可能引起中毒。

可是，过了20分钟，病人提醒我们说，她又要犯病了，她觉得两腿发僵，要求别人按住她的腿。其实，四肢都开始发僵，接着领骨僵硬，最后遍及全身。随后，就剧烈地抽搐，身体在床板上弯成弓形，眼球明显外突。由于胸肌强直，呼吸十分困难，面部呈青紫色。

第二次发作后，又恢复了正常。病人可以回答各种问题，甚至能说出某些东西放在什么地方。不过，伊希德罗·奥维埃多·伊·雷耶斯牧师来到卧室的时候，她的病情更让我担心了。病人听到了他的声音，可是坚持不见他。因此，我修正了原来的诊断，告诉她丈夫我认为她患的是尿毒症。病人又一次犯病的时候，塞盖拉·里瓦斯大夫也看见了，倾向于同意我的诊断。但是，达比希雷大夫在阿塔纳西奥·萨尔梅龙大夫的陪同下来了以后，经过给病人听诊，果断地诊断为恶性热病急剧发作。我只好同意他的诊断，在场的以及后来到场的其他同事也同样倾向于同意他的结论。

阿莱汉德罗·塞盖拉·里瓦斯大夫——未婚，27岁——在1933年10月20日作证时讲到病情发作的情况。他说那是一种逐渐升级的间歇性抽搐，间隔的时间越来越长。估计最后两次发作间隔时间为半小时，病人出现衰竭迹象，腋下体温上升到38度。

另一方面，他还想起根据在场医生们的建议，对病人进行了如下处置：肌肉注射浓缩硫酸奎宁、硫醚和樟脑油；口服一片泻药，通过直肠使用灌肠剂，最后这项措施是达比希雷大夫提出的。证人最后说：

临近中午1点钟的时候，现代药典向我们提供的手段全部用尽，病情最后又发作了。当时，我到卫生间去了一会儿，正在忙着，她家的邻居乌利塞斯·特朗博士跑过来敲厕所的门，对我说：“快点儿，大夫，那位姑娘要不行了。”等我回到她身边的时候，她憋闷得十分厉害，脸色紫青。最后断了气。

根据前面引用过的达比希雷大夫的证词中的说明，他毫不犹疑地认定玛尔塔的死因是恶性热病急剧发作，这不仅可以从病人的症状上看得出来，而且他还知道病人患有疾症，一个月前就发现了。我们已经知道，其他医生也同意他的看法。不过，萨尔梅龙大夫根本不同意这种意见。

中午1点，玛尔塔最后抽搐了一阵，终于一命归阴，奥利韦里奥·卡斯塔涅达默不作声地离开了床边。“圆球”奥维埃多用颤抖的双手拿着被泪水浸湿的手帕，跟在他后面来到走廊，想拥抱住卡斯塔涅达，和他一起痛哭一场。但是，他发现卡斯塔涅达走到缝纫桌边。他十分惊讶地看着他在一堆破布条烂布块当中寻找什么。

“我朝他跑过去，生怕他会干什么蠢事。”“圆球”奥维埃多掏出手帕，似乎又要哭上一场。此时是1933年10月20日晚上。普里奥酒家“长舌桌”的客人围在他身边。

“是找手枪吗？”科斯梅·曼索嬉皮笑脸地盯着“圆球”奥维埃多，等着看他真的痛哭流涕。

“是的。”“圆球”奥维埃多咬着手帕，“我赶上去一把夺过手枪，求他把枪交给我。”

“他没有极力反抗？”萨尔梅龙大夫用手抚平笔记本的纸页，准备记录。

“根本没有。”“圆球”奥维埃多一脸扫兴的样子，“而且还说了些话，我听完吃了一惊。”

“说什么啦？”萨尔梅龙大夫沉着冷静地等着记录。

“他说，他想把枪藏起来，免得让人偷走。”“圆球”奥维埃多把手帕攥成一团，塞进衣袖里，“他说，家里出贼啦。”

“这种时候啦，还有人偷东西？”萨尔梅龙大夫不动声色地笑了笑，“你那位朋友真可谓是天生的无声电影喜剧演员。要是可以告诉我们的话，这个丧尽天良的小偷是谁呢？”

“就是在场的诺埃尔·帕亚伊斯。”“圆球”奥维埃多也想挤出个笑来，可笑得很难看，“出事前，他和其他许多朋友一样到那家儿去了，他妻子也在场。”

“是啊，想起来了，在人群当中我确实看见了诺埃尔·帕亚伊斯。”萨尔梅龙大夫稍停片刻后说。

“可他为什么认为诺埃尔·帕亚伊斯会偷他的枪呢？”罗萨利奥·乌苏卢特兰碰了碰“圆球”奥维埃多的胳膊，催着他回答。

“因为他乘乱偷了300美元。”“圆球”奥维埃多也不相信自己讲的话，他想抬起胳膊，最后又改变了主意，“据他说，是女用人看见的。”

“300美元？”罗萨利奥·乌苏卢特兰戴上帽子，好像了解这件事以后就不想再听别的了。

“我不过是重复别人的话。”“圆球”奥维埃多无精打采地点了点头，“大家正从打开的衣柜里给病人拿毛巾和床单，他从里面掏出了钱包。摆弄了一会儿，假装要把钱包往上扔，顺手放进口袋里。”

“这会是真的吗？”“班头儿”普里奥从钱柜那边儿发出吃惊的声音，“就是这位诺埃尔·帕亚伊斯提议所有在场的人在那份电报上签字的呀。”

“不知道，我现在真是不知道啦。”“圆球”奥维埃多扭过头看了看“班头儿”普里奥，显得有些焦急慌乱，“当时我信他的话了。那时候他不会撒谎啊。”

“班头儿”普里奥提到的电报是指在玛尔塔去世那天下午2点半通过“热带电台”发往马萨特南戈的那份电报，电报把玛尔塔去世的噩耗通知给赫雷斯家。从莱昂国家电报局查出了电报抄件，并已收进档案里。

1933 年 10 月 17 日，“圆球”奥维埃多在证词中说，他手拿笔纸走到朋友身边，准备记下他口述的电报内容。

证人说，卡斯塔涅达几次打算向他口述电文，最后还是放弃了。他用嘶哑的声音说，他找不到合适的词句，也没有心情完成这项艰难的任务。因此恳求证人代他草拟电文。证人坐在他身边，按照朋友的愿望动手起草电报，卡斯塔涅达只提出一条要求，要他写上玛尔塔大出血后故去，作为丈夫他一直待在她身边，关怀照料她直到最后一刻。他看完电文之后签了字。

根据乌利塞斯·特朗博士 1933 年 10 月 14 日提供的证词，诺埃尔·帕亚伊斯确实建议所有在场的人都在电报上签字，为的是让赫雷斯家毫不怀疑卡斯塔涅达对妻子怀有一片爱心，对她悉心照料，直到最后一刻。大家接受了这个建议。“圆球”奥维埃多在证词中证实了这一点，但是丝毫没有提及提出此项建议的诺埃尔·帕亚伊斯偷钱的事。

“先把偷钱的事抛开。”罗萨利奥·乌苏卢特兰摘下帽子，挠了挠脑袋，“卡斯塔涅达是不是挺难过啊？看样子不像要开枪自杀。你看他难过吗？”

“是的。”“圆球”奥维埃多神情庄重地低下头，“我看他很难过。我把手枪放进上衣口袋里。最后，我们互相拥抱，他不住抽泣。”

“有人过来安慰他吗？”科斯梅·曼索狡猾地凑近“圆球”奥维埃多耳边说。

“当然啦，大家都表示哀悼。”“圆球”奥维埃多离科斯梅·曼索的嘴很近，斜睨一眼，都能数出他镶了几颗金牙。

“不是，我指的是孔特雷拉斯姐妹。她们干了些什么？”科斯梅·

曼索又是流里流气地低声说。

“我不记得看见她们离开过卧室。她们和妈妈守在遗体旁边。”“圆球”奥维埃多讨厌科斯梅·曼索那股酸臭气，躲开了他。

“知道信上说的那些话，还有什么猜不到的。”萨尔梅龙大夫叹了口气，把那支红蓝铅笔直冲着“圆球”奥维埃多扔在桌子上。

“什么信？”“圆球”奥维埃多吃了一惊，下巴肉轻轻地抖动了一下。

“就是那天上午吃早饭前奥利韦里奥·卡斯塔涅达让女仆多洛雷斯·洛伦特给玛丽娅·德尔·碧拉尔·孔特雷拉斯送去的信。”萨尔梅龙大夫拣起那支离“圆球”奥维埃多肚皮很近的铅笔。

“我压根儿不知道有什么信。”“圆球”奥维埃多猛然间热汗直淌，他从上衣袖口里掏出手帕，轻轻地一下一下擦干嘴巴子。

12. 情人再次相会

1933年2月21日，奥利韦里奥·卡斯塔涅达提交了律师和公证人学位考试论文，比原订日期推迟了一个星期。考场主考官是法律系主任胡安·德·迪奥斯·瓦内加斯博士（后来在此案审理中担任原告律师），经过投票一致通过。在我们看到的档案材料中标有“优秀、很好”的评语。毕业论文由孔特雷拉斯印刷厂用亮光纸印成，题目是《论人权的始创》。

妻子出殡当天，奥利韦里奥又搬回他原来在孔特雷拉斯家的住房。考试的当天晚上，大家在客厅里关上门庆祝了一番。也是在关上门的大厅里，玛蒂尔德应奥利韦里奥一再请求，弹奏起钢琴。一开始，奥利韦里奥话很多，又开起了玩笑，逸趣横生，后来就陷入深深的悲伤之中。1933年10月14日，厨娘萨尔瓦多拉·卡瓦哈尔作证时回忆起当时的情景。

据证人说，堂·卡门让人从“拉法玛”商店拿来几瓶“莫斯卡特尔牌”葡萄酒，大家坐下来听玛蒂尔德小姐弹钢琴。后来，一起上桌吃了一顿特殊的晚餐。按照玛丽娅·德尔·碧拉尔小姐的吩咐，桌子上铺了带花边的桌布，摆上一只中国瓷花瓶。据证人回忆，堂·奥利韦里奥喝下好多杯“莫斯卡特尔牌”葡萄酒，还喝了一种特别制造的白兰地（平时堂·卡门把这种酒锁在柜子里），结果直喝得酩酊大醉，用手抓住堂·卡门，嚎啕大哭起来。老堂·卡门和卡门少爷只好架着他去睡觉。

宴会就此结束了，大家都很难过。听到他说要回自己的祖国，永远不想再回尼加拉瓜，因为他在这里失去了生活中的慰藉——心爱的玛尔塔，玛蒂尔德小姐和玛丽娅·德尔·碧拉尔小姐也都伤心地哭了。他的话同样感动了堂娜·芙洛拉。证人难以摆脱那种悲伤场面的影响，喉咙也哽住了。

让我们听一下证人卡门·孔特雷拉斯·瓜迪亚的证词。据他说，那天晚上，奥利韦里奥·卡斯塔涅达做了一场噩梦，边睡觉边说梦话。1933年12月1日，法官进一步询问证人，犯人有没有其他奇怪行动，他回答说：

妻子死后，他又和我们住在一起。妈妈让我搬进他的房间，说他一个人睡觉心里害怕。在他取得博士学位的那天晚上——我应该说是考官可怜他丧妻之苦才把证书送给他的，他喝过了量，他从来如此，没有什么奇怪的。爸爸和我看见他喝得烂醉如泥，不愿意让他卧在桌子上，就架着他去睡觉了。

大约半夜时分，他开始在床上翻腾。过了不久，我就听见他焦急不安地讲了一些胡话，好像他十分懊悔，在梦中请求某人原谅他，似乎没有得到对方的谅解，他就进行自卫，抬起两只手，捂住脸。我翻身起床，轻轻地走过去，想听清他说些什么。起初，我以为听到他说和死去的妻子有关的事，他好像大声呼喊："玛尔塔！玛尔塔！"但是，后来仔细一听，才听出他喊的更像是"妈妈！妈妈！"

我姐姐和妹妹睡在隔壁房间，听到喊声点起了灯，敲了敲隔断墙，要我把他从噩梦中叫醒。我只好叫醒他。卡斯塔涅达醒过来后，出了一身冷汗。定了定神，很奇怪，他一再问我："米托，米托，我说什么了？说什么了？"

我让他安静下来，说我什么也没听见，意思是让他接着睡，看他是不是还喊叫，因为我已经怀疑是他毒死了自己的妻子。如果他喊自己的母亲都那么害怕，我就更有理由怀疑他了。可是，后半夜什么事情也没发生。

第二天，我直埋怨姐姐和妹妹，干吗强让我把他叫醒。不然的话，兴许一下子就可以把情况弄清楚，他也不会有机会杀害别人了。

在关上门庆祝专业考试那天晚上，奥利韦里奥向孔特雷拉斯家讲的话真的付诸实现了。他办完学位证书手续，清理了在莱昂的未了事项，就动身去马那瓜了。1933 年 3 月 17 日，他乘泛美航空公司每周一次的航班前往危地马拉。“圆球”奥维埃多知道他不会一去不返。根据他在“长舌桌”上讲的情况（前面已经介绍过了），卡斯塔涅达把一些东西留给他照管，包括一只箱子、打字机和“维克托牌”留声机。

他搬到马萨特南戈，在岳母的特立尼达庄园住了 3 个月，这段情况我们不大清楚。他在作证时说，就在那时候，乌维科将军独裁政府的警察局胁迫他离开祖国。在狱中接受罗萨利奥 · 乌苏卢特兰采访时，他就是这么说的。上面有一章讲到他乘火车去彭塔雷纳斯，当时对堂 · 费尔南多 · 瓜迪亚也是这么说的。

1933 年 10 月 22 日，堂 · 费尔南多 · 瓜迪亚在作证时就此事提供了如下情况：

他先是痛痛快快地把莱昂社会攻击了一番，随后向我透露了一件事，还要我保密：他的一些对堂 · 豪尔赫 · 乌维科将军的政府持反对态度的朋友们正在收集武器，准备在当年 12 月举行起义，到时候会血流成河。作为阴谋计划的一部分，要刺杀总统先生。从计划的制订和他所谈的参加者的情况来看（他没有透露这些人的名字），不难推断出那是一场布尔什维克式的残酷革命。

有几个头目秘密来到他尽情享乐的特立尼达庄园，要求他参加谋反活动，他毫不迟疑地同意了。他还交给他们几封信，是写给在萨卡帕的几个联络员的，这些人过去支持过查孔将军，信中请他们加入叛乱队伍。另外，他还答应他们亲自前往奇基木拉，帮助他们将武器从洪都拉斯边境偷运进来，因为他在那儿学习过，认识一些有名的走私犯。后来，他真的去了。

他对我说，可以肯定乌维科将军的秘密警察知道这些活动，7月中旬，一位名叫阿布罗拉的上尉从首都匆忙赶到庄园，通知他必须在10天之内离境，不然就把他当作黑人处理。但是，第二天，他被叫到马萨特南戈省政府，在那儿通知他说，当天凌晨接到电报，要他必须在48小时之内离境，当天在一名士兵监护下必须到达危地马拉城。到了危地马拉城以后，他要求发给他回尼加拉瓜的护照，但被拒绝了，没有讲是什么原因，只允许他去哥斯达黎加。

综上所述，本人可以负责地推断，我们面对着一个从各方面来说都是十分危险的人物，他会冷不防地打黑枪，也会参加反对当局的非法活动。本人不排除他坚持要拿到去尼加拉瓜的护照和他反对尼加拉瓜政府的阴谋有关。众所周知，他反对萨卡沙博士，认为他是个一无头脑二无权力的傀儡，这也是他在火车上对我说的。

1933年7月22日，他乘坐“乌苏马辛塔号”轮船抵达彭塔雷纳斯。卡门·孔特雷拉斯·瓜迪亚从5月份起一直待在圣何塞，从那儿赶到港口去接他。第二天，他在给“圆球”奥维埃多的信中说：

信风把我平安地带到这里的海滩，亲爱的蒙戈尔费埃[1]，一路见闻，我会告诉给你。内弟到港口去接我，这是他应尽的义务。那个女人和夫人一起待在这儿，我事先知道吗？还是不知道？我把这个问题撂在这儿，让你用难以满足的好奇心去猜测吧，你的好奇心和你的胃口一样难以满足。还是让我们相信信鸽吧，完了。昨晚见面之后（下面再向你介绍），我可以向你保证说，我真的幸福。有机会重新安排生活，使

① 蒙戈尔费埃兄弟（1740—1810、1745—1799）是法国热气球的发明人。

“调情”具体化，返回尼加拉瓜理清头绪，这一切都以彩霞的红艳艳的色彩描绘在天边的背景上。你怎么说啊，蒙戈尔费埃？你要在我的婚礼上当伴郎吗？请预先告诉叶尔芭，也许我们很快会欢聚。我们可以相信岳父不会太疼钱，我只允许给大家喝“克利科寡妇牌”香槟酒，绝不喝国产劣质烧酒。

我住在拉萨瓦纳附近的巴塞罗那膳宿公寓，又干净，又便宜。女主人堂娜·卡门·纳兰霍很有教养，爱写诗，食客都爱读她的诗。我也是诗人，心里有底，也给她念我的作品。正如莱昂人说的，你读我的，我就读你的；你扔我的，我也扔你的。

我正要打开行李，接到紧急电话。夫人请我吃晚饭，要我尽早搬到她哥哥家里住。男人不能摆架子，道理十分明显。当差的走了，堂娜·卡门亲自动手要给我烫衣服。我对她表示由衷的感谢。

特请你老兄乘坐自己独创的空气动力“圆球”飞到我这儿来。请你拿起望远镜，从九霄云外的观测椅上看我穿过大街。我急于赶到拉萨瓦纳机场对面的电车站，就像个走运的瞎子手拎装满爱的施舍的布袋，用雨伞顶端的包头敲打着铺路的石板。你看见我走近空无一人的车厢。欢乐的路灯把简陋的小窗框染成黄色。我上了车，成了电车的主宰。连接杆咔咔直响，怎么还不开车？司机先生，还差谁啊？

现在，有些人上车了，一个个儿身穿防寒服。成双结对的情侣和夫妇不像您的朋友那么幸运。我真想问一问那些坐在最后几排光洁座席上的伴侣们：先生们，女士们，小姐们，什么是幸福？你们能不能告诉我？看起来你们这么高兴，要上哪儿去？还有什么更好的地方吗？马戏团、综艺晚会、电影院、冷饮店……？在那里难得的幸运在等着我，也在等待着你们。但是，怜悯之心阻止了我一时的冲动。不，这种幸福，只能藏在内心深处。

电车起动了，穿过拉隆大街，车铃叮叮当当。电车沿着中央大街迅速前进，两侧已经打烊的商店一掠而过。我向橱窗里的灯光致意，向人体模型道喜，时髦的装潢妙极了，妇女时装万岁！发明妇女时装为的是突出那个女人的魅力。电车啊，往上爬，爬上莫拉斯山，最后把我丢在阿蒙区优雅的别墅之间。

请你解下“圆球”的压载，向右舷移动移动，这样能更好地看见我。你看见我打开雨伞，在小路两侧的湿漉漉的柏树下朝前走。你最忠实的老友来到一栋两层木结构别墅前，花园里的合欢树掩遮住小楼的侧影。我推开大铁门，大门两边的墙上爬满九重葛。松散的碎石铺成的小路把我带到门廊的台阶前。大雨滂沱，直砸得别墅的锌板屋顶不住震颤，仿佛要迸裂开来，飞上云霄。留神脑袋，蒙戈尔费埃！

我合上雨伞，按了按彩色玻璃门旁的门铃。里面有人急匆匆地走过来，踩得地板砰砰直响，宛如踩在我的心坎上。大门打开了，只见那个女人站在那里，灵肉俱在。我来给你形容一下：身穿一件粉红色毛衣和一条粉红色锯齿边儿的裙子，颜色比毛衣更为鲜嫩；额头上系着一条精美的天蓝色丝带，把那头香气四溢的卷发衬托得十分优雅；黝黑的脸庞受到圣何塞冷空气的抚爱，显得更加健康；她的眼睛，啊，她的眼睛！火热的一双眼睛，睁得大大的正在寻找我。我总算见着她了，蒙戈尔费埃，她也瞅着我，现在我相信上帝了！

她笑了，羞怯中有一种说不出的忧郁。她迟迟疑疑的，上下打量着我，随后才投入我的怀抱。她闭上那双乌黑的眼睛，踮起高跟鞋——穿上高跟鞋，她比任何时候都富女性美——她要吻我了，我……我把全部爱献给了她，任其享用，我甚至可以献出生命。

是的，她紧紧闭上涂着蓝色眼影的眼皮，踮起了脚。在梦中，她时常看到你的朋友在绵绵细雨中来到这扇门前。她想从梦中醒来，她又不愿惊扰这个美梦。可是，你的朋友悄悄地后退了两步，蒙戈尔费埃，你从云端上看见了吗？就在这当儿，里面又响起一阵脚步声，又急促又轻快，直朝外面走过来。我这才闻到屋里散出一股热黄油味儿和地板上的消毒剂味儿。没有接吻。她的拥抱，我的又黑又俏的姑娘，好似缠在我身上的绳索，变得冷冰冰的。因为……夫人出来了。

回到左舷吧，蒙戈尔费埃，你再费力也看不见屋顶下面的东西。晚餐吃得很亲切，来客谈吐高雅，不时发出准确无误的信号，十分机智地向大家表明坐在桌旁的只有两个人是主角，如果一个人跌倒，另一个人会把他搀扶起来……其他人，像舅舅、内弟……夫人都是配角。我强使他们扮演好各自的角色，让他们交谈、说话、发议论，他们的话都记在我的小本子上。我不愿意含糊其辞，不愿意无端推测，也不对任何女人抱有空泛的希望。好好听我说，蒙戈尔费埃，任何女人，无论是在场的还是不在场的。

晚饭吃完了。我们有机会单独待了一会儿，我把我的毕业戒指戴在那个女人的手指上。她紧紧攥住我的手。任务完成了。您的朋友要告辞了。他告别了众人。明天，就是你的今天，他要回去了。这封信是在再次登上电车以前写的。事情很多，日程很紧张。临走前，我绝不会放过与那个女人待在一起的机会。到了走的那天，也要一起去尼加拉瓜。

1933年10月18日，奥利韦里奥·卡斯塔涅达在进一步的调查证词中也提到了他在哥斯达黎加停留的情况。法官问及此事，他的回答如下：

法官：您说过，年轻的卡门·孔特雷拉斯·瓜迪亚在彭塔雷纳斯港等您，这是不是意味着您事先通知过他要到那儿去？

犯人：我打电报通知他要去哥斯达黎加，不过没有告诉他是什么情况迫使我突然离开。他心思细腻，才到港口去接我，陪我乘火车直到首都。

法官：您是想说您和年轻的孔特雷拉斯保持书信来往，所以知道他的通讯地址？

犯人：这是毫无疑问的。我们在莱昂结下亲密的友谊。他能够实现到圣何塞继续攻读法律专业的愿望，全是因为我对堂·卡门做了耐心的工作。圣何塞的法学院聘请了欧洲的教授，还拥有一座藏书丰富的图书馆，但是堂·卡门对花这笔钱犹疑不决。

法官：因此，您不是不知道几个星期之前堂娜·芙洛拉·德·孔特雷拉斯在她女儿玛丽娅·德尔·碧拉尔陪同下来到了哥斯达黎加。

犯人：我根本不知道。我知道卡门的通讯地址，并不等于我可以随便写信打扰他，分散他对刚刚开始的学习的注意力。我们在港口寒暄了几句，他才告诉我堂娜·芙洛拉已经到了圣何塞，要住一段时间，准备探亲，还要做一些生意，小女儿是陪她一起来的。听了以后，我感到又惊又喜。

法官：邮局负责人罗莎乌拉·阿基卢斯小姐在1933年10月17日作证时说，您在危地马拉期间，和玛蒂尔德·孔特雷拉斯小姐保持着频繁的书信往来。下面我引用她的话："她多次亲自到邮局来，取走盖有马萨特南戈邮戳的航空信，发信人是奥利韦利奥·卡斯塔涅达博士。同时，又把寄给卡斯塔涅达博士的信发出去。从信的分量来看，证人估计页数很多。孔特雷拉斯小姐事先打过招呼，说不要像往常那样让邮差把信送到家里去，因为她会时不时地自己来取信。"引语完。现在，我问您：通过这些信您知道了堂娜·芙洛拉外出旅行，不是很合乎逻辑吗？

犯人：法官先生，请您注意，阿基卢斯小姐出庭作证是她主动提出的，因此，她说的话纯属多管闲事。如果您仔细斟酌一下她说的"多次"、"页数很多"，不能不说这是她讲的"许多"流言蜚语。我们之间的确通过几封信，那是两个好朋友之间的礼尚往来。对于这种交往，玛蒂尔德根本不必像阿基卢斯小姐别有用心地说的那样搞得那么神秘。在为数不多的几封信中，玛蒂尔德也没有告诉我她母亲和她妹妹出门旅行的事，也许原因很简单，她写信的日期和这次旅行根本没碰在一起。

法官：您到了首都之后，就住进堂·费尔南多·瓜迪亚家了吗？堂娜·芙洛拉和她女儿也住在那里。

犯人：根本不是那么回事。我住进堂娜·卡门·纳兰霍的巴塞罗纳膳宿公寓的一间住房，公寓位于拉萨瓦纳公园电车站的对面。到了圣何塞以后，我在火车站就和堂娜·芙洛拉的儿子分手了。

法官：您到了圣何塞以后，第一次见到堂娜·芙洛拉和她女儿是什么时候？

犯人：当天晚上。我到那儿后不大一会儿，就在膳宿公寓接到了堂娜·芙洛拉的电话。她邀请我到她哥哥家里去吃晚饭。我甚至没来得及打开行李，取出必需的东西，换换衣服，讲究一下作客的礼节。

1933年10月20日晚上，“长舌桌”上的客人们在普里奥酒家聚会，认真分析了奥利韦里奥·卡斯塔涅达的上述回答。

“这些话就是到天国法庭也没人会相信。”科斯梅·曼索把载有上述证词的《记事报》还给萨尔梅龙大夫。

“什么事？”“班头儿”普里奥刚洗过几个杯子，一边擦手一边从柜台走过来。

“有几件事。”萨尔梅龙大夫打开报纸，使劲儿地摇晃着，把报纸送到“班头儿”普里奥眼前，“首先，他参加谋反，被赶出了危地马拉；第二，他根本不知道孔特雷拉斯家的女人到了圣何塞。他要去找她们当中的一个。或是去找她们俩。”

“这有什么不好？”“圆球”奥维埃多一直昏昏欲睡，无精打采地说，“他是自由人了，不承担任何义务。”

“情人再次相会。”罗萨利奥·乌苏卢特兰做了个拉小提琴的动作。

“是这么回事，亲爱的。”萨尔梅龙大夫用一把袖珍小刀削尖铅笔的两头儿，“他从玛蒂尔德的信中知道了那两个女人出来了，紧跟着跑了去。”

“他急于向那两个女人问安，才乘船出来。”科斯梅·曼索咀嚼着这几个字眼儿的含义，好像嘴里含着块糖，“地道的骑士，不浪费时间。”

“请想一想《天谴》这部片子。”“班头儿”普里奥回到柜台，放好洗干净的杯子，“莫瑞恩·奥沙利文给投毒者查尔斯·劳顿寄过信。波士顿的警察一直没有查获这些信件。他们是大海捞针，什么也没捞到。”

“对啊。”罗萨利奥·乌苏卢特兰兴奋地摇动着手指，“他的密友雷·米兰德为他保藏那些信。这一点直到结尾才弄清楚，是在神父遭到嘲弄离开以后他们俩在狱中说的。投毒者非常傲慢，不愿意接受精神上的帮助。”

“对查尔斯·劳顿，没有找到任何证据。”“圆球”奥维埃多趴在桌上，下巴颏儿支在胳膊上，“既然无罪，他干吗要忏悔？”

“什么查尔斯·劳顿，什么没有证据。他们对可怜的玛蒂尔德，愿她安息，干的那些事为的是通过信件把她霸占住。”科斯梅·曼索咧了咧嘴，似乎嘴里的糖变成了苦味。

“没那么简单，曼索，我的朋友。”萨尔梅龙大夫按照职业习惯举起刚刚削好的铅笔，“人心难测。那些信咱们永远甭想看到。”

“歌剧《科里奥兰》的序曲开始了。贝多芬作品第62号。”“班头儿”普里奥冲着亮光检查杯子，然后朝杯子里哈了口气，“两位朋友分手了。像是谁说的，九泉之下再相会。”

“‘班头儿’，在这个鬼地方，只有您懂得歌剧。”萨尔梅龙大夫把嘴伸到桌子上，吹了吹铅笔屑，“对所有这些信，您有什么要说的，尊敬的法学家？哪天能给我们看看吗？”

“也许会有那么一天。”“圆球”奥维埃多两眼望着广场，轻轻咬着手指甲，“不要灰心。”

他两眼望着广场，悲伤地瞅着小路两侧的电灯照不到的暗幽幽的印度桂树。已经是第三次放映《天谴》了。查尔斯 · 劳顿同他的亲信雷 · 米兰德在死囚牢里进行最后一次谈话。此时，在强烈的白光照射下，电椅在幕上断断续续地闪过。电椅好似理发馆的靠背椅，唯一的不同是电椅上有几条捆绑犯人的皮带。

天快亮了。行刑的时间快到了。雷 · 米兰德向查尔斯 · 劳顿提起那些信件。查尔斯 · 劳顿朝前走了几步，然后又转回来。他请雷 · 米兰德永远保存那些信，作为永恒的友谊的证明。他再次发誓说，他是清白无辜的。两个人互相拥抱。

在监狱附近佩恩伯爵领地上，各家住户里的灯光暗淡下来，快要熄灭了。查尔斯 · 劳顿身受电刑。此时，伯爵领地的农民跪下来祈祷，雷 · 米兰德裹着雨衣朝远方走去。在黎明灰蒙蒙的暗光中，他变成了一个小小的亮点儿。

13. 是电影故事情节吗？

1933年2月13日聚集在玛尔塔·赫雷斯卧室里的所有医生当中，只有阿塔纳西奥·萨尔梅龙大夫是不请自到的。那天下午，他偶然到达比希雷大夫的诊所去造访他的老师。正赶上孔特雷拉斯家的女仆急急忙忙地来找老医生，要他去给病人看病。萨尔梅龙大夫虽然不大愿意，还是接受了老医生的邀请陪他一起去了。

在整个过程中，萨尔梅龙大夫一直和病床保持着一定的距离，对同行们匆忙发表的看法没敢插嘴。达比希雷大夫做出最后诊断时，尽管他不同意，也没有表示意见。

病人去世后，老医生邀他一起乘车，送他回家。他家在圣塞瓦斯蒂安区，诊所也在那儿。在路上，他才鼓起勇气第一次讲出他的看法，表示不同意达比希雷大夫的诊断，理由是病人缺少恶性热病造成的昏迷状态的某些特有的征候：不住呕吐、发冷、抽搐，尤其是发高烧。这位刚刚去世的病人体温从来没有超过38度。他认为，这种热度只是由于肌肉痉挛引起的。

达比希雷大夫手执缰绳，很有礼貌地注意听他说话。马车到门口时，达比希雷大夫停住车，让他的学生和同事下车，同时邀请萨尔梅龙大夫晚上到他的诊所去，以便能静下心来听他没来得及展开谈的各种理由。这样也许会得出对两个人都有科学价值的结论。过去，遇到类似病例，他们经常这么做。

“您是否认为是某种生理机能紊乱？比如说，像埃多希亚·阿当斯大夫提出的尿中毒？”达比希雷大夫拉紧缰绳，萨尔梅龙大夫已经下了车，正从后座儿上往下拿一只小药箱。

“我想平心静气地和您讨论一下我的疑点，老师。晚上见。”阳光耀眼，萨尔梅龙大夫眯缝着眼睛，笑嘻嘻地望着达比希雷大夫。

“您大概不会说怀疑有人犯罪吧。”达比希雷大夫也冲他笑了笑把头扭向另一边。

萨尔梅龙大夫只是用手碰了一下帽檐儿表示告辞。

马车启动后，达比希雷大夫在驾驶座上抬了抬屁股，把披风的皱折弄平。2月常见的大风突然刮起来，卷起灰尘和垃圾，扑打到他脸上。马车轻快地跑起来，他摇了摇头，脸上露出不屑的神情。他昔日的高材生具有高超的医学眼光，但是过热的想象力却大大害了他，脑海里总是塞满不合时宜的色彩。

他知道，萨尔梅龙大夫从学生时代起就喜欢毒物学，喜欢阅读各种有关罪犯的病态心理的小册子，特别注意投毒案件。以前他几次来访，都是就这类材料提出一些新话题。

应该承认，那天中午，在病人的卧室里，情况紧急，不允许做出冷静的诊断。那么多医生同时围在危重病人的床头，这是本市有钱人家的一种恶习。他们从来不相信单独一位医生的观点是正确的。越是有钱，越希望更多的医生围在床边。

那个外国女孩子临死前也享受了这类毫无益处的荣誉。事先未经商量，就请来三四位医生。他带着过去的学生也去凑热闹，看来学生不同意他的诊断，把事情搞得更复杂了。尽管有这么多不利的情况，他仍然认为自己的临床诊断是正确的，根据就是病人有患疟疾的病史。

那天晚上，和往常一样，达比希雷大夫在那几只阿尔萨斯狗的陪伴下吃了晚饭。位于走廊尽头处的饭厅有一面淡蓝色的隔断墙。花园多年无人照管，已然荆棘丛生。果树的枝杈顺着隔断墙的断裂木板的缝隙伸进饭厅。一株柠檬树的树叶穿过活动的窗户直伸到饭桌一端的椅子背上。

达比希雷大夫心中憋闷，很不痛快，吃的很少。他用叉子把食物分成几等份儿，送进狗的尖牙利齿里。嘴里吆喝着，要几只狗别着急，按着顺序来，反正剩饭多得是。甜食他从来不吃，全都喂狗，干脆直接倒进狗食盆子里。爱吃甜食的狗都死了，特别是“医神”，几个月前有人使用狡诈的手段把它毒死在边道上。

每日三餐都由他的义子“班头儿”普里奥用木托盘托着送来，木盘上面盖着餐布。自从第二个妻子死后，他没再雇用女仆，厨房废弃不用，从来不生火。他只有一个仆人，名叫特奥多西奥，是从马里亚诺·杜邦神父主管的孤儿院领来的小哑巴，负责打扫诊所。

他的第一个妻子在萨尔佩铁雷医院当过护士。他是在巴黎的医学院毕业后同她结的婚。在莱昂待了不到两个月，她就回法国去了，连箱子里的嫁妆还没拿出来呢。原因是她受不了这份儿罪，房间像火炉一样热，睡觉还支起蚊帐，肥大的蚊子整天围在身边嗡嗡叫，她害怕后半辈子老得靠拍死蚊子过日子。第二个妻子是他的表妹，婚后没几个月就死了，得的是恶性热病，当时还怀着身孕呐。

他和他的学生在很多方面都不相同，但是都是孑然一身，都是诊所的单身房客。他呢，两次成为鳏夫，法国妻子离开的当天，他就宣布她已经死了；他的学生呢，到了结婚的年龄，和恋人相处很久，最后还是没有结婚，因为他不愿意把自己列入受骗的丈夫的名单。

听到有人敲打门环，达比希雷大夫站起来开门，竟然忘记摘下脖子上的餐巾。那群狗不愿意中断晚餐，汪汪乱叫，一直跟着他来到门口。萨尔梅龙大夫来得很准时。师生俩互相拥抱，老师把学生带到走廊上，找来两把他们常坐的摇椅。

快到晚上7点了，天边还残留着几抹红色的晚霞。萨尔梅龙大夫坐下来，脸上流露出不耐烦的神色，等着他的老师点燃起挂在走廊廊柱上的几盏煤油灯。达比希雷大夫总爱用一根火柴点所有的灯，也不怕烧着手指头。

萨尔梅龙大夫一边紧张地理清自己的论据，一边观察老师点灯，不禁想到：与其用火柴一盏一盏地点煤油灯，还不如使用蜡烛形电灯呐。把圆形烛台安在天花板上，插上烛形灯泡，岂不省事？特别是像他老师那样只肯用一根火柴。

从上大学时起，老师就准允他在这条走廊上学习，还经常睡在这儿。一来二去，他就熟悉了老师那套古怪习惯。有些习惯不是老师独有的，而是医学院的同事们、学生们的通病，比如发“r”音特别夸张。上临床课时，劲一上来就大讲法语，惹得大家经常背后发笑。

老师每次上街，总要披上一件科尔多瓦人穿的斗篷，用一条金链子在脖子处系住，他并不觉得这个习惯有什么古怪的地方。古怪的是他把狗当成终身伴侣，跟狗也大讲法语。每逢星期六，他把狗放在马车上出去兜风。上厕所也让狗在后面跟着，对着狗脸大行方便，连厕所的门也不关。要是那些狗表现不佳，他就会生它们的气，甚至一连几天不和它们说话。

最后，萨尔梅龙大夫还有一点个人的看法。老大夫作为圣墓会常任会长每年都要手执小旗，头顶着日头，不辞劳苦，甘心情愿地领着为耶稣送葬的队伍四处游行，他认为这实在太好笑了。但是，尽管老师有这些怪癖，他一直尊重老师的专业能力，认为他是一位真正的临床大师，是城里最好的外科医生。其他人也是同样看法。

萨尔梅龙大夫年纪在四十上下，但是头发中已经夹杂几缕银丝。头发粗硬，很难梳理。眼睛又细又小，肤色泛青，外貌酷似印第安人。他母亲是圣塞瓦斯蒂安区的烫衣女工。为了让儿子取得医生的证书，她不顾关节疼痛，起早贪黑为人烫洗衣服，经常干到后半夜。本市有钱的病人都知道他出身贫寒，还知道他是“长舌桌”上的带头人。因此，他就只能为那些骑着牲口、坐着大车来诊所的区里、乡镇的病人看病。他没有马车，也没有马，而同行当中大多数人都是骑马出诊。

他坐在摇椅的边儿上等着，让摇椅跷板的一头儿悬在空中，唯有如此，才显得不那么随便。进入像老师这样的家，他总是保持这种姿态。对老师就得这样，和老师在一起，他总是全神贯注地听老师说话，显得又恭顺，又寡言少语。

等到达比希雷大夫准备停当，想听听他的意见的时候，他从卡其布上衣口袋里掏出一个带斑纹的蓝色硬皮笔记本，那是斯奎布社赠送的礼品。他整天把本子带在身上，揉搓得发旧了，上面还沾了些白花花的油迹。他把胳膊撑在膝盖上，还是不敢把摇椅完全摆平。

“我想向您请教几个问题，老师。”萨尔梅龙大夫用唾沫沾湿手指，翻过笔记本上带格的纸页。

“来啊，来啊，开始法庭审讯吧。”达比希雷大夫轻轻地擦了擦悬在亚麻上衣翻领上的夹鼻眼镜，似乎是他要亲自念笔记本上的记录。

“您说过，一个月前您第一次给卡斯塔涅达夫人看病。”萨尔梅龙大夫从笔记本上抬起目光，“当时叫您去，是因为她的经血不调，而不是患疟疾。是不是这样？”

“是月经大出血。子宫出血不止，持续疼痛。”达比希雷大夫拿着夹鼻眼睛，不慌不忙地在空中划了一下，“我给她开了阿匹奥林药片。我注意到她的发烧症状，让她去查一查血。我怀疑她患了疟疾。”

“检查结果证实了您的怀疑。”萨尔梅龙大夫用手指梳理了一下头发，然后又把手放在笔记本上。

“通过显微镜，发现疟疾原虫。”达比希雷大夫把夹鼻眼镜放回上衣口袋，两手捂着微微隆起的肚子，前后摇晃起来，“在莱昂，所有人血液里都有这种原虫。”

“您让她服用石榴碱丸，她丈夫要求换个处方。”萨尔梅龙大夫在衬衣口袋里摸索了一下，掏出一支红蓝铅笔，“这是今天上午在回家的路上您对我说的。”

“后来，他来看我，表示他不相信那种成药。”达比希雷大夫发现短袜上有个米粒，就弯下腰去用手指轻轻弹掉，“他想要我的药房配制的药。我给他弄了些药丸：1 克硫化奎宁、1 克安替比林、2 克苯甲酸盐或苏打。要服用 1 个月。”

“今天，病人快死的时候，药正好快吃完了。”萨尔梅龙大夫用红蓝铅笔划了一道，“如果她按时服药，疟疾的症状应该消失了。说到底，服用大量奎宁，不可能出现恶性热病致死现象。”

从提问一开始，达比希雷大夫一直面带宽厚的笑容。一听这话，马上停止前后晃动，绷起了脸。

“您怎么说，老师？”萨尔梅龙大夫用铅笔敲打着笔记本催问道。

“有可能。”达比希雷大夫轻轻地点了点头，“只是不知道她是不是天天都服用我开的药。我对您说过，后来我没再去看她，直到今天才去的。”

“嗯，老师，今天又来请您去给这位夫人看病，并不是因为疟疾恶性发作。”现在轮到萨尔梅龙大夫舒舒服服地坐在摇椅上前后摇动了，“闹得这么热闹，还是一个月前的月经紊乱。”

“是这样。”达比希雷大夫抓住摇椅的扶手，神情有些慌乱。

“我们查一查日历，就会知道这些天她该来月经了。”萨尔梅龙大夫晃动着摇椅，头轻轻地碰击着藤编靠背，“因此，她丈夫十分着急，这就没什么可奇怪的了。但是，病人是不是告诉过您，她又闹子宫大出血了？”

“没有。我到那儿的时候，她正在抽搐，我只顾得给她瞧这个了。”达比希雷大夫不耐烦地搓了搓摇椅的扶手，“嗯，您正好在那儿嘛。”

“是啊，当然啦，我是在那儿。”萨尔梅龙大夫又迅速地看了看笔记本，“我听她丈夫一再说，他妻子洗了个冷水澡，简直不要命了。”

“这类外行的看法，您这一生当中可不是第一次听到了。”达比希雷大夫拍了拍摇椅的扶手，然后把手抬起来，“家属什么也不懂，心里一着急，就说些蠢话，咱们也只好听着。”

“老师，”萨尔梅龙大夫又欠起屁股，挪到摇椅边儿，他倒不是怕什么，而是情绪激动，“所有卡斯塔涅达夫妇的朋友都说是卡斯塔涅达亲自把他们叫来的，说是他老婆闹大出血，快要死了。这话您听见了，我也听见了。”

“这个小青年儿好像挺有点神经质似的。”达比希雷大夫的双手轻轻地抖动了一下，“我第一次给他妻子看病的时候，就发现他十分激动，神经质的人总爱夸大病情。”

“但是，这个神经质青年的妻子不是死于大出血，而是在剧烈的抽搐中死去的。”萨尔梅龙大夫几乎全身都离开了摇椅，为了强调一下他的话，举起笔记本要往老大夫的膝盖上拍下去，不过，最后还是控制住了自己。

达比希雷大夫一边静静地听着，一边转动着戴在手指上的第二次结婚时的白金戒指。

“如果说有人怀疑这位夫人今天患的不是月经病，”萨尔梅龙大夫几乎要站起来，用手往前一拉摇椅，离着老大夫更近了，“谁是最好的见证人呢？是您，老师。”

“这有什么要紧？”达比希雷大夫继续转动着戒指，连眼皮也没有抬一下，“您想想，调查这种事，未免不合时宜吧？”

“不过，咱们可以设想一下。没有您来担保，那个神经质的小青年咋呼一阵也没有用。”萨尔梅龙大夫合上笔记本，手上的汗水把本子上的墨迹洇湿了，“到头来，不过是一场虚惊，一个骗局。”

“您这么说，是想把我引到哪儿去啊，我的同行？”达比希雷大夫放下戒指，陷入沉思，“请您原谅，我这个人太迟钝。”

“首先，请允许我先说点儿题外的话。”萨尔梅龙大夫在裤子上擦干手背，又打开笔记本，“如果年轻的卡斯塔涅达把出血看得那么严重，而您过去又给他妻子看过病，马上跑去找您不是更合乎情理吗？据说，她从早上8点开始犯病，可到了中午才去叫您。”

达比希雷大夫不眨眼地瞅着他，用嘴咬住银白色八字须的柔软的梢头儿。只见他板着脸，点了点头。

“他找了堂娜·芙洛拉，他相信，过一会儿工夫，不会太快吧，她会派人去找您，事实上果然如此。”萨尔梅龙大夫想看看老大夫眼睛里的表情，但是没有看到，“他也相信，其他朋友也会去请别的大夫，果然不错。医生越多越好。这件事咱们以后再说。现在，关键还是在您身上。”

“在我身上？”达比希雷大夫一直在咬着胡子梢儿。他的学生一而再、再而三地把他放在全部事件的关键位置上，惹得他很不自在。

“是的，在您身上。”萨尔梅龙大夫急不可耐，似乎要把笔记本扔在一旁，不再需要它了，“原因是您过去给病人看过病。可以把您看作是私人医生。不管她得的是什么病，您的诊断最有权威。在您之前，埃多希亚·阿当斯大夫说是尿毒症。您来了以后，说是恶性热病，他立刻表示同意。从那以后，不管什么不同意见，都变成次要的了。”

一只阿尔萨斯狗朝达比希雷大夫的摇椅跑过来。老大夫伸出手，等着狗过来，好摸摸它的头。其他几只狗也从半明半暗的角落里跑了出来。

“就算是这么回事吧。可我还是没听明白。”达比希雷大夫舒舒服服地坐在椅子上。现在一群狗围在身边，他似乎觉得安全了。

“她丈夫大惊小怪，眼里含着泪水，东奔西跑去告诉亲密朋友们，说他妻子又得了重病。”萨尔梅龙大夫使劲攥住铅笔，举给老医生看，“大家会说，这种病，死不了人。可是不管怎么样，还是到他家去了。病人真的死了，一次又一次抽搐，最后抽风抽死了。您给她治过疟疾，您诊断说是恶性热病，谁也不会觉得奇怪。”

“她确实得的是疟疾啊。化验室的检查可以证明。”达比希雷大夫非常激动，两手在脸的两侧不住挥动。

“就算我们认可您用大剂量的奎宁也没能治好她的疟疾。”萨尔梅龙大夫把铅笔放在耳后，用手势让医生安静下来，“可是，请您记住，她丈夫大呼小叫并不是因为这个。我们也可以承认她大出血。您看见床单上有血迹吗？”

“难道说我是侦探吗？”达比希雷大夫突然站起身来，一不小心踩着了一条狗的尾巴，疼得它惨叫了一声，“人家告诉我说病人大量出血，我的任务不是去查看床单上有没有血迹，而是赶快治病。”

“请您原谅，老师。咱们走进房间的时候，您要治的可不是这种病。”萨尔梅龙大夫想摸一摸那只挨踩的狗，那只狗不但不感谢他，还冲着他汪汪直叫，吓得他赶快把手撤回来，“当时她怎么样？她正在抽搐，闹得很凶。而且那天上午已经发作了几次。”

尽管达比希雷大夫心里很不高兴，出于礼貌，还是又坐下来。那群狗用充满敌意的目光瞅着萨尔梅龙大夫，又围在达比希雷大夫的四周。

“结论嘛，老师，您要是想听的话……”萨尔梅龙大夫把笔记本装进上衣口袋里。

“该听听了。”达比希雷大夫戴上夹鼻眼镜，强挤个笑来，“痛痛快快地说吧，我洗耳恭听。”

“那位神经质的小青年儿给他妻子下了毒。他算计好了，要赶在她可能犯月经不调的那天。”萨尔梅龙大夫把手伸进上衣口袋里，看样子是想掏出笔记本，可他又放下了，干脆凭记忆往下说，“这样，他跑到大街上去找那些知道他妻子患这种病的朋友们，理由就很充足了。”

“下毒。我一直等着，您到底把话说出来了。”达比希雷大夫满脸愁苦地摇了摇头，“您真是不可救药啊，我的同行。”

“是的，老师，是下毒。”尽管老师的挖苦话很刺人，萨尔梅龙大夫还是说下去，“牙关紧闭、脸色青紫、憋闷、抽搐。症状很像恶性热病。您来了，下了诊断，说是恶性热病。正好中了他的意。”

“是什么毒药，可以告诉我吗？”达比希雷大夫摆出满脸瞧不起人的样子，差点儿打出个哈欠来。

“马钱子碱，老师，就是这么回事。”萨尔梅龙大夫心里颇不高兴，尽量显得不在乎老师言语伤人，“就是几个月前毒死‘医神’的那种马钱子碱。”

那群狗哀叫了几声，突然骚动起来，朝主人的腿更贴近了。

“您是怎么知道的？”达比希雷大夫抓住摇椅扶手，好像刚闹地震，地板抖动了一下。

“那天晚上，卡斯塔涅达和他的同伙奥维埃多在一起。”萨尔梅龙大夫看到老人吃了一惊，觉得很开心，“他们到这儿来，毒死了狗，又一块儿走了。您要是不信，我可以把罗萨利奥·乌苏卢特兰叫到这儿来，他可是亲眼看见了。”

达比希雷大夫糊涂了，拍了一下巴掌，想把狗赶走，可那群狗就是不走。他把狗斥骂了一顿，它们才别别扭扭地走开了。

“您伤透脑筋，在研究一个十分严重的问题。”达比希雷大夫又前后摇晃起来，一用力，摇椅乱动了一阵，“只有进行解剖，才能真相大白。”

“那您就提出要求吧。您是他家的私人医生嘛。”这次是萨尔梅龙大夫站立起来，动作很急，弄得摇椅晃个不停。

“我没有任何权利。那将是一桩丑闻。”达比希雷大夫面色阴郁地站了起来，师生俩面对面站着，“而且，您也听见堂娜·芙洛拉说过了，一大早就要举行葬礼。”

热风开始猛烈地吹过荒芜的花园中的树叶和荆棘。萨尔梅龙大夫十分失望，用目光寻找挂在墙上的帽子。旁边悬挂着达比希雷大夫的第二个妻子的照片，照片镶在一个沉重的椭圆形镜框里。

“如果这个小青年儿留在莱昂，别的女人还会出事，老师。”萨尔梅龙大夫气呼呼地把帽子扣在头上。

“这是怎么说的，我的同行？”达比希雷大夫开心地笑了，边笑边陪他走到门口。那群阿尔萨斯狗又从各个角落里跑出来，在老大夫两条腿之间窜来窜去。

“您甭管我了。”萨尔梅龙大夫在黑糊糊的小路上走在前面，连头也没回。

“不要满脑子里都是电影故事。”告别的时候，达比希雷大夫热情地用胳膊搂住萨尔梅龙大夫，“看起来，您受了《天谴》里的悬念感染了。但是，现实是另一回事，我的同行。在这个城市里，什么也不会发生。”

“您请回吧，晚安。”萨尔梅龙大夫走下台阶，最后，干巴巴地向老大夫伸出右手。

第二章

确立罪证

我将死在花果园里，
玫瑰花丛是我葬身之地。
我去了，妈妈，
摘下几朵玫瑰花吧。
在花果园里，
我找到了终身伴侣。
我将死在花果园里，
玫瑰花丛是我葬身之地。

（西班牙歌谣）

14. 舞鱼人在事主家门前跳舞

1933 年 9 月 26 日黄昏，记者罗萨利奥·乌苏卢特兰只穿了一条粗布长内裤，一动不动地躺在阿塔纳西奥·萨尔梅龙大夫诊所的床上。外面哗哗地下着大雨，雨水透过屋瓦，在天花板上留下乌黑的水渍。罗萨利奥两眼直瞪瞪地盯住屋顶上的污渍。

大夫用手指在他肚子的几个部位上使劲地按了按，触到胆囊时，记者不禁“哎哟”了一声。萨尔梅龙大夫告诉他，可以穿上衣服了。紧接着，走到屋子的尽头，那儿有一个镶瓷砖的洗手盆。他从锡壶里倒出水，拿起一块红色“救生圈牌”药皂仔细地往手上涂。

“你就是不听我的话，还是吃辣椒，吃油脂。”萨尔梅龙大夫从墙壁的钉子上取下一条破旧的毛巾，“我可告诉过你，化不掉结石，我只好给你开刀了。”

“大夫，您的朋友查尔斯·劳顿已经回来了。”罗萨利奥站起身来，把胳膊伸进衬衣袖子里。吊在床上的灯照在他瘦骨嶙峋的身体上，直照得汗珠闪着亮光。

“奥利韦里奥·卡斯塔涅达？”萨尔梅龙大夫手拿着毛巾，露出又惊又喜的神情。

“就是他呗。”罗萨利奥顺着高高的床沿儿出溜下来，两脚一下子落在鞋上。

“什么时候回来的？”萨尔梅龙大夫不错眼地盯着他，走到写字台前。坐下来，身体压得弹簧椅直响。

“今儿个上午，科斯梅·曼索到海关取货，在科林托港遇见了他。”罗萨利奥一边系着门襟扣儿，一边笑眯眯地看着萨尔梅龙大夫，“他刚下轮船，正在卢波内旅馆吃早饭。您猜猜谁跟他在一起？”

“孔特雷拉斯家的女人？”萨尔梅龙大夫朝后仰了仰，椅子又咔咔响了一阵。

“他们是坐一条船来的，有他，有堂娜·芙洛拉和玛丽娅·德尔·碧拉尔。”罗萨利奥穿好了衣服，仿佛对着镜子似地仔细地戴好帽子。

“他妈的，你怎么不早告诉我。”萨尔梅龙大夫把一张纸揉成个团儿，朝罗萨利奥的头上扔过去。

“我要是早说了，您非得用手指头把我的结石捏碎不可。”罗萨利奥两手捂着屁股，洋洋得意地往后退了几步。

“你瞧怎么样？”萨尔梅龙大夫兴奋得一个劲儿搓手，“我早知道他在这儿的事还没办完嘛，今儿晚上咱们一块儿把那瓶白兰地喝了。”

说到这儿，有必要向读者说明一下萨尔梅龙大夫提到的那瓶白兰地的来历：

萨尔梅龙大夫就玛尔塔·赫雷斯的真正死因向达比希雷大夫阐述了自己的看法。但是，没能说服他的老师。紧接着，“长舌桌”上的朋友们对这个问题连续不断地议论了好几个礼拜。后来，也就没有什么新的情况可以补充的了。那时候，奥利韦里奥·卡斯塔涅达离开了莱昂，看那样子，似乎永远不再回来了。争论也就冷下来了，只是萨尔梅龙大夫一再坚持说他肯定要回来。在一次聚会上，他甚至和科斯梅·曼索打了个赌，要是卡斯塔涅达再次出现在莱昂，科斯梅·曼索就输一瓶白兰地。要是他离开一年不回来，萨尔梅龙大夫就认输。

现在，根据罗萨利奥·乌苏卢特兰刚才提供的情况，到底让他说中了。奥利韦里奥·卡斯塔涅达在9月26日凌晨搭乘“阿卡胡特拉号”轮船抵达科林托港。堂娜·芙洛拉·德·孔特雷拉斯和她的女儿玛丽娅·德尔·碧拉尔确实也乘这条船回到尼加拉瓜。

据卡斯塔涅达本人在1933年10月11日向法官提供的证词，这次相会纯属巧合。

我在哥斯达黎加的时候，在一次社交聚会上认识了堂·米格尔·

巴内特，他是古巴籍人。他建议我们俩合作编写一本年鉴，对中美洲国家各方面情况做个介绍，所以我才决定回莱昂。我熟悉尼加拉瓜的情况，与政界、工商界人士都有联系，我们认为编这本年鉴应该从尼加拉瓜开始。

刚巧堂娜·芙洛拉·德·孔特雷拉斯和她女儿也准备在那几天回国，因此在买船票的时候，不谋而合，都买了同一条船的。我要说，这种巧合几乎是不可避免的，因为从彭塔雷纳斯到科林托每月只有一班轮船。

我的合伙人是和我一道来的，我们本来打算在大都旅馆租下一套房间。在路上，堂娜·芙洛拉一再劝说我，非要我到她家里去住。据她说，我那间住房一直空着，我只需要向她家交一点点房租，还说能够在家里接待我，大家都会十分愉快。对她的盛情邀请，我只好从命了。我同意到她家去住，过去我在那儿受到过无微不至的款待。在火车站上，堂·卡门对此表示同意，还说希望我留在他身边，把自来水公司签合同的事办完，这件事在市府方面还有不少障碍。我的合伙人不愿意分散精力，怕影响我们的计划，就在大都旅馆租了个房间。

但是，证人阿丽西娅·杜克斯特拉达小姐在证词中说，奥利韦里奥·卡斯塔涅达住到孔特雷拉斯家不是在路上决定的，而是在这之前。阿丽西娅小姐，未婚，23岁，家庭妇女。1933年10月19日，她在家里提供了证词，当时在场的还有她的父亲堂·埃斯特万·杜克斯特拉达。她还说，奥利韦里奥·卡斯塔涅达作为客人回到孔特雷拉斯家，恐怕会出乎意料地遭到反对，反对者就是玛蒂尔德·孔特雷拉斯。

法官：您和玛蒂尔德是亲密无间的好朋友，她对奥利韦里奥·卡斯塔涅达又回到她家去住，跟您表示过什么意见吗？如果表示过，是什么时候？

证人：是的，她表示过。堂·卡门接到堂娜·芙洛拉的一封信，信上通知她回来的日期，同时也说了奥利韦里奥·卡斯塔涅达和她们一起回来，她要求把那个房间收拾好。我可以肯定这件事惹得玛蒂尔德非常不高兴。接到信的那天下午，在为帕亚伊斯的遗孀堂娜·查妮塔做完九日祭祷告从梅尔塞德教堂出来的时候，她跟我讲了她的意见。

法官：根据您提供的情况，可不可以这样说：孔特雷拉斯家早就知道要在家里为卡斯塔涅达安排住处？犯人作证的时候，曾对我说过，这件事是在路上定下来的，不是在这之前。

证人：我可以把玛蒂尔德根据她妈妈从圣何塞的来信对我说的情况再跟您重复一遍。

法官：玛蒂尔德反对再次接待卡斯塔涅达，理由是什么？

证人：她对我说，这次妈妈考虑不周，莱昂人会就卡斯塔涅达和妹妹的关系说好多闲话。人人都会想，在哥斯达黎加他们待在一起，现在又一起回来。她说，为了避免这种情况，她要想尽一切办法让他离开，而且当天晚上就要和她爸爸谈清楚。

法官：玛蒂尔德知不知道奥利韦里奥·卡斯塔涅达在哥斯达黎加待了相当长的时间，而且时常去看望她妹妹玛丽娅·德尔·碧拉尔，她跟您说过吗？

证人：玛蒂尔德知道得一清二楚。从玛丽娅·德尔·碧拉尔给她写来的充满欢乐情绪的信里——有些信她给我看过——她知道卡斯塔涅达天天都到她舅舅家里去，妈妈和妹妹就住在那儿。信中还提到，她和他到过伊拉腊火山、阿塞里和库里达瓦特庄园去远足，到乌尼翁俱乐部参加节日聚会，到国家剧院看精彩演出，听著名男高音歌手梅利科·萨拉扎尔身穿丑角衣服唱《笑吧，小丑儿》。

法官：在您看过的那些信里，玛丽娅·德尔·碧拉尔是否表现出她正处在热恋中？

证人：从我读到的信上看，她显得非常幸福。不过，没说过过分亲昵的话，虽然总是提到卡斯塔涅达，把他捧上了天，说他很会体贴人，十分风趣，还有好多赞美的话。

玛蒂尔德说过要尽一切可能不让奥利韦里奥·卡斯塔涅达再住进她家里，可她并没去阻拦，很可能也没跟堂·卡门谈过这件事。女用人萨尔瓦多拉·卡瓦哈尔在1933年10月14日作证时说，在通知他们回来的那天，玛蒂尔德从一起床就非常高兴，情绪饱满。

证人说，他们回来的那天，玛蒂尔德小姐早晨起来心情很愉快，尽管身上忽冷忽热的，达比希雷大夫还给她开了奎宁。她催促所有女用人把家里打扫干净，好好擦洗擦洗，尤其要把堂·奥利韦里奥的房间弄干净，据说他也要乘火车来。她亲自到花园去剪鲜花，堂·卡门还数落了她一顿，说她把身上都弄湿了，因为头天晚上下了雨，花枝上直往下滴水。她从近处向父亲飞了几个吻，根本不理他那一套。她把采下来的花一束束的放进花瓶，摆在客厅的柜子上、钢琴上和走廊的小桌上。一切都准备妥了，就坐下来练着弹钢琴，直到5点来钟。火车快要到了，她和爸爸一起坐上汽车，去车站接客人。

将近晚上8点钟，大家坐在餐厅的桌子旁，玛蒂尔德在餐桌上摆了一瓶黄菖蒲。当时大家都在，只有玛丽娅·德尔·碧拉尔说，一路乘船，感到头晕，就上床去了。堂·卡门举起一杯莫斯卡特尔酒，结结巴巴地说了几句祝酒辞。我们都知道，他非常爱喝莫斯卡特尔酒。据证人萨尔瓦多拉·卡瓦哈尔说，奥利韦里奥·卡斯塔涅达站起来，发表了长篇演说，用词华丽，几次被在座的人的掌声和笑声打断。

放下这头儿，咱们再转到普里奥酒家。在同一个时间，“长舌桌”上也在敬酒，用打赌的白兰地代替了莫斯卡特尔酒。敬过第一次酒之后，萨尔梅龙大夫又重新提起一段时间来一直没谈过的话题，又翻出了对达比希雷大夫讲过的那些道理。在讲话结束的时候，他把记在斯奎布笔记本上的、当时只有他和科斯梅·曼索两个人知道的最新发现告诉给在座的人。

萨尔梅龙大夫打算在 1933 年 10 月 28 日向法官提供的证词中详详细细地谈一谈那件事，还有其他许多证据。可是，那篇证词没起作用，原因嘛，到时候自会说明。正如我们后来看到的，奥利韦里奥·卡斯塔涅达本人在 1933 年 12 月 6 日最后提交的辩护词中也讲到了那件事，其中还包括其他一些出人意料的、令人吃惊的情况。事实真相才算大白于天下。

不过，暂时这还是个秘密。科斯梅·曼索是个大杂货商，商店就设在穆尼希帕尔市场附近，在莱昂市独家销售斯科特乳化剂。这些，读者大概都还记得。他用鳕鱼模型为产品作广告，每周上街游行一次。1933 年 10 月 14 日，乌利塞斯·特朗博士作证时，谈到玛尔塔·赫雷斯死去的情况，我们曾听他提过这件事。

鳕鱼长约 5 米，用木条扎成伞形骨架，外面包上一层银白色硬纸板。一个人钻进空鱼肚子里，随着一支乐队演奏的音乐节拍跳舞。在大街上，乐队跟在模型后面，成群的小孩儿和看热闹的人紧随其后。游行完了，鳕鱼就放在曼索开的埃斯福埃索商店的后面。前面，我们已经看见过，那条鱼头朝下，靠墙放着。

下面说的这件事是舞鱼人路易斯·菲利佩·佩雷斯对科斯梅·曼索讲的。那已经是在事情发生的几个月后了。1933 年 8 月 17 日上午，他到店里去拿鱼准备上街游行，遇见了他的老相识多洛雷斯·洛伦特，她正在店里买布。一看见她，猛然想起了这件事。那是他最后一次舞鱼了。没过几天，他在萨拉戈萨区酒后和一个鞋匠吵架，被捅了一刀，当即一命呜呼。

当时，曼索把他说的事记了下来，萨尔梅龙大夫又把它抄在斯奎布笔记本上。因此，我们可以在《奥利韦里奥·卡斯塔涅达在他妻子去世的那天吃早餐前干过的事情》的标题下读到以下内容：

我在雷科莱克西翁教堂的门厅里等着乐师一起开始游行。我们总是从那儿出发，先去通往大学的那条街，一直走到专科学校拐角处，在圣弗朗西斯科教堂拐弯，经过大教堂，走到皇家大街，在商店前面解散。

太阳已经老高了，大概是上午8点钟左右。一个看上去很年轻的人身穿黑衣黑裤，急急忙忙跑到教堂门前，停下脚步，在大门洞里等什么人。我本来以为他是来为某个死者做弥撒的，其实不是。不一会儿，来了一个女人。我认识她，可没跟她打招呼。她在萨拉戈萨区住过，那时候我们是邻居。有一次，我那只斗鸡跑到她家院子里，她把鸡打了一顿，还给吃了，从此我们结了仇。她叫多洛雷斯·洛伦特：是个厨娘。她走到身穿丧服的那个人身边，接过一张纸，要么是一封信，反正是那个年轻人交给她的。完了，她就朝北边儿走了，过了一会儿，他也走了，也是朝北边儿去的，好像要往大学去。

头天晚上，乐师们到查克拉·塞卡为一场祈祷奏乐，都喝多了，迟迟不来。那天的游行开始晚了，大概在上午9点钟以后吧。我们一边奏乐，一边顺着街往前走。这工夫，我看见那个身穿丧服的年轻人从一家大门里出来。那户人家就在印刷厂旁边，印刷厂的墙上画着一支大火炬。印刷厂老板告诉我说，那家里有病人，别在这块儿舞鱼。听了他的话，我就不跳了，音乐也停了下来。我们走出了一段路，没再蹦蹦跳跳的。

“可是，舞鱼人已经死了，不是一个多月前他在萨拉戈萨一家酒馆儿里让人杀了吗？”罗萨利奥·乌苏卢特兰用帽子拍打了一下科斯梅·曼索，“你怎么能证明他讲的是真话呢？”

“难道你把我当成骗子啦？”科斯梅·曼索从罗萨利奥手里夺过帽子。

“你这个人，缺乏自信，干吗疑神疑鬼的？”萨尔梅龙大夫从科斯梅·曼索手中拿过帽子，交还给罗萨利奥，“那个家伙是让人用匕首捅死了，可传递情书的人还活着嘛。”

“我了解多洛雷斯·洛伦特。”“班头儿”普里奥点上最后一支烟，把“斯芬克司牌”烟盒揉成一团，“那些厨娘，我门儿清着呐。她给卡斯塔涅达家做饭。”

“眼下我雇了她，我可以把她叫来。”科斯梅·曼索满脸得胜还朝的神气，冲着罗萨利奥直呲金牙，“还要点儿点心吗？应声虫！”

“你早该说这话呀。”罗萨利奥·乌苏卢特兰把椅子挪近科斯梅·曼索，拉得椅子嘎嘎直响，“我得一千遍、一万遍地求你原谅，堂·科斯梅。”

“别闹了，让曼索说下去。”萨尔梅龙大夫拍了拍手，要大家安静。

“我跟路易斯·菲利佩说好了，把斗鸡的事抛在一边，损失由我赔。”科斯梅·曼索张开胳膊伸了个懒腰，似乎他办的好事算不上什么，“我让他把多洛雷斯·洛伦特叫来，我跟她谈了谈。她把断了的线儿给我接上了。”

“是写给谁的信？”罗萨利奥·乌苏卢特兰低声下气地伸出手，摸了摸科斯梅·曼索的胳膊，生怕他不肯透露在教堂门厅里交出的那封信的神秘下落。

“我敢肯定不是给其他男人的。”“班头儿”普里奥把刚点上的那支烟扔到地上，用鞋底踩灭了，“卡斯塔涅达把女用人叫到教堂门厅去，那儿离他家只有半个街区，准是不想让他老婆知道那封信。”

“其他的女人，是堂娜·芙洛拉吗？”罗萨利奥·乌苏卢特兰小心翼翼地伸了伸脖子。

“上下差不离儿。”科斯梅·曼索两臂交叉，得意地看着罗萨利奥那副着急的样子，“你快猜着了。多洛雷斯·洛伦特拿过信，就到梅尔塞德教堂去找一个X女人。那个X女人和往常一样正跪在凳子上等着呢。”

“那么，是她的一个女儿喽。”罗萨利奥·乌苏卢特兰向萨尔梅龙大夫投去恳求的目光。

“两个女儿当中的一个。”萨尔梅龙大夫笑了笑，用铅笔向科斯梅·曼索示意，要他往下说。

“自从卡斯塔涅达搬到外面住以后，每天上午都让女用人给这位X女人送信。都是在教堂里。她也通过女用人回信。”科斯梅·曼索解开衬衣纽扣，抚摸着挂在一条粗大的金链子上的圣牌，“这是最后一封信。后来，咱们都知道他又回到过去的房间。还用再写信吗？”

“玛蒂尔德·孔特雷拉斯。”“班头儿”普里奥摸了摸上衣口袋，想找支烟，可什么也没找着，“她常到梅尔塞德教堂去祈祷。”

“也不是。现在只剩下一个女人了，她就是X女人。”萨尔梅龙大夫对着阳光瞅了瞅白兰地酒瓶，然后喝下一杯酒，“现在，曼索，我的朋友，咱们再赌一瓶白兰地吧。”

“玛丽娅·德尔·碧拉尔·孔特雷拉斯。”罗萨利奥·乌苏卢特兰面带失败者的表情，扭过头冲着“班头儿”普里奥说，“我怎么能想象得出呐。昨天她还在家门口玩娃娃呢。”

“去你的娃娃吧。”科斯梅·曼索开心地做了个金发女郎的动作，“窝窝囊囊的，让人卖了，你也不知道。现在您想赌什么，大夫？”

“莱昂很快又会有人暴死了，得的还是恶性热病。”萨尔梅龙大夫站起来祝酒，“要是不再死人，由我出钱。干杯！”

“庆祝什么？”门口儿传来“圆球”奥维埃多的声音，他刚看完电影，从冈萨雷斯剧院出来。

15. 尊贵的夫人外出游山玩水做生意

前面已经说过，堂娜·芙洛拉·德·孔特雷拉斯在西斯内罗斯照相馆拍摄的照片刊登在1933年9月26日下午发行的《记事报》第一版上，配合那篇报道她从哥斯达黎加归来的简要消息。

尊贵贤惠的堂娜·芙洛拉·瓜迪亚·德·孔特雷拉斯夫人在圣何塞与家人一起休息了一段时间后，今天在她可爱的女儿玛丽娅·德尔·碧拉尔·孔特雷拉斯·瓜迪亚小姐的陪同下回到莱昂。有消息说，在哥斯达黎加期间，夫人还为声誉卓著的“拉法玛”商店办妥了几批新货的进口手续。夫人素以情趣高雅著称，可以相信很快会在该店的橱窗里展出最新式样的时髦女装。社会名流，包括她的家人和朋友将齐聚太平洋火车站迎接夫人。

这篇报道以及报纸的其他文章均未提到奥利韦里奥·卡斯塔涅达和她们同时到达的消息。本市另一家报纸《中美洲人报》在“迎佳宾”栏中也没有报道。

报上的照片引起了罗萨利奥·乌苏卢特兰的浓厚兴趣。那天晚上，在他们喝那瓶打赌赢来的白兰地的时候，堂娜·芙洛拉等人已经回到莱昂。他把报纸给“长舌桌”上的常客们传看，为的是让他们欣赏欣赏照片，确认他言之有理，他非常喜欢那张照片。后来，在1933年10月25日，他以遗憾的心情将照片配合那篇轰动一时的报道一起发表出来。

“40岁，觉得怎么样？”萨尔梅龙大夫用手指轻轻地抚摸那张照片。

“40多一点儿，大夫。”科斯梅·曼索纠正大夫的说法，故意露出满口金牙。

“比她的两个女儿加起来还俊俏。”罗萨利奥·乌苏卢特兰用手捂住屁股，看着谁敢不同意他的高论。

“说得对，说得对。”萨尔梅龙大夫赶紧重复了两句，态度显得极为宽厚。

“她很像一位电影演员，可我记不得是哪一位了。”罗萨利奥两眼盯住报纸，专心致志地思考着。

他一次又一次欣赏夫人那副美丽的容貌。她人到中年，姿色未衰，处处露出高傲的神情。已经有人向读者描写过这张照片了。不过，我们还是看一看马诺洛·夸德拉在1933年10月28日发表的题为《戏中人》的报道里表示的看法吧。罗萨利奥不大喜欢他的看法。由于受到职业竞争的影响，在评价这位同事的文风时，显得不够宽厚。

夫人袒露着白皙的脖颈，茶青色的眼睛亮晶晶的，熠熠发光，十分迷人。纤细的眉毛用眉笔画出朝下弯曲着的眉梢，突出了光洁的额头。她坐在一张没有扶手的椅子上，端正庄重，从那副像年轻人似的漫不经心、略带夸张的仪表中不难看出一丝藐视一切的神情。夫人到底已经度过了40个春秋。

咱们请她从照相馆的椅子上站起来，看一看她在自家商店（她是女老板）的货架上取布料时走路的样子。只见她脚下一双高跟鞋，身材修长、挺拔。她把布料往柜台上一摊，动作又洒脱又准确。她用戴着戒指的手轻轻地抚摸绸料儿，注意和顾客保持一定距离，显得洋味儿十足。莱昂的贵妇们又是敬佩，又是忌恨，忌恨她即使到店里办事穿戴也极富魅力。她使用的香水清馨淡雅，只是不知道是什么牌子，因为她总是与众不同，从来不把这种香水摆在玻璃橱窗里，这一点也惹得莱昂的贵妇们忿忿不平。

对我们根据照片所做的评论，《新新闻报》的读者大约会表示赞同。虽然我们对她家一直十分关注，迄今为止还没有机会正面见过这位夫人。不过，把莱昂具有权威性的意见收集起来，可以看到我们的评价大体上还是准确的。她真的漂亮吗？是的。她的美貌引起女人们的忌恨吗？确实，确实如此。她性情高傲是引起他人仇视的原因吗？的确如此。她是外国人，这重身份是不是也招人忌恨和仇视？毫无疑问。

但是，这天晚上“长舌桌”的座上客一起聚会倒不是为了欣赏这位旅行归来的贵夫人的照片。谈完舞鱼人的事，喝完那瓶打赌赢来的白兰地，他们准备进入第二项议程。“班头儿”普里奥先给大家敬上一轮冠军牌红酒。酒是专门给冠军喝的，在奇奇加尔帕由堂·恩里克·希尔负责酿制、装瓶，商标上印着著名拳击手基德·塔马里斯的深棕色肖像。

我们知道，“圆球”奥维埃多爱看电影。除非情况极为特殊，比如要捕杀野狗或者在科斯梅·曼索的后店掷骰子，他从不放弃一场电影。那天晚上，他在冈萨雷斯剧院看完电影《埃马》（由玛丽·特雷斯勒主演，讲的是为崇高的爱情献身的故事）之后，来到普里奥酒家。曼索对他颇有影响，常借钱供他赌博。这次是曼索约他散场后前来聚会。萨尔梅龙大夫有事要问他。

这次讯问十分成功。“圆球”奥维埃多每次讲起自己的历险趣闻，总是针头线脑一点儿不落，对自己的记忆力十分得意。萨尔梅龙大夫利用这一点一直问到半夜时分，搞出了一份1932年6月18日那天被毒死的野狗的完整单子，查清了每条狗的主人姓什么、叫什么、家住哪里，当然也包括达比希雷大夫的那条名叫“医神”的阿尔萨斯狗。“圆球”奥维埃多特别突出地介绍了毒死最后这条狗的情况。他站立起来，倒在厅堂的地板上——到这个钟点，已经不再招待客人了——毫不惜力地一再重复他如何抵挡老大夫的手杖。

“圆球”奥维埃多喜欢喝冠军牌红酒兑沙勒可乐，几杯入肚，略带醉意，兴奋地回忆起他和奥利韦里奥·卡斯塔涅达一起干的其他冒险事。那天下午，他刚一得知卡斯塔涅达回到莱昂的消息，立刻赶到孔特雷拉斯家里去看望他，他很清楚卡斯塔涅达一定会回来。要是不回来，就不会把书箱子交给他保存了；而且还有打字机和留声机。萨尔梅龙大夫偷偷地把最后这些看法记在笔记本上："留下了东西。从没有想过永远离开这里。早就打算回来。"

"圆球"奥维埃多离开时，已经喝得半醉了。萨尔梅龙大夫开始整理他感兴趣的材料：在毒死狗的过程中使用毒药的准确数量。开始用 3 份毒药喂了自来水附近的狗，堂·卡门·孔特雷拉斯在场；随后，深夜时分，他们坐上马车，一条街一条街、挨家挨户地施放毒饵。萨尔梅龙大夫在笔记本上算出总共毒死 20 条狗。

当时，"圆球"奥维埃多肯定地告诉过他马钱子碱是凭美国警方的命令从阿尔古埃约药店弄到的。这件事，他本人后来在 1933 年 10 月 17 日向法官提供的证词中加以证实；药店老板大卫·阿尔古埃约大夫在 1933 年 10 月 19 日的证词中也证实了这一点。这些读者都已经知道了。

与会者最后分手的时候，已经快到凌晨 1 点了。萨尔梅龙大夫交给罗萨利奥·乌苏卢特兰一项极其重要的任务。因此，第二天，即 1933 年 9 月 27 日上午，他赶往阿尔古埃约大夫药店的时候，我们还得跟他走一趟。

我们知道，据档案材料说，阿尔古埃约药店位于商业大街上。说是商业街，其实只有一个街区，那里有杂货铺、药铺、铁器铺以及开设在穆尼希帕尔市场南侧的其他商店。穆尼希帕尔市场是一幢古旧的土坯建筑，位于大教堂后面，占了一大片地。北面是皇家大街，一直伸展到卡尔瓦里奥教堂的门口。

阿尔古埃约药店坐落在这个街区中间，一侧是"皇帝"铁器铺，在满是锯末的边道上总是摆着几只拆开一半的松木箱子。另一侧是

“圣塔法兹”灯具烛台厂，门上高高地挂起一串串的蜡烛。在街区尽西头，高悬着科斯梅·曼索开设的埃斯福埃索商店的红蓝木头招牌。

药铺的门面很容易识别。在正面墙上高处有一个大头娃娃，黄头发，赤裸着身子，手里拿着一只蓝色的“拉克索尔”药瓶，像是个玩具。门前的木栅栏呈三角形，栅栏上开了几个小窗户，专为接待夜间来的顾客。

罗萨利奥推开栅栏。此时，天气燠热，大街上几辆在行人之间穿行的运货车、马车以及小汽车来来往往，闪烁着耀眼的光芒。嘈杂声、小贩的叫卖声震人耳鼓，水果的香味、烂菜的臭味扑面而来，特别刺鼻的是一种猪食味儿。有几处地方露天挂着干咸肉，招来成群的苍蝇，这股味儿就是从那儿飘过来的。

一进药铺，仿佛钻进了阴凉的岩洞，清爽宜人，空气中弥漫着氧化镁柠檬酸、香子兰和蓝桉香精的芬芳。漆成暗紫色的雕花搁板几乎直顶到天花板。透过上层搁板外面的玻璃可以看到灌肠用的便盆和器械。暗色瓶子、瓷罐、盛药的玻璃罐密密麻麻地排成一行，摆在货色齐全的架子上。

一个小伙子，赤着脚，用拖把沾上煤油正把用蓝绿两色菱形木块拼成的地板擦得锃亮。罗萨利奥怕滑倒了，小心谨慎地走到离他最近的一个伙计的身旁。小伙子把胳膊肘支在台上，正在翻阅《布里斯托尔年鉴》。按照萨尔梅龙大夫的指示，罗萨利奥应该要一瓶毒狗用的马钱子碱。正像头天晚上在“长舌桌”上预料的那样，伙计要他等一等，说完就从货架子当中的一扇窄门出去了。毒药由老板亲自经营。我们已经知道，他和家属就住在店里面。

几分钟后，阿尔古埃约大夫出来了，举了举盛粉红色大麦粥的碗，算是向顾客表示问候，这是上午10点钟他喝的清凉饮料。

“噢，原来是堂·查利奥。”阿尔古埃约大夫嘴里嚼着冰块，随后把冰碴吐到碗里，“您不光要笔杆子啦，还想干一家伙？”

“埃斯帕尼奥利塔街上的狗太厉害了，受不了啦。”罗萨利奥撒了句谎，脸上直挂不住，把目光闪开，望着大街。

“得有命令才行啊。您该比别人更明白。”阿尔古埃约大夫扫动着舌头，在嘴里搜寻着大麦粒，“您把我的黄药面儿生意全搅黄了。”

“确实不管用。”罗萨利奥·乌苏卢特兰用手往下拉了拉两边的帽翅儿，把帽子往脑袋上又扣紧了一些，似乎要把脸遮住。

“我承认不管用。”阿尔古埃约大夫表示同意，一点儿也不生气。

“这么一小碗儿马钱子碱，毒狗用能分成多少份儿？”罗萨利奥从柜台那儿稍稍后退了点儿，用手捂往屁股，装出一副无知的样子。

阿尔古埃约大夫听了心里很高兴，也乐意帮忙，从腰上拿起沉甸甸的一串钥匙，找出一把小钥匙，朝货架下层的一个抽屉走过去。他打开抽屉，拿出一个小圆瓶，举到眼前，看看里面装的是什么药。

我们已经知道，1933 年 10 月 19 日，他本人在提供证词时说过，瓶子的形状和外观都和罗斯大夫盛粉红色药丸的小瓶子一模一样，那种泻药疗效显著，远近驰名。

他冲着光亮看完小瓶，又放到耳边晃了晃，听见里面有轻微的嚓嚓声。他想做个估计，好回答记者提出的问题。可是，犹疑片刻后，干脆撕掉瓶口上的封条，叫罗萨利奥和他一起到位于大型自动计数器旁边的配药间。

罗萨利奥隔着配药间的小窗户看见他戴上眼镜，又戴上红色橡胶手套。然后，他取下小小的软木塞，把白色粉末倒在天平的一个盘子上。又拿起一把调药刀，小心翼翼地把药面儿分成小摊儿。

“25 剂，每剂 1.5 克。”阿尔古埃约大夫眼盯着天平，说出这个数目，“这瓶共有 37.5 克。”

“25 份儿。我想，一份儿药可以毒死一条大狗了吧。”罗萨利奥双手扶着膝盖，弯下身子，好让药店老板透过小窗户能看见他。

“太够了。”阿尔古埃约大夫把一个小漏斗放在瓶口上，“放多了，也是白浪费。”

“毒死一个人呢？”罗萨利奥笑了笑，即使别人瞧不出来，他自己也明白，笑得太假了。

阿尔古埃约大夫从眼镜架上面看了看他，眼镜滑落到鼻子上了。那副凶相儿把记者吓了一大跳。

“一个人？毒死一个人和毒死一只狗用量一样，1.5 克。”阿尔古埃约大夫咬着牙好像还在嚼碗里的冰块儿，“只是人死得晚一点儿，大约要 3 个小时吧。狗死用不了那么长时间。”

“恐怕是因为狗的消化器官要弱一些吧。”罗萨利奥又往后退了退，用手捂住屁股。

“恐怕是吧。”阿尔古埃约大夫表示同意，用调药刀把毒药铲进漏斗，放回瓶子里去。

“圆球”奥维埃多在 1933 年 10 月 17 日出庭作证时，被法院里的大批观众团团围住，弄得他非常紧张。有人不住给他往杯子里倒水，他的手一个劲儿打哆嗦。不过，他毫不犹疑地回答说，经韦恩上尉批准，从阿尔古埃约药店拿走的装有马钱子碱的小瓶里只有 20 剂。药店老板本人作证时也说，是 20 剂，把天平和配药刀都抛得远远的。

但是，在斯奎布笔记本上却记着那天上午罗萨利奥·乌苏卢特兰据调查结果提供的情况，负责审理本案的法官从未见过这个笔记本，也没有看见过萨尔梅龙大夫私自建立的秘密档案中的其他材料。根据笔记本上的记录，究竟有多少剂毒药，差别可就大了。

阿尔古埃约大夫把钥匙放进保存毒药的抽屉里，对记者说，他写了一首纪念妈妈的离合诗，希望能在 10 月 3 日母亲去世一周年时发表在《记事报》上，罗萨利奥表示可以满足他的愿望。

记者在等着阿尔古埃约大夫到里面去取离合诗的时候，目光停在柜台上的“吉列”刮脸刀的广告画上。他笑了笑，心想药店老板蓄着修饰整齐的浓密八字须，真像广告上的那个老头儿。

还得补充一句。另一幅广告也吸引住他的目光。药店老板在配药间计算药量时，他透过小窗户认真地观察老板的动作；而贴花纸上的莫瑞恩·奥沙利文——就贴在配药间磨砂玻璃上——却恋恋不舍地望着他。这位电影明星、《天谴》的女主角头发用剃刀削过，涂上油贴在头皮上。她建议用巴杰咖啡因治妇女肚子痛。猛然间，他兴奋地拍了拍脑门。

“这下子我想起来了，大夫。”罗萨利奥兴奋地拍着脑门儿，“堂娜·芙洛拉·德·孔特雷拉斯长得太像莫瑞恩·奥利沙文了。当然，要年轻得多。”

“还剩下5份儿药。”萨尔梅龙大夫飞快地记下来，然后死死地盯着罗萨利奥，“查尔斯·劳顿手里还有4份儿毒药。”

16. 警钟敲响，无人肯听

1933年冬季，尼加拉瓜太平洋地区雨水从来没有这么多，受到影响的主要是西部各省。从7月到10月，莱昂和科林托之间的铁路交通经常被暴雨切断，大雨冲坏了路基，铁路沿线的电话电报的电线杆受到严重破坏。莱昂附近几个乡的土路被洪水淹没。农作物，尤其是玉米和甘蔗受灾严重，很大一部分牛、马被淹死。11月中旬，大水退后，在奇奇加尔帕的圣安东尼奥榨糖厂，量雨计上记录的雨量高达20英寸。

在莱昂城里，从敲响晚祈祷钟开始，云雾般的蚊虫一迭声地嗡嗡乱叫着大举进入庭院、厨房和走廊。住在中心地区的居民，家家散发出杀虫剂的气味儿，没有蚊帐就无法入睡。晚上和白天一样热，关上房门，室内空气闷得人无法忍受，大雨也没能缓解高温天气。

9月30日（星期六）上午，达比希雷大夫在圣维森特医院的门厅里遇见了萨尔梅龙大夫。达比希雷大夫刚看完住院病人，正要往外走。萨尔梅龙大夫查完病房，刚巧过来。这时，天空阴云密布，从东到西黑了半边天。从黎明时起，雨总算停下来了，不过，一场大雨还是非下不可。两个人谈了谈天气炎热、蚊虫成灾。但是，达比希雷大夫心里很清楚，主要话题还没有开始呐。

就在几天前的黄昏时分，萨尔梅龙大夫上衣口袋揣着斯奎布笔记本，又来到位于皇家大街的老大夫的诊所。他又带来了关于所谓“卡斯塔涅达案”的新材料以及最近通过调查取得的所谓“证据”。达比希雷大夫对此感到吃惊，几个月过去了，他原以为这件事早被人忘得一干二净了。

老大夫耐下心来听他的学生介绍调查结果：1932年6月18日多少条狗中毒而死；投毒者从阿尔古埃约药店弄到的那瓶马钱子碱共有多

大剂量。老大夫还听他大谈秘密情书以及其他乌七八糟的事。虽说分手时大家还是客客气气的，但是，老人听了他说奥利韦里奥·卡斯塔涅达手里还有一部分毒药，没说别的话，只是很礼貌地摇了摇头。

现在，达比希雷大夫感到他的学生对上次谈话颇不满意，试图旧话重提，可又不敢明说。老大夫胳膊上搭着科尔多瓦披风，手里拿着帽子，心里想人们都说他是怪人，不说萨尔梅龙大夫是怪人，真有意思！这位老兄每次抓住个题目，死也不肯松手。

不过，这天早晨老大夫心绪不错，很想开开玩笑。准备和他这位同行谈的事情，很让他反感；卡斯塔涅达的为人，也很让他反感。老大夫从萨尔梅龙大夫嘴里得知卡斯塔涅达这个傲慢无礼、狂妄自大的家伙参与了毒死“医神”事件，从那儿以后，他不能不承认他对卡斯塔涅达的反感深深印在心中。

但是，他仍然不相信萨尔梅龙大夫那套侦探小说式的胡说八道，不管怎么添枝加叶、怎么运用逻辑推理说得头头是道，他还是不相信。抽象地想一想，这些胡话也许还有点儿意义；运用到实际生活中去，就变得毫无意义了。莱昂的实际情况是人们孤陋寡闻，生活平淡无奇，什么情场拼斗啦，什么神秘犯罪啦，都跟莱昂毫无关系。有声电影到来之后，这类事才广泛流行，比如在“医神”被害的那天晚上正在放映的《天谴》，就是如此。

“我有了一位新病人。”达比希雷大夫用手指转动着帽子，“您亲爱的朋友，奥利韦里奥·卡斯塔涅达博士。”

萨尔梅龙大夫松了松领带，没有说话。

“好吧，您要是想听，就跟我在这儿坐一会儿。”达比希雷大夫扯住萨尔梅龙大夫的胳膊，把他领到门厅里的一条凳子跟前，这时候，还没有病人和探视者，“昨天他到我的诊所去了。”

“您不会说奥利韦里奥·卡斯塔涅达得了疟疾吧。”萨尔梅龙大夫跟着他走过去，坐在凳子上，态度十分冷漠。

“不，不是的。这位花花公子闹口臭，心里很烦恼。”达比希雷大夫跷起二郎腿，仔细抚平裤子上的褶子，“我给他开了点儿利肝药和25%的李斯特漱口液。”

“口臭？”萨尔梅龙大夫感到又吃惊又可笑，“找您就为了看这个病？”

“我想跟您说的不是这件事，不是奥利韦里奥·卡斯塔涅达闹口臭。”达比希雷大夫轻快地晃动着上面那条腿，“而是借您的光，我的同行，我也碰了碰孔特雷拉斯家的事。”

萨尔梅龙大夫慢慢地摇了摇头，皱起双眉。那双细长的眼睛好似扑满上的投钱口儿。

“我给他进了一句忠言。”达比希雷大夫用手搂住膝盖，“赶快和玛丽娅·德尔·碧拉尔结婚。这次他又住进人家家里，惹得谣言四起，有损主人的名声啊。另外，也算得上是天生一对儿嘛。”

“您到底还是承认他们确实在相爱？”萨尔梅龙大夫坐在凳子上换了个姿势，转过身来对着老大夫，“您想一想我最后一次跟您讲的舞鱼人的故事。”

“慢着点儿，我的同行，等一等，这儿可不是‘长舌桌’。”达比希雷大夫笑了笑，把大腿挪下来，“教堂里交信的事儿，我知道的不确实。对感情上的那套花样儿，我不在行。不过，我知道，在莱昂确实议论纷纷。”

“那您就不要怪罪‘长舌桌’了。”萨尔梅龙大夫用袖子擦了擦嘴上的唾沫，“要么您得承认整个莱昂就是一张‘长舌桌’。”

“不知道。”达比希雷大夫耸了耸肩，顽皮地笑了笑，“我是在社交俱乐部听人议论的，病人也当着我的面儿议论过。听到的东西，我不能全信。不过，这位年轻的鳏夫回到那家去，总是考虑不周吧，那家人也不够慎重。这些我都跟他讲了。”

“那他怎么回答？”萨尔梅龙大夫焦急地盯着他。

“他说，这儿的人闲着没事，总爱闲扯淡，他觉得没什么大不了的事，不用操心。”达比希雷大夫边说边模仿奥利韦里奥·卡斯塔涅达那副满不在乎的表情，“还说，他不久前失去了一位堪称典范的妻子，她容貌美丽，家里有钱，还在欧洲受过教育，现在不会跟一个什么都不懂的卷毛丫头结婚。真要是把她介绍给危地马拉的社交界，他没法不脸红。”

达比希雷大夫尽管用轻松的口吻谈论这件事，其实对自己如此大胆地吐露机密，心里还是七上八下的；对自己不能严守职业秘密，心里很不是滋味。

“这是说玛丽娅·德尔·碧拉尔喽。对玛蒂尔德呢？关于玛蒂尔德，他跟您说了什么？”萨尔梅龙大夫贪心不足，连忙挤出这么几句话。

“是他自己提到玛蒂尔德的。他告诉我说，他知道有人造谣说他和玛蒂尔德在谈恋爱，但还是那么回事。”达比希雷大夫还是满脸堆着笑，可他尽量避开同行的眼光，“在他看来，玛蒂尔德是个有教养的、道德高尚的姑娘，不过她的长相一点儿都不吸引人。他也不感兴趣。”

达比希雷大夫还要往下说，却猛然煞住了车，就像有人不慎走到悬崖边上，连忙后退了一步。他没敢向他的学生透露那次谈话中最刺耳的部分。卡斯塔涅达厚颜无耻地说，他也知道有人就他和堂娜·芙洛拉的关系散布些流言蜚语。听到这种轻狂言论，老大夫立刻打住他的话头儿，无论如何不想听他讲这类事。

“小伙子要价够高的。”萨尔梅龙大夫摇头晃脑地加重说话的语气。

“他只有一点感到遗憾，那就是让堂·卡门大失所望。”话刚出口，达比希雷大夫立刻犹疑不决了，后悔不该又提出个话题。

“让他大失所望？”萨尔梅龙大夫下意识地在口袋里寻找斯奎布笔记本，可是没有带在身边，“为什么呢？”

“因为事情很明显，像堂·卡门这样一个脑筋不大够用的人，当然希望有他这么个女婿把生意管起来。”达比希雷大夫费劲地检查自己光滑洁净的指甲，“不过，他不会上这个当，他是找不到机会离开那个家，那儿的人就认得钱。”

“老师，您是知道的，涉及到咱俩之间的秘密，我是守口如瓶。”萨尔梅龙大夫比谁都了解老大夫，注意到他的情绪有变化，他握住老大夫的手，那股亲热劲儿就像两人不分彼此，“咱们议论病人，这也不是第一次了。”

“说完这些话，就没再谈下去。”达比希雷大夫掏出带链的怀表，似乎表示他有急事，借此甩开自己说过的话，“俗话说：‘那边儿供着财神，我偏不到供桌前祷告。’”

“财神嘛……人再虚伪，也得到供桌前祷告。”萨尔梅龙大夫还是亲切地握着老大夫的手，嘴角儿露出瞧不起人的表情，“他一回来，办的第一件事就是收买市政要员的良心，争取跟自来水公司签下合同。这项合同是强盗行为。”

“这种事我不参与。”达比希雷大夫站起身来，准备披上科尔多瓦披风，“做生意，我一窍不通。我跟您谈这件事，不是叫您大惊小怪，是想让您静下心来。”

“让我静下心来？”萨尔梅龙大夫坐在凳子上没有动弹。

“下礼拜他要去马那瓜，不再回来了。”达比希雷大夫伸长脖颈系好扣子，就像公鸡要打鸣似的，“他要写一本书，大概是关于尼加拉瓜的地理书。没想再回莱昂。”

“他走还是不走，回来还是不回来，那还得看。”萨尔梅龙大夫在地上蹭了蹭鞋子，好像要蹭掉一口痰，“他在这儿还有事儿要干。马钱子碱足够用的。”

他又提到马钱子碱。老大夫又一次为他的学生感到遗憾。像这样一位才华出众的学生，尽管取得了医生的学位，穿戴还是这么寒碜，他为萨尔梅龙大夫那双破皮鞋、那双脱落到鞋子上的松口儿袜子深感遗憾。

“我带您一块儿走？”达比希雷大夫弯下腰，把手放在他的肩膀上，一直等到他的学生有意思站起来。

通常他们从医院一出来，总是一起坐马车到火车站附近。到那儿以后，萨尔梅龙大夫下车，随便在小广场上找个饭铺吃早饭。那里到处是等早班火车到站的马夫、脚夫和车夫。然后，他开始上午的巡诊，步行走过多洛雷斯小酒馆——是个红灯区——的街道，那里到处是脏水沟、小山包和臭水坑。

萨尔梅龙大夫没有答腔，跟着老大夫走到大门口。几匹马拖着马车，在院子里懒洋洋地啃吃大雨过后在石头台阶附近长出来的青草。

“把我撂在圣胡安公园吧。”萨尔梅龙大夫蹬上脚踏板，“今儿个轮到我到卫生局为妓女做检查。”

“不，那可不行。我把您送到卫生局门口儿，正好我也走那条路。”达比希雷大夫抖了抖缰绳。

“您往哪儿去？”萨尔梅龙大夫把药箱放在车板上。没话找话，问了一句。

“我到孔特雷拉斯家去。玛蒂尔德闹疟疾，症状很让我担心。”达比希雷大夫朝马背上轻轻抽了一鞭子，马加快了脚步，“堂·卡门把她带到诊所里。一到傍晚就发烧。打冷战，体重下降，眼睛发黄。”

“从什么时候起？”萨尔梅龙大夫紧紧抓住帆布车篷的铁架子，惊奇地瞅了瞅他的老师。

“大概有一个礼拜了。我让她查了血，结果是阳性，换句话说，是疟疾。”达比希雷大夫无精打采地握着缰绳，车子在坑坑洼洼的地面上不住跳动。

“您给她开了什么药？”萨尔梅龙迫不及待地追问老大夫，把“尊师”二字忘得一干二净。

“就是常用的药，只是把硫酸奎宁的药量加大了一倍。”达比希雷大夫松开缰绳，马已经跑顺了。

“是药丸？”萨尔梅龙大夫简直不敢相信自己的耳朵，他非常激动，几乎喊了起来。

“当然，是我在自个儿的药房里亲手配制的。”达比希雷大夫听到对方问话的口气不太客气，心里有些恼火。

“就是说，3天前我去看您的时候，您已经给她开过药了？”萨尔梅龙大夫的声音嘶哑了，直吐唾沫星子。

达比希雷大夫两眼盯住拉车的牲口，板着脸，没有理他。

“多少丸？”萨尔梅龙大夫催着问，唾沫星子溅到达比希雷大夫的脸上。

“一盒装60丸，每天吃6丸，每次饭后吃2丸。”达比希雷大夫一只手抖着缰绳，另一只手擦了擦脸上的唾沫，车子又加快了速度，“必要的话，我想再加点儿奎宁。劳驾啦，用不着这么大声音。”

达比希雷大夫斜睨了一眼，只见他的同行嘴唇紧着翕动，眼睛盯住车篷的帆布，好像在做祈祷。

“60丸，每天6丸，一共是7天。就是说还剩下3天的药。”萨尔梅龙大夫猛然从座位上转了个身，用力太猛，车子晃动了一下，“今儿个就把药撤下来。就是今儿个，他妈的！”

“什么他妈的！我不能拿病人开玩笑。”达比希雷大夫扬起鞭子，准备再抽上一鞭子，“别胡言乱语啦。”

“胡言乱语？”萨尔梅龙大夫用手按住帽子，马车奔跑如飞，风差点儿刮走他的帽子，“这3天当中，要是他们家叫您去急诊，可别忘了叫我。别忘了叫我！”

“忘不了您，大夫。”达比希雷大夫尽量把口气放得缓和些，随即将鞭梢儿卷在拳头上，准备一鞭子甩出去准能抽在马背上。

“我在这儿下车！”萨尔梅龙大夫猛地拎起药箱，不等车子停下，就纵身一跳，落在大街上，差点儿失去平衡。

马车又驶过一个街区，来到火车站附近。达比希雷大夫勒住缰绳，朝后张望了一眼，已经看不到他的学生的身影了。从奇南德加开来的7点半的火车汽笛长鸣，开进了火车站。和车站只隔着一道木栅栏的大街登时笼罩在烟雾中。

此时，达比希雷大夫按照预定的方向驱车前往孔特雷拉斯家。

17. 一封安慰信

哥斯达黎加　圣何塞

堂·卡门·孔特雷拉斯·瓜迪亚学士先生

亲爱的米托：

现在没有时间详谈，我需要花时间安慰您的双亲和令妹。不幸的灾祸犹如晴天霹雳降临到咱们家，使他们悲痛至深。如果说霹雳着实击中了什么地方，那就是落在了我的头上。玛蒂尔德走了，一去不回了，和小玛尔塔离去时一样，我感到万分悲痛。这句话足够了。一生中，我还能失去什么别的东西呢？还能有什么可以与此相比的痛苦潜伏在我的人生道路上呢？一想到人到死时万事皆休，百般不幸集于一身，我只能感到茫然！

莱昂社会人士素以关心他人、办事恰到好处著称于世，他们确实分担了我们的痛苦。他们对死者的深切悼念，对生人在精神上的真诚关怀，在很大程度上减轻了我们的巨大悲痛，堂·卡门和堂娜·洛芙拉对此十分满意。但是，您完全有理由说：没有任何药物可以医治如此严重的创伤。确实，确实没有。

残酷的事实是怎样发生的呢？说清楚这件事是令人不快的，但为了您，我要努力说清楚。10月2日，我回家吃晚饭稍许迟了些。我正忙着同莱昂市长和市政委员办理与自来水公司签订新合同的事。顺便说一下，此事进展顺利，完全符合令尊的利益。

玛蒂尔德，我们管她叫玛蒂，亲爱的米托，正在走廊里等我。她先提醒我说，回来得太晚了，然后吩咐用人给我上饭，并且坐在桌旁陪着我。晚饭后，堂·卡门也坐下来和我们聊天。我向他讲述了市政会议的经过，这次会开得十分艰难，争论十分激烈。随后，我们一起阅读晚报，还评论了一番。堂娜·芙洛拉和玛丽娅·德尔·碧拉尔到蒙奇塔·德松小姐家去串门儿，这时候也回来了，跟大家一起谈心。茶余饭后，心神怡然，可算是幸福家庭的甜美享受！然而……幸福又能持续多久呢？

大家起身后，玛蒂和我退后几步，坐在走廊的黑色摇椅上。谁能相信，这竟然是我们最后一次谈心！她一向渴望受到教育，反对举止轻浮，对哲学、政治、宗教以及人生要义……怀有极大的兴趣，她喜爱音乐的优美、诗歌的和谐……我可以毫无愧色地告诉您，米托，如果说我还对什么东西感到心满意足的话，那就是我曾经扮演过类似家庭教师的角色，对她像对待咱们花园中的娇艳的鲜花一样，给予了精心的照料。

大约晚上 10 点半钟，我们大家都上床去了。我是第一个走的，接着是玛丽娅·德尔·碧拉尔，然后是堂娜·芙洛拉和玛蒂，堂·卡门是最后走的。我累极了，奔波了一天，约见市府成员，请他们参加讨论我精心准备的合同草稿的基本条文。草稿的复印件我将尽快给您寄去，供您了解和研究。

大约晚上 11 点零 5 分，我睡得很沉，梦中听到堂·卡门大声喊叫："奥利，快起来，穿好衣服，开开门，玛蒂闹病啦！"您可以想象得到，我当时大吃一惊，迅速穿上衣服。我急忙来到走廊，看看令尊有什么吩咐。他要我立刻去叫达比希雷大夫来看急诊。外面大雨滂沱，是今年冬天最大的一场暴雨，必须贴在跟前才能听到彼此的话。

一开始，堂娜·芙洛拉说，先别去叫达比希雷大夫，刚才那阵突如其来的抽搐惊扰了玛蒂的美梦，现在似乎已经过去了。病既然发作过了，我们就议论起发病的几种可能的原因。这时候，她又犯病了，我们十分紧张。这一次，确实不能耽误时间了，我拿起电话，拼命摇摇柄，想让电话局接通达比希雷大夫的电话。每一分钟都很宝贵。我想告诉他，让他做好准备，我马上去接他。最后，接线员答话了，可是雨声太大了，我什么也没听着。令尊的汽车出了毛病，我冒着倾盆大雨冲到街上，没顾上带雨伞或雨衣。我连蹦带跳地穿过到处是水的大街，心快跳到嗓子眼儿了，直跑到布伊特拉戈车站，去找出租车。

一路上的波折就不用说了。我只想告诉您，我终于来到了诊所。我拼命敲门。我一再坚持，达比希雷大夫总算开了门。他去穿衣服，拿药箱。太慢啦。等得让人着急。时钟无情啊……此时此刻，谁有能力拉住那倒霉的表针……？他出来了，我们上了汽车，飞速前进，估计时速大约60公里……我们走进大门。堂·卡门和阿莱汉德罗·塞盖拉·里瓦斯大夫也进来了。他住在过去切佩·奇科住过的地方，就在咱家对面。还有几位大夫也来了，让雨淋得湿漉漉的。大家一起会诊。病又发作了一次。大家的诊断是：突发性恶性热病。据他们说，已经无法挽救这位漂亮姑娘的生命了。

不过，大家都不甘心。还是开了药方。我叫出租车留下来听我使唤。急需药物，得有人去取药，那就是我了。阿纳斯塔西奥·J·奥蒂斯上尉来了，他慷慨地把车提供给我们随意使用。我和出租车司机结了账，让他走了。我们去找一家昼夜服务的药房，那就是阿尔古埃约药店，我们把药拿回来。情况依然如故，病是没有指望了。我们跑去叫来她爷爷、叔叔大伯、蒙奇塔·德松小姐、堂娜·阿丽西娅、内莉，还有诺埃尔·帕亚伊斯和他的夫人、堂·埃斯特万·杜克斯特拉达和他的夫人、女儿，还有几位亲戚朋友。大雨不停地下着，但他们先后都来了。

办完事，我和塔乔·奥蒂斯回家时，上帝已经把玛蒂带走了。她知道最后的时刻快到了，就虔诚地祈祷着，满怀基督教徒的善心高声说："我要死了，我要死了，圣心，圣母，我甘愿死去，但是给我点儿时间准备准备！"

凌晨一点她撒手而去。玛丽娅·德尔·碧拉尔最先感觉到玛蒂在呻吟。她跑到父母的卧室去告诉他们。我在给您写信的时候，家里充满了悲哀的气氛，哭声震天，乱成一团，有很多很多的人，客厅里、走廊里……挤满了人。请您原谅，我讲得非常凌乱，看在上帝的分上，请您自己理清头绪吧。堂娜·芙洛拉表现得很勇敢，我要说，玛丽娅·德尔·碧拉尔也是一样，只有堂·卡门太伤心了，不想吃东西，明显地表现出心神不安，他一门心思地怀念他心爱的女儿。我看出了这一点，也提醒堂娜·芙洛拉注意，要她把令尊的健康放在心上，一刻也耽误不得。一家人悲痛极了，再也不能雪上加霜了。

大家为她穿上衣服。我们把她停放在卧室的小床上，她就是在这张床上咽气的。这时候，罗萨莱斯殡仪馆送出的棺材正在路上。墓穴是第二天挖好的，预先留出空地，准备将来修一座漂亮的陵墓。3日清晨，举行了棺前弥撒。丧钟响了一整天，下午4点半，在一大群社会名流组成的送葬队伍簇拥下，我们把她抬到教堂的墓地。大家齐诵了庄重的安魂经。蒂赫里诺·伊·洛艾西加主教亲自主持安葬仪式，奥维埃多·伊·雷耶斯神父宣读祷文，他追忆了玛蒂的种种美德，把她比作《雅歌》中的百合花，讲得感人至深。整整一天，天空愁云密布，好像上天也和我们分担悲痛。我们刚到大教堂，就开始下起大雨。我们去墓地的路上，倾盆大雨一直在下，一刻未停。

堂·列昂特·埃多西亚、我，记不得还有什么人，把她从家里抬出来。吉列莫·塞维利亚、劳尔·蒙塔尔万、我，记不得还有什么人，把她从教堂里抬出来。贝纳贝·巴亚达雷斯、令尊、我，记不得还有什么人，把她放进墓穴。

总统先生、部长以及在马那瓜、格拉纳达、奇南德加的亲朋好友发来电报；社交俱乐部、市政府、大主教宗教事务所等处发来唁函。我正在把这些函电汇集成册，题名为《痛悼集》。令尊答应出钱，交给祖父的印厂印刷。里面还要加上玛蒂尔德的照片以及一些评论和诗歌。其中一首诗是我写的，另一首是利诺·德·卢纳写的。他要求玛蒂入土前在葬礼上宣读，但是雨太大，没有读成。

我把我那首诗抄录在此。这首诗没有什么出色之处，您也不必强求，只求您了解一下我写诗时满怀痛苦的感情。

痴情的玫瑰花覆盖着白色的棺木，
花冠病恹恹的，全只为伤心过度。
哭吧，最后的玫瑰，流下你凄楚的泪水，
而我……我的哭泣声也万难止住。

苍白的死神迈动着凌乱的脚步，
沉睡的玛蒂尔德，被死神猛然攫住。
我焦急地谛听这神秘的脚步声，
步步踏在……甜美的姑娘啊，踏在我心灵深处。

在这最后的时刻，我又隐约听见
另一个脚步声，更仁慈、更悠然；
那是午夜的脚步：幸福的安琪尔
为取走你的身形，玛蒂尔德，翩然莅临人间。

十月的白玫瑰啊，感情炽热，
像片片白雪从天使的翅膀上抖落。
白色棺木上覆盖着白色羽毛，
棺主生前从不知道什么是……邪恶。

钢琴的琴键从此悄然无声，
琴音在大地上消失得无影无踪。
音乐飞上云霄，留下一片寂静……
一位天使将弹奏钢琴……在十月的晴空。

此时，从奇南德加来的客人进门来了，他们是堂·胡安·德松和他的妻子堂娜·洛拉、玛丽娅·埃尔莎·德松和安赫丽塔·蒙特阿莱格雷。进门的时候，痛哭流涕，把堂·卡门感动得不得了。每听到一声吊唁，每听到一句安慰的话，他作为一心为儿女的父亲，心里的悲怆就增加一分。我把诗交给他看时，他简直泣不成声。米托，我要坦率地告诉您，他为人如此刚强，我从来没有见过他如此沮丧，肉体上、心灵上都很沮丧。

莱昂所有的小姐们都流着热泪把花圈和花束放在白色棺木旁边，她们是埃斯特西塔·奥蒂斯·莎里塔·拉卡约、内莉和玛鲁加·德松，还有其他人。正是这些鲜花给了我赋诗的灵感。在无比悲痛的社交界，凡是曾与她共享过生活的欢乐、接受过她温柔似水的款待的年轻的少爷们也都伤心地哭了，他们是诺埃尔·罗维洛、雷内·巴亚达雷斯、胡利奥·卡斯蒂略、恩里科·佩雷拉，还有其他许多人。对这些姑娘和小伙子们，我都尽力安慰他们。但是，我又怀着什么样的情绪啊？我也需要别人安慰啊。在一座坟上放置这么多鲜花，确是十分罕见的，也许因为她是一位值得喜爱又确实受到人们喜爱的贞女，应该在一片芳香中伴着音乐升入天国，就像我在诗中表达的那样。《中美洲人报》要发表这首诗，堂·卡门也一再坚持。但是，我还是想把它留给《痛悼集》。您看怎么样？

米托，那天晚上，在她长眠之前，曾经弹奏过钢琴，只有她才能把那股柔情注入琴键中去，所以我在诗里才提到了钢琴。她唱了好久，笑得很开心。星期天，我在家里举行了一次宴会，欢迎我的一些外国朋友：有意大利人佛朗哥·塞鲁蒂，您在哥斯达黎加大概听说过这个名字，他在生意界颇有名气；古巴人米格尔·巴内特，我的合伙人，我们要一起出版一本有关尼加拉瓜的书。应令尊的要求，我彻底放弃了出书的计划，因为他要求我全力以赴办好自来水公司的事。现在，他根本没心思操办这件事了。

好了，我刚才说她柔情满怀地弹奏钢琴，此外，还高兴地听大家谈论出外远足、参加聚会，谈论政治以及她本人的美德。对她，客人们都交口称誉。我随信给你寄去3份有关葬礼的剪报。我先好好关照您的双亲，待到我情绪平定下来，有了足够的时间再详细给您写信。您发来的电报，大家都读过了，洒在电报上的泪水至今还没有全干。我打算尽可能让堂·卡门散散心，不要让悲伤把他弄垮。但是，您应该承认，对我个人来说，这是一项多么沉重的任务。如果他垮了，这个堪称典范的家庭还有什么力量支持下去呢？

您一定要表现得意志刚强，给令尊写一封强劲有力的信，让他振作起来。我向您保证，只要我在这儿，就一分钟也不会离开他。我本来打算今天去马那瓜，这是在这件可怕的不幸事件之前定下来的。打算在那儿待上一个月，然后去其他城市为那本书收集资料。请放心，现在我把这些全都丢在脑后，我有义务留在令尊身边。我已经留下来了。我会设法找到一些托辞，好让我的合伙人不那么恼火。

请您拿出男子汉的气概，想一想您青年时期从未经历过的这种悲剧吧。要受苦，您一个人去受，对令尊还是多写几封信安慰安慰他老人家，以孝子的拳拳之心帮他摆脱掉神经的极度紧张。一定要设法填补上他作为慈父在心灵上感到的危险的空虚。

就此搁笔了，米托，令尊要我到他那儿去。她是属于上帝的，上帝把她带去了。这就是死，这种现象只有心灵才能领会。一旦悲痛的苦涩风暴平静下来，一旦我们的心在胸膛里恢复了宁静，我们就可以认真地思索这件事了。您和她是一奶同胞，我和她也有兄妹之谊，但愿总有一天我们这两颗被荆棘刺破的心能摆脱开痛苦的羁绊，医好创伤。可是，这需要多少时间啊，多少……

您的悲痛已极的朋友亲切地拥抱您，以真正的手足之情与您相伴，望您千万不要着急，并望节哀。

顺致敬礼

又：再次提请您不要忘记给令尊写信。多余操心，尚祈鉴谅，防患于未然吧。祝好。

您的朋友奥利

1933 年 10 月 4 日于莱昂

18.《大自然的奥秘》

玛蒂尔德·孔特雷拉斯·
瓜迪亚小姐

莱昂社会各界惊悉品德高尚、风度高雅的玛蒂尔德·孔特雷拉斯·瓜迪亚小姐不幸弃世，噩耗传来，全市为之悲痛。本市名医齐聚病榻左右，虽竭尽全力，终因医治无效，小姐于昨日凌晨一时溘然长逝。对此，小姐比他人更具先见之明。正当你熟睡之际，凶残的病魔以狡诈的手段击败科学，夺走你的生命。恶性热病在本市早已猖獗肆虐，如今竟再次得逞！

得知这一不幸消息后，孔特雷拉斯家——堪称“模范之家”——的亲朋故友当即翻身起床，冒着倾盆大雨及时赶到悲痛万分的孔特雷拉斯家，只望对你的离去表示沉痛的哀悼。你心地善良，温柔多情，数小时前尚且欢欣雀跃，谁料死神已在编织裹尸的白布，时隔不久竟将为百里挑一的妙龄少女准备下的百合花冠戴在你洁净的额头。

你在启程前往造物主宅邸之时，给人间留下一片温馨的回忆。你美玉无瑕，心灵中充满高雅的情趣，散溢出馥郁的芳香，仅以音乐而论，在你手下，琴音多么细腻动听。

如今，小姐已长眠于九泉之下，任凭众人无语呜咽，也难唤醒你纯真的美梦。对你不幸离去，大家无以自慰，只能以泪洗面。你在撒手人寰之时，将永不凋谢的幸福的玫瑰和美德的茉莉洒在短暂的人生旅途，叫人怎不伤心落泪！

为让你的灵魂得到安息，在神圣的大教堂，人们齐诵庄严的安魂经，你的遗体被送到瓜达卢佩公墓。瓢泼大雨未能阻止大批社会名流及时赶来送葬，送葬的队伍浩浩荡荡，绵延整整一个街区。人群含悲忍痛，紧随在白色棺木之后，这白色恰恰表明在你青春夭折之时没留下任何污点。

人们从莱昂的花园里采下全部花卉，墓前的鲜花和花圈聚成一片浓密的树林。我们这些普通人再为你添上一朵鲜花，把一朵千日红敬献于墓前。

本报为如此令人悲痛的事件特向无比痛苦的孔特雷拉斯家表示哀悼，特别向令尊——生意界知名人士堂·卡门·孔特雷拉斯——和令堂——尊敬的堂娜·芙洛拉·瓜迪亚·德·孔特雷拉斯夫人——表示悼念；并向正在哥斯达黎加学习的令弟堂·卡门·孔特雷拉斯·瓜迪亚、向令妹玛丽娅·德尔·碧拉尔·孔特雷拉斯·瓜迪亚小姐表示哀悼。在此悲恸时刻，只有他们才是你亲爱的父母双亲的慰藉。

（《记事报》，1933 年 10 月 4 日）

天空乌云滚滚，大雨即将来临。罗萨利奥·乌苏卢特兰在下午 4 点以前就赶到大教堂对面街角处的拉兰布拉商店，伫立在边道上等候为玛蒂尔德·孔特雷拉斯送葬的队伍经过那里。他打算收集到足以为当天的《记事报》写一篇讣闻的第一手材料。他固然是要完成一项本职工作，但是，应该说，对这场悲剧他也并非无动于衷。

送葬的队伍进入大教堂以后，倾盆大雨从天而降。为了避雨，他紧贴着墙朝报社走去。然而，此时他原来那股激情却显得越来越淡漠，一股羞惭愧疚的感情油然而生。

堂·卡门在亲友的陪同下，拖着沉重的脚步随在灵车后面，两手放在棺材的玻璃盖上，死也不肯离开。在那口齐柏林飞艇式棺材里，隐约可见他女儿平躺在鲜花丛中的白色身影。人行道上站满看热闹的人，身着丧服的送葬人一边偷偷望着乌云压顶的天空，一边匆忙赶路。这时，不知为什么，乌苏卢特兰鬼使神差地从边道冲到大街上，挤开送葬人群，向堂·卡门表示哀悼。

乌苏卢特兰一手举起帽子表示敬意，另一只手抓住堂·卡门扶着玻璃棺盖的手，拉过来，紧紧地握了握。送葬队伍继续朝大教堂走去，他留在街中央，呆呆地微笑着，直到最后几位送葬人从他身边绕过去。最后这些人身穿衬衣，是"拉法玛"商店的会计、店员和帮工。这时，雷声隆隆，直震屋瓦。

一时间，他感到自己受到了羞辱。这个阔佬儿并非他的朋友，从来就不是，干吗非向他表示哀悼呢？在乌苏卢特兰煽起反对自来水公司运动的那些日子里，就是在大街上遇见了，他也要别过脸去。堂·卡门曾经鼓动报社老板把他解雇，经过多方施加压力，玩弄手段，总算让报社禁止他再碰这个题目。罗萨利奥·乌苏卢特兰只好采取散发传单的办法。揭发自来水公司的传单在1月间印刷完毕，堂·卡门突然登门拜访乌苏卢特兰，多年来这是他们唯一一次交谈。

交出传单以后，他从奥利韦里奥·卡斯塔涅达手里拿到了一笔钱。钱是堂·卡门的，这他知道。从那儿以后，他尽量避免和他见面。他不走堂·卡门家门前那条大街，因为堂·卡门常在门口站着；他也不走社交俱乐部门前的边道，因为每天下午堂·卡门和其他成员在那里闲坐着，他不愿意从堂·卡门的眼神里看到嘲讽或鄙夷。

不过，这时候，他一边在交叉路口跳过一道道雨水潴成的水洼，一边寻找理由使良心得到平静。他的行为是基督教徒发善心，不是什么卑躬屈节。显然，堂·卡门心情十分沮丧，顾不上对他的哀悼表示谢意。因此，他想从已经拼好版的第一版上撤下某条简讯，再补上一则他亲手撰写的讣告，有这种想法也是无可厚非的。再说，这个主意是先前定下来的，现在取消了，只能说明自己心地狭窄。他摸了摸胶布雨衣下的胸膛，相信自己从今天一大早听到丧钟时对姑娘的悲伤情绪没有什么变化。

乌苏卢特兰坐在安德伍德打字机前，最后扪心自问了一番。他的用意是堂堂正正的，叹惜姑娘青春早逝也没有说假话。他用两个手指打字，活像母鸡啄玉米，打出了一份肯定要见报的讣告。大雨拍打着走廊，他把稿子交给正在那里默默工作的排字工人。他又到存放底片的柜子里寻找玛蒂尔德·孔特雷拉斯公开露面时拍下的照片。

他把钉在小木板上的感光片翻腾了好一阵子，找到底片后，吹掉了上面的灰尘。虽然他只从远处见过她几次，看见她坐在自家角门前的摇椅上眺望夕阳西下或者同妹妹聊天，可他十分熟悉那张脸。马里亚诺·杜邦神父在主教住宅的院子里为孤儿义演时，乌苏卢特兰也见过她弹钢琴。

这当儿，他听见有人用硬币叩击临街大门的声音，叩门声夹杂在持续不断的雨声中。排字工人出去开门，他听到有人说话的声音。排字工人叫他出去，他手里拿着底片来到门口儿。只见埃斯福埃索商店的伙计把麻袋片顶在头上权当风帽，冻得浑身上下直打哆嗦。说是科斯梅·曼索派他来通知，要乌苏卢特兰到店里去，大家正等着他。

听到有人催他，这才猛然想起萨尔梅龙大夫正在做调查。想到这儿，不免有些害怕。他正要走下人行道向堂·卡门表示哀悼的时候，又看见了奥利韦里奥·卡斯塔涅达，只见他呆站在灵车旁，的确十分颓唐。送葬的队伍在大教堂前停住脚步时，他又远远地看见了卡斯塔涅达，只见他紧行几步，在许多雨伞的遮护下抬起白色棺材。随后，他一个人留在大街中央，四匹马背上披着黑色马褡子，拉着灵车，在他眼前留下深深的蹄印。

科斯梅·曼索的杂货店里正在召开紧急会议。不用说，萨尔梅龙大夫肯定是第一个来到堆满大米口袋、煤油桶、铁丝网卷的后店里，那里还放着用硬纸板做的鳕鱼模型。他想象得出，萨尔梅龙大夫一定是非常激动地翻阅着那本斯奎布笔记本，上面又做了新的笔记；曼索不耐烦地走来走去，等着他的到来……他在讣告中已经写明玛蒂尔德·孔特雷拉斯是因为恶性热病发作不幸去世的。现在要去见他们，应该去掉这个提法吗？讣告还强调了玛蒂尔德的处女的贞洁，他们肯定也不会喜欢。

他一边这样想着，一边从半开半掩的门探出身来，站在面前的就是那个等他回话的伙计。不，什么也不删。他也没有心思参加澄清什么投毒事件。在他看来，所有这些故事都是极为荒唐的。此外，奥利韦里奥·卡斯塔涅达也不是他的仇人。干吗一定要想方设法伤害他呢？再又一说，他们邀请他参加的这次紧急会议也很危险。闹到这个份儿上，萨尔梅龙大夫绝不会满足于夸耀一番他的预见和估计正在变为现实。他肯定会提出某种计划，揭发卡斯塔涅达。一旦开始调查，要他作证，那该怎么办？

他告诉那个伙计说，报社里还有点儿事没办完，可能的话，过一会儿就去，让大伙儿不要等他。就这样把伙计打发走了。他关上门，回到走廊，对排字工人说，要是再来人找他，就说他不在。

读者从本章开头的那篇讣闻里已经看到，罗萨利奥·乌苏卢特兰没有删掉玛蒂尔德·孔特雷拉斯死于恶性热病的具体说法。在这一点上，他一方面是按照写了就不改的决心办事，另一方面也符合以达比希雷大夫为首的为玛蒂尔德看病的医生们做出的诊断。应该承认，他也没有删去反复提到的有关死者贞操的说法。

他本来不想参加科斯梅·曼索邀他出席的紧急会议，不过，后来还是改变了主意。半小时后，雨还没停，他冒着大雨朝埃斯福埃索商店走去。更有甚者，他把1933年1月的一天晚上奥利韦里奥·卡斯塔涅达托他保存的一本书也放在雨衣下带去了。当时，他们一起到克里斯蒂亚诺兄弟印刷厂取传单，奥利韦里奥恳请他代为保存那本书。

这本书是赫罗尼莫·阿基拉尔·科尔特斯博士写的《大自然的奥秘》，1913年由毛尼尔出版社在巴黎出版。这不是一本专门讲毒物学的书，不过，书中讲到了某些含有生物碱的作物的特性，有些是有益于健康的，有些是致死的。

这本书的封底上盖着奇基木拉医院的印章。奥利韦里奥·卡斯塔涅达的名字写在书名页的书名下面，再下一行用同样的字体标明日期：1920 年 4 月 4 日。书页里的卡斯塔涅达母亲的照片肯定是他夹进去的。他母亲名叫露丝 · 帕拉西奥斯 · 德 · 卡斯塔涅达，据我们掌握的情况，她于 1920 年 5 月死在这家医院里。

罗萨利奥 · 乌苏卢特兰正要离开《记事报》办公室前去赴会的时候，猛然想起了奥利韦里奥 · 卡斯塔涅达回危地马拉那会儿没跟他要回这本书，书就放在写字台的一个抽屉里。阿塔纳西奥 · 萨尔梅龙大夫要是拿到这本书，一定会把它视为无价之宝，又有一个人被毒死了嘛。毫无疑问，他对那张照片一定也有极大的兴趣。

最后，我们还要说一下，这本书也经过了堂娜 · 芙洛拉 · 孔特雷拉斯的手。她在 1933 年 10 月 31 日第二次作证时，讲到了这本书，还描述了这幅照片，后面我们将会听到她的证词。

19. 她的手指最后一次滑过琴键

据奥利韦里奥·卡斯塔涅达10月4日写给卡门·孔特雷拉斯·瓜迪亚的信中说，1933年10月1日星期日晚上，玛蒂尔德最后一次坐在马歇尔·文德尔三角钢琴前为他请来的外国客人弹琴消遣。厨娘萨尔瓦多拉·卡瓦哈尔1933年10月14日在第21监狱里作证时讲到了这件事。由于本案是投毒案，所以法官要求她详细介绍为餐桌准备食物的情况以及哪些人曾插手做饭。不过，当她谈到饭前余兴时，顺带告诉了我们玛蒂尔德弹曲子的情况。

那天晚上，堂·奥利韦里奥带来几位外国人到家里吃晚饭。为了忙活这件事，堂娜·芙洛拉和玛丽娅·德尔·碧拉尔小姐一大早就到厨房来找我。一共做了两只炸鸡，是从市场上买来的活鸡，宰鸡退毛都是我干的。另外，还有土豆泥、几只佛手瓜、米饭、从店里拿来的罐装青豌豆、油炸菜豆和三只铁排烤桂皮香蕉。他们喝了牛奶咖啡、绿木瓜甜饮料。估计还喝了酒，我不管上菜，不大清楚。端菜的是女仆雷蒂西娅·奥索里奥和里面的贝蒂尔达·卡塞斯雷。

大概是晚上10点钟，雷蒂西娅开始往厨房送盘子刀叉。客厅里有谈话的声音，后来好像还有鼓掌声。这时候，响起了玛蒂尔德小姐弹奏的优美的钢琴声。那天晚上，她弹的曲子够悲伤的，好像有什么特别伤心的事。贝蒂尔达正帮着洗盘子，她和我到厨房门口朝外张望，雷蒂西娅坐在板凳上一边听着，一边不住地说“真好听”、“真好听”，直到她压着身子睡着了，我只好把她拖上床去。

萨尔瓦多拉·卡瓦哈尔提醒我们说，孔特雷拉斯这家人在家里请客吃饭，这事不大常见。但是，读者已经知道，这些人是奥利韦里奥·

卡斯塔涅达请来的客人。其中有古巴人米格尔·巴内特，是他的合伙人，他们准备出版一本有关尼加拉瓜的资料书；还有巴内特的朋友、在哥斯达黎加住了几年的意大利人佛朗哥·塞鲁蒂，他在大学生街开了一家石料店，经常到莱昂来为办丧事的富有人家定做墓碑。在此之前，卡斯塔涅达还不认识他。

在审讯期间，哥斯达黎加的报纸用大量篇幅介绍卡斯塔涅达。塞鲁蒂主动写了一篇署名文章，发表在1933年11月27日的《共和国报》上，也算是参加讨论吧。这份报纸作为犯人在12月6日提出的书面辩护的附件存放在档案里。前面已经说过，犯人决定把过去极力隐瞒的事实全都写在这份辩护词里。

塞鲁蒂在文章中详细介绍了那天晚餐的情况，题目是《偶然的见证人》。主要部分如下：

我是在大都旅馆餐厅里吃早饭的时候遇见巴内特的。我每次来都住在那儿。我非常高兴地同他拥抱。我们在日内瓦度过一段愉快的时光，1929年7月在哈瓦那港分手，从那儿以后一直没见过面。他告诉我为什么来到莱昂，还答应马上把他正在进行的一项计划的合伙人介绍给我，当即派了一个跑堂的到街对面那户人家去找他。合伙人很快就来了，我们愉快地交谈起来，互相间产生了一种天然的好感。聚谈时间很长，我们要了几杯酒。

他是位年轻的危地马拉人，职业是律师，名叫奥利韦里奥·卡斯塔涅达。他喜欢朗诵诗，念起来十分用心，紧握着双手，声音里充满了激情，在朗诵爱情悲剧时更是如此。记得他朗诵了一首关于两个情敌最后用砍刀决斗的诗，我觉得非常可怕，真是令人不寒而栗。他还朗诵过一篇纪念他故去的母亲的作品，情绪更为深沉，眼眶里闪着泪花，据我现在的回忆他朗诵的是自己创作的一首十四行诗。有时还插入高亢激越的十行诗，使朗诵臻于完美。他的祖国危地马拉的大学生们起哄闹事时爱弄十行诗，里面少不了对修士、僧侣和性变态者的辛辣讽刺，这种流浪汉文学包含着无可否认的机智，虽说颇为尖刻无礼。

大家谈得非常热火，他建议晚上再聚会一次，还邀请我们到他的居停主人家里去吃晚饭。当时，他似乎正为房东（也是他的当事人）办理某些业务上的事情。他毫不迟疑地叫伙计立刻穿过马路，把那位先生叫过来。

那位先生马上就赶来了。我们分手的时候，年轻的卡斯塔涅达把他介绍给我们。他相当放肆地通知那位先生说，已经邀请我们去吃晚饭。那位先生慌慌张张地嘟囔了几句，露出一个苦笑。然后，他和年轻的客人一起走了，边走边谈上面我提到的业务。

当时，我就和我的朋友巴内特议论说，这位十分招人喜欢的青年人和那家人的交情一定很深，才能擅自决定邀请我们去吃晚饭，事后才通知主人，而且态度那么生硬。巴内特带着满脸狡猾相回答说，我说得有道理。也就是奥利韦里奥·卡斯塔涅达才能强使那个在莱昂继承祖业的阔店东、手腕强硬的家伙铺上长桌布。要知道，就连行乞的尼姑也不会白白浪费时间向他化缘。另外，其中还有原因：他们之间可能联姻。

那天晚上，我亲眼看见年轻的卡斯塔涅达像是在自己家里一样随随便便，对那家人、对仆人指手划脚。而主人呢，虽然也摆出一副姿态，却似乎在猜度他的房客在想什么，以便赶在前面满足他的要求，我要说，他显得战战兢兢，真有点儿低三下四。卡斯塔涅达一开玩笑，一显露机智，大家就哄堂大笑。十分明显，他从思想上主宰了家里的每一个人。

巴内特对我说过，看起来他们可能会结亲。我觉得这是很自然的。据我的朋友说，这个青年人刚刚死了妻子。但是，主人家有两个女儿，坐在桌边。而他却非常机灵地关照了这个又关照那个，像一名地道的杂技演员在礼仪的秋千上保持平衡。对那家的女主人，他也大大方方地百般逢迎。

应卡斯塔涅达的要求，两位小姐中的大小姐同意弹奏几支钢琴曲，她弹得相当不错。这时候，他走到小姐身边，打着拍子，仿佛在指挥整个一支乐队似的。夫人很开心，高兴地向丈夫示意，要他快来看卡斯塔涅达那副滑稽可笑的样子。可是，妹妹一个人坐在大厅的另一端，气呼呼地瞅着这个场面。尽管他使劲装出闹着玩的样子，似乎被大小姐弹奏的曲子迷住了。

过了一会儿，他好像从强烈的感受中清醒过来了，又冲着那位生气的姑娘微微一笑，用指尖给她来了个难以察觉的飞吻。姑娘那双噙着泪水的眼睛又放出光芒，似乎从远处飞来的暗暗一吻足以驱散她眼睛中聚积的危险的阴云。

饭后，大家聊起其他话题，年轻的卡斯塔涅达要回我旅馆的房间取来墓碑目录给主人看看。办这种事，我是不大情愿的，因为我觉得太不合时宜。主人很有礼貌地翻阅着照片，但是没说要订货。大约差一刻11点，巴内特提出要走，因为他一大早要去马那瓜，我们就告辞出来了。

10月3日，星期二，天亮时，我正准备离开旅馆，乘早上的火车去科林托。刚一出门，就发现情况异常，那家门前的便道上摆了一排排椅子，人们异乎寻常地从灯火通明的大门里出出进进。我打听了一下，从旅馆的侍者口里得知，那对盛情款待我们的夫妇的一个女儿突然死亡。临行前，我怀着深切的悲痛心情前往他家吊唁。

我的好朋友罗德米罗·埃多西亚正好在那儿守灵。顺便说一下，他是个扎假花的，手艺很巧，我非常佩服他干活儿的那股帅劲儿。他是个地地道道的工艺家，足以同帕多瓦、佛罗伦萨或罗马的同行们媲美。此外，他举止优雅，体态迷人。罗德米罗告诉我说，先生们都去休息了，就把我带到两位姐妹当中的妹妹面前。当时，她正待在走廊里，身边围了一群别人家的小姐。这时候，我才知道，死去的是另外那位，就是那位弹钢琴的小姐。

她伤心过度，好像没认出我来。这时候，年轻的卡斯塔涅达从一间屋子里走出来，很有礼貌地提醒她说，我们不久前刚见过面。我就是在那儿和他告辞的。从那儿以后，直到在报纸上见到他的名字，我没再听到过他的消息。

我写这篇东西是因为我弄不明白，像他那样温文尔雅、行为端正的年轻人怎么会犯下一连串骇人听闻的罪行呢。但愿法庭在此案中能明察秋毫，如果像本人想的那样不是他的罪过，就请把他释放。

厨娘萨尔瓦多拉·卡瓦哈尔获释后，罗萨利奥·乌苏卢特兰曾经在1933年10月底到苏布蒂亚瓦区拜访过她的家，目的是要进行调查。当时，公众已经知道法官下令没收的奥利韦里奥·卡斯塔涅达的行李中都有些什么东西。报纸上大肆宣扬在箱子里找到的唱片上有些什么曲子。结果，这些曲子在莱昂和尼加拉瓜其他地方又流行开来了。

管弦乐队把这些舞曲列入演出剧目。人们用口哨吹这些曲子，嘴里哼这些曲子。1933年10月29日，星期日，市立乐团在赫雷斯广场举行的音乐会上竟然奏起了《人生只有一次爱》这支华尔兹舞曲。伊希德罗·奥古斯托·奥维埃多·伊·雷耶斯牧师向市长奥内希菲罗·里索博士提出抗议，才在后来的节目中取消了这支曲子。抗议内容发表在奥维埃多牧师签发的、刊登在天主教周报《事实》上的一封公开信里，标题是《被嘲弄的痛苦》。

萨尔梅龙大夫指示罗萨利奥去会见厨娘，其中的一项任务就是向她打听1933年10月1日星期日晚上，玛蒂尔德最后一次坐下来弹钢琴的时候有没有弹奏《人生只有一次爱》这支华尔兹。

厨娘不熟悉曲名，记不得有这支曲子。罗萨利奥从裤子后面的口袋里拿出一只口琴，放在嘴唇上，就在那间烟熏火燎的用苇箔搭起的房子里吹起这支曲子。这支曲子在法兰西电台里整天播放。

“就是它。”萨尔瓦多拉·卡瓦哈尔咧开没牙的嘴笑了，“那天晚上我是最后一次听到的……”

她闭上嘴，哼起这支曲子来，就像要哄孩子在摇篮里睡觉似的。

20. 在后店里的秘密谈话

罗萨利奥·乌苏卢特兰到达穆尼希帕尔市场附近的时候，夜幕已经降临。天开始放晴，但是，流水拖着香蕉树叶和别的垃圾还在湍急地流过商业大街的石子路。远方的雷鸣夹着沉闷的回音朝大海一路滚去。商业区的店铺已然打烊了，只有埃斯福埃索商店的一扇门还半开半掩着，一缕淡黄色的灯光在满是水洼的边道上闪闪烁烁。有人探身出来。刚才到报社去找他的那个伙计把一包“埃普松牌”食盐交给仅有的一位被雨水淋得透湿的买主。

伙计轻轻地打了个手势，示意要他朝里面走的时候，罗萨利奥发现在通道旁边的柜台上放着达比希雷大夫的帽子和披风。他不禁大吃一惊，因为这位老大夫从来不冒这么大的风险。而且，他的马车不在门外，恐怕他是冒雨步行来的。

几分钟前，伙计跑到后店告诉科斯梅·曼索说，老大夫在临街的大门前，打听萨尔梅龙大夫是否在这儿。当时，科斯梅·曼索比乌苏卢特兰更加吃惊。萨尔梅龙大夫不但没有惊惶，反而露出非常激动的样子，用手势要曼索马上请他进来。曼索不想去，萨尔梅龙大夫几乎把他推了出去。

最后，曼索把老大夫让了进来。为了表示热诚相待，他跑过去，把那只特制的凳子拿过来。凳子的凳面是用铁棍儿编排而成的，好似个铁笼子，平时摆在店铺的一角儿，供他办公用。曼索面带窘色，亲自用手帕把凳子擦干净，让老大夫坐下，而萨尔梅龙大夫却故意站着不动。

罗萨利奥在后店看见他们都在那儿。后店里弥漫着煤油味儿和猪油味儿，达比希雷大夫觉得闷得慌，就脱下了参加葬礼时穿的黑色开司米上衣，然后用手帕把上衣擦干，彬彬有礼地擦干裤腿和鞋子。

记者乌苏卢特兰进来时，老大夫抬起头冷冷地看了看他，根本没和他打招呼。甭管是谁，看见老大夫待在这个“窝”里，都不应该认为有什么神秘，或者认为他参与某种阴谋活动。他到诊所去找过他的同事，人家告诉他说在这里，他也只好到这儿来找他。全部情况就是这样。

萨尔梅龙大夫也脱掉了上衣，不过袖子卷得高高的，好像要切开一个脓包。他离达比希雷大夫几步远，不时地用目光扫视其他人，提醒他们一定要谨慎行事。老大夫不怕得感冒，顶着雨走过穆尼希帕尔市场大街，那是因为他不愿意让人家看见他的车停在杂货店门口。自从前几天他们闹得不欢而散之后，他这是第一次主动找上门来，手里肯定掌握了不可忽视的材料。

罗萨利奥·乌苏卢特兰慢吞吞地走到科斯梅·曼索身边，想找个地方坐下。科斯梅·曼索在存放宣传斯科特乳化剂的鳕鱼的角落里拿出一只星牌肥皂箱当座位，离开悬在两位大夫头上的烛台稍远一些。科斯梅给乌苏卢特兰腾出个地方，把手指放在唇边，示意他一句话也不要说。

“我想和您商量一下关于年轻的卡斯塔涅达的几件事，我的同行……”达比希雷大夫的话音很低，坐在阴影里的两位见证人几乎听不见什么，只好把身子朝前探了探，好听得清楚一些。老大夫故意用医生的职业口气，就像是大夫之间在研究病例。

“是吗，老师？”萨尔梅龙大夫仍然一动也不动，对老大夫表示敬而远之。

“您很了解我，我不爱大惊小怪的。可我也不是不负责任的人。”达比希雷大夫抚平放在腿上的上衣，“如果您允许的话，我想和您谈谈最近这个病例，有些事引起了我的注意。”

老大夫仍然极力掩饰内心的焦虑，可还是在面部表情中完全流露出来了。他面色通红，脸皮表面布满蓝色的微血管。脸上，尤其是前额上出现了深深的皱纹。

“比如说，什么事？”萨尔梅龙大夫抓挠着裸露的胳膊，好像在抓痒痒。

“首先是症状。”达比希雷大夫觉得自己要打喷嚏，半闭眼，用手捂住鼻子，“我看年轻的孔特雷拉斯小姐的症状和卡斯塔涅达夫人的症状非常相似。还记得那些症状吗？”

“两个人得的都是恶性热病，当然很相似了。”萨尔梅龙大夫满嘴唾沫，一脸不在乎的样子，唾沫星子在烛光下油光闪亮。

“别演戏了，我的同行。”达比希雷大夫还把手指捂在鼻子上，可喷嚏还是没打出来，“别在我眼前扮演受气的角色啦。我承认，您向我提出过警告，我没理睬。所以现在我才想和您认真地研究一下这件事。也许咱们都觉得自己在和一个怪人打交道。”

“好吧，咱们一起看看。”萨尔梅龙大夫咬着拇指的指甲盖儿。

“症状嘛，我已经跟您说过了。”达比希雷大夫终于打出了喷嚏，忙用手捂住嘴，“反复发作，一次比一次厉害。下肢麻木，完全没有感觉，眼球外努，牙关紧闭。我试着用刮铲撬开她的牙，可是办不到。”

“是马钱子碱中毒。”萨尔梅龙大夫一口咬定说，边说边咬手指甲。

“这是我给玛蒂尔德配的药，还剩下几丸。”达比希雷大夫摸了摸搭在腿上的上衣口袋，“我想应该化验一下药里的成分。还剩下两粒。”

萨尔梅龙大夫没动地方，伸手接过打开的抽屉状药盒，取出两粒药丸，看了看，一点儿也没露出好奇的神情。

“这些药丸怎么办呢？”达比希雷大夫拿起上衣，似乎要找个更好的地方放下，最后还是放在腿上了。

“我有人，可以在严格保密的情况下进行化验。”萨尔梅龙大夫将药一粒一粒地放进盒子里，盖上盒盖，“就是阿布萨隆·罗哈斯学士，在药学系实验室做。”

“不，恐怕不合适。”达比希雷大夫伸出手来，要回药盒，“要是阳性反应呢？要是含有马钱子碱呢？”

“我们就算有证据了。您还想要什么？”萨尔梅龙大夫用力把药盒扣到老大夫伸过来的手掌上。

“对谁不利的证据？对我？是我为两位病人配的同一种药，两个人死的情况都一样。”达比希雷大夫用大拇指指了指自己的胸膛。

“您可真逗，老师。谁会怀疑您呢？”萨尔梅龙大夫低下头，好像在地上寻找什么，然后笑了笑，“罪犯只是把您当枪使。”

“最好还是把药交给法官。”达比希雷大夫又把药盒放回上衣口袋，“让他来决定这种怀疑究竟是有根据还是没有根据。这样，也就不必猜东猜西的了。”

“要是什么都没有呢？”萨尔梅龙大夫把下巴颏儿一抬，摆出一副挑战的样子。

“噢，那就说明我受了您的迷惑。”达比希雷大夫又用目光扫视了一下周围，似乎在寻找打出去的喷嚏，最后把目光落在灯光刚刚照到的鳕鱼的银白色尾巴上。鱼的其他部位和两位坐在肥皂箱上的见证人一样隐没在黑影里。

“不，那就更糟了。”萨尔梅龙大夫用眼睛追着老大夫的目光，他的兴趣不在观赏鱼尾巴，而是想瞧一瞧两位蜷缩在阴影里一声不吭的朋友，“首先得有刑事案查办令，法官才好下令进行化验。”

“这不正是您求之不得的吗？”达比希雷大夫估算着鳕鱼的长短。那条鱼放在那里，头朝下，一动不动，好像比挂在街上时小了一些。

“如果药丸里什么都查不出来，罪犯就会更加放心大胆地继续放毒，而且用不着担什么风险。”萨尔梅龙大夫注视了一下隐在暗处的那两个人，只见罗萨利奥·乌苏卢特兰帽子上的咖啡斑点朝科斯梅·曼索的身影靠过去，“您这位私人医生给孔特雷拉斯家造成一桩丑闻，您只会永远失去他们的信任。”

“但是，如果真有一只罪恶的手，毒药准得放在药丸里。”达比希雷大夫拿起上衣抖了抖，“要么就是您自相矛盾。”

“我没有自相矛盾。”萨尔梅龙大夫看见火柴一亮，科斯梅·曼索给罗萨利奥·乌苏卢特兰递过火去，“奥利韦里奥·卡斯塔涅达那么聪明，他会小心谨慎地把毒药只放进一粒药丸里，谁能说他不会这么干呢？”

“放进一粒里？我不明白。”达比希雷大夫看见红色的烟头儿固定在罗萨利奥看不见的嘴巴上，就指着那个角落说：“你们俩！你们会把鱼烧着的。难道你们不知道硬纸板容易着火吗？”

烟头儿上的火光在黑暗中抖动了一下。萨尔梅龙大夫看见两位朋友惊慌地站起来，在那堆肥皂箱后消失了。只听见有什么东西滑了一下，跌倒在地上，鱼尾巴也不见了。

“在毒死他妻子的时候，没剩下药丸。”萨尔梅龙大夫直想笑，曼索又出现了，冲着罗萨利奥比比划划的，怪他把鱼弄掉了，“可这回剩下了。不过，我有百分之九十的把握说，里面不会有毒药。”

“怎么？”达比希雷大夫皱了皱眉，他没弄明白，不免有些焦急，他还注意到自己的学生强忍住笑，心里很不痛快，“请注意，这不是儿戏。”

“我跟您说过了，毒药只放在一粒药丸里，也就是害死人的那粒。”萨尔梅龙大夫尽量静下心来，可心里还悬挂着屋角里发生的事故，罗萨利奥正打算把鱼摆好，“俄式轮盘赌，老师。手枪的弹膛里只有一颗子弹。”

“这么说，”达比希雷大夫拿起上衣，好像攥着一块没用的破布，“化验药丸还有什么用呢，即便是秘密化验？”

“仅仅是为了让您和我都相信一点：咱们对付的不是个力巴头，而是一位行家里手。总而言之，玛蒂尔德一案的证据全部丢失了。”萨尔梅龙大夫看着他们把鱼尾巴抬起来。忽然又听到一声响，有人绊了一下，这下子他可憋不住了。

“有什么办法？”达比希雷大夫生气地站起来，“您要是不能听我说，那就改天再谈。”

“请坐，老师。要化验胃液、小便、唾液。”萨尔梅龙大夫用手擦干了笑出来的眼泪，“昨儿个晚上您干吗不取一点儿病人的胃液呢？干吗不用导管？”

“没有准备。”达比希雷大夫边把胳膊伸进上衣袖子，边坐下来。

“要是昨儿个晚上您就起疑了，干吗不下令解剖尸体？”萨尔梅龙大夫转过身背对着鳕鱼，免得再笑出来，“干吗直到出殡以后您才想起来找我谈这件事？今天凌晨，今天上午，都可以找我嘛。我又没有躲起来。您能在这儿找到我，就能在随便什么地方找到我。”

“在您眼里，没有费劲的事。您知道不知道，跟这些敬神的人谈肢解尸体，会怎么样吗？”达比希雷大夫坐在凳子上把胳膊伸进上衣的另一只袖子，“还是一位处女的尸体！您还不如要开坟掘尸呐。那就更妙了。”

“只有这个办法才能抓住那个人。要是从尸体上找不到马钱子碱，您就用手术刀切掉我的两只手。”萨尔梅龙大夫把两只手并起来朝老大夫伸过去。

“跟您这种人打交道，我什么事也干不成。”达比希雷大夫站起身来，抻了抻上衣的下摆，“法官想怎么处理这些药丸，就怎么处理吧。”

“妙极了。下一个受害的必定是堂·卡门·孔特雷拉斯。”萨尔梅龙大夫使劲把卷起的衣袖子捋平，就像已经做完放脓手术，“堂·卡门得疟疾了吗？”

“这地方是个垃圾堆，谁能不得疟疾？”达比希雷大夫猫着腰朝门口走去，免得碰着烛台。

“您可别给他开您配制的奎宁了。”萨尔梅龙大夫把两个拳头攥在一起，用讥讽的口吻提醒他说。

达比希雷大夫气哼哼地一挥手，就像要吓跑耳边的蚊子。连头也没回就走了。

科斯梅·曼索小心翼翼地从阴影里走出来，朝萨尔梅龙大夫身边走过来。

“您认为他会把药丸交给法官吗？”科斯梅·曼索转过身，面对着老大夫走出去的门。

“他什么也不会交。”萨尔梅龙大夫又瞄了一下鳕鱼，鱼尾巴回到了原来的位置，紧靠着墙，“你们俩真是一对小丑儿。到阿泰德马戏团就值钱了。”

“是他突然想起来要抽烟。他从来不吸烟。死缠着我，非要我给他一支不可，我只好给他点上。”科斯梅·曼索用手指指着一瘸一拐地走过来的罗萨利奥。

“为什么说下一个是堂·卡门？”罗萨利奥疼得直揉膝盖。

“理由嘛，有两条。”萨尔梅龙大夫斜睨了他一眼，“一条是他睡觉不用蚊帐。一条是他碍手碍脚。”

21. 无益的内疚

争论一番，没有结果，达比希雷大夫走出后店的时候憋了一肚子气，把放在柜台上的披风和帽子也忘记拿走了。但是，他沿着皇家大街往家里走的时候，火气渐渐消了，多年来为他的学生深感遗憾的心情又开始壅塞在胸间。

还在萨尔梅龙大夫做学生的时候，达比希雷大夫就想方设法不让他和那些狐朋狗友接触，但是白费力气。他偏偏喜欢身边围着些没有受过良好教育的人，这些人对别人心怀忌恨，只会编造谎言，散布蜚语，从中取乐。像萨尔梅龙大夫这样有才华的医生，怎么会以头戴这类“垃圾王冠”为荣呢？

此次前往曼索的后店，他是心甘情愿接受秽物的污染的。他费尽九牛二虎之力憋住气不去闻衣服上的气味儿，他觉得衣服上好像浸透了厕所的恶臭。更糟的是，即便他付出了这样的代价，也没能驱散自从昨天半夜以来一直折磨着自己的愧疚。相反，与萨尔梅龙大夫会见后，这种感觉更加剧烈了。

气慢慢地消了。可是，这种内疚连同多年来为自己的学生感到的遗憾却一起涌上心头。这究竟是为什么？读者会提出疑问：如果说萨尔梅龙大夫真的说中了，他能够避免玛蒂尔德·孔特雷拉斯垂死挣扎以至半夜身亡吗？

还有一些事情。在倒数第二次病情发作以后，奄奄一息的病人用手指紧紧抓住床单的边沿，请求妈妈和妹妹原谅，当时达比希雷大夫正好在场。那声恳求被猛烈击打屋顶的大雨声盖住了。然而，整整一天，每当他在诊所里听到大教堂敲响丧钟（就是那口最大的钟发出的声音）时，他的耳边就响起姑娘的恳求声。午饭时，他面对汤盘，仅仅喝下两羹匙，姑娘的恳求声实在让他难以下咽。

那位姑娘乞求原谅的话，听上去像是痛苦的呻吟，要是她真的中毒身亡呢？要是投毒者因而攫取了犯罪的果实——她的妹妹——呢？这样一来，那些话岂不变得更加残酷了吗？难道萨尔梅龙大夫没有提醒过自己吗？而他呢，由于他的疏忽，竟成为这一残酷行为的帮凶。

因此，参加葬礼后，他跑到萨尔梅龙大夫家里去找他的学生，可他不在。得知他在曼索的店铺，就毫不犹疑地追到那里，虽说这次造访显然有失身份。最后，他发现自己的学生躲在光线暗淡的洞穴里，简直就像一帮匪徒的头子在和同伙密谋一次夜间拦路抢劫。

玛蒂尔德·孔特雷拉斯躺在病榻上请求原谅时，究竟说了些什么话，会使达比希雷大夫如此情绪波动呢？1933 年 10 月 4 日，奥利韦里奥·卡斯塔涅达在给卡门·孔特雷拉斯·瓜迪亚的信中说，玛蒂尔德只说了几句基督徒自认命该如此的话。但是，证人雷蒂西娅·奥索里奥在 10 月 19 日作证时使这件事更加明朗了。

证人说，大约夜里 12 点她被叫醒了，玛丽娅·德尔·碧拉尔小姐来叫她，说是玛蒂尔德小姐病情恶化，要她起来帮忙处理些事。证人穿上晨衣，径直来到卧室，只见玛蒂尔德小姐病情发作得挺厉害。她在床上一跳一跳的，面色青紫，两眼瞪得大大的，眼珠直愣愣的，不会动转。发作过后，证人听见她说了这样几句话："圣母啊，我愿意去死，可再让我多活一会儿，准备准备。"

后来，堂·奥利韦里奥把达比希雷大夫带进来了。这时候，病人又发作一次，比上次还厉害。发作过后，证人记得她说了这样的话："妈妈，我要死了，请你们俩原谅我。请您原谅我。你，小妹，原谅我吧。"

满腹狐疑已经使达比希雷大夫心情烦躁，内疚于心，就更加糟糕。为了使情绪平定下来，他本想和萨尔梅龙大夫一起把那天半夜发生的事件一桩一桩地梳理清楚。自从有人冒着大雨叩击临街的大门起，一连串事件都使他从内心感到十分悲哀。假如是两个人和往常一样心平气和地坐在诊所的走廊道上，没有那些好事之徒在场，他会把自己了解的全部情况告诉给萨尔梅龙大夫，会讲出自己的全部怀疑，讲出自己的所有作为。

1933 年 10 月 17 日，达比希雷大夫在向法官作证（部分证词前面已经引用过）时，也讲到了 10 月 2 日晚上发生的事。不过，和我们的期望相反，他在证词中隐瞒了他的疑惑，隐瞒了某些基本事实，也没有反映出曾经折磨过他的怀疑和内疚。

他也没告诉法官，10 月 7 日，星期六，他曾经到过法官的私人住宅，打算向他谈一谈自己的疑惑。当时，法官不在家，他的希望落空了。他更没有提及那个星期六的晚上他曾经与萨尔梅龙大夫交谈了很长时间，这次谈话我们以后再扼要地介绍一下。最后，10 月 9 日上午，在堂·卡门·孔特雷拉斯去世的时候，他在某种程度上也卷进了一些事件，对这些震撼人心的事，他也讲得很少。

至于他为什么保持沉默，以后我们自会知道。下面，我们首先看一看 10 月 17 日他在回答法官的提问时涉及的玛蒂尔德·孔特雷拉斯谢世前后的情况。

法官：请您说说，1933 年 10 月 2 日几点钟您被叫去给玛蒂尔德·孔特雷拉斯看病的，是谁叫您去的。

证人：大约是夜里 11 点半，我听到有人敲临街的大门。当时城里正下大雨，雨声很大，听不清楚。听到敲门声，我就去了，探身看了看，一个人也没有，于是我又回到卧室。敲门声又响了，我好几次跑到门口，都没看见人，所以我想可能是有人开玩笑。最后一次，我决定打开大门，只见年轻的奥利韦里奥·卡斯塔涅达披着胶布雨衣，撑着一把大伞，手里还拿着一块石头。他解释说，刚才没人答腔，他穿过圣弗朗西斯科教堂的小花园，找来一块石头，好把门敲得更响一些。

法官：门口没有出租车等着吗？

证人：应该说有一辆汽车。不过，车灯没有打开，车身颜色又深，雨也太大，我没有注意。再说，汽车没有停在诊所前面，而是停在华雷斯·阿雍博士家的旁边。直到要上车的时候，我才走近那辆车。

法官：您估计敲门的时间持续了多久？

证人：总共大约 10 分钟。

法官：您认为，那天半夜叫您到孔特雷拉斯家去看病，这 10 分钟是否很珍贵？

证人：老实讲，我没法说。从敲门起到我穿好衣服、搭乘奥利韦里奥·卡斯塔涅达安排的车到病人家，总共大约半小时。另外，病人的病情是无法救治的。

法官：坐车赶路的过程中，奥利韦里奥·卡斯塔涅达对您讲过些什么吗？

证人：他很伤心，很惊慌，对我说了堂·卡门到房间去叫他的时候满脸紧张的样子。他还以为是闹贼呐，赶快拿起手枪。不过，走到廊道的时候，堂·卡门又对他说，回去睡觉吧，没事儿啦，只是玛蒂尔德侧身睡觉，压迫了心脏，感到胸部发闷。过了一会儿，他还没来得及脱衣服，又闹起来了，才派人来找他。他一再重复说："太可怕了，大夫。我担心玛蒂尔德性命难保，我看她那副模样和玛尔塔死去的时候一样。"

法官：您是否可以肯定病人的症状确实和已故的玛尔塔·赫雷斯·德·卡斯塔涅达的症状一样？

证人：可以说和上次一样，出现了恶性热病的症状，所以我诊断为恶性热病。此外，我是根据对病人病史的了解做出诊断的，另外那位病人的病史我也知道，我都给她们治过疟疾。当天夜里，她家里的人还叫来其他几位医生，其中有塞盖拉·里瓦斯大夫，他们完全同意我的看法。

法官：您没有怀疑过可能有人犯罪？

证人：我没有理由怀疑。在我的行医生涯中，我见过许多疟疾热病，恶化到这种状况，一般都是致命的，我也治过这类病。我妻子病故就是个典型的例证。

法官：堂娜·芙洛拉在今年10月14日的证词中说，您在最后一次为病人看病的时候，曾经表示要用另外一种成药取代您亲手配制的奎宁丸，只是最后没这么办。您可否解释一下，出于什么原因要改变用药呢？

证人：那只是随便说说罢了，不是我做出的决定。我认为，用上面提到的药丸进行治疗是最合适的。

法官：堂娜·芙洛拉还说，死人的那天晚上，您还调查了一下病人是否吃过药。另外，您还曾要过药盒，里面还盛着两粒药丸。这样做，您是出于什么考虑？

证人：我是想证实一下病人是否正常服药了。有时候，家里人可能会疏忽大意。

从这些闪烁其辞的回答中，读者可以看出达比希雷大夫宁愿三缄其口。他也没告诉法官，他偷偷地把从堂娜·芙洛拉那儿要来的药盒装进口袋里。尽管当时屋里人来人去，乱成一团，堂娜·芙洛拉还是急忙跑去取来那盒药，似乎她女儿能否得救就在此一举了。

堂娜·芙洛拉在1933年10月14日作证时披露了许多细节，其中讲到老大夫很关心那些药丸。只是证人记性不好，或者在当时的情况下不免犯迷糊，这才帮助达比希雷大夫过了关。

本法庭就其女儿玛蒂尔德之死的有关情况向证人提出几个问题，证人回答说，她女儿身患疟疾，接受家庭医生达比希雷大夫的治疗。证人亲自照料她服药，因为玛蒂尔德非常粗心。给她吃药时，还让她吃点健胃的食品，比如一碗大麦粥，或者一杯温牛奶。按照治疗方案，每天给她服用6粒达比希雷大夫在自家药房里配制的药丸，早饭后两粒，午饭两粒，睡前两粒。

最后一次看病时，由于高烧不退，达比希雷大夫曾说要换服最近进口的一种成药，说是很有效。不过，实际上没有换药，因为老大夫走后没再提起这件事。

星期一那天，可以说她女儿过得很好，非常高兴，和女友们讲到了头天晚上家里举行晚宴的情况，客人们称赞她钢琴弹得很精彩，她心里很高兴。可以说，她身体似乎好多了，情绪也活跃了。过去一发烧，她总是没精打采的，尽管天气很热，还是要找件毛衣穿上。星期一没有发烧这种情况。

大约晚上7点，证人决定去看看正在患病的蒙奇塔·德松小姐。几天前本来就该去看她，证人要她两个女儿陪着一起去。但是，玛蒂尔德说，她还是等奥利韦里奥回来，好给他准备饭，因为他从中午起一直忙着与市府成员交涉自来水公司的事，肯定回来得很晚。所以只有玛丽娅·德尔·碧拉尔陪证人去了。

回来时，大约是晚上9点半。证人看见她丈夫、玛蒂尔德和奥利韦里奥都坐在餐厅里。奥利韦里奥刚吃完晚饭，大家一起读报，发表议论。她丈夫告诉她，有关合同的事已经全都讨论完毕，很快就要签字，条件对自来水公司十分有利。

大约晚上10点钟，在大家睡觉之前，玛蒂尔德该吃药了，证人给她服用了一片阿洛菲诺和达比希雷大夫开的治疟疾热的药丸。证人还亲自到厨房去做了一碗大麦粥（当时厨房的人都已经睡下了）和药一起吃下。

她去送药和饮料时，玛蒂尔德正和奥利韦里奥在廊道上闲谈。奥利韦里奥还开玩笑说，这些药丸也能美容。还说，吃了药，玛蒂尔德变得更漂亮了，大夫最好把剂量再增加一些，她女儿笑着一粒一粒地把药吃下去。

大家都去睡了，她丈夫是最后一个睡下的，他要在家里和店里转一转，看看是不是一切正常，门是不是都关好了。证人进入卧室时，正在下着暴雨。

大约差一刻12点，玛丽娅·德尔·碧拉尔慌里慌张地来叫他们，说玛蒂尔德喊了一声，十分可怕。她和她丈夫立即来到女儿的房间，只见玛蒂尔德身子发僵，已经失去知觉。她丈夫忙给女儿做人工呼吸，病人一苏醒过来，就拉住证人的手说："妈妈，妈妈，我要死了。"

她丈夫说，没什么事儿，要女儿转过身来躺着，不要压迫心脏。但是，他们刚回屋躺下，玛丽娅·德尔·碧拉尔又跑过来叫他们。这时，他们才发现女儿病情严重，这一次浑身抽搐，牙关紧闭，攥紧拳头。她丈夫不敢再耽误时间，就派奥利韦里奥去找达比希雷大夫。

证人说，大夫没来以前，她和玛丽娅·德尔·碧拉尔用薄荷膏给玛蒂尔德擦腿搓胸，还叫醒仆人烧开水以备不时之需。过了一会儿，奥利韦里奥用汽车把达比希雷大夫请来了，老大夫诊断为恶性热病急剧发作。塞盖拉·里瓦斯大夫几乎和老大夫同时进来，也表示同意他的意见。

达比希雷大夫一再问证人，那天晚上玛蒂尔德吃没吃奎宁丸。证人回答说，是她亲自给她吃的。老大夫反复追问几次以后，又向她索要药盒，盒里只剩两粒药丸，是准备早饭后服用的。她照办了，为的是让大夫知道她是按时给玛蒂尔德吃药的。

证人在回答法官的问题时说，她记得好像看见药盒在床头桌上，是达比希雷大夫丢在那儿的。不过，屋子后来收拾过，好停放尸体。这时候，棺材也来了，所以她回答不出药盒到哪里去了。

药盒的下落我们已经知道了。1933年10月3日晚上，达比希雷大夫在科斯梅·曼索的后店里秘密会见他的学生之后，把药盒放进上衣口袋，带回了诊所。但是，在老大夫丢在诊所的药箱里保存的那件东西也许更为重要。

读者当然会好奇地问：那是什么东西？下面我们就来回答这个问题。那是一把镊子，上面夹着一块药棉。达比希雷大夫没向任何人说明他的意图，只是用药棉给玛蒂尔德·孔特雷拉斯擦干了嘴，目的很明确，是要取下唾液样品。由于话不投机，他对自己的学生隐瞒了这件事。现在，如果像他的学生说的那样，只有一粒药丸里有毒物，那么唾液里一定会找到凶杀的证据。

他走进诊所，打开灯，径直朝药箱走去，拿出镊子，药棉还夹在上面。他把镊子放在写字台的玻璃板上，从上衣口袋里拿出药盒，放在一边。随即坐下来，两臂交叉在胸前，面色阴沉地看着这些东西，陷入长时间的沉思。

当他朝卧室走去的时候，已经下定决心第二天一早从圣维森特医院住院部巡视回来后，马上去找法官。他要开诚布公地和他谈谈，把夹着药棉的镊子和剩下的药丸一并交给他。

他脱下衣服，把衣服丢在一把椅子上。让司法部门来决定吧。躺下后，蓦地想起他把披风和帽子丢在科斯梅·曼索的商店里了。一生气，他又从床上坐了起来。

等天一亮，就派特奥多西奥去把东西取回来。他又躺下来，想再睡一会儿。但是不行，床上好像长了很多刺儿。

22. 守灵期间的奇怪举动

1933年10月2日午夜，亲朋好友冒着猛烈袭击莱昂城的倾盆大雨陆续来到孔特雷拉斯家。他们是奥利韦里奥·卡斯塔涅达在国民警卫队阿纳斯塔西奥·J·奥蒂斯上尉陪同下，挨家挨户请来的。据卡斯塔涅达写给卡门·孔特雷拉斯·瓜迪亚的信中说，他请来的都是他认为与孔特雷拉斯家最亲近的人。

奥蒂斯上尉在汽车里等着，卡斯塔涅达急如星火地去敲门，弄得大门上的门环拍拍直响。证人们都记得他打着一把大伞，体似筛糠，在昏暗的大厅或者在闪电不时照亮的走廊里急匆匆地通知他们玛蒂尔德快不行了。

有几位证人说，卡斯塔涅达抢在出事以前就告诉他们，玛蒂尔德已经死了。后来，这个说法增加了对他的怀疑。例如，马利亚修女会主席格拉西埃拉·德松小姐1933年10月16日作证时说：

卡斯塔涅达用力抓住我的肩膀，摆出一副很信任我的样子，弄得我很反感。他说："我要说几句话，您听了，一定要挺住，切丽塔小姐：玛蒂尔德，这位用她的音乐给我们带来欢乐的天使已经升入天国，她本是从那里来的。"可是，这个卑鄙的家伙在撒谎。我到她家时，看见玛蒂尔德还活着，医生还在奋力抢救。

关于这一点，1933年12月1日，奥利韦里奥·卡斯塔涅达在交代罪行时，是这样对法官说的：

法官：玛蒂尔德·孔特雷拉斯小姐去世的那天半夜，谁也没有求您，可您自动跑到一些人家去，把他们叫到孔特雷拉斯家里去。还向其中一些人说，玛蒂尔德已经死了，其实她当时还没有死。基于这些情况，我可以断定，您完全有把握认为她一定会中毒死亡。

犯人：出于朋友的义气，我自动把和他家最亲近的人叫来了，那是不假，可我从来不认为这种主动性有什么不合适的，而是恰恰相反。在守灵期间，堂·卡门也好，堂娜·芙洛拉也好，对我这样做都表示感谢。很遗憾，如果堂娜·芙洛拉不是像现在这样对我抱有成见，她本人可以证明这一点。

至于第二件事，我从来没向任何人提前说过玛蒂尔德已经死了，谁这么说，谁就是在撒谎，肯定是受了本市仇视我的社会气氛的影响。我只会告诉他们，玛蒂尔德病重，病情挺厉害。这可是真话啊。

法官：您根据什么断定玛蒂尔德病重？您进入卧室了吗？亲眼看见她的病情发作了吗？

犯人：堂·卡门来到我的房间，要我去找医生，他是这么说的，我才知道的。第二次发作的时候，我们还在廊道里谈话，当时，我们都以为是一场虚惊，正准备回去睡觉呐。后来，亲友和医生们在玛蒂尔德的房间出出进进，都讲到病情，还指派我去取药治病。我出于慎重，一次也没进入她的房间，只是在外面忙活。

法官：1933 年 10 月 14 日，堂娜·芙洛拉作证时说，第二次发作的时候，大家已经躺下了。您为什么坚持说，第二次犯病的时候你们正在廊道上谈话，比如在给卡门·孔特雷拉斯·瓜迪亚的信里您就是这么说的。

犯人：因为那是事实。我认为这个细节根本不重要。您最好还是想一想堂娜·芙洛拉当时的情绪，她忘记了事件发生的顺序，那是很自然的。

法官：您在 1933 年 10 月 4 日写给年轻的卡门·孔特雷拉斯·瓜迪亚的信中说——这封信就在我面前——您听见玛蒂尔德临终前在病床上说的话。既然现在您肯定说从来没进过她的卧室，您怎么会听见呢？

犯人：我不需要直接听到，是她家里人当场对我说的。请您记住，当时还没有掀起反对我的阴谋活动，我在那个家里还是受人尊敬、受人信任的。

1933年10月19日，法官出于特殊照顾，同意玛蒂尔德好友阿丽西娅·杜克斯特拉达在家里作证。她在谈到那天晚上的情况时说：

他们跑来叫我们，我们都准备好了。可是，爸爸想等天气好一些再走，街上雨水很大，他怕把车冲走。洪水一直不退，我故意吓唬他说我要走着去，这才说服了他。结果没出任何事，我们就到了。

已经是1点多了，她家里灯火通明，像过节一样。我边哭边向玛蒂尔德的房间跑去，只见东西都搬出去了，只剩下她那张床和躺在床上的她。她身穿一件乳白色的衣服。因为肩太宽，她从来没穿过。脸上蒙了一块针织薄纱，就像一位待嫁的新娘。

女仆们在厨房煮咖啡，洗干净从“拉法玛”商店的货架上取来的杯子和碗。奥利韦里奥·卡斯塔涅达在里边出来进去，走到我跟前，紧紧拥抱住我，含着眼泪对我说：“您去看过她了，阿丽西娅？去吧，最后再看她一眼吧。刚才我说了句笑话，她似乎还能笑一笑。”

法官没再提出更多的问题，证人表示想再补充一些情况，她说：

奥利韦里奥·卡斯塔涅达时常劝玛蒂尔德阅读他的藏书，有时候，也把书借给我看。经过爸爸的解释，现在我能读懂这些书了，都是些败坏道德、破坏宗教信仰的书。

玛蒂尔德临死前几天，他交给她一本这类的书，是打字稿。据他说，他是用打字稿的方式保存这本书，因为罗马教皇禁止这本书流传，“僧侣们”在追查这本书。一天下午，我去看望玛蒂尔德。卡斯塔涅达也在场，他问玛蒂尔德："那本书，你看了吗？借给阿丽西娅看看。"玛蒂尔德把书借给了我，我把书带回家里，上帝保佑，到今天我还没看。

守灵的那天夜晚，在我刚才提到的那次谈话中，他想起了这本书，对我说："看看那本书吧，阿丽西娅，可别忘了还我。您一定要在没有人的时候偷偷地看。"现在，根据我爸爸的意见，我把书交给您，法官先生。爸爸说，这本在法国写的书净讲些伤风败俗的事，充满淫秽不堪的语言和插图，对我来说，简直无法想象。

(作证时，证人的父亲在场。他把上面提到的书交了出来。全书共132页，是单面打字稿，第一页上的标题是《加米阿尼》，封面上对书的内容没做任何介绍，但是，标了另外一个题目《圣塔·阿盖达的磨难及圣地亚哥·阿尔古埃约的其他诗作》。

法官和负责记录的秘书不必具有什么专业知识也能看出这本书是法国作家阿尔弗雷德·德·缪塞的原作《加米阿尼》的西班牙文译本，只是翻译得很随便。)

奥利韦里奥·卡斯塔涅达最后一次乘车外出是去找扎花人罗德米罗·埃多西亚。此人未婚，40岁，读者从意大利碑石商人佛朗哥·塞鲁蒂的嘴里得知他的手艺和外貌很招人喜欢。罗德米罗住在圣费利佩区，他家有一个很大的后院，里面种满了南美杉、马蹄莲、百合以及各种花卉，专门用来制作出殡用的花圈和花束。他还经营搭灵台和出租椅子的生意。

在1933年10月18日提供的证词中，扎花人是这样说的：

当问及关于为玛蒂尔德·孔特雷拉斯小姐守灵的事，证人就记忆所及做了如下的回答：

奥利韦里奥·卡斯塔涅达博士深更半夜把我叫醒。他对我讲了孔特雷拉斯家发生的可怕的事，要我准备好给玛蒂尔德搭灵台，我还租给他100张折叠椅。我叫醒了那两个和我住在一起帮我在花园里干活儿的小伙子，让他们套上车。把椅子和其他必需的东西运走。

对这个不幸的事件，我表示很悲痛，可是，卡斯塔涅达博士却抬高嗓门儿，大开玩笑，什么尖刻的话都说了，和悲伤的气氛很不谐调。这种态度很不像话，叫我好生奇怪。我向他指出来后，他又用双关语开了一顿玩笑，很有他这种人的特点。

来到事主家以后，一切准备停当，单等着从罗萨莱斯殡仪馆抬回棺材了。我朝廊道走过去，卡斯塔涅达博士正在那儿和另外一些人交谈。我想问他灵台上要不要放花束。如果要的话，就让那两个小伙子到我的花园去采。我所以问他，是因为他似乎在那儿发号施令。

他正和那些人当中的一位名叫埃斯特万·杜克斯特拉达的先生就下葬的时间问题争得面红耳赤，所以没有立刻回答我。堂·埃斯特万争辩说，堂·卡门已经同意，葬礼一定要在下午4点举行，在大教堂里念安魂经。这件事他一大早就得找蒂赫里诺·伊·洛艾西加主教去谈。堂·卡斯塔涅达坚持要在上午下葬，因为这是堂娜·芙洛拉的意思。

在场的另外一位先生堂·埃维诺尔·孔特雷拉斯赞成卡斯塔涅达的意见，可堂·埃斯特万斩钉截铁地说不行。我的事很急，又问了他一句关于鲜花的事。他用一种非常古怪的目光瞅了我一眼，真把我吓了一跳。卡斯塔涅达博士的回答是："花嘛，还是用来给你打扮打扮吧，罗迪。"说完就哈哈大笑起来，弄得周围的人很不高兴。这时候，堂·埃斯特万十分认真地对我说，"要啊，我的朋友，让他们去把花弄来。"

在这次谈话里，卡斯塔涅达博士还是坚持等棺材从罗萨莱斯殡仪馆一运来，马上就把玛蒂尔德放进去，还得钉上棺材盖，一分钟也别耽误。他说："堂娜·芙洛拉讨厌外人探头探脑地看她女儿的遗体。我很同意，这么看热闹，纯粹是病态。”

大约凌晨3点钟，我们趁着雨停了，用几根管形灯照着亮在黑咕隆咚的花园里把能剪的花都剪下来了。我们在事主家的大门前一抱一抱地把花从车上卸下来，花盆、花架子都不够用的。我累得疲惫不堪，就在摆放在走廊里的一排椅子当中找了个座位休息休息。这时候，已经有许多人来守灵了，他们边喝咖啡边交谈。从谈话中，我才知道当天晚上众口流传的有关卡斯塔涅达博士的流言。有流言说，卡斯塔涅达博士是个可怕的投毒犯，用马钱子碱毒死了自己的妻子。他妻子为他的风流韵事感到嫉恨。说嫉恨吧，也很有道理，弄得他下不来台。杀死她，他就可以自由自在地另择新欢。不想半路杀出个玛蒂尔德，所以把她也毒死，就没什么奇怪的了。

我不想再听下去，就离开了那块地方。这些人就在靠近玛蒂尔德遗体的地方大谈特谈这种事，而事主家却平平静静的，全然不知罪犯为了满足个人的肉欲不惜杀害人命，想一想，真是可怕。

当法官向罗德米罗·埃多西亚问及守灵期间一再谈论这些风言风语时有哪些人在场，证人点了阿莱汉德罗·塞盖拉·里瓦斯大夫的名字。1933年10月20日，法官就扎花人罗德米罗证词向里瓦斯大夫提出问题，大夫说：

可以说，在场的人对奥利韦里奥·卡斯塔涅达不合时宜的举止提出尖锐的批评。他在人群间串来串去，总想引着大家嘻嘻哈哈地说笑话。尽管我和他之间没什么交情，我还是走过去劝他克制点儿，他这种态度只会引起主人家的不满。我看他情绪激动，似乎有点儿喝醉酒了的样子，不过，我没闻到酒味儿。

堂娜·玛尔塔·赫雷斯·德·卡斯塔涅达生重病的时候，我给她看过病。我应该老老实实地说，关于她的死因，有一些传闻，可我只从罗德米罗·埃多西亚口里听到过。他在大街上和邻居们谈过多次。我从来不相信这种流言，因为埃多西亚非常喜欢编造闲话。玛蒂尔德·孔特雷拉斯小姐病重期间，我也给她看过病。关于她被人杀害一说，我没听见任何人说过，包括埃多西亚本人在内。

10月20日这天，法官再次传讯罗德米罗·埃多西亚，让他澄清上次的说法，扎花人是这样回答的：

区刑事法庭首席法官在询问证人罗德米罗·埃多西亚（此人的一般情况已记录在案）时，提醒他说，作假证是有罪的，如果不说真话，可能对他不利。经过认真查证，在为玛蒂尔德·孔特雷拉斯·瓜迪亚小姐守灵期间，流言是他散布出来的，要他对流言的来源做出令人满意的说明。

对此，证人承认的确是他在守灵期间对一些参加守灵的人议论过几天前在商人科斯梅·曼索的商店里听到的某些说法。当时，证人到商店去买几码棉布，要为他家里供奉的复活节耶稣像的神坛做帘子。

那一次，曼索对他说，卡斯塔涅达是投毒的高手，以毒狗取乐。不过，那只是一种试验，真正干的是杀害人命，借以摆脱他经常卷入的爱情纠葛。所以，他才给自己的妻子吃了马钱子碱。往后，还会给孔特雷拉斯家的人喝毒药。这种事并不奇怪，因为这一家人都在他的名单上。不得到他们家的一个女人，不拿下堂·卡门的钱财，他是不会罢手的。

据证人说，曼索还告诉他，卡斯塔涅达博士犯罪有他的便利条件。在情场上，他是个地地道道的巫师，这一家的所有女人都落入他淫荡的双手，完全拜倒在他的脚下。她们给投毒者写过信，那可不是写给圣婴耶稣的信。一旦这些信公诸于世，莱昂市的虔诚的女人们都不免会浑身战栗，只要她们多少还相信有所谓的贞洁。

1933年10月21日，科斯梅·曼索出席作证。作为萨尔梅龙大夫召集的聚会参加者之一，他被传去澄清淫秽的流言，特别是有关信件的事，这对萨尔梅龙大夫来说，难免要大吃一惊。但他没被吓住，还是千方百计地唆使罗萨利奥·乌苏卢特兰在《记事报》上发表那篇引起轰动的报道，几天后，1933年10月25日，该文见诸报端。

对科斯梅·曼索的矢口否认，法官表面上表示满意，虽然他并不相信。他心里很清楚，曼索是“长舌桌”的一名成员。因此，他并非不知道扎花人罗德米罗收集到的全部流言的总根子就是萨尔梅龙大夫。后来，他又传讯了萨尔梅龙大夫。

下面是科斯梅·曼索的证词，其中的说法事先曾与萨尔梅龙大夫商量过。

证人坚决否认罗德米罗·埃多西亚对他的揭发，认为他说的每一件事都是无端生事，并请法庭传他来当堂对质。他表示要保留向法庭指控对方制造谣言的权利。证人承认，埃多西亚作为顾客曾经到他的店去过几次，但是，和他之间过往不密，不会向他吐露秘密，更不会讲证人不知道的事情，原因是证人为人严肃，靠做生意为生，从不多嘴多舌。

证人说，他不认识奥利韦里奥·卡斯塔涅达，也没有和他接触过，只是通过报纸才知道指控他的罪行。在莱昂，人们多次议论过这件事。同样，证人与孔特雷拉斯家也没有接触，对他们的私生活一无所知，这就是他要说的全部的话。

上面引用的证词和记录在案的其他证词都一致认为，在为玛蒂尔德·孔特雷拉斯守灵期间，奥利韦里奥·卡斯塔涅达举止不当。另外，堂·埃斯特万·杜克斯特拉达在1933年10月18日作证时，肯定说被告人要求立即入殓，而且一大早就要下葬。

卡斯塔涅达本人在 12 月 1 日交代罪行时承认了这一点，不过他提出了自己的理由：

法官：请您说一说，您主张一大早就将死者的尸体下葬，而不是照家人的愿望等到下午，而且这样做又与习俗不合，这是为什么？恐怕应该做这样的推测，您企图掩盖罪证，阻止可能会对尸体进行解剖。

犯人：我应该说，贵庭推测错了。首先，这不是我要强加于人，而只是向堂·埃斯特万·杜克斯特拉达提出一条意见，他受堂·卡门的委托承办全部丧事。我担心下午雨会下大，事实果然如此。不必由我向您提供证据说明那天下午莱昂下了倾盆大雨吧？

法官：您还坚持立即把孔特雷拉斯小姐的遗体入殓。这一点有人可以证明。我应该认为，您这样迫不及待，也是为了达到同样的目的：防止有人从观察尸体中得出于您不利的结论，把您当成罪犯。

犯人：我不明白，不管尸体在棺材里，还是在棺材外，观察一下尸体怎么会得出这样的结论呢。不过，我要重申一句，在这件事上，我也只是简单地提了一句，您刚才引用的罗德米罗·埃多西亚的证词十分明显是充满恶意的。我很奇怪，贵庭居然把这样一个生活习惯与众不同、反复无常的人说的话看得像真事一样。

罗德米罗走过来问我有关鲜花的事，我反问了他一句：罗萨莱斯殡仪馆的棺材来了没有。他说正在路上，我转过身对堂·埃斯特万说："最好棺材一到，就马上入殓。"堂·埃斯特万表示同意。在这件事上也好，在举行葬礼的时间问题上也好，我都没有必要提到堂娜·芙洛拉，因为并没有征求过她的意见。因此，法官先生，那天晚上，那是一个悲痛的夜晚，我的一言一行，甚至我只是笑一笑，说一句最清白无辜的话，包括我说下雨了，或者说天儿太热，都被利用来攻击我。

法庭上挤得满满的，奥利韦里奥·卡斯塔涅达的热情的追随者发出欢呼声和雷鸣般的掌声。法官不得不下令清场。那一天，第一次清场是在被告和证人卡门·孔特雷拉斯·瓜迪亚之间发生激烈争吵的时候。

奥利韦里奥·卡斯塔涅达从衣袋里拿出亚麻手绢擦了擦脖子，又摘掉眼镜，擦了擦前额。然后，把椅子推开，沉着地站起来，转身面对旁听席的栏杆，颇有礼貌地点点头，表示感谢大家的掌声和欢呼声。

23. 寻找法官未遇

1933年10月7日星期六下午，阿塔纳西奥·萨尔梅龙大夫边戴帽子，边从区刑事法庭首席法官马里亚诺·费亚约斯·希尔博士家的大门出来。一抬头，远远望见自己的老师达比希雷大夫站在对面的边道上，正要穿过马路。显然，他也是要到法官家里去。可是，一看见自己的学生就胡乱裹住披风，慌慌张张地退了回去，急匆匆地朝来路走去。萨尔梅龙大夫微微一笑，紧走几步，赶了上来。

自从上星期二晚上为玛蒂尔德·孔特雷拉斯举行葬礼后在科斯梅·曼索的后店里谈话以来，他们一直没见过面。现在，邂逅相遇，良机不可错过，该敞开来谈一谈了。

“他不在，到他在绍塞的庄园去了。”萨尔梅龙大夫抓住老师的胳膊肘说。

“多咱回来？”达比希雷大夫停住脚步，扶了扶夹鼻眼镜，忐忑不安地看了看他的学生。

“星期一，乘早晨7点钟的火车。您要回诊所去？我陪您一块走。”萨尔梅龙大夫拉住老大夫的胳膊，陪他走过两个街区，来到位于皇家大街上的达比希雷大夫的诊所。

在此，有必要把记载往事的日历倒翻过几页：

在为玛蒂尔德·孔特雷拉斯举行葬礼后的第二天，达比希雷大夫一改往日的习惯，清晨没用煮沸的迷迭香叶水沐浴，早早地就赶到医院去了。他盼着在查房前遇到萨尔梅龙大夫。但是，在走廊、在会客室都没有看见他，于是坐在会客室的凳子上装着翻阅几份病历，等了好长时间。

将近8点钟，他回到诊所，一想到自己的学生有意回避，不免感到心烦意乱。但是，更让他心烦的是头天晚上丢在写字台上的夹着药棉的镊子消失不见了。

他出去找特奥多西奥，看见他正在院子尽头处用涮拖把的脏水浇花呐。一见老大夫怒气冲冲地责怪他，小伙子吓得连忙用手势告诉他，按照他平时的吩咐，凡是放在外面的器械，一律要及时清洗消毒，他已经把镊子清洗，消毒后，放回到玻璃柜里放镊子的地方。镊子上的药棉连同其他用过的外敷药、脏纱布和绷带一起扔进厕所了。

剩下的只有盛奎宁丸的药盒了，里面还有老大夫配制的两粒药。为了不再发生意外，他把药盒锁在写字台的一个抽屉里。但是，那也解决不了问题。他忘不了头天晚上他和他的同事在争论当中对方的斩钉截铁的断语。当时，他认为对方又在犯傻，可现在他觉得还是他的学生聪明，只有一粒药丸里有毒药。这样一来，找法官就毫无意义了。

在接下来的几天中，孔特雷拉斯家没再叫他去看病，可他心里还是难以平静下来。至少，还没有潜伏的凶手利用他配制的药物又去杀人。萨尔梅龙大夫也没再来，他乐得不再去想那些令人毛骨悚然的事。

星期五上午，他到几位病人家里去巡诊。为了心情更平定一些，他把马车赶到孔特雷拉斯家门前，借口和过去一样下车看望看望他们。但是，出乎意料的是这次登门拜访又让他紧张起来。因此，星期六下午，还是赶往法官家里，把盛药丸的药盒放在上衣口袋里。看样子，他的命运注定要落入这位无处不在的萨尔梅龙大夫的掌握之中了。

前面的事交代清楚了，咱们再回头来看看他们师生二人。

他们走到皇家大街的尽头，正碰上达比希雷大夫的马车轻快地奔跑过来。车篷敞开着，小哑巴特奥多西奥驾着车，带着那几只阿尔萨斯狗出来兜风，每逢星期六下午都要出来一次。老大夫把帽子挥来挥去，向狗致意。那群狗洋洋得意地坐在后车厢的车板上和座位上，根本不予理睬。

进门后，达比希雷大夫请他的学生到餐厅去。老大夫不大喜欢喝烈性酒，可他知道萨尔梅龙大夫每逢周末都要痛饮一番，于是从酒柜里取出两只高脚杯和不久前一位马尔帕西略的病人赠送的用厚叶贝森尼木泡的甘蔗酒。随后，又到多日无人过问的厨房里找来点儿盐和一把餐刀。最后，走到窗前，伸手抓住树枝，从上面剪下几个柠檬。

“我有好多好多事要告诉您，老师。”萨尔梅龙大夫急不可耐地切开柠檬，果汁溅到眼里，他皱了皱眉头。

“让我先说。”达比希雷大夫为他的学生和他自己往截角形的酒杯里各斟上一杯酒，瓶底上的混浊物是厚叶贝森尼木，瓶子一晃荡，搅起一团浓雾，“我要告诉您更多的事情。”

“我知道，昨儿个您到孔特雷拉斯家去了。还碰上了塞贡多·巴雷拉大夫。”萨尔梅龙大夫笑眯眯地用刀指着他说。

“噢，您又当上间谍啦，我的同行？”达比希雷大夫也微微一笑，把用玉米芯做的瓶塞塞在瓶口上。

“我这儿的是第一手材料，那件不愉快的事是他今儿个上午在手术室里亲口告诉我的。”萨尔梅龙大夫把餐刀放在一边，就像把手术刀放在器械台上一样。

“压根儿没发生什么不愉快的事。”达比希雷大夫把双手伸向前方，掌心对着他的学生，“再又一说，我的病人什么时候想换大夫，就什么时候换。我没有捆住他们的手脚。”

萨尔梅龙大夫差点儿笑出来，可他赶快忍住了。老大夫确实感到痛心，他不想再惹他生气。

说到这儿，还得回过头来看看，让读者知道达比希雷大夫故意到孔特雷拉斯家进行礼节性拜访的情况：

星期五上午，接近11点钟，达比希雷大夫和往常一样像熟人似的一直走到孔特雷拉斯家的走廊。这当儿，堂娜·芙洛拉急忙迎出来，好像要挡住他的去路。她十分亲切地给老大夫让座，吩咐下人拿冷饮。尽管她和平时一样彬彬有礼，但是，却掩饰不住她的尴尬神情。老大夫本想问一问全家人的健康状况，这是他此来的目的。话还没出口，就听到最后一间卧室的虚掩的门后面传来咳嗽声。他曾经在那间卧室里给玛尔塔·赫雷斯看过病。奥利韦里奥·卡斯塔涅达坐在餐桌尽头，非常敏捷地打着字，根本没打算站起来，只是轻轻地点了点头表示致意。

“堂娜·芙洛拉对我解释说，那间屋子归堂·卡门和卡斯塔涅达住，说话的声音显得非常紧张。”达比希雷大夫小心翼翼地把满满一杯酒挪到跟前，“玛丽娅·德尔·碧拉尔搬过去，跟她一起住。”

“借此摆脱掉邪念，主意真高明。祝您健康，老师。”萨尔梅龙大夫一口把酒喝光。

“您想想看，她为什么那么紧张？”达比希雷大夫耸了耸肩，为了强调对她的蔑视，他的动作特别慢，“巴雷拉大夫也在那儿。这工夫儿，巴雷拉大夫手提药箱，出现在卧室门口，走到卡斯塔涅达那边，站下来同他聊起来了。”

“您有没有过去问候问候巴雷拉大夫？”萨尔梅龙大夫又斟上一杯酒，把酒杯贴在唇边上。

“少说废话，别浪费时间了，我的同行。”达比希雷大夫用手指梳理了一下胡须，绷起了脸，“咱们还是谈谈事情最敏感的部分吧。堂·卡门开始每天傍晚发烧，他姐姐玛丽娅决定出钱请巴雷拉大夫。堂·卡门不愿意，可他姐姐硬是把医生请来了，堂娜·芙洛拉就说到这里。”

“我知道，是疟疾。”萨尔梅龙大夫猛地喝进一口酒，把眼睛挤在了一起，“还得准备对付又一个恶性热病病人。”

几年来，由于职业上的竞争，达比希雷大夫和巴雷拉大夫这两位同行处在对立的状态，见面从来不打招呼，萨尔梅龙大夫对此一清二楚。塞贡多·巴雷拉大夫趾高气扬地从对手身边走过，对他根本不屑一顾。为了不停住脚步，也没跟堂娜·芙洛拉告辞。

在医学行业中，达比希雷大夫主要受巴雷拉大夫的中伤，而这次巴雷拉大夫居然被请来取代他的家庭医生的位置。这件事虽然伤害了达比希雷大夫，但是，当他发现堂娜·芙洛拉要向他道歉时，还是制止了她。

“您很容易理解，我的第一个想法就是立即离开她家。”达比希雷大夫骄傲地抬起下巴，“但是，女仆拿来了冷饮，我不能扫夫人的兴。虽说这杯饮料像胆汁一样苦，我还是静静地喝了下去。”

“我不想火上浇油，老师。”萨尔梅龙大夫用手背揩干了嘴，“但是，情况很严重啊，我什么也不想瞒着您：巴雷拉大夫挖走了您的一位病人，感到非常得意，尤其是像堂·卡门·孔特雷拉斯这样有身份的病人。”

“您看这种人够多小气。”老大夫笑了笑，眼神里充满苦涩。

“甭答理他。我说情况严重，是因为说服他改变处方可不大容易。”萨尔梅龙大夫把盐撒在半个柠檬上，又把柠檬放到嘴里，“因此，我要冒昧地告诉您，我们究竟怀疑什么。”

“改变处方？为什么？”达比希雷大夫吃惊地跳了起来。

“您不会说您不知道巴雷拉大夫最后开了什么处方吧。”萨尔梅龙大夫又从酒瓶里斟出一杯酒，他非常小心，免得洒在外面，“您不就是为了这个才去找法官的吗？”

“不，我是另有原因，待会儿再说。”达比希雷大夫矢口否认，显出心事重重的样子，“不过，他给病人开了什么药？”

“奎宁和安替比林药丸，和您给玛蒂尔德·孔特雷拉斯开的药一样。给玛尔塔·卡斯塔涅达的也是这些药。”萨尔梅龙大夫凝视着瓶里的厚叶贝森尼木沉到瓶底。

“开了多少粒？”达比希雷大夫往前探了探身子，两手摊在桌子上，护住杯子，不让酒洒出来。这杯酒他还一口没喝呐。

“每天 9 粒，吃 15 天。大概从昨儿个起就开始吃了。”萨尔梅龙大夫犹疑了一下，仿佛很难开口，他又给自己斟上一杯。

“所有这些细节，是巴雷拉大夫主动说的，还是您打听出来的？”

达比希雷大夫惴惴不安地用摊开的两手来回胡噜桌面儿。

“是他主动说的。我不是告诉您了吗？能有这么一位病人，他很得意。”萨尔梅龙大夫闭上眼睛，一仰脖又喝了一杯，“他把临床检查的每一个步骤都对我讲了。就像小孩子弄到了个新玩具似的。”

“这叫什么事儿。这家伙什么事都干得出来。”达比希雷大夫举起酒杯，只是沾了沾嘴唇。

“您是指巴雷拉大夫？”萨尔梅龙大夫用力搓了搓泛红的脸，激动地解开领扣儿，松了松领带。

“别瞎说。我说的是奥利韦里奥·卡斯塔涅达。”达比希雷大夫撇了撇嘴，责怪他说，“您把什么事都当成儿戏。我刚才说我相信这家伙什么事都干得出来，那是因为他亲口对我说过。”

“您跟卡斯塔涅达谈过话？”萨尔梅龙大夫用呆滞的目光看着他。瓶里的酒下去四分之一了。

“是卡斯塔涅达找我的。”达比希雷大夫悄悄地把酒瓶挪过来，不让他的学生够着，“他走到堂娜·芙洛拉身边，说是要去取药，我也趁机告辞。我们一起朝门口走去。他突然拉住我胳膊，把我拉到客厅的一角，好像要吐露什么机密似的。”

“什么机密大事？”萨尔梅龙大夫敞开怀，大声喘着粗气，用前襟扇着风。

“他说他对眼前发生的事感到非常遗憾，他一点儿也不待见巴雷拉大夫，堂娜·芙洛拉也不待见他。”达比希雷大夫使劲盖上瓶塞，那样子就像永远不再打开了，“这是堂·卡门家里人干的事，他们什么事都往里掺和，治病的事也插手，生意上的事也插手。”

“他很善于保护自己的利益。”萨尔梅龙大夫猛然抓过酒瓶，可又把酒瓶放下，“说起话来像是老板，像是老爷。”

“他举了自来水公司签合同的例子。”达比希雷大夫两眼盯着酒瓶，没敢抢回来，“他抱怨说，眼下大家都想发表意见，都把鼻子伸过来要把他作为堂·卡门的律师和顾问好不容易做好的事全部翻个个儿。”

“他干吗编造这么多瞎话儿呢？”萨尔梅龙大夫拔开瓶塞儿，偷偷地闻了闻，“您又不是这桩生意的合伙人。”

“最后，他想求我办一件事。”达比希雷大夫用手指叩击桌子，两眼故意不看手指的动作，“因为堂娜·芙洛拉不敢去做。”

“求您办什么事？”萨尔梅龙大夫趁老大夫没注意，连忙又斟上一杯。

“他求我再给堂·卡门检查一下身体。这样儿堂娜·芙洛拉就放心了。”达比希雷大夫用轻蔑的口气挤出这几句话。

“您呢，您去了吗？”萨尔梅龙大夫慢慢地一口一口地喝起酒来。

“绝对不去！您把我当成什么人啦？我不要尊严啦？”达比希雷大夫一挥手，不小心碰了夹鼻眼镜，眼镜从鼻子上滑落下来，“我回答他说，谢谢他的信任，可我有急事要办。他还是拉住我的胳膊，把我往角落里推。他朝四下里看了看，说话的声音更低了。”

萨尔梅龙大夫斜靠在椅子上，紧张地眨巴着眼睛。达比希雷大夫弄不清他这副表情是表示他对话题感兴趣呢，还是酒喝得太多了。

“他说，这不是生理问题，而是心理问题。”达比希雷大夫对着光线检查了一下夹鼻眼镜的镜片，把眼镜又戴上，“据他说，堂·卡门的精神萎靡不振，绝望情绪达到了危险的地步。”

“绝望到危险的地步？”萨尔梅龙大夫两眼半睁半闭，舌头几乎回不过弯儿来。

“现在他们俩睡在一起，卡斯塔涅达看他过一会儿就起来一趟，在黑乎乎的走廊里走来走去。”达比希雷大夫欠了欠身子，把酒瓶推到桌子一头儿，“昨天晚上，看见他没回来，就出去找他。只见他躺在玛蒂尔德的床上抽抽搭搭地哭，那间屋子现在空着。”

“自杀。”萨尔梅龙大夫闭上双眼，一下一下地直磕头，“来一场假自杀，罪犯不在现场。”

“瞧见了吧，所以我认为不能再等了，必须把我的疑惑报告当局。”达比希雷大夫颤抖了一下，长长地叹了一口气。

“您瞧啊，老师，他给我们编织了一件多么精细的锦袍啊。”萨尔梅龙大夫睁不开眼了，说话断断续续的，“又出了一个疟疾病人。还是服用药丸，其中一粒肯定又放上了马钱子碱。一切准备就绪，单等着再来一个恶性热病的牺牲品了。”

“那怎么办？为什么要自杀？”达比希雷大夫抬高嗓门儿，好把他的学生从昏睡中叫醒。

“甭管怀疑什么，自杀的场面已准备定了。”萨尔梅龙大夫极力想睁开眼，可就是睁不开，“父亲为女儿的死精神崩溃了，只好服毒自杀。”

“就算是吧，不过您得承认，这次可不完全是卡斯塔涅达的功劳。”达比希雷大夫拿起餐刀，故意把餐刀掉在盐罐上，“堂·卡门的姐姐掺和进来了，拱手给他送上一次机会。”

“您弄错了，老师。”萨尔梅龙大夫听到刀子响，似乎终于醒过来了，两只眼首先盯在酒瓶上。

“我弄错了？”达比希雷大夫从夹鼻眼镜上方看着他。

“以堂·卡门的姐姐的名义去找巴雷拉大夫的正是卡斯塔涅达本人。”萨尔梅龙大夫伸了伸胳膊，仿佛要打哈欠，顺手把酒瓶挪到胸前，“是他亲自拎着药箱把巴雷拉大夫带进家的。”

“那么，当姐姐的不知道吗？”达比希雷大夫吃了一惊，一则因为萨尔梅龙大夫斟酒时把好多酒洒在外边，二则因为听到萨尔梅龙大夫这几句话。

“知道，她当然知道。”萨尔梅龙大夫抓住酒瓶，还想倒满酒杯，“是卡斯塔涅达对她说病情严重，并且建议去找巴雷拉大夫。”

“为什么要找巴雷拉大夫呢？”达比希雷大夫看见他的学生不肯放

下酒瓶，有些生气。不过，还是客客气气地把瓶子拿过来，亲自给他斟上酒。

“他把您推开，为的是开出处方的不只一个人。这样一来，更容易切断线索。”萨尔梅龙大夫正经八摆地举起酒杯，向老大夫敬酒。

“可是……他又求我去看看病人啊。要是我同意去呢？”达比希雷大夫站起身来，盖上瓶盖儿，把酒瓶放回酒柜。

“他很清楚，您绝不会同意，老师。”萨尔梅龙大夫笨拙地摆了摆头，看着达比希雷大夫拿走酒瓶觉得很有意思，“他知道您和巴雷拉大夫不和，故意给您出难题。碰上这种事，随便哪个狡猾的家伙也会把自己遮起来。”

“就算是吧，可他没有把握一定会开奎宁丸啊。巴雷拉大夫可能会开某种成药呀。”达比希雷大夫关好酒柜门上的插销。

“您又弄错了，老师。”萨尔梅龙大夫瞄了对方一眼，他那蒙胧的醉眼中毫不掩饰地流露出又怜悯又亲切的目光，“他亲自说服巴雷拉大夫，这次治疗要用原来的药方，药要自己配制，不用成药。”

“他要巴雷拉大夫配制药丸？”达比希雷大夫急步回到桌前。

“他没去药店，而是直接去到巴雷拉大夫的诊所。”萨尔梅龙大夫懒懒散散地说，“他说服了巴雷拉大夫，看着他配药，赞不绝口地说他调剂各种药品的时候用量如何如何精确。您的朋友巴雷拉大夫受宠若惊，比平时干得更加卖力。”

“可怜的傻瓜，”达比希雷大夫本想表示一下同情，可却吓得声音不住发颤，“像小鸟儿一样落入了他的罗网。”

“什么问题我都解决了，用不着担心。”萨尔梅龙大夫的舌头越来越大，嘴里都要盛不下了。

“解决了？怎么解决的？”达比希雷大夫扶着桌子，目不转睛地瞅着他的学生，想找个地方坐下来。

“我把这些事全都报告给奥蒂斯上尉了。他会派人对孔特雷拉斯家进行严密监视。”萨尔梅龙大夫无缘无故地大笑起来，好像干了一件淘气的事，“我答应他天天在大都旅馆的酒馆里值班。”

“您都说了些什么呀？”达比希雷大夫猛然站起来，绕过桌子来到他面前。

“是的，派特务秘密监视。一有动静我就第一个带着这个导管冲过去。”萨尔梅龙大夫拍了拍上衣里面的口袋，“从死者身上提取胃液。”

“简直是胡说八道。”达比希雷大夫抓住他的肩膀不住摇晃，“让大兵来阻止犯罪，您是怎么想出来的？”

“这不是胡说，老师。而是一项计划。查尔斯·劳顿就是这样被抓住的。难道您不记得了吗？”萨尔梅龙大夫又笑了起来，用舌头艰难地舔着嘴唇。他想站起来，但是，脑袋却无力地靠在椅背上。

“既然您已经和国民警卫队商量好了，干吗还要找法官？”达比希雷大夫气得头昏眼花，转身走开了。

“因为我和奥利韦里奥·卡斯塔涅达一样，老师，不会一条路走到黑。”萨尔梅龙大夫似乎对自己的大笑感到很开心。

达比希雷大夫返身走了回来。他想说点儿什么，可发现他的学生已经舒舒服服地打起呼噜了，下巴上没有刮干净的灰白胡子碴儿靠在胸前。

“从来没听说过这样的胡话！”达比希雷大夫泄了气，朝四下里瞅了瞅，似乎在寻求支持，“连电影里的侦探也回来了！”

第三章

积累证据

放开我，你这阴森的恶棍，
坏蛋，骗子，卑劣的恶人，
不！我不愿做你女友，
也不想和你成婚。

(丰特-弗里达歌谣)

24. 公众传言说有一只犯罪的手

1933年10月9日，星期一，堂·卡门·孔特雷拉斯猝然死亡。尼加拉瓜司法史上最为轰动一时的刑事案在莱昂市立案审理。本书介绍的正是这一案件的曲折复杂的情节。

事情发生在这一天上午快到9点钟的时候，刚好是玛蒂尔德·孔特雷拉斯暴卒后一个星期。两个人的病情极其相似，同样令人感到奇怪。只是堂·卡门之死来得更加急促，仅在刚刚出现致死病情后半个小时，就一命呜呼了。

一小时后，区刑事法庭首席法官马里亚诺·费亚约斯·希尔在秘书、诗人阿利·瓦内加斯陪同下，来到孔特雷拉斯家。瓦内加斯在餐桌上开始办理立案审查手续。不久前，奥利韦里奥·卡斯塔涅达就在这张桌子上用打字机抄写各处发来的吊唁玛蒂尔德的函电，准备编入《痛悼集》纪念册。

区刑事法庭首席法官获悉卡门·孔特雷拉斯·雷耶斯先生于今日上午近9时去世，死因不明。孔特雷拉斯先生系商人，成年人，已婚，在本区居住。鉴于“此次事件背后必有犯罪之手”一说在本市广为流传，本法官：

根据刑法第127条授予的职权，特下令当即立案，对事实开始调查，同时下令采取一切必要措施以利调查的进行。

法官采取的第一项措施就是将尸体迁到圣维森特医院的停尸房，准备进行尸体解剖，此项任务于当天中午完成。尸体从头到脚蒙上一条带虎皮纹的床单，担架队员将尸体抬上由国民警卫队提供的运粮车。此时，他家周围聚集了成千上万的人。

堂娜·芙洛拉认为此项措施实属野蛮，且无必要，准备提出抗议，表示不满，此事容后再说。不过，这并不是她提出反对意见的唯一原因。

中午12点，尸体刚刚抬出来送往医院，阿纳斯塔西奥·J·奥蒂斯上尉就带着两名手持斯普林菲尔德步枪的国民警卫队武装人员来到孔特雷拉斯家，要逮捕奥利韦里奥·卡斯塔涅达。堂娜·芙洛拉和玛丽娅·德尔·碧拉尔站出来阻止他们行动。先是百般恳求，痛哭流涕，后来又用身体将卡斯塔涅达和士兵隔开。

直到下午6点钟，尽管堂娜·芙洛拉和她的女儿像中午一样奋力阻挡，奥蒂斯上尉还是将他逮走了。尸体从医院抬回来时，家里除了奔丧的亲属外，又涌进不计其数看热闹的人，因此，这件新发生的事成了一桩丑闻。

据奥蒂斯上尉1933年10月27日提供的证词，这次他带来了一个班，先派几名士兵把住几个出口，对那两个女人不再客气，他径直来到内院搜寻卡斯塔涅达。在浴室里找到他时，他已经喝得烂醉，不得不把他拖了出来。

法官根据公众的传言开始刑事审讯，其实他并没有掌握充分的证据说明卡斯塔涅达有罪。国民警卫队是以“叛乱罪”为名将他逮捕的，不过，这只是防止他在调查期间逃跑的一种计策。当时，法官并不反对这一计策，后面我们还会看到。

那天上午，流言以雷霆万钧之力传遍全市，法官本人也成了见证人。这一点下面再说。现在，让我们引用一下卡门·孔特雷拉斯股份有限公司的职员、会计师德梅特里奥·普埃塔斯的证词。后来，又传讯此人，要他说清楚审讯末期揭发的一些重大事实。1933年10月17日，会计师第一次作证时说：

上午9点过后，证人回到位于卡尔瓦里奥区的家中。老板过世后，办公室和商店立即关了门。路过穆尼希帕尔市场时，听到商贩们到处议论，说莱昂市一位有钱的先生刚刚在餐桌上被他女婿毒死了。他女婿把马钱子碱放进早餐的可可里，可可不是有点儿苦味嘛。还说，一个星期前，他还把马钱子碱放在这位先生的女儿喝的清凉饮料里，一边用勺子喂她，一边说："喝了吧，味道好极了。要是还想喝，我再喂你。"

堂娜·芙洛拉·德·孔特雷拉斯眼见得无法阻止她的房客被捕，于当天晚上给国民警卫队司令安纳斯塔西奥·索摩查·加西亚将军发去一份急电：

小女身故悲恸欲绝外子谢世肝肠寸断又逢奥利韦里奥·卡斯塔涅达无端被捕家人痛苦倍增恳请阁下下令立即予以释放

孔特雷拉斯遗孀芙洛拉敬上

电报发出去后，在守灵期间，流言越传越盛，而奥利韦里奥·卡斯塔涅达却在第 21 监狱的牢房中接到一份晚餐，那是玛丽娅·德尔·碧拉尔亲自指导下在她家厨房里特意为他准备的。盘子和碗放在一只电镀托盘里，上面盖了一块绣花台布，由雷蒂西娅·奥索里奥送到监狱里去。1933 年 10 月 19 日，她作证时说：

堂·卡门躺在大厅的棺材里，家里到处是人。厨娘们正忙着煮咖啡，玛丽娅·德尔·碧拉尔小姐来到厨房，催促厨娘为堂·奥利韦里奥准备晚饭。司机埃乌拉利奥·卡丁在外面等我，开车送我去。我托着盛饭的托盘坐在后座上。小姐还把他的床单和化妆品装在枕套里让我送去。还把一件洗净烫平的衣服挂在衣架上送去。她坐在堂·奥利韦里奥的床上写了一封信，写好后放进那件衣服的口袋里。我在旁边等着她把东西交给我。

根据监狱出入登记簿，在后来的几天里她们还继续送东西。奥利韦里奥·卡斯塔涅达在1933年12月6日的坦白材料中要求把登记簿列入档案。送物人的名字有时是玛丽娅·德尔·碧拉尔，有时是孔特雷拉斯遗孀堂娜·芙洛拉。

除了一日三餐、饮料和烫平的衣服外，还有一个中国花瓶和花束。在不同日期里收到的物品清单如下：

三双金字塔牌新袜子
半打同一牌子的新手帕
一支埃斯特布罗克牌新自来水笔
一瓶“派克”蓝墨水
一本格纸
一瓶“4711”香水
一瓶3盎司装默里牌洗发水
一瓶防腐漱口液
六小袋肯普博士牌牙粉
三块“罗伊特”香型香皂
一瓷罐乡村干草牌滑石香粉
一把不锈钢刮胡刀（盒上的牌子是“费加罗”）及肥皂刷
三卷斯科特牌卫生纸

1933年10月14日，堂娜·芙洛拉第一次出庭作证时承认送过东西，当时奥利韦里奥还没有要求将出入登记簿列入档案。

证人说，有几天她们从家里往监狱给奥利韦里奥·卡斯塔涅达送过饭和其他东西以及个人生活卫生所必需的用品。但从昨天起已经停止不送了，原因是当局通知禁止送东西。

证人说，她这样做是因为她认为逮捕年轻的卡斯塔涅达是不公正的，现在仍然这样认为。卡斯塔涅达是个高尚的人，作风良好，无端羁押给他造成无可弥补的精神上的伤害。

究竟是怎样停止送东西的呢？原因是什么？1933年10月27日，阿纳斯塔西奥·J·奥蒂斯上尉在前面引用过的证词中是这样说的：

孔特雷拉斯一家坚持帮助犯人，每天按时送饭和其他物品，出于对她们的尊重，我授权第21监狱监狱长放她们进去，但事先要进行检查。甚至允许她们带进花束，这是非同一般的。

但是，10月13日下午，监狱长给省军区司令部打来电话，向我报告说，监狱门口停着一辆马车，车上装着两只大箱子，一只带镜子的小柜子，还有一张大理石的桌子，是从孔特雷拉斯家拉来的，都是给犯人奥利韦里奥·卡斯塔涅达的。这一情况，我只好向在马那瓜的上司请示。上司的命令非常坚决，不仅要把拉家具的车打发回去，而且从今往后禁止送饭、鲜花和香水。

命令下达后，犯人威胁说要“罢洗”，果然，一连两三天他不洗澡，不刮胡子，不换衣服，只穿衬衣，这些报纸上都有报道。可是，后来他本人又自动地结束了这场很特别的罢洗。

1933年10月25日，《记事报》在第一版发表了记者罗萨利奥·乌苏卢特兰的通讯《无风不起浪》，为配合这篇通讯，还冒冒失失地刊出堂娜·芙洛拉的照片。为此记者被报社解雇。读者已经看到，这篇报道在莱昂市闹得满城风雨，引起社会上极大的轰动。此事后面会详谈。

尽管罗萨利奥在报道中使用了虚构的人名，但使用的某些素材却是众所周知的，例如堂娜·芙洛拉和她女儿反对逮捕卡斯塔涅达，两个人往监狱里送鲜花、香水以及其他东西。虽说他出于不慎发表了堂娜·芙洛拉的照片，但是，更为严重的是这场轰动是由另外的原因引起的。他竟敢把从“长舌桌”这种悄悄议论的场所流传出来的桃色事件的推测和流言当作新闻发表出来。

乌苏卢特兰为了给自己的行为辩护，又写了一篇文章，而《记事报》不肯刊登，《中美洲人报》也不愿发表。首都的《新新闻报》1933年10月29日却把它刊登出来了。

《新新闻报》派往莱昂报道审讯情况的记者、诗人马诺洛·夸德拉把那篇稿子寄到马那瓜，在文章的前面还加上一个简短的说明，表示支持，称赞他的同行甘冒入狱危险，表现出大无畏的精神。

文章的题目是：《我的自我辩护：公众传闻的价值》。

根据1894刑法的有关规定，当公众中传闻要发生一次或一连串犯罪行为时，代表法律尊严的法官有权立案审查。这是有道理的。自从堂·卡门·孔特雷拉斯逝世之后，传闻在以往平静的莱昂市好似干燥的火药一样燃烧起来。

传言随风飘开，而且还在扩散。传言可以触及，可以用刀子将它斩断。如果你到大街上去，远远地看见两个人在街角或门前悄悄说话，你就会知道他们在谈论堂·卡门的死因以及在他以前一连串人的死因。但是也有许多人推测在神秘的暴卒背后存在着或者可能存在着感情的悲剧：受到压抑的暧昧关系、不幸的争风吃醋……就这样，传言扬起千百个手指，指出某某人，指出某人内心的不快，而时至今日这些人和事还被蒙上一层不大厚实的秘而不宣的面纱。

对于这些在冷饮店、台球室、酒馆、斗鸡场、药店、小百货店、火车站，甚至教堂里公开传播的东西，记者应该保持沉默，还是保护读者通过报刊了解真相的权利呢？对于那些不厌其详地口口相传，连赶车的、剃头的、搬行李的、卖东西的、办公楼前看门的都在议论纷纷的东西，难道要闭口不谈，不准记者做善意报道吗？

保持沉默，好吧。要记者闭口不谈的正是那些今天受到侵犯的阔佬儿们知道得一清二楚的事情。当他们前往社交俱乐部参加晚间聚会的时候，对这些事情津津乐道，一再重复。闭口不谈——不过是要我闭口不谈而已——的正是他们在贵族沙龙里议论的话题，而他们的议论于人毫无教益。堵住我的嘴，这才是你们干下的丑事，先生们，你们不顾廉耻地惩罚我，不过是因为我把某些事实摆到桌面上来，而这些事实绝非笔者的杜撰！

如今，我那篇报道受到非难，甚至有人对我以革职相威胁——有人说也许会把我关进监狱——而我在报道中不过是说明了公众传言的力量。法官在立案审查时，不惜将那篇报道拿过去，以便开始调查罪行。是否会有人由于没有掌握更多的证据，出于嫉妒要对那篇报道横加指责呢？不，更确切地说，人们只会称赞那篇报道。

由于职业的关系，孔特雷拉斯先生在家中去世那天我亲临现场，亲眼目睹了现场的情景。然后，我用笔写出来，并且和其他的看法、议论以及披露的材料联系起来。披露者使用化名，但这并不影响材料的有效性。为了慎重起见，我给这些材料穿上了一件虚构姓名的仁慈的外衣。披露的材料是大量的，各种推测不计其数。全市所有居民、所有社会阶级、甚至天真的小学生都清清楚楚地知道围绕这件著名的案子流传的各种故事。太下流了，是的，我不否认。但是，下流的不是我手中的笔，而是本案中各位主角的行为。

在谈到公众传言的力量时，罗萨利奥·乌苏卢特兰并没有撒谎。其他出版物也在谈论这一话题，读者还会看到。整整一天，直到深更半夜，流言传遍莱昂城。在所有公共场所，人们聚成一个个小组，对最近发生的事及其情感背景议论纷纷。在事主家左近的边道上人群麇集，惹得大都旅馆的老板堂·洛伦索·苏格拉涅斯大发怨言。他在写给警方的申述中表示，这样乱糟糟的秩序只会影响交通安全和顾客的安定。

法院门前、法官家门对面以及第21监狱的大门口变成了人们收集和传播流言和新闻的场所。大约下午6点钟，装着死者内脏的药瓶从圣维森特医院的停尸房送往药物系化验室进行化验时，在大学周围挤得人山人海。

不到一小时后，堂娜·芙洛拉·德·孔特雷拉斯亲自起草了紧急电报，要求释放奥利韦里奥·卡斯塔涅达。1933年10月17日，她本人又在致国民警卫队司令安纳斯塔西奥·索摩查·加西亚将军的信件中取消了上述要求。

前者因悲恸过度未及想到会有罪犯插手如今为不妨碍法院查明外子及小女死因特请您协助撤销日前要求释放犯人之电报

孔特雷拉斯遗孀芙洛拉敬上

据女仆雷蒂西娅·奥索里奥在1933年10月19日作证时回忆，玛丽娅·德尔·碧拉尔泣不成声，两次从她母亲手中夺走电报，撕得粉碎。她母亲只好重写两次。

25. 别发抖，也别哭泣

1. 去世那天，堂·卡门·孔特雷拉斯跟往常一样天不亮就起床了。据女用人萨尔瓦多拉·卡瓦哈尔在1933年10月19日提供的证词里回忆，当时她正在厨房里忙活，煽旺柴灶里的火，给堂·卡门烧洗澡水。她看见堂·卡门裹着条被单，拖着双旧鞋——鞋没有后帮儿，当拖鞋穿——朝厕所方向走过去。

我等他方便完，就把水送了过去。他在屋门口儿把水接过去，连声“早安”也没说。他这个人从来不向女用人问候。

堂·奥利韦里奥也有早起的习惯。他来到厨房，向我讨杯咖啡喝。他一个劲儿地抱怨说一夜没睡好，原因是堂·卡门那一夜过得也很不好，一会儿起来，一会儿起来，好不容易睡着了，还在床上翻来覆去的。堂·奥利韦里奥用开玩笑的口吻对我说：“堂娜·约伊塔，今儿晚上在您的床上给我腾块儿地方吧。我也好暖和暖和，睡个安稳觉。”

1933年12月1日，法官审讯犯人，要他交代罪行。法官就那天夜里的事实经过详尽地提出问题。

法官：您向女用人萨尔瓦多拉·卡瓦哈尔表示，在堂·卡门死去的头天晚上，他过得很不好，不时起来，还在床上翻来覆去，弄得您也睡不了觉，是这样吗？

犯人：我确实表示过我睡不了觉，因为堂·卡门的确起来过好几次。不过，关于他在床上翻来覆去，我压根儿没说过半个字。在这点上，她大概记混了，最好您再向她问问这个问题。

法官：平时您晚上睡得怎么样？睡得好呢，还是爱失眠？

犯人：睡得好，不闹失眠，原因很简单，我心里没有事。

法官：那您是怎么发现堂·卡门那天晚上彻夜难眠呢？

犯人：堂·卡门为了把朝走廊的房门关得严实些，习惯用一条沉甸甸的长凳子把门顶住。他每次起来到院子里去，都得搬开凳子，声音很大。还有，屋门外面还有一扇百叶门，一推门，弹簧、合页都吱嘎吱嘎地响。从他起床、出去到回来躺下，屋里灯一直开着。这么闹腾，心里没鬼的人也睡不着觉。

法官：关于您内心平静这番话是您自己主动说的，我让人记录在案。现在，请您回答：您认为他起床打算干什么？

犯人：确切地说，我不能肯定他打算干什么。不过，我估计他是心里憋得慌，要到走廊上透透气；要么是急着出恭。或者，干脆点儿说，他心里烦闷，难以入眠。我没问过他，如何判断，只能由您选择了。

法官：您为人十分殷勤，是否想过跟着他后面起来，看看出了什么事？

犯人：谢谢，法官先生，至少您赋予了我"殷勤"这样的品德。

法官：没让您发表评论的时候，请您不要妄加评论，还是直接回答我的问题。

犯人：那么，我的回答是我没有跟在他后面起来，他也没像过去那样要我起来。过去几天晚上，因为女儿去世，堂娜·芙洛拉神经受了很大刺激，时常哭醒过来。我应堂·卡门的请求，陪他到堂娜·芙洛拉和玛丽娅·德尔·碧拉尔一起睡觉的房间。我在门口儿等他，直到他让堂娜·芙洛拉喝下一杯镇静药酒。

最后那天晚上，我发现他第一次打开房门，就问他："堂娜·芙洛拉又犯病了？"他回答说："没有，我的朋友，您睡吧，谢谢。"我由此推断出，也许是他闹病了。

法官：如果我可以知道的话，他闹的是什么病？

犯人：假如我知道，您当然也可以知道。刚才我说“也许”，就是说我没有断然肯定他有病。要是有人动不动就从床上爬起来，睡不着觉，恐怕不是想看看天上的星星是不是还在眨眼，借以消遣解闷吧。

2. 1933 年 10 月 9 日星期一那天早晨，可以说是风平浪静，那户居丧人家正常地开始了一天的日常生活，家里人还在压低声音说话，就连在厨房里干活儿也是悄然无声。奥利韦里奥 · 卡斯塔涅达同意在早饭前陪同她们母女俩到离家两街区远的梅尔塞德教堂去望玛蒂尔德祭九的第七天弥撒。两位身穿丧服、披着带花边的窄披肩的妇女在边道上缓缓地朝教堂方向走去。在这两个女人中间，还有个外国青年，按照当地的习俗他也穿了一身黑。过往行人在这个钟点看见他们，丝毫也不感到奇怪。

他们一起回来吃早饭，关于这一点，厨娘萨尔瓦多拉 · 卡瓦哈尔告诉我们：

他们望完弥撒回来，堂 · 卡门在餐厅里等他们。他们吃了橘子，是我动手剥的皮。还吃了面包、黄油，喝了加几滴咖啡精的牛奶。收拾桌子的时候，玛丽娅 · 德尔 · 碧拉尔小姐来到厨房，端走一杯水，让她父亲服下几粒巴雷拉大夫开的奎宁。

关于吃早饭的经过，奥利韦里奥 · 卡斯塔涅达在要他交代罪行时是这样回答法官的。

法官：孔特雷拉斯的遗孀堂娜 · 芙洛拉在昨天，即 1933 年 10 月 31 日的证词中，说在吃早饭的时候，您对她说了这样几句话。我来引用一下原文：“我看堂 · 卡门病得很厉害，请您注意我的话，我认为他将不久于人世。不过，别发抖，也别哭泣，有个男人和您在一起，愿意保护您、支持您。”您要是愿意的话，可以读一下我引用的证词的原文。

犯人：不必啦，法官先生，我相信您在忠实地宣读原文。只是对堂娜·芙洛拉的记忆是否忠实，或者她的企图是否忠实，我可不能肯定这一点。首先，请允许我表明一点，我费了好大劲才压住惊诧的心情。假如这类话——它不是出自我口——哪怕还有一点点真实可言，她绝对不会延迟这么久才揭发出来。

的确，和每天早晨一样，我那天也陪她去望玛蒂尔德灵魂祭九弥撒，同去的还有玛丽娅·德尔·碧拉尔。像每天早上一样，我们一起进早餐，东拉西扯地谈了许多话题。但是，我要说，我坚持说，那些胡话不可能出自我的嘴，原因很简单，堂·卡门当时就在场。

请您问问她，问问用人们，您就可以证实堂·卡门在等我们吃早饭，和我们一起坐在餐桌旁。倘若她举出另外的更为可信的场合——我们时常单独在一起的场合，或许更容易使人相信她的谎言。不过，看起来，他们没给她出准主意。

法官：堂娜·芙洛拉还说，就在那天早餐桌上，您还向她表示过这样的意思，我再来引用一下原文：“昨天晚上，堂·卡门要我接下他的办公室和全部工作，要把掌管一切的权力交给我。但是，在接受前，我必须征得您的同意。”据证人说，堂·卡门根本没向您提出过这种建议。

犯人：我压根儿没有跟堂娜·芙洛拉讲过这类事。我还是坚持说，当时堂·卡门就在餐桌旁。不过，有一件事堂娜·芙洛拉说对了，那就是根本不存在这种建议。星期日晚上，堂·卡门当着她的面向我提出建议，要我在公司办公室的那道走廊上安排一间办公室，就在他的办公室对面。他想把有关合同的事全部交给我来处理。还恳切地要求我不要去马那瓜。

堂·卡门为人寡言少语，交游不广，在望弥撒回来的路上，我对堂娜·芙洛拉说过，听到这个建议，我心里挺高兴的，倒不是说建议本身有多么了不得，放弃写书的计划，我还吃着亏呐；只是因为建议是由他提出来的，他对别人表示如此信任，实在少见。

3. 快到早上8点钟的时候，堂·卡门到办公室去上班，卡斯塔涅达把打字机从屋里搬出来。这时候，女用人们正在收拾桌子，他把打字机放在餐厅桌子的一端，专心致志地编纂悼词。

就在这工夫，堂·恩里科·希尔前来拜访。此人中年，已婚，以酿造烧酒为业，家住奇奇加尔帕市。1933年10月21日作证时，他提供了以下情况。

证人表示，今年10月9日那天，他乘早班火车前来本市，向堂·卡门·孔特雷拉斯一家人表示哀悼。多年来，他同这家人一直保持着亲密无间的友好关系。他没能及时尽到义务，只是因为碰上某些不顺心的事，这里就不去说了。

证人又说，早晨8点钟过后，他来到堂·卡门的家，他的挚友知道他来了，大为感动，当即从办公室赶回来，在走廊里接待他。为了安慰安慰堂·卡门，他变换了话题，愉快地回忆起几天前堂·卡门在堂·埃斯特万·杜克斯特拉达陪同下到奇奇加尔帕看望他的情景。

证人准备告辞出来，打算处理一下他到本市来要办的有关推销“冠军牌”甘蔗酒的事。这时候，堂·卡门表示要给他看一本纪念簿，那是为纪念他死去的女儿准备的。说完，堂·卡门马上站起来。朝餐桌走过去，奥利韦里奥·卡斯塔涅达正在那儿打字。堂·卡门跟他说了两句话，就拿着纪念簿回来了。

他们用了几分钟翻阅纪念簿，在几张打字纸上有一首卡斯塔涅达献给玛蒂尔德的诗。堂·卡门突然“哎哟”起来，说他身上不舒服，十分奇怪。证人连忙召唤堂娜·芙洛拉，正赶上她从店铺回家来。证人把事情的经过告诉了她。堂娜·芙洛拉把她丈夫扶到床上躺下。堂·卡门两腿发僵，走路十分吃力，他们两个人搀扶着他上床。

关于这一点，证人记得，他们朝卧室走去的时候，正好从奥利韦里奥·卡斯塔涅达的餐桌旁经过，可他丝毫没有露出惊讶的神色，甚至连头也没回，还在平心静气地工作。

他们把堂·卡门放在床上，堂·卡门抱怨说两腿僵硬得更厉害了，碰一碰，没有感觉；紧接着，剧烈地痉挛了一阵，焦急万分地求证人立刻去找达比希雷大夫。

证人急匆匆地跑出卧室，直奔大街。当他再次走过奥利韦里奥·卡斯塔涅达身边的时候，只见他还在一心一意地打字，似乎不知道发生了什么事。证人来到街上，望见一辆马车过来，马上让它停住。正要上车，阿塔纳西奥·萨尔梅龙大夫手提小药箱，从大都旅馆门前的边道上跑过来。证人和萨尔梅龙大夫有一面之交。

萨尔梅龙大夫气喘吁吁地问是不是家里有人得了重病，证人回答说是这么回事，把事情经过都告诉了大夫。萨尔梅龙大夫说了这么两句话："您赶紧去找达比希雷大夫，他来之前，我先去照看一下。"

4. 证人提到两次经过奥利韦里奥·卡斯塔涅达身边，他都没有离开打字的地方，法官希望查清楚这是为什么。1933 年 12 月 1 日，犯人在交代罪行时回答如下：

法官：根据您前面说的话，我可以得出结论，堂·卡门的朋友为数不多，您是其中的一个，虽说你们的年龄相差悬殊。

犯人：是这样，我为此感到荣幸。我们之间互相信任，不分彼此，我把从危地马拉寄来的钱全部交他保管。堂·卡门去世后，在他的保险箱里还存放着我的 300 比索。只是出于慎重，我才没向他家里人索要。

法官：您能否肯定堂·卡门是个坚强的人，善能承担各种痛苦？

犯人：我可以肯定，而且毫不含糊。我从来没见过像他那样善于克制的人。他从来不抱怨什么。只有他女儿去世才影响了他的情绪，弄得他心情沮丧。不过，他的体魄仍然健壮如初。

法官：那么，在他去世的那天早上，堂娜·芙洛拉和堂·恩里科·希尔搀扶着他从您身旁走过，您为什么不站起来帮他一把？您离他们只有几步远，可还在继续打字，似乎什么事也没发生。你们是好朋友，您却没尽到起码的义务。如果您认为堂·卡门像您说的那样身体健壮，看见别人搀扶着他走，您势必会猜想他会不会得了重病。

犯人：坦率地说，我并没有发觉。我全神贯注地抄写从各处发来的哀悼玛蒂尔德去世的信件。我把全部注意力、全部爱心都投入了这项工作，根本没想到关心其他事情。

法官：堂·卡门第一次闹痉挛，堂·恩里科·希尔出去找医生求助，急急忙忙地从您身边走过，您还是那么全神贯注地打字，什么也没注意？大家那么惊慌，也没引起您的注意？

犯人：我也没有发觉堂·恩里科·希尔从卧室出来，到街上去。恐怕您该问问他为什么不提醒我一声。他出去的时候离我那么近，又很惊慌，那么他停下来，求我帮忙，至少打个电话，免得浪费时间，不是更合乎情理吗？

在1933年10月14日的证词中，堂娜·芙洛拉曾经说过：当她在堂·恩里科·希尔的帮助下把她丈夫扶到床上去的时候，卡斯塔涅达在继续打字，没有留意别的事情，肯定是因为他眼睛有毛病。堂娜·芙洛拉还为他辩护说，他每次打字，都像丢了魂儿似的，给他端去冷饮，他也不知道，撂在那儿好长时间也想不起来喝一口。

但是，在第二次提供证词时，关于这件事，她换了个说法。法官认为更具有关键意义，将它记入了审讯记录。

法官：以前您曾经表示过，当堂·卡门被送到卧室去的时候，卡斯塔涅达还在打字，没有离开那把椅子，您可以肯定这个说法吗？

证人：可以肯定。另外，我想说一句，我们几乎是把我丈夫拖进卧室的，他不可能没注意到，餐厅的桌子放在通卧室的路上，我们走过去的时候，还碰着了他，您从桌子摆放的位置可以看出来。直到萨尔梅龙大夫走进来，他才假装发觉周围出了什么事，那时候，我丈夫已经闹过第一次痉挛了。

5. 堂娜·芙洛拉还修改了其他一些说法。在第一次出庭作证的时候，就那天早上发生的事情，她曾经向法官提供了一种说法，总的来说，和其他证人的说法大体一致，只有几处细节不同。比如，她说，塞贡多·巴雷拉大夫给她丈夫开的奎宁药丸的小盒子锁在一个柜橱里。早饭后，玛丽娅·德尔·碧拉尔取药的时候，跟她要过钥匙，钥匙由她保管。

但是，在1933年10月31日提供的第二次证词里，她对这个说法做了以下修改。

法官：吃过早饭，当堂·卡门要玛丽娅·德尔·碧拉尔取药的时候，您也在场，您能肯定这一点吗？

证人：是的，我当时在场。是我提醒他该吃药了。于是，他要我女儿玛丽娅·德尔·碧拉尔从卧室里把装药的小盒儿取来。上次我说错了，小盒儿没在柜橱，是在床头桌上，卡斯塔涅达和我丈夫都能够着。

6. 在第一次作证时，堂娜·芙洛拉没有提及与法官下令进行尸体解剖有关的事。但是，关于这个问题，她现在是这样回答的。

法官：您丈夫去世那天，我到过您家，奥利韦里奥·卡斯塔涅达对我说，您反对进行尸体解剖。您的动机是什么？

证人：理由嘛，我没有任何理由，只有他向我提出的理由。那天早晨，您到了以后，说要把尸体送进医院。他回到卧室，对我说："夫人，您丈夫的遗体将会遭到野蛮的蹂躏。要用锯子锯开脑盖骨，挖出脑子；切开胃，拉出肠子、脾、肝。遗体会变得面目皆非。然后再塞进锯末、报纸，等到填满了，再用缝麻袋的大针缝上。"就是因为这个，一开始我反对进行尸体解剖。现在才明白，这是非常必要的。

针对上述说法，要求交代罪行时，犯人做了这样的回答。

法官：我到事主家那天，您特意告诉我说，堂娜·芙洛拉反对我下令进行尸体解剖。从她本人的证词来看，这一段您可以读一读，可以确定是您唆使孔特雷拉斯的遗孀反对解剖尸体的。您的目的十分清楚，尸体解剖将会确定罪证。

犯人：无论如何罪证是确定不了的，因为化验室对内脏进行的检验是不牢靠的、反科学的，因而是无效的。至于说堂娜·芙洛拉反对解剖尸体，那完全是她自己拿的主意，我没有唆使她干什么事。我只是把她出于基督徒的情感提出的看法转达给您。现在她说听了我介绍如何处置遗体，感到多么可怕，这完全是她的可怜的杜撰，我只能对她表示怜悯。

7. 还有几件事堂娜·芙洛拉将要补充。在法官提完问题后，当时出庭的原告律师胡安·德·迪奥斯·瓦内加斯博士请求同意他向作为苦主的证人提出几个问题。法庭同意此项要求。

第一个问题：犯人曾在暴死者床边说过一些话，事实如此，请苦主说一说是否如此，并请说明他讲了什么话。

回答：他说，我们不该吵吵嚷嚷的，免得打扰我丈夫。当时，我挺看重他的意见，后来才知道服马钱子碱中毒的人对声音非常敏感。由此，我得出结论：他早已知道我丈夫犯重病的原因。

第二个问题：在暴死者去世后，犯人表现出一种无所谓的态度，事实如此，请苦主说一说是否如此。

回答：实际上，他采取了满不在乎的态度，似乎什么事也没有发生。他没有丝毫悲痛的表示，从头到尾保持了这种态度。直到中午奥蒂斯上尉来逮捕他，他还是这样。他态度冷漠，毫不反抗，对我们说，他们来找他是出于政治原因，他并不担心。凭他在马那瓜的关系，马上可以得到释放。后来，他还是摆出那副“老子不在乎”的架势，而且开始喝酒。最后，当局逮捕他的时候，他喝得烂醉如泥，把自己关在洗手间里，我从来没见过他这副样子。

第三个问题：您反对逮捕犯人，只是要维护家里平安无事，事实如此，请苦主说一说是否如此。

回答：是这样。我反对逮捕他，因为他们行为鲁莽，硬要在我家里抓人，另外我对他的罪行一无所知，现在我对他的罪责毫不怀疑了。

我们来看看奥利韦里奥·卡斯塔涅达在交代罪行时的说法，听一听他对堂娜·芙洛拉对律师提问的回答是怎么说的。

法官：据堂娜·芙洛拉说，您要求大家在堂·卡门的卧室里不要吵嚷，她由此得出结论，认为您早知道生命垂危的病人是服下了马钱子碱。马钱子碱在受害者身上会引起对声音和光线的过敏反应，根据若干本有关毒物学的书籍，这个说法是可以成立的。

犯人：首先，您恐怕应该解释一下，根据现行的《刑法》条文，我作为犯人不在场，您依据哪一条法律规定允许原告律师出庭；这一点足以表明提问题也好，回答问题也好，全都是无效的。

但是，我还想对您的调查采取豁达的态度，法官先生。我可以告诉您，我一走进生命垂危的病人的卧室，立刻竭尽全力照料他、护理他，我毫不夸大地说他是在我的怀抱里咽气的。我不仅想要大家别乱吵乱闹，我还希望我能有起死回生的力量将他救活。他死去的时候，没有得到任何医生的救护，萨尔梅龙大夫那套瞎忙活根本谈不上是医疗救护。

我还要说一句：一个杀人犯给人下了毒，把他的性命攥在手心里，可又尽力不让别人吵他。能想出这种事情的人，脑瓜该是什么样啊？

法官：根据堂娜·芙洛拉的说法，在受害者死后，您的态度反常，我暂且不去说它。不过，我想问问您，在那样严重的情况下，您为什么大喝特喝烈性酒？也许您眼瞧着自己露出马脚，想借烈性酒的帮助逃避罪责？

犯人：那天，我没喝过一滴酒。在堂娜·芙洛拉的非法回答中，我看到她说我喝得烂醉如泥，把自己关在洗手间里，这也不是真的。您最好读一读雷蒂西娅·奥索里奥小姐的证词，她的证词完全有效，因为她是无辜的人，不会瞎估计，不会制造谎言。您会发觉，在这个问题上我所说的句句是实话。

确实，雷蒂西娅·奥索里奥在1933年10月19日提供的证词中证实了卡斯塔涅达的话，同时，她还就抓人的情况提供另一种说法。

大概在中午12点，来了几个当兵的，打听堂·奥利韦里奥。他听见客厅里有人说话，就回到自己的卧室。当兵的来到走廊，这工夫儿，玛丽娅·德尔·碧拉尔小姐出来了，问他们找什么，是谁允许他们进来的。堂·塔乔·奥蒂斯上尉是他们的头儿，他说，接到上面的命令，堂·奥利韦里奥必须跟他走一趟。这时候，堂·奥利韦里奥手拿着帽子出来了，他对上尉说："用不着大吵大闹的，堂·塔乔，我跟你们走。"他又回过头来看了看玛丽娅·德尔·碧拉尔小姐，对她说："这些人来找我是出于政治原因，也许他们要把我强行赶出尼加拉瓜。再见。"

玛丽娅·德尔·碧拉尔抱住他，下死劲拽住他。这时候，堂娜·芙洛拉出来了，她说："这么瞎胡闹，是怎么回事，塔乔，我心里很悲痛，您要懂得礼貌。"堂·塔乔说："这不是瞎胡闹，夫人，这家伙应该老老实实地让我们带走，不然的话，我只好不管了。"玛丽娅·德尔·碧拉尔哭得更厉害了。堂娜·芙洛拉一再重复说："他不能走。"说着，也哭了。这工夫儿，堂·塔乔说："走吧，我不想看演戏。"又对堂·奥利韦里奥说："你想拿女人的衬裙当挡箭牌，那叫没门儿。"

下午，堂·塔乔又回来了，带来更多的人。堂娜·芙洛拉和玛丽娅，德尔·碧拉尔小姐又出来跟他吵。堂娜·芙洛拉说："要是因为政治原因，那是危地马拉的政治。"堂·塔乔大发雷霆，对她们说："不是什么政治不政治的，这家伙是罪犯，你们别护着他，他会把你们都杀了。"堂娜·芙洛拉用乞求的口吻说："小点儿声，大家都在听你说话呐。"她又哭了起来。堂·塔乔嚷嚷得更凶了："让我把他带走，不然的话，丑事会越闹越大，甭管怎么样，我非把他抓走不可。那个倒霉蛋儿在哪儿呢？"当兵的在家里四处搜查。猛听得一名进入内宅的当兵的喊叫："在这儿呐，关在厕所里呐。"紧接着，两个当兵的用枪把玛丽娅·德尔·碧拉尔小姐和堂娜·芙洛拉挡在一边儿，直到从人群中把他拽出去。她们边哭边回到卧室。堂娜·芙洛拉说，她要到马那瓜去控告，要是索摩查将军知道堂·塔乔对她的所作所为，准得把这小子抓起来。

在回答法官提问的时候，证人说，她没看见堂·奥利韦里奥喝过烈性酒，不知道他被带走的时候是不是喝醉了。不过，听堂娜·芙洛拉说，他一点儿也没醉，那全是堂·塔乔污蔑他。堂·塔乔看见当兵的把他从洗手间带出来，就说了句："喝醉了，刚开过什么庆祝会吧。"

8. 在结束本章前，还得听一听堂娜·芙洛拉是如何回答原告律师提出的最后一个问题的，不过，奇怪的是在要犯人交代罪行时，法官没有就这个问题向犯人提问。

第四个问题：如果犯人完全了解这种能置人死地的毒药的效力，那是因为他手里至少有一本关于毒药学的书，事实如此，请苦主说一说是否如此，再请您讲一讲您是怎么知道有这样一本书的。

回答：他手里确实有那样一本书。在玛尔塔去世前两星期，他们夫妻俩还跟我们住在一起，有一次，我注意到卡斯塔涅达从屋里出来，手里拿着一本书。我女儿玛蒂尔德正坐在走廊上织袜子。卡斯塔涅达朝我女儿走过去，把书交给她。我走到跟前，打算看看是本什么书。他回答说："您别以为是本什么有意思的书。这本书教给人怎么伤害别人，消灭别人，又不留下痕迹。"我吃了一惊，连忙拿起书看一看，书名是《大自然的奥秘》，我记得是这样。他要把这种读物给玛蒂尔德看，我就把书要了过来。我把书收藏起来，本想找出交给您，可一直没找到。

在那本书里夹着一张卡斯塔涅达母亲的照片，日久天长，相片退色了，变得黄不拉叽的。那张相片谁看了都很难忘掉，法官先生。相片上那位太太还很年轻，不过脸很瘦，她斜倚着几个枕头，躺在一张病床上。头发很长，光滑滑的，垂在床单上。她身旁站着几位身穿白大褂的医生，还有一位修女，手里端着盛针和药品的盘子。

读者想必会记得，罗萨利奥·乌苏卢特兰看见过这张照片。在堂娜·芙洛拉第二次出庭作证的时候，照片已经落在阿纳塔西奥·萨尔梅龙大夫手中。就在埋葬玛蒂尔德·孔特雷拉斯的那天傍晚，记者乌苏卢特兰把照片夹在那本书里带到科斯梅·曼索的后店里。

26. 来得突然，又不是时候

阿塔纳西奥·萨尔梅龙大夫来到客厅通向走廊的大门的时候，奥利韦里奥·卡斯塔涅达还在静静地打字。后来，他抬起头，打量了一下这位不速之客。一边看他，一边打字，直到打字机上的小铃铛响了一声：一行字已经打到头儿了。

萨尔梅龙大夫手提小药箱，朝卧室方向走去。以前他从来没到这家来过，不知道该进哪个门。这当儿，卡斯塔涅达从椅子上跳起来，挡住他的去路。

“您看他是吓了一跳呢，还是只是感到意外？”罗萨利奥·乌苏卢特兰扭过脖子问，两手托住猴牌茴芹酒的黄铜广告牌。“班头儿”普里奥正准备把广告牌钉在柜台一侧的墙上。那是 1933 年 10 月 11 日晚上。

“他抓起刚才坐的那把椅子，往眼前一放。”萨尔梅龙大夫从桌子这边儿看着那两个忙着钉广告牌的人，“他用傲慢的口吻问我在那儿找什么，就像我是小偷还是什么似的。我火了。我嚷嚷着叫他让开。堂娜·芙洛拉听见喊声，从卧室里走了出来。”

“她也吃了一惊。”科斯梅·曼索冲罗萨利奥打了个手势，告诉他广告牌摆歪了，“再往下一点儿，右边儿。”

“她看见我来到她家，吃了一惊。听见喊叫声，看见我们俩你推我搡的，更是吃惊。不过，在那种时候她是不会赶我走的。我是救命星嘛。‘快进来，快进来，他快不行啦。’这就是她说的话。”萨尔梅龙大夫从椅子上轻轻地站起来，朝广告牌迅速瞥了一眼，“太靠下啦。”

“卡斯塔涅达呢？”“班头儿”普里奥嘴里噙着钉子，正要用榔头砸第一根钉子，“他干什么啦？”

“这家伙是个地道的演员。他摘下眼镜，揉了揉眼睛，好像刚刚知道出了什么事。”萨尔梅龙大夫用手扶住桌子，单等着普里奥砸钉子，没有坐下去，“他走到堂娜·芙洛拉跟前拥抱了她一下，对她说：‘干吗不叫我呀？我满可以去找达比希雷大夫嘛。’说完，连跳了两步，抢先进入卧室。”

“其实在打字的时候他什么都知道了。”科斯梅·曼索走过去帮助罗萨利奥，用手从下面托住广告牌，“他在估计希尔走到达比希雷诊所需要多大工夫，跟他一块回来又需要多大工夫。假定说他是在诊所找到老大夫的。”

“用不着操心这些事。他放在药丸里的毒药厉害着呐。怎么也来不及了。”萨尔梅龙大夫听见砸钉子的声音，身子颤抖了一下。

“玛丽娅·德尔·碧拉尔·孔特雷拉斯呢？”罗萨利奥问了一句，随即惊叫了一声。广告牌掉在地上，黄铜牌的声音响了好一阵子。

“你啊，真是个孩子。来，让我看看手指头。”科斯梅·曼索抓住罗萨利奥的手，“您一定是看着她走进卧室了。怎么会不看呢？一见她，您两眼就发亮嘛。”

“我看见她的时候，她已经待在卧室里了。正给堂·卡门揉大腿，不过，并不显得多么焦急。她估计，可能是一时不舒服。”萨尔梅龙大夫从桌子这边儿走过去，想给罗萨利奥检查检查手指头，罗萨利奥不愿意让科斯梅·曼索看，“她问我，照我看，不会是积食吧？还是堂·卡门自己回答了她，说不可能是积食，他早饭没吃过伤胃的东西，晚饭只喝了一杯牛奶，吃了一块甜面包。”

“这么说，他神志清楚。”“班头儿”普里奥从地上拿起广告牌，抖了抖上面的浮土，“看样子，挺平静吗？”

“看不出有什么惊惶的样子，不过，的确挺痛苦的。我给他解开衬衣的纽扣，放上听诊器。他说：‘也不知道是怎么回事，我觉得腿上很不舒服，像是有乌贼往上爬。”萨尔梅龙大夫使劲掰开罗萨利奥的手，“不过，他不是冲我说的，也不是冲他妻子、女儿说的，是冲卡斯塔涅达说的。这工夫儿，他正托住堂·卡门的脑袋。瞧瞧，差点儿把你的指甲砸下来。把酒精拿过来，‘班头儿’。”

“就在这时候，病发作了。”科斯梅·曼索把脑袋探过来，想看看罗萨利奥的手指头，罗萨利奥的手指头露出了红赤赤的嫩肉，“没有酒精，只好点点儿猴牌茴芹酒啦。”

“他开始浑身打战，好厉害哟。身体剧烈抽搐，真是吓坏人。像中了邪似的，在床上一挺一挺的。”萨尔梅龙大夫松开罗萨利奥的手，回到桌子边儿上，“你们啊，连根钉子也不会钉。”

“这是最后一次发作吧？”罗萨利奥·乌苏卢特兰用另外一只手捂住手指，“顶好我还是敷敷冰吧。”

“把他搀到床上的时候，犯了一次，不算厉害。这是第二次，也是最后一次。”萨尔梅龙大夫从屁股底下伸过手去把椅子往前拉了拉，“你爱敷什么就敷什么吧，真够呛。”

“怎么下的导管啊？”“班头儿”普里奥把广告牌凑到眼前看了看，然后重新按到墙上，“过来，帮我扶住铜牌，堂·查利奥。”

“算啦，你去砸别人的手指头吧。”罗萨利奥转过身去，把身体俯在小冰桶上，用好手攥住伤手。

“我连忙脱掉外套儿，挽起袖子，参加抢救。”萨尔梅龙大夫站起身来，摆出脱外套儿的姿势，“我先得找个下导管的地方，弄不好就得敲碎他的牙齿。最后，鼓捣了半天，总算用压舌板撬开了他的下巴。我要过一把锡壶。”

“卡斯塔涅达呢？没上前阻拦吗？”现在是科斯梅·曼索一个人托住广告牌，“留点儿神，这回该我啦，‘班头儿’。”

“没有。我摆弄导管的时候，他只说一句：用这玩意儿帮不了病人一点儿忙。他是说给堂娜·芙洛拉听的。他没离开床头儿，用手一个劲儿地揉搓堂·卡门的脑门儿。”又要砸钉子了，萨尔梅龙大夫直缩脖子。

“不过，说句实在话，用导管确实救不了他。”罗萨利奥吹了吹手指头，然后把一小块冰包在手帕里，捂在手指头上。

“都到那时候啦，谁能救他呀？别逗啦。”萨尔梅龙大夫顶了罗萨利奥一句，“我拔出导管，把听诊器放在病人胸前。听上去，心跳得很微弱，很散乱。过了几分钟，他就死了。”

“卡斯塔涅达要大家不要冲着垂危病人嚷嚷，那是什么时候？”“班头儿”普里奥钉钉子的时候，科斯梅·曼索紧紧闭上眼睛。

“那是在插导管以前。”榔头每砸一下，萨尔梅龙大夫就眨一下眼睛，“他给病人垫上枕头，要大家别出声。我心里想：‘我认识你，小子。你说的是什么意思，你心里明白。’”

“他死了。那就该抢锡壶啦。”广告牌钉住了一边儿，科斯梅·曼索用一只手扶住广告牌。

“其实，也说不上是抢。”萨尔梅龙大夫站起身来，猴子渐渐停在了自己的位子上，“我扣上袖扣，找外套儿，打算穿上。这时候，卡斯塔涅达非常平静地拿起锡壶，把它交给一个女用人。听见那两个女人的惊叫声，女仆们都走进了卧室，他自然而然地低声吩咐那个女用人，叫她把壶里的东西倒在厕所里。我也十分平静地拿起药箱，跟着她走到廊道上。”

“卡斯塔涅达跟在您后面也出来了。”罗萨利奥把手伸得平平的，仿佛端着个香炉，走过去欣赏钉在墙上的广告牌，“这猴子，真顽固。抓住酒瓶子不撒手。”

“他跟在我后面出来了。不过，我还是把锡壶弄到手了。女用人把锡壶交给了我，一点儿也没费劲。”萨尔梅龙大夫也走过去，看那只把酒瓶掩在胸前的猴子，用手指头抚摸了一下黄铜牌的釉面，“他摆出主人的架势指责我说：为什么不让人把那些脏东西倒掉？”

“不过，他没打算把锡壶夺过去。”科斯梅·曼索也用手摸了摸黄铜牌，然后把手停在画着酒瓶的地方，猴子用两臂护住那只瓶子。广告牌上还有一只猴子护住另一只酒瓶。

“没有。我回答说，我要把壶交给当局，因为堂·卡门是中毒死的。”萨尔梅龙大夫后退了几步，两眼一直盯住那只从广告牌上冲他挑战的猴子，那副神态又自豪又坚定，随后，他回到桌旁，“他扭过头来，好像要听清楚我说的话，其实，是想让我知道他不相信我会说出这样的话。他对我说，我不光是个不速之客，而且惹人讨厌，说我没有必要待在那儿。我回答说，好啊，我就走了，您不用操心，可我要带走那把锡壶。他要是想抢锡壶，我就准备踹他一脚。”

“他没抢。”科斯梅·曼索走过来，坐在萨尔梅龙大夫旁边，用红色印花手帕擦了擦后脖梗，“您欠我一杯猴牌茴芹酒，‘班头儿’。”

“这儿没有猴牌茴芹酒。”“班头儿”普里奥把榔头放进抽屉里，“要想喝，就来杯啤酒吧。”

“他可得敢啊！”萨尔梅龙大夫用手捂住前胸，闪了一下身子，仿佛还在护住锡壶，“这工夫儿，达比希雷大夫进来了，他更不敢了。一看见达比希雷大夫，他的态度立刻变了。他走过去，显出非常难过的样子，对他说：‘您看，真不幸，大夫。’他张开两臂，似乎要拥抱达比希雷大夫。‘这家里又死了一口人。您恐怕会要我们大家都去验验血吧，在这家里似乎有一种恶性细菌。’达比希雷大夫什么也没说。他看见锡壶在我手里，心里马上明白了，我是决不会松手的。”

“要是没有猴牌茴芹酒，你他妈的干吗要钉广告牌呀，‘班头儿’？我的指甲也白糟踏啦。”罗萨利奥给“班头儿”普里奥看了看发紫的指甲。

“达比希雷大夫没跟您说什么吗？没表示支持您？”“班头儿”普里奥不耐烦地推开罗萨利奥，“我喜欢猴，才把牌子挂上的，墙是我的。”

“准确地说，他跟我说了这么几句话。‘坐下，大夫。法官马上就到这儿来。把壶交给他。他怎么吩咐，您就怎么办。’”萨尔梅龙大夫离开桌子，一步一步地走过来，就像达比希雷大夫朝卧室走过去，卧室里还不断传出哀号声，“说完了，又不算数，老帮子，胆小鬼。”

“这么说，又剩下你们两个人了，卡斯塔涅达和您。”科斯梅·曼索把啤酒杯端到嘴边儿，吹了吹上面的泡沫。

“不是。他跟达比希雷大夫后面走了，好像没听见大夫提到‘法官’这个词儿。他一边摇脑袋，一边重复说：‘您瞧，真是天大的不幸啊，一个这么高尚的人，这么善良的人，就这样，突然死了。’”萨尔梅龙大夫转过身来，在猴子面前停下脚步，两手捂住前胸。他还在护着锡壶。

蓦地，他在那家走廊上感到疲惫不堪，觉得自己是个不相干的人，过去他从来没到这家来过，以后恐怕也不会再来了。所有的东西，他都觉得与己无关，令人憎恨。他靠在一根柱子上，看看靠墙摆着的那儿把摇椅。平衡杆朝上放着，擦洗了半截儿，甭管怎么说，他是没法儿坐了，心里越发觉得无依无靠的。放在餐桌上的小药箱似乎摆得不是地方，他那双沾满尘土的破鞋看上去也那么陌生。衬衣的汗酸味儿很让他脸上挂不住，这股味儿仿佛告诉他：人家不让你来，自有人家的道理。他又一次听到从卧室里传出的母女俩的哀号声，伤心的喊叫声好似一股劲风，要把他这个不速之客吹出这幢房子。

他把锡壶抱得更紧了，那双破鞋紧紧踩在马赛克地板上。他不会打败这一仗，法官到来前，他绝不会离开这儿。

“你抓住了这个婊子养的，要是甩手一走，你就是个㞞蛋，是个窝囊废。”他昂着下巴，表情又自豪又坚定。在空无一人的走廊上，谁也没看见他这副神态。

27. 新手法官出场

1933 年 10 月 9 日上午，从绍塞开出的火车到达莱昂车站，迟到了一个多小时。将近 8 点半钟的时候，费亚约斯法官走下火车，把皮袋子搭在肩上。他还不知道今天将度过一生中最忙乱的一天。绍塞庄园的一个小伙子扛着几串香蕉，尾随在后面。两个人被机车喷吐出的白烟团团裹住。

多年前同费亚约斯法官住邻居的阿纳斯塔西奥 · J · 奥蒂斯上尉，在站台上等了好一会工夫了。他在旅客和小贩中间左推右搡，朝法官走去。别人一见着他，都吓得闪到一旁。奥蒂斯上尉身穿卡其布制服，头上那顶海军陆战队的帽子一直压到耳际，帽带系在下巴上。那副模样颇像数月前撤离尼加拉瓜的占领军中滞留未走的军官。再加上那双小小的蓝眼珠、红润的脸色，他的外表就更像个外国军官了。

两个人朝栈房大门挪过去几步，边走边谈。随后，急匆匆地离开车站。费亚约斯法官步子大，腾腾腾地走在前面，奥蒂斯上尉紧随其后。费亚约斯法官叫小伙子带上皮袋子和香蕉，上了一辆马车。他掏出钱夹，付了车钱。接着，登上省军区司令部那辆福特牌活篷汽车——也是海军陆战队留下来的。奥蒂斯上尉启动发动机，坐在方向盘后面等他。这时候，快到上午 9 点钟了。

想必读者不会忘记，这时候，阿塔纳西奥 · 萨尔梅龙大夫已经强行闯入孔特雷拉斯家中，目的是完成一项所谓他和奥蒂斯上尉一起商定的计划。我们说“所谓”，是因为奥蒂斯上尉在 1933 年 10 月 27 日出庭作证（证词的其他部分内容我们已经知道了）时，矢口否认参与过此项计划。

10 月 7 日星期六早晨，阿塔纳西奥 · 萨尔梅龙大夫到我家里来，表示要跟我谈谈他对奥利韦里奥·卡斯塔涅达的一连串怀疑。他认为，卡斯塔涅达对他妻子的死负有罪责；同样，对玛蒂尔德·孔特雷拉斯小姐的死也负有罪责。听了以后，我觉得他说得前言不搭后语，比如他说他手里攥着证据，可又说到时候才能拿出来。对他的话，我不大信得过。

他还提议，让我制订一项监视孔特雷拉斯家住宅的计划，他认为那里还要死人。他还表示愿意参加这项计划。我没有一口回绝，只是婉言谢绝了。我不愿意接受他的计划，一方面因为他的论据不可信，另一方面我认为他专爱对那些公认为诚实正直的人制造流言蜚语，说三道四，而且还有本事让谎言四处流传，就像证据确凿的真事一样。《记事报》上就本案发表的一大堆诽谤就是明证。虽说是罗萨利奥·乌苏卢特兰署的名，可我敢肯定那是他亲密的同伙萨尔梅龙大夫出的点子。

由于上述理由，我不愿意跟他搅在一起，答应什么东西。当然，并不是说我不打算主动采取行动。我一直小心谨慎，等您回来，法官先生，咱们俩好一起研究一下情况。事实上您看到了，咱们就是这么办的。

我这样做，是因为萨尔梅龙大夫跟我提到达比希雷大夫，说他十分清楚面对奥利韦里奥·卡斯塔涅达的阴谋诡计，孔特雷拉斯一家人处境十分危险。而我一直把达比希雷大夫看作是大家一致公认的信誉卓著的人。正因为如此，我才在车站上向您简单报告完案情后，建议您，法官先生，和我一道去找他。

就在这时候，快到上午9点钟的时候，我们看到达比希雷大夫正在诊所里聚精会神地做一个外科小手术，手术比平时麻烦一些。他为伊希德罗·奥古斯托·奥维埃多·伊·雷耶斯牧师摘除长在腋下的疖子。他给病人连用了好几次可卡因外敷药，可疖子的根儿太深了，神父还是疼得直“哎哟”。外面有人不住气地敲门，震得诊所的磨砂玻璃门不住颤悠。大夫只好把病人丢在手术台上，拿着手术刀，气哼哼地去开门。出来一看。不速之客是堂·恩里科·希尔，老大夫真想申斥他几句。

一听堂·恩里科·希尔带来的消息，他一时不知如何是好，犹豫片刻，转身回来，把手术刀扔到放在医疗器械桌上的盘子里。他扔得不准，手术刀掉在地上。达比希雷大夫顾不上拣刀子，用剪子夹起一块纱布，蘸了点儿红药水，敷在神父还在出血的打开的疮口上。走到门口时，他要神父把纱布夹在腋下等他回来。他没脱白大褂，把堂·恩里科·希尔丢在一边，走过院子，直奔车库。

奥蒂斯上尉从诊所拐角处起沿着马路边吹口哨边追那辆马车，可马车还是朝前飞奔，直跑到普里奥酒家的转弯处，上尉才让马车停下来。这里，我们再引用一段奥蒂斯上尉的证词：

在诊所外面的边道上，我们遇见了堂·恩里科·希尔，是他告诉我们刚刚发生的事情，还说达比希雷大夫匆忙外出了。我们刚好望见大夫的马车沿着皇家大街往远处跑下去。我连忙追赶，最后总算赶上了。他很恼火，现在我承认，对我们拦住他，没让他及早赶到目的地，他提出抗议是有道理的。我说，小汽车更快当，要用汽车送他走。他拒绝了，只好随他去。

达比希雷大夫刚一走远，我和您，法官先生，就听到几个卖饼干和甜面包的女人议论堂·卡门·孔特雷拉斯刚刚中毒身亡。她们头顶着托盘，从普里奥酒家外面的边道上走过，边走边说。我急忙向她们打听，她们回答说大街小巷都在谈论这件事。您一定记得，听到这里，我们觉得更需要尽快协调行动。

费亚约斯法官两天没刮脸，没换衣服，身上那件灰色亚麻布衣服龌龊不堪，有几处香蕉斑点和泥点子。尽管如此，他还是毫不迟疑地要奥蒂斯上尉直接把他送到法院。安排几件紧急的公事后，立即赶往出事现场。

路程不长，奥蒂斯上尉告诉法官，他要立刻给马那瓜挂个电话，请求授权他逮捕奥利韦里奥·卡斯塔涅达，作为嫌疑犯把他关进第21监狱。据他看，这样做不是毫无道理，目的是在调查期间防止他逃之夭夭。直到那天晚些时候，费亚约斯法官才感到疑点甚多（怀疑的理由，下面再说），为没有反对采取那项十分明显属于非法的措施，深为自责。

费亚约斯法官乘坐的小汽车来到法院那条街上，把车喇叭按得震天价响。这时候，法官的秘书阿利·瓦内加斯学士正在边道上，站在从“亚伯拉罕之恋”理发馆和“泰坦”弹子房出来的人群中间谈论着最新消息。听见喇叭声，秘书走下边道，上前迎接法官。刚一走进法院，费亚约斯法官马上向秘书口授一道给法医埃斯科拉斯蒂科·拉腊大夫的命令，指示他赶往圣维森特医院的停尸间，等到尸体运去进行剖验。

有关此案的查办令尚未发出，不过，阿利·瓦内加斯喋喋不休地向法官建议说，这些预先要办的手续以后可以加进档案里。他对司法公事里的花活，比法官更在行，而且从一开始就对这桩肯定会引起轰动的案子的发展前景异常兴奋。

上午快到10点钟的时候，费亚约斯法官在秘书的陪同下亲临孔特雷拉斯家中。从聚集在客厅里的人群中挤过去，来到走廊上寻找苦主的亲友。还没来得及询问他们，先碰上了阿塔纳西奥·萨尔梅龙大夫。大夫站在一根柱子旁边，一动也不动，紧紧护住胸前的锡壶，看来谁也没有注意到他那副怪样子。看见费亚约斯法官，萨尔梅龙大夫立刻步履庄重地走上去，把锡壶交给法官，似乎献上一份贡品。

此时，达比希雷大夫从卧室走出来，准备离开孔特雷拉斯家。他听了关于锡壶里的液体具有物证价值的简短说明，表示同意。费亚约斯法官命令秘书给萨尔梅龙大夫开一张收据，把收据的拷贝放进本案的档案里。几分钟后，将通过秘书在走廊的桌子上起草的案情查办令正式对外公布此案。

有人通知达比希雷大夫和他的学生，要他们随时听候当局的召唤，一旦提出要求，他们就要出庭作证。随后，两个人就离开了。紧接着，费亚约斯法官要求堂·埃斯特万·杜克斯特拉达（读者已经知道此人是堂·卡门的挚友）通知堂·卡门的遗孀，尸体要立即送往停尸间，进行解剖。

前面说过，这是在孔特雷拉斯家中出现的第一个紧张万分的时刻。卧室里正在给尸体穿衣服，堂娜·芙洛拉不愿意离开那里。堂·埃斯特万没有得到答复，回到了客厅。过了一会儿，还是奥利韦里奥·卡斯塔涅达出来告诉费亚约斯法官：堂卡门的遗孀听到法官来到她家的消息，十分惊异。作为这家人的朋友，当然欢迎他光临；但是，不欢迎他来处理本家没有授权处理的事务。费亚约斯法官命令阿利·瓦内加斯向卡斯塔涅达宣读《刑法》的有关条文，然后请堂·埃斯特万和堂·埃维诺尔·孔特雷拉斯（即暴卒者的弟弟）作证，当面警告卡斯塔涅达说，如果他继续以保护人的名义进行干预，就以轻慢罪将他逮捕。

卡斯塔涅达退到走廊尽头处，坐在打字机前，脸色阴沉，面带怒容。堂·埃斯特万又走进卧室，力劝堂娜·芙洛拉自愿接受对尸体进行解剖，反正费亚约斯法官有权下令强行运走尸体。从卧室里传出几声抽泣，堂·埃斯特万急忙走到卧室门口，点了点头，表示苦主已经同意。

上午差一刻 12 点钟，尸体被搬上国民警卫队运粮小卡车，奥蒂斯上尉把尸体交给费亚约斯法官。他留在屋里，单等着尸体运出后叫士兵逮捕卡斯塔涅达。费亚约斯法官在秘书的陪同下，坐上堂·埃斯特万的汽车。沿途上人群麇集，汽车跟在小卡车后面，朝圣维森特医院缓缓前进。4 名荷枪实弹的新兵站在卡车平板上卫护着尸体。

在费亚约斯法官的监督下，装胃液的锡壶在孔特雷拉斯公司的办公室里上了封，用捆纸币的猴皮筋把半张封条系在壶嘴儿上。费亚约斯法官在封条上签了字；阿利·瓦内加斯也签上字，并亲自把证物送往大学的药学系。大学化学试验室主任阿布萨隆·罗哈斯学士接下证物，同时也收到司法委托书。委托书上说，从那时起，承认他具有化学专家的资格。

下午3点半钟，法医埃斯科拉斯蒂科·拉腊大夫结束了尸体解剖。在停尸间草拟的验尸报告说：

在本法医的监视下，一具尸体被剥去全部衣服，置于停尸间解剖石板上，开始进行身体外部检查。尸体为男性，白人，年龄在50左右。身体已完全僵挺，无伤残及其他缺陷，亦无瘢痕。皮肤呈深黄色，前胸有青紫色斑点，大小相当于科尔多瓦分币。在手电筒光下观察，瞳孔张大，视网膜充血。

本法医亲手主刀，进行尸体解剖，从上胸部开始，直切到下腹部，切口达于内脏。随即对胃部进行外部检查，未见异常。然后，用P·马辛库斯推荐的手术，将胃取下。

随后，检查了脾脏，证明情况正常。接着，检查了肠部，既无疾病，又无创伤，从十二指肠取下一段约一英尺长的肠子。接下来，检查了肝和胆囊，均属正常。又按照马辛库斯方法，摘下整个胆囊和一片右肝叶。又取下右肾，右肾组织健康。

随即检查胸膛内的器官，心脏以及属于心脏的大血管均很正常。摘下上述内脏，按照M·辛多纳技术进行相应的检查；右肺和左肺的上部及下部呈现青紫，系室息所致。

然后，检查脑髓，用卡尔维锯子从头盖中取出脑髓。经表面检查和纵切片检查，脑部正常，仅从右脑右半球切下一片，供进一步检查用。

从对上述各器官的外部检查看，除去肺部显现室息迹象外，尚不能最后断定非自然死亡。因此，下一步应对各器官做内部解剖，并进行毒物学化学试验，本法医认为这样做是必要的。

解剖结束后，本法医命令助手以无机物材料填充摘除内脏的空腔，并缝合刀口。还要说明一点：最后在尸体上注射了福尔马林溶液，足以在48小时内使尸体保持良好状态。全部器官及器官部分切片均置于玻璃瓶内，未加入任何防腐剂。

据报道，市内一些地方，人们直到深夜还迟迟未睡。翌日，《记事报》在头版以大量篇幅发表了题为《老城群情激荡》的报道。罗萨利奥·乌苏卢特兰在报道中使用了类似在报道宗教节日时使用的鼓动手法。

可爱的“狮子”①的古老鬃毛晃动了，竖立起来了，摆动起来了……濯足节、基督圣体节……在这些天主教的盛大庆祝活动中，善男信女们成群结队地去朝拜在市内四面八方搭起的圣坛，人数众多，热情洋溢，笔者对当前事件的印象即是如此。公众满怀奇特的心理，你推我搡，不愿只停留在一处地方。这种共同的奇特心理推着他们转到新地方，那里可能发生新事件，出现新消息。

不过，在这里，代替基督教虔诚的是世俗的狂热，它好似多少伏特电压的电流惊醒了冷冰冰的、昏睡不醒的每日重复的生活进程……震动人心的事件时时在发生，人人都在提问，人人都在回答；大人物和小人物，穿粗布衣的和穿衬衫的，有财有势的和平民百姓都聚在一起，渴望了解事实真相，议论纷纷。新闻，当它使人振奋时，就是如此……

下午，接近4点钟的时候，费亚约斯法官还留在停尸间里。刚办

① 莱昂（León）意译为“狮子”。

完尸体解剖手续，阿布萨隆·罗哈斯学士就来了，把准备好的胃液化验结果交给了法官。化验结果搅得法官心绪不宁。后来我们看到，一有机会，他立刻从医院里给达比希雷大夫打电话，把化验结果告诉给他。

罗哈斯学士趁机交给法官一份报告，请求征用普里奥酒家的冰箱，因为化验室缺乏保存内脏的必要设备。费亚约斯法官没有正式下令，只是交给罗哈斯学士一张给“班头儿”普里奥的手写的条子。条子的拷贝收入档案中，上面说：

班头儿：

恳求将贵处冰箱借给阿布萨隆·罗哈斯学士一用，最迟后日归还。望予慨然协助。此致

敬礼！

马里亚诺·费亚约斯·希尔 1933年10月9日于莱昂

下午5点钟，那台老式开耳维纳托牌双开门电冰箱（事先取出了在里面存放的索洛特兰牌啤酒瓶）被抬上一辆马车，送往药学系，一大群看热闹的人一直跟随在马车后面。

28. 狗对萨尔梅龙大夫不大友好

达比希雷大夫身穿白大褂（那天上午，忙忙叨叨的，没来得及换件衣服）出现在门口的时候，街上的人群中响起一阵满怀期待的嘁喳声。萨尔梅龙大夫紧随在老大夫身边，穿过看热闹的人让开的通道，跟他一起登上马车。一路上，两个人一言不发，一直来到皇家大街的诊所。一群孩子紧跑慢跑地追出了一段路。

小哑巴特奥多西奥打开大门，那几只狗兴冲冲地跳到边道上。不过，这会儿老大夫没有闲心用手抚摸它们。奥维埃多·伊·雷耶斯牧师不在那儿了。特奥多西奥打着手势告诉他，那两位和他住在一起的未出嫁的姐妹阿黛莉娜和米德加莉娅到诊所来找过他，告诉他堂·卡门中毒的消息。一看见神父被丢在小床上，就决定把他带走。神父腋下夹着外敷药，没法给他穿衣服，只好把雨衣裹在他身上。

在正午的骄阳晒热的走廊上，师生俩脸对脸坐在摇椅上摇来摇去，好长时间谁也不吱声，时不时地偷看对方一眼，只听见摇椅的吱嘎声和鹌鹑在空中飞舞的扑棱声。鹌鹑从花园的柠檬树枝杈上飞下来，在走廊的细砖地上安静地踱来踱去，根本不理会那几只趴在阴凉地里打瞌睡的狗。

萨尔梅龙大夫心里明白，他的老师默默无言是出于自责。假如老头儿更厉害一些，手段更强硬一些，本来可以及时抓住罪犯的手。他本人不开口是出于傲慢，他要摆出一副胜利者对失败者那种居高临下的态度。他从座椅上看了看老大夫，只见他从来没有像现在这样衰老，这样由于失败而精神委顿。他一时冲动，本想就此了结这件事，可还是控制住自己，只用鞋底更用劲地蹬了蹬地，让摇椅晃得更厉害些。

普里奥酒家的跑堂的端着午饭进来了。达比希雷大夫打了个手势，让他把盘子放在他第二个妻子的照片下面靠墙的小桌子上。他什么都吃不下，也没打算请萨尔梅龙大夫共进午餐。他发觉他的学生正在仔细地审视他。他心情压抑，羞愧难当。事情的全部分量猛地压在他身上。话语在他脑海里翻腾，他想把心里话都说出来。也许还会建议萨尔梅龙大夫给法官写一份非常详细的报告，由他们两个人署名。报告上要列举出自从玛尔塔·赫雷斯去世以来萨尔梅龙大夫凭个人的聪明才智向他提出的种种怀疑以及全部逻辑推论。现在一切都看得清清楚楚，他要在报告里补充进自己的结论。萨尔梅龙大夫把事情的经过详详细细地记在小本子上，写这份报告不会有丝毫困难。

此外，一想到他要做好准备，以便准确无误地回答法官的审讯，心里就烦得慌。毫无疑问，他肯定要被传去作证。从这时起，一想到不得不出庭，心里就十分烦恼。法庭上聚集着看热闹的人，他不免要坦白承认自己办事草率。不过，以他的地位、以他的年龄来说，至少可以要求在他家里录取证词。

小哑巴特奥多西奥站在边道上收集马路新闻。突然，跑到走廊上，告诉他们堂·卡门·孔特雷拉斯的尸体已经被挪到医院，还说那户人家的女人们大吵大闹，国民警卫队没能抓走奥利韦里奥·卡斯塔涅达。老大夫连听都不想听，挥了挥手，让小哑巴出去。可是，这些消息继续证明萨尔梅龙大夫有道理。萨尔梅龙大夫受到消息的鼓舞，从摇椅上站起来，走到午饭前，揭开蒙在托盘上的餐巾，用手指头拣起食物送进嘴里，吃一口嘬拉一下手指头。他退后几步，又走过来。这当儿，一只鹌鹑飞到小桌子上，和盘子保持着一定的距离。

“坐下吧，好好吃一顿。”达比希雷大夫总算找到个打破沉默的机会。听到自己说话的声音，他很惊奇，仿佛这是他有生以来第一次牙牙学语。

“不，我不饿。”萨尔梅龙大夫津津有味地咽下一口东西。然后，把手指头插进头发里，来回梳理了几下，擦干净手指头，又从裤兜儿里掏出表来，看了看时间。已经是一点多钟了。

“您得走啦？”达比希雷大夫突然问了一句。他最后一个想法就是这一天余下的时间能够单独待一会。

“这工夫儿该处理胸膛了。”萨尔梅龙大夫嘴里塞满东西，唔唔哝哝地说，“干吗不给医院打个电话，问问情况？”

达比希雷大夫百依百顺地站起身来，一直走到进门的过道。电话就在那儿，靠墙放着。过了一会儿，他回来了，带回消息说，尸体解剖进行了一半儿，大约3点钟可以结束。萨尔梅龙大夫回坐到摇椅上，把斯奎布笔记本摊放在腿上。

“这儿有一个关于第一次谋杀，也就是谋杀他妻子的材料。现在咱们应该想到，法官会需要咱们。”萨尔梅龙大夫用油乎乎的手指指点着那页的几行字。

老大夫拉了拉白大褂的下摆，把两臂交叉起来。他又走进了那块让人十分讨厌的泥泞地。他想拒绝进行这样一场谈话，又苦于找不到托词。

“杀人犯咋咋呼呼地跑到街上找那些朋友的时候，被害者却平安无事地待在家里干家务活儿。”萨尔梅龙大夫把目光从笔记本上抬起来，望着老大夫的眼睛，“那天，咱们多次听见人们这样议论。堂娜·芙洛拉一再说，她和女儿进去的时候，看见玛尔塔很好。直到后来，才第一次发病。”

“可是，您还记得，他出去叫人，是因为女的闹月经病，不是因为恶性热病。”达比希雷大夫觉察到他在重复自己学生的老论点时，口气显得那么卑微。

“不过，要是从一开始他妻子就抽搐不停，他那副惊慌的样子不就有道理了，那该有多好啊！”萨尔梅龙大夫用两头削尖的铅笔在空中指点着，“要是女用人气急败坏地跑出来，在门口儿对堂娜·芙洛拉说一句：‘我家太太犯病啦！’那该有多好啊！”

“您是说杀人犯把毒药发作的时间估计错了。”达比希雷大夫把身体缩在摇椅里，神态极为恭顺。甚至在听到自己把卡斯塔涅达称作“杀人犯”时，也不感到吃惊。

“对啦，老师。”萨尔梅龙大夫用力晃了晃笔记本，“这是个失误，现在他可要倒大霉了，所有被他叫到家里去的人在证词里都会说明这一点。”

“一个职业杀人犯会把时间估计错了，真是怪呀。”达比希雷大夫眨了眨眼，尽量表现出有谈话的兴致，“当时他去叫人，也就是想让人知道他理应那么惊慌嘛。”

“猴子再精，也有拿不住果子的时候，老师。”萨尔梅龙大夫得意洋洋地摇晃着，“卡斯塔涅达是下毒的老手。您别忘了，这一次他故意不用俄罗斯轮盘赌的办法。那天上午，他给妻子吃了最后3粒药丸，他知道其中一粒有毒。他搞了一出滑稽剧，可是演砸了一部分。”

“您看，一个老手也会弄错，因为他不是从书本上学到用毒药的。他连个药剂员也不是嘛。”达比希雷大夫十分和蔼地莞尔一笑。

“嗯，他恰恰是从书本里学会用毒药的，”萨尔梅龙大夫满脸神秘莫测地伸过脑袋，“他在给被害者配毒药的时候，考虑了他们的年龄、体重、性别、体质。我手里掌握着一本书，那是落在他手里的第一本关于致人死命的毒药的书。”

“一本书？是本什么书？”达比希雷大夫也把头伸过来。

“题目是《大自然的奥秘》。”萨尔梅龙大夫在笔记本上找了找，指着一段记录给老大夫看，“今年年初，他要求罗萨利奥·乌苏卢特兰为他保存这本书，天知道是为了什么。他去危地马拉的时候，忘记把书要回去了。”

“那么，依您看，他怎么会出错呢？”达比希雷大夫没看那段记录，不过也就假装满意了，“可以设想一下，他比任何人都更了解他妻子，按说应该配一份儿剂量合适的马钱子碱，在他想让药力发作的时候药力正好发作。”

"他对她的抵抗力估计偏低。"萨尔梅龙大夫再次走到小桌旁边，用笔记本赶走在盘子里啄食的鹌鹑，"正因为这样，他不想再冒险。玛蒂尔德·孔特雷拉斯挣扎了整整一小时。堂·卡门身体强壮，他在杀人的药丸里下了大量的马钱子碱，堂·卡门只挣扎了半个小时。"

"在毒杀他妻子的时候，大概他还没有经验。"达比希雷大夫双手背在后面，边沉思边跟在自己的学生后面走动。

"他当然有经验啦。这之前他杀过好几个人。"萨尔梅龙大夫把一勺菜豆放在一块饼上，"14 岁那年他就动手了，杀死了自己的亲生母亲。"

达比希雷大夫猛然站住，走回摇椅旁边，好像一个病人不敢冒险累过了劲。

"我跟您谈起的那本书，他是从奇基木拉医院偷出来的。"萨尔梅龙大夫用手托住那块饼，防备吃饼的时候菜豆掉下来，"1920 年，他母亲身患癌症，在医院里住了几个月。他在医院里毒死了她，省得她多受罪。"

"他怎么知道她得的是癌症？他毒死母亲又是怎么回事？"达比希雷大夫觉得摇椅太不结实了，把椅子腿停住没再摇动。

"在书页里夹着一张她的照片，是在医院的病床上拍的。"萨尔梅龙大夫用两只手把剩下的饼送进嘴里。

"您光凭这么件事就推断他毒死了母亲，不让她再受罪？"达比希雷大夫闭上眼睛，把脑袋缩回来，显出不以为然的样子。

"不是，我是根据他跟他的朋友'圆球'奥维埃多说的知心话推断出来的，'圆球'奥维埃多把他的话告诉了科斯梅·曼索。"萨尔梅龙大夫用舌头嘬了嘬牙齿，然后吐了一口，"我拿到书以后，研究了一番，分析了一下这本书和照片可能有什么关系。那时候，我让曼索去查一查'圆球'奥维埃多知道些什么有关他母亲的事。"

"您是说卡斯塔涅达居然敢向奥维埃多坦白承认他毒死了自己的母

亲？”达比希雷大夫耐不住性子，用拳头捶了捶摇椅把儿。

“那倒不是。”萨尔梅龙大夫把餐巾摊在盘子上，“不过，他确实说过他无论如何也难以把母亲受罪的样子从脑海里赶走。她长了个恶性肿瘤，长在腰椎上。用大量吗啡也止不住疼。”

“其他事都是您想象出来的。”达比希雷大夫不想吵嘴，也不打算勉强对方，他的声音听起来有些凄楚。

“一，妈妈在受罪，他不想看见妈妈受罪；”萨尔梅龙大夫伸出一根手指，列举他的论据，“二，他拿走一本描写植物碱的性能、药量和效果的书；三，他在同一本书里保存着母亲的照片。”

“他 14 岁就毒死了妈妈？”达比希雷大夫做了个鬼脸，好像有人强迫他吞下一剂泻药，“您想想啊，咱们谈的是个孩子啊。”

“一个绝顶聪明又毫无道德的孩子。”萨尔梅龙大夫端起刚才送来的饭盘里的水瓶喝了一口水，“他就是隆布罗索说的天生罪犯，老师。”

达比希雷大夫看着他嘴里含着一口水，走到走廊栏杆处，漱了漱口，把水吐在花园的毛叶海棠花坛上。

“另外，那本书里专门有一章主张用生物碱达到安乐死，以沉睡避免痛苦。”萨尔梅龙大夫俯身在毛叶秋海棠花坛上，“生物碱是从医院的药房里偷出来的。让他妈妈睡觉，睡得像个小麻雀一样。”

“这件事多让人恶心。”达比希雷大夫又皱起眉头，“请原谅，不过，我内心里老是不能相信会有这类野蛮行为。”

“明儿个我把书带来，让您看看，您准会相信的。”萨尔梅龙大夫心满意足地用手拍着肚子，走回到摇椅处。

“别麻烦您了。书还是送给法官吧。我要书有什么用？”达比希雷大夫摇了摇手，把脑袋偏过一旁。

这时候，电话铃丁零零地响起来了。萨尔梅龙大夫看了看怀表，达比希雷大夫解开白大褂，也看了看表。快到下午 4 点了。他三步并作两步赶过去接电话。

回来的时候，萨尔梅龙大夫再一次把笔记本打开，放在腿上，一边等他，一边准备把本子上松动的书钉钉紧。一看老大夫接完电话脸上没露出丝毫厌恶的表情，他不禁吃了一惊。相反，老大夫的表情极其镇定。

“是法官打来的。”达比希雷大夫把两手插进白大褂的口袋儿里。

“法官怎么说？”萨尔梅龙大夫合上笔记本。

“消息对您可不大妙啊。”达比希雷大夫走到摇椅前站住脚步，伸手抓住椅背。

“没做尸体解剖？”萨尔梅龙大夫惊讶地站起来。

“做完了。他们在写验尸报告。然后，把内脏挪到大学试验室去。”达比希雷大夫两手发抖，弄得摇椅一个劲儿颤悠。

“这就是坏消息？”萨尔梅龙大夫神经质地哈哈大笑。

“检查了锡壶里的胃液，结果相反。完全相反。里面没有一丁点儿毒药。”达比希雷大夫用手紧紧按住摇椅，似乎要把摇椅按裂。

“别开玩笑啦，老师。”萨尔梅龙大夫努了把力又挤出一阵大笑。

“还是笑您自己的胡说八道吧，我再也不跟在您后边转了。”达比希雷大夫抓住椅背，把摇椅拖到一旁，“您骑在我脖子上拉屎。这也值得您笑一笑嘛。”

“别听见风就是雨嘛，老师。您坐下。”萨尔梅龙大夫十分费劲地咽下一口唾沫，“眼下重要的是尸体解剖。检查完内脏，就知道真实情况了。”

那几条狗睡完了午觉，扑到花园里追赶四下惊逃的鹌鹑。老大夫吼了一声，叫狗不要胡闹。

“我还坐下来听您瞎说八道啊？全都是因为您，我才陷得这么深。其实我很了解您的为人，怎么那会儿又跟您搅在一起啊？”达比希雷大夫的声音跟他那两只手一样不住发颤，“在法官面前，我轻率地支持了您的意见，让他们检查壶里的东西。现在我倒成了您那套电影故事里的丑角啦。”

“才刚开演嘛，老师。”萨尔梅龙大夫突然显得筋疲力尽，一只狗钻进他两腿中间，他连动也没动。

“有的是屎，您吃吧。您一个人开演吧。”达比希雷大夫走到走廊入口，直僵僵地往那儿一站，再也不说一句话了。

“您没觉察出来您在骂我吗，老师？”萨尔梅龙大夫慌里慌张地拿起帽子。

“没有，我在为您送行。没看见我在告诉您哪儿是出口吗？”那几条狗跑过来卫护在老大夫周围，撞得他一趔趄。

萨尔梅龙大夫胡乱戴上帽子，急匆匆地朝走廊走去。从老大夫身旁走过的时候，甚至没回过头来看他一眼。

“关于卡斯塔涅达毒死母亲一事，不会再有人相信，包括在‘长舌桌’上！”达比希雷大夫走到门口儿时大声嚷嚷说。

“这个老放屁精！”萨尔梅龙大夫打开门时喊了一句。

那群狗受到刺激，一边狂叫一边顺着廊道追过来，萨尔梅龙大夫连忙跑出去，关上大门。

29. 乱哄哄的一天，净是操心事

天还没完全黑下来，城里已是万家灯火。聚集在大学楼房附近街道上的人群望见堂·埃斯特万·杜克斯特拉达的汽车从雷科莱克西翁教堂方向开过来，立刻把汽车团团围住，挡住去路，把好奇的目光全部投在那几只磨砂瓶上。费亚约斯法官和他的秘书阿利·瓦内加斯坐在汽车后座儿上，护住瓶子。他们费了好大的劲才把汽车停放好，在药学系楼门前下了车。门从里面锁着，在一名国民警卫队员的看守下打开。

阿利·瓦内加斯留下来，在大学的校工帮助下把瓶子搬下车。这时候，费亚约斯法官不顾人们纷纷提问，甩开大步走进大楼。周围乱哄哄的，谁也没能注意到法官脸上那副忧心忡忡的样子。

化验报告已经在法官手里了。报告上说，经化验，锡壶里的胃液呈阴性反应。尸体解剖一结束，他离开停尸间，马上去到医院院长办公室，给达比希雷大夫的诊所挂了个电话，向他通报了化验结果，还请他保守秘密（这些，读者已经知道了）。

开始让法官心神不定的就是这份化验报告，其核心部分是：

在本报告结尾处所列证人面前揭开锡壶口上的封条，经用预先消毒之量筒测量，内含250毫升胃液，胃液相当清亮，呈酸性反应。

取出胃液100毫升，并用F·卡路希-舒尔茨方法提取生物碱，结果为阴性。

继之取出胃液60毫升，用凯塞-布什试剂及大体属中性样品进行马钱子碱检验。化验结果，马钱子碱呈阴性反应。

其余胃液，予以保存，交付有关司法当局处理。

晚上10点多钟，化验暂时停止，准备明天继续进行。除了费亚约斯法官在打给达比希雷大夫的电话里表示的忧虑外，又增添了一层新的忧虑。埃斯科拉斯蒂科·拉腊大夫，在阿布萨隆·罗哈斯学士的协助下，对装在每个瓶子里的东西都进行了物理检查。罗哈斯学士还把部分样品拿到显微镜下观察，结果同样是阴性。为此草拟的检查报告中说：

对下面开列的器官做了切片，以观察其内部状况，并进行了酸性反应试验，结果如下：

第一只瓶子：右肾。大量充血，有特殊气味，既非苦杏味，亦非阿摩尼亚味。颜色为朱砂红，血为红色。酸性反应。

第二只瓶子：胃及肠的一部分（十二指肠）。气味特殊，既非苦杏味，亦非阿摩尼亚味。颜色发白；有残留酸液滴落。酸性反应强烈。黏膜几乎全部脱落，蜡质物部分受损，有数处梗状硬物。肠内无物，黏膜亦无，颜色发红，气味特殊，呈强酸性反应。

第三瓶：心及脾的一部分，大量充血。气味特殊，血液为红色，呈强酸性反应。

第四瓶：胆囊，气味特殊，颜色独特。血液呈褐色，亦呈强酸性反应。

第五瓶：肝，大量充血。气味特殊，颜色独特，血液呈褐色，亦呈强酸性反应。

第六瓶：脑的一部分，微量充血，略有软化；气味特殊，颜色独特。血液呈红色，略呈酸性反应。

从上述各器官取下适量组织，先经透镜检查，未发现任何显示马钱子碱或其他生物碱存在之结晶。为此使用的是J·柯克帕德里克发明的、并经其学生伊格尔伯格修正的显示技术。

这一天当中，究竟证明了什么？什么也没有。当天上午费亚约斯法官到莱昂的时候，对事件一无所知。他决定马上去找达比希雷大夫，至今他认为这个决定是正确的。假如作为家庭私人医生的达比希雷大夫肯定说危险的确迫在眉睫，本来可以下令采取预防性措施，包括封存正在给堂·卡门·孔特雷拉斯服用的药物。

但是，堂·卡门猝然死亡，法官听到街谈巷议，没来得及认真思考一下奥蒂斯上尉提出的抓人办法会酿成什么结果，就轻率地采取了行动。眼下，在和奥蒂斯上尉在大学试验室外面的内廊上交谈的时候，他感到恐怕要自食其果了。晚上近 9 点钟的时候，奥蒂斯上尉前来找他，告诉他总算把卡斯塔涅达关进了第 21 监狱。

“胃液里什么也没有。”费亚约斯法官把那张粉红色纸交给奥蒂斯上尉，上面用复写纸写着化验报告，“到现在为止，在内脏里没找到任何东西。”

“罗哈斯一准是累了。得等到明儿个看啦。”奥蒂斯上尉把那张纸叠成四折，交还给法官。

“不是累不累的问题。”费亚约斯法官觉得疲惫不堪，用手揉了揉眼睛，“明天要是化验结果还是阴性，这桩案子只能了结了。一定得释放卡斯塔涅达。”

“你太着急了，事情才刚刚开始嘛。”奥蒂斯上尉把帽子朝后推了推，搔了搔脑袋，“这家伙多嘴多舌，我不能就这么放了他。”

“光凭多嘴多舌，是不能把人关进监狱的。”费亚约斯法官把化验报告装进衬衣兜里。

“多嘴多舌，造谣生事。照他那套算盘，这儿的娘儿们，结了婚的、单身儿的，全让他捞到手了。”奥蒂斯上尉摘下帽子，使劲抖了抖，“这是哪路蝎子钻到咱们衬衫里来了。”

“咱们谈的是证据，可证据越来越没影儿了。”费亚约斯法官用手指摸了摸胡子拉碴的下巴，“就连达比希雷大夫听我念完化验报告，也马上洗刷自己，把责任一股脑推到萨尔梅龙大夫身上。根本不想再过问这件事啦。”

“萨尔梅龙那个小丑儿也爱造谣生事，”奥蒂斯上尉用帽子拍了拍大腿，“也得把他关起来。”

“就是嘛。要是光听了萨尔梅龙大夫那几句话，我连根儿指头也不敢动啊。”封闭的院子里吹过一阵风，费亚约斯法官连忙眯缝起眼睛。试剂的那股土腥味儿还紧贴在他鼻孔里。

“赶明儿个给狗打针。”奥蒂斯上尉检查了一下帽带儿，把帽子又戴到头上，“只要狗死了，那就是内脏里有毒。”

“这件事是要干。”这时候，费亚约斯法官看见阿利·瓦内加斯从化验室门里把头探出来，就冲他摆了摆手，让他等一会儿，“不过，要是还是没事儿，您和我可就出丑了。”

“出丑的是那个寡妇，她当着大伙儿的面儿，唱了出戏。”奥蒂斯上尉仰起脖子，系好帽带儿，“她把小辫子递给了人家，在这儿的人更得说道说道她啦。”

“要是卡斯塔涅达没罪呢？她蛮有理由不让你们把卡斯塔涅达从她家里强行抓走嘛。”费亚约斯法官抓住蛋形象牙门把手，“为这场丑闻担责任的就是您，而不是她。里边儿叫我进去一趟。”

“我担责任？我干的事可全是为了帮你的忙。哼，瞧这档子漂亮事！”奥蒂斯上尉朝试验室的门奔过去，趁着费亚约斯法官还没来得及关上门，一把把门拽住，“说来说去，即便什么事也没有，至少该把那小子赶回危地马拉去。让乌维科在那边儿收拾他。”

“那得另说了。不过，我要是决定停止审理这个案子，您可别妨碍我。”费亚约斯法官轻轻地推开门，奥蒂斯上尉只好闪到一边去。

一天的工作结束后，阿利·瓦内加斯陪着费亚约斯法官步行了两个街区，送他回家。在一段路上，几伙好奇心胜的人紧跟在他们后面。费亚约斯法官在路上叮嘱秘书一定不要跟任何人谈起迄今为止的化验结果。倘若当天晚上在莱昂出现互相矛盾的猜测，第二天的化验就很难取信于人了。

吃晚饭的时候，家里人、街坊四邻挤在饭厅的桌子周围，费亚约斯法官坐在当中，谈起这桩案子，言词十分谨慎。有人说，化验还没有开始，他也小心翼翼地不置可否。

但是，在场的人更加兴致勃勃地谈起奥利韦里奥·卡斯塔涅达被捕的情况，说，最后警方还是把他从堂娜·芙洛拉以及她女儿手中夺了过去。他们认为，用不着说，胃液和内脏里肯定有毒药。费亚约斯法官每要吃一口饭，两眼都死死地盯住叉子，对大家这种把握十足的判断，迟迟不表示赞同。理由嘛，上面已经说过了。

夜深了。费亚约斯法官的妻子在摇篮旁边忙活，摇篮里睡着他们的第一个儿子。法官边脱衣服，边想着奥利韦里奥·卡斯塔涅达。他们是法律系的同窗，先后毕业，只差几个星期。的确，卡斯塔涅达好夸夸其谈，爱散布些桃色新闻，把自己说成是情场上的英雄，身边总围着些女人。法官没有和他断绝来往，只是在教室里、在走廊上尽量和他保持一定距离。

几天前，法官在社交俱乐部的台球室里遇上了卡斯塔涅达，当时着实吃了一惊。法官以为他已经回到危地马拉，不再回来了。现在，法官回忆起参加卡斯塔涅达妻子葬礼的同学不多，自己就是其中的一个。卡斯塔涅达在离开莱昂前曾经给他寄去一张明信片，对此表示感谢，夸赞他为人讲义气。

平时在办公室聊天儿的时候，阿利·瓦内加斯曾经谈起过外界流传的关于卡斯塔涅达和孔特雷拉斯家那几个女人之间的风流韵事，用词不堪入耳。当时，卡斯塔涅达的妻子还在世。据说，他让这些娘儿们争风吃醋，他却大享其乐，根本不顾大家都住在同一个屋檐下。那天早上，他到诊所去找达比希雷大夫的时候，这类传言又浮现在他脑海里。他一直不大相信，一则他了解卡斯塔涅达的为人，再则他也知道秘书的嗜好，这家伙除了谈文学以外，专爱传播小道消息，并以此为乐。这些小道消息都是他从台球桌旁和小酒馆里收集来的，一般来说，都是在萨尔梅龙大夫的“长舌桌”上制造出来的。

法官光穿着条睡裤，仰面躺在床上，不住思索自己眼下的处境。上午，在采取初步措施的时候，他对这桩案子可能产生的轰动效应充满了热情。虽说他既没有从事律师职业的才干，又没有从事司法工作的天赋，可这一天当中，一想到自己一下子成为赫赫有名的人物，心里不免感到十分惬意。

说到法官这些令人不快的思考，有必要引用一下马诺洛·夸德拉写的一篇通讯，请读者鉴谅，以便大家更好地了解费亚约斯法官的为人及其年轻时——他和奥利韦里奥·卡斯塔涅达同生于1906年，当时大概是27岁——的向往。这篇通讯的题目是《费亚约斯法官及其他诗人》，刊登在1933年10月14日的《新新闻报》上：

我们搭乘火车来到雄伟的莱昂市（在更为文明的国家，大约可以省去一半时间），这里是自由主义思想的摇篮，更是鲁文·达里奥的精神摇篮。几天来，发生在这里的引起轰动的事件使公众舆论大为震动，把这座自豪的通都大邑变成全国新闻界的麦加。本报社长加布里·里瓦斯决定抢先录下这些事件，于是派我们来到这里，口袋里比索不多，而要完成的任务却不少。

我们来到一个诗人的城市，因此远近闻名的卡斯塔涅达案势必牵连到难以数计的诗人，使他们成为本案的主角：从犯人到审理本案的法官、法官的秘书、律师们；在这份名单中还应加进笔者，笔者是记者，更是先锋派诗人，但是却要全心全意、一丝不苟地完成这次颇为棘手的采访任务。在倒运的时刻，本人曾被斯巴达征为雇佣军，在我自己的古希腊祖国同民族主义的斯巴达奴隶展开激战本人还算聪明，将雇佣军的可怜马具永远挂起。……不过，那是过去的事了。如今本人是新闻战线的一名斗士。

诗人们，诗人们，祝词里这种称呼屡见不鲜……从犯人的箱子里搜查出的纸头上写着浪漫主义式样的诗。法官秘书阿利·瓦内加斯创作先锋派诗，他给我们念了几首，还说一本诗集即将问世。其父胡安·德·迪奥斯·瓦内加斯正准备对犯人提出指控，据说，此人也时常勃发灵感，而且是以莱昂为坚固阵地的现代主义流派的嫡传……本案法官马里亚诺·费亚约斯也是诗人。

尽管悲惨的事件以急促的“答答”声催促我们——正像当年警察横行无忌的日子里，在哀鸿遍野的塞戈维亚大山深处摩尔斯无线电码召唤我们一样——我们还是想在这几页传单式的纸头中介绍介绍费亚约斯法官。从去年起我们就结识了费亚约斯法官。当时，他作为拳击艺术的爱好者，赞助屡战屡败的莱昂拳击手基德·塔马里斯外出巡回比赛。笔者也爱好拳击，支持的是基德·森特利亚，也就是法官赞助的拳击手的最危险的对手。不过，作为君子，应该承认基德·森特利亚的技艺不及基德·塔马里斯。

一个悲惨的晚上，在马那瓜的战神体育馆的拳击台上，眼看着基德·塔马里斯就要凑足连续15次无情击倒对手的记录，荣登胜利者的宝座。突然，基德·森特利亚猛然一拳，击中他的头部，将他打倒在铺着帆布的高台上。本来他可以交好运，可我们却看到他砰然倒下，失去知觉。如今，基德·塔马里斯已然神志不清，整天踯躅在莱昂街头，动辄朝空中发出致命一击，时时保持高度警觉，东躲西闪，进行自卫，白白耗掉狂热的精力。尾随其后的小青年们拼命鼓掌，却很少露出怜悯之情。过去，他前途无量，如今只在冠军牌甘蔗酒的商标上留下英姿勃勃的美好形象。

失去理智的基德·塔马里斯却成了行吟诗人，他的“曲臂挥拳上击”的六韵步诗表现出纯然的和谐。失去理智的阿尔丰索·科尔特斯被锁在皇家大街的一扇窗子外面的铁栏杆上，恒星的中轴在他脑海里不住地旋转，发出隆隆巨响。利诺·阿尔古埃约（《月亮上的亚麻》的作者）饮酒无度，迷恋四处流浪的吉卜赛人的悲怆的节日，也落得失去理智，他是黄泉下的新娘的诗人，这些新娘从未在人世间生活过，而

“只存在于他的温馨的、柔弱的梦中”。他孤苦伶仃，混迹街头，在下等酒馆里独来独往。他的灵魂里闪烁着微弱的烛光，悲剧在那里找到了温暖的藏身之处。近来，他正为玛蒂尔德·孔特雷拉斯——卡斯塔涅达这出戏里头戴苍白的百合花的奥菲莉娅——之死而歌唱。

然而，我们还是回过头来，说说马里亚诺·费亚约斯吧。他是以亲切的笔调歌颂欢欣的家庭生活的诗人，喜欢讲述本地的故事，爱恋太平洋沿岸炎热平原的土地以及生自这片土地的东西。他喜欢傲然屹立的火山，经过千万年形成的峰峦打破平原的单调景色，正像鲁文·达里奥眼中的火山一样，是“古代的莽汉，神话中的威神”。他还是音乐家、钢琴艺术家、吉他演奏家，无论是彻夜不眠的晚会上，还是在短暂的小夜曲演奏会上，都能一展所长。他熟知吉卜赛人处世标准，能和不拘礼节的吉卜赛人社团大谈荷尔德林或者巴贝·鲁思，既能谈加西亚·洛尔卡，又能谈普里莫·卡内拉以及胡安·塞瓦斯蒂安·巴赫、玛丽娅·格雷维，还有尼采的悲观主义、格雷塔·加尔博的腿有多长……

在拳击赛的伊卡洛斯——即基德·塔马里斯——被击倒后，我们最后一次见面的时候，费亚约斯悄悄地告诉我，毕业后他已经接受了法官的职位，原因是需要应付新婚后的各项开支。单等着那位秘书兼诗人的父亲、法律系主任应允过的法哲学讲师任命下来，再辞去这项职务。

他勉强任职后短短几个星期内，告到法庭的案件不过是为母鸡吵架、在莱昂郊区为争篱笆动砍刀、在斗鸡场和地下赌场里打架斗殴，有时还有开枪射击、商店里小偷小摸以及某教堂里积钱罐被人砸开。为让大家看到他并不打算放弃真正的爱好，他让人把泰伦提乌斯的一句格言——阿利·瓦内加斯自愿用哥特体为他抄录好——镶嵌起来，挂在办公桌后的法庭墙壁上，并以此作为座右铭：凡属人道的我均感同身受。

凡经他手办理过的案件，但凡有些用处，他都从中搜罗自己故事里的人物和题材。每逢周末到“索科罗”庄园去，也是为了同样的目的。“索科罗”庄园是他父亲的遗产，坐落在绍塞附近的萨帕塔山谷中。庄园只有花销，没的进项，不过，他可借此机会和雇工、乡下人、管事的打交道，从他们那里学习方言土语，正像在塞戈维亚战争中，我向卡利班学土语一样，同时还注意倾听阿里埃尔的满嘴脏话。

他为他那本短篇小说集选定了个题目，叫《断裂的地平线》，不日即可出版。这和我一样，我那本书叫《与桑地诺在山中周旋》。当法庭无人告状，空寂无聊的时候，或者乘坐那辆破旧的“福特”（为纪念梅特林克，他给车子命名为“青鸟”）下乡巡视的时候，他和秘书经常谈说的题目不是法典，而是书籍和文学爱好。此时，“青鸟”踏上不同的路……我也成为“青鸟”的乘客。

此人就是审理卡斯塔涅达案的法官，笔者已如实介绍给读者。掸掉帽子上的征尘，把几件可怜的东西寄放在“恰贝利塔”膳宿公寓的房间里，笔者立即直奔法院，开始搜寻消息，并希望马里亚诺·费亚约斯伸出坦诚之手。在以后的几个星期里，公寓的墙壁必须习惯于听取笔者深夜的自言自语以及自来水笔的刷刷声。

我们会面的时间很短促，他要出去办理案件的一些手续。我和阿利·瓦内加斯进行了亲切的谈话，借以消磨时光。但是，尽管情况严重，也挡不住笔者同法官先生开始第一轮交谈……挡不住我们乘坐“当场”帮凶——“青鸟”——享受一次宁静的远行。

费亚约斯法官感到身体十分疲劳，可就是睡不着觉。听到左邻右舍的公鸡啼叫，他欠起身子，看了看床头桌上的闹钟的夜光针指示的时间。不到1点钟，离天亮还早着呐。他又躺下来。有人叩门，把大门敲得咚咚的响。法官吃了一惊，连忙起来，跑到走廊上，穿好睡衣。孩子也让闹声吵醒了，一个劲儿地哭。妻子在哄孩子。当天晚上，在庄园里干活的那个小伙子睡在门厅里的一张帆床上。小伙子用手电筒照看路，朝法官走过来，递给他一封信。信是刚刚有人丢在门口儿的。法官撕开信封，叫小伙子把手电筒凑近些，好看看信的内容。

区刑事法庭首席法官先生

尊敬的费亚约斯博士阁下：

敝人的声誉及职业信用受到威胁。被害者死前，敝人曾从其身上取得胃液，经化验，竟呈阴性反应，因此您必须当机立断，将胃液注射到狗身上，此事迄今尚未进行。据敝人掌握的情况，明日上午将进行此项事关重大的试验。望勿改变。倘若狗因此致死，即证明敝人判断不错，敝人自信如此。反之，敝人愿承担法律制裁。

望即行动，静候吩咐，此致敬礼！

医生、外科医生

阿塔纳希奥·萨尔梅龙

又，贵处秘书瓦内加斯学士曾告知挚友罗萨利奥·苏乌卢特兰，胃液尚余90毫升，足够进行敝人请求之试验。望多保重！

这种过分的举动把费亚约斯法官惹火了，一气之下，恨不得把信撕得粉碎，丢到院子里去。阿利·瓦内加斯更让他生气，明明叮嘱过他，不让他和任何人谈及化验的结果，可他就是不听。不过，法官心里明白，他有责任保存所有与本案有关的文件，并列入档案，即使像这类傲慢无礼的玩意儿，也得如此。

在档案里我们找到了这封信，钉在卷宗上，另外还有一份萨尔梅龙大夫的材料，上面印着专用笺字样，有他的诊所地址和看病的时间。

"出什么事啦？"费亚约斯法官的妻子怀抱着还在哭哭啼啼的孩子，走到卧室门口儿。

"没事儿。"费亚约斯法官把信放进睡衣口袋里，"一个疯子，这个镇上到处都是疯子，深更半夜的给我写了封信。"

30. 大学里引起轰动的化验

1933年10月10日清晨，乌云密布，骤雨将至。尽管如此，人们从一大早儿就开始往大学左近聚集。大学是一座两层楼的旧式建筑，旁边是梅尔塞德教堂。法律系、医学外科及产科系、药学系都设在那儿，教室、试验室占据了一层楼的西翼。

1916年，在大学礼堂里曾为鲁文·达里奥的遗体守灵10天。现在，在礼堂门外的小广场以及人行道上，一大群小贩支起棚子，摆上摊子，推着车子，给百年的庄严学府平添了一派繁华市场的气氛。罗萨利奥·乌苏卢特兰在他那篇题为《大学里引起轰动的化验》的报道里就是这么描述的。这篇通讯发表在10月11日的《记事报》上。

与此相反，孔特雷拉斯家虽然离开这儿仅有一个街区，现在却冷冷清清，仿佛离开事件很远。堂·卡门的尸体还停放在家里，将于下午4点举行葬礼。在孔特雷拉斯家，出来进去的人很少，主要是服丧的妇女。细雨绵绵，雨天下大教堂每隔一小时敲起的沉重的钟声似乎也不能使那些好奇心胜的人记起这儿还有一户办丧事的人家。

上面提到的罗萨利奥·乌苏卢特兰的报道向我们提供了那天清晨发生的一些事件的细节：

第一个来到的是法官费亚约斯博士，他手持雨伞，身披油布斗篷，于7点20分进入大学。几分钟后，法官的秘书阿利·瓦内加斯学士、法医埃斯科拉斯蒂科·拉腊大夫也来了。此时，阿布萨隆·罗哈斯学士已经在化验室里，在几个学生的协助下正在对准备在化验时使用的试管和其他器械进行消毒，并摆放停当。

在院内走廊上，要在试验中使用的狗和猫被适当分开，拴在柱子上，由一名校工看着。以上是笔者从街头上得到的消息。和所有新闻记者一样，笔者也不得进入大楼，大楼的门窗均被锁住。另外，还得悉学校的校工天亮的时候在奇基托河两岸捕捉了一些青蛙。

自8点钟开始，陆续来了几辆马车和汽车，从车上走下社交界知名人士。即使是他们也要等着把守大门的国民警卫队队员用枪托敲击大门。敲门后，一扇窗子打开一半，阿利·瓦内加斯学士露出脑袋。然后，他和法官商量，经法官授权，才能吩咐将门打开。

这套做法在现场产生了一种嘲弄人的气氛。那些游手好闲的人、东游西荡的人对在边道等候允许进入的人表现得极不恭敬。他们尖声尖气地叫着那些人的绰号、诨名。对那些未获“圣旨”进入的人，则报以尖厉的嘘声，撵他们走。有一次，瓦内加斯学士突然从窗子里探出头来，一颗不知道什么人扔出来的芒果核刚好砸在他的脑壳上。

在法官准许进入大楼的公民中，我们记得有市长先生奥内希菲罗·里索博士、西区上诉法院院长奥克塔维奥·马丁内斯·奥多涅斯博士，伊希德罗·奥古斯托·奥维埃多·伊·雷耶斯牧师、圣维森特医院院长霍阿金·索利斯大夫、莱昂卫生局局长里戈贝托·桑普森大夫，此外还有本市知名医生和药物学家。正是通过这些人士，公众才逐渐得知化验的进展情况，因为法官无法阻止他们主要是通过半开半闭的窗子和守候在外面的亲朋好友通话，把事情经过的消息透露出去。笔者正好利用这一情况，其他“第四权力”的同行们也是如此。

阿布萨隆·罗哈斯学士进行的初步分析被列入档案里的法庭记录，其中说：

内脏的化学分析

上午8点40分，开始对内脏进行化学分析。为此，先将全部器官弄成碎末，将糊状物分成4等份：第1份用来试验挥发性毒物（酒精、乙醚、三氯甲烷、胺苯等）；第2份用来试验酸性物（硫酸、硝酸、草酸、苦味酸等）和金属（氰化物、砷化物、锑、水银等）；第3份用来化验生物碱（如马钱子碱）；第4份保存在冷冻箱里，以备必要时重复进行某种化验。

从对前两份糊状物使用E·阿布拉罕蒸馏法进行化验的结果，可以看出不含任何挥发性毒物。然后，使用塞科德和艾伦有机反应法对两份糊状物继续进行化验，证明不含酸性物和金属。化验证明，昨日所有器官所含酸性物质均系因操作不当导致胃液发生作用的自然结果。

在对第3份糊状物进行化验时，试以诺斯-辛格劳普法使用乙醚从中提取生物碱；结果析出一种类似苦味酸的黄色物质，但无生物碱的典型反应。将该物质置于曲颈瓶中升华，亦未从中得到马钱子碱特殊反应；现将该物质保存下来，以便进行进一步的化学试验及其他生物学试验。

将近中午了。据罗萨利奥·乌苏卢特兰的报道，人群从不时出现在窗前的证人口中得知上述结果后，开始骚动起来。大家议论纷纷，有人甚至大喊大叫，要求释放奥利韦里奥·卡斯塔涅达。

妇女当中有一个靠卖腌肉为生的女贩子，头顶着一只用棕榈叶编织的大帽子，帽檐挡住微弱的阳光。只见她手持刀子直走到一扇窗前，满口污言秽语（在印出来的文字中实难重复），要求打开监狱大门，放走囚犯，再把所有博士、卖弄学问的家伙统统关进去。她用嘲讽的口吻说，她本人负责给他们提供饭食，吃多少给多少，绝不让他们饿着。这件事惹得大家哈哈大笑。那位一再传递消息的先生担心被枪弹打中，立即关上窗子。

化验一刻不停地进行，直到吃午饭。我们再来看看档案：

我按照V·沃尔特斯法，使用亚铁氰化磷、硫酸和重铬酸磷寻找马钱子碱，反应为阴性。

通过将氯仿提炼物蒸馏，继续按照加文–坦布法进行试验。此次，得出含有马钱子碱的迹象，通过显微镜观察，经蒸馏后有该生物碱之结晶。

这一消息通过窗子含糊其词地传出后，又引起人群的骚动。只听得人声喊叫，有人赞成囚犯，有人反对囚犯，还有嘘声、掌声，拴在院内走廊上的几只狗狺狺狂吠。罗萨利奥·乌苏卢特兰写道："狗叫声引起一阵粗野的狂笑，因为人们知道这些狗会有什么样的下场。"

青蛙的生物试验

我着手对一只青蛙进行生物试验，方法如下：将留用于生物碱化验的第3份内脏25克置于试管中，并用含有30%硫酸的略带酸性的水加以溶解，准备出2毫升的肌肉注射液。

1点10分给青蛙注射后，被注射的肩胛区肿胀、潮湿。1点12分，青蛙有反胃反应；将青蛙释放，不能动转；身体抽搐，呕吐。1点13分，继续呕吐，表现出全身无力。恶心中止。1点15分，对外界触碰有微小动作反应。听到拍桌子声，略动一动。呼吸急促。1点17分，明显抽搐。不能跳动。经触碰，抽搐猛然加剧。1点19分，后腿蹬直。用针刺，身体不动。不能恢复原来的姿势。1点20分，后腿发僵，胸部肿起，微有黏液分泌。前腿发僵。1点21分，后腿松软无力，腹部松软。前腿僵直略有缓和。1点22分，反应十分微弱。1点23分，无反应。略见呼吸动作。垂死挣扎。1点24分，虚脱。青蛙死去。

狗的生物试验

1点50分，将6毫升相同提取物注射到一条重6公斤的狗身上，观察到如下反应：1点52分，瞳仁放大，对声音、光线有神经质反应。1点54分，显出情绪低沉，悲伤。1点57分，在人的催促下，仍不愿动弹。2点2分，叫声喑哑、凄惨；再次呕吐。2点3分，第一次发作。用听诊器可以听出心脏快速跳动。下巴发僵（牙关紧闭）。2点4分，发作中止。精力疲惫，触摸下肢，感到僵硬，对针刺无感觉。2点7分，第2次发作。四肢僵硬。2点9分，发作中止。全身无力，生命信号微弱，无反应；对呼唤无反应，眼睁不开。2点12分，第三次发作。两眼斜视，下巴僵硬，用钳子打不开嘴（牙关紧闭）。2点14分，发作结束。2点17分，垂死挣扎。2点18分，狗死去。

第3个试验的对象是一只重1公斤的猫。下午2点30分，给猫注射了4毫升的相同液体；2点50分，猫身上出现了十分相似的迹象，随后死去。上述档案中对这次试验做了类似的描述，此处无庸抄录。

几个动物被注射了内脏的提取物后相继中毒死去，这个消息引起了更大的混乱。下面是罗萨利奥·乌苏卢特兰报道的内容：

在大楼的几处地方，窗子同时大敞四开，弹子锁、插销咔咔作响。引得旁观者东奔西跑，纷纷聚集在各扇窗子下面，焦急地等待着新消息。

众人听说几只动物在一个接一个的试验中的最后结局后，吼声如雷，恰似大海怒涛，不少人扯起嗓子高叫要惩罚罪犯。他们成群搭伙地准备去第21监狱，要让囚犯亲身领教领教公众舆论的力量。另一些人提出要收集签名，将签名单列入致最高当局的一封请愿信上，强烈要求不经任何手续即对囚犯处以极刑。不过，这两项倡议均未付诸实现。

试验本该就此停止。此时，费亚约斯法官心神甫定，但他在最后一分钟又做出一项决定。阿利·瓦内加斯尚未从人们强烈指责他的不诚实行为中恢复过来，一听法官的决定不禁又大吃一惊。法官命令阿布萨隆·罗哈斯学士将阿塔纳希奥·萨尔梅龙大夫从堂·卡门·孔特雷拉斯身上搜集的胃液的剩下部分注射到一只狗身上。

这是一项公平的举措。当天一大早，萨尔梅龙大夫曾经来到药学系大楼门前，要求进入大楼。费亚约斯法官一口回绝，大夫为此遭到人群的嘘声。法官在关闭的窗子里听到了嘘声，罗萨利奥·乌苏卢特兰当时也在场，只是在报道中记述这件事的时候，有意隐去了萨尔梅龙大夫的名字。

下午 3 点 15 分，给狗注射了胃液。这只狗经过 3 次剧烈抽搐，于 3 点 45 分死去。

接下来，动手起草试验报告，下午 5 点签字。除了在 4 点钟前因事退场的奥维埃多·伊·雷耶斯牧师外，所有在场的人都以证人身份签了字。罗萨利奥在其报道的结尾写道：

第一个离开大楼的是大教堂教长、尊敬的牧师伊希德罗·奥古斯托·奥维埃多·伊·雷耶斯，他要在莱昂的主教辖区蒂赫里诺·伊·洛艾西加主教阁下为堂·卡门·孔特雷拉斯举行的棺前弥撒上念悼经。当时，送葬队伍出发的时间快到了。

牧师高举着手，似乎在向大家祝福，有些人误解了其用意，竟然跪了下来。但是，笔者确切地知道，牧师举起胳膊只是因为最近他腋下做了一次外科手术，手术后，胳膊疼痛，放不下来。

31. 萨尔梅龙大夫要恢复事物的本来面目

阿利·瓦内加斯有个习惯，到了深更半夜还把书房的门大敞四开，一则因为莱昂夜间燠热难捱，再则也因为他喜欢暗中窥测那些“夜游神”，抓到一个也好聊上一聊。书房是其父胡安·德·迪奥斯·瓦内加斯博士的豪华住宅的一部分，书房门正对着皇家大街。他家隔壁是另一座华丽的宅第，鲁文·达里奥曾在那里度过少年时代，现在诗人阿尔丰索·科尔特斯被拴在阳台的铁栅栏上。读者都知道，诗人自从疯了以后一直被关在那里。

书房里家具很少，平时无人收拾，杂乱无章。只有在阿利·瓦内加斯的母亲一再催促下，他才不得不清扫一下。老太太站在宅院的另一边，骂他儿子住的地方像狗窝，还自鸣得意。阿利·瓦内加斯只好打开中间的门，让女仆们进来。女仆们跟他待在一起，老太太还真有点儿不放心，于是就手提着皮带，往那儿一站，注意监视阿利·瓦内加斯。这当儿，女仆们用条帚把垃圾扫到边道上去。只有这种时候，老太太才有机会强迫他穿上裤子。只有这种时候，那张铁床——周围有4根柱子，顶上有4个小天使的头像，外面罩着被尘土沾黑的纱幔，是他们家最名贵的财产——才向街上的过往行人展现出雄伟的构架。

读者已经知道，正因为有这样一个习惯，阿利·瓦内加斯才看到毒狗的人在1932年6月18日晚上乘坐马车飞速经过他家门前。过了一会儿，罗萨利奥·乌苏卢特兰出现在书房门口儿，向他讲述了老大夫拿手杖打人的事。在1933年10月9日开始的审讯中，捕杀野狗的事变成了调查的主要内容，他们两个人在出庭作证时讲述了以上情况。

这天经过紧张的工作后，阿利·瓦内加斯在他家的门厅里同费亚约斯法官告别后，回到自己的房间。我们最好还是紧紧跟上他。只见他脱掉衣服，和往常一样穿着裤衩儿，准备复习一下荒疏的功课。过了一会儿，他觉得精神很难集中，于是从折叠椅上站起来，走到收藏书籍和纸张的箱子跟前，寻找他的诗稿，把最近写的那首诗——《一位不知其名的妇女的挽歌》——誊写清楚。他刚刚回来坐下，罗萨利奥·乌苏卢特兰又一次出现在门口儿，这次是以阿塔纳西奥·萨尔梅龙大夫的使者身份来的。

我们最后一次见到萨尔梅龙大夫，是在达比希雷大夫的诊所门前，当时一群狗从走廊那边跑过来追他，吓得他急急忙忙关上门。现在，我们得陪着他穿过大街，看着他像只挨了打的狗一样朝普里奥酒家走去。我们待会儿再回到阿利·瓦内加斯的书房。

在那个群情激愤的下午，普里奥酒家宾客如云。冰箱已经腾空，准备运到大学去，客人只好喝半凉半热的啤酒。萨尔梅龙大夫穿过几张桌子，耳边听到人们闷闷不乐地议论唯一能使所有的人激动的话题：在最后一个被害者死去后，投毒犯奥利韦里奥·卡斯塔涅达被捕了。

萨尔梅龙大夫径直朝一个角落走去，坐在惯常坐的地方。他掏出斯奎布笔记本，放在一旁，根本没心思打开。头脑渐渐冷静下来，心情却越来越沮丧。他像个失去了老头子宠爱的孩子一样被赶了出来。老大夫一反常态，对他破口大骂，让他明白无误地知道老大夫跟他彻底决裂了。

过了好大一会儿工夫，科斯梅·曼索走进酒馆，站在桌子跟前。刚才搬走冰箱的时候，客人们纷纷跟了出去。这会儿，又都聚到了餐桌周围。科斯梅·曼索向大家介绍逮捕卡斯塔涅达的细节，亲眼目睹了当兵的如何大动干戈，把烂醉如泥的投毒犯抓走，亲耳听到了那两个女人高声喊叫，连声抗议，再次企图阻止军人们把卡斯塔涅达带走。科斯梅·曼索装着哭腔，做出苦苦哀求的表情，讲述事情的经过，逗得在场的人心花怒放。不过，萨尔梅龙大夫看了他这套表演只在唇边露出一丝冷笑。

萨尔龙梅大夫告诉曼索，胃液检查全然失败了，曼索对此毫不惊讶。这一整天，他东跑西颠，在事主家、在医院亲眼看到了各种各样的事情。对他来说，事情也就刚刚开始。萨尔梅龙大夫忧心忡忡地告诉他的那件事不过是初步结果，根本不必为此担忧。还得检查内脏呐，还得用动物做试验呐，还得听听关键证人的证词呐。最有力的证据还是记在了斯奎布笔记本上。比如，购买毒药；毒死狗以后卡斯塔涅达留下一份儿马钱子碱；舞鳕鱼的人的故事；《大自然的奥秘》这本书。这些证据一旦被彻底披露，任何人也不敢说个“不”字。

“这是留给司令部的。”“班头儿”普里奥故意炫耀地把两瓶冰镇啤酒放在桌上，“我把冰盒藏起来了，万一他们还要呢。”

科斯梅·曼索嘴对着瓶口儿咕咚咕咚地喝了几口。萨尔梅龙大夫怏怏地拿起另一瓶。

“听我说，大夫，”科斯梅·曼索用衬衣衣袖擦了擦嘴唇上的啤酒沫，“有件事可别忘了：咱们把达比希雷大夫套住了。他说的话可都有分量。”

萨尔梅龙大夫用手指抹了抹酒瓶子留在桌上的水迹，一句话也没说。他没好意思告诉曼索，老头子把他撵出来了，就连狗也直追他，显然是想咬他几口。

“老小子撤劲儿啦，不会吧？”科斯梅·曼索嘴对着瓶口儿，两眼盯着萨尔梅龙大夫。

“他只会夸夸其谈，对他还能指望什么。”一腔怒火直冲萨尔梅龙大夫的脑门子，“锡壶里没发现毒药，他把罪过全推到我头上来了。”

“就为这个跟您吵了一架。”科斯梅·曼索小心翼翼地把酒瓶放下，仿佛怕弄出声音，惹得对方讨厌，“那个老家伙总是那么气势汹汹的。”

萨尔梅龙大夫朝旁边看了看，点了点头。他的下巴直发抖。盛气凌人，傲慢无礼，这一辈子再也不会踏进老家伙的家门儿了，就是他得了中风，也不会去给他瞧病。

“大概他把您从家里赶出来了吧？”科斯梅·曼索两眼盯住萨尔梅龙大夫，萨尔梅龙大夫一直不用正眼瞧他，这会儿，攥起了拳头，直用牙咬指关节，“他准是放出狗来咬您，这种事他干得出来。”

“他放出狗来咬我。”萨尔梅龙大夫觉得眼泪夺眶而出，紧紧闭住下巴。

“您伤了他们的自尊心了，大夫。”科斯梅·曼索使劲抓住萨尔梅龙大夫的胳膊，“说来说去，所有阔人儿都爱把鼻子伸向同一个便盆。”

“罗萨利奥在哪儿呐？”萨尔梅龙大夫突然抓起瓶颈，喝了一大口啤酒，曼索说得有理，这些人全一样，不过，是他把便盆端给他们的，“我得找他谈谈。”

“这话我爱听，大夫，咱们该怎么样还是怎么样。”科斯梅·曼索笑嘻嘻地把剩下的啤酒一口喝干，“他大概在大学那边儿。内脏快运到了，外面乱成了一团。”

“你帮我去找找他。”萨尔梅龙大夫催促科斯梅·曼索，要他赶快去，“得找阿利·瓦内加斯谈一谈，把实验室里的情况全部搞清楚。还得告诉阿利·瓦内加斯给动物注射胃液可是生死攸关的大事。”

“我想劝您两句，大夫。”科斯梅·曼索站起来，手中摇晃着空酒瓶，“您看怎么样？”

萨尔梅龙大夫正认真地忙着往笔记本上记东西，一听这话，抬起头来，看了看科斯梅·曼索。

“便盆儿的盖儿必须打开。”科斯梅·曼索把手撑在桌子上，把嘴凑近萨尔梅龙大夫的耳朵，脑袋擦着了他的帽檐儿，“让罗萨利奥好好写篇报道，把咱们知道的全写上。书信啊，口信儿啊，哭声啊。把马桶里的屎全泼在他们身上。”

“妙极了！”萨尔梅龙大夫略加思索后表示同意，“不过，首先得把锡壶里的东西收拾好。”

曼索领旨下去。此时，厅堂里突然又空了。大家都赶往大学那里，内脏运到了，试验马上就要开始。一个小时后，曼索回来了，说这些日子罗萨利奥没能跟阿利·瓦内加斯联系上。还说，大学楼的几个门全关闭了，法官不准许记者进去。

将近10点钟，曼索和罗萨利奥一起回来了，带回消息说，因为天色已晚，试验暂时停止，等到明天早上8点钟再开始试验。阿利·瓦内加斯陪着法官一直回到家里，在出口处无法和他靠近。

这样一来，他们只好下决心派罗萨利奥到阿利·瓦内加斯的书房里去找他。就这样，阿利·瓦内加斯才看见罗萨利奥把脑袋探进门里，十分潇洒地掀起帽子，向他道了个“晚安”。

“这儿没举行记者招待会啊。”阿利·瓦内加斯把诗稿放在一旁。

罗萨利奥弯下身子，急急忙忙地找到一只矮脚凳，好像凳子要跑掉似的。他拽过凳子，紧靠着阿利·瓦内加斯的软椅子坐下来。

“光穿着内衣，留神灵感都凉了，我的牧神之子。”罗萨利奥在阿利·瓦内加斯耳边小声说。

“我的灵感在蛋里呐，我可不想把蛋煮熟了。”阿利·瓦内加斯扇着棕榈叶的扇子，“法官下了死命令，不许我跟人谈起这件案子。你要是来调查什么，那就算了吧。”

“你要是想了解点儿案情，”罗萨利奥把凳子挪近了一步，“最好还是问问我，我比法官知道得更详细。”

“天都这么晚了，你来找我有何贵干啊，我尊敬的大记者？”阿利·瓦内加斯用扇子拍了拍罗萨利奥的大腿。

“我只想给朋友帮帮忙。”罗萨利奥摘下帽子，用帽子捂住嘴。

“那得看是哪位朋友、帮什么忙啦。”阿利·瓦内加斯斜睨了他一眼。在他剃光的头上，点点汗珠在发根上闪闪发光。

“阿塔纳西奥·萨尔梅龙大夫为抓住罪犯提供了一个极其重要的证据。全社会应该感谢他。”罗萨利奥把帽子从嘴边儿拿开，随即又捂在嘴上。

“什么证据？”阿利·瓦内加斯使劲扇扇子，“他不经允许，擅自闯入孔特雷拉斯家里。他能捞到什么？单等着让人指控擅闯民宅吧。那把锡壶里没有毒药。”

“这么说，那只狗没有死？”罗萨利奥把帽子放在腿上，用手指抹了抹在折叠椅扶手上积下的灰尘。

“什么狗？”阿利·瓦内加斯拔掉内裤门襟处露出的一根毛，对着灯光看了看。

“就是那条狗，今天在实验室给它注射过胃液。”罗萨利奥在椅子扶手的积尘上画了个十字，“别跟我这儿装傻充愣啦，牧神之子。”

“把你的毛儿剃干净，你就像条狗。”阿利·瓦内加斯用手指甲把那根毛弹到空中，看着它慢慢飘落到地上，“压根儿还没给动物注射呢，刚刚开始检查内脏。明个儿才轮得上猫啊狗啊，还有其他什么的。那把人人皆知的锡壶，早就做了化验了，结果是阴性反应。”

“这个嘛，萨尔梅龙大夫已经知道了。”罗萨利奥伸了伸脖子，打算看看阿利·瓦内加斯在写什么，“不过，据他说，化验还不是最要紧的。他关心的是那条狗。”

“他要是知道了的话，那可不是从我嘴里说出去的。”阿利·瓦内加斯用手遮住了纸，“你离开这儿的时候，一定要记住，关于这件事，我连个屁也没放。”

“他是要你提一提，请他们找只狗注射胃液，这么一来，就会真相大白。”罗萨利奥把阿利·瓦内加斯的手挪开，抢看了一下诗的题目，“这就是你跟我说过的那首挽歌？”

“我大不了是个书记员。”阿利·瓦内加斯不再捂住纸了，干脆让他看，“你要想干什么事，还是去求求法官，看他敢不敢干。你们编造了锡壶的故事，惹得法官很生气。不过，你去找他谈谈，胃液还剩下90毫升。”

“90毫升。”罗萨利奥端起凳子，放到进门时找到凳子的地方。

“你到这儿来无非是想看看能从我这儿捞点儿什么走，”阿利·瓦内加斯从远处把挽诗递给罗萨利奥，“还想查看一下我在写什么。看吧，好好享受享受。看看这颗先锋派的宝石散发出的光芒。”

“不如你给我念念。”罗萨利奥又走过来，双手捂着臀部，“我给你发表的那首献给桑地诺的十四行诗，平平常常。”

“平平常常？你该说完美无缺，傻瓜。”阿利·瓦内加斯念诗前又做了最后一处修改。

“平平常常，别那么好虚荣了，牧神之子。”罗萨利奥把挤进屁眼儿里的裤子褶儿抻出来，“看了那首诗，不大高兴的该是索摩查。”

“索摩查关我屁事。”阿利·瓦内加斯说话鼻音很重，仿佛用手捏住了鼻子，“‘你，陌生的女人，浑身颤抖，来叫我的门；你要焐暖我床上的雪白床单，欲念有如狂风，吹得蜡烛不住抖动……’”

“陌生的女人大概是个婊子吧。”罗萨利奥朝大门口跑去，“所以你才老开着门！”

“是你妈！”阿利·瓦内加斯在他后面直跳过来，可是罗萨利奥已经跑掉了。还能听到从街上传来的笑声。

听完这段谈话，读者就不难明白为什么在1933年10月9日半夜，有人把费亚约斯法官家的大门敲得咚咚的响。

罗萨利奥·乌苏卢特兰回到普里奥酒家，带回一条弥足珍贵又是众人企盼的消息——还剩下90毫升的胃液，足够给一条狗注射用的，萨尔梅龙大夫立刻在处方笺上划拉下几个字。科斯梅·曼索自告奋勇，要亲手把条子交上去。

“明儿个，大夫，”科斯梅·曼索叠好便条，装在帽子顶儿的里衬里，“等试验一开始，您就得赶到试验室。您最有权利待在现场啦。”

“走着瞧吧。”萨尔梅龙大夫胆子壮了，脸上露出微微一笑。

“你呢，”科斯梅·曼索用力拍了拍罗萨利奥的肩膀，“准备好，写一篇划时代的报道。”

“这件事由我跟罗萨利奥谈。”萨尔梅龙大夫面带不耐烦的神色，催着科斯梅·曼索赶快走。

32. 黑花公主

在试验室里，经注射，青蛙、狗、猫全部中毒死亡，迹象确凿无疑，公众舆论认定罪在奥利韦里奥·卡斯塔涅达。虽说为要求对卡斯塔涅达处以极刑的征集签名运动未能开展起来，但是发表在1933年10月11日马那瓜《新新闻报》上的社论（由该报社长佩德罗·霍阿金·查莫罗·塞拉亚博士署名，题目是《头号公敌》）已经表示出如下意思。

正如震惊莱昂社会的恶性案件表明的那样，我们首要的、最神圣的单位——家庭——遭到卑劣的、狡猾的侵害，道德的基石遇到挑战，共和国正在经历一个险恶的时期。我们不能仅限于赞赏国民警卫队恪尽职守，及时行动，当科学的巨大进步证实了野蛮罪行时，马上下令迅速逮捕罪犯；还应该毫不含糊地要求立即竖起断头台，以其复仇的巨影洗刷背信弃义和野蛮行为带来的耻辱。

本报提出上述要求，并非缺乏基督徒之情感，而是恰如其分地反映了公民的呼声。热烙器会使人痛苦，但却必不可少，如果听任恶性肿瘤的脓疮化脓，社会肌体即会满目疮痍，难免要受截肢之苦。

同在10月11日，费亚约斯法官收到最高法院院长马努埃尔·科尔德罗·雷耶斯博士从马那瓜发来的一份电报（已列入档案）。电报说：

兹以本高等法院全体法官名义并代表要求依法制裁之民意特命您运用一切现行法律手段毫无顾忌毫不迟疑即对与堂卡门孔特雷拉斯暴卒有关事实及其他有关事实进行调查对责任者毫不含糊地给予法律制裁以维护社会安定保护名誉及良善市民之安全凡须司法当局给予合作

的要求均会毫不延迟得到满足此致敬礼

对孔特雷拉斯的遗孀及其女儿的愤怒谴责，虽未见诸报端，但也沸沸扬扬。她们不顾试验室化验的结果，仍给在押的卡斯塔涅达送去食物、床单及其他什物。正如读者看到的，奥蒂斯上尉按照国民警卫队司令部的指示，只好将送来的东西全部截留。《新新闻报》在另一篇社论中对此项决定鼓掌欢迎，但却有意回避点出遭遇失败的寄物者的名字。

堂娜·芙洛拉在1933年10月14日提供的证词中，隐而不露地为罪犯的无辜进行辩护，对她的批评声陡然高涨。多年前，堂娜·芙洛拉新婚不久来到莱昂，从那时起人们对她就抱有反感，这已不是新闻；而那篇证词又在莱昂社交界重新唤起对她的旧恨。

阿纳塔西奥·萨尔梅龙大夫虽说名声不佳，索有“长舌桌”教师爷的恶谥，可他一夜之间却成为聪颖机敏的人，赢得人们的信任。他自动赶到事主家，不顾一切地用导管吸出受害者的胃液，此行动受到广泛赞扬。由于这个原因，还由于大家都知道他有一个笔记本，上面记载着对奥利韦里奥·卡斯塔涅达罪行的证明材料，对他的证词普遍抱有巨大的期望。

他出庭作证那天是1933年10月28日，当时莱昂市让罗萨利奥·乌苏卢特兰的报道闹得满城风雨。下面我们将会看到，费亚约斯法官无法摆脱丑闻的影响，和这位见证人大吵了一场。吵架以后，再加上后来我们了解到的情况，使得这些宝贵材料一直未能同审判官见面。

不过，这是后话。眼下，萨尔梅龙大夫的信誉正处于巅峰，故而敢向费亚约斯法官进几句忠言。罗萨利奥·乌苏卢特兰对他进行了采访，并以《一位医生的意见》为题发表在1933年10月14日的《记事报》上：

记者：您认为法官费亚约斯博士在调查中还应该采取其他哪些具

有决定意义的步骤吗?

被采访者:本人不揣冒昧,愿向法官先生提出建议,这丝毫不意味着本人要干预法官先生职权范围内的事情。本人建议应该立即对玛尔塔·赫雷斯·德·卡斯塔涅达太太和玛蒂尔德·孔特雷拉斯小姐开棺验尸。

记者:您提出这项建议,有何依据?

被采访者:本人依据的事实是:站在我们面前的是一个共同的施动者、一个唯一的主体,他曾经和死去的3个人接近过,这3个人死期不同,但情况、迹象却十分相似。如果认定3人当中最后一个人的死因是有人丧尽天良让他服下伪装成药物的毒药,那末,就值得调查清楚其他两个人是否也是同一种毒药的受害者。

记者:您刚才指出的两个人中的玛蒂尔德·孔特雷拉斯小姐去世不久。但是,第一位,就是玛尔塔·卡斯塔涅达太太已经下葬几个月。经过这么长的时间,还有可能从她身上找到中毒迹象吗?

被采访者:有可能。消化下去的毒药能在受害者的遗体中保存很长时间。发生在1876年法兰西南部的布瓦尔案就是个著名的例子。M·布瓦尔是一位书记员的妻子,一天突然死亡。几年后,有迹象表明书记员怀疑其同事M·佩居谢与妻子有染,因此毒死了M·布瓦尔。1885年开棺验尸,经用J·巴恩斯方法检查内脏,确定是服了马钱子碱。

记者:您是否认为搅乱尸体的安宁是一种亵渎行为?这一行为是否违背教会的规矩?

被采访者:绝对不是。和科学联手的正义应置于虚伪和愚昧之上。法医可以预见行为的结果,法官执掌法律,应该下令付诸实现。

费亚约斯法官本来已经考虑到开棺验尸,只是为了避免出现新热点,闹得人人注目,满城风雨,他宁肯暂时秘而不宣。化验结束后的那天下午,他把这项决定通知了奥蒂斯上尉,要求他严密监视两座坟墓。

接到最高法院院长的电报后，费亚约斯法官回了一封电报，告知对方来电已收悉，同时要求拨给240科尔多瓦的特别款项，用以完成各项工作，开支细目如下：

法医的两名专业助手：150科尔多瓦

两名见习生：40科尔多瓦

四名掘墓工劳务：12科尔多瓦

供给掘墓工的白酒：10科尔多瓦

酒精及其他消毒剂：10科尔多瓦

汽车费：8科尔多瓦

不可预见的开支：10科尔多瓦

这一次，法官倒没有为萨尔梅龙大夫的劝告感到厌烦，不过这件事难免会引起一场争论，事实上果然发生了争论。一方面是萨尔梅龙大夫的意见，另一方面奥利韦里奥·卡斯塔涅达本人在监狱里接受罗萨利奥·乌苏卢特兰的采访时，竟然提出他也要求对其妻开棺验尸以证明他清白无辜。这两方面的意见迫使法官公布了开棺验尸的决定。

这一决定发表在他对马诺洛·夸德拉发表的谈话中，《新新闻报》在10月16日公布了这次谈话，作为题为《黑花公主》的报道的一部分。

在雨天的上午，我们去找马里亚诺·费亚约斯，想请他证实一下关于对卡斯塔涅达案中据说是中毒身亡的两名受害者开棺验尸的传闻，当时他显得神色忧郁，寡言少语。

一个瞎眼女人身穿一件破旧的拿撒勒长袍，站在法院走廊的一根壁柱下（她时常待在那里），嘴里哼着一支小调。蹩脚的律师和好打官司的人都管她叫米塞雷雷。瞎眼女人那张脸已经失去往昔的美丽，奇特的蓝眼睛只余下毫无生气的一团死灰。她把眼睛紧贴在琴弦陈旧、声调喑哑的吉他上。我们问法官这首歌曲的声音是否搅得他心烦意乱，的确歌词拖着一个悲哀的尾巴：“想一想吧，在墓穴深处，你我穿的是同样的衣服……”

他说，没有。不过，绵绵细雨下个不停，雨水从湿漉漉的瓦屋顶上滴落下来，淅淅沥沥地唱着小调，同样以阴郁的情绪紧紧攫住心如铁石的人的灵魂，而法官并非心如铁石之人。此外，他手头上这个案子固然可能会轰动一时，但总归是一个凄惨的案子。细雨、悲歌不绝于耳，马上就要掘开从热恋到殉情（也许是吧）的女子的坟墓……真是啊，在灰蒙蒙的清晨，还会出更多的事吧。

笔者摆脱开这类思绪，又向他提出问题。他回答说：“事实上，我也打算对玛尔塔·赫雷斯和玛蒂尔德·孔特雷拉斯开棺验尸，为此我已经要求最高法院给予必要的经费支持。大概这个做法不应该使人感到意外，在这类案件中，这样做是非常自然的，绝不是故意激起公众的病态反应。请您相信，我不会允许与此事无关的人在场，不会让开棺验尸变成罗马马戏表演。”

“在结果到手之前，我不想进行科学的说明。”在回答又一个问题时，他说，“尸体里是否有马钱子碱，经过一段时间，马钱子碱是否还存留在已经安葬的尸体中，这只能由化验室的化验和实验来证明。法庭不发表意见，而是提供证据。”

马钱子碱。如果能就马钱子碱的起源及其神秘的危害力提供一些有用的材料，广大读者想必会表示感谢。为此，我们来到西方国家学院图书馆。该院院长阿萨里亚斯·H·帕雅伊斯牧师亲自为我们作向导。牧师也是一位诗人，“居住在佛兰德斯的布鲁哈城”，在那里他接受了教士的圣职，在那里他沉湎于对往事的回忆，不断写出诗篇。不过，如今他又生活在古老的圣弗朗西斯科修道院——即学院的院址——的石墙之内。

起源及性能：

名称源自希腊文strychnos——“黑夜的阴影”，是生物碱中的“夜间出游的公主”，即“黑花公主”。她在暗中拥抱住谁，任凭你心脏多么强健，心情多么痛苦，都会使你的心脏停止跳动。但是，她也具有有益于人体健康的功效，和其同族兄弟酒石酸盐和锑一样，其诱人的蒸气可以去热，可用以制作催吐剂。只要她突发奇想，还能够使人兴奋，因为她善于拨动神经系统的敏感琴弦，正如用无形的手指弹奏琵琶。其家族的其他成员，如鸦片酊和颠茄，也具有同类功效。

“黑花公主”将其黑色枝杈垂挂于裹尸布上。她是断肠人和悲痛者的慈母，对自杀者的精神给予安慰，对情场复仇给予谅解，她是忌妒的主宰、野心的帮手、仇恨的主子、背信弃义的可敬的母亲、痛苦的母亲……她的名字（提到她的名字不免心怀敬畏）使人想到紫藤、九重葛、洋玉兰、山茱、映山红、勿忘草，但那只是一种误解。在这黑云压城的早晨，暴风雨将无情地击落早出的花冠。花瓣飘落在雾蒙蒙的花园里积满雨水的花坛中。

“黑花公主”本来隐藏在白花马钱子和马钱子（在菲律宾，在澳洲，都是禁果）的内脏中沉睡。后来，睡梦醒来，才张开不祥的翅膀在世间飞翔。对厌腻、无法摆脱的抑郁以及遭受致命打击的无望激情，她都能成为一剂良药，使人安静下来。她十分殷勤地自愿为公报私仇充当帮凶，为嫌怨报复、复仇雪恨伸出无声之手。

在热带的春季，白花马钱子开始发芽。黑色钟状花伸出纤细的长长的花萼。一簇簇鲜花悬挂在路边的篱笆上。香气弥漫于空气中，比茉莉花更加醉人，即使从远处嗅到，也会昏昏欲睡。微风起处，花朵纷纷落在地上，不知底细的姑娘们把花拾起来，编成节日的花环，在圣伊格纳修之夜戴在头发上，仿佛要迎接“夜神”及其随从：梦、守夜和黑影。

她的果实为胭脂红色，肉质丰满，形状、大小好似梨子，不过，和梨子不同，不是甜的。那股苦味令人难以忍受。果核紧紧地缩在果实里面，壳为角质，棕黄色，大小如榛子。

马钱子树枝叶繁茂，挺拔耸立，浆果悬挂在叶子中间。以尖刺自卫，似乎警告人们果肉内包孕着毒物。外壳为扁圆形。质地坚硬，呈暗灰色。果仁无味，有股酸气，颜色灰暗，遇火加热由黑色变成亮闪闪的白色，味道极苦。

致命的效力：

“黑花公主”悄悄走来，她的出现易为人知，因为受其控制的人胸中积聚一种可怕的憋闷感，他必须发出一声惨厉的呼喊，才能冲破胸中闷气。这声呼喊似乎预示着他身上负载着人世间一切灾难、一切痛苦。

此时，受害者的身体倒在“黑花公主”的怀抱中不能动转，肌肉僵硬，头朝后仰，面色苍白，话语断断续续。下颌渐渐闭合。受害者四肢同时晃动，越来越剧烈，拼命挣脱开扼住他的无情的臂膀。

过一会儿，四肢以及身体其他部分抽搐不止。受害者背部僵挺，无力改换姿势，面部肿胀、充血，呼吸短促，时断时续。死神似乎马上莅临。但是，经过一段或长或短的时间，肌肉开始松弛下来，头部下垂，身体停止抽搐，不再僵挺，随即出现一个不祥的宁静时刻。“黑花公主”松开胳臂，飘然远去。

然而，这个缓和的时刻十分短暂，紧接着又来一次比上一次更加剧烈的拥抱。抽搐十分强烈，竟将受害者的身体凭空抬起，离床数寸。症状表现达于极点，牙关紧闭，无法张合。四肢僵挺抽搐，足掌内翻。

受害者发不出声音，呼吸越来越艰难，心跳失去规律，眼珠直瞪瞪地朝外努着，瞳孔放大，面色死灰。到此极期，一般来说，智力已然失去，受害者不能动转，失去知觉，好似已经长眠。

不过，第二次发作仍非最后一次，随即出现一次新的宁静时刻，循环恢复正常，受害者恢复知觉，但不能自由行动。同时，一种强烈的干渴感烧得他喉头十分难受，直到出现新的抽搐，一次接着一次，一次比一次剧烈。“黑花公主”抱得更紧了。

受害者十分敏感，一点微小的声音，一次稍稍触碰立即会引起痉挛。最后，受害者开始弥留之际的徒劳挣扎，企图挣脱“黑花公主”的拥抱。比起其他死亡，挣扎的时间很短。“黑花公主”告退了，将一束黑花丢在死者的胸上。她的阴影无情地罩落下来。

本人向马里亚诺·费亚约斯宣读了关于“黑花公主”的笔记。笔记记在记事簿上，只差在办公室里加以补充整理。他听我念笔记，一语不发，神色阴郁。雨还在下，哼着不祥的小调。歌声已然停了下来。我离开那里，穿过走廊的时候，瞎眼女人米塞雷雷躺在壁柱脚下睡着了，怀里抱着那只匣子，里面装着琴弦陈旧、声调喑哑的吉他。

先是有人提出开棺验尸的意见，后来费亚约斯法官又证实了这一点。这下子，在报纸上引发了一场热烈的辩论。伊希德罗·奥古斯托·奥维埃多·伊·雷耶斯牧师首先发难，在1933年10月17日的《中美洲人报》上发表了一篇题为《不许亵渎神明》的文章。

一个顽固不化的主张自由思想的人——我们从未见过他涉足任何一座天主教堂的神圣殿堂——居然胆大妄为，提出要把两位受人尊敬的虔诚的基督信徒（在大教堂的辅助下，她们心情舒畅地交出了灵魂）的遗骨从墓中移出，从而扰乱她们在上帝的怀抱里安享的宁静。知情的读者已经知道我指的是谁，虽然我没有提及这个伏尔泰的义子——他不是希波克拉底[①]的义子——的名字，他自吹自擂自己是处理那桩引起莱昂举市悲痛的案件的专家，擅自决定应该如何调查此案，即使牺牲教民的价值观和信仰以及神父的告诫也在所不惜。

---

① 希波克拉底（约公元前460—前377），古希腊医生。

够了，卷入本案的外国罪犯出于对社会的尊重，出于对慨然向他提供住处的家庭的尊重，本来可以缄口不言，可他竟在回答记者提问时公然表示按照上帝的意旨与他缔结良缘的温柔大度的妻子的尸体应该受到亵渎。这实在太少见了。他说，这样做可以证明他清白无辜。唉，上帝啊，我们生活在什么样的时代啊，我们还要听到些什么东西呀！

不，这还不够。本人在《新新闻报》上又读到费亚约斯博士向一个以把圣母马利亚的祈祷变成嘲弄为乐事的耍笔杆子的家伙发表斩钉截铁的言论。他肯定说，他将以权威人士的身份做出裁决，下令开棺验尸。本人看了以后，简直惊得目瞪口呆。

他说，您别想看一出罗马马戏表演，似乎这样说说就行了。干一件野蛮的事，根本不需要证人；干一件亵渎神明的事，只要有上帝那位唯一的证人看见就够了。只要上帝谴责这种行为，就足以使行为者变得不齿于人类。

要是法官先生在良心深处做一次悔罪的表示，收回成命，现在还来得及。否则，我们应该把他看成是共济会和叛教者的盟友，难道这就是他从先人那里继承下来的最珍贵的本领？请法官回答，以便我们知道该如何行动。

正当神父这篇大作四处传开时，1933 年 10 月 17 日中午，胡安·德·迪奥斯·达比希雷大夫在皇家大街的诊所里提供了证词。费亚约斯法官没有想到老大夫会很快加入报纸上争论；更没有想到老大夫在回答提问时，从一开始就闭口不言，言辞闪烁，有意避开他直接了解到的事实，而费亚约斯法官明明知道他和那些事实的关系。

虽说那条狗经注射胃液后很快死去这一事实证明了他的学生言之有理，达比希雷大夫并不会因此改变他在堂·卡门·孔特雷拉斯逝世那天下午两个人不欢而散时所持的立场，这一点在他的证词中反映出来了。相反，他打算进一步加强对抗。

只要读一读达比希雷大夫撰写的那篇题为《探寻科学真理》的文章，就不难看出他的意图。这篇文章发表在10月19日的《中美洲人报》上。在他向费亚约斯法官作证时，已经将文章交给报社付排了，只是他隐瞒了这件事。

情绪激动往往坏事，笔者希望保持冷静的头脑，让科学真理放出异彩。为此，愿表述若干观点，但愿有助于法庭秉公执法。

近日在药学系化验室进行了毒物学试验，其结果公布后已经引起轩然大波，然而本人认为事情从一开始就走进误区。以动物做试验是一种十分古老的方法。源于1863年，在现代毒物学教科书中已经取消了这种方法，只要大家留意读一读F·莫罗和S·阿尔诺的书就可以很容易地证实这一点。我只想举出毒物学领域中这两个光辉的名字，他们都是博尔多犯罪学高级研究学院的教授。

这类试验可能导致极大的错误。事情开始得很轻率，在本案中使人感到奇怪的是有人如此态度傲慢，竟然忘记在人死后，立即会在尸体中形成一种名叫“尸碱”的毒性物质。其他人或动物注射了尸碱，会发生中毒，同样表现为痉挛。

此外，尸碱具有植物性生物碱的共同的化学性能，这种情况足以使某些缺乏这类知识的人搞得大错特错。因此，在调查方法中，不应该过于看重用动物进行的生理学试验得出的结果。否则，可能会犯下令人痛心的错误。比如，1886年加尔文将军死于罗马一案。当时，专家们将一种简单的尸碱误认为是飞燕草碱，由此错误地将此事定性为政治阴谋。或者发生在1893年蒙特劳犯罪案。当时，化学分析将吗啡和尸碱混为一谈，无辜的德洛里斯为其情人——一个叫什么莫罗的夫人——之死付出代价，死在绞刑架上。

在上述两案中，经注射的狗都死了。注射液系用从死者的脏器中提出的物质配制而成的，据说从脏器中找到某些毒物，其实不过是尸碱而已。然而，在本案中，情况更加严重，用来给动物进行注射的液体，经事先分析，结果是可疑的、互相矛盾的。

还有。即使在本人提到的现代科学已摒弃不用的老方法中，也有一些步骤在本案中未曾采取。众所周知，马钱子碱仅对延髓的灰色物质及脊髓起作用，而藜芦硷，比如说，仅作用于肌肉，绝不会影响中枢神经系统。因此，无论如何，对动物的注射液应该取自脑部，而不能从切下的器官的普通浸液中获取。有人肯定堂·卡门·孔特雷拉斯以及注射过的动物死于马钱子碱中毒，究竟有什么科学根据?

现在，笔者想谈一谈在堂·卡门去世前几分钟阿塔纳西奥·萨尔梅龙大夫从他身上提出的胃液的化验问题。我要提醒我的同行，看起来他是忘掉了，马钱子碱会导致牙关紧闭。换言之，下颌收缩，在这种情况下，不可能将导管伸入病人口内，除非敲碎患者的牙齿，我过去的学生，极其受人尊敬的学生远没有这样做。

本人这里有阿布萨隆·罗哈斯学士的很好的意见，我认为他的行动是出于善良的愿望，我根本无意损害他的专业威信。但是，应该记住，在莱昂，我们还没有一座有足够装备的化验室，也没有必不可少的仪器和工具，这不是罗哈斯学士怎么不好，而是表明我国的科学落后。

下面，笔者最后就已经宣布的对卡斯塔涅达夫人和孔特雷拉斯小姐开棺验尸一事说几句话。医学史通过著名的药物学家洛特雷阿蒙之口举出了一个宝贵的例子，应该考虑到这个例子，以免犯下天大的错误。这就是1896年在巴伐利亚审理的一个案件。有人指控兽医F·J·施特劳斯为争夺家庭遗产用马钱子碱毒死了亲妹妹。在受害者死后4个月，开棺验尸，药物化学家科尔进行了分析，据说，找到了马钱子碱。但是，布鲁姆和比登科甫教授提出疑义。为了证明化验不准确，他们决定用马钱子碱毒杀17条狗。狗被埋掉后，过了8个月，又从地下挖出来，对遗骨进行化验，没有一条狗身上有马钱子碱的化学反应。这还是用纯马钱子碱下毒呐！不过，对那位兽医来说，为时已晚，他的头早已被铡刀铡掉了。

因此，费亚约斯法官应该认真思索一下这个教训深刻的例子，避免挑起在我们社会中根深蒂固的宗教情感。如果听任某些人不负责任的建议，势必会后悔莫及，千万别出现这种情况。那些人以科学为借口，企图助长好莱坞制造的丑剧的轰动效应，不幸的是他们很喜欢搞这一套。

文章发表的那天晚上，科斯梅·曼索向聚集在普里奥酒家“长舌桌”上的座上客们高声朗读了这篇文章。

“看啊，他是怎么落款儿的：‘曾驻法国巴黎巴斯德学院。美国费城医学会荣誉会员。连任三届莱昂医生资格鉴定会会长’。”科斯梅·曼索模仿着达比希雷大夫的法国口音。

“把盛装照片也登出来了。”罗萨利奥·乌苏卢特兰从曼索手里夺过报纸，把报纸又递给萨尔梅龙大夫，“这台显微镜八成是运进尼加拉瓜的第一台显微镜吧。”

萨尔梅龙大夫摊开报纸，把脑袋凑上去，用红色铅笔画出了文章中最让他不是滋味的那几段。

“在《记事报》上回他一篇。”罗萨利奥·乌苏卢特兰做出写文章的架势，在手掌上狠狠地划了几笔。

“干吗用大炮打蚊子啊？”科斯梅·曼索坐在椅子上焦急地摇晃着，“现在要干的是一下子揭开便盆盖子。这才能让那个老骗子冒火呢。他能点出圣墓会那帮人干的一大堆事，只是没有干出‘奇迹’。”

“报道已经写好了。”罗萨利奥·乌苏卢特兰看了萨尔梅龙大夫一眼，征求他的同意，“您一发话，我就抛出去。”

“分两步走，分两步走。”萨尔梅龙大夫小心地把报纸叠好，放进口袋里，“首先由我来回答。最能让老家伙烦心的还是我嘛。”

33. 两口棺材被偷偷运到国民警卫队总部

1933年10月20日早上，费亚约斯法官起床后情绪坏透了。一连两天他闹重感冒，今天又不能洗澡，穿起衣服来，浑身好似散了架。衣服摩擦身体，觉得碍手碍脚的。

在早餐桌上，他只呷了几口加奶咖啡，嚼了一片法式面包。妻子说，胃空着会更难受。催他多吃点儿东西。法官闭着嘴不回答，免得引起一场无谓的争论。闻到盘子里的煎鸡蛋的味儿，他一个劲犯恶心。他从桌子上站起身来，嘴里还在嚼着面包，味道好似一团棉絮。

刚走到家门口，只听见一阵自行车铃响，电报局的邮差交给他一封电报，标号是22。他让妻子在簿子上“收讫”处签了字，自己边走边看电报：高级法院召开了全会，通报了就验尸费提出来的请求，但是只批准50科尔多瓦，必须立即到税务局去领钱。

收到这封电报，法官的情绪没有丝毫好转，这封电报也需要列入档案。他不耐烦地把电报塞进外衣口袋里，里面还有一长条擦鼻涕用的卫生纸。上面如此吝啬，他只好站在街角要求过往行人给予赞助了。

费亚约斯法官情绪不佳固然和闹感冒有关，但感冒并不是主要原因。审判进入一个十分困难的阶段，按计划即将进行的开棺验尸是最突出的困难。倒不是因为最高法院大大削减他申请的经费，这一点他才刚刚知道。而是因为国民警卫队插手，国民警卫队还干预其他方面比较重要的事情。

这些事情他是头天下午从阿利·瓦内加斯嘴里听到的。因为马上需要弄清这件事，他才没去法院。本来8点钟以前他要在法院里审查证人名单，准备当天的审问。现在只好另打主意，先到国民警卫队总部，去找奥蒂斯上尉。

法官吃力地爬上位于赫雷斯广场、冈萨雷斯剧院对面的那幢楼房的二楼。从远处就听见奥蒂斯上尉呵斥几名特利卡的屠夫，他们因为违反禁令宰杀了母畜而被捕。一看费亚约斯法官出现在门口儿，奥蒂斯上尉就把事情草草一了，最后决定罚款，让他们到税务管理处去交钱。屠夫们跟着一名士兵走了。他们得把罚款单交给这个士兵，才能获释。

随后，奥蒂斯上尉用军服的卡其布衬衣袖子擦了擦额头上的汗水，从写字台上端起盘子，盘子里的早餐还在冒热气。他就站在那儿吃早餐。费亚约斯法官也没有坐下。

“我看你都累垮了。”奥蒂斯上尉端着盘子，在办公室里走来走去，“你该在床上躺着。”

“我得找您谈谈，所以只好起来。”费亚约斯法官嗓子沙哑，说话挺费劲的。

奥蒂斯上尉塞了满嘴的饭，一听这话，马上停止嚼东西。眉头一皱，小小的蓝眼睛挤得几乎看不见了。

“我想了解一下是谁批准乌苏卢特兰到监狱里采访卡斯塔涅达的。”费亚约斯法官把一长条卫生纸堵在鼻子上，一擤鼻涕，余下的纸就耷拉下来，“我只是把他当作证人审问过一次，他却随随便便地对案件发表了一通意见。”

“他是国民警卫队的囚犯，不是你的囚犯。”奥蒂斯上尉满不在乎地大嚼起来，“我这儿有堂娜·芙洛拉的电报抄本，她在电报里要求索摩查将军把他关进监狱。她没向你提出请求，这事儿不归你管嘛。”

“这就是说，你们想把他怎么样就把他怎么样。我呢，只能干瞪眼瞧着。”费亚约斯法官身子晃了晃。写字台对面摆着两把铁椅子，不过他还是不想坐下。

“我执行的是马那瓜的命令。”奥蒂斯上尉用一块面包蘸了蘸一个裂开的鸡蛋的蛋黄，“卡斯塔涅达由索摩查将军控制，一切由他来定。”

“这么说，乌苏卢特兰向犯人提出的问题是索摩查写的喽。”费亚约斯法官直觉得胸中憋着一阵咳嗽，似乎要炸裂开来，可他不想咳嗽出来。

“谁也没给乌苏卢特兰递问题。”奥蒂斯上尉把盘子往写字台上一放，哐啷地响了一声。

“当然有人递问题啦。是您亲笔写的嘛。昨天，乌苏卢特兰出庭作证的时候，在法庭上给阿利·瓦内加斯看过那些问题。”费亚约斯法官把卫生纸揉成一团，有一阵子，他觉得实在支撑不住了，非坐下不可了，“那些问题是精心设计的，目的是把试验室提供的证据搞得威信扫地。”

“你得承认，这儿既没有仪器，也没有化学药品可以给你担保。”奥蒂斯上尉两眼死盯住盘子，似乎很难下决心继续吃下去，“达比希雷大夫的文章里说的那些话，你已经看到了。”

“眼下达比希雷出来说反话儿。您也跟他谈过，要他写那篇文章？”费亚约斯法官朝一张椅子走过去，往椅子旁边一站，只是还没有用手去抓锈迹斑斑的椅子背。

“没有，我还没走到这一步。”奥蒂斯上尉对着光看了看那杯柠檬水，然后呷了一口，“他是老顽固，现在他想报复一下萨尔梅龙大夫，因为他们俩吵过嘴。不过，也不能排除他说的是真话。”

“那只是一种看法。看法嘛，可以有多种多样。”费亚约斯法官两眼望着被散开的蛋黄涂得黄拉巴叽的盘子，他不得不甩手抓住椅子，“国民警卫队想把调查结果送到马那瓜，而且正在策划一场非法的开棺验尸，这倒是千真万确的。”

“这是谁说的？”奥蒂斯上尉拿起叉子，使劲地用叉子搅和另一枚鸡蛋的蛋黄。

“也是乌苏卢特兰告诉阿利·瓦内加斯的。”费亚约斯法官放松了身体，为什么他不坐下？看见那堆黏糊糊的东西，他不能不想到脓水，

“国民警卫队派人到罗萨莱斯殡仪馆买下了两口棺材，前天晚上把棺材运到总部这儿来了。”

“你相信乌苏卢特兰的话。”奥蒂斯上尉嘬了一口沾满蛋黄的叉子，弄干净后，把叉子放在盘子上，“说不定，我会突然看见你跟那帮野人一起坐在‘长舌桌’上咧。”

“我有责任听取和本案有关的所有意见。我不是在搜集谣言，我是在取证。”费亚约斯法官摇了摇头，手抓住椅子没放开，尽量控制住自己别呕吐出来，“所以我还得把殡仪馆老板传去作证。”

“索摩查将军是想帮助咱，好拿到真凭实据。”奥蒂斯上尉朝窗子走过去，他把身体依靠在窗框上，叉开双腿，放了一个响屁，“在马那瓜，卫生部的化验室有现代化设备，可这儿啥也没有。卡斯塔涅达在这一点上说得有道理，只是咱们不爱听。”

“这就是说，咱们国家的军队也是占领军，跟美国佬儿的军队一样。”费亚约斯法官突然感到身上发冷，连忙抱起双臂护住前胸，“索摩查自认为有权用法律擦屁股。”

“你这是想在一杯水里淹死。你别忘了，要不是多亏了国民警卫队，卡斯塔涅达早已经在危地马拉过上安定的生活啦。”奥蒂斯上尉从窗子跟前走回来，步履显得轻松了一些，“在马那瓜检验尸体，你有什么好顾虑的？”

“在这个案子里该干什么，应该由我来决定。”费亚约斯法官朝前走了几步，用拳头砸了一下写字台，盘子里的刀叉叮叮当当响了一阵，法官也奇怪自己怎么会有这么大的劲，“如果你们要掘出尸体，我就在报上揭发你们。”

“咱们还是做笔交易吧。”奥蒂斯上尉推开几个卷宗，纵身一跳，坐在写字台上。

这时，费亚约斯法官捂住胸口，痛痛快快地咳嗽了一阵。他得找辆马车回家。

“你去挖你的尸体，我绝不往里头掺和。”奥蒂斯上尉摇晃着两腿，发现一只靴子的带子松开了，他把脚抬到写字台上，系紧了靴子，“不过，你要把内脏分成两份儿。一份儿送往马那瓜，另一份儿留在这儿化验。”

“索摩查到底想干什么？”费亚约斯法官围着写字台绕了一圈，没有多加思索，一屁股坐到奥蒂斯上尉的椅子上，“他是想把卡斯塔涅达救出铁窗，还是要给他判刑？要是在马那瓜尸体解剖的结果是阴性，那会怎么样？即使在这儿证明了内脏含有毒物，卡斯塔涅达也会得到释放。”

“我给你交个底儿吧。”奥蒂斯上尉把另一只靴子的带子也紧了紧，“乌维科给索摩查发来一封信，要他把卡斯塔涅达的脑袋交给他。他把卡斯塔涅达看作是政敌。另外，他认为卡斯塔涅达在哥斯达黎加杀了他的侄子。”

“所以乌苏卢特兰接到的问题单子里有一个关于拉法埃尔·乌维科的问题。”费亚约斯法官在椅子上坐得挺惬意。无论出什么事，他也不想再站起来了。

“咱们这么说吧，”奥蒂斯上尉跳下写字台，走了几步，试了试，靴子带儿确实系紧了，“堂·费尔南多·瓜迪亚会把有关证据交给你，他已经向哥斯达黎加索要了。是他劝说他妹妹发第二封电报的。他是个非常严肃的人。”

“可您还没有回答我的问题呐。”费亚约斯法官拍了拍热得发烫的面颊，“把内脏运到马那瓜正是卡斯塔涅达求之不得的事。国民警卫队非但没坑了他，反而在帮他的忙。”

“头脑别这么简单。”奥蒂斯上尉拉开写字台的一个抽屉，把吃早餐用的盘子、刀叉放进去，“在马那瓜那边儿，索摩查可以让结果为阳性。他就是干这个的。”

法官让感冒闹得两个耳朵堵得慌，奥蒂斯上尉的话听起来既空洞又模糊。椅子突然显得硬邦邦的，很不舒服。他想起自己的暗幽幽的卧室，突然希望能在床上躺一会儿，被单很干净，又是新烫过的。他会一下子躺下去，连衣服也不脱。

“交易做不做？”法官尽力轻快地朝屋门走去，奥蒂斯上尉跟在他后面。

“我不做这类交易。”费亚约斯法官走出屋门，朝楼梯走过去，“不过，您肯帮忙，我很高兴。”

“帮忙？帮什么忙？”奥蒂斯上尉紧走几步，挡住法官的去路。

“帮我离开法院。我马上就提出辞职。”费亚约斯法官绕过上尉，开始下楼。楼梯显得比平时陡峭了十倍。他的脚够不着台阶，好像飘浮在楼梯上。

“马里亚诺！”奥蒂斯上尉站在楼梯栏杆处。

费亚约斯法官没有回头，继续往下走，也不想扶着栏杆。他马上会走到街上，在赫雷斯广场总能找到马车。

“咱们什么也没谈过！”奥蒂斯上尉两级两级地跑下楼梯，“别发疯，别提出辞职！”

费亚约斯法官穿过门厅，奥蒂斯上尉再次赶上了他。

“操！跟你这种人，简直没法儿开玩笑。”奥蒂斯上尉抓住法官的胳臂。

“那您派人把棺材送回殡仪馆去。”费亚约斯法官疲惫不堪，在大门口的铁栅栏处站下脚步，从街心穿过前厅的穿堂风，又热又猛，足以把他吹倒在地，“我再说一遍，你们别太不懂规矩。尸体必须再埋好。只能留下内脏供解剖用。”

“你计划什么时候开棺验尸？”奥蒂斯上尉把声音放缓下来。凳子上坐满求见的人。

“10 月 25 号吧。我需要有人把门儿，不让闲人靠近。”费亚约斯法官用双手遮住太阳。从门洞儿射进的阳光十分刺目，他觉得眼睛实在受不了。

“连我也不行？”奥蒂斯上尉趾高气昂地朝一个女人走去。那个女人正走过来，想找他谈谈。

“您要是愿意，把索摩查也请来吧。”费亚约斯法官第一次露出笑容。不过，这时候，他觉得脑袋快要炸裂开来了。

34. 毒死鹦鹉用的马钱子碱

随着情况的发展，对卡斯塔涅达案的审理引起了越来越对立的情绪，最后形成了真正的两大派，一派同情犯人，一派反对他。证人提供的证词（其中大部分从头至尾发表在报纸的通讯中）遂成为尼加拉瓜各个城市不少人关注的对象和争论的话题。

中美洲几家报纸转载了罗萨利奥·乌苏卢特兰的狱中采访。他撰写的关于审案的细节的报道，只要可以发表，各报也都不会落在马那瓜的报纸后面。马那瓜各报派出明星记者（其中就有马诺洛·夸德拉）常驻在莱昂。读者已经知道，自从发表了10月25日那篇惹起轩然大波的报道以后，罗萨利奥突然被《记事报》辞退了，此事我们将另外述及。

由于世人都关心案件的审理情况，法庭时不时地收到一些信件，有的提供情况，有的提出各式各样的建议。在来信中，有的是匿名信，署名信也有真有假。费亚约斯法官不得不调查每一封信的来源，判断其真伪。那些自发出庭作证的人自愿提供的材料，也得逐件澄清。关于犯罪的动机和犯罪的情况，报纸上发表了各种各样的解释，有的还以极其激烈的口吻否认罪行的存在。从读者来信和短讯中，人们试图发现更多的还没揭发出来的毒杀事件，并且催促费亚约斯法官将这些事件也都算在被告卡斯塔涅达的账上。

在本案的卷宗里，我们还发现了算命先生、招魂术士和手相家的来信。举例来说，下面这封信的日期是1933年10月23日，署名者是莱昂著名的巫师阿布拉罕·帕瓜瓜大师。

本市知名人士愿宣誓证明其耳闻目睹的均为事实，当着他们的面，本人几经召唤，召来堂·卡门·孔特雷拉斯的鬼魂。其女玛蒂尔德的鬼魂也出现了，满面含悲，痛哭流涕。她说得明白，毒死她的就是奥利韦里奥·卡斯塔涅达。他给她喝下一杯含马钱子碱的咖啡。他趁无人看见，将药末倒入咖啡。药末装在一个小信封里，信封藏在他的裤子装表的口袋里。她还说：一定要搜查卡斯塔涅达的裤子。她要求为她的灵魂念经，告诉她母亲不必伤心，她现在很好。让母亲每天都做诵经弥撒，她不喜欢唱经弥撒。要母亲把施舍交给马里亚诺·杜邦神父，帮助他的慈善事业。

还有一封信是 1933 年 10 月 25 日投进莱昂中心邮局的，署的是假名：罗莎乌拉·玛德蕾希尔。信中说：

在孔特雷拉斯家，所有的女人都追求卡斯塔涅达博士，事情不能再拖下去了，他感到厌烦了。他把这个情况告诉了玛丽娅·德尔·碧拉尔，那是在他们最后一次幽会的时候，地点是堂·卡门的“我家主人”庄园的乡间别墅，位于通往波内罗亚的公路上。他们常在那里约会。他们俩乘坐堂·卡门的汽车到庄园去，由卡斯塔涅达博士开车。玛丽娅·德尔·碧拉尔说是去拜访几位女友，其实是说瞎话。他就在巴亚达雷斯拐角处等她，让她上车。那一次，卡斯塔涅达没有告诉她要毒死她姐姐，只是说：“我再也忍受不下去了，最好把障碍排除掉。”这是在杀害玛蒂尔德之前的事。请调查。卡斯塔涅达给堂·卡门下毒，目的是不让大家知道堂·卡门和卡斯塔涅达博士合伙搞的那两本账的花招。请到办公室的保险箱里找找账本，一定会发现他的诡计。

费亚约斯法官当时没大重视这封信，特别是在他认定投信人用的是假名以后。1933 年 12 月 6 日，奥利韦里奥·卡斯塔涅达提交了一份书面材料，在材料中彻底改变了他对孔特雷拉斯家一向保持的谦恭有礼的态度，揭发出一系列事实，此案的审理突然发生戏剧性的变化。他和玛丽娅·德尔·碧拉尔·孔特雷拉斯在“我家主人”庄园的乡间别墅里多次幽会以及两本账的事才暴露在光天化日之下。这件事以及罗萨利奥报道出丑、萨尔梅龙大夫出庭作证受挫，咱们容后再说。

在这个时期对犯人的指控当中，应该说有些是诬告。譬如，1933年10月18日，扎花人罗德米罗·埃多西亚利用出庭作证机会说了这样一番话。

当问及证人对其证词是否还有补充时，证人表示：据他所知，卡斯塔涅达博士经常到五角街内格罗·威廉斯酒馆吃中饭。吃饭的时候，他把在桌前桌后转来转去的狗叫过来，喂它们吃掺毒药的肉块儿。这种事，酒馆的顾客和老板亲眼见过多次。卡斯塔涅达博士常在饭馆里丢下中毒死亡的狗，东一只，西一只。

酒馆老板辛克莱·威廉斯是布卢菲尔兹人，原是“斯芬克司”棒球队一垒队员。1933年10月21日，他在回答费亚约斯法官的提问时，回答说：

只是最近几天他从别人谈话当中才知道奥利韦里奥·卡斯塔涅达这个人。此人从来没到他的酒馆儿里吃过饭。所以也没在那儿毒死过什么动物。再说，证人也不让街上的野狗进酒馆儿，免得打扰顾客；他不喜欢狗，也没养过狗。

1933年10月28日，《新闻报》上发表了一篇报道，其中说，1930年1月，马萨亚年轻诗人胡利奥·瓦耶·卡斯蒂略在马那瓜火车站准备乘火车回马萨亚时，猝然死亡。这之前，他同奥利韦里奥·卡斯塔涅达一起在卢波内旅馆一起喝了一整天的酒。就这篇报道，费尔南多·席尔瓦大夫在10月30日给法官写了一封信，其中说：

关于这件事，本人认为有责任向您说明，我认识小胡利奥，他来马那瓜是要我为他检查身体，我是医生嘛。胡利奥没有嗜好，身体羸弱，自童年起即患有心脏病，因此不能进行锻练，甚至不能坚持日常工作。因此，他不敢胡乱吸烟，更不用说饮酒了，他一直是滴酒不沾。

因此，敝人希望这封信能澄清无谓的传闻，据传有人想把我那位死去的病人的死因和奥利韦里奥·卡斯塔涅达博士的名字搅在一起。敝人和卡斯塔涅达并无瓜葛。胡利奥死在火车站，死因是心脏衰竭。不过，这种事也会发生在任何其他地方。

1933年11月3日，同一份《新闻报》又刊登了下面这篇报道，报道同样也收进档案中。

据悉，应孔特雷拉斯遗孀堂娜·芙洛拉的兄长堂·费尔南多·瓜迪亚的请求，自哥斯达黎加转来几份经法律公证为有效的文件。文件证实奥利韦里奥·卡斯塔涅达曾在该国首都毒死尼加拉瓜人堂·胡安·阿布托和属于圣何塞上流社会的堂·安托尼奥·伊格莱西亚斯先生。上述罪行系卡斯塔涅达1929年犯下的，当时他在危地马拉驻哥斯达黎加使团里任随员。

阿布托曾在圣何塞的几家酒馆里同卡斯塔涅达一起喝过酒，随后死去。凌晨1时许，他们回到合住的膳宿公寓，那是波美拉尼亚的某位日耳曼伯爵的私产。伯爵夫人当然十分富有。据悉，他们二人在伯爵夫人面前争宠，对卡斯塔涅达来说，消灭阿布托正是他悄悄地摆脱竞争对手的办法。翌日清晨，阿布托死在二人共用的卧室里。

伊格莱西亚斯先生之死和玛蒂尔德·孔特雷拉斯小姐之死情况异常相似。情况是这样：伊格莱西亚斯在家中举行宴会，庆祝结婚周年。坐下来后，伊格莱西亚斯饮了几杯酒，说觉得胃部不适。奥利韦里奥也应邀出席宴会，他素来喜欢交际，待人彬彬有礼。他当即说：“喂，伊格莱西亚斯，我的朋友，我有一种药，保证药到病除。”他站起身来，又说：“我马上回来，给您拿点儿药来。先生们，请等一等，先别吃饭。”

几分钟后，卡斯塔涅达回来了，带来“药到病除”的药物，让他的朋友伊格莱西亚斯喝了一点儿。宴会随即开始，结束时，宾客们各回各的家。

第二天，圣何塞的居民却为一件悲痛万分的事件感叹不已：堂·安托尼奥·伊格莱西亚斯清晨死在他年轻美貌的妻子身旁。

关于伊格莱西亚斯之死，莱昂法庭没有得到任何其他消息。但是，事隔两天，发表上述报道的《新闻报》又公布了一份来自马那瓜的电报，电文如下：

莱昂市
特里翁弗大街
《新闻报》社社长
佩德罗·J·查莫罗·塞拉亚博士

读到贵报关于本人中毒死亡的消息实感惊讶本人仍活在世上且身体十分健康在哥斯达黎加居住期间从来注意不在外面饮酒既不认识卡斯塔涅达也未想争宠于欧洲伯爵夫人本人兴趣单纯与卡塔戈一位品德高尚的年轻女士结婚婚姻十分美满请您到商行一叙共祝双方身体健康

默里-拉赫曼商行经理
胡安·阿布托
阿尔博利托街下 1 区

费亚约斯法官读过这封电报后，才知道上面两种说法均属无稽之谈。不过，因为阿纳斯塔西奥·J·奥蒂斯上尉已经告诉了费亚约斯法官，所以我们已经得知，堂·费尔南多·瓜迪亚准备提供有关卡斯塔涅达杀害年轻的拉法埃尔·乌维科的证据，奥蒂斯上尉本人为罗萨利奥·乌苏卢特兰提供采访方便，要他向犯人套问出有关情况。

1933年11月23日，应堂·费尔南多·瓜迪亚的请求，费亚约斯法官吩咐将真正从哥斯达黎加转来的经过核实的文件列入档案。下面，我们将抄录其中3份文件的实质性部分。这3份文件都很重要，读者将会看到，其中反应了《新闻报》收集的关于阿布托经历的若干材料。

甲 索菲·玛丽娅·格拉赫·狄尔斯小姐的证词。此人40岁，独身，德国籍，从事家务，系德国膳宿公寓老板娘。1933年10月31日，在公证人达尼埃尔·卡马齐硕士面前作证如下：

年轻的拉法埃尔·乌维科冒充危地马拉使团一秘，在我的公寓里住过几个月，博得了全体客人的好感，我对他也有好感，因为他行为端正，待人不俗。

1929年11月，日期说不准了，年轻的乌维科参加完莉莉·罗赫莫塞小姐的婚礼后，回到公寓，那时大约是凌晨3点钟，我从房间里听到他和另外一个人说话。他说："我去找钱。"我没听见另外那个人回答了什么，只知此人随即乘汽车走了，乘坐的就是他们一起来的时候乘坐的那辆汽车。睡在隔壁房间的约埃先生后来告诉我说，年轻的乌维科安静地躺下了，没听见他房里有什么不正常的事情。

第二天一大早，我到集市上去，没听见他房间里有动静。我走到外边的时候，年轻的乌维科叫一个名叫维克托莉娅的女用人，对她说，他觉得不舒服，不去吃早饭了，要她给他送一杯橘子汁。还求女用人给他的朋友、使团二秘年轻的奥利韦里奥·卡斯塔涅达挂个电话，要他到这儿来一趟。因为那天早上他没精神儿去上班，得找他交代几件事。

我从市上回来的时候，大概是上午9点半，从我的房间里听见年轻的乌维科一个劲儿地“哎哟”，还召唤管客厅的何塞·穆尼奥斯。我立刻叫穆尼奥斯进去一趟，他告诉我说，年轻的乌维科安静些了。不过，他还在“哎哟”，我就朝他的房间走过去，想亲眼看一看实际情况。

我一进去，就吓了一大跳。我看见他痉挛得十分厉害，面部充血，颜色全变了，开始青紫，后来变得苍白，白惨惨的。我使劲给他按摩。我一边按摩，他一边说：“哎呀，弗劳莱因·索菲，我要死了，有人给我下了毒。”我连忙问他吃了什么东西，他回答说：“我让奥利韦里奥给我送点儿柠檬酸镁，可他给了我毒药。”

就在这工夫儿，卡斯塔涅达来了，他是去找一位危地马拉医生，名字我记不住了。年轻的乌维科当着我的面儿问他：“你给我吃了什么呀，你这个家伙？你给我下毒了。”这时候，我也问给他吃什么了。卡斯塔涅达非常镇定地回答说：“我拿来的是溴塞耳泽抗酸剂。我怎么会给他下毒？”说着，他从床头上拿起装药的蓝色小瓶子给我看。年轻的乌维科非常虚弱地又说了一句：“那胶囊呢，里面有什么？”“是碳酸氢钠，两样儿药都是卖药的给开的。”卡斯塔涅达笑嘻嘻地回答乌维科，那副样子我很不喜欢。

过了几分钟，卡斯塔涅达叫来的那位危地马拉医生进来了，给病人打了一针樟脑油。病人立刻不再痉挛了，可病情在恶化，我让人去找马里亚诺·菲盖雷斯大夫。大夫给病人检查后，对我说，是急性中毒。他建议用泻盐洗肠，另外那位大夫表示同意。这工夫儿，病人又闹起痉挛，比上一次更厉害。菲盖雷斯大夫告诉我说，看样子是没救儿了。那位危地马拉医生给他打了最后一针樟脑油。过了一会儿，病人痉挛了一下就咽气了。他留下的遗言是：“哎呀，弗劳莱因，我不行了。我可怜的父亲……”他抓住我的手。那时候是上午11点到12点之间。

我没有忘记年轻人乌维科提到毒药的那几句话，立刻决定给侦探事务所打电话，事务所派了几名侦探到膳宿公寓。他们取了证词，以后我就不知道了。日子一天一天地过去了，可我每次想起那个可怜的年轻人，总是满肚子的气。卡斯塔涅达逍遥自在地在街上走来走去，谁也不想费心证实他的罪行。我遇见过他好几次，他总是用挑衅的眼光看我，我无所畏惧，面对面地盯着他，心里真想叫他一声：杀人犯！

年轻乌维科去世后第二天，迪特·马苏神父来看望我，他是我的同胞。谈起这件事，他表示希望看一看死者的住房。在盥洗间的桌子上，我们找到一点儿药粉，已经让水洇湿了。我们小心翼翼地用纸把药粉包好。神父把药粉送到了本市圣胡安·德·迪奥斯医院，交给了一位名叫安塞尔玛的修女，让她喂一只狗。那只狗天天到医院里找食吃。后来，马苏神父告诉我，那只狗以后没再到医院去。由此我们猜想它是中毒死了。

我还要说一件事，在那件不幸的事情发生前两天，大概在晚上7点钟，有个小伙子来到膳宿公寓，管客厅的何塞·穆尼奥斯接待了他。穆尼奥斯告诉我说，小伙子是到这儿来找年轻的乌维科。乌维科不在家，他留下话儿，要他对周围朋友的嫉妒心多加小心。当时正赶上吃晚饭，我没出来，从饭厅尽里面我看见了他的身材。个头儿不高，大概有18岁的样子，只穿了件衬衣。我觉得他没穿鞋，衣着比较寒碜。也没看见他戴帽子。

现在，有人告诉我说，卡斯塔涅达被关在尼加拉瓜监狱里，原因是他毒杀了一户忠厚人家的全家人。由此我毫不迟疑地认为他对年轻的乌维科之死负有责任。如果当时当局行动坚决，他的罪行也就到那儿为止了。

乙 萨穆埃尔·罗文斯基硕士的证词。此人已婚，30岁，药剂师。在同一位公证人面前，他提供了如下证词：

我和年轻的危地马拉外交官堂·拉法埃尔·乌维科·塞瓦杜阿是私人朋友，是他介绍我认识了他的同胞奥利韦里奥·卡斯塔涅达的。他也是外交官。这两个人都放荡不羁，喜欢开些粗俗的玩笑，常拿一些受人尊敬的人当靶子。

当时，我在药学系结束学业，在法兰西药店谋得一份职业。我在柜台前值班，经常接待他们二位，他们常来购买厕所洁具和治疗梅毒的药品，他们时不时闹这种病。

有几次，乌维科求我卖给他马钱子碱，说是邻居家的猫闹得他睡不好觉，他要把猫毒死。我每次卖给他的药量最多不超过3克。我没在药店常备的账上登记这些药品，一则数量很小，再则也没向他们收钱，他们一起计算要毒死多少猫，还记住了每只猫的名字以及它们的主人的姓名。

乌维科死去那天，在上午8点到9点之间，奥利韦里奥·卡斯塔涅达到店里来，要我卖给他碳酸氢钠，给乌维科服用，说他梅毒瘤又犯了，快要死了。我建议他最好买溴塞耳泽，那是专利产品，新出不久，效力显著，他就照办了。但是，他还是坚持要碳酸氢钠，我给他开了4颗。

卡斯塔涅达交完药钱以后，对我说；“再卖给我一点儿马钱子碱，我要把德国太太的鹦鹉毒死。”他解释说，那只鹦鹉从一大早就大叫特叫，吵得乌维科无法休息。为此，我给了他4克马钱子碱，没跟他要钱，这个药量足够毒死两个成年人。鹦鹉一觉得苦，就不吃了，非得需要剂量大一些。这次，我也没记账，用一张油纸包上马钱子碱就给他了。我没有看出他行动有什么紧张或者反常的地方，和平时一样还是那么无拘无束，还是那么爱说话。

吃完午饭，我返回药店，在大街上一位朋友告诉我说，乌维科已经死了。我吃了一惊，当即赶往德意志膳宿公寓。几名侦探正在那儿调查，不肯放我进入乌维科的房间，我没能瞧见他的尸体。新消息说他是中毒身亡。我马上想到几小时前我交给卡斯塔涅达的马钱子碱，而且起了疑心。虽说事关重大，我没敢把情况告诉给亲临现场的侦探。

我正打算离开那儿，卡斯塔涅达从里面走出来。一看见我，他就走过来，对我说："您瞧，萨穆埃尔，鹦鹉算是得救了。再也不会打搅乌维科了，何必再用您给我的毒药杀死它呢？我会把药还给您的。"我听了这话，觉得挺刺耳，后来几天他的态度也让我觉得不舒服。对于死者的所有朋友来说，这是一件令人悲痛的事，我甚至要说是件丑闻，可他却表现得很轻松。在本市梅尔塞德教堂举行葬礼的时候，他是那副样子；随后，我们一起乘火车把灵柩送到彭塔雷纳斯，在整个旅途中他还是那副样子。

在火车上，他谈起话来，态度平静得令人吃惊，那副无所谓的样子让人难以置信，我甚至要说，那种轻慢的神情让人难以想象。所有的朋友都指责他。可他却聊闲天，抽香烟，开玩笑，不时哈哈大笑，和我们这些人谈话不多，专门找危地马拉大使先生的女儿交谈。大家都亲昵地将这位小姐称作"科科妮"，他又是给她送冷饮，又是送糖果，就像是一次愉快的旅游，根本不像送葬。他不住地朝那位小姐的座椅靠过去，毫不掩饰向她调情的意思。

后来，卡斯塔涅达又到药店来过几趟，购买香皂、牙粉，可从未提起退还毒药的事。现在，听到从尼加拉瓜传来的消息以后，我敢说他把毒药给乌维科吃了，杀害了乌维科，目的是要取代他，抢占使团一秘的位子。

丙 验尸报告。1929 年 11 月 22 日，法医阿贝尔 · 帕切科大夫在圣胡安 · 德 · 迪奥斯医院的停尸房里对尸体进行解剖。报告在结论部分说：

按照上述方法对尸体进行解剖，可得出如下结论：关于器官状况，脾、肝、肾大量充血；上述脏器血液为液体，颜色乌黑。肺部有血沫，情况表明可能是急剧中毒导致死亡。

对器官进行组织检查后，发现两肾的输尿管有可疑肿块，脾脏的白髓大量充血。肝脏同样充血。本法医排除急性酒精中毒的可能。至于是否有毒物，须经相应化学检验方能确定。

法医提出的化学检验后来没有做，至少没有列入从哥斯达黎加寄到莱昂法庭的文件当中。但是，尸体解剖报告和已经收集到的证据，均被费亚约斯法官归入 1933 年 11 月 28 日颁布的监禁令的背景材料之中。正式指控奥利韦里奥 · 卡斯塔涅达的罪行是对其妻子玛尔塔 · 赫雷斯 · 德 · 卡斯塔涅达犯有杀害近亲罪；对玛蒂尔德 · 孔特雷拉斯 · 瓜迪亚和卡门 · 孔特雷拉斯 · 雷耶斯犯有残酷谋杀罪。

读完监禁令后，在挤满法院走廊的人群中发出一声喊叫：“他登上了断头台的第一级台阶！”

但是，正如马诺洛 · 夸德拉指出的，这只是一个人的喊叫声。其余的人却热情洋溢地冲着奥利韦里奥 · 卡斯塔涅达高呼“万岁”。

35. ¡Cave ne cadas，doctus magister！①

1933年10月25日黄昏，把几具尸体掘出后，阿纳斯塔西奥·J·奥蒂斯上尉马上离开了瓜达卢佩公墓，心想着要痛痛快快地教训一下阿塔纳西奥·萨尔梅龙大夫，不经任何手续就把他关进监狱。

当时，刊载罗萨利奥·乌苏卢特兰那篇轰动一时的报道的《记事报》正在大街上出售。他毫不怀疑，如果说有人出钱指使记者采取如此大胆的行动，那肯定是“长舌桌”上那帮闲人的头目。

他尽力设法和马那瓜国民警卫队司令部取得联系，结果是白费力气。电话线被大雨截断，那天和以后几天，他都没得到必要的授权。他最后接到的命令姗姗来迟，再加上其他一些情况，直到11月12日，才算达到目的。那天下午，萨尔梅龙大夫在他诊所对面被逮捕了，而且对他采取的行动极其粗暴。

这里应该进一步介绍一下前面已经引用过的奥蒂斯上尉在10月27日作证时就萨尔梅龙大夫的为人讲过的一些话，目的是让读者更加全面地估量奥蒂斯上尉打算把事情引向何方。

因此，我重复一下，我压根儿信不过萨尔梅龙大夫，他介入这个案子和他惯常的所作所为一样，只要有什么事能够吸引他开动惯于编造谎言的脑瓜，他就把鼻子伸过去。这几天，尊敬的奥维埃多·伊·雷耶斯神父在布道坛上称他是“谎言家”，真可谓一针见血。他在普里奥酒家开设的是一家匿名工厂。此人冒险成性，破坏成性，不会有多少病人找他，他和他的同伙儿一起干些不知廉耻的勾当，借以打发时间。

我知道——因为我有责任知道——正是他们非法炮制了《犹大遗言》。每逢圣礼拜六就把一张没有落款的乌七八糟的纸片从各家的门缝儿底下塞进去。纸片上写着些语句尖刻的歌谣，给莱昂市的忠厚老实的居民胡起外号，嘲笑他们的身体缺陷，冷言冷语地大肆谩骂，不惜把每个人的生活细节公之于世。这种阴险行为甚至将受害者送进坟墓，比如拉卡约的遗孀堂娜·恰皮塔。她看到纸条上写着丈夫曾和家里多年雇佣的女仆有所谓暧昧关系后从此一病不起。

在大学狂欢节期间，针对"丑王"竞选者散发的传单同样是卑鄙下流的。这些传单都是按照我提到的那些人主动提出的建议炮制出来的，不管你是道德高尚的神父，还是天主教社团的主妇，全都无法逃脱。这些传单以阴险的语言暗示某某与某某通奸，某某与某某姘居，其结果就是造成某些家庭之间严重隔阂，甚至拔枪决斗。

因此，我说，我重复地说，以萨尔梅龙大夫为首的这些道德的匪徒，对您，法官先生，正在审理的案件只有一点兴趣，那就是将其对社会的全部强烈仇恨都发泄在孔特雷拉斯家的荣誉上，他们把孔特雷拉斯家族变成其卑鄙的仇恨的对象，本人在作证过程中提到的《记事报》上发表的那篇"通讯"即是证明。萨尔梅龙大夫的确有越轨行为，绝不能让这种欺侮正派人家的行为逍遥法外。

但是，早在这桩引起轰动的事件发生之前，读者已经知道，奥蒂斯上尉打定主意要让费亚约斯法官在莱昂进行的调查变得一钱不值，为此不惜借助"长舌桌"的座上客罗萨利奥·乌苏卢特兰的力量。10月13日下午，他亲自到《记事报》报社，找乌苏卢特兰，给他提供机会，让他在第21监狱采访奥利韦里奥·卡斯塔涅达。奥蒂斯上尉心里明明白白，说到底，这样做等于是向萨尔梅龙大夫献上一份厚礼。

当天晚上，罗萨利奥兴冲冲地来到普里奥酒家，把奥蒂斯上尉突然造访的消息告诉给大家。萨尔梅龙大夫听了以后，不禁感到茫然。奥蒂斯上尉指定了几个在采访中必须提出的问题作为提供采访机会的交

---

① 拉丁文：当心，别跌倒，博学的老师！

换条件，萨尔梅龙大夫揣测了一下他的用意所在。不过，他没再多想，就表示同意罗萨利奥第二天到监狱赴会，还要他冷静地估量一下会遇到什么危险。

据他看，在大学试验室里进行的试验肯定了他在学界的威望，证据是无可怀疑的。他确信，一旦开棺验尸——这是他当天下午在《记事报》上发表的简短的访谈录中向费亚约斯法官提供的建议——并对内脏进行检查后，会得出同样的结果。

他万万没想到，几天后，他的老师达比希雷大夫会在《中美洲人报》上发表文章，对这套化验断然提出不同看法，和他迎头相撞。如果说他在此之前还有所期待，那就是再一次与老师和解的机会。他一直在做精神准备，忘却受到的凌辱。他相信，尽管老头子为人固执，目中无人，不过，就像过去屡次发生过的情况一样，他终归会承认学生是对的。

萨尔梅龙大夫和罗萨利奥一起把整个问题单子复核了一遍，加进了几个问题，多多少少有助于实现他要将犯人置于守势的计划。不过，他也十分小心，没有触及一些事情。一旦传他出庭，他要把这些事情留到证词中去谈。那些密信以及构成本案背景的其他桃色密闻，都将事先在报道中述及。

但是，1933 年 10 月 18 日，监狱采访记已经发表，刊登达比希雷大夫文章的《中美洲人报》（科斯梅·曼索刚刚高声朗读过）已到手中，萨尔梅龙大夫被老师的尖刻言词深深刺伤了，感到特别惶惑不安。

奥利韦里奥·卡斯塔涅达的意见和老大夫的看法不谋而合，这对本案未来的发展来说十分危险。假如试验室的化验全然无效，费亚约斯法官会变得情绪沮丧；同样，孔特雷拉斯家的人情绪也会低落。就在前一天，堂娜·芙洛拉已经打定主意撤回她关于释放犯人的要求。现在受到她家私人医生的影响，再次后退并不奇怪。

达比希雷大夫的文章表明，老头子对采取这一严重步骤思考了好几天。他从藏书中找出资料，广泛地进行排列整理。老头子这次发起攻击，表面上讲求分寸，实际上却纯粹是对死敌的攻击。眼下，不仅萨尔梅龙大夫的职业威信受到威胁，而且案件的全部有效性也受到威胁。他只好站出来回答老头子。

“您那位尊师又给您吃了碗闭门羹。”科斯梅·曼索认真仔细地在挖鼻孔，“似乎是又一次把您赶出了家门。”

“那儿可不是我第一次被人赶出来的地方。”萨尔梅龙大夫继续用红铅笔画出文章中一些段落，“本人早已有幸被赶出孔特雷拉斯的家门，而且不是别人，正是奥利韦里奥·卡斯塔涅达把本人赶出来的。”

“让人从斑鸠窝儿里赶出来了。”科斯梅·曼索抓了抓裤腿儿，把手指头揩干净，“在那儿，他是主人，是老爷。人家在那儿谈情说爱，您去拉了泡屎。这您可别忘了，大夫。”

“费亚约斯法官也把我从大学门口儿撵开过。”萨尔梅龙大夫用力画了一条线，劲儿用得太大，把纸都划破了，“在莱昂这儿，要说让人撵得东奔西跑，我可算得上是冠军，这你不能否认吧。”

“那些人穿的是连裆裤，谁也不待见您，您跟他们不是一路人儿。”科斯梅·曼索真的动情了，声音直发颤，“法官惊惶失措，手里攥着块火炭，不知道该怎么办。有钱人家出的事嘛，那个老家伙把调查都弄毁了。”

“不过，塔乔·奥蒂斯跟他们也是一伙儿的。”“班头儿”普里奥打开酒店赊账的折子，“他干吗要把事件捅到马那瓜去，把事情越闹越大呀？”

“这里就有鬼啦。”科斯梅·曼索拿起一张欠条儿看了看，“他们非把您弄得破产不可，‘班头儿’。都想喝欠账酒。”

“照我看，国民警卫队只要办得到，就会把奥利韦里奥·卡斯塔涅达押送到马那瓜去。在那儿把他枪毙，也就不会有人再闹事啦。”罗萨利奥·乌苏卢特兰从厕所回来，腰带没系紧，还在扣裤扣儿。

“国民警卫队什么事都干得出来。”萨尔梅龙大夫手拿着铅笔，抬起头看了看罗萨利奥，“索摩查不想得罪莱昂的阔人。也许罗萨利奥的路没走错。”

“因为索摩查是个乡巴佬，虽然他娶了德瓦伊莱家的小姐。”“班头儿”普里奥撕掉一张欠条儿，“这张单子让我想起了阿雍博士。他已经死了，还不了这笔债了。”

“跟我一样是乡巴佬。”萨尔梅龙大夫挤出个苦笑。

“可您没有肩章。”科斯梅·曼索回了个苦笑，“也没有美国佬儿的步枪。别撕啦，‘班头儿’。收好了，将来好开一座大人物欠条博物馆。”

“不错，我是没有肩章。可我的全部子弹都在这儿呐。”萨尔梅龙大夫朝着他那本斯奎布笔记努了努嘴。

“说实在的，要是国民警卫队想叫奥利韦里奥·卡斯塔涅达吃黑枣儿，咱们绝不会落在他们后边。”罗萨利奥·乌苏卢特兰手扶着膝盖用眼睛在地板上搜寻。他裤子襟上的扣子掉了一个。

“指派卡斯塔涅达毒死人的不是敝人。”萨尔梅龙大夫探了探身子在找罗萨利奥，罗萨利奥趴在地上，钻到了桌子底下，“‘班头儿’，您这儿有卡斯塔涅达的欠条儿吗？赶紧催他还账。”

“即便有，我也不要了。照这样儿下去，他也没大活头儿啦。”“班头儿”普里奥又撕了一张欠条儿，“‘圆球’奥维埃多的欠条儿算是还不清了。我得找他爸爸要钱去。”

“照这样儿下去，”萨尔梅龙大夫把报纸叠好，放进口袋儿里，“过不了几天就会把他从监狱里抬出来。第一个抬着他游行的准是达比希雷大夫。”

罗萨利奥·乌苏卢特兰看见萨尔梅龙大夫准备离开，就不再找扣子了。他跪在地上，从衬衣里掏出几张纸，急匆匆地把纸打开。

“这就是刚才说的那篇报道。”科斯梅·曼索伸出右手，“给我，尊敬的先生。让我看看。”

“改天吧。现在我想集中精力跟我的老师算算账，他可不能欠下债一走了之。”萨尔梅龙大夫站在那儿，一个劲儿搓手，“‘圆球’奥维埃多的欠条儿，让曼索结了吧，‘班头儿’。”

“题目我都想好了：《人生只有一次爱》。”罗萨利奥·乌苏卢特兰把那儿张纸又放进衬衫里。扣子找到了，他坐在地板上满意地看了看大家。

“我不喜欢。”科斯梅·曼索摆了摆手，仿佛要把这个题目从空中抹掉，“得找个更有劲的题目。‘班头儿’，‘圆球’奥维埃多欠您多少钱？”

“这儿加起来，70 多比索。”“斑头儿”普里奥从折子中以字母“0”命名的小格中拿出一把欠条儿。

“待会儿咱们再说题目。”萨尔梅龙大夫拍了拍罗萨利奥的肩膀，“人生苦短，时间多得是。”

“对有些人来说是这样。”科斯梅·曼索欠起身子，往前拉了拉椅子，“‘班头儿’，把欠条儿给我。我跟‘圆球，奥维埃多去要钱。你可得给我点儿甘蔗酒当佣金。”

萨尔梅龙大夫回到家里，立刻动手写文章，回答达比希雷大夫，他发狂似的，一直干到天光大亮。又用了几天的工夫，对文章修改多次，仔细地磨了磨，还到大学图书馆里从毒药学书籍和分析化学教材里寻找有分量的参考资料。

这份答复，我们可以在 1933 年 10 月 21 日出版的《记事报》上读到。

大夫大错特错

我那位尊敬的同行、学识渊博的老师达比希雷大夫一改平日众人皆知的谦逊态度，手持钢笔，挺身站立在蒙铁尔原野上，向风车大举进攻。达比希雷大夫一时糊涂，竟把风车当成可恶的巨人，他表示的意见实令敝人惊诧。他慌里慌张地，也许是无意地把我们那些严肃认真、忠诚老实、尽心尽力的化学家们打翻在地。

他手臂套着盾牌，猛击兢兢业业的阿布萨隆·罗哈斯学士。罗哈斯学士未能在伦敦或巴黎进修学业，只是因为家境贫寒，父母仅能供他在国内最高学府读书。而我那位从来不知节制的亲爱的老师却有此特权，他在摇篮时即包裹在银色丝绸襁褓之中。

我那位从来不知节制的亲爱的老师还变成了吼声震天的宙斯，不惜屈尊从奥林匹斯山上降落到生人居住的平原，自言自语地说：只有啥事不懂的无知之辈才把生物碱和一种简单的尸碱——dixit——混为一谈。似乎在尼加拉瓜我们居然不知道在有机物解体过程中尸体会自行产生毒物！

也许有件事可以唤起您的记忆，遐迩闻名的老师。举世公认的马萨亚学问家德希德里奥·罗萨莱斯大夫——他也曾在当年您经常光顾的那几所欧洲大学里受过教育，也娶了一位年轻的法国妻子，只是她在这里一直水土不服——曾有过这样的经历：有一次，他在解剖尸体时，用手术刀划破了手指，他毫不迟疑地要求其助手立即切除受到尸碱感染的手指。此事发生在1896年，就在罗萨莱斯大夫亲手建立的马萨亚的圣维森特医院的手术室里。但是，敝人的尊师虽然在古老的课堂多次讲述过此事，现在倒似乎全然忘却。

其实，在尼加拉瓜的医学专家们早就知道有所谓尸碱，因为我们不是江湖医生，而是科学家。我们完全能够把尸碱和植物产生的毒素区分开来，因此，听到这类“新鲜事”，我们绝不会大吃一惊。我昔日的老师曾亲口教给我说尸碱很容易分辨，用乙醚很容易清除尸碱，因为一般来说，尸碱是容易挥发的，难道他老人家忘记了这一点？

这位超群出众的医生肯定说，在莱昂没有合适的试剂进行毒物实验。这种说法离实际情况实在太远。我们当中每一个医生都知道，我们的学士也知道，使用M·撒切尔试剂可以很容易使砷或马钱子碱沉淀出来，而我们有这类试剂。此外，马钱子碱的沉淀物十分独特，不可能与尸碱或其他生物碱相混淆。按照勒尼方法寻找马钱子碱的试验，即先将马钱子碱水解，然后用硝酸钠加以处理，无论在这儿，还是在遥远的交趾支那，这种实验都是无法辩驳的，达比希雷大夫。

另外，我昔日的老师有这样一个看法，马钱子碱中毒者牙关紧闭，不可能从口中伸进橡皮导管吸取胃液，据敝人的浅见，这个看法没有什么分量。的确，这样做需要费很大力气和熟练的技巧，正如我处理孔特雷拉斯先生的情况那样。但是，如果达比希雷大夫对他本人在圣胡安·德·迪奥斯医院的病床床头传授给敝人的知识持怀疑态度的话，他可以求教于弗拉加。弗拉加在其《应用毒物学一般原理》（我引用一位西班牙作者的论述，因为我不像老师那样掌握多种外语）中向我们指出，从马德里的有关年鉴中找出了12个病例，这些病例表明导管能够伸进中毒者口中，而不必使用诸如手术钳敲碎臼齿这类野蛮的办法。

至于我那位学识渊博的老师尖刻地嘲讽在大学实验室里在几种动物身上进行的试验，敝人只想指出两件事。第一，达比希雷大夫不希望对人进行实验，因此，必须用动物来做实验；第二，动物经注射在毒药的作用下一一死去，这是因为有毒物存在，动物发生抽搐即可证明这一点。抽搐不是由尸碱引起的，而是由一种真正的生物碱——马钱子碱——引起的，而马钱子碱是事先通过化学反应在内脏中找到的。达比希雷大夫竟然随随便便对此持怀疑态度。现在，您不必对我说，上述两个结果中有一个是否定的，因为根据一条简单的逻辑规则，当试验无法直接证明真理时，重要的是证据，而非否定真理。

最后，敝人的老师企图炫耀自己的智慧，否定法官准备进行的开棺验尸。他引用了一个著名的例子，说：一群狗中毒死去，后来埋入地下，再掘出尸骨，并没有发现任何毒物。

现在我们谈的是人，而不是狗，我尊敬的老师，并非我们所有的人都喜欢率领一支狗军。您要知道，人胃的潜力无法与狗相比，狗胃的潜力要大得多，可以迅速吸收毒物，其机体也可以通过汗、尿、粪便以同样的速度排除毒物。其他动物也是如此。举例来说，鼷鼠吃掉毒蛇头，什么事也不会发生。山羊能吃颠茄果，尽管里面有阿托品，山羊也不会中毒。最后，还有鸵鸟，鸵鸟能吞下马钱子浆果，可以消化掉，正像消化掉一个鳄梨。

但是，人可不是如此。卡斯塔涅达夫人、孔特雷拉斯小姐都是中毒身亡，老练的化学家能从内脏里找到毒物，即使过一千年也能找到，而在狗、鼷鼠、羊、鸵鸟身上，毒物的痕迹不会保留那么久。

不能说在这儿，在莱昂，我们落后了，还生活在科学的中世纪。问题在于我们要采取负责的态度，像专业工作者那样发表意见。提出看法必须小心谨慎，以免混淆视听。或使人误入歧途。

请听一听我的忠告，算是我对您在更加美好的时光给我提出的众多忠告的回报吧。这样，您也可以不继续为那个惯犯的利益效劳。拜读大作后，可以肯定他会十分高兴，因为他从未想到能在您，他的牺牲品的首席医生身上找到一位职业辩护士，能为他打开监狱的大门。这对他确是一个大喜讯。

写到这儿，我要结束本文了，永远感谢您给予敝人的。用之不竭的充满智慧的教导。

¡Cave ne cadas，Doctus Magister!

36. 开棺验尸推迟了一天

开棺验尸本定于1933年10月24日上午8点钟进行。从天亮时起，莱昂市下起一场大雨，直到深夜才渐渐缓下来，开棺验尸只好推迟一天。

推迟一天倒不要紧，可是原打算悄悄进行，防止看热闹的人拥到现场的计划全部泡汤了。一大清早，费亚约斯法官身披着宽大的油布斗篷，刚一走出家门，准备到公墓去，立刻看到情况不妙。居民们聚集在边道上，等着看他登上出租汽车，阿利·瓦内加斯正在汽车上等他。从大教堂直到瓜达卢佩教堂这一路上，人们好似赶庙会一样，成群结队朝墓地进发。到达公墓后，费亚约斯法官他们不得不按响汽车喇叭，在卖油炸食品和饮料的小贩中间开出一条道儿来。从黎明起，小贩们在墓地的围墙外面又一次摆开推车、帐篷、小摊子。

第21监狱周围也是人声嘈杂，人群等着奥利韦里奥·卡斯塔涅达出来。根据法官的命令，他必须在掘尸时到场，辨认尸体。罗萨利奥·乌苏卢特兰在他最后一篇长篇报道的一个段落中记下了这件事。报道的题目是：《阴沉天空下的凄惨掘尸》，发表在10月27日的《记事报》上，当时他已经被辞退了。

老百姓聚集在那儿，并没有人招呼他们。淫雨霏霏，栅栏打开了，犯人走下监狱大门外的台阶，囚禁多日后满脸倦容。在场的人鸦雀无声，我们甚至要说，沉默中充满敬意，不乏怜悯之情。在犯人经过时，我们看到有些人，大概是推小车的吧，排成一直行，摘下帽子。犯人身穿典型的丧服，衬衣、领带无可挑剔，高腰皮鞋也是黑的，打得锃亮。但是，面色苍白，眼圈发黑，容貌憔悴。似乎失眠多日，失去了曾经显耀一时的那份儿英气勃勃、热情洋溢的神情。胡须好几天没刮了。

看上去他活像一个老头儿，在他来说，这可是不常见的。胳膊下夹着亚麻布床单。在他走过的时候，笔者连忙问了一句，据他说，那是为覆盖他妻子尸体用的。他颤抖的两手紧紧攥住一束早已枯萎的栀子花。

人群中有一个女人像施魔法似的从手巾包里抽出一束十分鲜艳的大丽花，把花束交到犯人手里，顺手夺下了那束早已枯萎的花。国民警卫队的汽车缓缓开动了，车上坐着犯人、阿纳斯塔西奥·J·奥蒂斯上尉以及两名举枪护卫的士兵。这时候，一直沉默不语的人群跟在汽车后面，朝着墓地步行前进。

尽管国民警卫队的几个小队戒备森严，还是有几名记者翻过远处的围墙，潜入墓地。其中就有罗萨利奥和诗人马诺洛·夸德拉。下面我们将引用他们两个人撰写的关于长达10小时的掘尸过程的报道。我们还将引用两份法院报告，其中第二份在下午6点以后才算起草完毕。

费亚约斯法官任命本行专家阿莱汉德罗·塞盖拉·里瓦斯大夫和塞贡多·巴雷拉大夫作为法医埃斯科拉斯蒂科·拉腊大夫的助手。这两位大夫一再推托，最后还是来了。在场的还有两名攻读医学的学生，塞尔希奥·马丁内斯学士和埃尔南·索洛萨诺学士。他们将帮助进行尸体解剖。化学技术员阿布萨隆·罗哈斯学士负责接收按照规章加封的装内脏的瓶子。在场的还有瓜达卢佩公墓管理员奥马尔·卡维萨斯学士，以及犯人和阿纳斯塔西奥·J·奥蒂斯上尉率领的看守。还有一队事先指定的掘墓人和泥瓦匠。另外，还有费亚约斯法官以及负责起草报告的法官秘书阿利·瓦内加斯。

在第一份法院报告里说明，虽然接到了法官的通知，卫生部门和司法部门的官员都不愿意出席。这份材料还说：

为此，签署本报告之法官在陈述了刑法中关于做伪证的惩处规定后，接受了医务人员及实习人员、公墓管理员以及作为证人的奥利韦里奥·卡斯塔涅达博士的依法宣誓。

随即要求管理员提供墓地分布图，以便首先找到埋葬玛尔塔·赫雷斯·德·卡斯塔涅达夫人的坟墓。据大家看到的这本分布图的记载，登记在89页上的墓主埋葬于今年2月14日，位于东南15号位，北一穴113号，属卡洛斯·卡斯特罗·瓦斯梅将军的地产。管理员和卡斯塔涅达博士本人看到坟墓后，均肯定了上述记载。

经挖掘，取出一只齐柏林飞艇式棺材，暗红色，保存完好。随后打开棺材盖，里面有一具尸体，从头至脚包在白色亚麻布单里。尸体露出后，立即叫来卡斯塔涅达博士。签署本报告的法官向他提出一个例行的问题，他肯定说是他亡妻玛尔塔·赫雷斯·德·卡斯塔涅达的尸体。

罗萨利奥·乌苏卢特兰在题为《阴沉天空下的凄惨掘尸》中是这样叙述的：

在动手打开存放玛尔塔遗骨的棺材前几分钟，医生们向旁观者和参加掘尸的人分发了用防腐剂泡过的棉团，让大家捂在嘴和鼻孔上。也给犯人发了棉团。他接过棉团，静静地看了看，然后大声说：“谢谢，我用不着。”随即将棉团丢在地上。

我们在场的有限几个记者也分到了棉团，费亚约斯法官没有表示反对。就这一点来说，笔者应该对他的慷慨大度公开表示感谢，因为笔者知道他并不高兴我们在场。他本来可以不发给我们棉团，甚至完全有权命令手下人把我们撵出墓地。为了报答他这番举措，笔者把这篇通讯写得颇有节制，费亚约斯法官希望避免的恰恰是耸人听闻的喧嚣。

上午9时50分，存放玛尔塔遗骸的棺材被打开了。泥瓦匠把撬杠伸进棺材盖下面的缝隙中，弄得棺材咔咔直响。包着裹尸布的尸体出现在人们眼前。齐胸处摆着一幅尊敬的辅佐教团的披肩和几枚圣牌。

尸体掘出来后，费亚约斯法官命人叫过卡斯塔涅达博士，他正守候在德瓦伊莱家族的陵墓后面。在奥蒂斯上尉陪伴下，卡斯塔涅达博士走过来，站在棺材前面，情绪还算正常。法官闷声闷气地问道："您认识这具尸体吗？"尸体臭味很重，法官把手帕系在鼻子上，手帕下面预先垫上那块浸过药物的棉花，好像戴上一具面罩。犯人朝他妻子僵死的身体望了眼，目光中不乏温柔之情，然后才茫茫然回答说："是的，我认识。"一滴泪珠顺着他的面颊滑落下来，我们看到他根本不想动手擦干。

例行的辨认手续一结束，工人们就动手把尸体抬出棺材，放在德瓦伊莱家的陵园内。法医事先指定陵园中用来做弥撒用的大理石桌作为进行尸体解剖的台子。

细雨蒙蒙，陵园内暗影憧憧，阴森可怖。医生、实习生身穿白大褂，忙着进行准备工作，好似教士在准备一场秘密仪式，那幅景象十分奇特。两个大理石天使从高高的墩座上一言不发、神情肃穆地监守着陵园。

关于第一具尸体解剖的结果，法院报告做了如下描述：

尸体情况正常，已呈高度腐烂，与死去的时间相符。上肢及下肢的全部软组织部分已不可见。腹腔及胸腔内的器官互相分离，仍清晰可辨。脑及延髓已成半固体状。脸部肌肉均已模糊，呈深咖啡色。眼眶处为两个空洞。

器官取出后，即分别置放于6只磨砂玻璃瓶中，分布如下：

1号瓶：肝及胆。

2号瓶：胃及十二指肠前段。

3号瓶：子宫及膀胱。

4 号瓶：心。

5 号瓶：右肾。

6 号瓶：脑及延髓。

下午近 2 时，国民警卫队的福特牌小卡车像母牛吼叫似鸣笛开出公墓大门。阿布萨隆 · 罗哈斯学士和司机一起坐在驾驶座里，两名士兵站在踏板上进行监视，小卡车将玻璃瓶送往大学的试验室。瓶子将放在再次从普里奥酒家借来的冰箱里。

在大门打开放卡车出去的时候，奥蒂斯上尉来到大街上。他接到的通知说，堂 · 埃维诺尔 · 孔特雷拉斯已经来了，将代表孔特雷拉斯家族监看挖掘玛蒂尔德 · 孔特雷拉斯的尸体。上尉在门口儿还看见了达比希雷大夫。老大夫本来接到通知，要他以两位死者的私人医生的身份参加全部开棺验尸工作，但他故意迟到了。

达比希雷大夫坐在自家马车的座位上，翻阅刚刚买来的《记事报》。头天下午大雨滂沱，报纸在晚些时候才上市。聚集在围墙外面看热闹的人从报贩手里抢买下最后几份报纸。报上登载了罗萨利奥 · 乌苏卢特兰撰写的通讯：《无风不起浪》。这篇通讯已经传阅于大街上。

奥蒂斯上尉让达比希雷大夫和堂 · 埃维诺尔 · 孔特雷拉斯进入公墓。他们顺着那条主要的林阴道往前走，达比希雷大夫把那份《记事报》递给奥蒂斯上尉，脸上早准备好一个微笑。

下午 2 点 30 分，开始挖掘玛蒂尔德 · 孔特雷拉斯的坟。第二份法院报告根据分布图第 76 页和 77 页的记载，确定该坟位于西区的西南 18 号位 301 号。

这一次，马诺洛 · 夸德拉接替罗萨利奥 · 乌苏卢特兰向我们谈了他本人的印象。下面是他在 10 月 27 日撰写的通讯：《同样的衣服》的部分段落：

在这里，瞎女人米塞雷雷没再哼那天在法院里唱的那首挽歌。但是，当玛尔塔·赫雷斯的遗骨被掘墓人放回墓坑的时候，那首歌的悔罪的颤音仿佛随着寒风在高大的翠柏枝杈上再次回响着。奥利韦里奥·卡斯塔涅达打开自己带来的亚麻布，裹好玛尔塔·赫雷斯的遗骨，然后交给了实习生。

新土十分松软，他一陷一陷地走到墓坑旁，把一束大丽花扔进坑底，口中念着一段祷词，祷词好似我记忆中的歌随风飘去。在如此庄严的时刻，别人根本不可能探测他思想的深渊，只有他自己的头脑方能探知奥秘的症结所在。我们又一次看见他哭泣了，那种热泪是很难装出来的，是怀念旧情而痛苦万分？抑或是犯下严重罪行而深感内疚？谁也看不出他的眼泪里包含着危险的毒药。

掘墓人将潮湿的泥土铲到棺材上，棺材渐渐消失了，永难再见天日。犯人被看守带到另外一个女人的墓前，我们也尾随过去。

在奥蒂斯上尉的陪同下，死者的叔父堂·埃维诺尔·孔特雷拉斯和私人医生胡安·德·迪奥斯·达比希雷大夫爬上新挖开的地方。孔特雷拉斯和卡斯塔涅达相遇的时候，既没有互相问候，也没有交谈。孔特雷拉斯一直保持着镇静的态度；而卡斯塔涅达却躲躲闪闪，很不自在，不过也没有粗鲁的表现。达比希雷大夫没有向犯人问候，卡斯塔涅达并不指望这个。

紧接着，马里亚诺·费亚约斯来了，后面跟着医生、实习生和工人。从工人的脸上可以看出烈性酒正在起作用。他们一定是喝过酒了，这样，才好干这种令人不快的活计。和上面一样，按照墓地分布图，开始寻认坟墓。这一次，只有一个隆起的新土堆上堆放着干枯的花环和花束，那是最近下葬时放上去的。按照马里亚诺·费亚约斯的要求，孔特雷拉斯和卡斯塔涅达分别辨认坟墓的准确地点。那座坟茔紧靠在环绕私家墓地的带铁尖的栅栏旁。

工人们摆好铁锹，准备开挖指定的地方。随着铁锹的闷哑的声音，棺材渐渐露出来了。白色的棺材沾了一些腐殖土的污点。棺材盖撤下后，姑娘的尸体露出来了，在她无法辨认的脸上覆盖着一块薄纱。

孔特雷拉斯走上前来，点了点头，确认是他的侄女。随后，卡斯塔涅达被叫到棺材前，他用几乎听不见的声音说："是她。"神秘的翅膀再一次围着他头部不住扇动，遮掩住任何法庭调查都难以揭开的秘密。在犯人身上确曾有过爱情？还是难以启齿的狂恋？抑或仅仅是肉欲？要么，只不过是想伤害人、欺骗人？受骗者是因为他对她的厄运无动于衷，把她一脚踢开而死去？还是她已经知道自己在情场上是胜是负，完全是因病身亡，根本无毒药一说？我的问题像阴森的柏树枝一样不住颤抖，也随风而去，留在风中。

医生和实习生的工作即将结束。马里亚诺·费亚约斯孤零零地坐在一座坟茔前的水泥灵台上，想缓解一下悲痛，我不敢贸然走过去。我先去看了看碑文，碑上刻着另一个名叫玛蒂尔德·孔特雷拉斯的女人的名字，生于1878年，死于1929年。据我的同行、《记事报》的罗萨利奥·乌苏卢特兰告诉我，她被关在市外的一座乡间别墅里，死于肺结核。

埃斯科拉斯蒂科·拉腊大夫手持解剖记录，迈着疲劳的脚步走过来，把记录交给阿利·瓦内加斯。阿利·瓦内加斯坐在私家墓地的一座坟上正在起草第二份报告。他把纸摊在一个旧的蜥蜴皮硬夹子上，努力尽快写完报告，好让大家签字。雨不会再下了，莱昂天空染上一片血红的晚霞，夜幕快要降临了。

马上要动手再把棺材埋好。犯人退了下来，后面跟着看守。他说头疼得很厉害，没有必要再待在现场。我们也都退出来，免得耽误寄出这篇通讯，通讯必须赶上早班火车。

此时，在围墙外面的大街上，吵闹的人群哄起的像赶集似的喧闹声还没有停下来。

玛蒂尔德·孔特雷拉斯尸体解剖报告经过修改后，也签署了，时间稍迟了一些，下面我们看到的是序言部分：

尸体呈仰卧状，头部朝右偏。面部乌黑，五官严重变形。眼珠略微努出眶外，口及眼皮张开，头发干枯，但仍保持原状。依掩埋时间计算，腐烂程度正常，气肿进入后期。胸、腹以及四肢保持完好。双手交叉于胸前，开始出现黏连。

事情发展到这一步，罗萨利奥·乌苏卢特兰本该忧心忡忡，不能在那儿再待下去了。可是，在行将签署报告的时候，他仍然留在墓地，亲眼看到了由于达比希雷大夫突然提出一项要求而引起的一场小小的风波。当天晚上，他在“长舌桌”上谈了这件事。

“这么说，要求是那个老疯子提出来的。”萨尔梅龙大夫嘻嘻哈哈地说，“不过，在尸体上这是做不到的嘛。”

“照我想，他到墓地去就是为了这个。”罗萨利奥十分担忧，一直不肯坐下。他手里拿着关于开棺验尸的报道的底稿，“他亲自口述了这一段：‘经对生殖器官进行外部检查后，证明该器官完好无缺，由此可以得出结论：死者去世时为处女。’”

“法医呢？其他医生的脸色怎么样？他的对头巴雷拉大夫就没吭气儿？”萨尔梅龙大夫又笑了笑，起劲地拍桌子，“要想多听听，还是得活着呀！”

“谁也没说话。法官下令让阿利·瓦内加斯修改报告。”罗萨利奥摇晃着底稿，“阿利·瓦内加斯照办了。有人拿过一盏灯来给他照亮，好让他能写字。”

“奥蒂斯上尉吓唬你了。”科斯梅·曼索故意露出满口金牙。

“跟你说什么啦？”“班头儿”普里奥站在罗萨利奥身旁。只有他也和罗萨利奥一样感到惊惶失措。

“他拿着报纸回来以后，就躲在一边儿看。”罗萨利奥痛苦地把稿纸丢在桌上，“看完报，径直朝我走过来，警告我说：‘滚你妈的蛋。你盯着点儿的。’”

“当然啦。”科斯梅·曼索把头往后一仰，哈哈大笑，满口金牙显得贼亮贼亮的，“现在问题来了，那个姑娘是处女，报道里说的话全成了瞎说八道。”

“他们把我从报社里撵出来。”罗萨利奥一个劲儿摆弄衬衣上的铜扣子，颈子扭来扭去，好像一只等着挨宰的猪，“报社老板刚刚通知我说：‘开棺验尸这篇东西我给你发，已经写好了嘛，不过这是最后一篇。’当时，他在门口儿等着我呐。”

“奥蒂斯上尉还警告谁啦？”“班头儿”普里奥小心地围着罗萨利奥转来转去。

“咱们大伙儿呗。”罗萨利奥松开扣子，用手指了一下这一圈儿人，“我们从公墓出来的时候，他说：‘普里奥酒家那帮造谣生事的婊子养的，早晚会知道什么是棺材。’他说话声音很大，生怕别人听不见。”

“要淹死的人才这么瞎抓挠呐。”科斯梅·曼索在桌子下面快活地跺着脚，“‘班头儿’，既然他们这么瞎胡闹，你让人把冰箱拿回来，让那些杂碎全烂掉。”

“他们会折腾咱们啊。”“班头儿”普里奥一直站在罗萨利奥身边，不住地看着他，仿佛这是最后一次见面似的，“我看，那篇报道把他惹火了。”

“不过是篇小玩意儿，连人名都没用。”科斯梅·曼索摇头晃脑的，对他们那些担心根本不以为意，“你这个白痴把堂娜·芙洛拉的照片登在报上。谁让你登的？”

“这么说，法院文件判她为处女。”萨尔梅龙大夫闭上一只眼，用讥讽的目光看着科斯梅·曼索。

“他们能把咱们怎么样？全都枪毙了？哎哟哟！”科斯梅·曼索在椅子上哆嗦了一下，假装吓得浑身发抖。

“我已经被赶出了报社，现在只好到处讨饭吃。”罗萨利奥低下头，两手揣进裤子口袋里，“你以为是开玩笑呐，咱们都会被关起来。”

“她比两个女儿加起来还俊俏。”萨尔梅龙大夫拿过报纸，凑到眼前，“罗萨利奥说得有理。”

“谁让你把照片跟报道一块儿登出来的？”科斯梅·曼索站起身来，脸对着罗萨利奥，“名字都是假造的，一登照片，你就完了。”

“你呢，谁让你把信的事儿告诉给一个浑蛋的？”罗萨利奥发火了，紧了紧腰带，让裤子舒坦一点儿，“再又一说，咱们进监狱也不会是因为登了这张照片。”

“我让他们把我和卡斯塔涅达关到一间号子里去。”萨尔梅龙大夫用报纸扇着风，“我可以心平气和地把事情全告诉他。我还要调查那些弄不清楚的事。就缺在‘我家主人’庄园里幽会那部分啦。”

“这件事应该由这位先生去调查。”科斯梅·曼索轻轻地拍着罗萨利奥的肩膀，“现在早该调查清楚这件事了。”

“是啊，你落后了，查利奥。”萨尔梅龙大夫也走过去，罗萨利奥让他们给围住了，“你什么时候到庄园去？出庭作证前，我得拿到那些材料。”

“等到我找到活儿干吧。”罗萨利奥把两手叉在腰间，摆出向大家挑战的样子，“也许他们让我在市府里当个扫地的，赏我碗饭吃。”

“别装熊呀，小伙子，我这儿有你的活儿干。”科斯梅·曼索噘起嘴，在罗萨利奥的后背上嘬了一口。

“什么活儿？”罗萨利奥不大相信，斜睨了他一眼。

“你给我跳跳瓦卡拉约舞，小伙子，跳科伊多巴舞、科米雅舞。”科斯梅·曼索摸了摸罗萨利奥的嘴巴子。

“让你妈跳去吧。”罗萨利奥·乌苏卢特兰一挥手把他推开，胡乱把帽子扣在头上。

在场的人哄堂大笑，笑声传到几乎阒无一人的赫雷斯广场。从广场的另一个角落传来冈萨雷斯剧院放电影的声音，声音很远，先是哭泣声，后是小提琴演奏的音乐声，最后是啜泣声。

第四章

经审理，结果是

哟！咱们村儿的小伙子，
哟！这户人家儿的小伙子，
哟！他从远处来，
哟！他从远处来到这儿，
哟！他想什么，说说吧！
哟！他找什么，说说吧！

（阿斯图里亚斯歌谣）

37. 意料不到的小事震动了首都社交界

果然不出科斯梅·曼索所料，在罗萨利奥·乌苏卢特兰的记者生涯中，1933 年 10 月 25 日是个不光彩的日子，是他一生中最黑暗的一天。论倒霉的程度，也只能和后来的日子相比了。他身处逆境，不得不躲藏起来。不敢见人，生怕被关到铁窗后面。每逢上大街到市场上购买食物或是办理其他急事，只好披上教士服，扮成神父的模样。

是的，那天傍晚，他在公墓门口儿上了车，返回报社，一路上亲眼看到自己的工作成效。杂乱的人群在回家的路上还在争抢《记事报》。到那个钟点，报贩子把每份报纸炒到 1 个科尔多瓦，价格之高，前所未有，就连桑地诺纵队攻下奇奇加尔帕市那会儿，报纸也没卖到这个价。在瓜达卢佩教堂的入口处，一个人站在马车的踏板上给大家念那篇报道，一个老太太端着油灯给他照亮。过路人挤在大车周围，全都屏住笑声，好听得清楚一些。

但是，奥蒂斯上尉的威胁好似一根硬刺扎在他的胸口上，这也是实情。听到人们赞扬他的成功，作为记者，他那股骄傲劲儿大大膨胀起来。可这会儿，却像失足落水的人一样在波涛汹涌的恐惧的大海中无可奈何地四处漂荡。

他从车上下来，浑身上下沾满尸体的臭气。接下来一连几天，他不得不一次又一次地闻闻身上的衣服。总觉得还有更加倒霉的事会降临到头上。他本来急于要和“长舌桌”上的同伙儿通通气，可是，首先还得写完关于开棺验尸的报道，把报道交到排字工人手里，为第二天出版的那一期做准备。之后，他才能去普里奥酒家。

《记事报》的老板兼社长是阿布萨隆·巴雷托·萨卡沙医生，是胡安·包蒂斯塔·萨卡沙的堂兄弟。他从医务界退出后，专门经营奶牛场，从不涉足报社，让罗萨利奥随意掌管新闻报道和社论。只是到要处理纠纷的时候，他才派人把乌苏卢特兰叫到家里，比如上次市自来水公司遭人袭击的时候。要是在大街上或是在电影院门口儿遇上乌苏卢特兰，老板只是请他时不时地为自己的堂兄和自由党美言几句。

在这样的背景下，罗萨利奥一看巴雷托大夫来了，心里就犯嘀咕。当时还不到7点钟，太阳还没落山。只见巴雷托大夫绑着皮裹腿，上面粘满牛粪。

罗萨利奥习惯用两个手指头敲打字机的键盘。这会儿，立刻停下紧张的打字，站起身来，客客气气地向巴雷托大夫道了声“晚安”。可是，对方根本不屑于答理他。只见巴雷托大夫往排字间的暗影里一站，用指责的口吻向排字工人下命令。到了这个钟点，排字工人正忙着拆版，把铅字送回盒子里。随后，进来几名报贩子，他们手里的报纸已经销售一空，打算再买几份儿当天出版的倒霉的报纸。巴雷托大夫拽住报贩子，高声喊叫着把他们撵了出去。

罗萨利奥没敢再坐下，干脆站在那儿打完最后一段。他把稿子从打字机上抽出来，蹑手蹑脚地走到排字科科长跟前，把稿子交给他。他正要告诉排字科科长把第一版上的通栏标题拿给他一看，这工夫，巴雷托大夫从后面走上来，劈手夺过稿纸，稿纸纷纷飘落在地上。

罗萨利奥没敢猫下腰去拾稿子，一名排字工人走过去把稿子拾了起来。罗萨利奥打算到院子里找个黑地方去解手。不过，即使如此谨慎小心，也是无济于事。他正要解开裤扣儿的时候，只听背后有人通知他：您被解雇了。既然那篇报道已经写完，只好作为最后一篇登在报上，甭管怎么说吧，把它算进本月的工资。他想撒尿，又尿不出来，只好回到走廊上。这时候，巴雷托大夫已经走了，连打字机也一起搬走了。

排字工人鱼贯走到门口向他告别，挨个儿和他紧紧拥抱。这是那一天他唯一感到安慰的事。走到大街上，倒霉的事就更多了。趁着夜色坐在边道上闲聊的人们一看见他走过来，立刻就散开了。凡是他走过的地方，大家都急急忙忙地把放在门口儿的摇椅搬回家去。最要命的是有一位老太太不但不避开他，反而躲在一旁等着他，把手臂举向天空，大声念着祷词，就像要驱赶魔鬼。最后，他赶到普里奥酒家，直觉到自己好似一条被人用棍子猛打的恶犬，他几乎跑了起来。

在“长舌桌”上，读者已经看到，他的见解无人理睬。他心里难过，只好返回埃斯帕尼奥利塔大街的住处。一路上手里拿着帽子，时不时地遮住脸，躲避开人们仇视的目光。到家后，他用桌子顶上门，又把凳子、椅子放在桌子上，生怕国民警卫队趁夜闯进来。

第二天开始发生一系列事件将会证明罗萨利奥担心报复临头是有根据的。

1933 年 10 月 27 日，《新新闻报》发表了一篇题为《内衣和朝天鸣枪，混乱有增无减》的报道。马诺洛·夸德拉在报道中是这样叙述这些事件的：

莱昂（电话传送）：今天一大早发生了一件异乎寻常的事，预示着将会发生更多更严重的事件。每天一到这个时候，过往行人看见“拉法玛”商店的女售货员们把巴耶牌黄色药面洒在边道上，驱赶野狗。可是，据说，今天早上大家都停下脚步，看女售货员干一件奇怪的事。她们用杆子挑下三件不同颜色的女人内衣。内衣挂在维希-塞莱斯廷瓶子（这是推销这种牌子的矿泉水的广告）的瓶颈上。

挂在空中摇来摆去的女内衣颜色有倒挂金钟色、锦葵花色等；据亲眼目睹的人说，这件事吸引过一部分聚集在大学周围的人，他们正等着开始检查掘出的尸体的内脏。直到内衣在公开场所消失后，他们还集在那儿，包围了那户人家，冲着寡妇及其女儿高声叫骂，用装出来的甜蜜蜜的声音叫她们出来，使用的名字就是我们在《记事报》工作的同行罗萨利奥在一篇报道里给她们取的假名字。

尽管由罗萨利奥·乌苏卢特兰署名的《记事报》上的报道将真

名实姓隐去，但是，十分明显，那篇小故事（颇似《秘鲁传说》的著名作者堂·里卡多·帕尔马的风格）囊括了卡斯塔涅达剧中的全部演员。

快到12点的时候，听说又有几只狗和猫中毒后哼哼着死去。那些成群结队地来往于孔特雷拉斯家和大学之间的吵吵嚷嚷的游行者发出的嘲笑声变得不可遏制，呼吁释放犯人的呼声也变得不可遏制。

骚乱的人群显得难以控制，他们向大学的窗户扔石头和别的投掷物，同样也向孔特雷拉斯家和旁边的商店扔掷石块儿。商店只好向常来常往的顾客关上大门。阿纳斯塔西奥·J·奥蒂斯上尉率领一排士兵赶到现场，要求游行者立即撤离。

人们不但不听劝告，反而对士兵百般嘲笑，大声叫骂。士兵们鲁莽地举起了武器，朝天开了几枪。这样一来，街上的人立刻跑光了。从这个时候起，国民警卫队开始监护大学和孔特雷拉斯家。国民警卫队布置在各个街角的哨兵不允许任何人越雷池一步。据报道，在大学周围，街道一直要封锁到化验结束，预计要到明天吧。至于孔特雷拉斯家，一直要封锁到下达新命令为止。

尽管《记事报》的报道没有为犯人解脱罪责，可是，毫无疑问，一般公众还是公开站在他那一边，根本不相信加给他的罪名。这一点可以从上街游行的人采取的粗暴态度上看出来。更确切地说，他们欢呼《记事报》的报道中描述的他掌握的“爱神的技艺”。

关于这个问题，奥蒂斯上尉给《新新闻报》社长加布里·里瓦斯打了一份电报，电文如下：

本人认为贵报就昨日在莱昂发生的事件发表的消息毫不尊重事实夸张达于极点消息中提及的挂在瓶子上的女人内衣事纯属捏造贵报记者在宣扬此类诲淫事前本应清楚地了解事实一小撮反社会分子向大学

建筑物及孔特雷拉斯家投掷石子确想制造混乱然而聚集于那里的大多数人行动谨慎拒绝参加游行挑起游行的正是那些使全国报业蒙受耻辱的诽谤性文章当局进行了干预目的在于避免在正经人和流氓骚乱分子间发生冲突说本人下令朝空中鸣枪亦属失实报道根本没有必要采取此项措施您可以相信好人不会支持此类有利于杀人犯的骚乱不会认为骚乱分子是英雄也不会相信心怀不满的卑劣小人散布的流言蜚语莱昂人是有文化有教养的人

持续两天的化验于1933年10月27日下午2时结束，技术人员提出如下看法：从尸体的内脏提取出的液体注射在动物身上，动物先后暴死，由此证明两具尸体的内脏均有马钱子碱。从报告中可以看出，和上一次相反，想观看化验的有名望的公民寥寥无几。这一次是重复同类化验，因而失去科学的新鲜感。在场人数不多，部分原因是人们不想接近腐烂的内脏，正如开棺验尸时一样，这是理所当然的。但是，主要原因是那些日子莱昂的上层人士正忙于一些非常紧急的事情。

那天下午，经过大量准备工作以后，在主教府邸召开了一次人数众多的会议，召集人是蒂赫里诺·伊·洛艾西加主教阁下，会上一致同意立即发起一次“道德卫生圣战”。负责实施圣战的委员会由下列人员组成：

大教堂教长尊敬的伊希德罗·奥古斯托·奥维埃多·伊·雷耶斯牧师代表尊敬的莱昂主教蒂赫里诺·伊·洛艾西加阁下。

市长奥内希菲罗·里索博士。

社交俱乐部主任堂·阿图罗·古迪安·埃多希亚。

圣墓男士教友会会长胡安·德·迪奥斯·达比希雷大夫。

莱昂主妇协会主席堂娜·罗萨里奥·德·拉卡约。

慈善妇女会会长堂娜·玛蒂尔德·德·萨拉维娅。

马利亚修女会会长格拉西埃拉·德松小姐。

圣弗朗西斯科辅佐教团团长玛丽娅·特雷莎·罗贝洛小姐。

圣战以征集签名开始。征集签名的文件是：《基督教徒就要求正当的赔礼道歉发出的声援书》，莱昂的两家报纸在同一天晚上刊登了这份文件，签署在文件末尾的200多个名字也是在同一天晚上征集到的。

在声援书上签名的莱昂社会的成员以最强烈的方式反对在一篇毫不负责的文章中表达的显然是造谣污蔑的观点，而有人竟然胆大包天，允许这篇文章在本地见诸报端。该文企图用下流的语言玷污尊贵的孔特雷拉斯·瓜迪亚家族的荣誉，该家族已被法院正在调查的不幸事件搅得悲痛万分。

只有对社会心怀忌恨和世风日下之现象——此种现象极大危及公共秩序、家庭传统以至宗教信仰——才能使这份匿名帖式的文章的作者或作者们以此种方式攻讦正派行为，而有利于肆无忌惮的造谣污蔑和嘲弄他人。

此种攻击行为已初见成效。吾等惴惴不安、心怀恐惧地看到在流言蜚语的蛊惑下，无知百姓在忠厚人家门前聚众闹事，宛若莫洛克神[①]或撒旦的毒气使其仇恨百倍胀大。

为此，在此决定性考验之时刻，吾等毫不迟疑地聚集在孔特雷拉斯的遗孀堂娜·芙洛拉·瓜迪亚夫人及其女儿的周围，并望其母女从对我主的信仰中得到庇护，吾等行为之善恶，唯我主可明断。

本市教徒众多，兹呼吁全体正人君子唾弃造谣者之轻率言论，参加定于10月28日午后4时在神圣大教堂举行的大礼弥撒、随后举行的

① 古代腓尼基人信奉的火神。

圣体游行以及在孔特雷拉斯·瓜迪亚家里举行的感恩仪式。

基督万岁！

圣洁的马利亚万岁！

在刊登这份文件的同时，《记事报》还配合发表了由该报社社长兼老板阿布萨隆·巴雷托·萨卡沙签署的一份解释性说明：

本报非常高兴免费（有关人士曾要求付费）提供篇幅刊登上面这篇《声援书》。签名支持该文件者均为本市最重要、最有代表性的先生和女士们。本报认为签名者提出要求赔礼道歉是正当的，而此举系本报为支持此项要求所采取的最起码的行动。此事系由本报发表的一篇污蔑性文章所引起，本报非但不同意文章中表述的观点和论断，而且对该文感到万分吃惊。

《记事报》已采取了弥补措施，并且坚决保证今后不会再出现类似疏漏。最后，本报愿与签署此文件的尊贵人士一起大声疾呼：基督万岁！圣洁的马利亚万岁！另外，本报同人高呼：发扬先人的道德精神！努力前进！

文件中宣布的大礼弥撒和圣体游行构成圣战的主体活动。《中美洲人报》在10月30日发表的该报社社长古斯塔沃·阿巴翁萨将军亲笔撰写的通讯中做了如下报道：

主教大人在全体神职人员的协助下举行的仪式于下午4时准时开始，大教堂里挤满社会精英，尊敬的伊希德罗·奥古斯托·奥维埃多·伊·雷耶斯牧师登上讲道台，再次当众展示其烈火般的讲演才能，他痛斥那篇诽谤文章的署名者及背后鼓动者。在大教堂的圣殿里平时难得听到鼓掌声，可是，当神父提高声音，威胁说要把这些“该下地狱的恶棍”（这个词儿用得太妙了）革出教门时，却掌声雷动。

弥撒结束后，主教大人亲捧圣体，开始庄严的游行，一直走到孔特雷拉斯·瓜迪亚家门口儿。几天来，一直紧闭的孔特雷拉斯·瓜迪亚家的大门打开了，将圣饼迎进来。随行者人数众多。全体神职人员身着法衣，围成一圈，拥着主教的华盖一起行进。紧随在华盖后面的是本省行政官员。按顺序，接下来是由太太、先生、小姐们组成的各个教友会及其他宗教团体。各会男女会长高举着本会会旗。

除去玛丽娅·德尔·碧拉尔姑娘身体不适、在卧室休息外，孔特雷拉斯家全体成员都迎出门外，以虔诚的态度从主教大人手里接过圣体，并且早在家中搭起一座圣餐台，准备放置圣体匣。最后，高贵的遗孀请她兄长堂·费尔南多·瓜迪亚宣读一份亲切动人的答谢词。本报十分高兴地索要到这篇答谢词，以便在此公之于世：“我以本人和子女的名义对主教大人、牧师以及所有参加此次活动的天主教徒们表示谢意，感谢他们把体现在圣饼上的活基督的坚强意志送到我家。本人怀着非常激动的心情感谢大家对我们的支持，并以同样的感情恳求莱昂社会保持团结，坚持努力，直到对那个在我丈夫和女儿身上犯下野蛮罪行的罪人给予正当的、具有警戒意义的惩罚。此人造成了我们的家庭悲剧，他为人阴险毒辣，竟然滥用我们出于对他的坦诚信任而提供的方便，破坏我们堪称典范的家庭的安定和幸福。我还恳求诸位团结在‘道德卫生圣战’的大旗之下，主教大人和其他圣战成员给这次活动起了个多么恰当的名称。今天，有人造谣污蔑，企图玷污我们——我们也是社会的组成部分——的名声，我恳求诸位不要让他们再把万恶的脏水泼在其他正直家庭的头上。我和子女们深感我主的善心庇护。我更加相信，诸位的爱心也在保护我们，特别是在保护我本人，虽然我不是在本地土生土长，但我自认为是莱昂大家庭的成员，正如圣经上说的，路得认为丈夫国就是她的国。我的话完了。”

堂娜·芙洛拉的哥哥宣读的这番话向社会发出了最后的呼吁，然而丑闻的狂风仍然吹得她东摇西晃，最后只有她一个人承受恶言恶语的攻讦。1933年10月29日，堂·卡门·孔特雷拉斯·拉赫斯帕达撤回了赋予胡安·德·迪奥斯·瓦内加斯博士的全部职权，向法官提交了一份书面材料，其中提出放弃对奥利韦里奥·卡斯塔涅达的指控，而且根本不想说明理由，从而使堂娜·芙洛拉变成众手所指的对象。

继续举行的慈善游行开始巧妙地转而针对堂娜·芙洛拉了。奥维埃多·伊·雷耶斯牧师天天把圣水掸洒在她家的院墙上，马利亚修女会的唱诗班不住气地祈祷。在大家眼里，这一切却变成驱邪的法事。如此持续不断地要求赔礼道歉真是愚蠢之极，逼得堂娜·芙洛拉只好重新关上大门。与此同时，她还受到在善男信女中流传的各种谣言的困扰，比如，据传她女儿打算出家当修女，据说，只有这样，才能洗刷自己的罪孽。奥维埃多·伊·雷耶斯牧师本人就这个题目写了一篇文章，下面我们还要引用。

堂娜·芙洛拉家的院墙上天天掸洒圣水，可是天天夜里又有人用炭笔在墙上写些不堪入目的话，“拉法玛”商店的店员只好天天早上用水冲洗。1933年11月12日，费亚约斯法官来到她家，要对玛丽娅·德尔·碧拉尔·孔特雷拉斯提出几个问题。在街角的大门旁边，还看到了这样的话：“此处是幽会之家”。

虽然堂娜·芙洛拉不情愿，可她毕竟是外国人。面对街上的人、熟人以至政治盟友的重重包围，她只能表现得软弱无力。因此，她打定主意离开这个国家。1933年11月3日，在《中美洲人报》上刊登了一条付费广告，其中说：

好机会

本人愿以特别优惠的价格出售全套住房家具。

包括一台精美的马歇尔-文德尔三角钢琴和一套做工精细的路易十五式客厅家具，共12件。还有卧室及餐厅的高级家具、一台菲尔克牌收音机。

每天9点至12点、下午4点至5点可来此看货。

本人还将在“拉法玛”商店开设廉价商品摊，细节将适时公布。货架及柜台也将以适当价格出售。

孔特雷拉斯遗孀芙洛拉

电话412

大都旅馆对面街角

然而，凡是到她家去的人，不管是真有兴趣购买家具，还是出于好奇心，都在广告指定的时间吃了闭门羹。“拉法玛”商店的小货摊也没见摆出来。

闹到最后，还是堂娜·芙洛拉的哥哥说服了她：只有在尼加拉瓜，她才能找到自己的位置。最后，她虽然表示不情愿，但还是留下来了。这中间出现了遗产继承问题。她哥哥只好留下来设法保护寡妹及其子女的利益，与族人争夺孔特雷拉斯公司的财产。由堂·卡门·孔特雷拉斯·拉赫斯帕达提出的法律诉讼日益逼近，在对奥利韦里奥·卡斯塔涅达的审讯结束后几个月内，将由民事法庭开庭审理。

在即将结束本章的时候，让我们再回顾一下：1933年10月28日是指定阿塔纳西奥·萨尔梅龙大夫到费亚约斯法官面前出庭作证的日子。他被传到法庭，倒霉的是时间恰好和圣体游行离开教堂的时间相同。教堂里香烟缭绕，莱昂市的显贵们齐声高唱颂歌：“救世主，你永远、永远主宰一切。”达比希雷大夫手持圣墓男士教友会的褐色大旗，也用颤抖的声音加入合唱。

一天晚上，罗萨利奥·乌苏卢特兰在“长舌桌”上提醒萨尔梅龙大夫留神头上的危险，萨尔梅龙大夫满不在乎，显得把握十足，镇定自若。现在，他的态度全变了，坐在椅子边上，面对着写字台，战战兢兢地望着费亚约斯法官。几分钟前，费亚约斯法官派人在法院进行彻底清场。

现在，法官神情庄重地派人记录，开始问萨尔梅龙大夫的姓名、年龄、婚姻状况、职业和住址，似乎和他素昧平生。

38. 无风不起浪

(罗萨利奥·乌苏卢特兰的15节报道)

本文所涉及的人名均属虚构,作者给人物改名换姓,自有其原因。故事发生的城市位于某地,远在天边,近在眼前,即在您的房檐下,在教堂的钟楼旁。故事情节千真万确。在短短的开场白里,不必更多费话,因为……本人不愿意再费话,同意吧?

I

堂·奥诺里奥·阿帕西奥是卡斯蒂利亚的一位老富翁。他的小女儿劳伦蒂娜最受宠爱。小姐正值16岁花季,像春天的玫瑰花一样又水灵又芬芳。她有个姐姐,名叫埃内斯蒂娜……弹得一手绝妙的好钢琴。埃内斯蒂娜虽不那么受宠,但是在堂·奥诺里奥的铁石心肠中也占有一席之地。堂·奥诺里奥虽然最爱听钱币清脆悦耳的叮当声,但绝不会因此就忘记父爱的乐趣。

这位老爷年纪在五十上下。他的活动天地仅限于家中的四壁之间。他办事精明干练,从不出错,整天待在家里指挥生意运行。他把账本保存在又结实又保险的铁柜里。一本账是真的,上面的数字与实际相符,轻易不给人看,数字表明他赚得大量利润。另外一本是假账,专门给税务官看,惹得他们拉长了脸。从假账看,利润微薄,甚至还有亏损。堂·奥诺里奥偷偷地参与某些违禁品的买卖,从不上账。通过这种生意,他为商店购进从国外进口的昂贵的布匹和玻璃串珠,不缴关税,不向国库提供分文。

堂·奥诺里奥把本市的水源引进管道,当成私人财产据为己有。水本是上帝的恩赐,可是居民们要饮用还得向他交水费。这还不算,光是收取不公道的水费,他仍不满足,还想提高水费,为此他费尽心机贿赂、收买皇家官吏。总之，他是个贪得无厌的大肚神！

II

这位老爷在国外娶下妻室，夫人名叫堂娜·柠珐。夫人是“新派儿”，为人乖巧，只是本市那些固守陈规旧习、笃信天主教的上层社会的老式家庭根本看不上她那一套。堂·奥诺里奥已到深秋暮年，多年来寄身于蜗居之内，不让新鲜空气吹进斗室，身体每况愈下，很少关心夫人的柔情绰态。堂娜·柠珐长得少相，和女儿待在一起仿佛是姐妹一般，那副貌容比两姐妹加在一起还要俊俏，惹得本市贵夫人妒火万丈。三朵水灵灵的鲜花被关在栅栏紧闭的花园里，对老家伙来说，不啻是千斤重负！

堂娜·柠珐帮助丈夫经营生意，悉心照料布匹和玻璃饰品商店。量起布来，她的动作又熟练又妩媚，向那些百般挑剔的上流社会的女顾客推荐化妆品和香水，真不愧是一名“老手”。她的两个女儿劳伦蒂娜和埃内斯蒂娜待在深宅大院的闺房之内，闷闷不乐，渴望娱乐消遣，渴望了解外部世界的新鲜事。而她们的唯一消遣就是在黄昏时刻从临街大门向外探头张望，坐在门口打发掉炎热、烦闷的时光……不幸的一天终于来临了，那一天……

III

……一位叫巴尔多梅罗的年轻人突然来到这座宁静的城市。他从境外来到此地，研修法学。小伙子潇洒英俊，衣着考究，风度迷人，时常面带微笑。但是，又放荡不羁，专爱拈花惹草，要论打攻心战，他是锲而不舍，而且花样翻新，谁也赶不上他。可是，堡垒一旦攻破，他就吹吹打打地转移阵地，再遇见你，他会把你忘得一干二净。您千万别相信他是个单身汉，没结过婚，根本不是那么回事，他从家乡带来妻室，名罗莎尔碧娜。论风度，论相貌，罗莎尔碧娜比起堂·奥诺里奥家栅栏紧闭的花园里的三朵玫瑰花毫不逊色。

这个花花公子和他的配偶落脚在本市上好的旅馆里，不幸的是，堂·奥诺里奥家就在旅馆对面。巴尔多梅罗很快就透过篱笆远远望见了那三朵玫瑰花，看见她们日日夜夜寂寞无聊，缺少美露滋润。于是，他磨好武器，准备摘花……诸位都知道，高墙、壕沟、篱笆对他全都无济于事，他很快就攻破了薄弱的防线，打进花园，攻占住宅，带着全部行装及其配偶在里面安家落户……

堂·奥诺里奥在吃饭方面颇讲究节省，究竟巴尔多梅罗是怎样运用聪明才智能在这么短的时间里就宣告大获全胜，此事真让我们感到惊讶。不过，不要忘记，堡垒是容易从内部攻破的。不是别人，正是堂娜·柠珐帮他达到了目的。她满怀柔情，十分殷勤地拱手将钥匙交给了他……她，是的，正是她第一个落入了巴尔多梅罗狡猾地撒开的罗网之中，这家伙是捕捉蝴蝶和蜻蜓的老手……专爱捕捉想入非非、四处游荡的蜻蜓。

Ⅳ

可怜的罗莎尔碧娜受到冷落，她发觉自己的男人没有足够的精力兴致勃勃地享受床第之欢。他从一间卧室到另一间卧室绝不偷偷摸摸，而是大大方方，对结发妻子反而漠不关心。他欺骗自己的配偶，欺骗所有的女人，换句话说，欺骗她们四个人，这个年轻人虽说精于爱神的技艺，但是纵欲无度还是有难处的。罗莎尔碧娜觉得自己有权独占巴尔多梅罗的身心，不愿仅仅充当四角中的一角……甚至她男人的脏袜子，她也觉得自己有权独占，袜子脏只是因为他深更半夜忙着幽会，连鞋也不敢穿。

Ⅴ

巴尔多梅罗也没有放过堂·奥诺里奥。他玩花招，献殷勤，编织了厚厚的眼罩，严严实实地蒙住了他的眼睛。堂·奥诺里奥变成了瞎子，看不见人家偷走了他的心肝宝贝。他真是瞎了眼，把真账、假账统统拿给强盗去看。巴尔多梅罗答应教给他更加高明的计算方法，表示愿意为争取签订一项开发水源的新合同贡献自己的才智。诸位很快就会看到，这个年轻人到处行贿，送礼，为的是按照主人的意愿和胃口提高水费。金钱真是万能啊!

堂·奥诺里奥看见这个年轻人非常麻利地帮他往已经装得满满的铁柜里倒进哗哗作响的钱币，心里十分高兴，眼睛也就更瞎了。厚厚的眼罩使他看不见自己的家已经变成了一座火狱，争风吃醋把地狱之火拨得劈啪作响……姐妹之间、母女之间、妻子和母亲以及女儿之间，等等，等等，都在争风吃醋。

Ⅵ

不幸的罗莎尔碧娜暂时取得了胜利。她躺在被丈夫遗弃的床上，不知往枕头上流了多少眼泪，提出多少抗议和要求，终于使自己的男人发誓放弃那座花园。两个人搬出来，寻求自己可自主行事的小窝儿，在那儿终于可以享受夫妻的欢乐！没有障碍，没有对手。

这位年轻人被人推着把半边脸（或者半边脸的四分之一）转向门口，向大家告别时，堂·奥诺里奥家充满了悲伤，人人痛哭失声。只有罗莎尔碧娜露出了笑脸，可她笑得大错特错了！三双眼睛紧随在他身后，利剑般的忧伤目光试图追上他。他走后，留下的是痛苦和悲哀，罗莎尔碧娜品尝到胜利的喜悦，她下狠心非走不可，才争得了那声“再见”。但是，她为此却过快地付出了代价……付出了生命的代价。

Ⅶ

是的，是生命的代价。不久，巴尔多梅罗用剧毒害死了他不幸的配偶。他熟读《大自然的奥秘》，是下毒的老手。读者诸君也许会感到惊奇，但是，您要知道，还在他少年时代，他母亲身患不治之症，痛苦不堪，当时，他就决定用毒药帮她尽快摆脱痛苦。

巴尔多梅罗经常毒杀本市大街上的狗，借以练习如何下毒。当局不知是计，向他提供了毒药，也就把杀人的钥匙交给了杀人犯，正如堂娜·柠珐把家里的钥匙交给他一样。用这种花招，搞到了毒药，又把它伪装成一种成药。喂他妻子喝，说是要给她治疗一种本市最常见的疾病。当时正值疟蚊孳生季节，由于蚊虫叮咬，这种流行病横行肆虐。

堂娜·柠珐和她两个女儿听到巴尔多梅罗假惺惺地呼叫，十分关切地飞跑到奄奄一息的罗莎尔碧娜的床边，只见她临终前仍然保持着基督徒的屈从忍让精神。狠心的丈夫朝三暮四，她未能享受人世间的欢乐。刚刚为死者盖上最后一锹土，这三个女人便争先恐后地要年轻人永远关闭罗莎尔碧娜的临时住所的大门。就在出殡的当天，他又回到了堂·奥诺里奥家里。堂·奥诺里奥欣喜若狂，焚香膜拜，欢迎诡计多端的谋士归来。

那三个女人对他百般体贴，尽情照料，巴不得他赶快忘掉死去的妻子。巴尔多梅罗不傻不苶，乐得接受她们的安慰，有病就医，人之常情嘛。假如说一根钉子拔掉，可以钉上另一根钉子，那么现在共有三根钉子，该怎么说呢？不幸的罗莎尔碧娜已经长眠于九泉之下，但是情网还像一团乱麻。容易上当的堂娜·柠珐啊，那可是危险的情网！

VIII

读者诸君大概已经知道，巴尔多梅罗即使不在的时候，也没有放开线头儿，他想出办法同堂·奥诺里奥家花园最稚嫩的小花劳伦蒂娜保持着秘密的通信联系。他们在新家里雇用的女仆像塞莱斯蒂娜①一样

① 西班牙著名对话体小说《塞莱斯蒂娜》中的主要人物，是个能言善辩、专在男女情人之间牵线的老太婆。

经常到附近一家教堂去传递书信。劳伦蒂娜借口做祈祷常到那里去，实际上是等着情人的消息（当时本市有人可以证明；现在证人还在，而且愿意就这种违禁的通信联系出面作证）。劳伦蒂娜在教堂里收到最后一封情意绵绵的信件的时候，罗莎尔碧娜正在痛苦挣扎，已到弥留之际！巴尔多梅罗答应劳伦蒂娜很快就会回到玫瑰园，还说没有他的关怀、抚爱，玫瑰花难免会枯萎凋谢。他终于实现了自己的诺言，而且是多么快当！

巴尔多梅罗又回到了天堂，不，这种说法不对，他是回到了地狱，同时打定主意继续挑动欲火。在他不在期间，只能从远处煽风点火。他在教堂里传递情书，我们都知道了。读者诸君不必怀疑，还有其他书信通过其他秘密途径送给另外两个女人。

IX

堂娜·柠珐一而再再而三地犯糊涂！她的两个女儿是糊涂虫！野心勃勃的堂·奥诺里奥更是个老糊涂！三个女人在她们日夜思念的精明的年轻人面前争宠，三个女人都要争到同样的特权，心中同样燃烧着熊熊妒火。夜晚，从埃内斯蒂娜的手指间再次飞出琴音。她和过去一样苦苦地想让巴尔多梅罗听到悦耳的声音。但是，他不再倾听琴声的不住召唤了。这次回来之后，他一门心思只对最温柔最稚嫩的劳伦蒂娜献殷勤，说恭维话。姐姐还不知道，绝望的音乐声非但没有呼唤来爱情，反而招来杀身之祸。

每天下午，埃内斯蒂娜都要陪着巴尔多梅罗到他妻子的坟上献花。当紫红色的晚霞点染悲哀孤寂的市公墓上空的时候，他们到此祭奠，却为无法发泄的炽热情欲找到了发泄的机会。埃内斯蒂娜在这块土地上洒下了不止一滴凄苦的泪水，可是，过不了几天她将怀着满腔愁绪安息在这块土地上。

Ⅹ

堂娜·柠珐呢，此时此刻，她在干什么，还是那么迟钝吗？虽然她爱动脑筋，可她全身心地投入到商店的生意中了。她沉默，等待；等待，沉默。她以为自己懂得：魔鬼再鬼，还是老的精。

Ⅺ

一天，巴尔多梅罗动身前往遥远的故乡，他悄悄地一个一个地告诉那三个女人他还要回来。可是，在辞行的时候，又同时对那三个女人说他不再回来了。正如俗话说的，再见如生人。三个人当中最不幸的要算是埃内斯蒂娜了，她给他写了一封封柔情缱绻的信，亲自将信送到本市邮局。回信迟迟不来，她又亲自到邮局去查找回信。回信终于到了，她边看边哭，泪水浸湿了信笺。这时候，堂娜·柠珐到自己的祖国（和故事发生地相邻）去游山玩水做生意，还让小女儿劳伦蒂娜陪她一起去。

骗子手巴尔多梅罗从不知底细的埃内斯蒂娜的信中得知这一消息，连忙买下船票，乘坐最近一班双桅帆船及早赶到堂娜·柠珐的祖国的海岸。巴尔多梅罗，你的祖国究竟在什么地方？你走上回头路，不过是因为贪婪胜过了谨慎……

噢，巴尔多梅罗来了，多么让人快活啊！真值得庆祝一番啊！他对那两个女人还是那么慷慨大方，高高兴兴地拥抱了这个又拥抱那个。如果说她们还要发什么怨言的话……那不过是心满意足的无病呻吟。

唉！埃内斯蒂娜呀，悲伤和失意全都留给了你。你后来才发现，正是你冒冒失失地发出去的那些信件帮助了“苍鹰”突然迁移到新的地方。你不知道，也无法知道，“苍鹰”很快又回到本市，而且还是和你的两个对手搭乘同一条船回来的！凄苦，茫然……你被甩在一边，被人欺骗。然而，你的爱情虽受伤害，却丝毫没有减弱。固执的期待再次压过忌妒心理。尽管在国外期间，摆脱了你的监视，你的对手赢得了大片阵地，可你仍然相信可以把他夺回来……不幸的埃内斯蒂娜啊！难道你没有看出你已经是多余的人了吗？

XII

热恋中的埃内斯蒂娜被疟蚊叮咬，出现了相同的症状，负心汉立即抓住这个关键时机，把毒药偷偷放进平时常用的汤药里。

在堂·奥诺里奥家里，大家对巴尔多梅罗毕恭毕敬，把他看成国王和老爷，而他把所有的人都变成仆从。巴尔多梅罗利用这一情况，在一个星期天的晚上，邀请了几位外国朋友到堂·奥诺里奥家吃饭。外国客人受到盛情款待，宴会上的美味佳肴都是这三位竞争对手精心烹饪的。负心汉一边享用从堂娜·柠珐开设的商店的货架上拿来的美酒，一边要求埃内斯蒂娜弹琴助兴。小姐热情地应承下来，最后一次坐到钢琴后面。她的手指弹出来的轻柔乐音把恋爱的曲折和失恋的痛苦表达得淋漓尽致。亲爱的读者，她正像白天鹅一样，当它轻舒歌喉的时候，正是在告别人世。

接下来的晚上，埃内斯蒂娜猝然死去。这天夜里，苍天为她悲惨的结局万分悲痛，在雷鸣闪电中泣涕如雨。埃内斯蒂娜中剧毒后不住掴气儿。稍有间歇，从她唇边吐出几个字，恳求妈妈和妹妹（她的对手！）原谅。

XIII

灵车在芬芳馥郁的鲜花簇拥下向墓地开去。白色的棺木只是为少女准备的，她们除了最纯洁的贞女的欢欣外，还没有来得及体验人世间其他乐趣，就闭上了眼睛……何必假作慈悲呢，堂·奥诺里奥思虑不周，没能护住她的贞操，致使那个狡诈的年轻人跨过了她的贞洁的墙头。真是可悲啊，堂娜·柠珐和她女儿劳伦蒂娜容易上当受骗，在看到死神用灵巧的手指割断你争我夺的乱麻中的一根线时，心中又充满了新的希望。

现在，巴尔多梅罗在堂·奥诺里奥的深宅大院里比过去更加受到无微不至的关怀照顾，受到无以复加的恭维。两位竞争对手准备进行最后的决战，她们头戴闪闪发光的头盔，身穿精心制作的锁子甲，手持寒光闪烁的长矛和沉甸甸的大头棒。两个女人当中，只能有一个会最后成为财产的主人。究竟是哪一个？谁都不知道！用不着猜，在牺牲者的黑名单上，下一个该轮到堂·奥诺里奥。巴尔多梅罗在做出最后选择之前，还得要把财产的主人除掉。既然他有先见之明，提过建议，帮他扩大财产，这份财产当然应归他所有，别人不能染指！

劳伦蒂娜为姐姐去世戴重孝，但是，仍然一丝不苟地照料巴尔多梅罗的起居，监督仆人为他浆洗袖口和衣领，洗净衬衣。当他伏案工作，准备那份缺德的水源合同时，她亲自送上新鲜饮料。她的双眼闪烁着爱情的光辉，焦急地等待着巴尔多梅罗喝干那罐饮料，好把罐子撤下去。如果他迟迟不喝，她也同样地等待，他想怎么样就怎么样。

堂娜·柠珐有一句尽人皆知的话。一天下午，她当着他们两个人的面说："巴尔多梅罗，为你铺床叠被的人走了，她干得多带劲啊。现在该轮到你来干这件事了，劳伦蒂娜。"劳伦蒂娜真的为巴尔多梅罗铺床叠被了！

当然，不是原来那张床。堂娜·柠珐让自己的丈夫和巴尔多梅罗同住在一间卧室，让劳伦蒂娜住进她的房间。目的是避免夜间发生不合她心意的非礼之事。但是，老练的"苍鹰"和"鸽子"离开牢笼，每天下午都飞得远远的，躲进堂·奥诺里奥的一座幽静的别墅里。别墅离家不远，就在通往海滨浴场的路上。那里空无一人，他们尽情享受恋人间的世俗欢乐，享受一种浸满毒汁的幸福，而且多么起劲啊！（看见过他们悄悄幽会的，本市还有人在而且愿意出面作证，指出准确的日期和时辰。）

XIV

堂·奥诺里奥得了同样的病，巴尔多梅罗亲自给他喂药，在很短的时间里这位老爷就和另外两个人一样不住掴气儿，最后一命归阴。这里有一位明察秋毫的大夫，名叫特奥多西奥，为人十分能干。大夫一直盯住那个奸诈的年轻人，一步一步地观察他的阴谋活动！特奥多西奥大夫知道他还要害人，而且知道他要害的是谁。因此，他抓紧时间赶到堂·奥诺里奥的灵床前，费了不少劲，终于用娴熟的手法把一根导管伸进死者嘴里，抽出胃液，经本市专家化验，证明胃液中含有毒物，因此证明了这是一次谋杀。

堂·奥诺里奥死了，死于他的卑劣的野心和乡下人的天真。罪犯也暴露了。地方官吏手持火枪到堂·奥诺里奥家逮捕凶手的时候，母亲和女儿大喊大叫，想从捕人者手中夺回凶手，闹得很不像话。那场面真是惊心动魄。皇家官吏只好采取强硬手段，不准她们妨碍执行公务。

好糊涂的堂娜·柠珐啊，您怎么没想到呢？特奥多西奥大夫成功地采取的行动正是为了保护您，免得也被人毒死。那个花花公子一旦拿到堂·奥诺里奥的遗产，就会和您的劳伦蒂娜结婚。但是，如果您这位强劲的对手还在，这个婚礼会怎样举行呢？通过下毒这条捷径很快把您害死，这就是必然的答案。

然而，您仍然顽固不化。您和女儿往狱里给犯人送鲜花，送香水，送食品，有时您去送，有时您女儿去送，两个人都不肯放弃这条蜥蜴。您还要求释放他，脸不红，气又壮，信誓旦旦，四处张扬您的诺言。死神也没能让您变得谨慎些，堂娜·柠珐。

XV

这座城市一直非常平静，过去从未发生过如此令人震惊的悲惨事件。特奥多西奥大夫大公无私，精明强干，亏得他，市民才脱离了险境。昔日，那个行囊里装着致人死命的毒药处方来到此地的年轻人，那个颇有魅力、人人争抢的年轻人马上就要受审了。他被打入地牢，听凭命运的摆布，下场只能是走上断头台。

有些大夫忌妒心重，和博学多才的特奥多西奥闹对立。其实，他们已经老态龙钟，时光磨掉了他们的科学知识的光泽。这些人妄图否定犯罪证据的有效性。我们认为这种陈腐观念永远也左右不了法官们的凛然正气。但愿我们没有弄错。

希望这篇以真实发生的事实为依据的普通报道能及时给人提供一面借镜。再说一遍，人物名字均属虚构。至于故事情节，记者试图用若明若暗的方式加以掩饰，有时明朗，有时晦暗，以免违背以慈悲为怀的原则，或者伤害他人的感情。

请诸君吸取必要的教训。亲爱的读者，本人谨以此文向各位谢幕。

39. 关键作证失败

1933年10月27日晚上，冈萨雷斯剧院为了参加当天开始的“道德卫生圣战”，突然换了节目，撤掉原定放映的詹姆斯·卡格尼和吉恩·哈洛主演的《公敌》，改映《伯纳黛特的奇迹》。

“圆球”奥维埃多事先不知道影片改了，和平常一样还是准时来到电影院。没等走到广告牌跟前，就被一张临时张贴的淡蓝色招贴画吸引住了。招贴画上印着伯纳黛特跪在地上的画像，而不是印在血红的底色上的大盗詹姆斯·卡格尼手里端着喷吐火舌的机枪的画像。他那位牧师哥哥挡住他的去路。哥哥身穿白色法衣，系着黑色领带，似乎准备主持弥撒。他站在台阶上，正向以圣体教友会的一群夫人为首的与会者发放小瓶圣水。夫人们都衣冠楚楚，脖子上系着天蓝色丝带，头上戴着镶花边的帽子。

“走开，撒旦！”牧师从纸盒里拿出一个小瓶，高高举起，好像要把圣水洒出来，“望你慷慨解囊。”

“我想先弄清楚，你们干吗要把我的名字签在那份声援书上？”“圆球”奥维埃多把手伸进衬衫里面的口袋，“谁也没问过我愿不愿意签字啊。”

“是你妻子替你签的。”牧师把小瓶子递给他，“你应该感谢她没有把你的名字落下。”

“这是撒旦的钱。”“圆球”奥维埃多最后掏出了钱包，教友会的一位夫人手握着一根杆子，把化缘钵挑到他眼前，他把一张两个科尔多瓦的票子放进化缘钵里，“我可以告诉你，这钱是我掷色子赢来的。”

“钱的来路不正，我主才从你手里取走。”牧师在他的额头上划了个十字，“可是，我主无法把你从铁窗后救出来。”

“铁窗？跟我有什么相干？”“圆球”奥维埃多把眼睛凑近蓝色的

拉克索尔药瓶。纸盒子里还有香水瓶、“巴里”洗发精瓶和驱蛔灵瓶，里面都装满圣水。

“因为你和不三不四的人混在一起。”牧师把纸盒子弄得哗哗响，“国民警卫队盯上你的同伙了。他们都会以造谣罪被捕入狱。”

“那还算不错咧。”“圆球”奥维埃多把用钱换来的瓶子放回纸盒子里，“我还以为他们抓我，是把我当成奥利韦里奥·卡斯塔涅达的朋友呢。你在布道台上说过，到监狱去看他也是犯罪。”

“毒害心灵也是犯罪。”牧师不住地向走进电影院的人点头致意，发给他们圣水瓶，“别去普里奥酒家了。萨尔梅龙大夫和他的同伙儿正急得团团转呢。”

“我把这瓶圣水送给萨尔梅龙大夫。”“圆球”奥维埃多又从箱子里拿出拉克索尔药瓶，“保佑他消灾免祸。阿门。”

“即便说你该下地狱，明个儿还是去参加圣体游行吧。”“圆球”奥维埃多已经上了台阶，朝售票处走去，牧师忙拉他的衣袖，“你又不会丢掉什么。要么，你赞成闹事？”

“再听一遍伯纳黛特的废话，我就能成为圣徒了。我和孩子们在下午场已经看过三遍了。”“圆球”奥维埃多刚刮过胡子，笑起来，下巴肉一颤动，刀伤就疼得他一咧嘴，“别出洋相啦，事儿还不是你们闹起来的。”

“你说的‘你们’，是指全莱昂市的人？”牧师问道，那位拿着化缘钵的虔诚的太太听到“圆球”奥维埃多的放肆的笑声，连忙划了个十字，所以牧师整理了一下领带，态度突然强硬起来，“你背叛自己人，居然走到了这一步？”

“指你们大家，有谁算谁。”“圆球”奥维埃多用手指抹了抹从涂满发油的发卷上流到前额上的汗珠，“你们弄了那些声援书啊、游行啊，根本不是给孔特雷拉斯家赔礼道歉，是给你们自己赔礼道歉。要么是你们想报复堂娜·芙洛拉？你们是什么人啊，竟然公开宣布宽恕玛

丽娅 · 德尔 · 碧拉尔的乱爱？”

“别提那位误入歧途的可怜的姑娘了。”牧师低下头，攥紧拳头，把拳头放到胸前，“她很快会弥补自己的罪孽。听说她要到哥斯达黎加去当慈善会的修女。这个行动很值得称赞嘛。”

“啊哈，你认为她有罪，是不是啊？”“圆球”奥维埃多闻了闻沾了头油味儿的手指，然后指着牧师，“那么，还给她赔什么礼，道什么歉？”

“听你说这个话，我简直不认识你了。”牧师闭上眼，皱了皱眉头，“别提什么赔礼道歉了，听我一句话，离那骗子远远的。”

“我倒是认识你，可我不听你的话，因为电影马上开演了。”“圆球”奥维埃多急急忙忙登上台阶，手举着钱，远远地朝售票处晃了晃。

“圆球”奥维埃多听见哥哥的警告，表面装得若无其事，其实心里非常担忧。在卢尔德圣母第二次在伯纳黛特眼前显灵之前，他离开了电影院，径直到普里奥酒家找“长舌桌”的人去了。

结果一个人也没找到。据“班头儿”普里奥说，萨尔梅龙大夫在家准备第二天的证词，另外，他已经知道奥蒂斯上尉发出的威胁，认为那不过是说大话，上尉根本不敢那么干。他甚至派女用人给安插在诊所对面的监视他的人送去几把椅子，好让他们坐在边道上。

罗萨利奥 · 乌苏卢特兰不敢贸然相信萨尔梅龙大夫的话，还在躲着。科斯梅 · 曼索虽然很不情愿，但是行动却谨慎多了，轻易不敢离开后店。店员告诉顾客说，曼索到马那瓜忙生意去了。

“圆球”奥维埃多决定给萨尔梅龙大夫写张便条，让跑堂的送到他家里去。和便条一起送去的还有那瓶圣水。这张便条也被收进秘密档案的卷宗里。便条的内容是：

敬爱的特奥多西奥大夫：

您头脑很清楚，目前正在搜寻您，要将您关进监狱，此事与巴尔多梅罗和堂·奥诺里奥家栅栏紧闭的花园里的三朵玫瑰花之间的那段故事有关。消息是一位可靠人士今晚上告诉我的。望多加小心，别再掉以轻心。上尉没有异议。附上圣水一瓶，想必您能猜出是谁提供的消息。明天下午，要求赔礼道歉的游行将把事情弄得更糟。

此致

奥·奥·雷

奥蒂斯上尉既没想逮捕曼索，也没想逮捕罗萨利奥，尽管他手下的暗探经常向他汇报这两个人的行踪。他知道，科斯梅·曼索没有离开莱昂，就睡在埃斯福埃索商店的后店里。还知道罗萨利奥藏在他父亲家后院的榨油棚里。罗萨利奥的父亲爱好音乐，名叫堂·纳西索·马约加。奥蒂斯上尉只想钓到大鱼，就是萨尔梅龙大夫。他向马那瓜打了报告，要求以破坏公共秩序罪逮捕萨尔梅龙大夫，但是，上面迟迟没有答复。索摩查将军到大西洋沿岸巡视，正待在布卢菲尔兹，没法同他取得联系。

1933 年 10 月 28 日下午，萨尔梅龙大夫准备离家到法庭去的时候，仍然信心百倍，把握十足，不停地哼着他喜爱的一支歌：玛丽娅·格雷维的《万一见不到你》，边哼歌边往靴子上打鞋油。他换了件衬衣，穿上三件套条纹开司米西服，这套衣服是留着参加葬礼和在医学院参加博士考试时穿的。随后，把怀表放进坎肩的口袋儿里，把金表链露在外面。大夫从小箱里掏出医疗器具，把斯奎布笔记本、几本秘密档案和《大自然的奥秘》放进去。

萨尔梅龙大夫没把“圆球”奥维埃多的警告信放在心上。精心准备的证词是他最好的保证，一旦当着挤满法庭的记者和看热闹的观众宣读完毕，他打算以本案关键证人的身份公开要求法官给予保护。让奥蒂斯上尉发火去吧。

但是，第一件事就出乎他的意料，而且对他很不利。费亚约斯法官下令清场，这读者已经知道了。从一开始，空气就显得很紧张。这种紧张的气氛在某种程度上来自大街，要求赔礼道歉的游行队伍就要从大教堂出发了。这件事使法官和证人之间产生了深刻的分歧，结果作证彻底失败。大教堂的钟声缓缓地发出当当的声音，似乎对刚刚开始的审讯提出告诫。

费亚约斯法官犯了个错误，后来他向阿利·瓦内加斯承认了。他花了整整一上午草拟了准备提出的问题。可是，从一开始他就没按准备好的单子提问，没能适当引导好。他心里明白，事情发展到这一步，要想搅起这桩案子的脏水又不惹人恶心，那是不可能的。后来，他也向阿利·瓦内加斯讲过这个想法。他知道，证人萨尔梅龙大夫是深入探测脏水的关键人物。但是，他考虑不周，离开了稿子。

根据法庭档案记录，审问是这样进行的：

法官：您肯定已经知道，1933 年 10 月 25 日的《记事报》上发表了署名罗萨利奥·乌苏卢特兰的一篇诽谤性文章，在本市引起严重骚动。也许您看过这篇文章？

证人：我看过，马那瓜和莱昂各家报纸发表的有关卡斯塔涅达案的许多报道我都看过。我甚至还看过外国报纸，上面有些材料您一定很感兴趣，我已经整理好放进我的文件里，可以提供给您使用。

法官：这么说，您承认这篇文章是影射本法庭正在负责调查的一些事实？

证人：我没有必要承认，因为我不是这篇文章的作者。作为读者，我发现在两者之间有些类似之处，这一点就是消息不如我灵通的人也注意到了。在贵庭没有介入本案前，我就认真地收集了有关本案的材料，我的意图是健康的，毫无私利的。我是想帮助司法当局，我这次来就是想把这些材料介绍给您。

法官：在这篇文章中提到一位医生，名叫特奥多西奥。您是否承认这位医生就是您？

证人：我再向您重复一遍，对那篇东西里的说法我不大清楚，也没必要弄清楚。不过，我可以肯定一点，正如您本人知道的，1933 年 10 月 9 日上午我主动到孔特雷拉斯家，目的是为受害者卡门·孔特雷拉斯先生洗胃。根据个人的思考和调查，我有充分的依据怀疑他是被人毒死的，他女儿玛蒂尔德·孔特雷拉斯以及再往前的玛尔塔·赫雷斯·德·卡斯塔涅达也都是被人毒死的。您亲自下令进行化验，化验的结果证明我的怀疑是对的。因此，帮您弄清本案的不是像特奥多西奥那样虚构的人物，而是掌握了无可辩驳的最新证据、今天在这里出庭作证的人。

法官：您和记者罗萨利奥·乌苏卢特兰是朋友吗？

证人：我是他的朋友，他是我的病人。

法官：《民众之声报》说，我提到的那篇诽谤性文章是您、罗萨利奥·乌苏卢特兰和商人科斯梅·曼索在普里奥酒家一起开会商定的。这篇文章有些提法严重损坏了孔特雷拉斯的遗孀堂娜·芙洛拉及其女儿的名誉。这篇文章的作者们还不顾下面这一事实，即她们当中的玛蒂尔德·孔特雷拉斯小姐已经不在人世，因此不能对这些造谣中伤进行辩护。

证人：我拒绝您对我提出这样毫无根据的指责。我郑重地告诉您，不管这篇文章说了些什么，我掌握的材料能够帮助您澄清罪犯的动机，可以这么说，既是情场不留情，也是财帛动人心。材料我带来了，您一旦掌握了这些证据，就足以判断出究竟是无事生非，还是有助于审理此案。我还掌握了其他材料，足以证明这个家伙竟然毒死了自己的亲生母亲。

法官：那么，我应该这样来概括：正是利用这些材料你们才编造出前面提到的那篇诽谤性文章。因此，也可以这样来概括：如果确实存在这类材料，也是您本人用同样的手法歪曲事实制造出来的。

证人：即使我对您满怀尊敬，我也要说，您概括错了。假如贵庭愿意查清楚罪犯怎样一步一步地策划犯罪活动、怎样使用毒药、怎样把毒药伪装好放进大夫开的药里、怎样利用恶性热病与马钱子碱中毒症状的相似之处，就请您来查一查我掌握的材料吧。如果您想了解罪犯的动机，也请您问问我。本人没有编造情书和幽会的日期，没有编造传递情书的人的名字，也没有编造亲眼目睹并愿意出庭作证的人的姓名，并以此来证实我所说的话。查清这些，本案的桃色背景就会一目了然，卡·孔特雷拉斯公司的某些欺骗行为也就会全部曝光，这些欺骗行为和本案并非无关。您的责任是秉公执法，为此，请不要拖延我的作证，别再把我说成是那篇文章的主谋，我现在不承认，今后永远也不会承认。

法官：您不会不知道，有所谓辱骂和诽谤罪。诋毁他人的名誉，要依法受到追究。

证人：这我知道。我还知道这是一种私罪，只有自认为是受辱者的人提出指控，法律才予以追究。但是，照我看，您也提醒过我，肯定会有人企图煽动孔特雷拉斯家对我提出控告，作为对我这副热心肠的奖励。

法官：我要把话说明白：我没有提醒过任何事，因为我不能这么做。

证人：法庭清场、您提出问题的意图，足以提醒我了。有人告诉我，国民警卫队企图以煽动叛乱罪逮捕我，还把《记事报》上发表的文章归罪于我。这没什么奇怪，因为这支由野蛮人训练出来的武装部队很少尊重法律。照我看，他们是想找到一只替罪羊，满足那帮捉鬼者的要求，他们借口为孔特雷拉斯家族恢复名誉，在莱昂市四处活动。照我看，他们是想堵住我的嘴，不让人们知道有关犯罪背景的证据。这样一来，人们也就无法知道有关犯罪本身的证据了。而恰恰在这个时候，您拒绝听我的证词。

法官：假如真像您说的，您受到了威胁，就应该正式提出控告。谁也不会阻拦您。

证人：据我看，我提出任何控告都没有用。那就干脆把我下狱吧，我准备进监狱。我为人光明正大，我取得医学学位，不是接受别人的赏赐，也不是继承祖上的遗产。你们把一个可能揭发罪犯的人关进监狱，而罪犯却逍遥法外，这就清清楚楚地说明了我国的司法机关是什么样子。

法官：有关本法庭正在调查的案件情况，您知道多少，就请都讲出来吧，不要略过任何细节或证据。

证人：我没有任何证据或者细节可以提供给您。

法官：刚才您本人在这儿说过，您掌握了这方面的证据。就请您讲出来，别再耽误时间啦。

证人：我再向您重复一遍，我没有任何可说的。

法官：根据刑法，我有责任提醒您：由于您一再拒绝，现在我行使职权，指控您犯有发假誓、作伪证罪，犯有在官方调查案件时截留证据罪。

证人：这不过是把我关进监狱的又一条罪名而已。我最后再重复一遍：关于这件事，本人没有任何话可谈，我希望能记录在案。

法官：我该问的都问了。

证人：我被捕了？

法官：我说过了，就这些。签完字，您就可以走了。

证人作证就此中止。证人核阅记录后，签了字，事情到此结束。马·费亚约斯、阿·萨尔梅龙、秘书阿利·瓦内加斯。

在签字之前，萨尔梅龙大夫仔细地检查了记录。阿利·瓦内加斯神经质地摆弄棕榈扇，不时往脸上扇扇风。费亚约斯法官手托着下巴，假装阅读从写字台抽屉里拿出来的几份案卷。小小办公室关着门，里面又潮又热。这时候，挤满了看热闹的人，很多人只能待在外边，踮起脚来费劲地捕捉证人的声音，或者等着近处的人透点儿消息过来。

夜幕降临，在灯光照射下，萨尔梅龙大夫脸涨得通红，仿佛要爆裂开来。电灯周围聚了一大群蚊子。开司米衣服磨得他裤裆处发痒，衬衣浆过的领子蹭得他很不舒服。看完记录后，阿利·瓦内加斯递给他一支笔，他没接过去，从口袋里掏出自己的自来水笔，庄重地拧开笔帽。然后，用有力的笔迹签上名，从地上拎起装着全部材料的箱子，连招呼也没打，就走了。

看热闹的人也散了。瞎眼女人米塞雷雷斜挎着吉他踟蹰在空无一人的走廊上。她光着脚，扭摆着长衫，似乎找不到记忆中的出口。萨尔梅龙大夫走到门口，听见她的歌声，浓重的鼻音好似来自异乡的荒山僻壤："你，骄傲的姑娘，你，人人皆知的美丽的姑娘，你，满口乡音，我，离开故土，也许不再归来……"这是她心爱的歌。

走到大街上，萨尔梅龙大夫遇见几个参加游行回来的虔诚信女。她们身穿辅佐教团的咖啡色法衣，腰上系着粗大的念珠串。其中一人扛着旗子，上面悬挂着许多条蓝色丝带，在温和的晚风中轻轻飘荡。萨尔梅龙大夫撇了撇嘴唇，露出一丝轻蔑的微笑，看着她们走远了。然后，他加快步伐，回自己的诊所。

萨尔梅龙大夫穿过赫雷斯广场，走到教堂门前停下来要买份报纸。卖报的是个瘫子，他那辆羊拉的小车停放在教堂前的石狮旁边。《中美洲人报》第一版上刊登了达比希雷大夫新写的一篇文章，还配上了一幅达比希雷大夫年轻时的侧身像，正低着头看显微镜。

我教过他，可他什么也没学会

阿塔纳西奥·萨尔梅龙大夫是个瘸脚的医生，他在今年10月21日的《记事报》上发表了一篇文章，文中称敝人为老师，真是不胜荣幸。但是，不管他怎样固执地给笔者戴上这顶帽子，也不能把我变成掩盖他严重失误的招牌。他顽固不化，竟想用他那点可怜的、未经很好咀嚼消化的科学知识作为薄薄的罩纱以掩盖严重的失误。对我昔日的学生患上严重的消化不良症，本人不能负任何责任，还望读者谅察。尽管在手术室里他曾守在我身边，尽管他在本人的教室里坐了漫长而无效的6年，本人没让他吃过油腻的饭食。

萨尔梅龙大夫指责我分不清生物碱和尸碱。尽管微弱的理解力又一次使他处于尴尬的境地，我还是愿意回答他：尸碱具有与植物碱同样的化学反应；和植物碱一样，尸碱放在碘化钾溶液中会产生沉淀，其化学反应与各类生物碱是一样的。毒效相同，表现相似，放在显微镜下检查分不清哪是生物碱，哪是尸碱。

例如，尸阿托品是一种尸体生物碱，一种可以与阿托品产生相似作用的尸碱，而阿托品是从颠茄里提炼出来的人造生物碱。我们大家都知道，或者说都应该知道，人是天然生物碱的活实验室，生活在人的机体内的亿万个细菌分裂后产生生物碱，人死后，可以变成可怕的毒素（见泰奥菲尔·古蒂埃：《微生物和动物毒素》，巴黎，1887）。

鉴于上述的一致性，必须使用1892年引进法国的梅里美光谱离心分离机，这是唯一有效的分析手段。据说，最近，马那瓜卫生部试验室引进了这种仪器，本人有些怀疑，但并不否认。因此，从尸体上取出的物质，未经这种现代仪器的分离，以此证实究竟是尸碱（动物碱）还是植物碱（人工制造的），就不能够也不应该往动物身上注射，因为其结果必将是致命的，但却是模糊的。我再说一遍：根本没有这样做。从堂·卡门的内脏取出的所谓生物碱（马钱子碱），由于方法简陋，没有经过认真的辨认。采取简陋的辨认方法得出两种不同的结果，第一次是否定的，第二次才是肯定的，这个事实恰好证明了我的看法。使用的是什么仪器？对挖掘出来的尸体的内脏取出的证据，我也持同样的看法。

必须跟上科学发展，本人昔日的学生似乎连远远望一眼科学的光辉也谈不上。他不知道尸碱的种类日益增加；他本应该知道，可他同样并不知道，在死亡的有机物中（在人这个活试验室内），二氧化碳与氨基酸分离后，新陈代谢即构成产生尸碱的基础。（见G·格拉斯：《关于尸碱》，柏林，1895）由此产生的腐胺，虽是一种简单的尸碱，仍有致命的毒性，与马钱子碱属性相同，这是马拉梅十分明确证明了的（见《现代毒物学文献》，巴黎，1893）。如果这里还不知道这些发现，那不是本人的过错。但是，我们不能因为无知而不负责任。再重复一遍，我认为，在试验室里宰杀的动物，包括注射从刚刚挖掘出来的尸体上取下的物质（我当时就反对这种做法）后死亡的动物，确实是中毒而死，但是，起作用的是尸碱。

正因为如此，杰出的罗萨莱斯大夫在马萨亚医院的手术室里才不得不切掉自己的手指，正是因为害怕被尸碱毒死。萨尔梅龙大夫根本没必要向我提起这件事，虽然现在我很感激他，因为这件事只能说明我是有道理的。但是，我不明白为什么要把罗萨莱斯大夫娶了法国老婆与我失败的婚姻相提并论。难道说，找不到科学证据，就要说人家的闲话？这正是他的根深蒂固的恶习。请读者做出判断，本人不愿在这种蠢事上浪费时间。

笔者不想滥用读者的耐心，再提起萨尔梅龙大夫偷偷摸摸地潜入堂·卡门·孔特雷拉斯家提取胃液这样奇怪的举动。本人坚持认为，胃液里根本没有马钱子碱。假如说有马钱子碱的话，他根本不可能把导管伸进死者的嘴里完成这一壮举。据我所知，他从未想过从鼻孔里放进导管。还是别谈这个无用的琐事吧。让我们看看他关于狗胃的潜能发表的那些奇谈怪论。

我这个不求上进的学生先行一步，一口咬定10月25日挖掘出来的尸体中有马钱子碱，其理由仅仅是经注射的动物肯定会死去，其实是死于同样无知的做法。动物是死了，但是，丝毫不能证明在人类尸体中马钱子碱可以保留几百年。

好啦，萨尔梅龙大夫，您向我列举了一大堆动物，与其说您是一位专业医生，倒不如说您像是一位魅力十足的马戏团老板。这些动物能**活**下来，是因为胃有潜能，这些动物没有**死**，是因为胃有潜能。或者说像美洲外科医师学会会长威廉·斯蒂龙大夫在1897年出版的著名小册子中说的，具有“抵抗一切的特性”。这些动物吞下毒药，仍若无其事地活着，这说明动物不仅能消化毒物，改造毒物，而且还能通过肺、唾液、尿和粪便排除毒物。但是，请不要把狗和鸵鸟、鼹鼠、山羊和其他马戏团的动物混为一谈。狗没有抵抗一切的特性。如果说狗死后，马钱子碱没有保留在机体里，由于同样的原因，马钱子碱**也不会**留在死人体内，而尸碱确实可以保留下来。

如果说狗具有和鼹鼠、山羊、鸵鸟一样的抵抗一切的特性，能抗毒物，那么，请告诉我：在像我们这样的土里土气的社会里，为了摆脱狗的搅扰，山野村民用下毒这种并不高明的办法残酷地毒杀无辜的狗，为什么狗会中毒而死？难道没有人像现在这样利用这种事证实黑胆汁病的理论吗？在伦敦的试验室里，这种做法连满足天真的小学生的好奇心也办不到。

我讲得够多了。谨以此结束和我过去的学生和同事的关系。他有些失态，一方面说我单纯，另一方面又冒称我为老师，顺带想暗示一下我是罪犯的帮凶。其实，只是因为我企图根据无可辩驳的论据维护科学的尊严，在我们这里科学尊严受到了严重摧毁和侮辱。关于“单纯”一说，算了吧，我将其视为他的谬论；至于所谓“老师”，请不要再这样称呼我，虽说本人曾尽力教过您，现在大家看到了，您一丁点儿东西也没有学会。

我不是在您面前替奥利韦里奥·卡斯塔涅达说好话，因为我和他不是一路人，萨尔梅龙大夫。其他人才和他是一丘之貉。他们喜欢不负责任地传播流言蜚语，捏造黑色故事，狡猾地造谣诬蔑。卡斯塔涅达先生出于病态很喜欢这一套。我们从一些正派人在法官面前所作的无数证词中可以看出这一点。

过去，我曾努力教萨尔梅龙大夫如何行医，但是，从来没教过他诽谤的本领，那是他甘冒风险自己学会的。在这一点上，他确实颇像卡斯塔涅达先生，大约是由于生性相同吧，而不是由于具有“抵抗一切的特性”，我们很快会看到，他们会凑到一起同桌共餐。请读者不要忘记这句预言。

萨尔梅龙大夫靠在路灯的电线杆子上读完这篇文章，随后又读了两遍，才又开始上路。

罗萨利奥·乌苏卢特兰化装成神父，在诊所的候客室等了他好大工夫了。

40. 证人承认受到过一些特殊照顾

自从玛丽娅·德尔·碧拉尔的父亲的灵柩运往墓地那天起，就再也没有人见到过她。她不再到亚松森学校去上学了，每天下午也不再把藤椅搬到街角门前了。门几乎整天关闭着。罗萨利奥·乌苏卢特兰的报道闹得满城风雨，大街上传闻她看完报纸就跑回自己的房间，把门关起来，从此连吃饭也不出来，母亲只好把盛饭的盘子放在窗台上。

1933年10月28日下午，蒂赫里诺·伊·洛艾西加主教手捧圣体匣率领游行队伍到她家为全家人举行领圣餐仪式。参加游行的人急急忙忙地围在走廊上临时搭起的圣坛周围，迫不及待地想看看玛丽娅·德尔·碧拉尔跪下来领圣饼，还想证实一下她脸上是否真有悔恨的表情。据传，她悔不当初，决定出家当修女。但是，她没出来，阿巴翁萨将军的《中美洲人报》对此作了详细报道。她的房间离圣坛只有几步远，在仪式进行当中房门一直紧闭着。

玛丽娅·德尔·碧拉尔很快出家的流言，在奥维埃多·伊·雷耶斯牧师的鼓动下，在虔诚的信女中间传播得特别广。读者已经听到牧师对他兄弟“圆球”奥维埃多谈过此事。堂娜·芙洛拉宣布清理资产，是因为她要到哥斯达黎加去和女儿待在一起。女儿答应和圣维森特·德·帕乌尔教团的修女们一起生活一辈子，她们在伊腊苏火山山脚下的肺病疗养院工作。

奥维埃多·伊·雷耶斯牧师在11月第一周的《事实》周报上发表了题为《需要神圣的虔诚》的文章，其中间接讲到这件事。

妇女的虔诚处于危机状态，这一点很容易察觉。需要很多仁慈的修女来慰藉受苦受难的人们。这些圣女所从事的慈善事业，无论怎么称赞也不过分。她们舍弃了人世浮华，甘愿精心照料医院、疗养院、麻风病院、肺病疗养院等处的病人，减轻他们的痛苦。

慈善事业的道路往往是很艰难的，把人引上这条路的往往是悔恨。悔恨好似一把烈火，可以使误入歧途的人身心得以净化，尤其当误入歧途的人是青少年的时候。当一个病人、一个垂危病人躺在床上，面对着上帝的眼睛的时候，最能医治创伤，达到身心净化。

有人会说，那不是真正的虔诚，而是逃避精神折磨的一种办法。《圣经》上说："永远把自己的罪孽摆在眼前。"面对我们自己的历史的镜子，不断审视自己的过错，可以使我们日臻完美。我们这些牧师看到在完美的纯洁的心灵的呼唤下产生的虔诚，固然感到高兴；但是，也绝不轻视由于心灵误入歧途、犯下致命错误而产生的虔诚。

围绕着玛丽娅·德尔·碧拉尔流言四起，再加上人们一直见不着她，因此，大家都如饥似渴地等待着玛丽娅·德尔·碧拉尔·孔特雷拉斯出庭作证。1933 年 11 月 12 日，当她出现在法官面前时，不少人，包括莱昂和马那瓜的记者，纷纷来到孔特雷拉斯家门前，因为取证是在她家里进行的。11 月 14 日，马诺洛·夸德拉在《新新闻报》上发表了题为《两个盘子里什么都没有……还是一切都在两个盘子里？》的报道，其中包括了证词全文，请看下面的有关内容：

孔特雷拉斯小姐作证时，不允许记者进入她家。司法部门出于礼貌，决定在她家里取证。大门打开了一会儿，只放马里亚诺·费亚约斯和他的秘书、诗人阿利·瓦内加斯进去。在我们这样一个城市里，由于卡斯塔涅达一案有些不明不白的情节，日日夜夜都有人编造出各式各样的流言；因此，孔特雷拉斯小姐即将作证的消息今天一大早就迅速传开了。姑娘没出卧室，谁也没见到她，不难理解，各种推测就成了当天的热门话题。

估计等待的时间会很长，我们利用这个机会拜访了"拉法玛"商店。现在，商店已经正常营业了。我们想找几位女店员，问问她们有何感想。读者可以看到，这样做还是值得的。渴望了解情况的读者对她们的感想一定会非常感兴趣。

当笔者走近她们的时候，姑娘们假装正经地笑了笑，全都躲开了。只有一位名叫莉莲·加西亚的姑娘毫不迟疑地接待了我们。她像是苏布蒂亚瓦人，面目清瘦，肤色黝黑。我们问她：在莱昂市里传说年轻的孔特雷拉斯小姐就要去兄弟邻邦哥斯达黎加共和国，要在那儿出家。

她回答得很利落：在大街上听人说过，可是没看见家里做这方面准备。堂娜·芙洛拉最后决定不离开尼加拉瓜，本来通过当地报纸宣布要拍卖商店的东西，现在也不提了。因此，可爱的莉莲姑娘认为关于姑娘要出家的消息并不真实。

您了解玛丽娅·德尔·碧拉尔的一些情况吗？可以告诉我们她目前情绪如何吗？自从她决定闭门不出后，您见到过她吗？

从商店到孔特雷拉斯家的住宅有一条走廊相通，莉莲瞥了住宅一眼，说：前些日子，不算太近了，曾经见她在花园的草坪间犹犹疑疑地踱来踱去。身穿重孝，发卷凌乱，过早地出现了花白头发，失去血色的嘴唇不住翕动。17岁姑娘像个老太婆似的自言自语，回忆往事。以后呢？没有，以后没再见到她。

费亚约斯法官走进孔特雷拉斯家的时候，已是中午12点半。卡门·孔特雷拉斯·瓜迪亚在门口迎接他，把他带到走廊。母亲、费尔南多·瓜迪亚舅舅和原告律师胡安·德·迪奥斯·瓦内加斯博士正在那儿等他。在安放布拉格圣婴神龛的那个角落里，为法官和他的秘书准备了两把维也纳式座椅，对面并排放着四把藤摇椅。中间摆了一张高脚桌，供记录证词用。费亚约斯法官和秘书入座后，堂娜·芙洛拉到卧室去找玛丽娅·德尔·碧拉尔，随后拉着她的手走到中间那把摇椅跟前。母亲坐在女儿旁边，另一边是她的兄弟，再过去是瓦内加斯博士。卡门拿着一支手枪，离开走廊，走到大厅里，监视那扇关闭着的街角大门。

姑娘向费亚约斯法官轻轻地施礼后，坐在了摇椅上。然后，非常文静地待着不动，双膝并拢，两手放在膝上，揉搓着一条绣花手绢，似乎等待着开始期末考试。只有身上的孝服——封领衬衣、家庭主妇的袖口、长到膝盖以下的裙子、黑线袜——才和她的学生模样不大相称。后来，阿利·瓦内加斯对马诺洛·夸德拉说，她头上没有一根白发，也没有翕动着嘴唇自言自语，回忆往事。瓦内加斯还怪罪他制造可怕气氛。

在出席听证会前，费亚约斯法官思想上已经做好了准备，免得到时犹疑不决。他不想再犯错误，一边翻阅笔记本，一边力争在那种有家人介入的严肃气氛中不要感到拘谨。她需要深入了解案情中最肮脏部分的底细，而不怕别人说他冷酷无情。姑娘的证词提供给他的东西一定会远远超过他能从萨尔梅龙大夫那儿得到的东西。档案里已经有充分的证词说明奥利韦里奥·卡斯塔涅达确实有罪，从化验室获取的证据已经证实这一点。尽管这桩丑闻在莱昂余波未息，但是，还需要弄清犯罪的动机。

然而，在这次棘手的作证结束后，他再次感到大失所望。和萨尔梅龙大夫出庭作证时一样，他还是一无所获。上次，他态度强硬导致作证失败，而这次失败是因为他软弱无力，违背了法律规定，在原告律师的鼓动下，允许姑娘的母亲插话，最后竟让她打断了审问。

根据记录，玛丽娅·德尔·碧拉尔的证词是这样的：

法官：您认为，您姐姐玛蒂尔德之死、您父亲卡门·孔特雷拉斯之死以及玛尔塔·赫雷斯·德·卡斯塔涅达之死有什么关系？

证人：都是同一个人犯下的罪行。罪犯名叫奥利韦里奥·卡斯塔涅达。他和我姐姐玛蒂尔德一起吃饭的时候，把他盘子里一块放了马钱子碱的鸡肉给了我姐姐。姐姐不想吃，可他说："好吃哟，好吃极了。"卡斯塔涅达和我父亲住在一个房间里，他把毒药放在药里。父亲让我去拿药，他说："把药给我拿来。"我就去取药。晚上父亲把药盒放在那儿，奥利韦里奥·卡斯塔涅达从床上一伸手就能够着。我不知道他是怎样杀死他妻子玛尔塔的，可能是在药里或吃的东西里下了毒。

法官：您的看法的根据是什么？

证人：他们都是中毒死的，这已经证实了。几起死亡事故一件接一件，都发生在奥利韦里奥·卡斯塔涅达的周围，他总是待在这三个人的身边。他会下毒，曾经毒死过狗，也毒死过人。在哥斯达黎加，他毒死了拉法埃尔·乌维科，有一次，他想把一本有关毒物的书借给我姐姐玛蒂尔德看，被妈妈拿走了，谁知他是什么用心。

法官：据您看，奥利韦里奥·卡斯塔涅达犯罪的目的是什么？

证人：奥利韦里奥·卡斯塔涅达的目的是夺取我父亲的财产。根据他的计划，第一步杀死他妻子，然后再杀死我姐姐和我妈妈，只剩下我一个人，再向我提出结婚，成为财产的继承人。所以，他总是打听父亲的生意如何，没人请他，他就毛遂自荐办理自来水公司的事务。他说，我父亲让他待在自己的办公室，请他代为处理各种事情，这全是瞎话。

法官：为什么您认为按照计划他要向您求婚？他向您求过爱吗？

证人：没提过，因为我对他态度十分严肃。尽管他没有直接说过，可我发现他挺照顾我的，对我姐姐玛蒂尔德就不那样。对我总是给予特殊照顾。

法官：在他妻子死去之前，就给您这种特殊照顾吗？

证人：是的，我记得当着他妻子面就有过。不过，到现在我才明白他是别有用心的，他想消灭所有的人，连我也在内。我故意摆出十分严肃的面孔，不接受他这些照顾。

法官：您是不是说，他对您姐姐玛蒂尔德没有给予同样的照顾？

证人：我不记得他是不是从来没有这样表示过。我姐姐是虔诚的天主教徒，如果和她谈起爱不爱的，她肯定会拒绝。

法官：根据女仆雷蒂西娅·奥索里奥1933年10月19日提供的证词，在卡斯塔涅达夫妇离开您家之前，玛尔塔心烦意乱，哭哭啼啼，她是不是忌妒什么人，您知道吗？

证人：我不知道玛尔塔是不是忌妒别人，也没发现她哭过。她和我们相处得极好。我记得她离开这儿的时候，对建立一个新家非常高兴，我们大家都帮她安顿自己的家。她离开的时候，应该对我们心怀感激，因为是妈妈为他们找到了住处。他们是外国人，人生地不熟。我不认为她是个忘恩负义的人。

法官：那么，您认为，玛尔塔有没有发觉奥利韦里奥·卡斯塔涅达给您特殊照顾呢？

证人：我说的这种特殊照顾只是单方面的，所以她没有察觉，也不会忌恨我。在我们家，她没有理由忌恨任何人，因为她看见我们大家对她丈夫都很严肃。

法官：您能否告诉我，您说的这种特殊照顾是一种什么样的照顾？

证人：比如在饭桌上，他表现得很有教养，总是拉出椅子，让我坐下。我对课文有不懂的地方，他给我解释，他这个人非常聪明。只和我一个人亲热地开玩笑，从来不和玛蒂尔德开玩笑，对他妻子也不像对我那样说说笑笑的。不过，现在我认为，他是故意向我调情，尽管他从来没对我说过，因为我举止得当，十分严肃。

法官：您经常送给奥利韦里奥·卡斯塔涅达礼物吗？

证人：在他过生日那天，我送给他一瓶带香味儿的洗发液，这事儿我妈妈知道，是妈妈从商店里拿来给我的。如果不是他过生日，我不会送他任何东西，因为没什么由头。

法官：雷蒂西娅·奥索里奥在证词里说，在奥利韦里奥·卡斯塔涅达被捕的那天，您为他准备了衣物和饭食，是她和司机把这些东西送到监狱去的。她说，您还给卡斯塔涅达写了一封信。

证人：我没给他写过任何信，我写的是让雷蒂西娅带去的衣物清单，让他知道送去了什么，衣服脏了好再送回来。那天是妈妈给他准备的饭和衣服，让人送去的。

法官：在接下来的几天，当局没有禁止之前，你们还继续往监狱送东西，其中包括各种日用品，比如香水、手绢、鲜花。您能否告诉我，为什么要送这些东西？为什么还要给他送家具，其中还包括一个五斗柜？

证人：这些东西都是他要的，他说他需要这些东西，是他向妈妈提出来的，我们给他送东西，是因为我们搞不清楚他到底是有罪还是没罪。现在，我们不再给他送东西了。因为他有罪，对我别有用心，要留下我一个人，霸占我们家的全部财产。

法官：您知不知道，奥利韦里奥·卡斯塔涅达在您家里住的时候，您姐姐给他写过信？

证人：不知道她写了没写，我不相信她会写信。大家都住在一起，她没必要写信，他们俩之间也没有理由偷偷地说情话，因为他根本不爱我姐姐。

(这时，法官给证人看一封信，上面既没有日期，也没有署名，是1933年10月13日从奥利韦里奥·卡斯塔涅达的行李里查收的。)

法官：您认识这封信的字迹吗？

(证人看信，然后还给法官。)

证人：我不认识信上的字迹，从来也没见过，所以不知道是谁写的。

法官：请您仔细看看，要说实话。请您注意，信里提到第三个人的字头是 M. P.，和您的名字正好相符。

（法官再次把信递给她，证人第二次看后把信还给法官。）

证人：字头可能相合，但是，信里说的那个人不是我。信中说，写信人感到忌妒。可他给我特别照顾，我姐姐没有必要感到忌妒，因为卡斯塔涅达不是她的恋人。信里还说，M. P. 这个人从她手里夺走了他，我没有夺他，自从他搬到我家来住以后，一开始就对我特别照顾，只照顾我一个人，对其他人都没那样。

（这时候，证人的母亲插话说“我没有夺他”是个比喻的说法，应该写进记录。对此，法官回答说，只有证人才能作出这样的说明。法官询问了证人，证人说她的话确实是个比喻，是为了强调犯人从搬进她家起，就给了她这种特殊照顾。）

法官：邮政支局局长罗莎乌拉·阿基卢斯小姐 1933 年 10 月 17 日作证时说，奥利韦里奥·卡斯塔涅达去危地马拉期间，您姐姐玛蒂尔德给他寄过信，而且收到过他的回信。您能否告诉我，您对这种通信关系有什么看法？

证人：如果卡斯塔涅达给姐姐写信，她也许会回信，信中肯定讲的是朋友之间的事，对他失去妻子表示安慰。因为他妻子玛尔塔死后，卡斯塔涅达一直非常伤心。我姐姐是虔诚的天主教徒，肯定是用宗教感情安慰他。我觉得这没什么不好，他也给妈妈写过信，信封上写着“拉法玛商店”，还有邮政信箱号码多少多少。

（这时候，证人的母亲要求说明：她说那是有关生意的信，她曾经委托犯人调查一下在危地马拉有些什么便宜货。法官坚持，只能记录证人的证词。证人要求把信是涉及生意方面的事作为她的话加上去。）

法官：奥克塔维奥·奥维埃多·伊·雷耶斯 1933 年 10 月 17 日在作证时说，有一次，奥利韦里奥·卡斯塔涅达给他看了一封信，并且说是您写的。您是什么时候写的这封信？

证人：我从来没给他写过信。卡斯塔涅达对他朋友说这种话，我一点儿也不觉得奇怪，因为他惯于撒谎、造谣，他对本市的许多小姐都造过谣。要是他给别人看我写给他的信，那肯定是他捏造的，模仿我的字体，败坏我的名誉。

法官：今年7月，奥利韦里奥·卡斯塔涅达到达哥斯达黎加，事先有没有通知您他要到那儿去?

证人：没有通知我，因为我们没有通过信。他通过“热带电台”给我哥哥卡门发了一封电报，妈妈和我听了广播，才知道他要到哥斯达黎加来。当时，我们都很惊讶，本来以为不会再见到他了。他离开这儿去危地马拉的时候，跟我们说过：“我不再回来了。”

法官：他到了哥斯达黎加以后，去看过您吗?

证人：是的，他到阿蒙区我舅舅家里去看过我们，他是我们家的朋友嘛。他坐在客厅里和我聊起了朋友们的情况，跟妈妈和舅舅谈起圣何塞的天气是不是潮湿、寒冷，还谈到什么电车车祸，以及政治啊、宗教啊，他一向反对宗教。他还说了些我不认识的人的坏话，议论了哥斯达黎加香蕉园的罢工，他支持罢工。还有共产主义的问题，舅舅总是跟他说不到一块儿去。

法官：在哥斯达黎加期间，您和他出去过吗?

证人：我们和几位朋友一起出去散步，他陪我们和一些有地位的人一起参加聚会。到国家剧院听过演唱会，去过电影院，都是和一些朋友一起去的，有时候也和舅舅、妈妈一起出去。他和我从来没有单独出去过，因为妈妈不允许。

法官：您姐姐玛蒂尔德从您的信中得知您在哥斯达黎加和奥利韦里奥·卡斯塔涅达经常有来往，感到非常难过。她表示反对他再住进您家。她的好友阿丽西娅·杜克斯特拉达在1933年10月19日作证的时候说，您姐姐曾经向她说过这样的话。您对此有何看法?

证人：我不相信由于我对姐姐讲了我们去散步、参加聚会、看戏、看电影，她会感到难过。她对奥利韦里奥·卡斯塔涅达没有意思，就不会忌妒。我在信里把这些情况告诉她，因为我没有理由瞒着她。假如说姐姐不愿意再在家里看见卡斯塔涅达，也许是她认为那样不合适。卡斯塔涅达对我的特殊照顾，人们有些闲言碎语。即便姐姐对她的女友说过她要把卡斯塔涅达赶走，事实上她也没这么做。我们回来的时候，她待我们俩都挺好。

法官：在哥斯达黎加期间，奥利韦里奥·卡斯塔涅达还对您保持您刚才说过的那种特殊照顾吗？

证人：还是那样照顾。例如：我们每到一个地方，他就轻手轻脚地帮我脱掉大衣；在舞会上，给我点第一流的曲子；我渴了，他就去取带麦管的饮料；还经常说我打扮得漂亮，十分俊俏。不过，他也对妈妈说这种话，对妈妈也特别照顾，我觉得这没什么不好。

（这时，证人的母亲要求法官暂停作证，改天继续进行，因为她女儿累了。太紧张了。法官问证人情绪怎么样，她本人表示很疲劳，同意暂停作证，记录还不算完。）

尽管记录还不算完，后来一直没有机会再向玛丽娅·德尔·碧拉尔提问了。费亚约斯法官认为这次审问是个失败，而阿利·瓦内加斯的看法恰好相反。从回答问题的情况看，感情背景已经相当清楚，虽然不十分明确。马诺洛·夸德拉在《新新闻报》上发表的文章《两个盘子里什么都没有……还是一切都在两个盘子里？》（前面曾经引用过）倾向于后面这种看法。

期待已久的玛丽娅·德尔·碧拉尔·孔特雷拉斯小姐的作证留下了许多未解的疑问，但是，如何把握这次作证则留下了更大的疑问。马里亚诺·费亚约斯用一只过于细小的镊子触动了十分棘手的东西，结果把关键性的问题遗漏了。也许是因为气氛对调查不利，他不得不在证人家里与证人对话，周围都是证人的亲人，而且只要他们认为需要，动不动就插话。

有人就此事询问了法官秘书、诗人瓦内加斯，据他说，刑法承认这种待遇。《刑法》中有这么一条规定：“当证人由于地位、级别或身份应享受此待遇时，或当办案法官认为合宜时，可免除证人出庭之义务，而在证人私宅内履行该手续。”普通居民的子弟并没有这种福气。正如我们在本案中清楚看到的，给予这种特权乃是不得已而为之。

但是，经验丰富的人读过本报转载的证词，会找到充分的依据得出最后结论。这是一个有关爱情和争风吃醋的错综复杂的故事，在一个殖民遗风颇为盛行的城市里，这种事已经掀起轩然大波，总会浮到面上，正如切斯特顿[①]笔下的神探布朗神父对他的朋友弗拉姆博说的：“好好看看那冰峰，从那儿你们可以估算出在呆笨的海浪下面的冰层有多么大，有多么牢固……”

马里亚诺·费亚约斯在离开孔特雷拉斯家时，面对记者向他提出的问题，和平时一样寡言少语，他让我们参阅证词文本，说以后我们可以从档案中拿去复印。他坦然一笑，要我们还是多报道一下杰克·伦敦，说他在北极猎海豹，在南方大海的狂风恶浪中航行；多报道富兰克林·德拉诺·罗斯福的《新政》；多报道阿道夫·希特勒——一个在慕尼黑啤酒店吵吵嚷嚷的聚会上涌现出来的阴鸷的奥地利人——来到德国的总理府；国会纵火案，以及电传过来的琐碎小事；或者多报道人人喜爱的拳击，普里默·卡内拉毫不留情，击败了夏基，在各个量级上夺得了拳王的桂冠。作为优秀的裁判，费亚约斯知道本案最后一轮的铃声还没有摇响……今天是他的生日，趁此机会谨向他表示祝贺。恭喜，马里亚诺·费亚约斯！

① 切斯特顿（1874—1936），英国评论家、诗人、散文作家和小说家。

确实，那一天是费亚约斯法官的生日。在家里，妻子为他准备了一次意外的聚会，邀请了几位朋友和邻居。当他在阿利·瓦内加斯陪伴下来到门厅时，一位坐在凳子上打盹的老木琴手开始弹起《最后的欢笑》，把木棍敲得邦邦的响。客人们聚在走廊中间一张桌子的周围。桌上放着几瓶冠军牌甘蔗酒和大号盘子。听到音乐声，大家散开来，到外面迎接费亚约斯法官。

阿纳斯塔西奥·J·奥蒂斯上尉第一个迎上去拥抱住费亚约斯法官，送给他一个用丝带捆好的画轴，其他人在一旁窃笑。那是一张用彩色蜡笔画的寓意画，是按照印在“拉赫曼&肯普”利胆剂盒子上的画仿制出来的。画上，一只巨大的蚊子前爪拉着一个骨瘦如柴的男人，那个人在地上无力地挣扎着，想摆脱开蚊虫的叮咬。图画上方有一行排成拱形的字：“预祝马里亚诺·费亚约斯消灭莱昂的恶性热病”。

费亚约斯法官也笑了，只是笑得有些勉强。他把画递给阿利·瓦内加斯，道了声歉就回到自己的卧室。阿利·瓦内加斯把画卷起来，放在摆放瓶子和盘子的桌子上。

“作证的情况怎么样？”奥蒂斯上尉摘下带手枪的皮带，推开瓶子，也把枪放在桌子上。

“看样子，那个姑娘受过很好的训练。”阿利·瓦内加斯赶开苍蝇，掀开盖在盘子上的油纸，里面有元鱼蛋和熟木薯，他拿起一根牙签，挑起一小块木薯，“该怎么回答，全背得滚瓜烂熟。”

“她们想摆脱出来，她们很紧张，也不是没有道理。”奥蒂斯上尉把手指伸进那只盘子，捡起一个元鱼蛋，用手擦了擦，“芙洛拉甚至想离开尼加拉瓜。”

“那位可爱的姑娘一点儿也不紧张。”阿利·瓦内加斯把木薯吞了下去，几乎嚼也没嚼，把牙签留在牙齿中间，“她很沉着地把别人教给她的课文背了一遍。一离开课文，她妈妈就出来纠正，最后干脆不让她说下去了。”

“谁也没有权利那么欺负她们，”奥蒂斯上尉用指甲抠破了蛋壳，往缝儿里浇上辣椒，“不想让她们得到安宁。总得有人出来维护她们呀。”

“教友会的旗子还在大街上转呐。”阿利·瓦内加斯嚼着牙签，看着奥蒂斯上尉贪婪地往嘴里吸蛋清蛋黄，“圣水太多了，祈祷也太多了。”

“我不是指尼姑、修女。”奥蒂斯上尉从桌子上拿起一张餐巾擦了擦下巴，“我说的是特奥多西奥大夫和他的同伙。”

“阁下不要忘记，要不是亏了特奥多西奥大夫，你还逮捕不了巴尔多梅罗呢。”阿利·瓦内加斯掀开盖在另一只盘子上的油纸，就用那根牙签叉起一块红烧猪肉。

“现在，你不会说你要保护那个煽动分子吧。”奥蒂斯上尉把用脏的餐纸揉成一团，丢在桌子下面。

“我不过是法官的书记员，可不敢保护任何人。”阿利·瓦内加斯从嘴里拿出牙签，轻轻地放在桌布上，“该法官干的事，就让他去干吧，你别再插手了。”

“这可真叫公道啊。先是散布流言蜚语，以此为芙洛拉和她的女儿伸张正义。”奥蒂斯上尉从桌上拿起皮带，掂了掂手枪的分量，“现在又拿她们清扫马路。她们的损失谁给补啊？”

“她们受了伤害，可以指控博学多才的特奥多西奥犯有侮骂诽谤罪嘛，这不就能报复一下吗？”阿利·瓦内加斯拿起画卷驱赶桌上越聚越多的苍蝇。

“真蠢！想招大伙儿再笑话她们一场啊。”奥蒂斯上尉系好腰带，把手枪摆在显眼的地方，“笑得最厉害的是萨尔梅龙。看他能高兴多久。”

“怎么？难道说你要下令禁止人家笑？”阿利·瓦内加斯听到有人鼓掌，赶快转过身来，费亚约斯法官从屋里走出来，手举着一个红底白点儿的领结，这是妻子送给他的生日礼物，鼓掌的正是他妻子，“可是，你办不到啊。”

“你说我办不到。马那瓜已经授权我把他关进监狱了。”奥蒂斯上尉最后把手枪的皮带扣在大腿处，“这个兔崽子，过不了今天啦。”

费亚约斯法官走过来时，奥蒂斯上尉正朝门厅走过去，顺手从椅子上拿起海军陆战队的军帽，用帽子拍了拍大腿。木琴又响了。木琴手想用木棍儿敲打出《人生只有一次爱》，一连重复了好几遍头几个音符。

“他让什么蝇子给叮了？”费亚约斯法官系好领结儿，拿起一只杯子，“好大的火儿啊。”

“不是苍蝇，是疟蚊叮了他。”阿利·瓦内加斯吹了吹画卷，“这帮蛮人，一副卢泰西亚人面孔！最后，他还是要让博学多才的特奥多西奥下大狱。今天就逮捕他。”

41. 黑色帕卡德汽车来到荒废的乡间别墅

1933年10月28日晚上，阿塔纳西奥·萨尔梅龙大夫回到诊所的时候，碰见了罗萨利奥·乌苏卢特兰。只见他身穿一件长排扣法衣，罩衣上、靴子上满是泥巴。尽管萨尔梅龙大夫心情沮丧，还是情不自禁地哈哈大笑起来，直笑得眼泪哗哗直流。罗萨利奥在那儿等候多时。他惴惴不安地走来走去，干硬的泥嘎巴儿落了一地。

看见萨尔梅龙大夫笑话他那套装束，罗萨利奥更是挺着脖梗，绷起脸，举起手指为大夫祝福，惹得大夫更是忍俊不禁。罗萨利奥一边划着十字，一边悄悄地走近朝街的带铁栅栏的小窗前。他朝萨尔梅龙大夫努了努嘴，萨尔梅龙大夫也朝外探了探身。对面边道上有两个面目可疑的人站在路灯的电线杆子下面。

“是老把戏喽。”萨尔梅龙大夫从窗户那边退回来，用指关节擦了擦眼睛，“他们在那儿站了好几天了，是便衣警察。你就不能化装成别的样子？”

罗萨利奥冲着萨尔梅龙大夫打起哑语手势，只见他嘴唇动，听不见声音。

“这两个小子是塔乔·奥蒂斯安排在那儿的打手，只要命令一下，他们就会逮捕我！”萨尔梅龙大夫两手拢成喇叭筒状，扭过脸，面朝着窗户。

罗萨利奥吓了一跳，连忙捂住他的嘴。

“怎么啦？”萨尔梅龙大夫从上到下打量了他一番，“你是害怕了？我已经准备好了铺盖、衣物，单等着他们来抓了。”

罗萨利奥低下头，双手合十，满脸恳求的样子，就像一位货真价实的神父。

“你穿上这件法衣，本来可以混进那些修女组织的游行队伍里去。”萨尔梅龙大夫又笑了起来，不过没那么起劲了，“甚至可以给小天使玛丽娅·德尔·碧拉尔送第一次圣餐。”

“我调查过了，确实有奸情。”罗萨利奥凑在他耳边轻声说了一句，马上又退了回来。

“这已经没用了。”萨尔梅龙大夫脱掉上衣，像只斗败的公鸡似的把衣服挂在门厅衣架的挂钩上，衣架是根黑色枝形柱，刚才他把帽子也挂在那儿，“法官这个大窝囊废比你还像神父，连法衣都用不着穿。”

“那所有的证据呢？我这儿有更多的证据。”罗萨利奥又往后退了退，两手捂住屁股。

“用你的证据擦屁股去吧。”萨尔梅龙大夫拿出一串沉重的钥匙，打开诊所的门，“玛蒂尔德·孔特雷拉斯是个处女，这已经得到证实。现在只差达比希雷大夫证明玛丽娅·德尔·碧拉尔是个处女了。还有堂娜·芙洛拉。”

“那辆黑色帕卡德汽车常去庄园。”罗萨利奥跟在萨尔梅龙大夫后面朝诊所门走过去，边走边在法衣口袋里寻找记录情况的稿纸，“法官收到的匿名信是庄园管家写的。有人在庄园偷了一些香蕉，他们要他赔，弄得他很恼火。”

萨尔梅龙大夫在墙上摸来摸去，寻找电灯开关。开关一转，诊所亮了。只是光线昏黄，乌乌突突的。单人床、装医疗器械的玻璃柜、盆盆罐罐摆得凌乱不堪，显得十分陈旧。

“把我上衣口袋里的报纸递给我。”萨尔梅龙大夫围着写字台转来转去，“那个老没正经的又在《中美洲人报》上骂我了，无非是熊人呗。”

“你别答理那个老家伙啦。”罗萨利奥把报纸拿来，扔到桌子上。报纸一打开，正好露出年轻的达比希雷大夫坐在显微镜前的侧身像。

“就是把我关进监狱，我也得回敬他几句。”萨尔梅龙大夫动手把小药箱里的东西掏出来，“把他那股气焰一下子杀下去。”

“你该听听我这儿的消息。”罗萨利奥顺着木头台阶走上来，坐在单人床上，“有些事实在少见。”

“甭管怎么样，给我看看。”萨尔梅龙大夫从小药箱里掏出斯奎布笔记本，放在身边。

“现在，这些证据怎么处理啊？出本小册子？”罗萨利奥把稿纸在腿上摊平。

“等我从监狱出来再说吧。”萨尔梅龙大夫找出一页空白纸。笔记本几乎快写满了。

读者大概知道了，那天清晨，萨尔梅龙大夫派人给罗萨利奥送去一个紧急通知（当时罗萨利奥正躲在他父亲的油坊里），催他赶快去找“我家主人”庄园的管家，那天下午出庭作证时需要从他那儿了解到的情况。罗萨利奥最后照办了，只是一时找不到出租的马，出发的时间晚了。这样一来，回来得也晚了，等他赶到诊所的时候，萨尔梅龙大夫已经到法庭去了。

说到这里，如果读者允许，咱们来详细地看一看萨尔梅龙大夫迄今为止手里掌握了哪些线索，以及在他向费亚约斯法官作证前，又是怎样把这些线索串联起来的。

大家知道，舞鱼人路易斯·费利佩·佩雷斯在一家酒馆里被杀之前，曾经对科斯梅·曼索说过，1933 年 2 月 13 日上午，他看见奥利韦里奥·卡斯塔涅达在雷科莱克西翁教堂门前把一封信交给女用人多洛雷斯·洛伦特。后来，女用人又向曼索证实信是写给玛丽娅·德尔·碧拉尔的。她说，玛丽娅·德尔·碧拉尔天天都在梅尔塞德教堂等着。现在，多洛雷斯·洛伦特在曼索家当用人。1933 年 10 月 17 日，在她出庭作证前，曼索一再叮嘱她该怎么说。可是，她临场吓慌了，没讲这件事。

多洛雷斯·洛伦特还知道一件重要的事情。不过，作证前她没向科斯梅讲过，到作证之后才说出来。“长舌桌”上的人未完全核实，就决定将其中一部分材料用在罗萨利奥·乌苏卢特兰的报道中。这就是奥利韦里奥·卡斯塔涅达和玛丽娅·德尔·碧拉尔·孔特雷拉斯在“我家主人”庄园里偷偷幽会。

大家知道，1933 年 2 月，多洛雷斯·洛伦特在位于通往波内罗亚海滨浴场公路旁的庄园里当厨娘。堂娜·芙洛拉·孔特雷拉斯把她要过来，让她到卡斯塔涅达夫妇的新居去干活儿，月薪是 5 科尔多瓦，比在庄园里多挣 1 科尔多瓦。

当时，多洛雷斯·洛伦特住在圣卡拉腊皮奥村，离庄园有半列瓜[①]远。每天天亮前，她来上班，午饭收拾完毕，就搭乘往莱昂送柴的车，到大门外面下来，然后步行回家。因此，两位情人乘坐堂·卡门的黑色帕卡德车下午抵达时，她已经不在那儿了。但是，与她姘居的庄园管家埃乌弗拉西奥·多奈雷见过他们偷偷幽会，他也只对多洛雷斯讲过这件事。

黑色帕卡德车大约在下午 5 点顺着积满尘土的棕榈树林阴道开进来，这时候，只有管家一个人待在荒废的乡村别墅里。他可以睡在楼下。楼下存放着干酪和农具。每天晚上，他点上小油灯，打开帆布折叠床。

乡村别墅共有两层。有一座木头阳台，面朝远处的大海。1933 年 10 月 28 日中午，罗萨利奥·乌苏卢特兰亲眼看见了别墅的一片荒凉景象。据说，堂·卡门的姐姐玛蒂尔德·孔特雷拉斯·雷耶斯患肺病在那里静养了几年。1929 年 10 月，死在二楼的一个房间里。从那以后，孔特雷拉斯家的人就没到这幢别墅里度过假。

埃乌弗拉西奥·多奈雷向罗萨利奥·乌苏卢特兰原原本本地讲了事情的全部经过。还告诉他说，法官收到的那封匿名信是他写的，是卡

---

① 1 列瓜＝5 572.7 米。

门·孔特雷拉斯股份有限公司办公室的会计德梅特里奥·普埃塔斯让他写的。埃乌弗拉西奥每个星期六都要到办公室去，从他手里领取庄园的职工工资，因此和他有接触。普埃塔斯还亲口告诉他公司里造假账的情况。

据埃乌弗拉西奥·多奈雷回忆，他们每次幽会的情况都不一样，头两次是在1932年12月，其余的是在1933年1月、2月底和3月中，最近几次是在9月底10月初。幽会的地点就在患肺病的老太太死去的房间里。罗萨利奥上去看了看。里面的全部家具就是一张使用多年的旧铁床，镀铬的床脚和幔帐的支柱均已锈迹斑斑，两把旧藤椅，坐垫已经没有了，还有一个陶盆。

萨尔梅龙大夫根据罗萨利奥·乌苏卢特兰的笔记，把埃乌弗拉西奥·多奈雷的所见所闻转抄在自己的斯奎布笔记本上。现抄录如下：

第一次。放牧人把一头黄牛丢在牧场上，多奈雷把牛赶进牲口棚。回来的时候，听到远处传来汽车马达声，他觉得挺奇怪，以为是堂·卡门来了，都到这个时候了，平时可没这么晚来过。开车来的是穿了一身黑的奥利韦里奥·卡斯塔涅达。多奈雷在莱昂的孔特雷拉斯家里见过他几次，所以认识他。坐在他旁边的是小姑娘玛丽娅·德尔·碧拉尔，身穿一件黑格子学生制服。卡斯塔涅达想劝她下车，可姑娘不愿意。多奈雷似乎听见了哭声。声音很低，不过，确实有人在哭。

多奈雷不知道发生了什么事，就走了过去。身穿黑衣的卡斯塔涅达看见他，就下了车，说是要为圣母节找些甜柠檬，问他能不能摘几个。多奈雷听从他的吩咐，走回别墅，拿了一个篮子，就到柠檬园去了。回来时，一看没人了。车子停在草地上，前门敞开着。他想，他们大概是到附近散步去了。天快黑了，只能听到蝉鸣声。这种时候去散步，真是莫名其妙。篮子里装了不少柠檬，他就回到屋里等他们回来。正在这工夫儿，他听见从楼上传来说话声，还有楼板上的脚步声。随后，又听见铁床的弹簧发出吱吱嘎嘎声，好像是知了叫。这不可能是知了啊，知了在外边呐。

多奈雷把篮子顶在头上走了出去，免得人家说他在偷看。他把篮子放进汽车的后座，就坐在牲口棚的栏杆上等着，尽量离房子远一点儿。天越来越黑了，路旁的棕榈树冠已经看不清了。大约6点多快7点的时候，他看见玛丽娅·德尔·碧拉尔小姐出来了，快步跑进车子。身穿黑衣的卡斯塔涅达不慌不忙地走在后面。多奈雷正犹疑着要不要过去，卡斯塔涅达先叫了他一声，仿佛什么事也没发生。卡斯塔涅达给了他两个科尔多瓦。从树枝上摘下几个柠檬就给这么多钱，似乎是多了点儿，而且还说了声“谢谢”。他还说此后的下午他们还会来，因为要为圣母节准备柠檬。不过我不能将此事告诉莱昂那边的任何一个家里人，因为他们想在圣母节时给家人一个惊喜。

一个星期后，他们又来了。这一次，多奈雷已经摘好了柠檬，等着他们呐。不过，他们没拿走柠檬，因为圣母节已经过了。卡斯塔涅达又给了他两个科尔多瓦。

“圣母节用的柠檬。”萨尔梅龙大夫甩了甩自来水笔，笔里不出水了，“他们干的纯粹是通奸嘛。那个人愿意出庭作证吗？”

“他愿意。”罗萨利奥往床上一躺，两手放在后脑勺上，胸前摊放着几页稿纸，灯光照亮了他的全身，“至于他们是否愿意听取他的证词，那就是另一回事了。请你记上：1月，第三次。”

“等等，”萨尔梅龙大夫想打开墨水瓶，使了半天劲，就是打不开，“他以为你是神父，还是把你认出来了？”

“他一下子就把我认出来了。”罗萨利奥用胳膊肘撑住身子，“这个人很好看书。我还没下马，他就先说了一句：‘堂·查利奥，您的劳伦蒂娜和巴尔多梅罗的故事写得真好。’”

“‘第三次，哭得更厉害了。’当时，卡斯塔涅达就要离开她家。”萨尔梅龙大夫用钢笔胆吸墨水，“也许这次幽会是在后来，他们已经分开住了？”

“‘他们把帕卡德车丢在柴棚后面，藏了起来。这次带来一条床单，铁床上只有一条席子。’我看见那条床单了。”罗萨利奥拿起纸，把纸放在眼前，没有抬头，“可能是前面的事，大夫。要是他已经不住在那儿，怎么能用堂·卡门的帕卡德车把她拉去呢？”

“所以才把信送到教堂去嘛。”萨尔梅龙大夫抽出一张处方笺，擦了擦沾满墨水的手指头，“你说得对。”

“‘他们带去了床单。多奈雷负责打扫房间。每天都往陶盆里打好水，等着他们。1月，他们又来了一次，后来，直到2月底才来。’”罗萨利奥用手挡住灯光看稿纸，“那时候，玛尔塔已经死了。‘多奈雷知道玛尔塔死了。本想向她丈夫表示哀悼，可看见他并不难过，就觉得不大合适了。’”

“就差这点儿了，就差向他表示哀悼了。”萨尔梅龙大夫把吸墨纸放在那页纸上，那是怀特博士药店的纪念品，上面写着：“您的腰疼吗？家用良药，立竿见影。”“接下去。是临行前的告别吧。”

“‘这次比以往要晚得多。’离开时，姑娘第一次大胆地正面看了看多奈雷。”罗萨利奥把拿稿纸的手低垂下来，“‘登上帕卡德车的时候，她冲着多奈雷苦笑了一下，突然她又下车，把床单送给了他。多奈雷把床单收藏在箱子里，还给我看了看。那是一条色彩鲜艳的绣花床单，绣的是麻雀戏鲜花。”

“这就是罪证。”萨尔梅龙大夫的手写字写麻了，手指一屈一伸的，“我真想看看那个窝囊废法官手里拿着绣小鸟的床单时是什么样子。恐怕是她已故的姐姐玛蒂尔德绣的。”

“还剩下犯罪之前的最后两次。”罗萨利奥翻了个身，蜷起两脚，把手放在脸颊下面，“‘他们下了帕卡德车，手拉着手跑过来。高兴地向多奈雷问好。’前几次的哭泣已经过去了，大夫。”

“哭还在后面等着呢。”萨尔梅龙大夫停下笔，冲着罗萨利奥狡猾地笑了笑，“完了？”

“完了。和多奈雷闲扯的话也在这儿啦。‘好久不来了，今儿是怎么啦？’在倒数第二次看见他们的时候，多奈雷就是这样跟他们打招呼的。”罗萨利奥还是侧身躺着，现在说话有些有气无力的，“她回答说，‘就差您为我们做的事啦。’”

“就差给他们铺床吧？”萨尔梅龙大夫合上笔记本，拧好笔帽，“行啦，神父先生。”

“还差一点儿，差会计师德梅特里奥·普埃塔斯看见过他们接吻。”罗萨利奥蜷缩好身子，闭上眼睛，“德梅特里奥·普埃塔斯从走廊的办公室里远远看见他们接吻。”

“别睡啊，尊敬的先生。”萨尔梅龙大夫用墨水瓶一个劲儿敲击着桌子，“普埃塔斯已经作过证了，什么也没说。那是什么时候的事儿？”

“不久前，他们从哥斯达黎加回来以后。”罗萨利奥欠起身，用手捂住嘴巴，打了个哈欠，“造假账的事，也是什么都没说。可我这儿有他跟多奈雷说的话。”

“光天化日之下接吻。”萨尔梅龙大夫咬着指关节，也打了个哈欠，“谁吻谁啊？”

“先是她在卡斯塔涅达的房门前吻了他。卡斯塔涅达正拿着脏衣服出来。”罗萨利奥提着法衣从床上下来，床单上留下了他鞋子上的泥印，“这次骑马累得我筋疲力尽，大夫。我几乎是趴在马背上回来的，就这样还没能及时赶到。”

“行啦，那些都算是小事儿啦。接吻可是多得是。”萨尔梅龙大夫把吸墨纸往笔记本里一夹，然后把本子合上，“你可以去睡了。把记录给我留下，我把有关账本那部分抄下来。”

“你看不懂我的字，顶好我明儿个再来。”罗萨利奥朝临街的窗户走过去，慢慢地把窗户打开。

“明儿个可能晚了，把记录给我吧。”萨尔梅龙大夫伸着手走过来。

“两个密探还在那儿呐。”罗萨利奥朝外张望着，把手里的几张纸递给他，“我一出去，他们把我抓起来，可怎么办？”

“要是他们抓你，你就说是找我来办圣事的。”萨尔梅龙大夫本想笑一笑，可是，笑声却憋在了胸膛里。

42. 秘密档案放在茅坑底部

1933年11月12日，阿纳斯塔西奥·奥蒂斯上尉参加完费亚约斯法官的生日聚会后，就下令逮捕了萨尔梅龙大夫。晚上，将近7点钟的时候，阿塔纳西奥·萨尔梅龙大夫乘坐马车回到诊所。这时候，站在边道对面的密探举着手枪，包围了马车，执行奥蒂斯上尉下达的逮捕令。密探们粗暴地逼着大夫下了车，其中一人还用手枪柄猛砸他的头部。结果，头的右侧被砸破了，虽然伤口不必缝合，也流了很多鲜血。

马车上有几包印刷品。那是萨尔梅龙大夫针对达比希雷大夫1933年10月29日发表在《中美洲人报》上的最后一篇文章提出的答复。《记事报》和《中美洲人报》都拒绝刊登他的答辩文章，即使付费也不行。他跑遍了莱昂市所有的印刷厂，没有一家愿意承印，最后总算在圣何塞区的一家小印厂付印了。

让我们看一看11月14日马诺洛·夸德拉在《新新闻报》上刊载的题为《逮捕与凌辱》的通讯吧。

12日晚，发生了暴力逮捕阿塔纳西奥·萨尔梅龙大夫的事件，使卡斯塔涅达案件的气氛再次升温。尽管此前萨尔梅龙大夫拒绝向司法当局提供证据，但他仍是一位关键的证人。大家知道，他的跟踪调查使当局获取了有关正在调查的罪行的初步线索。这位著名的医生被捕时，遭到了毒打和凌辱，而这种做法毫无必要。我们可以听听送大夫回家的车夫圣地亚哥·门多萨的叙述。为此，我们来到他经常在火车站停车的地方，想听取一下他的看法。

车夫大约60多岁，有八个子女。在向我们介绍情况时，显得无所畏惧："真野蛮啊，我都看见了。大夫来找我要去办点事儿。大约5点钟，我到诊所去接他。我拉他到圣何塞区布罗林多的'夕阳'印厂。那儿正给他印一些东西，我们一直等到他们印完。他送给我一份，我还保存着，就在这儿。”说着，他给我们看了那张传单。“回到诊所的时候，天已经黑了。他要我帮他卸下那几包印刷品。我们正要卸车，几个拿枪的人把我们包围了。”

我们问门多萨，记者在国民警卫队省司令部获悉，萨尔梅龙大夫当场拒捕，要车夫赶起车迅速逃跑，这是真的吗？他回答说：“纯粹是瞎说八道。大夫很有礼貌地求他们让他把印刷品放好。可他们怎么答复啊？一个小子抓住他的头发，一下子把他拉下车。他摔倒在地上，另外一个小子用手枪把儿砸他，催他站起来。他受了伤，求他们放他去裹好伤。可他们也不答理，用枪逼着他走。我在大街上捡起了他的帽子。”

另外一些在场的证人是那条街的邻居。据他们说，大夫被他们带走，一路步行去到司令部。路上，他不得不从衬衣的下摆上撕下一块布，裹在头上。记者听说大夫被捕，就来到司令部门前。那儿不让人进去，记者隔着铁栏杆远远地看见了他。他在看守室里等了好长时间，才被带到二楼。阿纳斯塔西奥·J·奥蒂斯上尉未办任何手续，就根据警察法第128条的规定宣布：由于他扰乱治安、损害公民道德被判处拘留30天，并服劳役。

当时从冈萨雷斯剧院看完电影出来的人看见了萨尔梅龙大夫被几名士兵带往第21监狱，他一直是步行，记者也看到了。我们都可以证明，他头上裹着布，斜纹布上衣模模糊糊地留有血迹。笔者边往前靠，边冲他喊了一声：“萨尔梅龙大夫！对您的被捕，有什么话要说吗？”但是，他不敢转过脸来，更不敢回答记者的提问。

人们理所当然地会问，逮捕他的真正原因是什么？但是，没有得到答复。当地报纸拒绝刊登他对卡斯塔涅达一案的具有科学根据的意见，他把自己的意见印成传单，难道是为这个把他逮捕的？这种极端的看法实在令人怀疑，因为后来并没有没收传单。据车夫圣地亚哥·门多萨反映，警察把大夫抓走后，他本人把印刷品卸了下来，交给女用人。就在那天晚上，传单开始在莱昂市大量传开。

其他原因呢？军方是怎么说的？像谣传的那样，是一种报复？有人指责萨尔梅龙大夫唆使我们的同行罗萨利奥·乌苏卢特兰签名发表了那篇报道，此事在以前的报道中已经提到过。那篇报道发表后，在此地引起的反应是这样：有钱人家认为无法容忍；平民百姓则很高兴，因为乌苏卢特兰给案件涂上一层悲喜剧故事的色彩。

“圆球”奥维埃多和观众一起从电影院出来，看见萨尔梅龙大夫被押送到第21监狱。随后就到处发出警报。先来到普里奥酒家，通过窗口把消息通报给“班头儿”，要他转告科斯梅·曼索和罗萨利奥。随后，又到了莱昂医学会主席埃斯科拉斯蒂科·拉腊大夫家。当晚，拉腊大夫本来要召开领导委员会紧急会议，可会没开成。然后，他又到皇家大街，把阿利·瓦内加斯从家里拉出来，一起去费亚约斯法官家。他们把法官从床上拽起来。当时，生日庆祝活动已经结束，看来法官是多喝了几杯。

费亚约斯法官想和司令部的奥蒂斯上尉通电话，可值班军官说他不在，还说不知道去哪儿了。法官亲自到奥蒂斯上尉家里去找他，也说不在。没有别的办法，只好给他写了一封公函，让阿利·瓦内加斯送到司令部去，而且一定要司令部打收条。档案里有这封公函的抄件。

本法官获悉阿塔纳西奥·萨尔梅龙大夫今晚被捕，原因不明。据本人所知，逮捕令并非民事法官下达，故而断定系国民警卫队所为。萨尔梅龙大夫乃本法庭负责审理之奥利韦里奥·卡斯塔涅达一案的证人，且正准备依本人安排进一步提供证词。因此，逮捕此人即无理侵犯本人之司法权，应立即停止行动。国民警卫队一再干预此案，显系行为不当，且为非法之举。本人要求明日一早即将被捕者送至本法官处。否则，本人只好向最高法院提出控告。

奥蒂斯上尉对这封紧急公函根本不予理睬。第二天一大清早就叫萨尔梅龙大夫去扫马路。马诺洛·夸德拉在其报道中继续向读者介绍这段插曲。

是报复吗？这个问题似乎太浮浅。13日早上，萨尔梅龙大夫被人从监狱里提出，和其他一大帮普通犯人一起拿着扫帚、铁锹和耙子，在武装士兵的监视下打扫街道，清理公共场所。他被判服劳役，国民警卫队的确可以根据判决强迫他忍受这番羞辱；但是，让一个受人尊敬的、须发花白的医生在莱昂最繁华的皇家大街上清扫水沟、边道和路面，却是不多见的。

医学会的一位会员受到如此虐待而该学会至今沉默不语。医学院三缄其口，当地报刊一声不吭。据说，明天要送他到瓜达卢佩公墓去剪树枝、平整土地，而且专门让他去打扫玛蒂尔德·孔特雷拉斯小姐的墓地，真是不高明的报复。今天，强迫他清扫坐落在皇家大街上的胡安·德·迪奥斯·达比希雷大夫诊所门前的边道，这也是一种不高明的报复。我们相信，德高望重的老医生不会要求对他进行报复。这种企图让萨尔梅龙大夫收回自己讲话的粗俗的做法，实在令人吃惊。

正在审理卡斯塔涅达一案的马里亚诺·费亚约斯对此有何看法？相信他为人耿直，心地善良，我们将拭目以待。

马诺洛·夸德拉在报道警方强迫萨尔梅龙大夫收回自己的讲话、要他清扫位于皇家大街上的诊所前的边道时，曾经说过这种报复肯定不是达比希雷大夫提出的要求。这句话的关键，我们可以从印在传单上的文章里找到。逮捕他的人忘记抄走传单，当天夜里传单就流传开了。

这篇彻底结束师生之间辩论的文章全文如下：

同流合污

我昔日的老师达比希雷大夫在今年10月29日《中美洲人报》上发表的最后一篇文章里要我不要再称他为老师。我可以满足他的要求，今后永远不再这么称呼他。但是，我又突发奇想，要改称他为“尸碱博士”，因为他一而再再而三地强调尸碱。我毫不怀疑也许有某个调皮鬼愿意给他老人家冠以“腐胺博士”的雅号，兴许这对他更为合适。

本人并不反对知识渊博的大夫关于他一再提起的尸碱的性质的论述，也不反对他有关在尸碱与生物碱中加入同样试剂均可出现沉淀的论述。这样一来，似乎他发现的是糖水。但是，并非所有这些碱都是致命的毒物。比如，胆碱是一种尸碱，如果将5%的胆碱溶液滴在白喉假膜上，则有治疗作用，因为胆碱可以溶解纤维膜。如若不信，学识渊博的大夫，请您看看埃梅里托·奥斯瓦尔多·索里亚诺教授写的《关于动物生物碱的治疗作用的新知识》（布宜诺斯艾利斯，1901）。

但是，我非常清楚，如果不想互相理解，如果都像知识渊博的大夫所做的那样，仅限于援引经过精心挑选、随意安排的漂亮词句，借以炫耀和显示自己懂得阿拉米语和世界语，用其他语言成段地引用原文，那么，如此冗长的争论就没有任何意义。

我对您只讲西班牙语，知识渊博的大夫。我用西班牙语告诉您，马钱子碱生物碱只有四种（请听清楚，只有四种），您把尸碱与其中一种或几种混为一谈，原因嘛，要么是故意这么做，要么就是根本不懂。如果不是故意混淆，而是出于不懂，那就更糟糕，因为这种无知是不可救药的。我要把这种情况称为“抵抗一切”的无知。

如果在莱昂司法当局负责审理的这个案件中使用的毒物是木本曼陀罗碱、翠雀宁、尼古丁、瑟瓦定或者毒蕈碱，那么确实需要十分细致的验证，确实需要也许在整个中美洲都找不到的仪器。但是，对于普通的马钱子碱中毒，难道可以怀疑我们的大学通过纯粹科学试验得到的可靠证明的有效性吗？除非怀着不可告人的目的，否则就不会怀疑这一点。

我要向您提出挑战，学识渊博的大夫，虽然您认为我们的科学家微不足道，我还是建议由本市五位专业医生组成一个评判委员会，请您当着该委员会向我彻底证明十分简单的三点。如果我们之间还有可能达成某种协议的话，我们可以共同挑选这五个人。假如他们听取了我们的陈述之后认为您说的有理，我庄严地向您保证：按您指定的日期，我到您的诊所门前清扫边道。需要当着评判委员会的面证实的三点是：

1. 在人类尸体中确实存在某些尸碱，其生理效应与四种马钱子碱生物碱中的某一种相同。我将向您证明，不存在这种尸碱。

2. 马钱子碱由于人的机体腐烂而分解。我将证明它不会分解，经布赖斯·埃切尼克、斯卡梅塔、蒙希瓦伊斯等人证明，20 年的陈尸中仍然存在马钱子碱。

3. 马钱子碱和大部分尸碱一样溶于酒精或乙醚。我将向您证明它不溶于酒精或乙醚。自从科学成为科学以来，从来就不溶于酒精或乙醚。

只要向我证明以上这三个基本点就足够了。倘若不能证明，就不要再争论下去，您就认输，我也不要求您打扫我诊所门前的边道，就您的眼光和门第来说，我那个诊所实在是太简陋了。不要再固执地希图证明无法证明的东西了。就科学辩论来说，您已经失去了光泽和勇气，与其参加科学辩论，您还不如作为一名善良的忏悔者去参加游行，现在我们常见您加入他们的行列。如果说我对您还有所了解的话，我可以说，您虽然不善于参加辩论，却懂得摆出居家修士的陈腐架势，举起自己的旗帜。

与其说您是慈善家，不如说您是个领圣餐的，您毫不费力地用那些僵化的论据为一名杀害病人的罪犯辩护。是的，学识渊博的大夫，虽然您不喜欢别人提及此事，但您确实在为一名罪犯辩护。您指责我和卡斯塔涅达是一丘之貉，而您拒不承认在法律上已经十分清楚的事实，是您，而不是别人为他说好话，您和他才是一丘之貉！您只差提出建议，把卡斯塔涅达举上圣坛了。您肯定会到那儿去为他祈祷，那股狂热劲儿绝不亚于您现在沿着大街参加合唱的劲头。眼下陪您同声合唱的正是那些假里假气地捶胸顿足的人们。总之，您和他们才是同流合污。

为了结束本文，考虑到以您的智慧培育起来的桂树在本市已经干枯，特免费向您提出一项建议：快写一本小册子，证明您的最新发现，即可以临床证明一具尸体的贞操，再把小册子寄往巴黎、罗马或是柏林，以便在那儿听到在这里听不到的掌声，并让您宝贵的桂树重新披上绿装。

我就此向您告辞，坦率地说，如果说我曾经是您的学生，那么我的确什么也没学到，这样反而更好。现在已经看到，您也没什么可教我的。我之所以要向您告辞，是因为密探在跟踪我，要把我关进监狱，已经有人告知我，他们早已定下来了，说我犯有制造谎言和诽谤罪。在您那篇漏洞百出的文章里，也给我罗织了这些罪名，为此我向您表示万分感谢。本文写得匆忙，因为我想和您彻底了结旧账后再进牢房。

永别了……“腐胺博士”。您预言我将和奥利韦里奥·卡斯塔涅达结成同盟，您这类相面先生式的预言肯定是不灵的……真是不幸！您只差给自己戴上悬猴的裹头布、带上全部行头、披上绸衫到杂耍艺人的大棚里去了……在那儿，您可以高兴地和绵羊、山羊、长尾猴以及其他受过训练的动物为伍了。

附言：笔者曾到本市两家报社去办交涉，要求刊登本人的答辩文章，均未成功，只好将本文印成散页。他们对我实行堵嘴政策，在这个只有大亨和不法商人才能肆意散布谣言的地方，我竟敢说出真话，因此对我多加一重处罚。请您将本文镶进镜框，悬挂在诊所里，借以证明本人克服重重障碍，终于给了您答复。到适当时候，我还将对所有无端中伤和迫害我的人做出回答。望多加保重。

11月15日早晨，“班头儿”普里奥出于义愤鼓起勇气到诊所去拜访他的教父达比希雷大夫。他希望老大夫出面为萨尔梅龙大夫说情。萨尔梅龙大夫已连续三天被拉去和一群囚犯一起打扫街道，今天是打扫赫雷斯广场。“班头儿”正在边道上卸冰块，看见那群人过来了。他想给萨尔梅龙大夫送上一杯橘汁，可是看守不许他过去。这些人连讽刺带挖苦，把橘汁没收了，而且自己喝了下去。

达比希雷大夫在圣维森特医院巡诊完毕回到诊所，此时已在接待埃斯科拉斯蒂科·拉腊大夫。拉腊大夫到诊所来，是为莱昂医学会准备公开发表的一份声明征集签名的。声明要求停止虐待被捕的同行萨尔梅龙大夫，并立即予以释放。

“班头儿”在廊道里待着的时候，听见诊所里面的争执声，不时还传出使劲敲打锤子的声音。过了一会儿，埃斯科拉斯蒂科·拉腊大夫手拿着文件走出来，直气得脸色铁青。小哑巴特奥多西奥给他让开路。达比希雷大夫揳好了钉子，把镶有萨尔梅龙大夫那份传单的玻璃框挂在墙上。

“您是来收我这个月饭费的吧？”达比希雷大夫再次转过身来找锤子的时候，发现了“班头儿”，“还没到月底呐，孩子。”

“不是，教父。”“班头儿”普里奥待在磨砂玻璃门旁，用手抓住门把手，“我只是来对您说，您对待萨尔梅龙大夫不公平。”

“您以为他对我公平吗？您过来，看看这张蛮不讲理的传单。”达比希雷大夫又敲了一下，把钉子钉结实，“我也向拉腊大夫提出了同样的问题，这公平吗？当然不公平。可我还是按着这小子的意愿办事，把传单挂在这儿。”

“我知道，我算不上个人物，没资格向您提什么要求，教父。”“班头儿”普里奥跷起脚跟，原地不动，远远地看了看那张传单，“可是，像他这样一位职业大夫，怎么能让他上大街扫垃圾呢？”

“一个威信扫地的大夫。全莱昂有四十多位医生，只有八个人肯在声明上签名。”达比希雷大夫用锤子敲打着手掌，“我也没签名。如果这家伙被放出来，我还会告到法院。反正他还得进监狱。”

“教父，这是医生之间的科学争论，”“班头儿”普里奥轻轻地推开门，顺手把门关好，“谁宽宏大量，谁就算赢了。”

“对他宽宏大量？妄想！”达比希雷大夫掂了掂锤子，然后把锤子放在写字台上，“这位大老爷冒犯了我。还没有人这么欺负过我呢。”

“可您怎么能同意让他拿着笤帚在街上走来走去呢？”“班头儿”普里奥张开双臂走过来，“他浑身是血污，头上还缠着纱布。”

“您想让我干些什么，孩子？”达比希雷大夫傲里傲气地整了整夹鼻眼镜。

“只要您要求释放他，索摩查会认真考虑的。”“班头儿”普里奥从衬衣口袋里掏出一盒斯芬克司牌香烟，“全体公民会为您的豁达大度鼓掌欢迎的。”

“我不求什么掌声。”达比希雷大夫抬起下巴，两臂交插在胸前，“让我向索摩查将军求情？我疯啦！医学会的声明我都没签字。别在我跟前吸烟，孩子。”

“教父，请您原谅我直话直说。您要是拒绝，您就要对他的生命负责。”“班头儿”普里奥把手里的香烟放回盒子里。

“您不会认为国民警卫队因为造谣生事就把他枪毙吧？”达比希雷大夫双臂交叉摇晃着身体，嘴唇一撇，露出一个轻蔑的微笑。

“他们把他和奥利韦里奥·卡斯塔涅达关在一间牢房里，很危险哟。”“班头儿”普里奥把烟盒收好，“把他跟老虎关在一个笼子里！”

达比希雷大夫停止晃动身体，惊得目瞪口呆。

“您不会认为我在瞎编吧？这是真的。”“班头儿”普里奥郑重地点了点头，“要救他，还来得及。”

“他们不会让卡斯塔涅达把马钱子碱带进牢房的。”达比希雷大夫脱下上衣，朝衣架走过去，“别担心，孩子，卡斯塔涅达不会毒死他的。”

“这样吧，下次再让他扫大街的时候，您至少给他点儿水喝，教父。”“班头儿”普里奥从老大夫手里接过上衣，挂到衣架上，把看病用的白大褂拿过来。

“我已经提醒过奥蒂斯上尉，不能再这么干了。”达比希雷大夫接过白大褂，抖了抖，从脑袋上套进去，“我不需要任何人替我报仇雪耻。我生性不好报复。”

“那好，请您原谅，教父。”“班头儿”普里奥走到房门附近停下脚步，似乎还要说点儿什么，可又没说出口。

“孩子，”达比希雷大夫叫住他，白大褂还套在头上，两只袖子悬在胳膊外面，“先别走，我还没向您祝福呢。”

“好吧，教父。”“班头儿”普里奥走过来，谦恭地低下了头。

“愿上帝帮你摆脱那帮狐朋狗友，阿门。”达比希雷大夫为他祝福，“我愿意宽恕那个忘恩负义的家伙，可我绝不会签名，为他说什么鸟儿情。请告诉特奥多西奥，叫最先来的人进来。”

萨尔梅龙大夫刚被送进第21监狱，奥蒂斯上尉就来到位于圣塞瓦斯蒂安区的诊所里，亲自领人进行搜查。费亚约斯法官找他时，他正待在那里。奥蒂斯上尉是去找那几包传单的。在逮捕萨尔梅龙大夫时，警察忘记带走车上的传单，奥蒂斯上尉得知传单已经开始在城里传开了。不过，他主要还是找那本斯奎布笔记本以及那份秘密档案。他很清楚大夫手里有这些东西。

传单一张也没有了。在审问女用人的时候，她只是说，在萨尔梅龙大夫被捕后，她把传单送给了到诊所来的不认识的人，传单本来是为送人的嘛。至于笔记本和档案，警察把家具翻了个底儿朝天，撬开写字台的抽屉，砸碎医疗器柜的玻璃，可连一点儿影子也没找到。他们又闯进卧室，用枪托砸开衣柜，拆散床铺，甚至还搜查了厨房，把食品柜里的杂物翻腾得一塌糊涂。用刺刀刺破枕头和床垫，砸碎了锅碗瓢盆，连同医学书、外科手术用具、脸盆、椅子全都扔到院子里。搜查完毕，把整个诊所的玻璃破坏得乱七八糟。

奥蒂斯上尉煞费苦心四处寻找的东西究竟放在什么地方，他是万万也想不到的。数日前，萨尔梅龙大夫就采取了预防措施，将《大自然的奥秘》一书、秘密档案的卷宗以及斯奎布笔记本放进一个苏打饼干盒子里，用绳子捆好，沉到茅坑的底部。在平日拉屎的马桶坐位里侧揳上一个挂钩，将绳子的一端系在钩子上。

1933 年 11 月 28 日，萨尔梅龙大夫从监狱里出来。就在那一天，正式宣布奥利韦里奥·卡斯塔涅达是犯有杀害近亲罪和残酷杀人罪的嫌疑犯。萨尔梅龙大夫出狱后，跑回家去，从茅坑底部取出那些宝贝。那本书、卷宗、笔记本保存完好，但是，不管怎么用石炭酸消毒，那股臭味儿也去不掉。

43. 风流骑士干了些什么？

读者已经知道，1933 年 11 月 28 日，奥利韦里奥·卡斯塔涅达被正式认定为犯有杀害近亲罪和残酷杀人罪的嫌疑犯。从此结束了自 10 月 9 日（即堂·卡门·孔特雷拉斯死去那天）开始的取证阶段。此后，本案进入全面审理阶段，收集有关被告罪行的证据，准备由陪审团参加审判。为此，要建立一个由 13 位经过抽签产生的公民组成的法庭。然而，陪审团根本没能参加案件审理，原因嘛，后面再说。

1933 年 12 月 1 日，犯人出庭交待罪行，这是全面审理阶段的第一项程序。上午 8 点钟开始了详细审问，直到晚上 10 点才告结束。只是在临近中午的时候中断了一下，由费亚约斯法官听取尚未作证的年轻的卡门·孔特雷拉斯·瓜迪亚的证词。就在这工夫，犯人和证人之间发生了争吵，此事前面已经说过。

在整个审讯过程中——其中一些重要部分前已述及——犯人否认所有对他的指控，拒绝一切加给他的罪名。此外，在回答费亚约斯法官提问的时候，还一再否认与孔特雷拉斯家的任何一个女人有过暧昧关系。而且气度豪爽大方，和前几次一样，对孔特雷拉斯家所有的女人，抱着尊重和感激的态度。

犯人这种态度不免引起人们的注意。事情发展到这种地步，他已经不指望过去曾经保护过他的那些女人们。堂娜·芙洛拉假装要离开尼加拉瓜，随后打定主意一告到底。玛丽娅·德尔·碧拉尔虽然在证词中否认与他有任何感情瓜葛，可又公开指责他是罪犯。

1933 年 12 月 6 日，犯人在交待罪行几天之后，又出庭向费亚约斯法官宣读了一份书面材料，一份出人意料的、具有爆炸性的材料，其中对孔特雷拉斯家的几个女人没有表现出丝毫的谦恭礼让。

这份书面材料是卡斯塔涅达在整个审理过程中提出的最全面的自

我辩护。内容包括了几个方面，相信读者一定会感兴趣，特将全文抄录如下：

本人叫奥利韦里奥·卡斯塔涅达·帕拉西奥斯，个人基本情况在审讯记录中已有记载。此次出庭，谨向您，区刑事法庭首席法官先生，陈述如下：

1933年10月9日，我被无理地非法逮捕，未见任何有关司法当局的命令，也无人告诉我案情是什么。直到1933年10月15日，当卷宗里积累了150页有效材料时，您才正式通知我被拘留。当时我已身陷囹圄，通知是在监狱中告诉我的，这种做法实属罕见。

在此前后，我被关在本市第21监狱的一间阴暗的牢房里，与世隔绝，一切为实施自我辩护的合法权利所必需的物件全被剥夺，甚至连纸张和墨水都没有，完全禁止我使用这些东西。现在，一些在我倒霉的时候没有抛弃我的朋友们慷慨地向我提供了纸张和墨水，我才有可能向您提交这份书面材料。早在1933年10月18日，您在做进一步调查取证时，我已经通知您我要为自己辩护，但是，他们不顾一切法律规定，根本不想改变我绝对无法进行自我辩护的状况，我每次提出申诉，均遭拒绝。

因此，这是一桩违背一切法律规则的、甚至违反一切人道原则的、暗中立案的案件。军事当局，不知是否包括您，法官先生，捆住我的手脚，堵住我的嘴巴，而审判却背着我继续进行，其目的显然是要满足那些出于各种原因希望看见我饮弹身亡的人的要求：私仇、反感、肮脏的利益，也不排除还有政治原因，因为大家都知道，独裁者豪尔赫·乌维科已经向尼加拉瓜最高法院索要我的人头，作为友情的代价。

刑法第75条规定，在调查罪证时应允许犯人及其辩护律师参加。本人一身二任，但从未让我出庭听取证人的证词，也没有让我观看已经进行过的化验，据说那是科学化验，其实并不科学，正如杰出的医生胡安·德·迪奥斯·达比希雷大夫所说，这里根本就没有真正的化验室。他是孔特雷拉斯家的私人医生，他的意见是毋庸置疑的。所有这一切都是背着我干的，就像策划一场阴谋。而我被关在监狱里，像是关在祭坛的厅堂里的一名囚犯，单等待无可避免的行刑时刻的到来。

在他们密谋策划的时候，我极力表现得像个正人君子的样子，以斯巴达人的耐心忍受了一次又一次泼过来的污泥浊水，我极力支撑着，不要败坏我的名声，其实我早已声名狼藉。我相信总有一天大家的情绪会平静下来，那些比我更加声名狼藉的人最终会认真思考，他们过分关心自己的声誉，竟然让人用我的声誉打扫莱昂所有沙龙的地板，在那些地方，虚伪好似卑鄙无耻的女王主宰着一切。法官先生，我看得很清楚，如果我再保持沉默的美德，那只会有利于和我敌对的人，在这些人当中，更有利于那些过去极力向我献殷勤、如今又与我不共戴天的女人。

在本案的卷宗里，充斥着大量以贫乏的想象力捏造出来的证词，企图以令人惊骇的色彩把我描绘成精神病患者、性病患者、卑劣的造谣者、专门制造谎言的人。那些诽谤我的人把我说成是头脑混乱的人，在谈及我的时候，他们说的一切好话，比如说我善于交际、举止潇洒、风度翩翩、待人有礼、讨人喜欢、才华出众，只是为了说明在这些品德的背后隐藏着最令人发指的杀人凶手的毒剑。

孔特雷拉斯的遗孀堂娜·芙洛拉及其女儿或是在强大的压力下被迫退让，或者是自觉自愿地参与了这场密谋。在这场密谋中，可以隐约看见哥斯达黎加人费尔南多·瓜迪亚插进的一只手。他来莱昂定居，显然是要借助他妹妹和外甥、甥女的财产站稳脚跟。此外，他还冒冒失失地指控我在哥斯达黎加犯下了一些罪行。如果我真像他说的那样犯过那些罪，我早就在那儿被审讯判罪了。可实际上我既没受审，也没被判刑。很明显，这位费尔南多·瓜迪亚仅仅向您提供了一些老掉牙的、不新鲜的证据。证据只是在一名公证人的写字台上按照这位先生的野心编造而成，根本没有呈交有关司法当局，而这位公证人又没有合法职权承办此事。所谓“文件”的情况即是如此。根据这些“文件”，他们企图把我的知心朋友拉法埃尔·乌维科之死归罪于我，而我为他眼泪都快流干了。我要说，我坚持认为这位瓜迪亚要么是个贪得无厌的野心家，要么是乌维科独裁政权的秘密特务。在整个中美洲，乌维科花去大量美元收买了各式各样的流氓为他效劳。

在那些所谓的“文件”里，签名者的诈骗企图是再明显不过了。算我倒霉，在哥斯达黎加与他们来往的时候，从来没有得到过他们的同情。关于他们的行为，我可以整整写出一本书。我在书里要为德意志膳宿公寓的老板娘描绘一幅全身像。这位太太放荡无忌。她向乌维科提供丰盛的午餐，要他在床上拿出本领；她向药商罗文斯基百般献媚，换取治疗风湿病的药物和能够焕发失去的青春的激素。

正是他们，法官先生，这件事真让我感到好笑，正是他们在所谓“证词”中十分轻率地指控我，毫无仁慈之心。这样就给了我同样的权利，对他们也不必讲什么仁慈之心。一个明知自家公寓里有人犯罪的女人，却不肯向法官揭发，请您想一想，这种人说的话能够当真吗？一个把毒药交给别人去犯罪的药铺学徒，仅仅因为没人问他，就一直保持沉默，这种人说的话能够当真吗？如果说罗文斯基深更半夜还到卧室里去看望格拉赫，那是因为他们知道我身陷囹圄，没有自卫能力，在享受床第之欢的同时，策划坑害我的漏洞百出的计划。格拉赫陷害我，是因为我不肯跨进她内室一步；罗文斯基陷害我，是因为他一向忌妒心重又胆小怕事，打算借此机会靠打击一个无辜者好在报纸上出头露面，又不花一分钱。

现在，我再回过头来看看对我目前状况至关紧要的事情。堂娜·芙洛拉及其女儿出于自愿也罢，出于让步也罢，反正是希望把我送上断头台，让我在坟墓里沉默不语，借此结束这出全本滑稽戏，把迄今为止我极力保守的秘密永远埋在坟墓之中。

那么，好，法官先生，我决定不再沉默。我要行施我在本案中担当的辩护律师的职权，运用我作为犯人——您在1933年11月28日下达的逮捕令中正式提出我犯有杀害近亲罪和残酷杀人罪——的神圣权利，要求调查我下面陈述的事实，要求接受我提出的名单，逐个传讯证人，要求接受我将在适当时候向您提供的书证，尽管这样做意味着我犯有发假誓罪。一旦摆出真实情况，我今天说的与我过去说的将会矛盾重重。

1. 本人声明并愿意证实，早在我和亡妻搬进孔特雷拉斯家居住之前，孔特雷拉斯的遗孀堂娜·芙洛拉就经常向我表露爱慕之情，搅扰我的生活，搬进她家纯属不得已而为之，唯有如此才能平息她一再提出的要求。从我住进她家起到我另觅自己的住处那天为止，在整个这段时间里她一直未停止要我和她成其好事，时常弄得我十分狼狈，十分尴尬，因为对我提出要求的不仅是她，我在材料后面几段还要加以说明。

离开她家之后，堂娜·芙洛拉作为一个女人仍然追求我，设法和我接近。我妻子死后，她又求我搬回去，让我留在她身边。后来，我们在哥斯达黎加相遇，她又一再提出要求。我想把事情拖下去。她还阻挠我和她的女儿玛丽娅·德尔·碧拉尔交谈。我们在圣何塞期间，我一直在找机会和玛丽娅·德尔·碧拉尔谈上几句，此事后面我还要专门谈。我本来计划返回莱昂，堂娜·芙洛拉十分固执地要我回到莱昂后永远住在她家，她好利用这个机会最后办成那件我没让她办成的事。

她死死地追求我，其明证就是我在狱中收到她送来的东西，办事之周到，只有一个人爱上另一个人才能做到，虽然另一个人并不爱她。我对她的追求从不理睬，不过我也没有断然拒绝，以免引起她的怨恨和敌意。我对她表现出犹疑不决，并非因为我不喜欢她的外貌，她很有魅力，十分诱人；我只是觉得不应该卷入这类麻烦事，她是结了婚的人，又比我大好多岁。不过，现在我看清楚了，我一直怕惹她不高兴，可最终我还是变成了她的出气筒。

关于这件事，我将向您提供她在不同日期写给我的亲笔信。我把这些信存放在第三者手里，您读读信，就会知道我说的全是真话。另外，我请求您派人查一查第21监狱入口登记簿上的有关检查登记，上面有从这位夫人那里收到的物品的数量和种类。

2. 本人声明并愿意证实，我与玛蒂尔德·孔特雷拉斯有过亲密的往来。这种关系开始于1932年12月，就是我搬进她父母家居住的时候。是她首先写信表示这种意愿的。可惜我没有保留下这封信。不过，我保留了另外一些信，也存放在第三者手里，那是我在莱昂期间她写给我的。还有一些信是1933年3月到6月我在危地马拉期间她寄给我的，也就是邮局女职员罗莎乌拉·阿基卢斯在1933年10月23日作证时说到的那些信。在查抄我的物品时，您本人没收了一封没有日期、没有署名的信。您应该下令让人查对笔迹，可以证明信的确是她写的。那封信她写于1933年2月最后一个星期。那时，我妻子已经去世，她明确表示怀疑我与她妹妹玛丽娅·德尔·碧拉尔也保持着亲密关系。

关于这一点，我要求您再次传讯她家的女用人萨尔瓦多拉·卡瓦哈尔和雷蒂西娅·奥索里奥，她们是事件的见证人，能说清我们的关系，指明我们相会在几点钟，在家里什么地方以及当时的情况。我将适时向贵庭提供问题单子，您可以就单子上的问题让她们作证。听完证人的回答，再看看那些信，法官先生，您就会清楚地看到我们两人之间的关系属于什么性质。由此，您可以看到匆忙写进验尸报告中的有关她生殖器官完好的证明是完全无效的。

法官先生，您听到下面的情况，一定会感到吃惊。可是，这件事和我在书面材料中提供的全部情况一样都是真实的。我们就是在寂静偏僻的公墓里多次做爱的。她坚持要在黄昏时分陪我探望亡妻的坟墓，其实她是为满足肉欲寻找借口。我可以向您指出我们是在哪些陵墓的掩护下避开迟迟不归的扫墓者的讨厌的目光，办成那件我们在别的地方办不成的事情。关于这一点，您可以询问瓜达卢佩公墓管理员奥马尔·卡维萨斯·拉卡约学士，他会详细向您介绍我们去公墓的情况，以及在那儿耽搁了多长时间。有不少次公墓已经关门，他只好拿钥匙打开大门，让我们出去。

3. 我同样声明，玛丽娅·德尔·碧拉尔·孔特雷拉斯是我非法的妻子，我和她有过夫妻生活。如果堂娜·芙洛拉撤销对我的控告，我准备同玛丽娅·德尔·碧拉尔结为夫妻。她也给我写过信，信也存放在第三者手里。信中明确说明过我们之间的关系。您一旦拿到这些信，就应该让人去核对发信人的笔迹，可以证明我没说谎。1933 年 10 月 17 日，奥克塔维奥·奥维埃多·伊·雷耶斯博士在作证时提到过其中一封信，说我给他看过，是的，确有其事。

关于这一点，我请您传问女用人多洛雷斯·洛伦特。今年 2 月她在我家干活儿期间，曾为我和玛丽娅·德尔·碧拉尔传递过情书。还请您传问“我家主人”庄园的管家埃乌弗拉西奥·多奈雷。他是我们在该庄园的乡间别墅里幽会的见证人，时间是 1932 年 12 月和 1933 年 10 月之间。不过，在其他时候和其他地方我们也幽会过，包括在哥斯达黎加的圣何塞。在今年 7 月到 9 月之间，我们曾经几次去过位于大学生街的巴黎公寓里的一间客房。

为此，我还请求您传问证人、孔特雷拉斯股份有限公司的会计德梅特里奥·普埃塔斯。他亲眼看见过玛丽娅·德尔·碧拉尔在她家指派给我的卧室门口毫无顾忌地亲吻我，具体是哪一天，他会说清楚。

在询问有关证人的时候（还要加上前面说过的孔特雷拉斯家的女用人萨尔瓦多拉·卡瓦哈尔和雷蒂西娅·奥索里奥），请您务必依照我将适时向您提供的单子提问。同样，还应该把第 21 监狱进门登记簿作为一项证据，我在书面材料中已经向您提出此项要求。登记簿里也记载了玛丽娅·德尔·碧拉尔给我送去的东西。

附带我还要求将以佛朗哥·塞鲁蒂先生的名义签署的发表在 1933

年11月27日哥斯达黎加圣何塞的《共和国报》上的题为《偶然的见证人》这篇文章作为附件放进档案。读过这篇文章，您就可以知道孔特雷拉斯两姐妹为我争风吃醋的真实情况以及堂娜·芙洛拉对我大献殷勤的情况。

4. 我还要求会计专家详细检查存放在孔特雷拉斯股份有限公司保险柜里的账目。通过查账，将会发现公司有两本账，一本是用来行骗的，里面记载着为争取签订市自来水公司的合同，堂·卡门·孔特雷拉斯·雷耶斯一再坚持通过我向莱昂市的几位市政委员行贿的情况。

这些账目我见过，因为堂·卡门为了逃避交纳进口商品税，曾要求我就怎样隐瞒和篡改实际费用从法律角度提供情况。我承认我犯有这样的罪行，并愿意弥补过错。但是，这种罪行与他们企图随意加在我头上的投毒罪是不可同日而语的。会计师德梅特里奥·普埃塔斯对这些一清二楚，但是他没有参与进来。因此，我也请求您传讯他出庭就此事作证。问题单子我将另向您提供。

除此之外，在保险柜里还有一个证据，是一张在境外取款的汇票，取款日期是1933年1月。上面有伪造的何塞·帕迪亚·帕伊斯先生的签字，而他根本不知道这件事。另外，还有其他一些假造的字据的拷贝。有关这些事，您可以询问会计师德梅特里奥·普埃塔斯。还可以向本市P·J·弗劳利公司总经理邓肯·R·瓦伦丁先生取证。这些假字据都是他经手的，原件大概由有关银行退回了。

我庄严地向您声明，过去我曾被迫为上述舞弊行为充当顾问，为了在孔特雷拉斯家谋得寄身之地付出了不光彩的代价；但是，至少那些做法不是本人发明的，当我接触到该公司的经营秘密时，那些做法已是家常便饭。

根据今年11月18日的决定给我定下罪名，其依据只是一种推论，即我在不同日期使用同一种毒药进行过犯罪活动，在这三桩案子中，我都曾和死者接近过，因此这些罪行都是我犯下的。那么，根据这种推测，我要告诉您，还有一个人和我一样也一直待在这三个死者身边。

因此，假如说有人犯罪，假如说作案人（更确切地说是个作案的女人）使用毒药杀了人，那么，一旦您根据我提出的要求取得全部证词，一旦您读过我将向您提交的信件，一旦对账目进行认真的检查，您经手的这桩案子立刻会真相大白，犯罪动机也就一清二楚了。结果也许是我成了原告，控告某个出于强烈的忌妒心用毒药杀死我妻子的女人。

您还将发现，玛蒂尔德·孔特雷拉斯可能也是同样的忌妒心的牺牲品，有个女人要除掉她这个眼中钉。您会发现，堂·卡门·孔特雷拉斯可能也是这样被杀害的，因为他是情场阴谋中的绊脚石，还因为有人想隐瞒公司经营中的舞弊行为，以便今后从中获取更多的好处。

我还要说，死去的堂·卡门的父亲和玛蒂尔德·孔特雷拉斯的祖父堂·卡门·孔特雷拉斯·拉赫斯帕达决定撤销对我的控告，取消他赋予胡安·德·迪奥斯·瓦内加斯博士的莫大权力，是因为他可能知道我在书面材料中向您提供的全部事实的真相，因此他也应该知道强加在我头上的罪名是毫无根据的，那个女人才是罪犯。她情场失意，受到忌妒心的煎熬，再加上某个和她血缘关系很近的人充当她实现野心的帮凶，鼓动她去犯罪。

法官先生，我本想保持沉默，但我不能以自己的脑袋为代价。在写这篇东西的时候，我的手一点儿也没发抖，尽管我知道这篇东西一旦公之于世，对我来说，监狱就变成最不保险的地方，监狱看守很可能受人驱使，成为杀害我的刽子手。

我国的司法制度是由人来掌握的，不言而喻，它是不完善的。但是，法律到底还是胜过卑鄙、诽谤、捏造，胜过到处寻找罪犯的欲望以及种族和文明的恶习。法官先生，您年轻、诚实，面对共同策划的卑鄙阴谋，这种品质必然能成为牢固的防线。因此，应该由您将司法制度变成最高的理性，让大家听取我的申诉，我也有权利要求让大家听取我的申诉。您也不会忽视我提供的证据，因为这些证据关系到您正在调查的案情的本质。请按照我指出的路去寻找罪犯或者女犯吧，您一定会找到的。

我有时间，我有权利，我将在第21监狱的牢房里伫候佳音。

1933年12月9日《中美洲人报》在第一版刊登了该报社长兼老板古斯塔沃·阿巴翁萨将军署名的社论，题目是《无耻之徒的最后一招》。社论敦促法官拒绝受理“一个外国坏蛋提出的狂妄放肆的要求，此人听到搭断头台敲钉子的声音，就像麻风病人一样，在绝望中垂死挣扎，企图传染给别人，毒化周围的一切”。

马诺洛·夸德拉在12月9日的《新新闻报》上以《定时炸弹》为题发表了关于提交这份书面材料的消息。

显然，奥利韦里奥·卡斯塔涅达博士突然提交的这份书面材料，不啻是给费亚约斯法官的手里放上一颗定时炸弹。莱昂全城再次震惊，没心思再谈其他话题了。人们的意见更加分歧，案子蒙上一层社会斗争的色彩。现在，被告变成了原告，下层人被他的聪明机智和灵活的头脑弄得眼花缭乱，他们利用这个机会发泄长期郁积在心中的对上层人的不满，上层人听到犯人的无礼言词，表现得比过去更加激愤。犯人再次把一个古老家族的成员钉上耻辱柱，而这个家庭正陷入一场不断使其受到伤害的悲剧之中，这场悲剧似乎是从埃斯库罗的大作中截取出来的。

下层人被犯人的机巧弄得头晕目眩，对他大表同情。犯人出庭在费亚约斯法官面前宣读书面材料的时候，我们有机会亲眼目睹这一点。他们狂热地为他鼓掌，每念一段都被掌声打断。他么，他十分清楚自己这一手办对了，念起材料，抑扬顿挫，语调铿锵。最后，在他离开法庭的时候，像过去几次一样，人们把他扛在肩上，许多人排成长龙，一直把他送到监狱。这时，瞎女人米塞雷雷在法庭走廊上用《兀鹰》调唱起歌谣。这首歌谣在莱昂的大街小巷用吉他伴奏反复吟唱。

奥利韦里奥打赢了。
谁也不能将他杀害；
你要是羡慕他的爱情，
就给你更多的爱……

很多人都知道奥利韦里奥·卡斯塔涅达博士风度翩翩，平易近人，待人亲切。他们会提出这样的问题：这位风流骑士干了些什么？眼下他受到迫害，根本没有希望打赢这场官司。正如歌谣里说的，这是一场生命攸关的官司，他本人在书面材料中也做出了悲观估计。于是，他以眼还眼，以牙还牙，掏出唯一的武器进行自卫。

马里亚诺·费亚约斯会传讯证人吗？会查看据奥利韦里奥·卡斯塔涅达所说的保存在“神秘的第三者”手中的信件吗？如果确有其人，那么这个第三者是谁？关于信件的事，犯人会不会出于绝望而撒谎呢？被传讯的证人敢不敢支持他把握十足地说出的那些沉甸甸的话呢？

现在，犯人影射攻讦一个女性人物，虽然没敢指名道姓，任何人都能猜出她是谁。马里亚诺·费亚约斯对此做何估计？卡斯塔涅达博士投出了一支飞镖，反咬了指控他的人一口，对一些人含沙射影，对另一些人用词巧妙。由此引起了混乱，使司法当局处境尴尬……

这就是莱昂各个社会圈子里提出的疑问，不管是平头百姓，还是上层人士。

几小时后，胡安·德·迪奥斯·瓦内加斯博士以原告律师的身份提交了一份紧急书面报告，要求不要受理犯人提出的请求，因为他的辩护词毫无根据，大胆放肆，且与本案无关，另外，还损害了孔特雷拉斯家族的名誉和隐私权。费亚约斯法官未予置理，当晚即决定传讯证人，接受提供的信件，收到后，立即送去鉴定真伪。法官只是否定了有关查阅孔特雷拉斯股份有限公司账目的要求，他认为，这项要求本身确与本案无关。

许多年后，费亚约斯法官向本书作者讲了实话，对此下面还将述及。当时，他做出这个决定颇不容易，因为对卡斯塔涅达的书面材料他很有保留，且有不少疑问。他认为，材料里夸大其词、前后矛盾的地方很多。卡斯塔涅达用词粗鲁，自我吹嘘，实在令人生厌。他把反咬一口当成廉价的手段。但是，犯人有关他无力自卫的论点，从严格的法律意义上讲，还是正确的。他觉得，在没有弄清自己对审理中出现的不正常情况应负什么责任之前，不应该继续对案情进行推断。从严格的法律意义上讲，既然承认卡斯塔涅达充当自己的辩护人，他就不能拒绝接受辩护人提出的证人；在全面审理阶段，也不能拒绝接受被告为说明自己无罪而提供的证据。他正是依据这些理由才做出了裁决。

费亚约斯法官对我说，他心里很清楚，落到他头上的会是什么。果然不出所料，很快他就惹得天怒人怨。奥维埃多·伊·雷耶斯牧师在布道坛上怒气冲冲地威胁说，今后不再为他办圣事。官方在施加压力；莱昂的两家报纸说他是外行，办事草率；社交俱乐部领导委员会多次开会，提出他是不受欢迎的人，准备把他开除出去。当天晚上，奥蒂斯上尉到法庭前来拜访，这件事逼得他只好打破常规，不再等到同自己两个最好的参谋——枕头和妻子——认真商量后重做决定了。

奥蒂斯上尉接到邀请，准备去参加别人的婚礼，所以打扮得漂漂亮亮，浑身香气四溢。草绿色高级军服上的褶子浆洗得平平整整，靴子和皮带锃光瓦亮，只是没忘记带上自动手枪，和平时一样把沉甸甸的手枪挂在腰带上。他刚刮过胡子，隆起的下巴上留下几处刀伤，涂着几道红汞。费亚约斯法官头发散乱，只穿了一件衬衣。到底如何决定才好呢，他和秘书阿利 · 瓦内加斯讨论了好大一会儿。阿利懒洋洋地坐在打字机前。

“怎么，不去参加婚礼？”奥蒂斯上尉已经把海军陆战队军帽换成一顶帽檐漆黑发亮的圆顶军帽，他匆忙摘下帽子，放在腋下，“你早该换衣服了。”

“看您眼里满是喜气嘛。”费亚约斯法官趴在写字台上，两眼盯住犯人和原告的书面材料，只是稍稍抬了抬目光，“您总算露面了。”

“是啊，我没露面，可我把萨尔梅龙大夫给你放出来了，你不就是要这个吗？”奥蒂斯上尉用手指蘸了点儿唾沫，擦了擦圆顶军帽上的铜徽，然后用手胡噜了一下秃头顶，“没到规定的三十天，他就出来了。”

“我给您送去一封公函，您还没答复呢。”费亚约斯法官慢慢地翻阅着材料，两眼还是盯在纸上，“抓走了一名证人还不够，您还把他和犯人关在一间牢房里。”

“就是头一天晚上嘛，教训教训他嘛。”阿利 · 瓦内加斯递过一把椅子，奥蒂斯上尉把椅子推开了，怕把他那身高级军服压出褶子来，“可是，什么事儿也没出。可惜呀，卡斯塔涅达没把他吃了。”

“吃是没吃，”费亚约斯法官用笔在墨水瓶里蘸了一下，在一张纸上画了一道，“可现在成了他的盟友了。今儿个上午，带头鼓掌欢呼的就是他老兄。”

“达比希雷大夫说得对，他们是一丘之貉。”奥蒂斯上尉不大高兴地用手指转动着帽子，然后戴在头上，“要是你愿意，我可以把他再抓起来，免得他到处煽惑人。”

“您得把半个莱昂市的人都抓起来才行。”费亚约斯法官把材料交给阿利 · 瓦内加斯，阿利 · 瓦内加斯坐在打字机前，伸出手接过材料，“今儿个到这儿来的不下 200 人。”

“你要是接受了卡斯塔涅达的书面材料，还会来 500 人听证人作证。”奥蒂斯上尉缩了缩肚子，解下挂手枪的皮带，把皮带放在写字台上，“这个家伙得的是道德病。谁答理他，谁的病就比他更厉害。好啦，你甭答理他。”

“决定该怎么办的是我。”费亚约斯法官第一次瞅了瞅奥蒂斯上尉的脸，气得喉结直发抖，“把眼前这把枪给我拿开。”

“当然要由你决定喽。你要是答理他，那就是你乐意自找麻烦。”奥蒂斯上尉拿出洒了香水的手绢，故意使劲擦脖子，擦前额，“你要记住，你是在莱昂，你的脐带可是埋在这儿呐。”

“您这次登门拜访，的确让我好生奇怪。”费亚约斯法官拿起挂手枪的皮带递给奥蒂斯上尉，“对萨尔梅龙大夫的事我本来不敢发什么怨言，可现在我不想再忍下去了。我要公开宣布国民警卫队不让我执行公务。干脆把我也抓起来吧。”

“我不是以军人身份跟你说话，我是以莱昂人的身份。”奥蒂斯上尉气呼呼地接过手枪，收起手绢，“明儿个你可别说我没及早跟你打招呼。他们把信给你拿来了吗？”

“我原本没有受理犯人的书面材料，可现在我要管了。信马上就拿来。”费亚约斯法官大步流星走到阿利·瓦内加斯身后，亲手将一页纸放在打字机的滚筒上，“在这儿打，《裁决书》。”

“好啊，你就自掘坟墓吧。卡斯塔涅达的同伙儿奥维埃多会把信给你送来的。”奥蒂斯上尉将皮带搭在肩膀上，手枪耷拉在胸前，“那小子手里攥着全部信件。”

“‘莱昂区第一刑事法庭。1933年12月6日。晚8点15。’”费亚约斯法官看了看手表，阿利·瓦内加斯飞快地敲打着键盘，“‘鉴于犯人奥利韦里奥·卡斯塔涅达·帕拉西奥斯今日上午10点提交的书面材料同时又是本法庭审理的案件中的辩护词……’”

“往身上扔的土越多，就越爬不出来。”奥蒂斯上尉伸了伸涂着红药水的下巴，眯缝起两只蓝色的小眼睛，“就算我不识好歹，还在这儿对牛弹琴。新郎新娘大概已经离开教堂了。”

“‘……本法官决定：第一，原则上接受上述书面材料，即可进行处理。部分内容除外，下面将具体列出……’”费亚约斯法官俯下身去检查阿利·瓦内加斯打出的字，只听得房门被摔得山响，震得墙上直掉白灰和尘土，但是他没有抬起头。

“这位该亚法①队长浑身香喷喷，活像个妓女。”阿利·瓦内加斯皱了皱鼻子，嗅着奥蒂斯上尉留在空气中的香气，“要想迷住人，得用豪华型罗伊特洗发水。”

“在丹麦，这就是妓女的气味儿。”费亚约斯法官眼盯着打字机滚筒，卷起衬衣袖子。

读者听到阿塔纳西奥·萨尔梅龙大夫积极参与对奥利韦里奥·卡斯塔涅达表示同情的行动的消息，一定会大吃一惊。他突然改变态度的原因，下面很快就会谈到。先让我们看一下马诺洛·夸德拉在他的《定时炸弹》一文的其余部分中是怎样报道这一消息的：

不过，还有其他一些大家同样会感兴趣的问题。阿塔纳西奥·萨尔梅龙大夫原来被判拘留30天，现在提前释放了。他令人吃惊地改变了态度，带领聚集在法院里的那群车夫、纤夫、穆尼希帕尔市场里的女贩、手艺人，明确支持犯人。他热心组织游行，游行者把他当成领头儿的，经常找他商量事。在犯人提交上述那篇罕见的书面辩护词时，就是这样。几天前，犯人交待罪行时，也是如此。

这种变化十分彻底，又令人惊奇。直到被拘留前，这位职业医生还是卡斯塔涅达博士最顽固的敌人；而现在又变成了他最狂热的崇拜者。我们在法庭走廊上问过他，他态度非常和蔼，但是避而不答。

在这变化的后面包藏着什么神秘的东西？《民众之声报》断言，

① 该亚法，犹太人最高宗教领袖，曾主持判处耶稣徒刑。

在被拘留期间，他与被告关在同一间牢房里；对此，萨尔梅龙大夫还是避而不答。如果传说属实，他们俩关在一间孤寂的牢房都说了些什么？是什么东西让这两个对头接近起来？如果我们社长堂·加布里·里瓦斯看到《新新闻报》发行量增加从而受到鼓舞，继续委派我们去报道此案，我们答应读者一定会跟踪追击，肯定还会有许多令人吃惊的事情。

正如奥蒂斯上尉查明的，掌握着信件的神秘第三者正是"圆球"奥维埃多。1933 年 12 月 6 日，他出庭向费亚约斯法官递交信件。从他在法院门口下车时起，奥利韦里奥·卡斯塔涅达的支持者就吵吵嚷嚷地迎接他，不让他过去，萨尔梅龙大夫只好亲自为他开路。他迈着庄重的步伐走进法院，肚子前边坠着一个锚牌缝纫机针线盒子，里面装着信件。他庄重地低下头（卷发涂得油亮油亮的），将盒子交到费亚约斯法官手里。

那些信根据发信人的名字分成三捆，系上鞋带，每捆都按日期排好。接下信后，立即请字迹专家鉴定，确定其真伪。阿利·瓦内加斯在接收记录上逐一登记好信件，将收条交给"圆球"奥维埃多。

关于那些信，我们只看到了附在档案里的目录。那天半夜，几个不知名的强盗潜入法院，在费亚约斯法官的办公室屋顶上打了一个洞，撬开写字台的锁，把信偷走了。

44. 狱中邂逅

1933年11月12日晚，阿塔纳西奥·萨尔梅龙大夫头缠着绷带、卡其布衣服上带着血污，被狱卒推进牢房。此时，奥利韦里奥·卡斯塔涅达似乎在阴影里等候他多时了。牢房里点着孤零零的一支蜡烛，烛光宛如行将熄灭的炭火一闪一闪的，什么也看不清楚。卡斯塔涅达站在黑黢黢的窗洞前，转过身来，使劲地眨着眼，看了看萨尔梅龙大夫。

关闭铁门的声音响彻廊道。萨尔梅龙大夫往上提了提绷带，吃惊地发现半明半暗处有一个浑身上下一身黑的人影。内心的痛苦猛地直冲脑门儿，似乎告诉他：危险，提高警惕。其实，什么危险迹象也没有，奥利韦里奥·卡斯塔涅达又转过身去，透过罩着铁丝网的窗户观看夜色。

卡斯塔涅达还是身着重孝，平静而忧伤，像是又一次参加葬礼归来。他这一辈子，似乎除了参加葬礼就没干别的事。黑领带结儿打得整整齐齐，浆过的衬衣袖口上有两枚金扣儿，上面镶着红宝石。宝石闪耀着血红色的光。二月中旬的一天中午，卡斯塔涅达的妻子奄奄一息，萨尔梅龙大夫第一次在近处看见他站在病榻一侧的时候，红宝石也是这样红得发亮。

奥利韦里奥·卡斯塔涅达又一次转过身来，那双近视眼透过镜片贪婪地搜寻着萨尔梅龙大夫。但是，眼睛里没有丝毫仇恨的光芒，没有丝毫讥讽的意味。唇边反而痛苦地挤出一个怜悯的微笑。

萨尔梅龙大夫觉得一切都完了。自己身上有伤，疲惫不堪，被关进牢房；又明知自己比对手年岁大，身体又不如他强壮。尽管如此，他还是下意识地攥紧拳头。对方情绪消沉，一副萎靡不振的样子。要是他假装如此，准备突然袭击自己，猛地向自己扑过来，他就要拼命自卫。要么准备回击他的嘲弄和凌辱，因为卡斯塔涅达善于伪装，会耍两面手法，很可能突然从可怜巴巴的温柔顺从变得放肆无礼，卑鄙无耻。他太了解这个人了。

过了好大一会工夫，奥利韦里奥·卡斯塔涅达终于开口说话了。口气里不含任何嘲弄和攻击。他的声音好似飘荡在坟墓间的轻风细语，如泣如诉；微风好似带来正在枯萎的陈年花圈和花环的芳香。

“只有您才能帮助我，大夫。”奥利韦里奥·卡斯塔涅达还在望着铁窗外面、大墙外面，好像在寻找什么东西。

“帮你？我，为什么？别来烦我了。”萨尔梅龙大夫迟迟不愿回答，老想摆出一副高傲的神态，可又装不出来。那股气味不正的芳香熏得他透不过气来，他的话像是一块污秽的玻璃在干燥的喉咙里裂成碎片，再从嘴里吐出来，就变成了碎屑。

“因为您和我不是仇人。咱们一直无冤无仇。”奥利韦里奥·卡斯塔涅达心不在焉地用手指摸着铁刺，试试铁刺有多么尖利。

萨尔梅龙大夫用衬衣下摆做成的绷带又松了，滑落到眼睛上，他整了整系在后脑勺上的绷带结儿。对方缓慢的声音还滞留在关闭的陵墓和灵台的茫茫夜色中。

“请您告诉我，为什么咱们要成为仇人？指挥打您的人，把您和我关在一起让咱们自相残杀的人，才是咱们两个人的敌人。”奥利韦里奥·卡斯塔涅达悄然无声地向他走过去。

萨尔梅龙大夫看见他走过来，后退了几步，一只鞋脱落下来，因为鞋带儿被狱卒拿走了。

“您没必要怕我。”奥利韦里奥·卡斯塔涅达向他伸出手掌，在离他几步远的地方停下脚步。枯萎的花的香气似乎是从他身上的丧服和呼吸中散发出来的。

“我干吗怕你，想得倒好。”萨尔梅龙大夫一跳一跳的，摸着黑儿想把鞋子穿上，那双眼睛一直盯着对方。

“那我太高兴啦。”奥利韦里奥·卡斯塔涅达继续张开两手，缓慢地点了点头，“您也不必怕我，我也不必怕您。听我说，嗯，别担心。”

“我知道这帮杀人凶手滥用权力，把我关在这儿。”萨尔梅龙大夫两眼一直盯着卡斯塔涅达，最后还是猫下腰把鞋子穿上，“不知道您要我听什么鸟话。”

“只有您能够帮我的忙。”奥利韦里奥·卡斯塔涅达放下胳膊，低下头，似乎只想从对头那里得到怜悯或者致命的一击。

“你瞧你把我搞成什么样子了。帮你什么呀？咱们俩处境都他妈的一样。我更糟糕，他们把我的脑袋打破了，你在这儿倒是好好的。”伤口又是一阵刺痛，萨尔梅龙大夫用手扶住额头。鲜血从绷带里渗出来，沾得他手指上净是血。

“他们不会杀死您，可会杀死我。”奥利韦里奥·卡斯塔涅达小心翼翼地摘下眼镜，摸了摸眉心。

萨尔梅龙大夫皱了皱嘴唇，好像要吐痰，那副吃惊的模样十分好笑。

“您觉得一个罪犯害怕别人暗杀他，很可笑，是吗？”奥利韦里奥·卡斯塔涅达双眼紧闭，手指还在捏着眉心。

“你真会猜别人的心思。看起来，你不光会勾引女人。”伤口疼得萨尔梅龙大夫不知如何是好，他把后背贴在牢房的门上，头靠在铁皮板上面。

“真诚也是我的优点之一，大夫。”奥利韦里奥·卡斯塔涅达轻轻地拿着眼镜腿，又戴上了眼镜，“我绝不是杀人犯。像杀一条狗一样杀死我，太不公平了。”

“像杀达比希雷大夫的狗一样。”牢房上的铁板的凉气透进萨尔梅龙大夫的后背，凉得他像发烧一样打了个冷战。

“就是您的老师达比希雷大夫啊。”奥利韦里奥·卡斯塔涅达迈着疲惫的步子，再次朝黑漆漆的窗户走过去，“老大夫恨死您了，所有的人都恨您。莱昂的有钱人为什么这么恨您啊，大夫？”

“你该比我清楚，你喜欢在他们当中混嘛。”萨尔梅龙大夫离开铁门，浑身上下直打冷战，于是用两只胳膊护住自己，“他们压根儿不喜欢我，因为我不是贵族出身。但是，你……”

“您别忘了，大夫，我是个私生子。”奥利韦里奥·卡斯塔涅达咕哝了一句，干枯的花的香气似乎再次吹拂过牢房，“正如你们在《记事报》上说的，一个竟敢闯进别人家院子里的私生子。可我没给任何人下毒。”

“这话你该跟法官去说。”萨尔梅龙大夫小心地移动着脚步，免得鞋子再掉了，“铁证如山啊，足以毁了你。”

“法官！您跟我提到了法官。您认为，他为什么不愿意接受您提供的证据呢？”奥利韦里奥·卡斯塔涅达离开窗子，走到床边，像瞎子一样摸索着床的边缘，“因为他是个胆小鬼，和其他人一样，自称是贵族。这些贵族老爷还没有进化到使用马桶的地步，还在茅坑里拉屎。”

“你本有可能更糟。那些证据足以毁掉你。”萨尔梅龙大夫怯生生地盯着离他几步远的松木桌上的那只闪光发亮的凉水瓶，瓶口上扣着一只杯子，他早就注意到这只瓶子了，看见晶莹透亮的水，渴得他嗓子直发痒，“证明你使用马钱子碱的证据。”

“别那么天真，大夫。您的发现一钱不值。”奥利韦里奥·卡斯塔涅达重重地跌坐在床上，“是关于我和孔特雷拉斯家女人的恋情和堂·卡门舞弊的证据，法官不想听您的。喝吧，水里没有马钱子碱。”

“我的嘴苦极了，什么都感觉不出来。”萨尔梅龙大夫拖着两只脚来到桌边，从瓶口上拿下杯子，“你说我的证据一钱不值，那还得看一看。”

“不论是您自以为手里掌握的证据，还是在无力自卫的狗身上进行的试验，全都一钱不值，大夫。关于这一点，您的老师达比希雷大夫说得对。”奥利韦里奥·卡斯塔涅达从枕头底下拿出一条带黑斑纹的黄色床单，把这条虎皮似的床单打开，“可是，现在还有什么意义？说来说去，您和我的共同敌人已经决定置我于死地。”

“你害死的人，都算不了什么啦？”萨尔梅龙大夫喝进一口水，在嘴里含了一会儿。随后，贪婪地喝完那杯水，又倒上了一杯。

“现在受害的是您和我。”奥利韦里奥·卡斯塔涅达拿着打开的床单走过来，把床单轻轻地放在萨尔梅龙大夫的肩膀上。

“你干吗要毒死自己的妻子？”萨尔梅龙大夫把杯子放在桌子上，抓住床单的边儿准备披在身上，干枯的花的香气消失了，牢房里只剩下一股尿味儿、屎味儿和赛林消毒水味儿，“你本来不需要害死她，还可以把孔特雷拉斯家所有的女人全捞到手嘛。”

“我根本没有毒死她，我没给任何人下过毒。”奥利韦里奥·卡斯塔涅达喝掉杯子里剩下的水，“他们一旦感到您是个威胁，就会把您从这间牢房里带走，也许我们再也见不到面了。现在请您相信我，咱们的时间不多了。”

“你本来可以跟玛丽娅·德尔·碧拉尔结婚，而不必杀死她姐姐和堂·卡门。”萨尔梅龙大夫从床单下面抽出一只手，又整了整绷带，“尤其是他和别人不同，就攥在你手心儿里。”

“我不是去找老婆的。”奥利韦里奥·卡斯塔涅达搂住萨尔梅龙大夫的肩膀，“如果我想找人结婚的话，我就娶下玛蒂尔德。我一直非常尊敬她。来呀，坐在床上吧。”

“你大概不会说，她知道了你和玛丽娅·德尔·碧拉尔一起鬼混，才为了你服毒自杀吧。”萨尔梅龙大夫随着他坐到床上，“你确实跟玛丽娅·德尔·碧拉尔一起鬼混过。我手头上有庄园管家的证词，证明你和她到庄园幽会过。”

“别再胡说玛蒂尔德自杀的话，玷污她的名声了，大夫。我喜欢她，我确实爱她。”奥利韦里奥·卡斯塔涅达坐在床上，紧挨着萨尔梅龙大夫，胳膊还搭在他的肩膀上，“我有的是机会，可我从来没有碰过她。另外那个女人，我确实碰过。我承认，她是我妻子。”

“照这么说，你也没碰过堂娜·芙洛拉啦。”萨尔梅龙大夫蜷缩在床单里，聚精会神地盯着没有鞋带儿的鞋舌头。

“更没这回事了，大夫。对她更没碰了。”奥利韦里奥·卡斯塔涅达把手从萨尔梅龙大夫的肩膀上挪开，两肘撑在膝盖上，低下头瞅着地板，“她追得我好苦啊。”

“那么，你只是跟玛丽娅·德尔·碧拉尔有那回事。”萨尔梅龙大夫扭过头冲着卡斯塔涅达，然后又把目光盯在鞋舌头上，用手够着鞋，想把鞋舌头拉直，“玛蒂尔德死的时候，像验尸报告里说的，是个处女。别跟我来这一套。”

“我知道她是处女，下葬的时候她还是处女。”奥利韦里奥·卡斯塔涅达两肘撑在膝盖上，用双手托住下巴，“在这件事上，干吗要骗您呢？能损坏我什么？”

“拉法埃尔·乌维科，你为什么要毒死他？”萨尔梅龙大夫觉得有些热，松了松被单，露出了胸脯，“你不会说也是为了爱吧，就像你毒死玛蒂尔德一样。”

“我说过了，我没有毒死她。至于乌维科的情况，那是他们撒下的弥天大谎。”奥利韦里奥·卡斯塔涅达把头埋在两膝之间，“从来没有人控告我犯下过这个罪行。这是什么性质的犯罪？乌维科将军向索摩查要我的人头，只因为我是他的政敌，而不是因为我杀死了他的侄子。所以，他们才想枪毙我。”

“你手里有她们写给你的全部信件吗？”萨尔梅龙大夫站起身来，把被单丢在床上，朝黑乎乎的窗户走过去，打算过过凉风。

“信在‘圆球’奥维埃多手里。”奥利韦里奥·卡斯塔涅达的目光随着他朝窗边移过去，“现在这些信还有什么意义？我需要的是您的帮助。”

“你准备把信件交给我吗？”萨尔梅龙大夫把头贴近铁丝网的窗

窿。远处，随风吹来牛的哞哞声、狗的汪汪声以及胡同里吵架的喊叫声。

“信就归您了，只要您肯帮助我，信就归您了。”奥利韦里奥·卡斯塔涅达面露讨好的神情，朝旁边挪了挪，给趿拉着鞋匆忙回到床边的萨尔梅龙大夫让开个地方。

“我只差一件事没问你了。”萨尔梅龙大夫推开被单，坐到床上。

“想问什么就问吧。”奥利韦里奥·卡斯塔涅达抻了抻衬衣袖口，袖扣儿上的宝石在床角处微弱的光线照射下闪烁着暗红色的光辉，“咱们之间已经没有什么秘密了，大夫。”

“不，还有一个秘密。”萨尔梅龙大夫半个屁股坐在床边上，半个屁股在外边，整个儿转过身来冲着奥利韦里奥·卡斯塔涅达，“我只要你告诉我，你是不是真的毒死了你的母亲？”

达比希雷大夫曾经对他说过，卡斯塔涅达患有口臭病。卡斯塔涅达张开口，还没有答话，萨尔梅龙大夫在近处一感到他的呼吸，就闻见那股难闻的气味儿。

“为了不让她受罪，你毒死了她？我要你告诉我，这是真的，还是不是真的？别骗我。”口臭搅得萨尔梅龙大夫的空腹一个劲翻腾。

“母亲去世前我一直没去过奇基木拉医院。”奥利韦里奥·卡斯塔涅达说话的声音突然变成了啜泣，“父亲不愿意离开萨卡帕到停尸房去收尸。我是一个人去的。我给母亲穿上寿衣，我把她装进棺材。那时候，我还不到 14 岁，大夫。”

“那本《大自然的奥秘》是怎么回事？你把生病的母亲的照片放在有关毒物学和安乐死的书中，那是为什么？”萨尔梅龙大夫闭住气，把头朝他伸过去。

“那是医院院长卡斯特罗别霍大夫借给我母亲的，她喜欢植物学。”奥利韦里奥·卡斯塔涅达直哭得浑身打哆嗦，“我去收尸的时候，把这本书和母亲的全部东西都放进她的提箱里。没人跟我要那本书。我一直带着那本书，还有她的照片，都是她的纪念物嘛。”

“这件事，你能向我发誓吗？”萨尔梅龙大夫抓住卡斯塔涅达的上衣领子，摇晃着他。

“我发誓。”奥利韦里奥·卡斯塔涅达用手指划着十字，还吻了吻十字架。

“好，我相信你。”萨尔梅龙大夫放开他，手指被泪水弄湿了，“我相信你，可你要是骗我，你就等着吧！”

“我没有必要骗您。”奥利韦里奥·卡斯塔涅达的声音突然变得冷酷无情，好似一把刚刚在磨刀石上磨得锋利的尖刀。

“现在咱们谈谈信的事。”萨尔梅龙大夫拍着巴掌催他快说。

“我先交给您两封信，这两封信在路上错过了。”奥利韦里奥·卡斯塔涅达脱下靴子，在鞋底上找信，“这封是我从哥斯达黎加寄给玛蒂尔德的信的抄件。另外一封是她写给我的，中间只差几天。从我那封信上您可以看到我的爱心是多么纯正。从她那封信里您会看到她对我满怀热诚。我把信带在身上，因为这是在她死前我们之间真挚爱情的见证。请您收好，我不愿意看见这两封信在法庭上被玷污。”

“其他信呢？”萨尔梅龙大夫接过被汗水弄得又湿又硬的信，连忙把信放进上衣口袋里。

“其他信由‘圆球’奥维埃多交给您。”奥利韦里奥·卡斯塔涅达走到桌边，站在那儿写了一张便条儿，“不过，要等到以后了。”

“干吗要等到以后？”萨尔梅龙大夫坐在床上听着钢笔的沙沙声，“在什么以后？”

“等我从这里逃出去以后。”奥利韦里奥·卡斯塔涅达晃动着那张便条儿，让墨迹快点儿干，“我是说请您帮我逃出去。这是交换条件。”

“越狱？”萨尔梅龙大夫一下子跳了起来，“要我？谁把我从这儿救出去呀？”

“他们再恨您，也得把您放出去。”奥利韦里奥·卡斯塔涅达拿着便条儿走过来，把纸条儿交给他，“他们嫌您太放肆了，要教训教训您。您可以相信，医学界一定会提出抗议。这儿，被判刑的只有我。”

“医学界……”萨尔梅龙大夫把纸条儿放得离眼睛近一点儿，看了看抬头“亲爱的蒙戈尔费埃：”，接着，满意地将纸收起来，“那帮小子坏透了。”

“您一回到大街上，马上就开始执行越狱计划。”奥利韦里奥·卡斯塔涅达把那条虎皮纹被单铺在砖地上，他脱下上衣，挂在墙壁的钉子上，又摘下领带，解开衬衣扣子，“首先，您从这儿出去后，不要对任何人说起这件事。这对咱们两个人都十分危险。第二，您继续假装是我最大的仇人。毫不留情地攻击我。谁都不会怀疑咱们是盟友。躺下吧。”

“我还得干什么？”萨尔梅龙大夫摸着床头，准备躺下，“越狱可不是闹着玩儿的。”

“我的一切指示您可以通过一个女人接到。她就是萨尔瓦多拉·卡瓦哈尔。只有她和您知道这次越狱的事。”奥利韦里奥·卡斯塔涅达穿着内衣走过来，把一只沾满油污的硬邦邦的枕头安放在萨尔梅龙大夫的脑袋下面。

“我认识她。”萨尔梅龙大夫仰着脸，把脑袋靠在枕头上，“我知道她住在哪儿。”

“太好了，大夫。千万别忘了，您还是我的仇人，我还是个闭口不言的骑士。”奥利韦里奥·卡斯塔涅达把床单铺在地上，躺了下去，“您要继续攻击我，我继续否认和孔特雷拉斯家的女人有恋情，借此稳住那群狗东西。等我到了洪都拉斯，您可以随意公开那些信件。只有我刚才交给您的那两封信除外，好吧，睡觉吧。”

“但愿他们没听见我们的谈话。”萨尔梅龙大夫服服帖帖地听从对方发出的睡觉的命令。他又闻到了墓地里凋谢的花环发出的香气。最后，他自言自语地说，他头痛难忍，觉得昏昏沉沉。这时候，他闻到的正是向敌人进行报复的醉人而甜蜜的芳香。

“甭担心，天亮前他们不会来，单等着看咱们是不是自相残杀了呐。”喃喃自语的声音从地面上传来，又冷漠又遥远，那声音像一阵风卷起凋落的花瓣，撼动花枝，直吹得封闭的陵墓的栅门不住晃动，“不过，在他们把您带出牢房之前，您别忘了把信放在领带的夹层里。或是内裤里。睡吧。”

这道命令又变成了喃喃自语，却像一把寒光闪闪的利刃插入他的梦境。

45. 制订冒险的越狱计划

奥利韦里奥·卡斯塔涅达没来得及向阿塔纳西奥·萨尔梅龙大夫说明为什么他会心血来潮在1933年12月6日突然提交那份大胆的书面材料，以此给他那扭曲的、变化无常的风流韵事画上个句号。萨尔梅龙大夫也没来得及告诉卡斯塔涅达为什么他没有按照约定的那样完成自己的任务。他出狱后第二天就带头举行支持和同情卡斯塔涅达的游行，而不是继续装成与他势不两立的仇人。

两个人都没有履约。然而，越狱计划一直在制订，直到最后完成。12月6日，也就是奥利韦里奥·卡斯塔涅达在法庭上宣读书面材料那天，按照约定的办法，他通过萨尔瓦多拉·卡瓦哈尔把第一封信送到同谋者手里。从11月初开始，孔特雷拉斯家过去的女用人就得到允许，可以进入监狱。最后，又得到允许，每星期可以去收一次犯人的脏衣服。她利用这个机会给卡斯涅塔达送去一些食物。

下面是萨尔瓦多拉·卡瓦哈尔从监狱带出来的简短的便条。她把便条藏在胸罩里。在萨尔梅龙大夫的秘密档案中，可以读到这张便条。

在马槽放在门口儿那天，向马利亚报信的天使将扑棱起翅膀。人们点燃鞭炮欢庆弥赛亚诞辰时，将是下午6点钟。请备宝马一匹，雕鞍一副，将马拴在瓜达卢佩大街奇基托河大桥的栏杆上。只将马匹留下即可。

晚上9点，天使将在送信人的住所等您。住所大门从外面上锁，请从后院的门进去。我们在那儿告别。

请找一位可靠向导，此人须熟悉通往洪都拉斯边境的路；准备下一件武器，最好是手枪，并备足子弹；还有100科尔多瓦、50伦皮拉[1]。在圣婴耶稣前往大教堂的时候（晚上 10 点），天使将骑马出发。向导应在从跑马场通往圣费利佩区波索尔特加的路上等他。

天使提请您记住：不要将天使凌空飞行之事告诉任何人，不论是和您同桌共饮之人，还是我们共同的朋友蒙戈尔费埃。天使至死信赖您，只相信您一个人，而您不要相信任何人。

您的朋友

天使

看来，两位盟友各行其是，互不通气，都在逐条地违反狱中商定的事情。读者已经知道，奥利韦里奥·卡斯塔涅达将原来答应提供给萨尔梅龙大夫的信件交给了费亚约斯法官。萨尔梅龙大夫对卡斯塔涅达再次破坏协议的行为不但不生气，反而在“圆球”奥维埃多庄严地捧着锚牌缝纫机针线盒到法庭交信的时候，亲自为他开路。尽管信中一再提醒，萨尔梅龙大夫还是求“长舌桌”的座上客帮他准备越狱计划，这就完全违背了协议，毫无慎重可言了。

1986 年 10 月 17 日，作者录下了“班头儿”普里奥的谈话，他把双方违反诺言的行为称作“拿命运当儿戏”。普里奥酒家的旧址在赫雷斯广场对面，1979 年 6 月在最后一次反独裁统治暴动中被大火焚烧。这次谈话是在酒家新址进行的，新店比原来的更要简陋。

下面是摘录谈话录音的一部分：

12 月 7 日在莱昂是有名的圣母节。大夫约我们下午 6 点钟以后到苏布蒂亚瓦区的萨尔瓦多拉·卡瓦哈尔家聚会。萨尔瓦多拉·卡瓦哈尔是谁，你已经知道了。自从大夫被捕后，我们就没有再聚会过……不，在那以前我们就没见过面。我们到萨尔瓦多拉家的圣坛和苏布蒂

---

① 洪都拉斯货币名。

亚瓦区其他圣坛前欢庆圣母节。那儿过节很热闹，谁都不会怀疑，因为那天晚上大家都拥到街上去了。在原来那个门脸儿挺大的普里奥酒家聚会，连想也甭想。从前面发生的事来看，那可是危险万分。

罗萨利奥·乌苏卢特兰已经不再躲躲藏藏了。他混在埃斯帕尼奥利塔大街欢庆节日的人群里，手举着一个用油纸衬里儿的五角星，里面点着灯，眼下过圣母节的时候还能看见这种灯。不过，曼索已经不露面了，他派人来说，他的疝气又犯了，起不来床，怕一活动睾丸就下垂。是不是真的闹疝气，我没把握，不知道是借口还是真的，总之，他没来。后来他背叛了，这种人撒个谎，也没什么可奇怪的。

我去了，当时，生意特别好，也不得不放弃一个小时。我们走进院子里，交谈了一会儿。神坛设在里面，鞭炮齐鸣，大家轻声唱起赞美圣母的歌。我听了大夫想说的事情，说实在的，我不赞成那项计划。那么干太冒险了。再说，那时候的情况和现在完全不一样，不行啊。我把这个意思说了，幸亏没给我分派角色。他回答说："您的角色就是装哑巴，'班头儿'。"OK，我不说话就是了。那么，干吗把我叫来呢？知情就是担风险，没必要嘛。想让他看清这些，我能干什么呀？我能对他说：这怎么可能呢，大夫？照他现在这种干法，用不着费什么劲就能把卡斯塔涅达毁了。没办法。萝卜白菜，各有所爱吧，这就是我的想法。再又一说，过去他们谈了许多事情，我很少往里掺和。我不过是个东道主，听一听，随便发表点儿意见，仅此而已。

罗萨利奥和我的看法一致。他站在院子那儿瞅着我，好像说：这位？这位可不是萨尔梅龙大夫啊，我都不认识他了。不过，他为人厚道，分派给他的事，他承担下来了。他要弄到一匹马。那天派他去庄园，他骑的就是那匹租来的马。大夫气喘吁吁地说："别告诉别人马要到哪儿去，否则，就不会租给你。要是马回不来，由我付钱。"这个小可怜，他巴不得万事如意。

大夫委派罗萨利奥去说服曼索。曼索负责筹集伦皮拉，因为他和洪都拉斯人有生意往来，我估计可能是走私生意。他这个人满不在乎，哪儿能捞到钱就到哪儿去捞。我记不得手枪是怎么弄来的了，大概也是曼索给的，可我没把握。我确实记得找到了一位向导，是大夫通过住在洪都拉斯边境一带的他的一些病人在索莫蒂略找到的。

曼索呢？这家伙刁钻透了，不知道他会走哪条路。很可能回到洪都拉斯去了，他是从洪都拉斯来的，是特拉人。他在这儿把东西变卖一空，您可别以为他是问心有愧才离开这儿的，根本不是那么回事。他靠经营埃斯福埃索杂货铺又过了好几年。我只知道，1936 年，老索摩查搞掉舅舅胡安·包蒂斯塔的时候，他已经不在了。他会手执骰子筒死在洪都拉斯。如果说他已经死了的话。

塞尔希奥，老伙计，应该看到生活是什么样。曼索和大夫之间亲如骨肉，可在最需要他的时候，他却背叛了。他确实帮过大夫的忙，萨尔梅龙大夫要什么他给什么。可是，早在这之前，他已经偷偷给奥蒂斯上尉报信儿了。这件事，大夫后来才知道。他出卖了全部计划，我想恐怕不是为了钱，他不需要在这种事情上捞钱。叛徒就是叛徒，害怕是叛变的动机。如果他不同意，本来可以像我那样保持沉默。他不该一抬屁股就到司令部去告密。那天，我亲眼看见他从司令部里出来，我还能怎么想？后来，又到这儿来，大喝索洛特兰啤酒。他说："我是去那儿看看能不能办个许可证，允许我带着鳕鱼上街做广告，现在不管办什么事儿都得要许可证，就是为了找你要钱，他们已经没地方捞钱了。"他跟我撒了个弥天大谎，居然还摆出一副若无其事的样子。

根据作者和"班头儿"普里奥的谈话录音，罗萨利奥·乌苏卢特兰不只是支持越狱计划，完成了分派给他的任务，而且还加入了萨尔梅龙大夫牵头的那支队伍，在法庭上大吵大闹，只是他相当胆怯，畏首畏尾。有时候，还壮起胆子参加游行，一直把犯人送到第 21 监狱门前的台阶上。

“圆球”奥维埃多交出的信件于1933年12月6日半夜某个时候在法庭被盗。第二天早晨，费亚约斯法官不再抱什么希望，向最高法院院长发去了辞职电报。电文在他脑海里思量了多次：

由于军方蓄意破坏本该尊重之法律及法律程序不断侵犯本人职权本人已无法迅速周密地执行司法公务被逼无奈特向贵院提出辞呈在贵院任命接替人选之前请即委派接替工作之司法官员以便向其交待工作本人即着手准备家具及办公用具清单及待办案件登记册

当天下午最高法院院长马努埃尔·科尔德罗·雷耶斯博士从马那瓜发来回电。我们在档案里见到了电文：

在最高法院全体会议上宣读了您请求辞去莱昂区刑事法庭首席法官职务之来电鉴于您目前负责调查之案件涉及人所不齿之罪行案情极为严重社会反响极大且该市受人尊敬之孔特雷拉斯家族深受其害故于本院下达新任命前切勿擅离职守如违反此项决定当负公民及行政责任此致

1964年，费亚约斯法官在大学校长任职即将结束之时，也就是在他逝世前不久，我作为秘书每星期都要陪他去马那瓜几家学院视察。我们乘坐一辆旧奥尔兹出租车，在往返的路上，在“庭院”餐馆吃午饭的时候，我们谈到了他年轻时的经历、政治生涯中的失败和挫折以及他称之为战斗人道主义的世界观。我们还谈到艺术和文学，特别是作家的职业（当时我已经为我的第一部短篇小说集写好了序言）。交谈中，我经常提到卡斯塔涅达案，这是我们在法学院刑法课上研究的题目。而我对这个案子特别感兴趣，因为卷帙浩繁的档案可以当作小说来读，还因为费亚约斯法官就是这部小说的主角。

我没有保留谈话记录。单凭记忆，我在前几章里已经介绍了他对审理此案的看法。然而，应该说明，他并不喜欢这个题目。他的确怀念这件事，不管怎样说，那是他年轻时候经历的一支小插曲。但是，每当他回忆起这件事，总不免流露出一丝带有讽刺意味的苦笑，特别是谈到最后几个星期的事，他屡遭失败，被强行捆在法官的岗位上，不能采取任何行动，而真正的审判结果都是背着他定下来的。

审判结束后，当时已经看得很清楚的东西立刻就暴露在光天化日之下：在胡安·包蒂斯塔·萨卡沙总统的软弱政府背后真正掌权的是国民警卫队。国民警卫队要弄阴谋，阻止卡斯塔涅达提出的证人出庭作证。即使有少数几个人出庭，也是故意说上几句躲躲闪闪、不明不白的话。过了多少年后，正像"班头儿"普里奥告诉我们的，国民警卫队搞阴谋，偷袭法院，盗走信件的事也曝光了。

只有厨娘萨尔瓦多拉·卡瓦哈尔在1933年12月10日毫不迟疑地回答了问题单子上开列的问题，尽管前一天奥蒂斯上尉把她叫到司令部去，威胁她说，有人揭发她在家里私设宰猪场。只是没有警告她不要参与越狱计划，因为正如我们在后面看到的，国民警卫队不想破坏这项计划。

雷蒂西娅·奥索里奥姑娘年纪小小的，在回答法官提问时，机智敏捷，言语流畅，费亚约斯法官一直记得很清楚。12月10日，在原告律师胡安·德·迪奥斯·瓦内加斯博士陪同下，她出庭回答辩护一方提出的问题。从前那股活泼劲儿，却变得无影无踪了。

有关玛蒂尔德·孔特雷拉斯的几个问题

第一个问题：请证人回答，每天晚上我们在孔特雷拉斯家走廊里学习的时候，你熟悉的玛蒂尔德时常抚摸我的头发和胡子，事实如此，请证人说一说是否如此。你给我送咖啡的时候，看见了这类场面，也看见我们，手拉着手，我还吻过她的手。

答：我什么也没注意到。

第二个问题：请证人回答，有一天你看见我三更半夜从玛蒂尔德的卧室里出来，她一个人在那儿睡觉，因为玛丽娅·德尔·碧拉尔到奇奇加尔帕拜访堂·恩里克·希尔家去了，事实如此，请证人说一说是否如此。

答：我没看见你出来，也不记得玛蒂尔德姑娘一个人睡过觉。

第三个问题：（问题诡诈，被法官删去。）

第四个问题：请证人回答，有一天我妻子玛丽娅·赫雷斯·德·卡斯塔涅达当着您的面指责玛蒂尔德破坏我们夫妇关系，骂她是不要脸的婊子，还说了其他难听的话。事实如此，请证人说一说是否如此。

答：我没听见过她说的这些话，什么也没听到。

第五个问题：（问题诡诈，被法官删去。）

这时，辩护一方要求停止审问，证人显然被人收买了。有人利用她年纪小，这从她的打扮上很容易看出来。她穿上了质地优良的鞋子和新衣服。在那家当用人的时候，从来没人给过她这么好的穿戴。此外，法官删去了一些关键性的问题使问题单失去了目的性。

原告一方插话，抗议犯人断言证人回答问题不真实，认为犯人提出的问题是信口胡说，要求不予回答。

法官接受了准备问题的辩护一方提出的中止审问的要求。法官也接受原告一方提出的抗议，决定不再追究有关证人意愿的问题。关于删去问题单子中一些问题一事，法官向辩护一方指出，刑法225条授权法官这样做，勿须解释原因。

证人埃乌弗拉西奥·多奈雷，情况不详。辩护一方提出他曾亲眼目睹某些幽会的场面。官方派人到“我家主人”庄园去找过他，想将传票交给他。他似乎在那儿居住和工作。但是，当地无人知道他的下落。根据法律规定，连续三次在法庭布告栏上张贴了传票，但他未能出庭作证。

多洛雷斯·洛伦特，一般情况见案卷。辩护一方提出她曾传递过几封情书。1933 年 12 月 14 日，多洛雷斯在回答问题的时候，矢口否认她与情书有任何关系。相反，在审问过程中，她要求犯人与她结清在他家干活儿那段时间的工资。据她说，从未付过她工资。辩护一方则要求派人查明：几天前，证人被司令部雇用，为军队做饭，同时要求查明她的工资是多少。对此，国民警卫队军需官拖着不办，最后回答说，花名册中根本没有此人。

德梅特里奥·普埃塔斯，孔特雷拉斯股份有限公司雇用的会计，负责保管账目。1933 年 12 月 15 日，他送来一份书面材料，正式指控犯人捏造罪名，并以受害者的身份提出：在澄清对他的指控之前，有权拒不出庭。这份书面材料存放在本案的档案里，待以后处理。

1933 年 12 月 21 日，辩护一方又提交了一份书面材料，提出：情书既然丢失，要求传讯保存原件的奥克塔维奥·奥维埃多·伊·雷耶斯（一般情况见档案），要他说明情书的内容，因为他曾看过那些信。当天受理了这份材料，派人去找证人。但是，到了指定的那天那个时候，出庭的竟是他父亲堂·伊希德罗·奥维埃多·马约加。他出示了任命证人为尼加拉瓜驻萨尔瓦多共和国圣塔安娜领事的委任状抄件，还有外交和宗教部部长证明他拿到第 27 号官方护照的材料。奥维埃多已于 12 月 20 日乘“阿卡胡特拉号”轮船上任去了，为此还附上了科林托港务局的有关证明。

费亚约斯法官无法听取证人的证词，因此奥利韦里奥·卡斯塔涅达在 1933 年 12 月 6 日的书面材料中提出的所有想法全部落空。读者已经知道，萨尔梅龙大夫出庭作证失败，法官没看到斯奎布笔记本上的记录，也没看到有关那些桃色事件的秘密档案。1964 年，在我们谈话的时候，这些文件还没到我手里，直到 1981 年我才拿到。因此，不可能知道这些材料在审理过程中会起到什么作用，费亚约斯法官对此有什么见解。

我提醒费亚约斯法官，根据他的命令进行的专门鉴定证明在卡斯塔涅达箱子里找到的信是真的，说明笔迹是玛蒂尔德·孔特雷拉斯的。“圆球”奥维埃多提供的信在失窃前曾保存在他手里，他知道信的内容吗？此外，在准备审问萨尔梅龙大夫的时候，他真的想理清这团情场乱麻吗？他向玛丽娅·德尔·碧拉尔提出的问题，虽然经过仔细的斟酌，其实还是为了这个目的。

他的确切谈话，我手头上没有。不过，他还是承认在这一切的背后有一段阴谋与忌妒的肮脏故事，正如玛蒂尔德的信里说明的那样。只是他不敢断言事情并没有到此为止。“圆球”奥维埃多交来的另外一些信，他没来得及看。显然，他不想深究本案的这一方面。即使对他这样思想开通的、不抱偏见的人来说，那种事仍然是禁区，这就不能不让人奇怪了。至今，孔特雷拉斯家族在莱昂还是个大家族，对他们来说，那种事也仍然是少说为佳。

本书作者只能善意地看待这件事。作者注意到即使过了半个世纪，孔特雷拉斯家族的后代对这个案件还很敏感，因此，只能仿照罗萨利奥·乌苏卢特兰在报道里的做法，在书中对孔特雷拉斯家族的成员一律使用假名假姓。

让我们再听一听1986年10月17日“班头儿”普里奥的谈话录音吧。他谈到了费亚约斯法官当时的艰难处境，还有其他一些重要情况。

这些事对卡斯塔涅达来说，的确是个失败。但是，对马里亚诺·费亚约斯来说，就不能说是失败了。他的情况更糟：他接下了那份神圣的书面材料，人们就让他在莱昂受到百般奚落。他们到法院去，偷走了信。1947年，马努埃尔·戈麦斯上校为大选舞弊事与索摩查闹翻。在流亡期间，他披露了很多事，其中之一就是他奉命领导了这次偷盗行动。他派出两名因盗窃罪被关押的犯人从屋顶进入法庭。塔乔·奥蒂斯用飞机把信押送到马那瓜，交给了索摩查。

此后，无人出庭作证，即使有人出庭，也不知道他们跟他说了些什么。马里亚诺·费亚约斯怪罪国民警卫队和萨卡沙总统。萨卡沙总统是莱昂人。作为莱昂人，在这场官司中自然维护孔特雷拉斯家族。索摩查就更不用说了，他巴不得掩盖住这件事，因为他是被人收养的莱昂人，养成十足的奴性。他和德瓦伊莱·萨卡沙家族的一位姑娘结了婚。结果一步登天。德瓦伊莱家族的人和萨卡沙家族的人又和孔特雷拉斯家族的人结亲。不过，索摩查在推翻萨卡沙的时候，早就忘了萨卡沙是他的舅舅。

费亚约斯法官还怪罪卡斯塔涅达。每次出庭，他不干别的事，就是提要求，好像信被偷走要怪他马里亚诺·费亚约斯；没人愿意说话，也要怪他。“圆球”奥维埃多被送往萨尔瓦多的时候，都没来告辞一下。把他调走的是萨卡沙。萨卡沙别的事干不了，任命一位领事还可以。奥维埃多·伊·雷耶斯牧师向他提出了要求。这位牧师后来担任了莱昂的主教，大家送给他一个外号，叫“刨花”（笑声）。他越来越像个疯子。最后，在布道的时候，只能讲些鲁文·达里奥的诗里面的农牧之神和森林之神。他在讲坛上呼喊：“青春少女把莨芳花献给你。”（笑声）

在“圆球”奥维埃多带着盛信的褡裢出庭之后，他们全家人开了一次会。不是褡裢？是盒子吧？是啊，装信的针线盒，他一直否认他手里有信。在会上，他的父亲、母亲、“刨花”让他坐在“被告席”上，一致决定：“你必须马上出国，不争气的东西，把老婆孩子都带上。”他们为他准备了灌肠、猪肉包子（笑声）。打从一上火车起，他就一把鼻涕一把眼泪地哭了起来。当然，“圆球”奥维埃多后来又回来了，在西部上诉法院当了法官。不过，后来他泄了气了，不是圆球了。血糖太多。死的时候，干瘪得像个泄了气的皮口袋。

连最好的朋友都抛弃了他。奥利韦里奥·卡斯塔涅达最后孤身一人在暴风雨中挣扎。谁去把这些事告诉他？只有大夫一个人支持他，过去大夫曾经希望看见他被判处死刑，现在又和打赤脚的人、穿衬衣的人一起支持他。这就是轮盘赌上打转转吧。

大夫永远失去了我教父达比希雷大夫的友情，失去了其他许多朋友。更确切地说，他从来就没有过朋友。你一直在做调查，一定会发现在莱昂很少看见他。教父的事，对他是个打击。他本来靠着我教父，在这种臭地方，人们都不喜欢他，失去了达比希雷大夫的友情，等于失去了慰藉。他们成了死敌，就是为了卡斯塔涅达的案子。你看，轮盘又转啦。教父的预言还真说对了，他说一定会看见他们两人在一个盘子里吃饭。

我教父达比希雷大夫逝世是在 1960 年。当时你在莱昂这儿学习吧？当然啦，1959 年 7 月 23 日，塔乔 · 奥蒂斯和国民警卫队一起在普里奥酒家原来的大房子门口的街上屠杀学生的时候，你在这儿嘛。教父第二年入土。他是寿终正寝，已经离不开轮椅了。后来连狗也没有了，只有小哑巴特奥多西奥照拂他。主教“刨花”也慢慢地变成了疯子，只讲法语，特奥多西奥和他打手势，就像能听懂他说什么似的。

大夫在大学礼堂代表医学会发表了演说，简直是一份枯燥无味的悼词，还印成了小册子。那些年他们没说过话，见了面就扭过头去，对立了近 30 年。

（正如“班头儿”普里奥说的，当时塔乔 · 奥蒂斯已经晋升为少校。1959 年 7 月 23 日下午，他带领国民警卫队的一个排，在从普里奥酒家到大学的大街上向手无寸铁的学生开枪，那次屠杀造成 4 人死亡，60 多人受伤。1933 年 10 月 9 日傍晚，在人群簇拥下，那台开耳维纳托冰箱正是顺着这条大街送往医学院实验室的。

马里亚诺 · 费亚约斯校长走在送葬队伍的前列，送葬变成了抗议独裁政权的大规模的游行。莱昂主教伊希德罗 · 奥古斯托 · 奥维埃多·伊·雷耶斯拒绝打开教堂的大门，不让人们为牺牲者唱棺前弥撒。塔乔·奥蒂斯的家就在大学附近，第二天夜里，一大群怒不可遏的群众放火烧毁了他的家。）

1933年12月10日中午，发生了一起严重的事件，费亚约斯法官和奥蒂斯上尉争吵起来，甚至还动了手。据“班头儿”普里奥的回忆，这个事件就发生在大屠杀那条街上，因为他从自家铺里亲眼看见了。1964年，费亚约斯法官也提到了这次事件。

电报局位于司令部和普里奥酒家之间。费亚约斯法官在电报局发走辞职电报之后，就驾驶着“青鸟”福特车回法院整理文件。阿利·瓦内加斯也在前排，坐在他旁边。奥蒂斯上尉看见他走出电报局，就匆忙上车追了上去，远远地冲着他一再鸣笛，要法官把车停下。

“你已经知道东西被偷了？”奥蒂斯上尉把他的车与费亚约斯的车并排停住，从车窗里探出头来。阿利·瓦内加斯紧紧抱住怀里的卷宗，斜靠在座位上，免得影响他们两人交谈。

“知道了。”费亚约斯法官的手还放在方向盘上，准备继续前进，“我想，您大概让人毁掉那些信了。”

“我早就知道你会怪到我身上。”奥蒂斯上尉一边笑着一边停稳操纵杆，脚踩在刹车踏板上。

“是的，我总是把别人想得太坏。”阳光反射在挡风玻璃上，费亚约斯法官觉得很不舒服，就在座位上找帽子，帽檐儿压在阿利·瓦内加斯的屁股底下，他把帽子抽出来，递给费亚约斯法官，“你们这些可怜的国民警卫队，净挨人家骂了。”

“你呀，跟你那位法医埃斯科拉斯蒂科·拉腊大夫一样。”奥蒂斯上尉一不小心疏忽了刹车，车往前挪了挪，“他派人到北方的圣拉法埃尔去提醒桑地诺提高警惕，这件事你大概知道了吧？要桑地诺不要冒冒失失地回马那瓜，说国民警卫队会杀死他。他也不相信国民警卫队。”

"您要是还没让人烧信，最好把信交给接替我工作的人。"费亚约斯法官戴上帽子，但是，不管怎么样，阳光还是直刺他的脸，"我已经辞职了。"

"你硬说是我偷的信，你瞧，我也不生气。今天早起，我情绪不错。"奥蒂斯上尉往手上吐了点唾沫，方向盘像烙铁一样烫手，"咱们还是说说拉腊大夫吧。桑地诺光会胡思乱想，他给自己找的算什么代表呀。"

"他没偷信。"费亚约斯法官不理奥蒂斯上尉，转过来对阿利·瓦内加斯说，边说边打开手绢，从帽子的皮边儿塞了进去，"他也不知道拉腊大夫为什么信不过国民警卫队。"

"只要我们抓到小偷，今天就把信交给你。"奥蒂斯上尉听到发动机声越来越小，想踩踩离合器的踏板，"辞职的故事可是老掉牙的把戏了。"

"辞呈已经递上去了。"阿利·瓦内加斯从抱在怀里的卷宗里抽出电报抄件。

"别装腔作势了，别干傻事了。"奥蒂斯上尉最后拔下钥匙，汽车跳动几下后熄了火，"在这个案子里，有这些信不多，没这些信不少。你在调查的是一桩投毒案，不是骗奸案，也不是桃色案件。"

"看见了吧？我该调查什么要由他们来决定。"费亚约斯法官把手绢拉到齐耳朵处，"他们决定开棺验尸，他们劫走了证人，现在又偷走案子的证据。这是尼加拉瓜的新法律。对桑地诺肯定也用得上这项法律。"

"好啦，这些都是你的看法。"奥蒂斯上尉打开车门，阿利·瓦内加斯看见了他的一只靴子，"你的看法跟拉腊大夫的看法一样，全都带刺儿。难道你也认为我们会派人杀死桑地诺？单凭他是匪盗、杀人凶手，就该杀，不过从说到做……"

"我认为他们干得出来。"费亚约斯法官瞅着阿利·瓦内加斯，阿利·瓦内加斯撇了撇嘴，表示同意，汗珠在法官的细细的发丝上闪闪发光，“我还认为他们会杀死卡斯塔涅达。”

“你还是用这些话攻击我。”奥蒂斯上尉另一只靴子踩在路面上，“如果你的陪审团判他死刑，我们就枪毙他。陪审团什么时候成立？这件事都捂臭了。”

“他们会杀死他，因为除了来复枪，他们压根儿不讲任何公道。”阿利·瓦内加斯转过身来对着费亚约斯法官，用卷宗使劲地扇风，“在他们眼里，桑地诺这样的英雄和卡斯塔涅达这样的犯人没什么两样。”

“敢情是这位布尔什维克‘私人’①给你当参谋啊，他的话，我听着不奇怪，他专门写‘私’向桑地诺献花。”奥蒂斯上尉站在街上，把头伸进车窗里，阿利·瓦内加斯连忙躲开他，“可是，你……”

“诗嘛，最好别跟他谈，我的诗人，国民警卫队对诗一窍不通。”费亚约斯法官也拔下车钥匙，汽车熄火前朝前面跳了一下，“我没有受理桑地诺的案件。我是在谈卡斯塔涅达案。”

“我不跟‘私人’打交道。”奥蒂斯上尉围着“青鸟”车转了一圈儿，从另一扇车窗探进头来，“要是让你审理控告桑地诺是土匪的案子，你也会放了他，你是不是想告诉我这个啊？”

“所以在决定释放卡斯塔涅达之前，你一定要先杀了他。”费亚约斯法官一只胳膊放在方向盘上，面色阴沉，冲阿利·瓦内加斯笑了笑。

“别这么缺少教养，我是在跟你说话呐。”奥蒂斯上尉踹了一下车门，“就是说，你要那些信是想把卡斯塔涅达放了。那你就慢慢等着吧。”

“听见了吗？他偷了信，为的是不让我释放卡斯塔涅达。就这样，还发火呢。”费亚约斯法官摇动车窗摇把，打算关上窗玻璃，“记下来，哪怕以后再说呢。”

---

① 应为“诗人”。

“你再赖我偷信，可绝没有好下场。”奥蒂斯上尉伸手挡住正在升起的窗玻璃，“你该感谢偷信的人，他可帮了你大忙。”

“把这点也记下来，小偷交代说，他帮了我大忙。”费亚约斯法官咬紧牙关，用力摇动把手。

“我说过了，我不是小偷，别编派我。”奥蒂斯上尉吃力地给了他一拳，把帽子打掉了，“你才是那个婊子养的帮手呢，你还想嘲笑被害人。”

“噢，你人模狗样儿的，竟敢打我。”费亚约斯法官猛地推开车门，推得奥蒂斯上尉倒退了几步。他站到大街上，两腿并拢，攥紧拳头。这时候，从雷萨马弹子房里走出来几个打台球的人，手里拿着台球棒。

奥蒂斯上尉把头一偏，打算躲开迎面一击。可是，费亚约斯法官的拳头已经打在他的鼻子上。阿利·瓦内加斯跑过来，插在两个人中间，用胳膊挡住费亚约斯法官。打台球的人们走到街上，围住他们。有几位行人也急忙跑了过来。

“是您追着我们挑衅的。”阿利·瓦内加斯看见奥蒂斯上尉的鼻子血流如注，一直流到嘴巴和胡子上，心里有些害怕，极力拦住费亚约斯法官，“快走，快走，不然的话，我可不管了。没看见马里亚诺是个拳击手吗？”

“这件事儿，咱们以后再说。”奥蒂斯上尉用手绢擦了脸，又用沾满鲜血的手绢气呼呼地朝着看热闹的人挥了挥，要他们快走，大家立刻散开了，“可是，要他们接受你的辞呈，你就别想。这案子是你开的头，还得要你了结。”

“你们要给最高法院下命令？”费亚约斯法官挣脱开阿利·瓦内加斯的胳膊，抖了抖上衣，“你得告诉我，审判多咱结束？什么时候杀死卡斯塔涅达？”

“在他要逃跑的那天。”奥蒂斯上尉用手绢捂着鼻子，到汽车行李箱去找摇把，“他准备好了越狱计划，萨尔梅龙在帮他。”

“你们是怎么知道的？”阿利·瓦内加斯有些好奇，悄悄地走近奥蒂斯上尉。上尉手拿着摇把正往车头走过去。

“要是不知道，就等着倒霉吧，臭‘私人’。”奥蒂斯上尉猫下腰把摇把插进摇孔，鲜血滴答在路面上，“让你那位拳击手去问问科斯梅·曼索。他全知道。幸亏你拦住了他，不然我非给他一枪不可。”

“他们真的要杀死他。执行《越狱法》。”阿利·瓦内加斯搔了搔被太阳晒热的头，看着奥蒂斯上尉的汽车朝下面开去，“要是曼索知道有什么计划，他很可能向国民警卫队告密。”

“如果有人越狱，让接替我的人去调查吧。”费亚约斯法官满身大汗，奋力用摇把发动“青鸟”车，可是一直没发动起来，“我根本不想再知道什么马钱子碱呀、信呀，还有什么越狱呀。真是个出色的证人，曼索。”

“他们不是说着玩儿的。只要卡斯塔涅达迈出牢狱一步，他们就会朝他开枪。”奥蒂斯上尉的汽车在大街拐弯处消失了，阿利·瓦内加斯还在瞅着大街。

“他们想杀人，哪个鸟人有本事挡住这些野蛮人？”费亚约斯法官再次用力摇动摇把，发动机依然不动，“这辆破车，你还打算留在这儿不成？”

46. 致一位女士的充满憧憬的便笺·女士的回信

I

夫人，怎么样啊？正如一切让人倾心的东西一样。今天，正当火车在铁轨上隆隆向前，我蓦然看到了您，就和我相隔几个座位。您是美的化身，端庄而又矜持。那双眼睛明净如水。绿色，绿得层次分明；灰色，灰得变幻不定。在燎原大火似的热带明亮光线下，看不清是金刚石，抑或是蛋白石。

今天下午，我又看到了您，就在您家门口。我觉得，您的第一个幻影已经不再那么神秘。《人生只有一次爱》。在我收藏的唱片中，有一支献给您的歌。我穿过大街，尾随在您身后，只愿听到您说一句话，听到您那陌生的银铃般的声音。然而，您进入门内，只在门洞处留下您的倩影。请不要忘记，我从远方带来一支仅仅属于我个人的乐曲。一旦您听到这支乐曲，它将属于咱们两个人。

把咱们分开的只有一条街道，那是我来到这里后走过的唯一一条街道。据人们说，您有主人了。可我说，那有什么关系！您我之间一定会有一次单独的约会，因为您那双美目像闪电一样刺瞎了我的眼睛。您能看见东西，可不能不让我也看见东西。会面前，我痛苦的心将生活在黑暗中。

这张便笺，请您存放在无人看到的地方。这是您未曾谋面的恋人满怀着火一般的热忱在夜深人静时写出的便笺。明天将是另外一天，我的亲密的、惬意的幸福夜晚将会来临。当我期待这个夜晚来临的时候，我梦见您将一只花环安放在挺立的胸像上。花环上编着紫色的玫瑰鲜花。我梦见小溪在暗幽幽的小树林中欢唱，您帮助我了解天空的奥秘。我一边喝下神圣的伊壁鸠鲁的金瓶中的美酒，一边享受着甜蜜的片刻之欢。

II

来函见悉，提笔回答前，我曾思量良久。我一向待人以礼，您千万不要把复信视为我行为不端的暗示。昨日下午，您和您的年轻妻子搬弄行李，从远处望，您还很年轻。来函中的大胆表白只能归之于您年轻所至。其中的影射、暗示，我宁肯视若不见，不想追根究底。

我爱读诗，喜欢阿马多·内沃和何塞·阿松森·席尔瓦，也喜欢鲁文·达里奥。原因是在哥斯达黎加的西蒙学校有一位教文学的女教师，多愁善感，容易激动，是她唤起我对优雅的、美好的事物的喜爱。因此，从那封欠考虑的来函的字里行间，我仍然看到了诙谐可亲。

咱们是邻居，我希望有机会和您公开交往，您能偕妻子光临寒舍，应属正常往来，借此开始两家人礼尚往来，正如家家如此。

此信不必保留。相信您能慎重处事。

47. 圣诞节前夜发生在莱昂的悲惨事件

※ 奥利韦里奥·卡斯塔涅达博士死于国民警卫队手中

※ 他曾越狱潜逃

※ 官方公布的事实

※ 有人说是执行《越狱法》

※ 萨卡沙总统及其家属、随行人员在莱昂参加圣诞节活动

※ 索摩查将军也在莱昂吗?

※ 大街上戒备森严

※ 犯人的坚定的伙伴们销声匿迹

※ 《新新闻报》——匆忙掩埋逃犯的见证人

※ 耸人听闻的案件结束了

(本报特派记者马诺洛·夸德拉)

良宵,恶夜

这一年,可敬的莱昂市民度过了一个不祥的圣诞节。大家忙着参加传统的宗教庆祝活动,无暇顾及那些发生在12月24日午夜以惨剧告终的严重事件。直到第二天,消息方才传开,弄得人人大吃一惊。对本报记者来说,那些事件同样是出乎意料。记者应诗人阿利·瓦内加斯的盛情邀请,在他父亲胡安·德·瓦内加斯博士家里吃了圣诞晚餐,然后上床睡觉,对发生的事情一无所知。

莱昂的圣诞节前夜。甜蜜的时光,悲苦的怀念。繁星宛如银光闪烁的果核出现在杳渺的天穹,用柔和的目光望着我们,大约也望着处在生命最后时刻的奥利韦里奥·卡斯塔涅达吧。马槽上雅致而又卑微的装饰物——野草莓——透过各家各户的大门散发出阵阵芳香。闻到这股香气,人们不由得醺醺然回忆起童年,对逃犯来说,这香气也会告

诉他些什么吧。当时，他来到遍设神坛的苏布蒂亚瓦区——这是他逃亡的第一站。木笛声，手鼓声，清脆的节日爆竹声。当把他多灾多难的生命送归西天的子弹炸响时，这些喜庆的声音还在他耳边回响吗？

黄昏时分，我们离开了恰贝利塔膳宿公寓，在诗人瓦内加斯陪同下出去逛大街。这时候，悲剧的第一场正在落下帷幕。过往行人沉浸在节日夜晚的欢乐气氛中，我们希望受到欢乐气氛的感染，借以驱散佳节思亲的愁绪。作为新闻工作者，我们有义务在这座大城市。我们固然远离住在马萨亚的亲人们，而奥利韦里奥·卡斯塔涅达离开他的亲人更要遥远。此时，他离开监牢，是否满怀乡愁，苦苦思念故土呢？他化了装，穿上国民警卫队的制服。这种军服我们也穿过一次。当时是为了在塞哥维亚的大林莽中和印第安-西班牙混血种人的英雄……桑地诺作战，真是倒霉！不过，那是另一回事了。

萨卡沙博士及其家属光临莱昂。他的看法

听说总统专列载着总统萨卡沙博士及其家属、随员快要开进太平洋铁路火车站了。听到汽笛长鸣，我们快步朝车站走去。总统走下火车，后面跟着第一夫人堂娜·玛丽亚、他的子女和兄弟、国务部长以及卫兵。他站在月台上向我们招手致意。我们曾在报纸上抨击过他，强烈地抨击过他，说他过于柔顺。但是，这位绅士对报上的攻讦置之不顾，根本不想改变他的为人。他甚至还同意就“卡斯塔涅达案”回答我们提出的问题。关于案件的诘问，他只说了几句简短的话：“行政机关一直注视着司法机关的行为。在其职责范围内，司法机关享有独立自主权。我们相信负责处理此案的法官们会秉公办理。我们绝不会干预他们的行动。”随后，他又加上了一句：“不过，我不想多谈令人不愉快的事。我这次回家乡，是要和亲人们共度圣诞节前夜，和往常一样参加先祖捐赠给大教堂的圣婴像的游行活动。”

完美无缺的圣诞游行

萨卡沙博士的火车带来了国家军乐队。乐队成员身着蓝色和暗红色军装，佩戴着华贵的饰物。他们一下火车，马上来到赫雷斯广场的凉亭，演奏起欢快的《村夫谣》和圣诞乐曲。萨卡沙博士还慷慨解囊，买了一些烟火，广场上到处迸出奇幻的火树银花。正像总统刚才宣布过的，他在随行人员的陪同下参加了在百年老街上举行的游行。在几段路上，总统及其家属和随行人员轮流捧着圣婴像参加游行。

这里不宜描述游行的豪华场面，倒是应该谈一谈奥利韦里奥·卡斯塔涅达的悲惨结局。不过为了对比一下，不妨再简单地说上两句。晚上 10 点钟，总统离开了大教堂，后面簇拥着成千上万的人。本市上等社会的头面人物环绕在萨卡沙博士和第一夫人周围。国家军乐队再次大出风头，尾随着人群演奏起圣诞乐曲。

对比：正当人们举行庆祝活动的时候，发生了一件事（这次是一场悲剧），使社会各个阶层都感到圣诞节的神秘。正如我们说过的，这是一场人们没有觉察到的悲剧。其色调既阴暗又凶险，和大量燃放的烟火以及咚咚的手鼓声极不协调。这就是：奥利韦里奥·卡斯塔涅达以罕见的方式越狱潜逃，接着被捕，死在国民警卫队手中。

阿纳斯塔西奥·J·奥蒂斯上尉说：监狱内部有帮凶

翌日清晨，记者及时去了解情况，并愿意向《新新闻报》记者提供详细报道。记者首先访问了警察局局长阿纳斯塔西奥·J·奥蒂斯上尉。尽管昨天放假，他还是同意在办公室接待我们。下面提供的基本情况就是这次采访的结果。

下午 6 点钟，奥利韦里奥·卡斯塔涅达逃出了第 21 监狱的牢房。当时，在莱昂的各个市区，爆竹升空，土弹震天价响，宣布庆祝活动即将开始。没有一个看守瞧见他出来。他在监狱内找到的同谋犯之一瓜达卢佩·戈迪内斯中士向他提供了一套军装，让他装扮成军人模样。

就这样，他轻而易举地穿过监狱内的走廊，他那间牢房就在这条走廊上。门居然没有上锁，据奥蒂斯上尉说，这也是戈迪内斯干的。奥利韦里奥走到四面是墙的院落。这时候，其他犯人正排好队，等着领取“附属教团”的夫人们施舍的饮食。每年到这个日子，她们都要舍饭，已经成了传统。奥利韦里奥向站岗的出示了伪造的出门证，走出监狱临街的大门。他终于来到大街上。

国民警卫队否认有意为犯人越狱提供方便

奥蒂斯上尉向我们表示：“如果说犯人能够大摇大摆地越过监狱的大墙，没有遇到任何困难，那是因为他取得了不少负责看守监狱的士兵的信任。我们正在调查。卡斯塔涅达施展各种手段，玩弄各种花招，把瓜达卢佩·戈迪内斯中士拉拢过去。比如，他利用对方没有文化，头脑简单，就教他认字，在这件事上他捞了不少便宜。”

我们问：在莱昂有人说，这次越狱潜逃，国民警卫队事先全都知道。这是怎么回事？他回答说：

“那是瞎说八道，记者先生。卡斯塔涅达在莱昂的同谋犯还没有落网。越狱计划落空了，他们到处散布谎言，想把自己开脱出去。卡斯塔涅达特别善于要阴谋。看样子，自从他被强请进入第 21 监狱起，一刻也没停止悉心准备越狱潜逃。他没有放过任何一个细节。我跟您说过，监狱里有他的同伙儿。我们正在调查出门证是怎么伪造出来的，还有一份伪造的备忘录是从哪儿来的。6 点钟刚过，逃犯已经逃出监狱，这份备忘录被放在‘国旗厅’看守长的桌子上。”

神秘的备忘录

奥蒂斯上尉拿出那份备忘录，让我们抄下来。原文如下：

国民警卫队莱昂警察总部

莱昂，1933 年 12 月 24 日

发件人：国民警卫队阿纳斯塔西奥 · J · 奥蒂斯上尉

收件人：第 21 监狱典狱长拉法埃尔 · 帕罗迪

主题：对囚犯特别准许令

1. 如发现囚犯奥利韦里奥 · 卡斯塔涅达 · 帕拉西奥斯不在狱中，切勿惊诧。本人允许该犯自即日下午 18 点至午夜 24 点离开监狱。该犯将单独离开，无人押解。

2. 典狱长负责——如典狱长不在，则由看守长负责——严格执行此项命令，不可外泄，确保无人知道该犯不在狱中。如有人问及其下落，无论询问者是军官、士兵或平民，均按下述口径告之：基于安全考虑，该犯已被转入“奇基塔”小牢房。

3. 本警察总部严禁泄露此项机密，犯人不在牢房期间，以至回到牢房以后，均不准通过电话或向人当面谈及此事，违反者，按规定严惩不贷。

A · J · 奥蒂斯

根据我们看到的原件，奥蒂斯上尉的签字非常像，看得出来那是用复印纸从另一份文件上拓下来的。然后，按照复印纸留下的笔迹用墨水描了一遍。在这份非同寻常的备忘录上，用放大镜看，可以发现蜡质颜料的微小颗粒。奥蒂斯上尉亲自给我们演示了一下。

我们提出：制造这样一份文件只能是司法当局所为，这是他们让囚犯越狱、然后再加害于他的计划的一部分。对此，奥蒂斯上尉回答说：

“假定说有这样的意图，我们干吗非要文件不可呢？越狱的囚犯违反了法律，为了逮捕他，当局有权开枪射击。伪造备忘录的人事先知道帕罗迪中士在马那瓜休假。他要是在场，绝不会轻信这套伎俩。”

“心血来潮”。惊叫一声

奥蒂斯上尉接着说：“我和莱昂各家各户做父亲的一样，准备带着妻子儿女参加圣婴游行，根本没想到当晚要去监狱视察视察。不过，我突然心血来潮。我身穿节日盛装，在去大教堂之前，决定还是到第21监狱去转一圈，利用这个机会看一看犯人们对几小时前安排的圣诞晚餐是否满意。

“看守长神色诡谲地把我叫到一旁，对我说，正在执行我的命令。我简直大吃一惊。赶紧问一声是什么命令，他把上面说的那份伪造的备忘录拿给我看，这时候，我不由得惊叫了一声。”

忠实的女仆萨尔瓦多拉·卡瓦哈尔

“作为第一步，我要最大的嫌疑犯戈迪内斯中士赶快坦白。他知道事情败露了，连忙把知道的情况全都告诉给我，一上来就说萨尔瓦多拉·卡瓦哈尔参与了越狱计划。时间不容再耽搁了。我立刻召集起15人的小分队，乘坐省军区司令部的小卡车和两辆小汽车赶往那个女人在苏布蒂亚瓦区的住处。

“那个女人在孔特雷拉斯家做用人，卡斯塔涅达把她哄得团团转。我好心好意地允许她给犯人洗衣服、熨衣服，她才有机会常到监狱来探望他，结果倒成了外面的同谋犯的联络员。”

逃犯藏身之处的门上挂着把锁。他想从后院逃走的时候，被抓住了

奥蒂斯上尉告诉我们，将近晚10点钟的时候，他们把车子停在相当远的地方，悄悄地逼近那幢小房子。“我们一看，门上着锁，里面似乎没有人。看到这骗人的把戏，我警觉起来。卡斯塔涅达可能就在里面。我把几个人布置在墙角，另派几个人躲到一辆马车后面。马车停在大街上，牲口已经卸下来了。我带着五个人，围着加罗麻篱笆绕了个圈，顺着后院的边道走进去。士兵按照命令装好子弹，端起枪。

“我们钻进篱笆，开始匍伏着接近那幢房子。这工夫，一条黑影从厨房的苇子泥巴墙下闪身出来，正朝我们跑过来。我喝令他站住。他停下脚步，面前摆着几支枪口。正是卡斯塔涅达。

“乍看上去，很难把他认出来。他装扮成乡下人的模样，戴着宽边草帽，穿着中国土布裤子，扎着皮裹腿。另外，还戴着用女人的黑头发做成的假胡子。他浑身发抖，求我们不要开枪，把手里那把3毫米口径的史密斯-维特森手枪交给我。”

就在那个时候，圣婴游行队伍走进大教堂。远处的钟声一定会传到那个引起轰动的擒拿逃犯的暗幽幽的后院。

他企图骑马逃到洪都拉斯

国民警卫队的巡逻队在后院里找到了那匹鞍辔齐备的马匹，逃犯准备骑着这匹马逃到洪都拉斯边境。经过搜查，在屋里的一只大瓮里找到了那套军装。他们把犯人带回第21监狱。逃犯坐在小汽车里，奥蒂斯上尉也在车上。一路上，犯人一再表白没有同谋者，越狱不能怪其他任何人。回到监狱后，经过艰难的审讯，他才供出他找到了一条通往奇南德加的土路，好离开莱昂。那条路就位于圣费利佩区边界赛马场。

“将近夜里12点，为了彻底查清越狱行动，我认为必须把犯人带到他供出的那条路，看看是否有同谋犯在那儿接应。”奥蒂斯上尉对我们说。

越狱潜逃，或是《越狱法》？

下面是奥蒂斯上尉提供的情况中最微妙的部分。深更半夜，把犯人带到那样一个荒凉的地方，真有这个必要吗？况且他企图越狱潜逃，以及后来被捕，都没有报告给负责审理本案的马里亚诺·费亚约斯法官。难道说不能等到第二天，当着司法当局的面儿进行调查吗？我们提出了这些问题。

“要是同谋犯在那儿接应——我应该有这样的估计——他们是不会在原地待到第二天的。”奥蒂斯上尉回答说，“而且只有他本人才能认出那些人。他一再坚持说没有同伙儿，我不相信他说的话。”

他们开始行动。只去了一辆汽车，里面坐着犯人、奥蒂斯上尉和四名押解犯人的士兵。其中一个人手持“刘易斯”轻机枪。在塞哥维亚和桑地诺打仗的时候，我们管这种美国海军陆战队带进尼加拉瓜的武器叫做“小刘”，最后叫它“小刘易斯”。

请读者想一想当时的情景。街上一片死寂。爆竹声、音乐声早已停下来。几户人家大门口还亮着灯，全家团聚吃晚饭。也许有几只野狗从汽车前面穿过，车灯照得它们眼花缭乱，一时停下脚步。

他们从双门紧闭的大教堂前面走过。犯人一定会最后朝大教堂望一眼，看看那两扇结实的栎木大门和深不可测的灰色围墙。围墙对他胸中激荡着的烦恼听而不闻。曾经有一天，他抬着妻子的灵柩走进大教堂；过了几个月，在一个细雨濛濛的下午，又抬着装殓玛蒂尔德·孔特雷拉斯的白色棺材走进大教堂。最后，在大学里，对两具尸体的内脏进行了颇有争议的化验，才悄悄地对她们的遭遇做出定论。

大都旅馆出现在路旁。孔特雷拉斯家的大门关得死死的，说明家里没有举行圣诞庆祝活动。夜深了，在这个时候，玛丽娅·德尔·碧拉尔·孔特雷拉斯是在床上入睡了呢，还是难以入睡呢？汽车灯光是否透过卧室的门下射进她的卧室，告诉她一场正在熄灭的爱情最后结束了呢？这些问题，我们只好留待读者去思考啦。

最后的钟声敲响了

他们离开了柏油路。汽车在坑坑洼洼的路面上不住跳动。奥利韦里奥·卡斯塔涅达被夹在押解他的士兵当中，一语不发，脑袋不住碰着车顶。高低不平的路面颠得他头昏眼花，不幸的遭遇使他心里七上八下。路灯不见了。12 月夜晚的寒风从敞开的车窗硬生生地钻进车内，一阵阵穿车而过，冻得他脸上发疼。黑黢黢的夜色，田野的声音……汽车猛地停了下来……最后时刻到了。又要执行一项野蛮的法律——《越狱法》。

“哪里有什么《越狱法》，”奥蒂斯上尉斩钉截铁地说，“国民警卫队保护囚犯的生命。您如果愿意的话，可以查一查我们的军事条例。上面规定得清清楚楚。其实也不需要什么条例。您当过兵，想必知道军装的荣誉胜过任何条例。”我们强忍住讥讽的笑容，没有反驳他。那不是反驳他的时候。

“来到圣费利佩公墓前面，赛马场的旧马厩就在那儿，我命令大家下车，动手搜查左近的地方。”奥蒂斯上尉继续说，“我们都下了车，只有他磨磨蹭蹭地不肯下车。我催他快点儿下来。他突然从车上蹿下来，朝公墓的院墙猛跑，跑到墙根底下，正打算往上爬，机枪手惊魂稍定，用‘刘易斯’机枪一阵扫射，把他打倒在地。一颗子弹击中了头部，另一颗打在后脖子上，另外两颗打中后背。他立时就死了。”

午夜，公墓。囚犯奔跑。这类故事我们很熟悉。在不幸的尼加拉瓜，谁又不熟悉这类故事呢？“按照索摩查将军的明确指令，组成一个军事调查法庭，负责查清这件事的责任者。还是等着看正式报告怎么说吧。这样一来，国民警卫队就不必制止那些胡说八道了，这类话多着呐。我对您说过，卡斯塔涅达在莱昂有同谋犯。就是那些极端仇恨社会的人、头号捣乱分子。我们要站出来批驳他们的胡诌。”

有人看见索摩查将军在莱昂

既然奥蒂斯上尉提到索摩查将军，我们借机问他：昨天索摩查将军待在莱昂是真的吗？有人说看见他半夜从国民警卫队省军区司令部出来，带着卫兵，穿过赫雷斯广场，上路易斯·H·德瓦伊莱博士家里去过夜。那是他岳父家，靠近大教堂。

“胡说八道，”这是奥蒂斯上尉的回答，“他要是在莱昂，肯定不会不参加圣婴游行。再又一说，总统先生外出，索摩查将军不能离开首都。”

马里亚诺·费亚约斯和法医都没有来

最后几个问题：这些事是否通知负责审理本案的法官了？法医检查过尸体吗？

“今天一大早，我把发生的事情报告了费亚约斯法官。直到现在——上午 10 点钟——他还没和我联系。我不能强迫他履行职责啊。法医也没有来，命令法医检查尸体是法官的事。如果到中午他们还不来，我们只好把尸体埋掉了。为了让您亲眼看看国民警卫队没有什么藏着掖着的，您可以亲自到第 21 监狱，亲眼看看犯人的尸体，您要是愿意，也可以参加葬礼。”

以上是我们直接听到的国民警卫队的说法，一字不落地转录于此。我们到费亚约斯法官家里去找他，没找着。大门关着，我们敲了半天，没人出来开门。

城市平静。对事件另有说法

12 月 25 日，在莱昂的大街上没有骚乱的人群。奥利韦里奥·卡斯塔涅达的同党没有借机闹事。因为是节日，弹子房、酒店、饭馆都没有开门。市民神情平静，态度冷漠，似乎还不知道发生了这出悲剧，或者不予重视。要么是吓得噤若寒蝉？在中心区的大街上，士兵多于往日。他们荷枪实弹，据说是要保卫还停留在莱昂的萨卡沙总统。

但是，关于奥利韦里奥·卡斯塔涅达之死的另外一种说法“悄悄地”传开了。这个说法和奥蒂斯上尉提供的情况相去十万八千里。在莱昂，尽人皆知，这就行了。我把大家说的话抄录下来。至于来源，我不能透露，也不应透露：

“国民警卫队事先了解越狱计划，是一个参与策划的人透露的。我不能说出此人的姓名，我向提供消息的人作过承诺。”

“戈迪内斯中士是卡斯塔涅达的同伙儿，他帮助卡斯塔涅达逃出监狱，可他是照上司的指示行事。提供给犯人的军装非常合身，可那不是戈迪内斯的衣服，他是个又矮又胖的人。”

“奥蒂斯上尉签发的对越狱行为不要张扬的命令是有意制造的，出门证也是一样。”

“国民警卫队早就知道卡斯塔涅达一上大街就直接到萨尔瓦多拉·卡瓦哈尔家里去换衣服。一个放牛的在赛马场周围等他，就是那个枪毙犯人的地方。后来，放牛的不见了。”

“手枪和在卡斯塔涅达口袋里找到的钱，是另外一些人在卡瓦哈尔家里交给他的。国民警卫队从一大早就在周围布置下人了，所以知道这些人在那儿。在巡逻队到来前几分钟这些人撤走了，没人下令抓住他们。也没有逮捕萨尔瓦多拉·卡瓦哈尔。”

“犯人离开第21监狱的时候，已经知道了自己的命运。他要求别从背后开枪打死他。如果对方同意从正面杀死他，也别毁了他的面容。”

“在犯人与世诀别的地方，他说了这样几句话：‘这是一起政治犯罪。独裁者乌维科终于还是让人杀害了我。’”

“他们命令他跑。开始他反抗，最后只好接受，跑得很不带劲。他知道，自己在走向死亡。要是真想逃走，谁也不会朝墙根儿跑。”

“尸体被绑在汽车前面的保险杆上，拖回到第21监狱。脑袋被子弹打碎了，朝下耷拉着，一路上磕碰得很厉害。”

谁说的是真话？谁在撒谎？我们按照《出版法》平心静气地、毫无畏惧地提供两个版本。请读者自行判断。

奥利韦里奥·卡斯塔涅达的尸体。凄凉的葬礼

我们没找到费亚约斯法官，就拿着奥蒂斯上尉的手令，去到第21监狱牢房。尸体还停在院子里。趴在一块木板上。头朝下，光着脚，身穿一件血迹斑斑的粗布衣服。他穿着这件衣服假扮乡下人，打算逃跑。他一生严格守孝，喜欢穿无可挑剔的丧服，喜欢认真仔细地打扮，穿着整洁，仪表堂堂。可现在却灰溜溜地趴在那儿。为了防止中午骄阳的照射，不知什么人大发慈悲用一块红棉布围巾盖住他的头部。

我们亲眼看见尸体被装进一口粗糙的木板棺材里。围巾掉了下来，只见面容被子弹打得一塌糊涂。子弹自后颈打入，从前面穿出，颌骨被打断，嘴巴和鼻子一部分被撕碎了。击中头部的那一枪在头盖骨上打出了一个洞，一部分脑浆迸裂出来。

棺材盖钉上后，四名囚犯把棺材抬走了。在抬往墓地——那里挖好了一个公用的大坟坑——的路上，前往送葬的只有以巴卡中士为首的看守囚犯的士兵和我们。奥利韦里奥在那么多优雅的晚会上结识的朋友和他的同学当中没有一个人陪伴他走完这最后的人生旅程。他的热情的同党也不在场。在最近几个星期审理案件中，他们对他的发言报以热烈的欢呼，鼓掌，把他变成电影偶像。他们曾把他扛在肩上，成群结队地簇拥着他来到监狱门口。今天，却没有一个人来抬他的尸体。

例外呢？例外总是有的。我们觉得阿塔纳西奥·萨尔梅龙大夫屈驾光临就显得十分引人注目。在烈日的炙烤下，他一直守候在公墓门前，随即默默地加入人数少得可怜的送葬队伍。直到盖上最后一铲土，他才离开坟坑。

在埋葬死者的时候，我们走过去，想和他攀谈几句。他用讽刺的目光朝军人挤了挤眼，不想多开口。军人撤离后，我们一再坚持，他只是给了我们一个简短的回答："这是一场谋杀案。《越狱法》，记者朋友。我不多说什么。等着看我就这件事写的小册子吧。"

我们看了看表。采访任务就这样出乎意料地结束了。我们要搭乘下午两点的火车返回首都。我们赶紧取出行李，直奔火车站，开始整理这篇通讯。

掩埋着奥利韦里奥·卡斯塔涅达尸体的黄土堆上没有任何标记，

没有一束鲜花，更不用说花圈了。随着那个神秘莫测、衣着考究、风流倜傥的青年的业绩悄然销声，他从现在起似乎被人遗忘了。明天，明天，还会有人记起他的事迹吗？

他是无辜的，抑或是罪犯？这个问题我们留给风来回答吧。在奥利韦里奥安息的公墓里，风不时刮起，吹动静悄悄的林阴道上的南美杉。

48. 你我穿的是同样的衣服

I

我永远难忘的玛蒂：

正如我在航空信——但愿信已在您温柔的手中——中预料的那样，为形势所迫，我必须离开这里，前往那块黑暗的土地。法警不肯发给我去尼加拉瓜的护照。我本来热切希望永远回到您的身边。在我心爱的人身边，我心里会感到快活。别难过，一切都过去了。不过，当时我落在这帮土匪手里，处境相当困难。他们只差给我戴上手铐，把我押送到港口了，似乎我是个罪犯，而不是个爱国者。作为爱国者，我唯一的罪行是不肯让危地马拉生活在乌维科那类暴君的血腥统治之下，这个笨蛋自认为是拿破仑·波拿巴，甚至可笑地把头发也梳成粗鄙至极的科西嘉人的模样。不过，我想跟您谈的倒不是肮脏的政治。

上船前，我给米托拍了个急电，他非常客气，从头天晚上起就在彭塔雷纳斯一直等到我到达。您跟我说过："别让我弟弟喝酒。"您看，这次劝酒的可不是我。是他请我喝了几杯，边喝边等着开车。我们为我的到来干杯，为忆起我们在莱昂结下的同志情谊干杯，他坚持再要几杯茴香酒，坚持由他出钱付账。坦率地说，上火车的时候，我们很愉快，一路上甚至唱起歌来。记得吗，有一天，那个奇怪的瞎女人，人家管她叫米塞雷雷，在边道上边走边唱，我把她叫进来，要她献给您一首歌，还记得那支歌吗?

你该得到更多的爱，你多么骄傲，
你该得到更多的爱，你多么俊俏，
想一想吧，在墓穴深处，
你我穿的是同样的衣服……

是啊，在火车上我唱起了这支歌，既无吉他伴奏，恐怕也无腔无调，却博得一等车厢旅客们鼓掌欢迎，真是出人意料。于是，又干了一杯，您看，米托对我可谓感激万分啊，只是因为我曾经说服令尊，让他到圣何塞去上学。如今他是一副绅士派头儿，学习那段时间利用得很充分……各方面都行，他告诉我说，在妇女界他成了人人追求的对象。请不要生气，不过，我还是想把这儿的老“朋友”介绍给他，我跟这些人分开了一段时间，对我已经无所谓了。但愿米托能抓住机会，我自会稍微推动一下。这里的习惯和你们莱昂那里迥然不同。你们那儿，去电影院也要衣冠楚楚。对那里的习惯，本人不持批评态度，原因是我历来遵从时尚，对于放荡不羁的做法，我的思想简直就是顽固不化。

玛蒂，您知道吗，米托趁着和我那股亲热劲儿，在火车上问我：“告诉我，奥利，我那两姐妹，您究竟喜欢哪一个？”我则毫不迟疑地回答说：“您这问的是什么，米托。我选择的人是玛蒂。我们分手了好几个月，证明了她是我心灵的唯一主宰。”您对这个回答有什么高见？要是愿意的话，您可以问问他，免得您老是平白无故地瞎操心，多心的小姐，您要知道，我之所以在此停留，不过是因为他们不准许我直接投入您的怀抱。轮船的航班表就在我的皮包里，我把它视为法宝，可以掌握哪一条船最先开往科林托。

我接着跟您讲，大概在6点半钟我们到达圣何塞。当时，冷雨绵绵，中央山谷周围的山峦一片灰暗，和我的情绪恰恰相合。是的，玛蒂，我心里十分难过，我知道那个城市不是目的地，我的目的地是您现在读信的地方。我和米托分手了。情绪很悲伤。我悲伤地走到膳宿公寓，不想吃晚饭，只想早早躺下，在孤寂的房间中自悲自叹，坐下来马上给您写封信。我刚刚打开行李，有人通知我有电话，打电话的是您母亲，她向我问候，邀我当天晚上共进晚餐。我推说头疼，婉言谢绝了。可她一再坚持，您很了解她，我不得不接受邀请。我告诉您这件事，是免得别人日后再说三道四的，我希望，我的玛蒂，让您听进我的真话。

我让人烫了衣服，无精打采地穿戴完毕。走出膳宿公寓去乘车，心里仍然笼罩着一片悲哀。是不是圣何塞弄得我性情孤僻？要么是因为淫雨霏霏，房间寒冷，公寓冷清，光线暗淡？要么是我内心深处埋下了悲哀？这些问题都是没用的，玛蒂。倒不是身在圣何塞，我就感到更加悲伤；只要我想起您不在我身边，即使在柏林，在布鲁塞尔，我同样会感到悲伤。如果把我的悲伤拟人化，那就是您；您身在远方，这就犹如一把利刃深深刺进我的胸膛，把我的心脏割成碎片，毫不容情。

您还记得圣何塞吗，玛蒂？我就寄居在拉萨瓦纳对面的巴塞罗那膳宿公寓。请您看着我，我正走出公寓。手里拿着雨伞，这个玩意儿在这儿时时都要用。我在边道的潮湿路面走过，路面很滑，过往行人的鞋底上带着家里地板上的蜡。石墙后面，被拦住的狗汪汪直叫，墙里的九重葛挂着雨珠，探出墙头。此时，飞机场已然关闭，机场对面的车站上停着一辆电车，从车窗透出昏黄的灯光，除了我再也没有其他乘客。过了一会儿上来几位乘客，都是成双成对地去电影院，去剧场，去咖啡馆。对他们来说，这是娱乐；可假如轮到我去这种闹闹嚷嚷、车水马龙、俗不可耐的地方，对我来说，简直是受折磨。车厢里等着开车的妇女们嘴里嚼着口香糖，散发出一股甜得发腻的味道；人们压低声音在交谈，仿佛我们置身于一家医院的前厅或者在停尸间里。她们身上的大衣有一股存放过久的霉味儿，真叫我讨厌。

请随着我沿着哥伦布大街，朝中心大道去吧。车厢吱吱嘎嘎的，发出阵阵哀叹。一张小小的海报，上面用花体字写着本星期日国家剧院的盛大演出，剧目是《帕格利亚案》，由“著名哥斯达黎加男高音梅利科·萨拉扎尔——纽约都市歌剧团恩里科·卡鲁索的接替人——主演”。旁边还有一张广告，上面写着：“春天牌含碘萝卜糖浆，专治贫血症、发育不良、不思饮食……具有神奇效力。正宗国货，良机勿失。”还有一份布告：“请勿随地吐痰，乱丢烟头。管理科。”一切平庸的东西，都使我茫然无措，玛蒂。面对生活中的琐事……什么蹩脚的歌手啦，春天牌糖浆啦，什么请勿随地吐痰啦，以及嚼口香糖的女士啦，我们这些耽于幻想的人只能老老实实地认输。面对平庸的东西，只有您能引起我的幻想。

现在我在阿蒙区下了电车，边道上的绿树滴落下雨珠，我只好撑起雨伞。我思念着您，每当我思念起您的时候，玛蒂，我的思想就散发出香气。我两眼注视着命运为我们存留的幸福，当回到莱昂，和令尊叙谈叙谈，正式安排一下我们的事。您同意我找他谈谈吗？我不打算在这里提前和令堂谈，我只想在莱昂把定局的事情一股脑谈清楚……当然只要您同意我的想法。我配得上您吗？在您的心灵中给我留下了我梦寐以求的位置吗？但愿您的幸福泪水洇湿这封信吧，我的心灵知道您在哭泣，我的心灵肯定会听到您幸福的泪水滴落在信纸上的声音。假如您想笑，那就笑吧，不过，我会因为我不是一张纸，不能有幸受到您的玉手揉搓而感到愤怒呢。

我来到您舅舅的别墅。从边道上可以看见大厅里灯火辉煌，屋里传出一阵音乐声，留声机正在放一张唱片，名称是《向我发誓吧》，奥蒂斯·蒂拉多大夫在唱歌。不进去？返回公寓？不过，我听到了您的声音，您在我耳边说，我的奥利不该这样做。“进去，进去，奥利，让我高兴，劳驾啦。”好吧，玛蒂，我进去，不过，请听清楚，只是因为您要我进去。

您的奥利按了按门铃，玛丽娅·德尔·碧拉尔给我打开了门。我看她身体很糟糕，她不适应寒冷的气候，冷得失去了生气。我心里暗暗地说，她怎么会是我的宝贝儿的妹妹呢？两个人的魅力相差得太悬殊。她似乎比您岁数大。我盼着您保持老样子，我希望您一点儿也没变，玛蒂，我希望看见您那双眼睛还是那么妩媚，您的脸还像天空一样明净，我希望您还梳着那样的头发，我希望看见您还穿着那件蓝衣服，胸口处还沿着白色鸟形花边儿。您还记得我过生日那天您穿的那件衣服吗？您还记得我当时说的话吗？我说：“玛蒂，您好像刚刚从奇科·帕里希恩的书中走出来。”

您别以为我不懂礼貌，玛蒂，您知道最好还是把真情实感表露在态度上。因此，我向您妹妹伸出右手，客客气气的，但并不热情。“啊，玛丽娅·德尔·碧拉尔，很高兴见到您。没有玛蒂的消息吗？”令堂马上过来了，见到我很兴奋。“啊哈，奥利，看样子您不想来看我们，真的吗？把老朋友都忘了。”“哪儿的话，夫人，一路坐船，我觉得太累了。请您相信我。玛蒂给您来信了吗？”我和令堂、令妹的问候就是这样，我打算干脆让她们知道我一心挂念的只有您。这样，您就不必伤心了，玛蒂。我想告诉您，整个晚餐，话题一直围绕着您，因为我总是把话头儿往您身上引，不住地夸赞您的品德、聪颖、魅力。请注意，有一次我竟然斗胆说出这样的话：“有朝一日玛蒂要是到危地马拉生活，一定会受到社交界的喝彩……”请您回答我，我这么说，是否欠考虑了？

您会说我缺少修养，我知道您感情高贵。可是，我的一番真情却惹恼了玛丽娅·德尔·碧拉尔。她借口说第二天应人之邀去伊腊苏火山远游，需要早起，想把我们丢在那儿。令舅在家里完全是一派长者风度，他当即猜到我们处境尴尬，力劝玛丽娅·德尔·碧拉尔不要走。很快转了话题，才使令妹、令堂摆脱了尴尬处境，最后，我找了个机会告辞出来。米托，唉，甭说他了，整个晚餐他一直没抬头，没离开盘子，一直想着我在火车上明白无误地给他的回答。

完了。我只能赶快离开她们，让您感到心理安定。现在，请您闭上眼睛，想象一下马上回到莱昂的情景。圣诞节前就结婚，您看怎么样？从现在到那时候，有足够时间做好一切准备，婚礼应该办得有声有色。您会对我说，还没到一年呐，那咱们就等到满一年的时间，反正只有几个月了呗。不过，我要这样回答您：还是别理会那些陈年老礼吧，还是听从爱情的召唤吧，就让咱们按照上帝和法律的安排那样在一起生活吧。如果我再次住在您家里，哪怕再拖上几个月，那些恶毒的舌头也会毁了您的纯洁，那样就糟透了。在上一封信里，您告诉过我，说我在府上的住房还给我留着，您每天每日都去打扫，床上的褥单干干净净，床头桌上放着一只小花瓶，里面插着从花园里采来的鲜花。您还把房间保持着吗？

您怎么吩咐，我就怎么办。难道说我不是您的意志的奴隶吗？您可以让我在莱昂最肮脏的公寓里等下去，玛蒂，这无关紧要。只要能有把握得到您的同意，就是猪圈我也去住。不过，我知道您心地善良，我最怕您说出这样的话："我不能越过我妹妹，要是她喜欢我的奥利，哪怕心碎了呢，我也要让她一步。"玛蒂，索性告诉您吧，您的奥利绝不会同意这种交易，即使这种命令由您发出，也不能指使我的爱情。这类驯顺会变成地道的高傲，善良会成为骄傲，成为虚荣心。相比骄傲，您更需要爱吧？

但是，请您原谅我说话离题太远，这只是一个受尽折磨的人头脑里的胡思乱想。您还是说一声"好吧，我同意"，用这种喜讯帮我驱赶掉胡思乱想。总而言之，只要您愿意，我也同意悄悄地结婚，然后就去危地马拉，在那里咱们可以远离让人不舒服、令人不愉快的现实，过上幸福的生活。请用您的可爱的头脑思考一下吧。至于我，我只是长夜难眠，永远思念我亲爱的人。爱您就等于触碰天国的门楣，玛蒂。就等于将灵魂带入天堂，就等于死在您可爱的脚下。请您不要拒绝我应享的权利。我跪在地上祈求您。

热烈地吻您的前额，您的

奥利

1933年7月23日

于圣何塞

又：向令尊、约伊塔夫人、雷蒂西娅以及所有女用人，还有阿丽西娅问好。这封信您可以和阿丽西娅商量一下，她会认为我说得有道理。

II

奥利韦里奥：

首先向您致以极其亲切的问候，其次我想说这样一些话：您在首都感到十分幸福，我知道您和其他女人一起纵情跳舞、看戏、散步，非常开心。而我，经过深思熟虑，心情一点儿也不愉快。您还是不明白我内心的痛苦，奥利，看起来，您很高兴撕开我的伤口，我想让它完全愈合，而您却不放过。亲爱的，您不必说您和其他女人玩得非常愉快这件事不是真的，因为我手里有证据，虽然您缄口不言，而我又从您那里得不到任何消息。您还是痛下决心吧，让一个痛苦万分的女人休息吧，要么是您希望我快快死去？要是如此，您干脆把我杀了吧，我跪在地上企求您，与其受这份罪，我宁肯死去算了。和你相伴的女人也在给我写信，哪怕你在她们的信中问候我一声呢，看样子你根本不知道那儿的邮局在什么地方。

我需要你的吻，自从你第一次吻我以来，我已经陷入狂恋，我不满足，我要你忘掉所有的人，只要一想到你会忆起某个“恋人”我就感到忌妒。您到哥斯达黎加干什么去了？您没把任何东西丢在那儿，您的宝物在我手里嘛，要不就是您忘记了当初按照您的想法和我干的那些事。我从来没见过残忍的人，可现在我见到了。如果是这样，最好您不要回尼加拉瓜，这里没人盼您来。要是您来到这儿，我不会瞧您一眼，跟您说上一句话，索性跟您说明白了吧。

杀了我吧，是啊，反正我现在虽生犹死，我做的事无外是把您视为圣徒，为您祈祷，就如同在教堂的神圣孤寂中我们看不见上帝，却感到他的存在，我也预感到你在世上的存在，正如对待上帝一样，我看不到你，但却爱你，干吗你要来到我身边呢，坏家伙？你离我远远的该有多好，因为这样我就不会认识你，也感觉不到你身上的火、亲吻的热，假如你从来没到过我的身边，对我来说，你就只是一阵芬芳，我能闻得到，但却不知道它在哪里，来自何方。

亲爱的，几年前，很幸运你还没有出现在我的人生道路上，因此是否该认识您，我连想也没想。当初，我喜欢去看加利福尼亚州旧金山的林格勒兄弟马戏团的表演，魔术师克拉斯诺达尔亲自走到观众席间，兜售口香糖。他用一张小纸托着糖，纸上用隐形墨水写上字，只要把一根燃着的火柴靠近纸，上面就会显出几句贺词。给我的贺词是：你生下来鸿星高照，爱情生活顺顺当当。

昨天下午，我和阿丽西娅到圣胡安公园去散步。有一个独臂人带着几只可爱的煤山雀。小鸟装在一只木制笼里，有塔楼，有窗户，好像一座城堡。一只煤山雀从门里出来，要给我算算命，它用小嘴朝一口钟上啄了一下，随后从一个抽屉里叼出一张小纸片，纸片像信纸一样叠成几折，排在一起，有蓝的，有绿的，有黄的。煤山雀把一张黄纸叼出来，递给我，下面就是这张纸片，请你看一看。

给一位单身小姐

爱情叩击心灵的大门，您放它进来了，做得对。不要后悔，不要迟疑，因为毫无道理，在困难面前，要坚持下去。您把心灵的钥匙交给了某人，他现在不在，但他会回来。别担心，他身体良好，没有危险。别绝望，一切都会圆满。那位不在此地的先生一直在想着你，想把你带到神坛前。睡觉前，你连说三次："圣·卢茜娅，为了你的信仰，我失去了眼睛，请你为我的男友照亮眼睛，让他找到回来的路。圣·克里斯托瓦尔，行路人的主宰，你让他马上回来，别误入歧途。"对远方来信中的声音，你要堵住耳朵，那对你不合适。您是个有福之人。你能活得很久。买下2784号彩票。

假如煤山雀不像独臂人克拉斯诺达尔那样欺骗我，我的心就定下来了。可是，这些纸片是那个独臂人送到我祖父的印刷厂印制的，纸片很多是黄色的，也就是我轮到的颜色。如果我相信煤山雀，我就完了，出于同样的理由，我也不相信您。快点儿回来吧，亲爱的。在哥斯达黎加，你能得到什么这里得不到的东西呢，或是我不能给你的呢。要么你告诉我煤山雀有道理，不是骗人的，也许你来的时候，可以给我带来三码花边，中央大道靠近穆勒首饰店的菲奥利商场里有这种花边，我正在做一件衣服，准备给你看的，这儿没有那种花边。我不想向 M. P. 要任何东西，我看不上她，但愿她不回来，留在那块儿玩吧，哥斯达黎加我也觉得不好。你别告诉她，也别告诉妈妈，说我给你写过信，愿上帝保佑。

您回来吗，奥利？我真想钻进信封里，一起上飞机。爸爸说您快回来了，女用人们也这么说，我不知道她们为什么这么喜欢您，其实您并不值得任何人喜欢，有时候，我真想睡过去，不再醒来，免得像傻子似的想您在干什么，头脑凭空发热，我向您发誓，我求过上帝，我躺下不再起来的那天晚上您会立刻到来。

再见了，一个不知道自己想干什么的姑娘。

敬祝安康！

1933 年 8 月 8 日

于莱昂

尾声

抄下来，告诉大家，
发表出去

好心的信使，请你站一站，
虽说天色已晚。
上帝不想听骑士的铭文，
嫌他夸夸其谈。
我是堂·帕斯夸尔，
在阳间我已命丧黄泉，
历尽了多少艰难。
你想多知道一点，请你站一站，
娓娓动听地告诉你的，
是那一份份档案。

贡戈拉
(短诗)

天 谴

1933年12月28日“愚人日”那天凌晨，莱昂城里听到从远处传来的隆隆巨响，滚烫的沙雨开始轻轻地落在屋顶上，好似大火中纷纷落下的灰烬。风越刮越猛，黑雨越下越大，在大街上张开一道夜幕。内格罗火山喷发了。

这种地球现象将会持续几周，从一开始就使市民大为惊惶。几座殖民时期建筑物的屋顶被沙子压塌了，圣塞瓦斯蒂安教堂的半圆屋顶和苏布蒂亚瓦教堂的中殿损坏严重，圣维森特医院的男病房和厨房破坏得也很厉害。铁路下陷，火车运行不时中断。

省卫生厅报告说，出现了多起呼吸道疾病病例，一些婴儿因病致死。其他流行病是：结膜化脓性发炎引起的眼疾、肠黏膜发炎引起的腹泻以及急性头痛。致病原因都是因为尘粒长时间悬浮在空中以及对食物和饮水造成的有害影响。四处河流污染使牲畜大量死亡，以致牛奶牛肉匮乏，其他食物，像块茎类、禾木类，在市场上也开始短缺。

第二天，举行了祈神游行。游行的人把供奉在莱昂教堂里的守护神梅塞德斯圣母请出来，把供奉在圣弗朗西斯科教堂里的圣贝尼托·德·帕莱莫请出来，举着这两尊圣像以及其他令人尊敬的神像上街游行。但是，火山喷发不但未见衰减，反而来势更凶了。中心区的居民不得不迅速迁徙，搬到庄园、浴场以及恶风的破坏影响不到的邻近村镇去。除了铁路运输中断外，现有的火车也不敷使用，外逃居民只好把其他运输工具也使用起来。在昏暗的街道上，大白天点着车灯的小汽车、马车、马拉排车、牛车以及驮着什物的骡子拥挤冲撞，寻找通往其他市镇的道路的出口。

12月31日中午，费亚约斯法官家里一片忙乱。他准备携家带口前往萨帕塔斯山谷的庄园，逃避火山喷发。他们必须赶紧收拾好褡裢、吊床、帆布折叠床、煤油灯以及其他东西，以便赶上搭乘下午1点钟开往绍塞的火车。

费亚约斯法官用头巾蒙住半边脸，护住嘴和鼻子，正在捆一副褡裢的带子。褡裢里装着他那部《断裂的地平线》的原稿，现在他倒是想完成这部书稿了。阿利·瓦内加斯也在脖子上系着一条围巾，头上包着条毛巾，在脖子处用别针别住，赶来送别法官。

“他们要他下车的时候，他神色安详地对奥蒂斯上尉说：‘我只求您一件事，别毁了我的脸。’”阿利·瓦内加斯不住地摆弄手里的扇子。费亚约斯法官把褡裢扛到门厅，他一直随在后面。又跟着法官回到饭厅的桌子旁。桌子上放着几本书，等着打包。费亚约斯法官的画架用细绳捆好，靠在桌子旁，等着运走。

费亚约斯法官用好奇的目光从围巾上面看着秘书。他想说句什么，但没有开口。走过去拿起准备装书的包裹，放在一把小椅子上。

“他划完十字说：‘那个指派你们杀我的家伙就是乌维科的走狗。危地马拉，吉祥的地方，但愿不要让屠夫玷污你的土地……打倒暴君！我准备好了。’”阿利·瓦内加斯从那摞书里拿起一本书，是布鲁诺·特拉本写的《马德雷山的宝藏》，随却把书放下，擦了擦手指上的沙子。

“这些话你别告诉马诺洛·夸德拉。”费亚约斯法官急匆匆地掸掉书上的尘土，把书装进包裹，“你从哪儿听到这些屁话？只有国民警卫队在场嘛。”

“25号那天，罗萨利奥·乌苏卢特兰一大早就去看我。他已经知道了。”阿利·瓦内加斯用扇子拍了拍胸脯，“那天早上，国民警卫队把什么事都说出去了。他们到处贩卖从尸体上扒下来的东西。有一只短链怀表、一只红宝石戒指。我把那个被枪决的家伙临别前说的话原原本本地告诉马诺洛了，不过，他忘记写进报道里了。”

“这些国民警卫队队员的记性真够好的！依我看，‘长舌桌’还在活动，小心点儿。”费亚约斯法官紧了紧包裹带子，“你要留下来给埃内斯托·巴雷拉当秘书？”

“只要自然力不埋掉法院，我就留下来。”阿利·瓦内加斯收起扇子，跟在费亚约斯法官后面扛起画架，“至于那个出了名的‘长舌桌’，已经四分五裂了。在火山喷发的隆隆声中，他们开除了科斯梅·曼索，说他是叛徒。”

“那么，对我来说，这段事算了结啦。”费亚约斯法官冲车夫打了个手势，让他把门厅里的东西全都装上车，随后在口袋里摸了摸，“把钥匙替我交给巴雷拉。”

“罗萨利奥精着呐，他还说奥利韦里奥·卡斯塔涅达的假须是用玛丽娅·德尔·碧拉尔·孔特雷拉斯的头发做的。”阿利·瓦内加斯接过钥匙圈儿，穿在链子上，钥匙像钟摆似的晃来晃去，“卡瓦哈尔跟玛丽娅要头发，她高高兴兴地给她剪下来。胡须是打弯儿的。对头发的来源，马诺洛也故意没提。”

“玛丽娅·德尔·碧拉尔·孔特雷拉斯的一般情况，档案里都有了，你把证词弄得更详细一点儿，查一查她是不是真的同意剪头发，干了你说的事。”费亚约斯法官撩开围巾，微微一笑，“你最喜欢这类夏多布里昂式的恐怖细节。”

“她要是同意剪头发，那就说明她还爱他，爱得发狂。”阿利·瓦内加斯吹着气，把蒙在嘴上的围巾都吹鼓了，“现如今，人都死了，她还爱他。她找到了埋他的坟，居然还胆敢往墓地里送去几束鲜艳的百合花。”

“老天爷惩罚莱昂城，火山喷发给城市蒙上幕布，这倒给她挡住了那些胡乱东瞧西看的目光。”费亚约斯法官像演戏似的张开两臂，眼望着天花板，“天上下火，大家都为罪孽付出了代价。天谴啊！”

“这可真是个香味儿奇特的故事。”阿利·瓦内加斯闭上了眼睛。沙土钻进大门，门厅里一下子积满沙土。

"香味儿？"费亚约斯法官重新把围巾拉上去，盖住鼻子，"什么东西的香味儿？"

"一束在尿盆里泡软的玉兰花香味儿。"阿利·瓦内加斯扭过脸去冲着墙，躲过沙暴。

"在一间封闭的卧室里放了几个月的尿盆。"费亚约斯法官也把脸冲着墙。他们朝院子走去，一阵黏糊糊的沙土抽打着他们两个人的后背。

"总有一天会有人把这些事写成一本小说。"旋风过去了，阿利·瓦内加斯朝大门走去，"那股香味儿会保留在书里。"

"写小说的人一定要写上：火山喷发，一切都结束了。"费亚约斯法官伸出胳膊搂住阿利·瓦内加斯，把他一直送到大门口。

在暗影中，他们看见大街中央有一盏灯笼越走越近。罗萨利奥·乌苏卢特兰裹着油布雨衣，把灯笼举在前面，照亮道路。他身后边，一个小孩子托着一尊关在笼子里的救苦救难的耶稣像。还有一个孩子赶着一头驮东西的驴跟在他们后面。

罗萨利奥·乌苏卢特兰把灯笼放在地上，举了举帽子，向他们致意。接着，他又走下去，消失在暗影中。

"记者罗萨科奥·乌苏卢特兰也要逃难，离开莱昂，去向不明。"阿利·瓦内加斯把蒙在头上的毛巾往脸上拉了拉，他弯着腰，冲到街上，"小说家别忘了用这段话结束他那本书。以罗萨利奥开始，当然也要以罗萨利奥结束啦。"

1985年9月至1987年8月

于马那瓜

图书在版编目(CIP)数据

天谴/(尼加拉瓜)塞尔希奥·拉米雷斯著;刘习良，
笋季英译. —上海:上海译文出版社,2017.6
ISBN 978-7-5327-7319-0

Ⅰ.①天… Ⅱ.①塞… ②刘… ③笋… Ⅲ.①长篇小
说—尼加拉瓜—现代 Ⅳ.①I745.45

中国版本图书馆CIP数据核字(2016)第176278号

Sergio Ramírez
Castigo Divino

图字:09-2015-995号

天谴
〔尼加拉瓜〕塞尔希奥·拉米雷斯/著　刘习良　笋季英/译
责任编辑/刘岁月　装帧设计/张志全工作室

上海世纪出版股份有限公司
译文出版社出版
网址:www.yiwen.com.cn
上海世纪出版股份有限公司发行中心发行
200001　上海福建中路193号　www.ewen.co
上海景条印刷有限公司印刷

开本 890×1240　1/32　印张16　插页2　字数309,000
2017年6月第1版　2017年6月第1次印刷
印数:0,001-5,000册

ISBN 978-7-5327-7319-0/I·4459
定价:62.00元